## बलूचिस्तान की पहेली

# पाकिस्तान

## बलूचिस्तान की पहेली

तिलक देवेशर

प्रकाशक • **प्रभात प्रकाशन प्रा. लि.**
4/19 आसफ अली रोड,
नई दिल्ली–110002

संस्करण • 2025
मूल्य • सात सौ रुपए
मुद्रक • आर–टेक ऑफसेट प्रिंटर्स, दिल्ली

**PAKISTAN : BALOCHISTAN KI PAHELI**
*by* Shri Tilak Devashar ₹ 700.00
Published by Prabhat Prakashan Pvt. Ltd., 4/19 Asaf Ali Road, New Delhi-2
e-mail: prabhatbooks@gmail.com ISBN 978-93-90366-10-1

# पाकिस्तान की प्रशंसा : गर्त के कगार पर

'राजनीतिक सिद्धांत और दर्शन को शिक्षाविदों के लिए छोड़कर देवेशर ने तथ्यों के आधार पर एक विशाल कथानक तैयार किया है···मुझे संदेह है कि [क्या] कोई पाकिस्तानी लेखक भारत के नेताओं के बारे में ऐसी विलक्षण पुस्तक लिख सकता है।'

**—अहमद फारुकी**

*'द डेली टाइम्स', इसलामाबाद, कराची और लाहौर में पाकिस्तान की राष्ट्रीय सुरक्षा पर पुनर्विचार के लेखक*

~•~

'देवेशर असाधारण समानुभूति के साथ लिखते हैं। यह पुस्तक उन जटिल मानवीय भावनाओं, असाधारण कमजोरियों को उजागर करती है, जो लोगों को शीर्ष पर ले जाती हैं और उन विनाशकारी ताकतों, इच्छाओं की हठकारिता के बारे में भी, जो उन्हें बरबाद कर देती है।'

**—अजय साहनी**

*कार्यकारी निदेशक, संघर्ष प्रबंधन संस्थान 'इंडिया टुडे' में*

~•~

'यह एक ऐसी पुस्तक है, जिसे पाकिस्तान का, भविष्य का कोई भी नेता केवल इसलिए अपने बिस्तर के पास रखना चाहेगा कि यह पहले हो चुकी सभी चीजों का योग है।'

**—मेहर एफ. हुसैन**

*लेखक और 'डॉन', कराची में स्तंभकार*

~•~

'यदि इसका कोई खाका हो कि पाकिस्तान पर किस तरह शासन नहीं करना चाहिए, तो तिलक देवेशर की नवीनतम पुस्तक उन्हें [इमरान खान] एक उपयोगी मार्गदर्शन प्रदान करेगी।'

**—सी. पी. भंभरी**

*लेखक और 'बिजनेस स्टैंडर्ड' में अध्येता*

~•~

'तिलक देवेशर की दूसरी पुस्तक, 'पाकिस्तान : एट द हेल्म', पढ़ने में उतनी ही अच्छी और उतनी ही शिक्षाप्रद है, जितनी उनकी पहली पुस्तक—'पाकिस्तान : कोर्टिंग द एबिस...'। यह पुस्तक हर प्रकार के पाठकों को आनंद और अंतर्दृष्टि प्रदान करेगी।'

**—राजदूत विवेक काटजू**

*पूर्व सचिव, विदेश मंत्रालय, 'इन द वायर' में*

'यह पुस्तक पाकिस्तान के नेताओं की जीवनियों की शृंखला है, जिसमें मनोरंजक अंशों के माध्यम से एम.ए. जिन्ना से लेकर परवेज मुशर्रफ और नवाज शरीफ तक और इनके बीच के सभी नेताओं के बारे में बताया गया है।'

**—निरुपमा सुब्रमण्यन**

*आवासी संपादक, 'द इंडियन एक्सप्रेस'*

'[यह] पूरी तरह से सम्मोहित करनेवाली पुस्तक है, जो पाठक को 1947 के बाद से पाकिस्तान में शासन करनेवाले विभिन्न पुरुषों और महिलाओं के जीवन के, अकसर प्रफुल्लित करनेवाले और अंततः दुःखद जीवन और समय में ले जाती है...पढ़ना आनंददायक है...।'

**—इंद्रनील बनर्जी**

*'द एशियन एज' में सुरक्षा और राजनीतिक जोखिम सलाहकार*

# पाकिस्तान की प्रशंसा : रसातल से प्रणय निवेदन

'…आसानी से पाकिस्तान पर सबसे अच्छी पुस्तक।'

**—खालिद अहमद**

*परामर्श संपादक, 'न्यूजवीक', पाकिस्तान*

~•~

'यह पुस्तक बताती है कि पाकिस्तान कैसे और क्यों अपने को अकसर किनारे पर पाता है। देवेशर सहानुभूति के साथ लिखते हैं और उनकी किताब ऐसे तथ्यों से भरी है, जिनकी पाकिस्तानियों या दुनिया के बाकी लोगों द्वारा उपेक्षा नहीं की जा सकती है।'

**—हुसैन हक्कानी**

*लेखक और अमेरिका में पाकिस्तान के पूर्व राजदूत*

~•~

'[देवेशर] पाकिस्तान को एक समानुभूति और अंतरंगता से प्रस्तुत करते हैं, इस विषय के कई भारतीय लेखक ऐसा करने में विफल रहे हैं।'

**—सुहासिनी हैदर**

*कूटनीतिक मामलों की संपादक, 'द हिंदू'*

~•~

'जो लोग पाकिस्तान की दीर्घकालिक चुनौतियों के साथ-साथ उसकी आगे की राह को समझने की इच्छा रखते हैं, उनके लिए देवेशर की अवश्य पढ़ने योग्य पुस्तक में शत्रुता का कोई भाव नहीं है।'

**—अपर्णा पांडे**

*निदेशक, इंडिया इनिशिएटिव, हडसन इंस्टीट्यूट*

~•~

'देवेशर की पुस्तक बहुत ही गहरी जानकारी और विश्लेषण के साथ लिखी गई पुस्तकों में से एक है, जो भी पाकिस्तान को समझना चाहता है, उसे यह पुस्तक अवश्य पढ़नी चाहिए।'

**—सतीश कुमार**

*निदेशक, राष्ट्रीय सुरक्षा अनुसंधान फाउंडेशन, कूटनीति के पूर्व प्रोफेसर, जे.एन.यू.*

~•~

'भारतीय लेखकों की कुछ ही किताबें हैं, जिनमें अपने विलक्षण पड़ोसी की समग्र, सूचित और अनुभवजन्य तरीके से व्याख्या करने की कोशिश की गई है। तिलक देवेशर इस आदर्श के अपवाद हैं।'

**—सी. उदय भास्कर**

*निदेशक, सोसायटी फॉर पॉलिसी स्टडीज, नई दिल्ली*

~•~

'पाकिस्तान के किसी भी अध्ययन के लिए और पाकिस्तान के संबंध में भारत की नीति तैयार करनेवाले किसी भी व्यक्ति को, यह पुस्तक अवश्य पढ़नी चाहिए।'

**—लेफ्टिनेंट जनरल जे.एस. बाजवा**

*भारतीय रक्षा समीक्षा में*

# श्रेष्ठता के अधिकारी बलूचों के लिए

*मुझे जंग-ए-आजादी का मजा मालूम है,*
*बलूचों पर जुल्म की इंतहा मालूम है,*
*मुझे जिंदगी भर पाकिस्तान में जीने की दुआ न दो,*
*मुझे पाकिस्तान में इन साठ वर्षों में जीने की सजा मालूम है।*

**—हबीब जालिब**

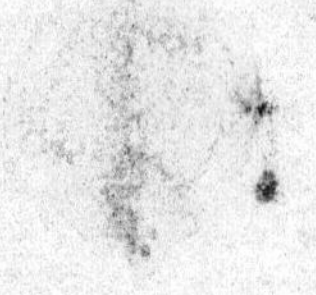

# बलूचिस्तान : एक नजर में

**अवलोकन :**

जुलाई 1970 में बना पाकिस्तान का सबसे बड़ा प्रांत।

**क्षेत्रफल :**

3,47,190 वर्ग किमी.; पाकिस्तान का 44 प्रतिशत जमीन क्षेत्र।

**जनसंख्या :**

पाकिस्तान 2017 : 207.685 मिलियन, 1998 : 132.352 मिलियन, विकास : 2.4 प्रतिशत।

बलूचिस्तान 2017: 12.335 मिलियन, 1998: 6.567 मिलियन, विकास : 3.37 प्रतिशत।

1998 में पाकिस्तान की 4.96 प्रतिशत जनसंख्या की तुलना में 2017 में यह 5.94 प्रतिशत थी।

पुरुष : 6.4 मिलियन, महिला : 5.8 मिलियन, जनसंख्या घनत्व : 19 प्रति वर्ग किमी.।

साक्षरता दर : पाकिस्तान : 58.92 प्रतिशत, बलूचिस्तान : 43.58 प्रतिशत।

**संभागवार क्षेत्रफल/जनसंख्या 1 :**

| संभाग | क्षेत्रफल ( वर्ग किमी. ) | ( 1998 ) में जनसंख्या | जिले |
|---|---|---|---|
| क्वेटा | 64,310 | 1,699,957 | क्वेटा, पिशिन, किला अब्दुल्ला, चगाई, नुश्की। |
| जौब | 46,200 | 1,003,851 | झाओब, मुसखाइल, किला सैफुल्लाह, लोरालाई, बरखान, शेरानी। |
| कलात | 140,612 | 1,457,722 | कलात, मस्तुंग, खुजदार, खरन, वासुक, आवारान, लासबेला। |
| सीबी | 270,55 | 494,894 | सिबी, जियारत, डेरा बुगती, कोहलू, हरनई |

| नसीराबाद | 16,946 | 1,076,708 | नसीराबाद, जाफराबाद, झाड़ोल मगसी काची. |
|---|---|---|---|
| मकरान | 52,067 | 832,753 | केच, पंजगुर, ग्वादर |

## सामाजिक संकेतक 2 :

| संकेतक | बलूचिस्तान | पाकिस्तान |
|---|---|---|
| महिला साक्षरता | 15% | 33% |
| प्राथमिक विद्यालय नामांकन | 49% | 68.3% |
| महिला भागीदारी | 21% | 49.2% |
| स्वच्छता तक पहुँच | 7% | 18% |
| शिशु मृत्यु दर (प्रति 000'LB) | 108 | 100 |
| ग्राम विद्युतीकरण | 25% | 75% |
| सुरक्षित पेयजल तक पहुँच | 20% | 86% |

# नक्शे और तालिकाओं की सूची

## नक्शे



## तालिकाएँ

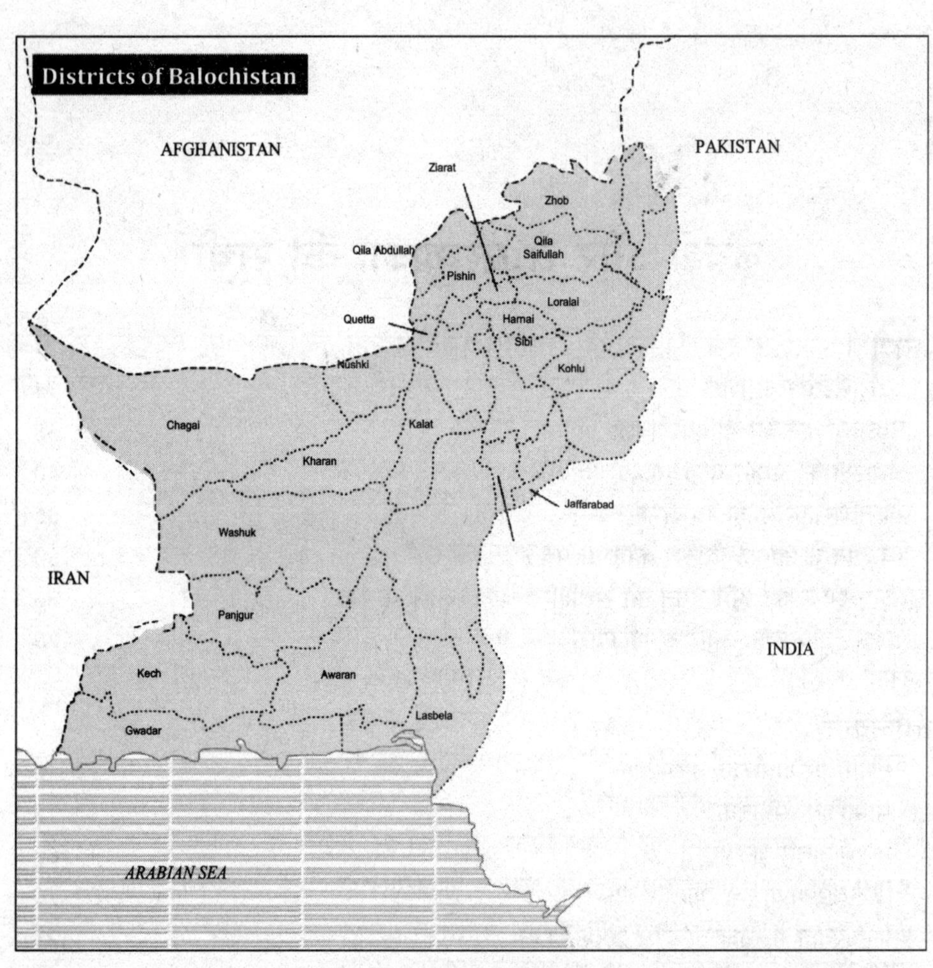
Districts of Balochistan
AFGHANISTAN
PAKISTAN
Ziarat
Zhob
Qila
Saifullah
Qila Abdullah
Pishin
Loralai
Quetta
Harnai
Sibi
Nushki
Kohlu
Chagai
Kalat
Kharan
Jaffarabad
Washuk
IRAN
Panjgur
INDIA
Kech
Awaran
Lasbela
Gwadar
ARABIAN SEA

# आमुख

मेरी पहली पुस्तक 'पाकिस्तान : रसातल प्रणय निवेदन' के लिए शोध करते हुए, मेरे समक्ष बलूचिस्तान के बारे में दो विलाप आए, जो मुझे गहनता की ओर ले गए। पहला एक पिता का अपने बेटे के 'जबरन लापता' अर्थात् न्यायविहीन अपहरण के कारण विलाप था :

मैं बार-बार बोलने, रोने, अपनी व्यथा का वर्णन करने से थक गया हूँ। यदि धर्म में आत्महत्या की मनाही नहीं होती तो मैं आत्महत्या कर लेता। न्यायालय अनेक वर्षों से हमारे मामले की सुनवाई कर रहा है, किंतु मेरा बेटा अभी भी मेरे पास नहीं है।[1]

दूसरा एक युवा छात्र का विलाप था :

मेरी सबसे बड़ी चिंता है शब्द। यह एक साधारण शब्द है, जो विश्व के अधिकांश भागों में लोगों के होंठों पर नहीं आता है, लेकिन मेरे लिए यह एक शब्द है, जिसे अत्यधिक बार सुने जाने की आवश्यकता है। जब भी मैं इस शब्द को सुनता हूँ या यह स्वयं मुखरित होता है तो यह भावनाएँ उद्वेलित करता है। मैं उद्वेलित स्मरणों के साथ न्याय नहीं कर सकता।

वह शब्द है—बलूचिस्तान।

हमने न्याय के नाम पर निवेदन किया और वहाँ हर दरवाजे पर दस्तक दी है, किंतु किसी ने हमारी नहीं सुनी। उपेक्षा और पीड़ा के अलावा पाकिस्तान के लोगों से हमें क्या मिला है ?[2]

इन दोनों विलाप में दर्द और करुणा ने मुझे बलूचिस्तान का अध्ययन करने के लिए अपने सभी आयामों में प्रेरित किया और पाकिस्तान द्वारा प्रांत पर लगाया गया गोपनीयता का परदा उठाने का प्रयास किया। परिणाम यह पुस्तक है। बलूचिस्तान एक जटिल प्रांत है, जिसमें दो मुख्य जातीय समूह हैं—बलूच और पश्तून। यह पुस्तक का मुख्य बिंदु बलोच है और इसमें पश्तूनों पर सरसरी नजर डाली गई है।

'बलूच' और 'बलूचिस्तान' शब्द को वर्षों से कई मायनों में स्पष्ट किया गया है—बलुच, बलूच, बेलूच, बिलोच आदि। इस पुस्तक में, 1990 के प्रांतीय सरकार के फरमान के बाद 'बलूच' और 'बलूचिस्तान' शब्दों का इस्तेमाल किया गया है, जबकि आधिकारिक अंग्रेजी वर्तनी 'बलूच' होनी थी। बलूच का बहुवचन भी बलूच है। भाषा को बलूची के रूप में वर्तनी दी गई है। आँकड़ों के बारे में एक शब्द। दुर्भाग्य से, एक ही मुद्दे पर आँकड़ों के कोई दो सेट मेल नहीं खाते। इसलिए, मैंने सर्वोत्तम उपलब्ध का उपयोग करने का प्रयास किया है और स्थानों पर पाठक को संसूचित

निर्णय लेने में सक्षम बनाने के लिए भिन्नताओं का भी उल्लेख किया है।

लेखन के समय 2017 की जनगणना के विस्तृत परिणाम प्रकाशित नहीं हुए हैं। इसलिए जहाँ उपलब्ध है, अनंतिम जनगणना के आँकड़ों का उपयोग किया गया है। अन्य मामलों में 1998 की जनगणना के आँकड़ों का प्रयोग किया गया है।

... ...

मैं इस पुस्तक के लेखन के लिए भारतीय विश्व मामलों की परिषद् (आई.सी.डब्ल्यू.ए.) को धन्यवाद देना चाहूँगा। पुस्तक के लेखन में मुझे प्रोत्साहित करने और समर्थन करने के लिए आई.सी. डब्ल्यू.ए. के पूर्व महानिदेशक राजदूत नलिन सूरी को मेरा विशेष धन्यवाद।

मेरे सभी लेखन कार्यों में सशक्त स्तंभ होने के लिए मेरी पत्नी और बच्चों को मेरा धन्यवाद। मैं इस पुस्तक के प्रकाशन में हार्परकॉलिंस इंडिया में मेरे संपादकों उदयन मित्रा और एंटोनी थॉमस को भी धन्यवाद व्यक्त करता हूँ।

समर्थन के बावजूद, इस पुस्तक में सभी कमियों और त्रुटियों के लिए मैं उत्तरदायी हूँ।

# प्रस्तावना

जीवन अभी भी अत्यधिक गरीबी और अभाव की चपेट में है। पहला चाँद अभी तक दिखाई नहीं दे रहा और बच्चों ने अभी तक फूल चुनना नहीं सीखा है। फूलों में सुगंध कम हो सकती है, लेकिन कम-से-कम पंखुड़ियाँ बनी रहनी चाहिए।

बलूचिस्तान पाकिस्तान के बाकी हिस्सों से अलग है, केवल भौगोलिक रूप से ही नहीं, बल्कि उसके कष्ट और उनके उपचार भी अलग हैं…

कोई भी बलूचिस्तान में लोगों के दम घुटने के बारे में अवगत नहीं होना चाहता…यह बलूचिस्तान के लिए सबसे मुश्किल समय है…

घृणा और अलगाव और अपने मामलों पर आवाज उठाने की कमी से उपजे असंतोष ने दुःखों और स्वामित्वहरण को पोषित किया। अविश्वास और घृणा, गरीबी और संघर्ष की बुरी मिट्टी में फैलते और बढ़ते हैं। जब लोगों की अच्छे जीवन की आशा मर जाती है, तब ये अपने पूर्ण विकास तक पहुँचते हैं। आशा को जीवित रखना चाहिए। लंबे समय से भारी बाधाओं के विरुद्ध संघर्ष कर रहे लोगों की खुशी और जीवनयापन के लिए निवेश की आवश्यकता है।

कोई भी पछतावा प्यार से वंचित हृदय को द्रवित नहीं कर सकता। सत्य का अस्तित्व बना रहता है और अंततः वह बाहर आता है।

उपरोक्त शब्द किसी बलूच अलगाववादी या बलूचों की राष्ट्रीय आकांक्षाओं के प्रति सहानुभूति रखनेवाले पत्रकार या यहाँ तक कि किसी मानवाधिकार कार्यकर्ता द्वारा उस त्रासदी को याद करते हुए नहीं लिखे गए हैं, जिसका पाकिस्तान द्वारा अपने लोगों के दमन के कारण बलूचिस्तान को सामना करना पड़ता है। ये शब्द, बलूचिस्तान सरकार के वित्त विभाग द्वारा तैयार बजट 2015-16 के श्वेत पत्र के कार्यकारी सारांश का हिस्सा हैं।[1]

ये शब्द मार्मिक रूप से बलूचिस्तान की त्रासदी की बात करते हैं और पाकिस्तान के लिए बलूचिस्तान की स्थायी समस्या को स्पष्ट करते हैं। बलूचिस्तान की प्रांतीय सरकार (2013-18) की एक गठबंधन सहयोगी, संघीय स्तर पर तत्कालीन सत्तारूढ़ पार्टी—पाकिस्तान मुसलिम लीग—नवाज (पी.एम.एल.-एन.) द्वारा बजट दस्तावेजों में व्यक्त की गई इन भावनाओं से पता चलता है कि बलूचिस्तान में पाकिस्तान के प्रति कितना असंतोष व्याप्त है।

बलूचिस्तान हिंसा की कई परतों के साथ संघर्ष और गलतियों की रेखाओं की एक पच्चीकारी

प्रस्तुत करता है। यह पच्चीकारी बलूच राष्ट्रवादियों और पाकिस्तान के बीच चल रहे अंतर-आदिवासी संघर्ष और जातीय विभाजन, सांप्रदायिक संघर्ष और आतंकी हमलों से निर्मित है। पिछले दशक में लोगों के अकसर गायब हो जाने और कुछ समय बाद उनके शवों के मिलने से सबसे अशुभ परिस्थिति उत्पन्न हुई, इन शवों पर यातनाएँ देने के स्पष्ट संकेत थे। यह इस बात का प्रमाण है कि जीवन और स्वतंत्रता के संवैधानिक अधिकारों का उल्लंघन किया जाता है और लोगों को मनमाने ढंग से हिरासत में लिया जाता है। इन संघर्षों ने आपराधिक तत्त्वों और समूहों को प्रांत में फैलने का अवसर दिया है।

परिणामस्वरूप, फिरौती के लिए अपहरण करना प्रचलित आतंक का हिस्सा बन गया है। अफगानिस्तान की असुरक्षित सीमा और बलूचिस्तान के तटीय क्षेत्र के माध्यम से मादक पदार्थों और हथियारों की तस्करी के साथ-साथ मानव तस्करी[2] की बढ़ती घटनाओं से प्रांत की जटिल स्थिति को अच्छी तरह से समझा जा सकता है। अगर पाकिस्तान के बनने के सत्तर वर्ष बाद भी बलूचिस्तान को 'एक कंटकाकीर्ण स्थान'[3] 'जातीय, संप्रदायवादी, अलगाववादी और उग्रवादी हिंसा का एक ऐसा उबलता पुंज बताया गया है, जिसमें किसी भी समय उफान आने का खतरा है। तो इसमें आश्चर्य करने जैसा कुछ भी नहीं है।'[4] पाकिस्तान के मानवाधिकार आयोग (एच.आर.सी.पी.) ने इस प्रांत की स्थिति की तुलना एक सक्रिय ज्वालामुखी से की है, जो कभी भी फट सकता है और इसके परिणाम भयावह हो सकते हैं। स्थिति हर दिन और भयावह होती जा रही है।'[5]

प्रश्न उठता है कि आखिर बलूचिस्तान, पाकिस्तान के लिए एक भयावह समस्या, एक मवाद से भरा घाव क्यों बन गया है? संक्षेप में इसका उत्तर यह है कि बलूच राष्ट्रवादियों और राष्ट्र के बीच चलनेवाला संघर्ष, विभिन्न संघर्षों में सबसे स्थायी और कड़वा रहा है, जो 1948 में कलात की रियासत (बलूचिस्तान के अधिकांश हिस्सों का यही नाम था) के बलपूर्वक पाकिस्तान में विलय के बाद से किसी-न-किसी रूप में चला आ रहा है। पाकिस्तान के, इस प्रांत के साथ एक उपनिवेश जैसा व्यवहार करने, स्थानीय लोगों के जीवनयापन की स्थिति में सुधार किए बिना इसके संसाधनों का दोहन करने के कारण यह संघर्ष और बढ़ा है।

मूल रूप से, यह संघर्ष पाकिस्तान और बलूच राष्ट्रवादियों के दो परस्पर विरोधी विवरणों के बीच है। राज्य के अनुसार इस आंदोलन की जड़ें उस आंदोलन में हैं, जिसके कारण पाकिस्तान का निर्माण हुआ। पाकिस्तान के लिए मोहम्मद अली जिन्ना (आगे जिन्ना कहा गया है) का तर्क इसलाम के वैचारिक आधार पर निर्मित था, जो एक राष्ट्र को जोड़ने की सामग्री प्रदान करता है। 22 मार्च, 1940 को लाहौर में मुसलिम लीग के खुले अधिवेशन के अपने अध्यक्षीय भाषण में, जिन्ना ने कहा : 'मुसलमान एक अल्पसंख्यक वर्ग नहीं हैं। किसी भी परिभाषा के अनुसार मुसलमान एक राष्ट्र हैं···और उनके पास अपनी जन्मभूमि, अपना क्षेत्र और अपना राज्य होना चाहिए।'[6]

हालाँकि ऐसा तर्क, इसलाम के उपदेशों के विपरीत था, जैसा कि कांग्रेस पार्टी के एक वरिष्ठ नेता, मौलाना अबुल कलाम आजाद ने एक साक्षात्कार में कहा था : 'इसकी [पाकिस्तान की] माँग इसलाम के नाम पर की जा रही है।···धर्म के आधार पर क्षेत्रों का विभाजन मुसलिम लीग निर्मित एक उल्लंघन है; वे इसे अपने राजनीतिक एजेंडे के रूप में आगे बढ़ा सकते हैं, लेकिन इसलाम या कुरान में इसका कोई अनुमोदन नहीं है। कठोरता से कहें, तो भारत में मुसलमान एक समुदाय नहीं हैं; वे कई अच्छी तरह से आरोपित संप्रदायों में विभाजित हैं। आप उनकी हिंदू-विरोधी

भावना को जगाकर उन्हें एकजुट कर सकते हैं, लेकिन आप इसलाम के नाम पर उन्हें एकजुट नहीं कर सकते। उनके लिए इसलाम का अर्थ है, अपने निजी संप्रदाय के प्रति एकनिष्ठता।'[7] इसलिए जमात-ए-इसलामी (जे.आई.) के संस्थापक मौलाना अबुल ऐला मौदूदी जैसे इसलामिक विद्वानों के पाकिस्तान के निर्माण का विरोध करने पर आश्चर्य नहीं होता, क्योंकि इसके गठन का दावा इसलाम के नाम पर किया गया था।

भारत के उत्तर-पश्चिम और पूर्व के मुसलिम बहुसंख्यक प्रांतों की मुख्य पहचान इसलाम नहीं थी। इसलिए जिन्ना का मानना था कि इसलाम, पाकिस्तान का गठन करने के लिए एकत्र होनेवाले विभिन्न समुदायों को एकजुट करने में सहायक होगा। इन प्रांतों में मुसलिम आबादी अधिक होने की वजह से इसलाम कभी भी खतरे में नहीं था। इस नारे ने संयुक्त प्रांत (यू.पी.) और मध्य प्रांत (सी.पी.) जैसे अल्पसंख्यक मुसलिम आबादीवाले प्रांतों में एक राजनीतिक भावना उत्पन्न की। इन प्रांतों के मुसलिम अभिजात वर्ग में अंग्रेजों के हाथों सत्ता खो देने पर नाराजगी थी और एक प्रतिनिधि सरकार के अधीन हिंदुओं की बहुसंख्यक आबादी से पराभूत होने का डर भी था। इन प्रांतों की अल्पसंख्यक आबादी के लिए इसलाम मुख्य पहचान बन गया था। मुसलमानों की अल्पसंख्यक आबादीवाले प्रांतों की आशंकाओं को बलूचिस्तान जैसे मुसलमानों की बहुसंख्यक आबादीवाले प्रांतों में स्थानांतरित कर, जहाँ के बलूचों (बंगाली, पश्तून, पंजाबी और सिंधी के साथ) की समान जातीय पहचान थी, पाकिस्तान की अस्थिर नींव रखने का काम आरंभ किया गया।

इसके अतिरिक्त, पाकिस्तान आंदोलन के समय, जिन्ना ने एक कमजोर केंद्र और मजबूत प्रांतों के पक्ष में दृढ़ तर्क दिया था। जवाहरलाल नेहरू से उनका अलगाव मुख्यत: इसी बिंदु पर था, क्योंकि नेहरू के नेतृत्व में भारतीय राष्ट्रीय कांग्रेस एक मजबूत केंद्र चाहती थी। वास्तव में, प्रांतों के लिए अधिक स्वायत्तता, 1929 की जिन्ना की प्रसिद्ध चौदह सूत्रीय माँगों का हिस्सा थी, हालाँकि यह मुसलिम बहुसंख्यक प्रांतों का समर्थन सुनिश्चित करने के लिए अपनाई गई रणनीति मात्र थी, इन प्रांतों में मुसलिम लीग कमजोर या अस्तित्वहीन थी। पाकिस्तान के बनने के बाद, जिन्ना ने रातोरात अपना तरीका बदल दिया और सुनिश्चित किया कि पाकिस्तान एक एकात्मक राज्य बन जाए। हालाँकि 23 मार्च, 1940 को लाहौर प्रस्ताव में मूल रूप से 'स्वायत्त और संप्रभु', 'घटक इकाइयों' की बात की गई थी। इस प्रकार, बलूचों, सिंधियों और पश्तूनों को स्वायत्तता या स्वयं को शासित करने की शक्तियाँ नहीं सौंपी गईं, जबकि पाकिस्तान के निर्माण के लिए जिन्ना ने ऐसा करने का वचन दिया था। जिन्ना ने पाकिस्तान बनने के बाद जिस तरह से प्रांतीय स्वायत्तता देने से इनकार कर दिया था, उनके सैनिक और असैनिक उत्तराधिकारियों ने भी वैसा ही किया। 1947 के बाद से, हर सरकार, विशेष रूप से सेना का प्रयास, 'मजबूत और एकीकृत' पाकिस्तान बनाने के लिए, प्रांतीय अधिकारों और स्वायत्तता को रौंदकर पाकिस्तान में केंद्र सरकार की सत्ता को लागू करना रहा। तर्क दिया जाता है कि राष्ट्रवादी ताकतों ने राज्य के विरुद्ध बार-बार गुरिल्ला युद्ध आरंभ करने का एक कारण पाकिस्तान को अत्यधिक केंद्रीकृत राज्य बनाने और क्षेत्रीय स्वायत्तता की अनुमति देने में अनिच्छा थी।[8] उदाहरण के लिए, जनरल जिया-उल-हक ने कहा कि वे 'आदर्श रूप से मौजूदा प्रांतों को तोड़ना चाहते हैं और पाकिस्तान के नक्शे से जातीय पहचान मिटाते हुए उन्हें उनतीस छोटे प्रांतों से प्रतिस्थापित करना चाहते हैं।'[9]

वर्ष 1971 में पूर्वी पाकिस्तान के अलग होकर बांग्लादेश बनने के वास्तविक कारणों को समझने की बजाय, इस दुष्परिणाम ने इस भावना को प्रबल किया कि प्रांतीयता और प्रांतीय स्वायत्तता आगे भी राज्य के विघटन का कारण बनेगी। इसलिए किसी भी प्रकार के प्रांतीय अधिकारों या राष्ट्रवादी आंदोलनों को अभिशाप माना गया और ऐसे आंदोलनों को कुचलने के लिए सेना का उपयोग किया जाता था। इतिहास दरशाता है कि पहचान के मुद्दों, राष्ट्रवाद की समस्याओं और नैतिक आकांक्षाओं को केवल सैन्य बल से हल नहीं किया जा सकता। 1974 में, जुल्फिकार अली भुट्टो ने कहा था कि संकीर्ण, परिमित वफादारी की प्रमुखता को ध्यान में रखते हुए क्षेत्रवाद या प्रांतीयतावाद पाकिस्तान के राष्ट्र-राज्य के लिए प्रलय का कारण बनेगा।[10] 1977 में, राष्ट्रपति जिया ने जेल में बलूच नेताओं से मिलने पर ऐसी ही भावनाएँ व्यक्त कीं। उनके साथ बैठक करते हुए, जिया ने उनसे कहा कि 'हम सभी मुसलमान हैं और हमें यह नहीं कहना चाहिए कि हम बलूच या पश्तून हैं।' बलूच नेता मीर गौस बख्श बिजेंजो ने जवाब दिया कि 'हम बलूच और पश्तून हैं और उस आधार को छोड़कर हम कभी भी एक जीवनक्षम पाकिस्तान नहीं बना सकेंगे।'[11]

वर्ष 1970 में पश्तून क्षेत्रों (पुराने ब्रिटिश बलूचिस्तान और कुछ बलूच क्षेत्रों को मिलाकर) का बलूचिस्तान में विलय करते हुए एक केंद्रीकृत राज्य बनाने के प्रयासों में 'एक इकाई', 'मौलिक गणतंत्रों' आदि की नीतियाँ शामिल की गई थीं। उदाहरण के लिए, 1955 में, 'एक इकाई' लागू कर एक एकल प्रांतीय इकाई बनाई गई, जिसमें पूर्वी पाकिस्तान के विपरीत पश्चिमी पाकिस्तान के सभी प्रांतों को शामिल किया गया, जो संख्यात्मक रूप से अन्य पाकिस्तानी प्रांतों से उच्चतर था।

एक इकाई अपने भिन्न-भिन्न अल्पसंख्यकों में एक पाकिस्तानी पहचान स्थापित करने में विफल रही, इसके विपरीत इसने छोटे जातीय समूहों को अलग किया। वास्तव में, एक केंद्रीकृत राज्य बनाने के प्रयासों का बलूच राष्ट्रवादियों में अलगाव को कम करने और राष्ट्रीय आंदोलन को बढ़ावा देने से विपरीत प्रभाव पड़ा है। बलूच राष्ट्रवाद के एक विशेष जानकार सेलिग हैरिसन का कहना है : 'पंजाबी सेना और अभिजात वर्ग की प्रमुखतावाली नौकरशाही और सत्तावादी पाकिस्तानी शासकों के उत्तराधिकारियों ने एकात्मक राज्य के संरक्षण के साथ अपने हितों की पहचान की और अविभाज्य रूप से जुड़े हुए, प्रांतीय स्व-शासन की माँगों के साथ लोकतांत्रिक सरकार के लिए दबाव का विरोध किया।'[12] इस प्रक्रिया में, पाकिस्तान ने पूर्वी पाकिस्तान को खो दिया, जो अलग होकर बांग्लादेश बना। बलूचिस्तान में, भुट्टो ने प्रांतीय अधिकारों की बात करने के कारण 1973 में सरदार अत्ताउल्लाह मेंगल की सरकार को अपदस्थ कर दिया। इस प्रकार, पाकिस्तान द्वारा बलूचों की प्रांतीय अधिकारों की माँग को लगातार नकारा गया।

इसलाम और केंद्रीकरण का उपयोग करके एक सामान्य राष्ट्रीय पहचान बनाने में विफलता के दो कारण हैं। एक, पश्चिमी पाकिस्तान बननेवाला कोई भी प्रांत पाकिस्तान आंदोलन के समय अग्रिम पंक्ति में नहीं था और न ही मुसलिम लीग को यहाँ कोई महत्त्वपूर्ण स्थान प्राप्त है। वास्तव में, बलूच इलाकों में मुसलिम लीग की कोई उपस्थिति नहीं थी और कोई भी बलूच मुसलिम लीग के 1940 के लाहौर सत्र में शामिल नहीं हुआ था।[13] दूसरा, केंद्रीकरण, पाकिस्तान के विभिन्न प्रांतों के लोगों के सदियों पुराने जातीय-राष्ट्रवाद की जगह नहीं ले सका। सभी प्रांतों का इतिहास, संस्कृतियाँ, भाषाएँ आदि अलग-अलग थीं। क्षेत्र में इसलाम एक साझा बंधन था, लेकिन मुसलमानों

के भारी बहुमत को देखते हुए, यह एकमात्र महत्त्वपूर्ण पहचान नहीं था। आश्चर्य नहीं कि मुख्य रूप से इसलामिक पहचान पर आधारित राज्य के निर्माण से कई मुद्दे उठे, खासकर तब, जब इसका अधिक धर्मनिरपेक्ष प्रकृति की आदिवासी परंपराओंवाले बलूचों जैसे लोगों से सामना हुआ। बलूच राजनेता अब्दुल हई बलूच ने कहा : 'सत्ता ने कभी इस तथ्य को स्वीकार नहीं किया कि पाकिस्तान एक बहु-जातीय देश है। पाकिस्तान का गठन 1947 में हुआ था, लेकिन बलूच, पठान, सिंधी, पंजाबी और सेरिकी यहाँ सदियों से रहते आए हैं। उनकी अपनी संस्कृतियाँ और भाषाएँ हैं।'[14]

इस प्रकार की भावनाओं को निपुणता और परिष्कृत रूप से सँभालने की आवश्यकता थी, जिसकी पाकिस्तान के नेताओं में बहुत कमी थी और यह कमी अब भी बनी हुई है। पूर्वी पाकिस्तान अलग होकर बांग्लादेश बना, क्योंकि पूर्वी पाकिस्तान के लोगों के लिए, भाषा धर्म से अधिक महत्त्वपूर्ण पहचान थी, इसके बाद भी पाकिस्तान में इसलाम आधारित केंद्रीकरण की एक नीति जारी है। बलूचों के लिए, उनकी जातीय पहचान उनकी सदियों पुरानी संस्कृति और उनकी विशिष्ट क्षेत्रीय उपस्थिति, इसलाम—कम-से-कम पाकिस्तान में प्रचारित किए जा रहे इसलाम से ऊपर है। अतएव, बलूच पाकिस्तान के इसलाम आधारित विचार से सहमत नहीं थे। पाकिस्तानी राज्य 1947 में इसे समझने में विफल रहा और अब तक इसे समझने में लगातार असफल होता रहा है।

बलूचों की कथा उनकी स्वतंत्रता की अमिट ऐतिहासिक यादों पर टिकी है और लोगों को लगता है कि उन्हें पाकिस्तान में शामिल होने के लिए बाध्य कर उनके साथ अन्याय किया गया है। इससे पहले, ब्रिटिश शासन में उन्नीसवीं शताब्दी में, सीमा आयोगों के फैसलों ने ब्रिटिश साम्राज्य, फारस और अफगानिस्तान की ऐतिहासिक सीमाओं को बदल दिया था।[15] इसके बावजूद, उपमहाद्वीप से ब्रिटिश शासन के समाप्त हो जाने पर बलूच राष्ट्रीयता का प्रतिनिधित्व करनेवाली कलात की रियासत ने अगस्त 1947 में आजादी की घोषणा की थी। अनेक बलूचों का मानना था कि मार्च 1948 में कलात राज्य के पाकिस्तान में बलपूर्वक विलय ने उनकी पहचान छीन ली और यह धारणा अब भी बनी हुई है। बलूचिस्तान की मूल स्थिति यह है कि कलात की खानैत कभी भी भारत का हिस्सा नहीं थी। अंग्रेजों ने अपनी विदाई से ठीक पहले इससे एक भारतीय राज्य जैसा व्यवहार करते हुए गंभीर संधि की व्यवस्था का उल्लंघन किया और पाकिस्तान इसे विलय के लिए बाध्य करने का दोषी था। यह एक ऐसा विषय है, जो आज भी प्रतिध्वनित होता है और शायद यही बलूचों के पाकिस्तान का हिस्सा बनने के लिए सामंजस्य नहीं बनाने का अकेला और सबसे महत्त्वपूर्ण कारण है।

विलय के बाद, पाकिस्तान के व्यवहार ने बलूचों के अलगाव को बढ़ा दिया, जिसके परिणामस्वरूप व्यवस्थित आर्थिक शोषण और भेदभाव हुआ। इसे इस धारणा ने और बलवती किया कि बलूच होने की उनकी पहचान को एक आम पाकिस्तानी पहचान की वेदी पर बलिदान किया जा रहा था। यह भावना विकसित हुई कि पंजाब प्रांत के प्रभुत्ववाली संघीय सरकार, उनके साथ भेदभाव कर रही थी और उनके विशाल प्राकृतिक संसाधनों का दोहन करके उनके प्रांत का 'उपनिवेशीकरण' कर रही थी। प्रांत में जारी सैन्य अभियानों और इससे जुड़े बलपूर्वक गायब करने तथा मारो और फेंक दो की नीतियों; चीन-पाकिस्तान आर्थिक गलियारे (सी.पी.ई.सी.) और ग्वादर बंदरगाह के विकास जैसी मेगा परियोजनाओं से संबंधित फैसलों में बलूचों के बहिष्कार; अपने ही प्रांत में अल्पसंख्यक

होने के डर जैसे हाल के घटनाक्रमों ने अलगाव की इस भावना को और तेज किया है।

परिणामस्वरूप, जब बलूच अन्य प्रांतों, विशेष रूप से पंजाब के अपने समकक्षों से अपनी तुलना करते हैं, तो वे बिल्कुल सही प्रश्न करते हैं कि पाकिस्तान का हिस्सा बनकर उन्होंने क्या पाया है ? अफगानिस्तान में निर्वासित प्रिंस अब्दुल करीम ने 1948 में, अपने भाई कलात के खान, मीर अहमद यार खान को जो लिखा था, उसे देखकर ऐसा लगता है जैसे वह 2019 : ...में लिखा गया हो सकता है, 'पाकिस्तान के लोग केवल अंग्रेजों से अधिक आक्रामक ही नहीं हैं, बल्कि उनमें अपने ही दोस्तों को काटने की आदत भी है...पाकिस्तान की वर्तमान सरकार को हम चाहे जिस कोण से देखें, हमें पंजाबी फासीवाद के अलावा कुछ और नहीं दिखेगा। इसमें लोगों को कुछ कहने का अधिकार नहीं है। सेना और हथियार शासन करते हैं...इस सरकार में किसी भी अन्य समुदाय के लिए कोई जगह नहीं है, चाहे वह बलूच हो, सिंधी हो, अफगान हो या बंगाली हो...हर जगह केवल पंजाबी फासीवाद का शासन है।'[16] छह दशक बाद, नवाब खैर बख्श मारी का कथन ऐसी ही भावनाओं की प्रतिध्वनि लगता है, जब एक साक्षात्कार में उन्होंने कहा : 'हम पंजाबियों के साथ नहीं रह सकते। मेरे विचार में उनसे समझौते के लिए कोई जगह नहीं है। हमें उनसे छुटकारा पाना होगा।"[17]

इन सभी ने यह अनुभव किया कि बलूचिस्तान, पाकिस्तान में बराबर का भागीदार नहीं है। 2003 में, पाकिस्तान के मानवाधिकार आयोग की एक टीम ने लिखा, 'बलूचिस्तान में लगभग हर जगह असंतोष दिखा, क्योंकि सार्वजनिक मामलों से लोगों के बहिष्कार की धारणा व्यापक रूप से फैली थी। वे अपने को वंचित और उपेक्षित महसूस करते थे।'[18] 2009 में, एच.आर.सी.पी. ने बताया कि बलूचों के एक वर्ग ने यह निष्कर्ष निकाला था कि उन्हें राज्य के दुश्मन के रूप में देखा जा रहा था : 'उन्हें प्रतीत होता है कि देश के बाकी हिस्सों के लोगों के साथ-साथ राजनीतिक बलों द्वारा भी उनका परित्याग कर दिया गया है।'

वहाँ अलगाव, अस्वीकृति और निराशा की भावना है।'[19] इसने आगाह किया कि 'बलूच जातीयता की पहचान में वंचना और दमन की गहरी भावना है; उनसे बातचीत करने और उनकी क्षतिपूर्ति करने में सरकार की विफलता ने एक ऐसी आबादी को अपने से और अलग कर दिया है, जिसके अपने अधिकारों के लिए संघर्ष को सशस्त्र और आक्रामक रणनीति से लंबे समय तक रोके रखा गया है।' सामाजिक-आर्थिक असमानताओं और प्रांतीय स्वायत्तता की कमी ने साथ मिलकर, बलूचिस्तान के लिए, अपनी पहचान, संस्कृति, भाषा और अंततः बलूच होने के अर्थ को संरक्षित करने के लिए संघर्ष को अनिवार्य बना दिया है।[20]

चीन की सहायता से कार्यान्वित की जा रही मेगा परियोजनाओं (ग्वादर बंदरगाह और सी.पी.ई.सी.) ने बलूचों की शिकायतों में और वृद्धि की है। चीन ने विभिन्न परियोजनाओं में 60 अरब अमरीकी डॉलर से ऊपर निवेश किया है और ग्वादर के बंदरगाह के निकास द्वार के बलूचिस्तान में होने के कारण बलूचिस्तान का सामरिक महत्त्व बढ़ गया है। इस प्रकार, इसलामाबाद और क्वेटा के बीच की गतिशीलता में परिवर्तन हुआ है। इस बदली हुई गतिकी ने बलूचों की कठोर प्रतिक्रिया को और बढ़ा दिया है, क्योंकि वे अपनी ही जमीन पर अल्पसंख्यक बन जाने से आशंकित हैं।

बलूच, ग्वादर के एक प्रमुख बंदरगाह के रूप में विकसित होने जैसी विशाल परियोजनाओं

के विरोधी नहीं हैं। उन्हें इस बात पर आपत्ति है कि उनसे सलाह नहीं ली गई और उनका मानना है कि पहले की ऐसी परियोजनाओं के रोजगार और लाभ पंजाबियों को मिलते रहे हैं। पहले से ही इस प्रांत में ग्वादर में काम काम करने के लिए बाहरी श्रमिक आने लगे हैं और वे स्थानीय जमीनें खरीद रहे हैं। बलूच इसे बाहरी लोगों, विशेष रूप से पंजाबियों के अमीर होने का प्रमाण मानते हैं।

बलूचिस्तान एक तरफ कई खोए हुए अवसरों और दूसरी ओर प्रत्यक्ष धोखे से पीड़ित है। 1950 में और फिर 1960 में, सरदार अब्दुल करीम और सरदार नौरोज खान को क्रमशः हथियार डालने और सरकार के समक्ष समर्पण करने पर, कुरान की शपथ लेकर सुरक्षित मार्ग देने का वचन दिया गया था, लेकिन इसे पूरा नहीं किया गया। समर्पण करने के बाद, उन पर सैन्य अदालतों में मुकदमा चलाया गया था। दोनों को लंबे समय तक जेल की सजा मिली, नौरोज खान के बेटे और छह अन्य साथियों को फाँसी दे दी गई। 1973 में, जुल्फिकार अली भुट्टो ने लिये एक सर्वसम्मत संविधान के लिए बलूच समर्थन के पुरस्कार के रूप में उन्हें प्रांतीय स्वायत्तता देने का वचन दिया था। ऐसा होने के बाद, उन्होंने बलूचिस्तान में सरदार अत्ताउल्लाह मेंगल की सरकार को अपदस्थ कर दिया, जिसके कारण चार वर्ष तक विद्रोह चला। 2000 में, लंदन में एक अनिच्छुक मारी वंशधर हरबीयर मारी के साथ बातचीत आरंभ हुई थी, लेकिन उनकी माँगों को अस्वीकृत कर दिया गया। 2001 में, मुशर्रफ ने अंतिम समय में अकबर बुगती से बातचीत बंद कर दी। उस समय अकबर बुगती, अपने लिए भेजे गए एक विशेष विमान में सवार होनेवाले थे। 2005 में, बलूचिस्तान पर एक बहुदलीय संसदीय समिति की सिफारिश को टाल दिया गया था। तत्कालीन अमरीकी राजदूत रयान क्रोकर ने समिति के अध्यक्ष मुशाहिद हुसैन से कहा, 'सीनेटर, अगर आपकी रिपोर्ट लागू की जाती तो बलूचिस्तान में स्थिति सामान्य हो गई होती।'[21]

राष्ट्रीय सकल घरेलू उत्पाद में बलूचिस्तान का हिस्सा, 1970 के दशक के मध्य में 4.9 प्रतिशत था, जो 2000 में घटकर 3 प्रतिशत से भी कम हो गया। प्रांत में सर्वोच्च शिशु और मातृ मृत्यु दर, उच्चतम गरीबी दर है और यहाँ की साक्षरता दर पाकिस्तान में सबसे कम है। बलूचिस्तान के भीतर, 'एक औसत बलूच, एक औसत पंजाबी, पश्तून या प्रांत के हजारा निवासी से दोगुना अधिक गरीब है।' यहाँ तक कि राजधानी क्वेटा के, केवल एक-तिहाई घर सरकारी जल आपूर्ति प्रणाली से जुड़े हैं और उन्हें भी दिन में केवल एक या दो घंटे पानी मिलता है।[22]

बलूच पीपुल्स लिबरेशन फ्रंट की आधिकारिक इकाई, जबल ने जुलाई 1977 में कहा था, इसलामाबाद की दृष्टि में, बलूचिस्तान, तेल और खनिजों पर तैरता एक शुष्क रेगिस्तान है, जिसकी विशाल संपत्ति को वे लूट सकते हैं। उनकी राजनीतिक रणनीति का एक बड़ा हिस्सा पाकिस्तानी नौकरशाह पूँजीपतियों और विदेशी साम्राज्यवादी हितों के लाभ के लिए इस खजाने को निकालने की इच्छा से तय होती है। पूरे देश को गंभीर आर्थिक संकट से उबारने के लिए, पाकिस्तानी कुलीनतंत्र को बलूचिस्तान के तेल और खनिजों की आवश्यकता है।[23] चार दशक बाद भी स्थिति में कोई परिवर्तन नहीं हुआ है।

संघीय सरकार ने विकास परियोजनाओं में बलूचों को समायोजित करने की बहुत कम कोशिश की है, लेकिन उनमें से किसी में भी सफलता नहीं मिली है। नवाब खैर बख्श मारी ने इसके कारण को स्पष्ट रूप से व्यक्त किया था। उनके अनुसार, बलूच 'ऐसे तरीकों और ऐसी गति से आधुनिकीकरण

और विकास चाहते थे, जो हमें हमारी स्थितियों के अनुकूल लगे···लेकिन वे [पंजाबी] नहीं चाहते कि हम अपने नियंत्रण में आधुनिकीकरण करें। वे हमारी बात सुने बिना हमें अपने तरीके से आधुनिक बनाना चाहते हैं।' उन्होंने कहा कि बलूचिस्तान में बनी अधिकांश सड़कें, 'हमारे लाभ के लिए नहीं हैं, बल्कि वे सेना के लिए हमें नियंत्रित करना और पंजाबियों द्वारा हमें लूटने को आसान बनाने के लिए बनाई गई हैं। विषय विकास करना है या नहीं न होकर, यह है कि स्वायत्तता के साथ विकास करना है या इसके बिना। शोषण ने अब विकास का नाम धारण किया है।'[24]

बलूच पत्रकार मलिक सिराज अकबर कहते हैं, 'विकास' शब्द के बलूचों और संघीय सरकार के लिए अलग-अलग अर्थ हैं। बलूचों के लिए, विकास रोजगार के अवसरों के सृजन और उनके जीवन स्तर में सुधार से जुड़ा है। पाकिस्तान के लिए, विकास का मतलब बलूचिस्तान की खनिज संपदा प्राप्त करना और ग्वादर बंदरगाह और सी.पी.ई.सी. के विकास में तेजी लाना है।[25] अगर ऐसा करने का एकमात्र तरीका अपनी सैन्य उपस्थिति को मजबूत करना और बलूचों की जनसांख्यिकी में असंतुलन उत्पन्न करना है, तो ऐसा ही हो। पाकिस्तानी नेतृत्व ने इस बात का अनुमान नहीं लगाया है कि बलूचों को उनके संसाधनों के लाभों से वंचित करके, विकास या विदेशी निवेश की दीर्घकालिक सफलता संदिग्ध रहेगी।

केंद्र सरकार का तर्क है कि कुछ 'उपद्रवी', अर्थात् कुछ आदिवासी सरदार, अपने विशेषाधिकारों को बनाए रखने और सत्ता पर पकड़ बनाने के लिए कठिनाई उत्पन्न कर रहे हैं, वे बलूचों को दिग्भ्रमित कर रहे हैं, ताकि वे बलूचिस्तान को आधुनिक बनाने और विकसित करने के केंद्र सरकार के प्रयास को विफल कर सकें, लेकिन सरकार यह बात समझाने में सक्षम नहीं हो पाई है कि अगर यह लड़ाई केवल उनके विशेषाधिकारों के लिए है तो मकरान तट जैसे गैर-आदिवासी इलाकों में इतने बलूचों ने केंद्र सरकार के विरुद्ध हथियार क्यों उठा रखे हैं। स्पष्ट है कि आदिवासी सरदारों का संदेश बलूच आबादी में गूँजकर उन्हें हथियार उठाने के लिए प्रेरित करता है, जबकि केंद्र सरकार का संदेश कोई प्रभाव नहीं छोड़ता है। सरकार की समझ में यह नहीं आता कि लोगों ने सामाजिक और राजनीतिक मुद्दों पर अलग-अलग व्यवहार किया है। उन्होंने सरदारों के वर्चस्व का विरोध किया, लेकिन राजनीतिक मामलों में उन्हीं सरदारों का समर्थन किया है। यही कारण है कि उन्होंने अपने वंचित होने के लिए इसलामाबाद को दोषी ठहराया है और अपने सरदारों को नहीं।[26]

वास्तव में, स्थिति कुछ 'उपद्रवियों' के कारण नहीं है, बल्कि यह अतीत के अन्याय, बलूचों से विश्वासघात, प्रांत की आर्थिक उपेक्षा और पंजाबी 'उपनिवेशवादियों' द्वारा अपने लाभ के लिए उनके संसाधनों के शोषण जैसे कारणों की राजनीतिक यादों का एक जटिल संयोजन है। अब ग्वादर बंदरगाह और सी.पी.ई.सी. के विकास के कारण उनमें अल्पसंख्यक हो जाने का डर भी उत्पन्न हो गया है। इस प्रकार, यह संघर्ष बलूचों के इस गंभीर विश्वास पर आधारित है कि उन्हें अपने भाग्य का नियंता होना चाहिए, हालाँकि पंजाबी बहुल संघीय सरकार, ऐसे विवादों को जन्म देती है। सेलिग हैरिसन कहते हैं : '58 प्रतिशत आबादीवाले पंजाबियों के लिए, यह अकल्पनीय है कि 4 प्रतिशत से कम [अब 6 प्रतिशत] बलूच अल्पसंख्यकों का, देश की 42 प्रतिशत [44 प्रतिशत वास्तव में] भूमि का प्रतिनिधित्व करनेवाले बलूचिस्तान पर कोई विशेष दावा होना चाहिए।'[27] परिणामस्वरूप, स्थिति दोनों तरफ से कठोर हो गई है।

संघीय सरकार ने बलूचिस्तान के पार्श्वीकरण के मुद्दों को संरचनात्मक रूप से संबोधित करने के लिए 2008 से कई पहलें की हैं। इनमें संविधान में अठारहवाँ संशोधन, सातवाँ राष्ट्रीय वित्त आयोग (एन.एफ.सी.) अनुदान, *आगाज-ए-हकूक* बलूचिस्तान पैकेज, *पुर अमन* बलूचिस्तान पैकेज (राज्य की प्रतिक्रिया अध्याय में विस्तृत विवरण), इत्यादि शामिल हैं। ये बलूचिस्तान और अन्य प्रांतों को केवल कागजी वित्तीय, राजनीतिक और प्रशासनिक स्वायत्तता प्रदान करते हैं, हालाँकि सरकार इन पहलों का लाभ नहीं उठा सकी है और बलूचिस्तान में अशांति और उग्रवाद जारी है। यह मानना कि बलपूर्वक गायब करने और सुरक्षा बलों द्वारा बलूच राजनीतिक कार्यकर्ताओं की अतिरिक्त-न्यायिक हत्याओं को जारी रखते हुए—ऐसे 'पैकेज' बलूचों पर जीत हासिल करेंगे, अनुभवहीनता का प्रमाण है।

बलूच क्या चाहते हैं? परिदृश्य के एक छोर पर बलूच नेता अकबर बुगती के पोते, बरहमदाग बुगती जैसे अलगाववादी हैं, जो कहते हैं कि बलूच आदिवासी केवल अपना रोष प्रदर्शित करने के लिए नहीं लड़ रहे, बल्कि वे केंद्र सरकार को यह स्पष्ट करने के लिए संघर्ष कर रहे हैं कि 'उन्हें हमारी मातृभूमि छोड़नी होगी।'[28] आज, इस बात का जोर किसी भी अन्य समय से अधिक है। हालाँकि 1948, 1958, 1962 और 1973-77 में हुए पिछले चार विद्रोह जनजातीय अंचलों तक सीमित थे, लेकिन उन्होंने बलूच आदिवासी समाज को एक राष्ट्र में परिवर्तित कर दिया। वर्तमान उग्रवाद आदिवासी बाधा को पार कर गया है। इसने अब जमीनी स्तर पर समर्थन प्राप्त कर लिया है और एक ऐसी गति बना ली है, जिसने इसे पिछले डेढ़ दशक से सुलगते रहने में सक्षम किया है।

इस दृश्यपट के दूसरे छोर पर वे बलूच राजनेता हैं, जो हिंसा और पाकिस्तान से अलग होने के विरोध में हैं। वे अधिक प्रांतीय स्वायत्तता और अपने आर्थिक, राजनीतिक, सामाजिक और सांस्कृतिक मामलों पर नियंत्रण पाकर खुश रहेंगे। बलूचिस्तान का जिस तरह से शोषण हुआ है, उस पर वे भी अपना क्रोध जताते हैं।

राज्य की हिंसा और क्रूरता इस सहस्राब्दी के पहले दशक में आरंभ हुए उग्रवाद के मौजूदा चरण में उच्च स्तर तक बढ़ गई है। आंदोलन की रीढ़ बन चुके मध्यवर्गीय कार्यकर्ताओं के बढ़े हुए लक्ष्यों से यह स्पष्ट है। उनमें से बहुत लोग 'बलपूर्वक गायब' कर दिए गए हैं या 'गायब' हो गए हैं', बाद में गोलियों से छलनी हुए और यातनाओं के निशान से जर्जरित उनके शव बरामद हुए हैं। बलपूर्वक गायब किए जाने का यह मुद्दा स्पष्ट रूप से बलूचिस्तान की स्थिति का सबसे भयावह पहलू है। हजारों बलूच राजनीतिक कार्यकर्ता गायब हो गए हैं, जबकि उनमें से सैकड़ों, बलूचिस्तान में चलाए जा रहे मारो और फेंक दो अभियानों में मारे गए हैं। पाकिस्तान के सर्वोच्च न्यायालय के रिकॉर्ड में है कि खुफिया एजेंसियाँ और सुरक्षा बल इन अतिरिक्त-न्यायिक गिरफ्तारी और हत्याओं में शामिल रहे हैं, हालाँकि न्यायपालिका उपचारात्मक कारवाई करने में सक्षम नहीं हुई है।

उपरोक्त जटिलताओं के अलावा, लश्कर-ए-झांगवी (एल.ई.जे.) के नेतृत्व में सुन्नी चरमपंथियों में, हत्याओं की होड़ आरंभ हो गई है, जिसमें सैकड़ों शिया मुसलमानों को लक्षित किया गया है, जिनमें से अधिकांश हजारा जाति के हैं। व्यापक रूप से यह माना जाता है कि एल.ई.जे. को पाकिस्तानी सुरक्षा प्रतिष्ठान के भीतरी तत्त्वों द्वारा गुप्त रूप से समर्थन मिल रहा है।

बलूच सशस्त्र समूहों और राष्ट्र के बीच संघर्ष ने सरकार के विरुद्ध अपनी 'बदले की रणनीति'

के एक हिस्से के रूप में बलूचों द्वारा निहत्थे पंजाबी नागरिकों–विश्वविद्यालय के प्रोफेसरों, स्कूली छात्रों, पत्रकारों और मजदूरों की हत्या का रूप लिया है। इन हमलों के परिणामस्वरूप, हजारों पंजाबी, जिन्हें स्थानीय रूप से 'आकर बसनेवाले' माना जाता है, बलूचिस्तान से भाग गए हैं। अफगान के तालिबान और प्रांत के पश्तून क्षेत्रों में उनके 'क्वेटा शूरा' की उपस्थिति एक अतिरिक्त जटिलता है। उनमें और बलूचों के बीच अंतर करना महत्त्वपूर्ण है। बलूच अपने अधिकारों और अपने अस्तित्व के लिए लड़ रहे हैं, जो अफगानिस्तान में सत्ता में वापस आने की कोशिश कर रहे तालिबानों से काफी अलग है। तालिबान अफगानिस्तान में एक इसलामी विरोध स्थापित करना चाहता है और पाकिस्तान द्वारा इसका समर्थन किया जा रहा है। इसके विपरीत, बलूच क्षेत्रों में केंद्रित बलूच जातीय विद्रोह, पाकिस्तान के विरुद्ध एक धर्मनिरपेक्ष लड़ाई है।

बलूचिस्तान के घटनाक्रम के बारे में जानकारी का लगातार अभाव वहाँ की स्थिति की एक उल्लेखनीय विशेषता है। वहाँ कोई हिंसक घटना होने की खबर को छोड़कर पाकिस्तान के मीडिया में बलूचिस्तान के बारे में बहुत कम रिपोर्टिंग होती है, हालाँकि स्थिति धीरे–धीरे बदल रही है। बलूचिस्तान और उसके भीतर जारी संघर्ष अब अप्रत्यक्ष रूप से समाचार बनने लगा है, जिसके कारण ग्वादर और सी.पी.ई.सी. सुरक्षा आवश्यकताओं से संबंधित चर्चाओं पर ध्यान केंद्रित किया जा रहा है।

अमरीका और अन्य पश्चिमी शक्तियाँ पाकिस्तान पर, बलूचों की प्रांत में क्रूर दमन को रोकने के लिए दबाव डालने की अपील के बावजूद बड़े पैमाने पर मूकदर्शक बनी हुई हैं। ऐसा व्यवहार काफी हद तक अफगानिस्तान में अल–कायदा और तालिबान के विरुद्ध लड़ाई में पाकिस्तान के सहयोग के लिए उनकी निर्भरता के कारण किया गया है। 1970 के दशक तक, बलूचिस्तान की स्थिति के बारे में जानकारी के प्रति अमेरिका के रवैये को हार्वर्ड के एक प्रोफेसर, हेनरी किसिंजर की एक टिप्पणी से बहुत अच्छी तरह प्रस्तुत किया गया था। 1962 में पाकिस्तान की यात्रा के दौरान, जब उनसे प्रांत में हो रहे विद्रोह पर टिप्पणी करने के लिए कहा गया, तो उन्होंने टिप्पणी की, 'अगर यह मेरे चेहरे से टकराता तब भी मैं बलूचिस्तान की समस्या को नहीं पहचान सकता।'[29]

1979 में अफगानिस्तान पर सोवियत आक्रमण के बाद जब बलूचिस्तान, अफगान मुजाहिदीन को हथियारों की आपूर्ति का एक प्रमुख केंद्र बन गया, तब स्थिति में बदलाव आरंभ हुआ। संयुक्त राज्य अमेरिका में 9/11 के आतंकवादी हमले के कारण इस क्षेत्र में नए सिरे से दिलचस्पी उत्पन्न हुई और राष्ट्रपति परवेज मुशर्रफ ने कई प्रमुख प्रतिष्ठानों तक पहुँच प्रदान की, जिसमें पासनी और दालबादीन के हवाई क्षेत्र शामिल थे, जहाँ से अमरीकी सेनाओं ने अफगानिस्तान में अपने अभियानों को समर्थन प्रदान किया था। फिर भी, बलूचिस्तान के प्रति अमरीकी नीति, पाकिस्तान के प्रति उसके समग्र दृष्टिकोण से ही तय होती है।

यह पुस्तक बलूचिस्तान की भूमि और लोगों, प्रांत के भीतर उनके गठन और स्वभाव के बारे में चर्चा करने से आरंभ होती है। यह प्रांत के भूगोल, जनसांख्यिकी और सामरिक महत्त्व को स्पष्ट करती है। बलूचिस्तान पाकिस्तान के लगभग आधे भू–भाग को आवृत करता है, जबकि यहाँ की आबादी देश की कुल आबादी के लगभग 6 प्रतिशत के बराबर है। यह तथ्य एक महत्त्वपूर्ण चेतावनी है कि प्रांत के आर्थिक और सामाजिक विकास को समझने के लिए इसकी भौगोलिक और

जनसांख्यिकीय विशिष्टताओं पर अधिक ध्यान देना आवश्यक है। प्रांत का भूगोल और रणनीतिक स्थिति इसके मुख्य संसाधन हैं, लेकिन इसकी जमीन और आबादी का अनुपात इसकी समस्या का जटिल कारण है।

अगला खंड (II) विशेष रूप से ब्रिटिश शासन और उपमहाद्वीप के विभाजन के समय के बलूचिस्तान के ऐतिहासिक विकास का अध्ययन करता है। यह बहुत महत्त्वपूर्ण है, क्योंकि कलात के बलूच राज्य के पाकिस्तान में विलय की संदिग्ध वैधता बलूचों के अलगाव का मूल कारण है। अधिकांश बलूचों का मानना है कि कलात के खान को इंस्ट्रूमेंट ऑफ एक्सेसेशन पर हस्ताक्षर करने के लिए बाध्य ही नहीं किया गया था, बल्कि यह एक अवैध प्रक्रिया थी। अधिग्रहण के मुद्दे को तय करने का अधिकार बलूच विधायिका के दो सदनों को दिया गया था और खान अपने दम पर ऐसा नहीं कर सकते थे। इसमें पीठ में छुरा घोंपने का एक तत्त्व भी है, क्योंकि जिन्ना ने, कभी खान के वकील के रूप में अंग्रेजों से कलात की स्वतंत्रता के बारे में बहस की थी। अंग्रेजों के चले जाने और पाकिस्तान के गवर्नर-जनरल बनने के बाद, जिस पर भरोसा किया गया था, उसी जिन्ना ने कलात को पाकिस्तान में शामिल होने के लिए बाध्य कर दिया।

पुस्तक का तीसरा खंड राजनीतिक और प्रशासनिक पार्श्वीकरण पर विशेष जोर देने के साथ बलूची अलगाव की जड़ों पर केंद्रित है, जिसका कारण दशकों से बलूचिस्तान के संसाधनों का आर्थिक शोषण और उसके परिणामस्वरूप यहाँ के लोगों का वंचित रहना है। यह समझने के लिए कि बलूचों में इतना गहरा और स्थायी अलगाव क्यों है, यह खंड आँकड़ों का हवाला देते हुए, पाकिस्तान के अन्य प्रांतों से बलूचिस्तान की तुलना करता है। वास्तव में, बलूचिस्तान के सामाजिक-आर्थिक संकेत चिंताजनक हैं। यह प्रांत पानी की तीव्र कमी से ग्रस्त है; 70 प्रतिशत लोग गरीबी में जीते हैं; लगभग 1.8 मिलियन बच्चे स्कूलों से बाहर हैं और 5,000 से अधिक सार्वजनिक स्कूलों में केवल एक कमरा है; मातृ मृत्यु दर प्रति 100,000 में से 758 है और बलूचिस्तान के लगभग 15 प्रतिशत लोग हेपेटाइटिस बी या सी से पीड़ित हैं। इसके साथ खराब शासन, बड़े पैमाने पर भ्रष्टाचार, भाई-भतीजावाद, संसाधनों और बेरोजगारी का कुप्रबंधन और शक्तिशाली, खतरनाक मिश्रण की अच्छी तरह से कल्पना की जा सकती है।

अगले खंड में ग्वादर बंदरगाह और सी.पी.ई.सी. के विकास के बारे में विस्तार से चर्चा की गई है, जो पाकिस्तान के लिए एक खेल-परिवर्तक माना गया है। क्या यह बलूचिस्तान की स्थिति में भी बदलाव लाएगा? यदि हाँ, तो बलूच इसका विरोध क्यों कर रहे हैं? बलूच इस तथ्य का हवाला देते हैं कि 1950 के दशक में बलूचिस्तान के सुई में प्राकृतिक गैस की खोज की गई थी, फिर भी प्रांत के प्रमुख हिस्से अभी तक इसके लाभ से वंचित हैं। आश्चर्य की बात नहीं है, उनमें एक सनक भरी धारणा है कि प्रांत को ग्वादर बंदरगाह या आर्थिक गलियारे के विकास के लाभों का उचित हिस्सा नहीं मिलेगा।

पाँचवाँ खंड राज्य द्वारा उग्रवाद से निपटने की कोशिश में बलूचिस्तान में मानवाधिकारों के गंभीर उल्लंघन की चर्चा करता है। लंबे समय तक आवरण में रखी गई, मानव अधिकारों के उल्लंघन की सही स्थिति धीरे-धीरे सामने आने लगी है। ऐसे उल्लंघन का एक महत्त्वपूर्ण तत्त्व बलूचिस्तान में होनेवाली घटनाओं पर ढक्कन रखने और केवल राज्य की कथा को प्रबल रखना

सुनिश्चित करनेवाली मीडिया का खंडित होना है।

अंतिम खंड में, बलूचिस्तान में मौजूदा उग्रवाद पर आधारित है, जिसमें पाकिस्तान द्वारा सामना की जानेवाली अलगाववादी चुनौतियों और इस चुनौती के लिए पाकिस्तानी राज्य, विशेषकर सेना की प्रतिक्रिया पर ध्यान केंद्रित किया गया है। इसमें उग्रवाद को असफल करने के लिए सरकारों द्वारा अपनाई गई विभिन्न रणनीतियों और वे किस हद तक सफल हुई हैं, इस पर चर्चा की गई है। अंत में, निष्कर्ष इस विषय की चर्चा करता है कि बलूचिस्तान और पाकिस्तान के लिए भविष्य क्या है। क्या स्थिति परिवर्तित नहीं हो सकती है ?

बलूचिस्तान के बांग्लादेश की तरह पाकिस्तान से टूटने की कितनी संभावना है ?

पाकिस्तान की समस्या यह है कि बलूचिस्तान बहुत बड़ा और रणनीतिक रूप से इतना महत्त्वपूर्ण है कि वह इस प्रांत पर अपनी पकड़ ढीली नहीं कर सकता। इसके बावजूद, पिछले सात दशकों से चली आ रही नीतियों ने प्रांत को मुख्यधारा में लाने की बजाय इसे अलग-थलग रखने के लिए सबकुछ किया है।

क्या अगले सात दशक इससे अलग होंगे ?

# अनुक्रम

## चीन की चाल



## अनवरत उत्पीड़न



## स्थायी विद्रोह

# I

# एक प्राचीन सभ्यता

# 1

# भूमि

बलूचिस्तान एक प्राचीन देश है, जिसका इतिहास यहाँ के लोगों के रहस्य और तर्क वितर्क में लिपटा हुआ है। इसकी भौगोलिक स्थिति ने इसे भारत और मेसोपोटामिया की सभ्यताओं के एक सेतु के रूप में एक विशिष्ट स्थान दिया था। बलूचिस्तान के मेहरगढ़ में की गई पुरातात्त्विक खोजों ने इसे विश्व की प्राचीनतम सभ्यताओं में से एक बताया है; मध्य मकरान में कीच की सभ्यता 4000 ई.पू. की मानी जाती है, पश्चिमी बलूचिस्तान की प्रांतीय राजधानी, जाहिदान के पास जमीन में दबे शहर की सभ्यता लगभग 3000 ई.पू. की है, अब यह स्थान ईरान में है।[1] *इंपीरियल गजेटियर* के अनुसार : 'सभी परंपराएँ इस बात की पुष्टि करती हैं कि कलात के पूर्व शासक हिंदू थे, जिनके नाम के साथ सेवा जुड़ा था। इस संभावना को नकारा नहीं जा सकता कि वे सिंध के राय वंश से संबंधित थे, जिनकी वंशावली तालिका में 'शिरस' नाम के दो शासक शामिल हैं।[2] सेवा के नाम पर, कलात को कभी कलात-ए-सेवा (सेवा का किला) कहा जाता था, जो ब्राहवी बोलनेवाले लोगों के एक प्रसिद्ध हिंदू नायक थे।

संभवत:, सबसे पहले बलूचिस्तान का उल्लेख लुसियस फ्लेवियस एरियनस (अर्रियन) द्वारा किया गया था, जिनके *एनाबासिस ऑफ अलेक्जेंडर* में अलेक्जेंडर के अभियानों का विवरण है और बलूचिस्तान के रेगिस्तान और मकरान तट के रास्ते यूनान वापस जाने का वर्णन किया गया है। 325 ईसा पूर्व, वापस लौटते समय, बलूचों द्वारा उसे बहुत परेशान किया गया था। उसकी जीवनी के लेखक ने लिखा, 'मैंने महान् अलेक्जेंडर को पहले कभी इतना दु:खी और निराश नहीं देखा था—वे दु:ख और अनिश्चितता से भरे थे, जो [बलूचों के साथ युद्ध का] परिणाम सिकंदर की सेना और खुद उसके लिए विनाशकारी था। वास्तव में, सिकंदर अपने अभियान में लगभग पूरी तरह टूट गया था और उसकी सेना के लगभग तीन-चौथाई सैनिक मारे गए थे।'

इतिहासकारों का दावा है कि सिकंदर को अपनी यात्रा में पहले कभी भी बलूचिस्तान के अगम्य रेगिस्तानों और बीहड़ इलाकों जैसा भयानक अनुभव नहीं हुआ था और वह हार के बहुत करीब पहुँच गया था।[3] इस दुर्गम रेगिस्तान में जहाँ मीलों तक पानी का कोई अता-पता नहीं था, एक सैनिक अपनी लोहे की टोपी में पानी भरकर सिकंदर के पास ले गया था, लेकिन सिकंदर ने अपनी प्यास न बुझाकर उस पानी को जलती हुई रेत पर गिरा दिया, इस कृत्य से उसने अपने सैनिकों को यह भरोसा दिलाया कि यदि उन्हें अपनी प्यास बुझाने के लिए पानी नहीं मिलता तो वह भी पानी नहीं पीएगा।[4]

*इंपीरियल गजट* के अनुसार: 'जब क्वेटा में वर्तमान शस्त्रागार के लिए जगह तैयार की जा रही थी, तो वहाँ हरक्यूलिस की एक प्रतिमा मिली थी। झालावाड़ में नाल और ममातवा की खुदाई में मिट्टी के बरतनों के अवशेष मिले हैं। झालावाड़ में पाए गए बरतनों और साइप्रस और फोनिशिया और माइकेनियन तकनीक के आठवीं शताब्दी ई.पू. के मिट्टी के बरतनों में काफी समानताएँ हैं। कच्छी के छालगारी में बौद्ध अवशेषों के होने के संकेत मिले हैं। समय-समय पर मिले सिक्कों से यह स्पष्ट है कि व्यापारियों ने प्राचीन काल से लेकर वर्तमान समय तक, फारस से भारत तक जानेवाले मार्गों पर अपने चिह्न छोड़े हैं।'[5]

यूनानी इतिहासकार हेरोडोटस ने बलूचिस्तान को तीन अलग-अलग हिस्सों-अराकोसिया : कंधार और क्वेटा क्षेत्र; ड्रैंगियाना : हेलमंड, सिस्तान और चगई; और गेड्रोसिया : मकरान तट में बाँटा था।[6]

सदियों बाद, बलूचों ने ब्रिटिश राज के समय अंग्रेजों से युद्ध किया और उन्हें क्षति पहुँचाई। रुडयार्ड किपलिंग ने लिखा था कि भारत के विभाजन से पहले, क्वेटा स्टाफ कॉलेज के प्रतिष्ठित संकाय सदस्यों और स्नातकों में फील्ड मार्शल बर्नार्ड लॉ मोंटगोमरी, सर क्लाउड ऑकिनलेक, बर्मा के लॉर्ड स्लिम, एस.एच.एफ.जे. मानेकशॉ, के.एम. करिअप्पा, मुहम्मद अयूब खान, जनरल लॉर्ड इस्माय और सर डगलस ग्रेसी शामिल हैं।[7]

लगभग 600,000 वर्ग किमी. क्षेत्र के साथ दक्षिण-पूर्वी ईरानी पठार पर स्थित, विविधता से समृद्ध, बलूचिस्तान आकार में फ्रांस (551,500 वर्ग किमी.) से बड़ा है।[8] भूगोल के संदर्भ में, इसमें भारतीय उपमहाद्वीप की अपेक्षा ईरानी पठार से अधिक समानता है। बलूचिस्तान की यात्रा करनेवाले एक ब्रिटिश राजनीतिक अधिकारी एडवर्ड वेकफील्ड ने बलूचिस्तान की जलवायु और भूगोल के बारे में निम्नलिखित टिप्पणियाँ की हैं : 'हमारी गाड़ी की खिड़कियों से बाहर...मैंने एक नई दुनिया, एक ऐसी दुनिया की ओर देखा, जिसमें भारत जैसा कुछ भी नहीं था, जिसे हम पहले से जानते थे। यहाँ ऊबड़-खाबड़, बंजर, धूप में जले पहाड़, गहरे खड्डों और घाटियों के बीच की दरारें थीं। दिन के पूरे प्रकाश की स्थिति से अलग, भोर के पहले प्रकाश में, पहाड़ियों में एक सौम्य उभार दिख रहा था, जो स्वागत करता और अनुकूल लग रहा था। यहाँ की हवा भी, भारत के मध्य एशियाई पठार से अलग तरह की थी। ऐसे परिवेश की हवा में साँस लेना प्राणपोषक था।'[9]

कलात के खान के कानूनी सलाहकार, एम.ए. जिन्ना ने, 1946 में, कैबिनेट मिशन को एक ज्ञापन सौंपा था, जिसमें अंतरिम रूप से, निम्न भौगोलिक आधार पर बलूचिस्तान को ब्रिटिश भारत से अलग करने की माँग की थी : 'भौगोलिक रूप से कलात भारत की क्षेत्रीय सीमा के भीतर नहीं आता है। उत्तर में, सुलेमान पर्वत के दक्षिणी छोरों के बड़े अवरोध इसे भारत से अलग करते हैं। दक्षिण में, कलात का अचिंत्य रूप से जंगली अधित्यका का लंबा विस्तार है, जो सिंध के रेगिस्तान तक पहुँचता है, जिसका निचला हिस्सा भारतीय सीमा है। बलूच की यह धरती और चूना पत्थर की सपाट दीवारों का इसका सीमांत भारतीय सीमा के विन्यास की सबसे उल्लेखनीय विशेषताओं में से एक है।'[10]

हालाँकि, कहा गया है : 'ऐतिहासिक अनुभव की शक्ति ने भूगोल के तर्क को निरस्त कर दिया है और इस क्षेत्र के राजनीतिक इतिहास को उन शक्तियों से जोड़ा है, जो भारतीय उपमहाद्वीप के भारतीय गांगेय मैदानों में केंद्रित थे।'[11]

बलूचिस्तान चार प्रमुख भौतिक क्षेत्रों में विभाजित है : ऊपरी अधित्यकाएँ, निचली अधित्यकाएँ, मैदान और रेगिस्तान। खुरासान के रूप में परिचित ऊपरी अधित्यकाएँ 3,700 मीटर (मीटर) तक ऊँची हैं, जिससे घाटी की सतह समुद्र तल से लगभग 1,500 मीटर ऊपर है। ऊपरी अधित्यकाएँ मुख्य रूप से झोब, किला सैफुल्लाह, पिशिन, क्वेटा, जियारत और कलात जिलों में फैली हैं। इसमें सुलेमान, तोबक काकरी, मुरदार, जारगून, ताकातु और चिल्तान पर्वतमाला जैसी कई श्रेणियाँ शामिल हैं। निचली अधित्यकाएँ मकरान, खारान और चगई की तीन पर्वत शृंखलाओं से विभाजित हैं। उनकी ऊँचाई 600 मीटर से 1,200 मीटर (1,970 फीट से 3,940 फीट) तक है। वे दक्षिण-पूर्वी बलूचिस्तान में स्थित हैं। मैदानों का क्षेत्र बलूचिस्तान की कुल भूमि की तुलना में अपेक्षाकृत छोटा है। इनमें कच्छ, लासबेला और दश्त नदी के मैदान शामिल हैं। काची मैदान, सिबी के दक्षिण में स्थित नसीराबाद प्रखंड में फैला हुआ है। इसके अलावा डेरा बुगती जिले का दक्षिणी हिस्सा और मकरान तट से जुड़ा संकीर्ण मैदान काची से ईरानी सीमा तक फैला है। रेगिस्तानी क्षेत्र का उत्तर-पश्चिमी भाग खरान और चगई जिलों में विस्तारित है। ये रेत और काली बजरी के अपने अनूठे मिश्रण द्वारा चिह्नित हैं।[12]

ब्रिटिश भूगोलवेत्ता और यात्री सर थॉमस होल्डिच ने बलूचिस्तान को एक पिघले हुए समुद्र द्वारा धोया जानेवाला 'अनावरित तट' कहा। *इंपीरियल गजेटियर* इसका एक संक्षिप्त सारांश प्रस्तुत करता है : 'बीहड़, बंजर, धूप से जले पहाड़, विशाल खाइयों और घाटियों से भरे, शुष्क रेगिस्तान और पथरीले मैदानों से···इसकी काफी बड़े आकार की समतल घाटियों में ऐसे स्थान भी हैं, जहाँ सिंचाई के बल से खेती की जाती है।'[13]

मकरान तट के सफेद मिट्टी के पहाड़ों की एक विशेषता यह है कि वे पत्थर के बदले चूना पत्थर या उसके समूह से बने हैं और दीवार जैसे दिखते हैं। होल्डिच के शब्दों में, ये पहाड़ ऐसे दिखाई देते हैं : 'विशाल टोपी या मुकुटवाले स्तंभ और स्तंभ-पाद [जो] शानदार सरणी में स्थित हैं···क्रमिक सतहें इतनी अच्छी तरह से स्पष्ट हैं कि इसमें बड़े पैमाने पर चिनाई निर्माण की सभी विशेषताएँ हैं···बचाव की किसी विशाल प्रणाली की समानांतर दीवारों की तरह कठोर, दाँतेदार, नग्न असंबद्धता और 5,000 फीट से 50 फीट तक की ऊँचाई की विविधता है।'[14]

हाल ही में, 2009 में, रॉबर्ट कपलान ने लिखा : मकरान तट की यात्रा करना, हवाओं के थपेड़ेवाले यमन और ओमान की मुक्त करनेवाली नीरसता, बलुई कागज के रंग के आरी जैसे दाँतों, काँटेदार झाड़ियों से भरी एक रेगिस्तानी सतह को उठते हुए देखने का अनुभव करना है। यहाँ का तट इतना खाली और सन्नाटे से भरा है कि आप सिकंदर की सेना के ऊँटों के खुरों की गूँज सुन सकते हैं, आप अपने को भूविज्ञान में खो देते हैं।

समुद्र एक धमाके के साथ रेत के ऊँचे टीलों के चाकू-खुदी खुबानी के चाँद जैसे आकार से टकराकर, गंभीर रूप से बदहाल जमीन को रास्ता देता है। दूर देश के भीतर, बलुआ पत्थर और चूना पत्थर का हर घेरा हड्डी के रंग जैसा है। हवाओं और भूकंपीय और विवर्तनिक व्यवधानों ने यातनापूर्ण सिलवटों और उभारों, गहरे अंतराल और शंक्वाकार झुकावों में अपनी छाप छोड़ी है, जो मानवीय मूर्खताओं की उम्र से बहुत पहले से यहाँ विद्यमान हैं।[15]

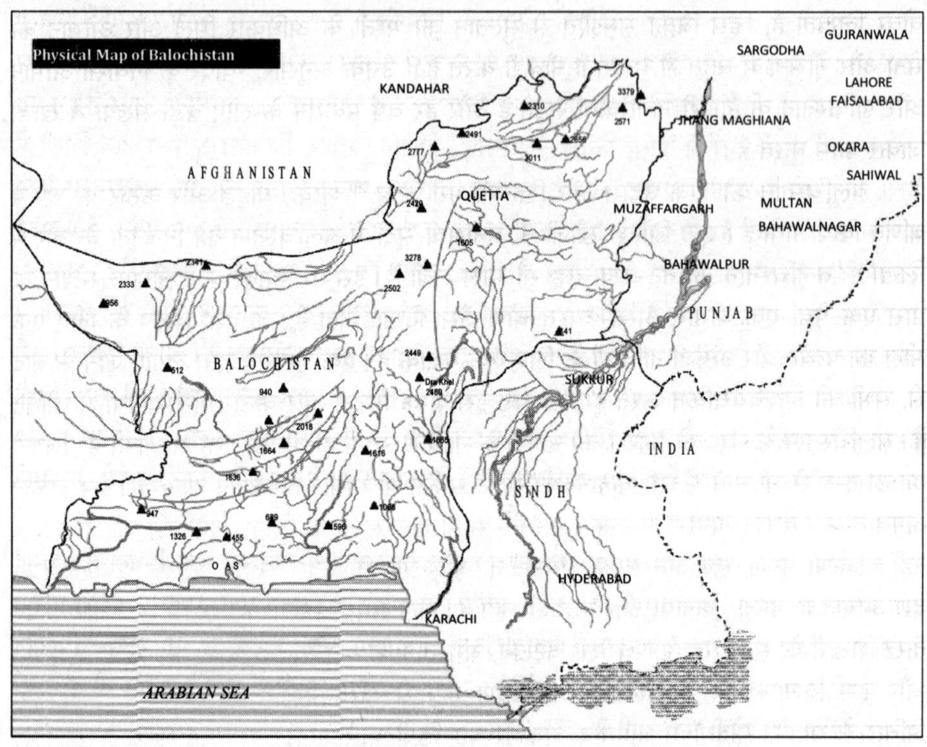


पारिस्थितिकी के कारक कृषि केंद्रों और चरागाह भूमि के विभाजन में योगदान देते हैं। बदले में, यह आदिवासी अर्थव्यवस्था और संस्थानों के विकास को प्रभावित करता है। 1980 के दशक के आरंभ में, बलूच अर्थव्यवस्था के बारे में बताते हुए, सेलिग हैरिसन ने लिखा : 'केवल घुमंतू देहातीवाद या कृषि पर निर्भर रहने की बजाय, अधिकांश बलूच जीवित रहने के लिए दोनों के मिश्रण का अभ्यास करते हैं।'[16] ब्राहवी के कथन में भी यह निहित है : 'ईश्वर, ईश्वर है, लेकिन भेड़ एक अलग चीज है।'[17]

बलूचिस्तान में दो उभरे हुए मैदान या पठार हैं। एक कलात में है और दूसरी क्वेटा घाटी में है। कलात एक चतुर्भुज पठार है, जिसका विस्तार लगभग 480 किमी. (300 मील), गणे 480 किमी. (300 मील) है, जहाँ कलात की प्राचीन राजधानी 1,800 मीटर (6,000 फीट) से अधिक की ऊँचाई पर स्थित है। कलात उत्तर में सरवन के पहाड़ी क्षेत्र और दक्षिण में झालावान के समुद्र के रेगिस्तान में विस्तृत है। क्वेटा 1,675 मीटर (5,500 फीट) की ऊँचाई पर स्थित है। मूल रूप से, इसे 'शाल' कहा जाता था। अंग्रेजों ने 21 फरवरी, 1877 को इसे प्रांत की राजधानी बनाया।

मकरान बलूचिस्तान के बाकी हिस्सों से अलग है। बलूचिस्तान के बाकी हिस्सों से पृथक् आदिवासी अंचल के विपरीत इसकी लगभग 95 प्रतिशत आबादी 5 प्रतिशत से कम भूमि पर केंद्रित है। ग्वादर इसका मुख्य बंदरगाह है। अठारहवीं शताब्दी में कलात के तत्कालीन खान ने ओमान के सुल्तान को यह बंदरगाह उपहार में दिया था, इसलिए इस पर ओमान का अधिकार था। 1958 में ग्वादर बंदरगाह 3 मिलियन अमरीकी डॉलर में पाकिस्तान को वापस बेच दिया गया। मारी एनी

वीवर लिखती हैं, 'इस बिक्री समझौते से सुल्तान को भरती के अधिकार मिले और ओमान की सेना और नौसेना में बहुत से मकरानी नौकरी करते हैं।' उनके अनुसार, ग्वादर के निवासी ओमान और पाकिस्तान की दोहरी नागरिकता रखते हैं और हर वर्ष मकरान के लोग बड़ी संख्या में खाड़ी जाकर काम करते हैं।[18]

बलूचिस्तान को 'एक उदास और खिन्नता भरी जगह'[19] शुष्क, बीहड़ और कठोर के रूप में वर्णित किया गया है। एक ब्रिटिश खोजी ने उन्नीसवीं सदी में बलूचिस्तान की निर्जनता के बारे में लिखा : 'बलूचिस्तान की तट-रेखा छह सौ मील लंबी है। इस पर ग्वादर के टेलीग्राफ स्टेशन के पास एक पेड़, एक बीमार, अस्त-व्यस्त चीज जैसा दिखाई देता है, जो देशी शिल्प के लिए एक मील का पत्थर और अंग्रेजी नाविकों के लिए एक मजाक है। एक यूरोपीय द्वारा लगाए जाने के बाद से, सभी को आश्चर्यचकित करते हुए यह पेड़ इस शुष्क मिट्टी और कठोर परिस्थितियों में जीवित है। बलूचिस्तान के पेड़ को फारस की खाड़ी के नाविक उतनी ही अच्छी तरह से जानते हैं, जितनी अच्छी तरह से लंदन के टैक्सी चलानेवाले रीजेंट सर्कस या मार्बल आर्क को जानते हैं। इस अकेले अपवाद के अलावा, फारस से लेकर भारतीय सीमा तक समुद्र के किनारे वनस्पति का कोई चिह्न नहीं है। कभी-कभी, लंबे अंतराल पर, मिट्टी की कोई झोंपड़ी दिखाई देती है, जो यह दरशाती है कि देश आबाद है, इसके अलावा और कुछ भी नहीं है। नीले समुद्र से लगभग लंबवत बढ़नेवाले अपने तीखे शिखरों के साथ, खड़ी, पथरीली चट्टानें, रेगिस्तान के अंतर्देशीय इलाकों की विशेषता हैं।[20]

इस विशाल क्षेत्र में जलवायु असाधारण रूप से परिवर्तनशील है। उत्तरी और आंतरिक अधित्यकाओं में, सर्दियों में तापमान अकसर 40 डिग्री फारेनहाइट तक गिर जाता है, हालाँकि गरमियों में यह अंचल शीतोष्ण रहता है। इसके विपरीत, तटीय क्षेत्रों में गरमियों में तापमान 100 और 130 डिग्री फारेनहाइट के बीच पहुँच जाता है, जबकि सर्दियाँ अधिक अनुकूल रहती हैं। दक्षिण-पश्चिम मानसून की दिशा में होने के बावजूद बलूचिस्तान में आमतौर पर प्रतिवर्ष 5 से 12 इंच तक बारिश होती है।[21] इसका कारण मकरान पर्वतमाला की ऊँचाई का कम होना है। बरसात अधिकतर सर्दियों में होती है, हालाँकि निचली अधित्यकाओं और अरब सागर के पास के इलाकों में, गरमियों में बारिश होती है। परिणामस्वरूप, मात्र 7 प्रतिशत क्षेत्र ही कृषि योग्य है।

अफगानिस्तान जा रही जनरल कीन की सेनाओं में कार्यरत एक अन्य ब्रिटिश अधिकारी, जॉन जैकब ने 1839 में यहाँ की जलवायु के बारे में लिखा था : अप्रैल से अक्तूबर तक दुनिया के इस हिस्से की गरमी किसी दुश्मन की तलवार से कहीं अधिक घातक है और केवल इस कारण से कई लोगों को खोए बिना शायद ही कोई रक्षीदल इस देश से होकर गुजरा हो…यह जगह अविश्वसनीय हिंसक और घनत्व वाले अपने धूल भरे तूफान के लिए उल्लेखनीय है। ये तूफान वर्ष के सभी मौसमों में आते हैं, कभी-कभी दोपहर के प्रकाश को इतने घने अंधकार में बदल देते हैं, जितना अंधकार सामान्य रूप से रात में भी नहीं होता है और गहरे तूफान का यह अंधकार कभी-कभी एक, दो या उससे अधिक घंटों तक बना रहता है। रेगिस्तान के दोनों किनारों पर धूल के ये तूफान कभी-कभी सिमून के धमाकों के साथ जुड़े होते हैं, यह एक ऐसी जहरीली हवा है, जो सब्जियों और जानवरों के जीवन के लिए समान रूप से विनाशकारी होती है।[22]

एक बलूच कहावत गरमियों में मैदानों की गरमी का वर्णन करती है : 'हे भगवान्, जब आपने

सिबी और दाधर बनाया था, तो नरक में इसका गर्भ धारण करनेवाली वस्तु क्या थी?'[23]

संभवत: प्रकृति की कठोरता यह बताती है कि ग्रीक, अरब, हिंदू, तुर्की, फारसी जैसी कई महान् सभ्यताओं ने इस क्षेत्र से होकर अनेक विजेता भेजे हैं, लेकिन उनके जीवित होने के मात्र कुछ ही चिह्न क्यों बचे हैं।[24] उनमें से कोई बलूचिस्तान को अपने साम्राज्य में मिलाने में सफल नहीं हुआ।

हाल में समुद्र स्तर में वृद्धि होना चिंता का एक अन्य विषय है। रिपोर्टों से संकेत मिलता है कि समुद्र देश के भीतर घुसपैठ कर संपत्तियों और खेतों पर अतिक्रमण कर रहा है। पिछले कुछ दशकों में, इस घटना के कारण लाखों हेक्टेयर भूमि समुद्र में समा गई है। डैम बैंडर, पासनी, सब बैंडर, पशुकन और जिवानी मकरान तट से लगे सर्वाधिक प्रभावित क्षेत्र हैं। बलूचिस्तान में, ईंधन की लकड़ी और लकड़ी माफिया द्वारा, मैंग्रोव जंगलों के विनाश ने तटीय कटाव को और बढ़ा दिया है। खाद्य और कृषि संगठन के 1990 से 2015 तक के वैश्विक वन संसाधन आकलन 2015 की रिपोर्ट में कहा गया था कि पाकिस्तान में औसतन 2.1 प्रतिशत पर वनों की कटाई हुई है, जिसमें मैंग्रोव वनों की कटाई भी शामिल है।[25]

बलूच संस्कृति पर देश के भूगोल का बहुत अधिक प्रभाव है : इसके ऊबड़-खाबड़ पहाड़ और अर्ध-रेगिस्तानी बंजर भूमि के विस्तार से यही आशा है कि यहाँ के लोग एक विशिष्ट और आत्मनिर्भर प्रकृति के हैं, जिन्हें कठिनाइयों का सामना करना पड़ता है। उनकी आदिवासी संरचना और सामाजिक कार्य समान रूप से, उसी कठोर वातावरण को दोहराते हैं, जिसमें वे रहते हैं। जैसा कि इस कथन में देखा जा सकता है, 'बलूचिस्तान के भूगोल और भू-राजनीति की विशिष्टता ने बलूचों के चरित्र, दुनिया के प्रति उनके दृष्टिकोण और अपने सांस्कृतिक तत्त्वों और परंपराओं को पुन: प्रस्तुत करने और पुन: स्थापित करने के तरीके को प्रभावित किया है और उसे आकार दिया है।'[26] सिल्विया मैथेसन द्वारा लोगों की कठोरता का एक उदाहरण इस प्रकार दिया गया है : 'केवल असाधारण रूप से कठोर प्रकृति के लोग ही ऐसा अभियान चला सकते थे, जैसा कि उस समय बुगती ने किया था, बिना किसी पड़ाव के साठ मील की दूरी पर स्थित एक शिविर या एक सैन्य पोस्ट पर छापा मारकर, फिर दिन की भीषण गरमी में, पानी या आराम के बिना पूरा समय निकालकर वापस लौटना।'[27]

यह इलाका और जलवायु परिस्थितियाँ दुर्गम हैं, जो संख्यात्मक रूप से कम होने पर भी आक्रमणकारी सेनाओं के विरुद्ध बलूचों की सबसे बड़ी संपत्ति रही हैं और अधिकांश बाहरी प्रभावों से उन्हें बचाए रखा है, हालाँकि इन्हीं भौगोलिक स्थितियों ने संचार को मुश्किल बना दिया और इस क्षेत्र के अलगाव का कारण बलूचों को प्रतिस्पर्धा रखनेवाली जनजातियों में विभाजित कर दिया।[28] इसने कलात में एक केंद्रीकृत सरकार के विकास को भी रोक दिया, जो निरंतर विशाल क्षेत्रों को नियंत्रित कर सकती थी। संचार की इस कमी के कारण ही कलात के खान 1839 में अंग्रेजों के विरुद्ध बलूच जनजातियों को एकत्र करने में असमर्थ रहे थे।[29]

अंग्रेजों ने अपने साम्राज्यवादी हितों के लिए, बलूचिस्तान को ब्रिटिश भारत, ईरान और अफगानिस्तान से जोड़नेवाले सामरिक क्षेत्रों में रेलवे और सड़कों का निर्माण किया। बीसवीं शताब्दी के आरंभ में, रेलमार्ग की कुल लंबाई लगभग 650 किमी. थी। 1905 में पूरे होनेवाले नुकी रेलवे के उद्घाटन से यह लंबाई कुल 775 किमी. तक बढ़ गई। 1903 में सड़कों और रास्तों

की कुल लंबाई लगभग 1,800 किमी. थी।[30] प्रथम और द्वितीय विश्वयुद्ध के दौरान, ईरान और मध्य पूर्व में सैन्य आपूर्ति के लिए नई सड़कों का निर्माण किया गया था। उल्लेखनीय है कि आरंभ से ही बलूच राष्ट्रवादी, राष्ट्रवाद के विकास में संचार प्रणाली के महत्त्व से अवगत थे। अतएव, 1932 और 1933 में आयोजित बलूच राष्ट्रीय सम्मेलनों में नई सड़कों के निर्माण और डाकघरों के उद्‍घाटन की माँग की गई।[31] इसके बावजूद, जब 1947 में अंग्रेज उपमहाद्वीप से चले गए, तब भी इस विशाल प्रांत में मुख्य रूप से सेना के उपयोग के लिए एक सीमित संचार प्रणाली थी।

कमजोर संचार और परिवहन बुनियादी ढाँचा प्रांत के पिछड़ेपन को बढ़ाता रहा। प्रांत में 22,000 किमी. लंबी 'धातु और बजरी' की सड़क का देश का सबसे बड़ा सड़क नेटवर्क है (देश के कुल सड़क मार्ग का 40 प्रतिशत), लेकिन बुरे रखरखाव के कारण इसका अधिकांश हिस्सा जर्जर स्थिति में है।[32]

## प्रांत का निर्माण

बलूचिस्तान की राष्ट्रीय और जातीय सीमाओं के बारे में कई तरह के विचार रखे गए हैं। *इसलाम का विश्वकोश* कहता है : 'बलूचिस्तान की सटीक सीमाएँ अनिर्धारित हैं। सामान्य तौर पर, यह ईरान के पठार के दक्षिण-पूर्वी हिस्से में बाम और बाशागिर के पूर्व से सिंध और पंजाब की पश्चिमी सीमाओं तक विस्तृत है।'[33] *एनसाइक्लोपीडिया ब्रिटानिका* में इसकी सीमाओं को निम्नलिखित रूप में वर्णित किया गया है, '...उत्तर-पूर्व में गोमल नदी से लेकर दक्षिण में अरब सागर तक और पश्चिम और दक्षिण-पूर्वी ईरान के क्षेत्र सहित उत्तर-पश्चिम में ईरान और अफगानिस्तान की सीमाओं से लेकर सुलेमान पर्वत और पूर्व में किर्तहार हिल्स तक।'[34] लॉर्ड कर्जन ने बलूचिस्तान को 'हेलमंड और अरब सागर के बीच तथा किरमान और सिंध के बीच के देश के रूप में परिभाषित किया था।'[35]

शायद सबसे विशिष्ट परिभाषा कलात के खान (1840-75) मीर नासिर खान द्वितीय द्वारा दी गई थी। जब उनके दरबार में ब्रिटिश और अफगान राजदूतों द्वारा बलूचिस्तान की सीमाओं के बारे में पूछा गया, तो उन्होंने कहा, 'मेरे पूर्वज नासिर खान नूरी ने भौगोलिक दृष्टि से बहुत पहले ही इस प्रश्न का उत्तर दिया था और मैं उसी को दोहराता हूँ : वे सभी क्षेत्र, जहाँ बलूच बसे हैं, हमारे राज्य का एक हिस्सा हैं।[36] अंग्रेजों के आने से पहले, बलूचिस्तान चार रियासतों या क्षेत्रों में विभाजित था। वे चार क्षेत्र थे—(1) कलात (2) लासबेला (3) मकरान (4) खारन। नियंत्रण को मजबूत करनेवाले अधिकारियों के समय ये सभी क्षेत्र कलात के खान के अधीन थे। जुलाई 1970 में बलूचिस्तान का वर्तमान प्रांत बना। यह समझना महत्त्वपूर्ण है कि ब्रिटिश शासन काल और पाकिस्तान के निर्माण के बाद इसकी सीमाएँ कैसे विकसित हुईं, क्योंकि अकसर लोग बलूचिस्तान में पश्तूनों की बड़ी आबादी को लेकर भ्रमित हो जाते हैं और पश्तून तालिबानों को बलूचों से जोड़ने की कोशिश करते हैं।

नॉर्थ-वेस्ट फ्रंटियर प्रोविंस (एन.डब्ल्यू.एफ.पी.) के ब्रिटिश गवर्नर ओलाफ कैरोई के अनुसार, बलूचिस्तान एक मिथ्या नाम है : 'शाल [क्वेटा] की घाटी, कलात से लगभग सत्तर मील दूर और समुद्र तल से 5,500 फीट [1,675 मीटर] ऊपर बोलन दर्रे के शीर्ष पर स्थित है, जो जातीय

विभाजन की रेखा पर है। इसके केंद्र में क्वेटा शहर है। उत्तर में सारा देश पठान अंचल का एक हिस्सा है और पठान जनजातियों द्वारा बसाया गया है, जिनमें तारीन, अचकजई, काकर और पेनरी सबसे महत्त्वपूर्ण हैं। क्वेटा के दक्षिण के सभी लोग ब्राहवी और बलूच हैं।'[37]

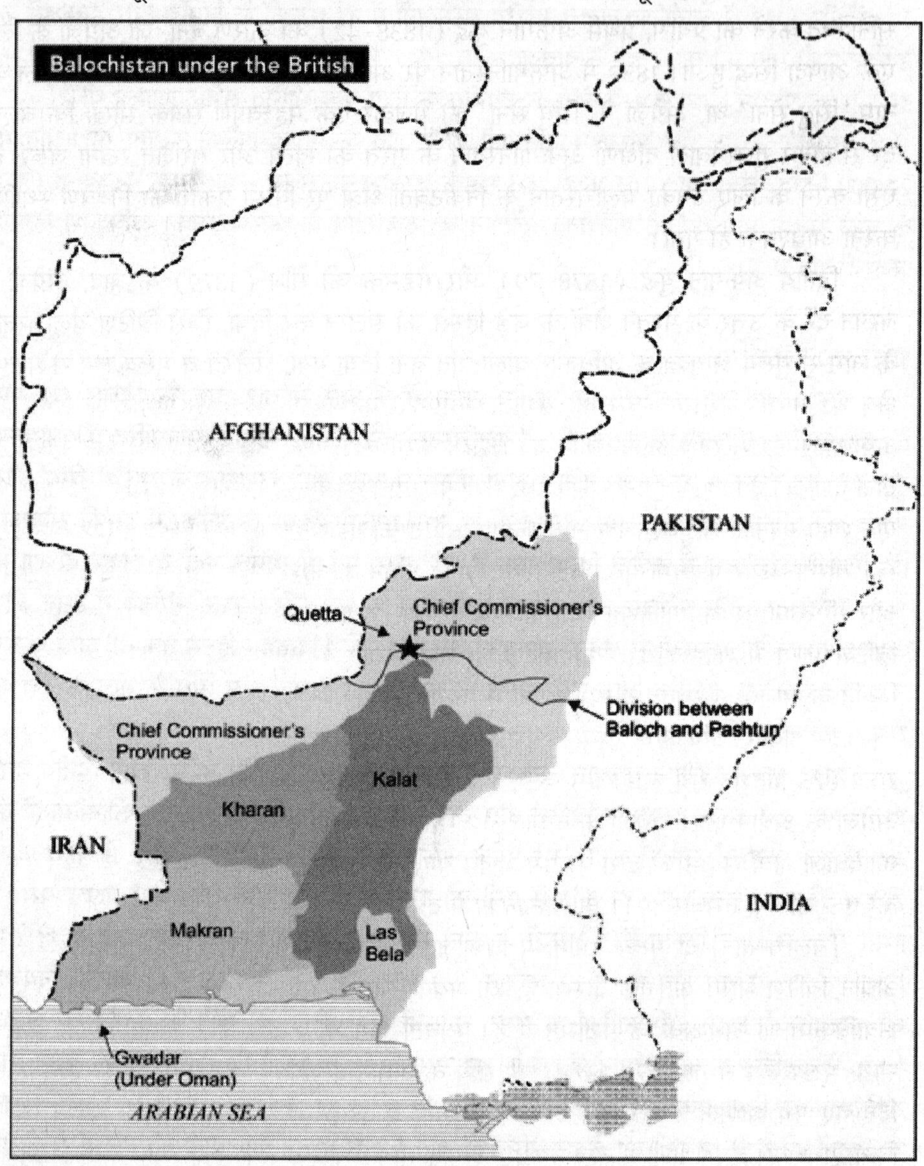


बलूचिस्तान में ब्रिटिश हस्तक्षेप एक ऐसी प्रक्रिया थी, जिसने इसकी नियति को हमेशा के लिए बदल दिया—यह स्थिति बड़े खेल की मजबूरियों के कारण आरंभ हुई थी। मध्य एशिया में जारवादी साम्राज्य की प्रगति ने अंग्रेजों को अपने भारतीय साम्राज्य की सुरक्षा के बारे में आशंकित कर दिया। रूस को भारत की ओर बढ़ने से रोकने के लिए, अंग्रेजों ने अफगानिस्तान का दो साम्राज्यों के

बीच एक प्रतिरोधक के रूप में उपयोग किया। इसके लिए, बलूचिस्तान के अफगानिस्तान से लगे भागों को नियंत्रित करना आवश्यक हो गया, ताकि बोलन दर्रे से चमन और उससे आगे तक संचार और परिवहन की सुरक्षित लाइनें बनाई जा सकें। अफगानिस्तान के एक प्रतिरोधक बने रहने को सुनिश्चित करने का प्रयास, प्रथम अफगान युद्ध (1838-42) का कारण बना, जो अंग्रेजों के लिए एक आपदा सिद्ध हुआ। 1839 में अफगानिस्तान पर आक्रमण करनेवाले ब्रिटिश भारतीय बल का नाम 'सिंधु सेना' था, अंग्रेजों ने 'सिंधु सेना' को भेजकर एक महत्त्वपूर्ण सबक सीखा कि बोलन दर्रे से होकर गुजरनेवाले दक्षिणी अफगानिस्तान के रास्ते को खुला और सुरक्षित रखना जरूरी है, ऐसा करने के लिए उनका बलूचिस्तान के निकटवर्ती क्षेत्रों पर किसी प्रकार का नियंत्रण स्थापित करना आवश्यक हो गया।

द्वितीय अफगान युद्ध (1878-79) और गंडमक की संधि (1879) के बाद, अंग्रेजों ने बोलन दर्रे के उत्तर के पश्तून क्षेत्रों के बड़े हिस्से को संलग्न कर दिया, जिसे ब्रिटिश बलूचिस्तान के नाम से मुख्य आयुक्त के अधिकार वाला प्रांत बना दिया गया, भले ही वे मुख्य रूप से पश्तूनी क्षेत्र थे। भारत की तरफ रूस की संभावित अग्रगति को रोकने के लिए, अंग्रेजों ने ईरान और अफगानिस्तान के साथ अपनी सीमा को चिह्नित करने के लिए कलात रियासत के बड़े हिस्से इन दोनों देशों को दे दिए। यह इन शासकों के रूस से जुड़ाव को रोकने के लिए, उनसे दोस्ती करने की एक शाही रणनीति थी। बलूचिस्तान के लिए निर्धारित की गई सीमा के अंतिम परिणाम के अनुसार : (i) सीस्तान और पश्चिमी मकरान, सरहद, आदि, ईरान का हिस्सा बन गए; (ii) बाहरी सीस्तान और रेगिस्तान पर अफगानिस्तान का नियंत्रण हो गया; तथा (iii) जैकबाबाद, डेराजत और सिबी ब्रिटिश भारत में शामिल थे। इसके बदले में, बलूचिस्तान के खानैत को एक संरक्षित राज्य की स्थिति के साथ एक स्वतंत्र राज्य के रूप में मान्यता दी गई थी।[38]

इस प्रकार, अंग्रेजों के अधीन, बलूचिस्तान की दो मुख्य प्रशासनिक इकाइयाँ थीं—कलात राज्य (75 प्रतिशत क्षेत्र और लास बेला, खारान और मकरान के तीन घटक राज्यों सहित) और अंग्रेजों के अधीन क्षेत्र। अंग्रेजों के अधीन क्षेत्र में ब्रिटिश बलूचिस्तान के कलात, मारी और बुगती आदिवासी क्षेत्रों से अंग्रेजों द्वारा पट्टे पर लिये गए क्षेत्र शामिल थे। ब्रिटिश शासन में बलूचिस्तान की एक संक्षिप्त तसवीर 1911 के *ब्रिटानिका* में दी गई है :

[बलूचिस्तान] दो मुख्य प्रभागों में विभाजित है, ब्रिटिश बलूचिस्तान, जो मुख्य आयुक्त के अधीन ब्रिटिश भारत का एक हिस्सा है, जो गवर्नर-जनरल (ए.जी.जी.) के एजेंट और विदेशी क्षेत्राधिकारी या अधीक्षक के प्रशासन में हैं। पूर्ववर्ती भाग में, 9,403 वर्ग किलोमीटर के क्षेत्र के साथ, मुख्य रूप से गंडमक (1879) की संधि के अधीन अफगानिस्तान द्वारा ब्रिटिश सरकार को दिए गए पथ शामिल हैं और इसे औपचारिक रूप से 1887 में ब्रिटिश भारत का हिस्सा घोषित किया गया था। दूसरी श्रेणी में तीन उपखंड अर्थात् सीधे प्रशासित क्षेत्र, देशी राज्य और जनजातीय क्षेत्र शामिल हैं। सीधे प्रशासित जिलों में विभिन्न प्रकार से अधिगृहित क्षेत्र शामिल हैं। कुछ अंश कलात के खान से पट्टे पर लिये जाते हैं; जबकि अन्य क्षेत्र जनजातीय हैं, जिनमें विभिन्न कारणों से राजस्व वसूलने का निर्णय लिया गया है। इनमें जोब और चगई की पूरी राजनीतिक एजेंसियाँ, क्वेटा तहसील के पूर्वी भाग और अन्य क्षेत्र शामिल हैं, इन सबमें 36,401 वर्ग किमी. के बोलन दर्रे

का उल्लेख किया जा सकता है। उत्तर-पूर्वी कोने के साथ संपूर्ण उत्तरी सीमा और रेलवे, जो क्वेटा से होकर बलूचिस्तान के पार अफगान-बलूच सीमांत पर न्यू चमन तक जाती है, इसलिए यह पूरा इलाका किसी-न-किसी तरह से प्रत्यक्ष ब्रिटिश नियंत्रण में है। इस क्षेत्र का शेष भाग (79,382 वर्ग किमी.) कलात के मूल राज्यों (मकरान और खरन सहित) और लासबेला का है। 7,129 वर्ग किमी. के जनजातीय क्षेत्र पर मारियों और बुगती जनजातियों का अधिकार है।[39]

इस प्रकार, यह रूस के भारत की तरफ बढ़ने का डर उन्नीसवीं शताब्दी में बड़े खेल की धुरी था और बाद में, अफगानिस्तान और बलूचिस्तान के माध्यम से एक गरम पानी के बंदरगाह की सोवियत की खोज ने बीसवीं शताब्दी के नए वृहद् खेल का नेतृत्व किया।

पाकिस्तान को बलूच तट पर रूसी/सोवियत नियंत्रण की आशंका ब्रिटेन से विरासत में मिली, यह नियंत्रण मूल रूप से इस क्षेत्र में सैन्य समीकरण को बदल सकता है, इसके अलावा मास्को को मध्य पूर्व के 'शक्ति के कुओं' पर प्रभाव डालने के लिए एक शक्तिशाली नया आधार दे सकता है।

मारी ऐनी वीवर लिखती हैं, अंग्रेजों ने क्वेटा छावनी को अपना आधार बनाया और सीमा के पास सर्किट हाउस भी बनाए, हालाँकि उन्होंने बलूचिस्तान में बहुत कम काम किया। ब्रिटिश राज के समर्थन से नवाब और सरदारों को अपनी भूमि पर पूरा नियंत्रण मिला था। 'क्वेटा एक छोटी चौकी थी, जिसे अंग्रेजों ने क्रिकेट के मैदानों, बँगलों और रास्तों पर प्रकाश की व्यवस्था कर विक्टोरियन सेक्टर में बदल दिया था, रास्तों पर प्रकाश के लिए वे नारियल का तेल जलाते थे। एल्डरशोट के बाद क्वेटा, साम्राज्य की दूसरी सबसे बड़ी सैन्य छावनी थी और पूरे साम्राज्य के केवल दो स्टाफ कॉलेजों में से एक कॉलेज क्वेटा में था।'[40]

क्वेटा पश्चिमी कमान के चौथे डिवीजन का मुख्यालय बन गया। 1903 में, सेना में तीन पर्वत बैटरी, गैरीसन आर्टिलरी की दो कंपनियाँ, ब्रिटिश पैदल सेना के दो रेजिमेंट, तीन 'देशी' घुड़सवार रेजिमेंट, छह 'देशी' पैदल सेना रेजिमेंट और सैपरों और खनिकों की एक कंपनी शामिल थी। 1 जून, 1903 को यहाँ कुल 9,771-2,650 ब्रिटिश और 7121 'स्थानीय' सैनिक थे। गैरीसन का बड़ा हिस्सा क्वेटा में और कई चौकियों पर तैनात था, शेष को लोरलाई, फोर्ट सैंडमैन और चमन में वितरित किया गया था, इनमें से प्रत्येक स्टेशन पर 'देशी' पैदल सेना और घुड़सवार सेना तैनात की गई थी।[41]

कलात के 1948 में पाकिस्तान में बलपूर्वक विलय के बाद, 1951-52 में बलूचिस्तान स्टेट्स यूनियन (बी.एस.यू.) की स्थापना की गई और लासबेला, मकरान और खारन को कलात में मिला दिया गया। इन चार क्षेत्रों को पाकिस्तान के संविधान के अंतर्गत एक साझा कार्यपालिका, विधायिका और न्यायपालिका को साझा करना था, जिसमें प्रधानमंत्री पाकिस्तान सरकार द्वारा नामित व्यक्ति होगा। बाद में, खान और अन्य लोगों को 'द बलूचिस्तान स्टेट्स यूनियन मर्जर एग्रीमेंट' पर हस्ताक्षर करने के लिए बाध्य किया गया था, जिससे कलात और पाकिस्तान राज्य के बीच के पिछले सभी समझौते और संधियाँ रद्द हो गई थीं। चार राज्यों को भंग कर दिया गया और उनके शासकों के प्रिवी पर्स की मात्रा में पर्याप्त बढ़ोतरी की गई तथा इस क्षेत्र में कलात डिवीजन गठित किया गया था। बाद में, कलात डिवीजन 1955 में वन यूनिट योजना के अंतर्गत तत्कालीन पश्चिमी पाकिस्तान का हिस्सा बन गया, जबकि ब्रिटिश बलूचिस्तान आदिवासियों के साथ उसी वर्ष क्वेटा डिवीजन के

रूप में पश्चिम पाकिस्तान का हिस्सा बना। 1 जुलाई, 1970 को वन यूनिट योजना के उन्मूलन के साथ, क्वेटा और कलात के संयुक्त डिवीजन बलूचिस्तान को जोड़कर नवनिर्मित प्रांत बना।

## ए और बी क्षेत्र

बलूचिस्तान को शासन के लिए दो क्षेत्रों में बाँटा गया है—श्रेणी 'ए' और श्रेणी 'बी।' श्रेणी 'ए' क्षेत्रों में मुख्य रूप से कस्बे और शहर शामिल हैं और ये एक नियमित पुलिस बल के अंतर्गत हैं। पाकिस्तान के मानवाधिकार आयोग के अनुसार, 2006 में नवासी पुलिस स्टेशन थे और पुलिस बल की स्वीकृत संख्या 19145 थी।[42]

'बी' क्षेत्र (बलूचिस्तान का लगभग 95 प्रतिशत) लेवियों[43] के नियंत्रण में है, जिन्होंने 2006 में 286 पुलिस स्टेशनों को बनाए रखा और 13,357 कर्मियों को नियुक्त किया। 2018 तक, लेवियों की संख्या 23,132[44] हो गई। स्थानीय सरदार और नागरिक नौकरशाही लेवी प्रणाली पर हावी हो गए। लेवियों की भरती योग्यता के आधार पर न होकर 'स्थानीय प्रभावशाली' व्यक्तियों की सिफारिश पर आधारित थी।[45] इस प्रणाली के आसपास कई राजनीतिक और आर्थिक हित विकसित हो गए थे।

राष्ट्रपति मुशर्रफ के समय, सरदारों के प्रभाव को कम करने के लिए, प्रांत के सभी 'बी' क्षेत्रों को 'ए' क्षेत्रों में परिवर्तित किया गया और पूरे प्रांत में कानून व्यवस्था बनाए रखने का अधिकार पुलिस को दे दिया गया। रूपांतरण को गति देने के लिए अरबों रुपयों की प्रतिबद्धता की गई थी, लेकिन यह विवादास्पद रहा। कई बलूच सांसदों ने लेवी बल से मुक्त कर दिए गए लोगों में बढ़ती बेरोजगारी के बारे में आशंकाएँ व्यक्त कीं, हालाँकि उन्हें आश्वासन दिया गया था कि लेवियों को प्रशिक्षित कर पुलिस बल में शामिल किया जाएगा।[46]

अठारहवें संवैधानिक संशोधन (2010) के बाद प्रांतों को शक्तियों के हस्तांतरण करने पर बलूचिस्तान मंत्रिमंडल ने मुशर्रफ द्वारा लिये गए दोनों क्षेत्रों के विलय के फैसले को पलट दिया। तदनुसार, पुलिस बल को 'बी' क्षेत्रों से हटा दिया गया और लेवी बल को पुनर्जीवित किया गया था। अब, लेवी प्रांत के 'बी' क्षेत्रों में और पुलिस पहले की तरह 'ए' क्षेत्रों में काम करती है।[47]

## सामरिक महत्त्व

बलूचिस्तान के सामरिक महत्त्व ने अंग्रेजों का ध्यान आकर्षित किया, लेकिन इसके विरोध में काम किया गया। पाकिस्तान के अंतर्गत रहने पर भी, बलूचिस्तान के रणनीतिक और भौगोलिक महत्त्व ने पुनः ध्यान आकर्षित किया है। एक बार फिर, यह इसके नुकसान के लिए काम कर रहा है।

पाकिस्तान के लगभग 44 प्रतिशत भूभाग के साथ, बलूचिस्तान शायद पाकिस्तान के सबसे अधिक रणनीतिक महत्त्ववाले स्थान पर स्थित प्रांत है। उत्तर में, चगई, क्वेटा और जोब के जिले अफगानिस्तान के साथ इसकी सीमा बनाते हैं। पश्चिम में, मकरान, खारान और पश्चिमी चगई के जिले ईरान के साथ एक अन्य सीमा बनाते हैं। पूर्व में पाकिस्तान के सिंध, पंजाब और खैबर पख्तूनख्वा (के.पी.के.) के हिस्से हैं। इसके अलावा, इसकी 760 किलोमीटर की तटरेखा लगभग 180,000 वर्ग किलोमीटर के विशेष आर्थिक क्षेत्र के साथ पाकिस्तान की लगभग दो-तिहाई तटरेखा है, जो काफी हद तक अप्रयुक्त है।

बलूचिस्तान स्टॉर्म ऑफ होर्मुज जलडमरूमध्य तक फैले हिंद महासागर के चोक बिंदुओं में से एक है, जो पश्चिम, चीन और जापान जानेवाले तेल टैंकरों तक पहुँच प्रदान करता है। दुनिया भर के लगभग 40 प्रतिशत तेल की आपूर्ति स्टॉर्म ऑफ होर्मुज से होकर गुजरती है। फारस की खाड़ी के जहाजी मार्गों को खुला और सुरक्षित रहना हर देश के हित में है। मध्य एशियाई क्षेत्रों के तेल और गैस भंडारों से बलूचिस्तान की भौगोलिक निकटता इसके रणनीतिक महत्त्व को और बढ़ाती है।[48] यह अफगानिस्तान, मध्य एशियाई राज्यों और चीन के शिनजियांग प्रांत से अरब सागर और हिंद महासागर पहुँचने के लिए निकटतम बिंदु प्रदान करता है।

पाकिस्तान के तीन नौसैनिक अड्डे ओरमारा, पसनी और ग्वादर में बलूच तट पर स्थित हैं। ग्वादर पाकिस्तान को गहरे पानी के बंदरगाह और लाखों रुपए के राजस्व की संभावनाओं के अलावा, रणनीतिक गहराई भी प्रदान करता है। यहाँ कुछ ऐसा है, जो कराची के मुख्य नौसैनिक अड्डे में भी नहीं है। वास्तव में, अतीत में भारत द्वारा कराची को अवरुद्ध कर दिया गया था और आक्रमण भी किया गया था। पाकिस्तान के परमाणु परीक्षण स्थल बलूचिस्तान के चगई में स्थित हैं। इसके अतिरिक्त, बलूचिस्तान का विशाल क्षेत्र पाकिस्तान को अपने परमाणु शस्त्रागार को बिखेरकर रखने की सुविधा देता है और उसे संभावित हमलों से बचाता है।

अफगानिस्तान के मुख्य अफीम उत्पादक केंद्रों—हेलमंद, कंधार और जाबुल प्रांत से बलूचिस्तान की निकटता और चमन क्रॉसिंग इसे देश से बाहर मादक पदार्थों की तस्करी के लिए महत्त्वपूर्ण बनाता है, जिसका प्रस्तावना में उल्लेख किया गया है।

बलूचिस्तान ही वह जगह है, जहाँ 'पाकिस्तान की विदेश नीति की आधारशिला' है, अर्थात् विशेष रूप से तुर्बत, लोरलाई, मुशेल, चगई और झाल मागसी जिलों में अरब शेखों को लुप्तप्राय हूबारा बस्टर्ड का वध करने की अनुमति है। पाकिस्तान सरकार ने, पाकिस्तान के हूबारा बस्टर्ड के शिकार पर 19 अगस्त, 2015 को लगाए प्रतिबंध को हटाने की माँग करते हुए एक सर्वोच्च न्यायालय के समक्ष पुनर्विचार याचिका देते हुए कहा कि अरब के गणमान्य लोगों को पाकिस्तान में पक्षी का शिकार करने के लिए आमंत्रित करना 'विदेश नीति की आधारशिला' है; और हूबारा बस्टर्ड नामक बाज के शिकार पर प्रतिबंध अरब राज्यों के साथ पहले से कमजोर हो चुके संबंधों को और प्रभावित कर सकता है। सर्वोच्च न्यायालय के समक्ष पाकिस्तान के एक पूर्व कानून मंत्री के साथ-साथ सीनेट के अध्यक्ष फारूक एच. नेक द्वारा तर्क दिया गया कि हूबारा का शिकार भारत के लिए असहनीय और कष्टदायी था। हूबारा बस्टर्ड शिकार पर प्रतिबंध लगाने की माँग करना भारत का एजेंडा था, क्योंकि विदेशी गणमान्य व्यक्ति पाकिस्तान में निवेश कर रहे थे और भारत पाकिस्तान को विकसित होते हुए नहीं देखना चाहता।[50] हुबारा पाकिस्तान की विदेश नीति की आधारशिला थी और उसके वध को प्रतिबंधित कराने में भारत की कथित भागीदारी होने जैसी 'वजनदार' दलीलों को देखते हुए, सर्वोच्च न्यायालय ने 22 जनवरी, 2016 को इस लुप्तप्राय पक्षी के शिकार पर प्रतिबंध हटा दिया और इस प्रकार बलूचिस्तान के सामरिक महत्त्व को पुनर्स्थापित किया गया!

रणनीतिक स्थान के अलावा, बलूचिस्तान के खनिज और ऊर्जा संसाधनों का कथित खजाना इस प्रांत में उथल-पुथल के प्रमुख कारकों में से एक है। एक प्रसिद्ध बलूच कहावत के अनुसार, 'एक बलूच अपने बिना मोजे के पैरों के साथ उत्पन्न हो सकता है, लेकिन जब वह बड़ा होता

है तो वह अपना हर कदम सोने पर रखता है।'[51] बलूचिस्तान के पास विशाल खनिज और ऊर्जा संसाधन हैं—अर्थात् पाकिस्तान के वर्तमान कुल प्राकृतिक गैस उत्पादन का 36 प्रतिशत, कोयला, सोना, ताँबा, चाँदी, प्लैटिनम, एल्यूमीनियम और यूरेनियम का भंडार बलूचिस्तान में है। रेको डिक, सैनदक, सुई[52] और चामलैंग में ताँबा, सोना, प्राकृतिक गैस, कोयला और अन्य खनिजों जैसे संसाधनों का उत्पादन होता है। चगई जिले के रेको डिक में एक ताँबे और सोने की खान है, जिसमें अनुमानत: कम-से-कम 54 बिलियन पाउंड ताँबा और 41 मिलियन औंस सोने जैसे खनिज संसाधन हैं।[53] सैनदक खान में अनुमानित तौर पर 412 मिलियन टन ताँबे का अयस्क भंडार है, जिसमें प्रति टन औसत रूप से 0.5 ग्राम सोना और 1.5 ग्राम चाँदी है। आधिकारिक अनुमानों के अनुसार, इस परियोजना में प्रतिवर्ष 15,800 टन ब्लिस्टर कॉपर का उत्पादन करने की क्षमता है, जिसमें 1.5 टन सोना और 2.8 टन चाँदी है।[54] 1,300 वर्ग किलोमीटर के क्षेत्र में फैली चमलैंग की कोयला खदानें, लोरलाई, कोहलू और बरखान में स्थित हैं। यहाँ 2,000 अरब रुपए से अधिक मूल्य के 500 मिलियन टन कोयले का भंडार होने की पुष्टि की गई है।[55]

बलूचिस्तान के, अफगानिस्तान के करीब स्थित होने के कारण, 9/11 के बाद यह अमेरिका के लिए तालिबान के विरुद्ध 'आतंकवाद से युद्ध' अभियान चलाने के लिए महत्त्वपूर्ण हो गया। विशेष बलों और खुफिया अभियानों के लिए लॉजिस्टिक सहायता प्रदान करने हेतु, 2001 से बलूचिस्तान के पसनी, दलबादीन और शम्सी एयरफिल्ड का बड़े पैमाने पर उपयोग किया गया था। सी.आई.ए. के लोगों ने शम्सी से, अफगानिस्तान और आदिवासी अंचलों में तालिबान पर हमला करनेवाले ड्रोन भेजे। इसके अलावा, अकसर यह अनुमान लगाया जाता रहा है कि बलूचिस्तान में अमरीकी उपस्थिति ईरान के परमाणु कार्यक्रम के विरुद्ध संचालन की उसकी क्षमता के कारण भी हो सकती है। वास्तव में, 2006 में, खोजी रिपोर्टर सेमोर हेर्ष ने यहाँ तक लिखा था कि बलूचिस्तान के गुप्त ठिकानों से ईरान में अमरीकी विशेष बलों को प्रत्यारोपित किया गया था।[56]

नवंबर 2001 में, तालिबान के विरुद्ध अमरीकी अभियान आरंभ होने के बाद, बलूचिस्तान, पाकिस्तान में सुरक्षित ठिकाने की तलाश कर रहे अल-कायदा और तालिबानी लड़ाकों के लिए एक महत्त्वपूर्ण निकास मार्ग बन गया। जब अफगानिस्तान में अमेरिका और अंतरराष्ट्रीय सुरक्षा सहायता बल (आई.एस.ए.एफ.) की टुकड़ियाँ अपने अभियान के चरम पर थीं, उस समय बलूचिस्तान चमन की सीमा पार कर कराची से अफगानिस्तान के आपूर्ति मार्ग की एक महत्त्वपूर्ण कड़ी था।

दशकों पहले, सेलिग हैरिसन ने लिखा था, 'अगर बलूचिस्तान अपने रणनीतिक रूप से महत्त्वपूर्ण स्थान पर न होता और यह तेल, यूरेनियम व अन्य संसाधनों में समृद्ध नहीं रहता, तो इस धूमिल, उजाड़ और निषिद्ध भूमि के लिए किसी के लड़ने की कल्पना करना मुश्किल होता।'[57] उनके यह लिखने के बाद से, बलूचिस्तान पाकिस्तान की ऊर्जा सुरक्षा की कुंजी बन गया है। ऊर्जा संसाधनों की बढ़ती आवश्यकता के परिणामस्वरूप प्रांत की आर्थिक और सामरिक वृद्धि हुई है। पाकिस्तान बलूचिस्तान को प्राकृतिक गैस संसाधनों तक पहुँच के आश्वासन की दृष्टि से देखता है।

रॉबर्ट जी. विर्सिंग कहते हैं, '…तेल और प्राकृतिक गैस दोनों सहित हाइड्रोकार्बन या अन्य ऊर्जा संसाधनों तक पहुँच के आश्वासन ने, हाल के दशकों में घरेलू और बाहरी दोनों तरह से पाकिस्तान की सुरक्षा नीति के एक चालक के रूप में अधिक महत्त्व प्राप्त किया है।'[58] ऊर्जा सुरक्षा

अब राष्ट्रीय प्राथमिकता है। अतएव, बलूचिस्तान के तेजी से बढ़े आर्थिक और सामरिक महत्त्व के कारण देश में बढ़ते अलगाववाद से निपटना पाकिस्तान के लिए महत्त्वपूर्ण हो गया है।[59]

भविष्य में तेल की खोज होने पर भी, वर्तमान में बलूचिस्तान की प्राकृतिक गैस पाकिस्तान की ऊर्जा प्रोफाइल के लिए अत्यधिक महत्त्वपूर्ण है। इसके तीन कारण हैं : (i) पाकिस्तान की कुल ऊर्जा खपत का लगभग 50 प्रतिशत प्राकृतिक गैस से पूरा होता है और अभी तक यह प्रमुख ऊर्जा स्रोत है। यह 'पाकिस्तान की अर्थव्यवस्था को दुनिया में सबसे अधिक प्राकृतिक गैस पर निर्भर बनाता है'; (ii) 2006 में पाकिस्तान के प्राकृतिक गैस के प्रमाणित भंडार—का अनुमान 28 ट्रिलियन क्यूबिक फीट (टी.सी.एफ.) था, जिसमें से 19 ट्रिलियन टी.सी.एफ. (68 प्रतिशत) बलूचिस्तान में स्थित था; (iii) बलूचिस्तान पाकिस्तान की प्राकृतिक गैस के कुल उत्पादन का 36 से 45 प्रतिशत उत्पादित करता है, लेकिन इसकी खपत केवल 17 प्रतिशत है।[60]

गैस का सबसे बड़ा हिस्सा बलूचिस्तान के डेरा बुगती जिले में सुई गैस क्षेत्र में है। यह बुगती जनजाति का गढ़ भी है, जिसका इस सहस्राब्दी के शुरुआती वर्षों से राज्य के साथ प्रतिकूल संबंध रहा है। यह उग्रवाद से सबसे अधिक प्रभावित क्षेत्र था, जिसके परिणामस्वरूप गैस आपूर्ति में व्यवधान उत्पन्न होता रहा। उदाहरण के लिए, विर्सिंग के अनुसार, अकेले राज्य के स्वामित्ववाली सुई दक्षिणी गैस कंपनी के पास, सिंध और बलूचिस्तान में 27,000 किलोमीटर लंबी पाइपलाइन का वितरण नेटवर्क है, इन पाइपलाइनों की निगरानी और पहरेदारी की समस्या के आकार का अनुमान लगाया जा सकता है।[61]

उनके अनुसार, बलूचिस्तान की स्थिति पर इसका तिहरा प्रभाव है। पहला, केंद्र सरकार बलूचिस्तान और बलूच राष्ट्रवाद को उच्च प्राथमिकता देती है, अपनी शून्य सहिष्णुता की नीति को मजबूत करती है और उग्रवाद को बेरहमी से कुचलती है। दूसरा, यह बलूचिस्तान की उच्च स्तर की विद्रोही गतिविधि द्वारा बलूचिस्तान का नियंत्रण पुन: प्राप्त करने के लिए अतिरिक्त प्रोत्साहन प्रदान करता है। अंत में, इस क्षेत्र में ऊर्जा तस्करी के एक महत्त्वपूर्ण गलियारे के लिए बलूचिस्तान की क्षमता का उपयोग करके, यह बलूच राष्ट्रवादी माँगों को सकारात्मक और शांतिपूर्ण तरीके से संबोधित करने के लिए अवसर और प्रोत्साहन प्रदान करती है।[62] निस्संदेह, खास बिंदु यह है कि क्या सरकार और विशेषकर सेना ऐसा करेगी?

ऊर्जा परिवहन के तीन प्रस्ताव हैं, दो पूर्व-पश्चिम अक्ष पर और एक उत्तर-दक्षिण अक्ष पर। पहली 2,700 किलोमीटर (1,678 मील) लंबी ईरान-पाकिस्तान-भारत (आई.पी.आई.) पाइपलाइन है, जो ईरान के विशाल अपतटीय दक्षिण पार्स क्षेत्र से पाकिस्तान और भारत में टर्मिनलों के लिए प्रतिदिन 2.8 बिलियन क्यूबिक फीट (बी.सी.एफ.) गैस के परिवहन की क्षमता रखती है। दूसरी 1,680 किलोमीटर (1,044-मील) लंबी तुर्कमेनिस्तान-अफगानिस्तान-पाकिस्तान-भारत (टी.ए.पी.आई.) पाइपलाइन है, जिसमें अफगानिस्तान, पाकिस्तान और भारत के बाजारों में प्रतिदिन 3.2 बिलियन क्यूबिक फीट तक की परिवहन की क्षमता है। दोनों को बलूचिस्तान से होकर गुजरना होगा।[63]

भारत और पाकिस्तान तथा पाकिस्तान और ईरान के बीच की समस्याओं को देखते हुए आई.पी.आई. पाइपलाइन आरंभ होने की संभावना नहीं दिखती है। फरवरी 2018 में, ईरान ने

2009 गैस बिक्री खरीद समझौते (जी.एस.पी.ए.) वाली आई.पी.आई. गैस पाइपलाइन परियोजना को एकतरफा रूप से ठंडे बस्ते में डालने के लिए उस पर दंड का प्रावधान लागू करने के लिए पाकिस्तान के विरुद्ध अंतरराष्ट्रीय न्यायालय (आई.सी.जे.) में जाने की धमकी दी थी। जुरमाने की धारा के अंतर्गत, अगर पाकिस्तान ईरान से गैस लेने में विफल रहा तो उसे 1 जनवरी, 2015 से प्रतिदिन 1 मिलियन अमरीकी डॉलर का जुरमाना देने के लिए बाध्य होना पड़ता। ईरान ने 1.2 अरब अमरीकी डॉलर से अधिक का भुगतान करने के लिए कहा है, जो परियोजना की लागत के लगभग बराबर है। जून 2016 की मीडिया रिपोर्टों के अनुसार, पाकिस्तान ने आई.पी.आई. गैस लाइन परियोजना को त्याग दिया था और अब ईरान ने ऐसा करने के लिए दावा प्रस्तुत किया है।[64]

टी.ए.पी.आई. (तापी) पाइपलाइन के सेरहताबात में हुए शिलान्यास समारोह में शामिल चार देशों के नेताओं ने 23 फरवरी, 2018 को साथ मिलकर इसका उद्घाटन किया था, इसके बाद हेरात में एक और समारोह आयोजित किया गया था। 8 अरब अमरीकी डॉलर की लागतवाली इस पाइपलाइन के दो वर्ष के भीतर पूरा होने की आशा है, आरंभ होने पर यह तुर्कमेनिस्तान के विशाल गल्किनिष गैस क्षेत्र से अफगानिस्तान और पाकिस्तान से होकर गुजरते हुए भारत में प्रतिवर्ष 32 बिलियन क्यूबिक मीटर (बी.सी.एस.) प्राकृतिक गैस पहुँचाएगी। वर्तमान में, तालिबानियों ने भी इस पाइपलाइन की रक्षा करने की कसम खाई है।[65] तीसरा चीन-पाकिस्तान आर्थिक गलियारा (सी.पी.ई.सी.) है, जो चीन के 'वन बेल्ट वन रोड' (ओ.बी.ओ.आर.) या बेल्ट एंड रोड इनिशिएटिव (बी.आर.आई.) के हिस्से के रूप में उत्तर-दक्षिण अक्ष पर बंदरगाह, सड़क और रेलमार्ग बुनियादी ढाँचे के नेटवर्क से बना है। यह बलूचिस्तान के ग्वादर को चीन के शिनजियांग प्रांत में काशगर से जोड़ने का प्रयास करता है। इसे भी बलूचिस्तान से होकर गुजरना होगा। ग्वादर बंदरगाह और सी.पी.ई.सी. के विकास ने बलूचिस्तान के सामरिक महत्त्व को और अधिक बढ़ा दिया है। बंदरगाह और गलियारा संभावित रूप से पाकिस्तान को आर्थिक केंद्र में बदल सकता है। सी.पी.ई.सी. परिचालन करने की ओर अग्रसर है, जो बलूचिस्तान के सामरिक महत्त्व को और रेखांकित करता है।

इन विकासों के परिणामस्वरूप केंद्र सरकार ने बलूच राष्ट्रवादियों की प्रतिकूल प्रतिक्रिया के कारण प्रांत में अपने अधिकारों को बलपूर्वक लागू करने का प्रयास किया है। ग्वादर बंदरगाह के विकास से गैर-बलूचों के आने की संभावना है और इससे बलूचों में अपनी ही भूमि में अल्पसंख्यक समुदाय में परिवर्तित होने की आशंका बढ़ गई है। अन्य ऐतिहासिक और आर्थिक कारकों के साथ, बलूच, राष्ट्रवादी मेगा परियोजना को पंजाब के लाभ के लिए उनके अधीन करने और अपने संसाधनों का दोहन करने के प्रयास के रूप में देखते आए हैं। इसने बलूच आतंकवादियों को एक हिंसक हमले के लिए उकसाया, जिस पर पाकिस्तानी सेना ने कठोर प्रतिक्रिया की। ऐसा लगता है कि अधिकाधिक बलूचों के पाकिस्तान से मोहभंग होने के कारण जैसे को तैसा चक्र का विकास हुआ है।

□

# 2
# लोग

बलूचिस्तान में कई जातियाँ रहती हैं, बलूच ज्यादातर दक्षिण और दक्षिण-पश्चिम में केंद्रित है, मध्य बलूचिस्तान में स्थित ब्राहवी, द्रविड़ मूल का एक जातीय समूह है और उत्तर में पश्तून रहते हैं। 1901 की जनगणना में, अंग्रेजों ने बलूच और ब्राहवी को अलग-अलग जातीय समूहों के रूप में दिखाया था। इस जनगणना के अनुसार, बलूचों की संख्या ब्राहवी और पश्तूनों दोनों से कम थी। सही संख्याएँ थीं : बलूच, 80,000; ब्राहवी, 300,000; और पश्तून, 200,000। इस जनगणना के आँकड़ों में कहा गया है कि बलूचिस्तान के बाहर सिंध और पंजाब में रहनेवाले बलूचों की संख्या 950,000 थी।[1]

वर्ष 1998 की जनगणना के अनुसार, प्रांत की जनसंख्या पाकिस्तान की कुल जनसंख्या के 5 प्रतिशत के बराबर थी। इसमें से, बलूचों (ब्राहवी सहित) की आबादी 54.7 प्रतिशत और पश्तूनों की आबादी 29.6 प्रतिशत थी, बाकी में पंजाबी, हजारा और अन्य शामिल थे। दूसरे शब्दों में, बलूचों की आबादी पाकिस्तान की कुल आबादी के केवल 3.5 प्रतिशत थी, जबकि यह प्रांत पाकिस्तान के लगभग 44 प्रतिशत क्षेत्र में विस्तृत है। इस विशिष्ट जनसांख्यिकीय-सह-क्षेत्रीय विन्यास के कारण विकास के किसी भी प्रयास के सफल होने के लिए, अन्य प्रांतों की तुलना में प्रति-व्यक्ति व्यय का बहुत अधिक होना आवश्यक है। ऐतिहासिक रूप से, इस आवश्यकता को 2009 के सातवें राष्ट्रीय वित्त आयोग (एन.एफ.सी.) अनुदान तक राष्ट्रीय स्तर पर मान्यता नहीं मिली थी। बलूच, प्रांत के 22,000 से अधिक बस्तियों में फैले हुए हैं, जिनमें क्वेटा की राजधानी से लेकर 500 से कम घरोंवाले छोटे टोले शामिल हैं।[2] इसके दो-तिहाई निवासी ग्रामीण क्षेत्रों में निवास करते हैं, जबकि इसकी आधी शहरी आबादी क्वेटा, खुजदार, तुर्बत, हब और चमन में केंद्रित है। ग्रामीण क्षेत्रों में, मुख्य रूप से विरल आबादीवाली बिखरी हुई बस्तियाँ हैं। प्रांत की जनसंख्या का औसत घनत्व प्रति वर्ग किलोमीटर है उन्नीस व्यक्ति और अलग-अलग जिलों में बहुत भिन्नता है।[3] बलूचों की बड़ी संख्या प्रांत के बाहर, खासकर कराची में रहती है। माना जाता है कि कराची में बलूचों की आबादी बलूचिस्तान से भी अधिक है।

## बलूच कौन हैं?

'बलूच' शब्द का सही अर्थ और स्रोत संभवत: बादल या बदली है। *इंपीरियल गजेटियर* के अनुसार, 'बलूच' शब्द का अर्थ होता है बंजारा या घुमंतू।[4] सर्वे ऑफ इंडिया के तत्कालीन सहायक अधीक्षक, जी.पी. टेट ने भी इस विचार को प्रतिपादित किया है, उन्होंने यह माना कि इस नाम का ऐतिहासिक अर्थ 'खानाबदोश' है।[5] इसलिए यह 'बेदुइन' या कंजर का एक पर्याय होगा।[6] एक अन्य दृष्टिकोण है कि 'बलूच' शब्द मेलुक्खा, मेलुखा या म्लेच्छ का बिगड़ा हुआ रूप है, जो मेसोपोटामियन ग्रंथों के अनुसार, तीसरी और दूसरी सहस्राब्दी ई.पू. में आधुनिक पूर्वी मकरान का नाम था।[7] हालाँकि, बलूचिस्तान विश्वविद्यालय के इतिहास के एक प्रोफेसर मुनीर अहमद गिचकी, इसे 'गेड्रोसिया' या 'बेदरोजिया' से जोड़ते हैं, जो सिकंदर महान् (356-23 ई.पू.) के समय बलूच देश का नाम था।[8] मुहम्मद सरदार खान ने कहा कि 'बलूच' शब्द बेलूस का व्युत्पन्न है, जो बेबीलोन या चेल्डियन राजाओं की उपाधि है। कुश या कुस अथवा कूत के पुत्र निमरुद को 'निमरुद द बेलस' कहा जाता था।[9] निमरुद के अनुयायी 'बेलूसिस' के नाम से जाने जाते थे। अरब में, बेलुसिस को 'बालोस' कहा जाता था।[10] इस प्रकार, सरदार खान का तर्क है कि 'बलूच' शब्द बेलुसिस या बालोस से आया है।

बलूच इतिहासकार, ताज मोहम्मद ब्रेजे, कुर्द विद्वान् मोहम्मद अमीन सेराजी को उद्धृत करते हैं, जो मानते हैं कि 'बलूच' शब्द 'बरोच' या 'बरोज' शब्द का बिगड़ा हुआ रूप है। शब्द के मूल और अर्थ पर तर्क करते हुए, सेराजी कहते हैं, बरोज का कुर्द और बलूची दोनों में एक सामान्य अर्थ है, जिसका अर्थ है उगते सूरज की भूमि (बा-रोच या सूर्य की ओर)। सेराजी का मानना है कि मेडियन साम्राज्य के सबसे पूर्वी कोने में स्थित, देश को संभवत: मेडियन या प्रारंभिक अचमेनिद युग में 'बरोच' या 'बरोज' नाम मिला है। उनके अनुसार, पूर्वी कुर्दिस्तान में कई जनजातियाँ रहती हैं, जिन्हें 'बारोजी' कहा जाता है (क्षेत्र में उनके स्थान के पूर्व में होने के कारण)।[11] व्युत्पत्ति के अलावा, बलूच के ऐतिहासिक मूल पर दो प्रतिस्पर्धी सिद्धांत हैं: पहले सिद्धांत के अनुसार बलूच मूल निवासी हैं, जिन्हें प्राचीन अभिलेखों में ऑर्टन, जाट, मेड्स आदि के रूप में वर्णित किया गया है; दूसरे सिद्धांत के अनुसार बलूच लगभग 2,000 वर्ष पहले सीरिया से इस क्षेत्र में आए थे।[12] इस विवाद में इतिहासकारों को लंबे समय तक व्यस्त रखने की संभावना है।

इस बहस के बारे में दिलचस्प बात यह है कि इसमें, 1946 में ब्रिटिश कैबिनेट मिशन को 'कलात सरकार का ज्ञापन' प्रस्तुत करनेवाले मुहम्मद अली जिन्ना भी शामिल हुए थे। इसमें बलूचों के एक अरब मूल का होने का दावा किया गया था। इस प्रकार, मेमो के अनुच्छेद छह में कहा गया है : सबसे पहले, जातीय रूप से, कलात के लोगों और उसके अधीन क्षेत्र के लोगों का भारत के लोगों के साथ कोई संबंध नहीं है। कलात का शासक परिवार अरब मूल का है, यह ब्राहवियों से निकली हुई शाखा नहीं, जैसा कि आमतौर पर कहा जाता है। वे मीरवारी कबीले की अहमदजई शाखा से संबंधित हैं, जो मूल रूप से ईरान से मकरान की कोलवा घाटी से आए थे। ब्राहवियों के अलावा सभी महत्त्वपूर्ण और प्रभावशाली जनजातियाँ भी गैर-भारतीय मूल की हैं। मारी और बुगती जनजातियाँ, जिनका सुलेमान पर्वत के सबसे दक्षिणी इलाकों पर कब्जा है, लगभग निश्चित रूप से अरब मूल के रिंद बलूची हैं। वे अरब विजेताओं के साथ या उनके बाद सिंध में आए और मूल

हिंदू निवासियों के साथ मिश्रित होकर रहे।[13]

संक्षेप में, मुख्य रूप से प्रामाणिक, प्रलेखित स्रोत सामग्री की अनुपस्थिति के कारण बलूचों की उत्पत्ति का इतिहास विवादों में घिर गया है। यह आश्चर्य की बात नहीं है कि कलात के खान, मीर अहमद यार खान बलूच ने लिखा : 'इस विषय पर प्राधिकार रखनेवाले भी बलूचों की मूल उत्पत्ति के बारे में प्रामाणिक रूप से कुछ भी नहीं बता पाए हैं।'[14]

चाहे मूल निवासी हों या प्रवासी, बलूचिस्तान के क्षेत्र में बलूच लोग ईसाई युग के आरंभ के बाद से ही रहते रहे हैं। बलूच समुदाय को एकजुट करनेवाला मुख्य विश्वास या धारणा यह है कि सभी बलूच एक ही पूर्वज से उत्पन्न हैं, इस प्रकार एक 'कौम' (राष्ट्र) बनता है। बलूचों का दावा है कि वे एक ही पूर्वज, अमीर मुहम्मद के वंशज हैं, जो पैगंबर मुहम्मद के चाचा थे और वे वंशावली तालिकाओं, गाथाओं और परंपराओं के साथ अपनी पूर्ण संतुष्टि के लिए इसे सिद्ध कर सकते हैं।[15] ब्राहवियों के संबंध में भी यही सच है, जो अल्लेपो से आए अकेले पूर्वज, ब्राहो या इब्राहिम के वंशज होने का दावा करते हैं।[16]

बलूचों की उत्पत्ति पर विभिन्न विचारों के अध्ययन के आधार पर, इनायतुल्ला बलूच का निष्कर्ष है कि 'यह कहना सही होगा कि वर्तमान बलूच शायद एक जाति नहीं है, ये विभिन्न मूल के लोग हैं, जिनकी भाषा ईरानी भाषाओं के परिवार से संबंधित है।' उनके अनुसार, बलूच दक्षिण में अरबों, पूर्व में भारतीयों, उत्तर-पश्चिम में तुर्कमेन और अन्य अल्ताइक समूहों और तटीय क्षेत्र में ईरानी, असीरियन और नीग्रो जातियों का मिश्रण है।[17]

बलूचिस्तान में, 1890 में नौकरी करनेवाले एक ब्रिटिश औपनिवेशिक अधिकारी, सर एडवर्ड ओलिवर ने बलूच आदिवासियों का वर्णन 'अनिवार्य रूप से खानाबदोश-सुंदर, उदार, सुघड़ नाक-नक्श, काले और अच्छी तरह से तेल चुपड़े बालों और दाढ़ीवाले लोगों के रूप में किया है, जो मूल रूप से सफेद ढीला लबादा पहनते हैं, लेकिन बहुत कम अवसरों पर, खासकर जब दरबार में जाना हो तभी धोए जाने के कारण मटमैला दिखता है।'[18]

इसी तरह सिल्विया मैथेसन ने एक बलूच का वर्णन किया है : 'मात्र इक्कीस वर्ष की उम्र में, योद्धा बुगती जनजाति के तुमनदार' सरदार अकबर शाहबाज खान बुगती का रूप, कम उम्रवाली किसी भी लड़की की आँखों को भानेवाला था। वह छह फीट से अधिक लंबा था, जिसके सिर के शानदार, चमकदार, काले, घुँघराले बाल और दाढ़ी उसकी जीवंत बुद्धिमत्तापूर्ण आँखों, एक विनोदी चेहरे (शानदार, उमेठी हुई मूँछों और दाढ़ी के पीछे से जितना देखा जा सकता है) और सुंदर, सुगठित नाक-नक्श से मेल खाते थे। वास्तव में वह अत्याधिक रूपवान था।[19]

## बलूचों का जातीय समूहीकरण

बलूच को सत्रह समूहों और लगभग 400 उपसमूहों में विभाजित किया गया है।[20] सत्रह में से दो प्रमुख समूह हैं 'पूर्वी', या सुलेमान बलूच और 'पश्चिमी' या मकरान बलूच, 'पूर्वी', या सुलेमान बलूच दोनों समूहों में बड़ा समूह हैं, जिन्हें परंपरागत रूप से बलूचों का 'मूल केंद्र' माना जाता है।

सुलेमान बलूचों में बुगती, बुजदार, डोंबकी, कहारी, खेतरान, मागसी, मारी, मुघेरी, रिंद और उमरानी जनजातियाँ शामिल हैं, जबकि मकरानों में बुलेदी, दशती, गिचकी, कांडाइस, रईस,

रखशानी, रिंद, संगस और संजरनी शामिल हैं। परंपरागत रूप से, रिंदों को सबसे ऊपर माना जाता रहा है, हालाँकि आधुनिक बलूच राजनीति में बुगती और मारी प्रमुख हो गए हैं और हाल की अशांति के केंद्र में हैं। मारी, जिनका लगभग 9,000 वर्ग किमी. भूमि पर नियंत्रण है और जो बलूचिस्तान की सबसे बड़ी जनजाति हैं (उनकी संख्या 134,000), अपने को बलूचिस्तान की प्रमुख जनजाति मानते हैं।[21]

क्वेटा के दक्षिण में, मध्य पर्वतीय क्षेत्र में रहनेवाले ब्राहवियों में तीन उपखंड हैं : ब्राहवी नाभिक, झालावान ब्राहवी और सरवन ब्राहवी। ब्राहवी केंद्रिक जनजातियों में अहमदजई, बंगुलजई, बिजेंजो, गुर्गुअरी, इल्तजई, कलंदरी, कंबरानी, मेंगल, मीरवारी, रायसानी, रोडनी और सुमलारी शामिल हैं। अहमदजई ब्राहवियों में सामाजिक पदानुक्रम के शीर्ष पर हैं और कलात के खान की जनजाति है, हालाँकि एक झालावान जनजाति, मेंगल, बलूचिस्तान की राजनीति में शक्तिशाली खिलाड़ी बन गई है।[22] इनमें से अधिकांश जनजातियाँ द्विभाषी हैं और बलूची और ब्राहवी दोनों भाषाएँ अच्छी तरह बोलती हैं।

*एनसाइक्लोपीडिया ब्रिटानिका* के अनुसार, आठ ब्राहवी जनजातियों का एक केंद्र है, जिससे अन्य लोगों को संबद्ध किया गया है, जिससे जनजातियों की संख्या बढ़कर उनतीस हो गई है। कलात के खान मीर अहमद यार खान, बलूचों और ब्राहवियों को एक ही लोगों के दो समूह कहते हैं। यह समूह, जिसे मूल रूप से 'इब्राहिमी बलूच' कहा जाता था, अब 'ब्राहवी बलूच' कहलाते हैं।[23]

## जनजातीय प्रणाली

कठोर भूगोल, संचार में कठिनाइयों और साथ ही विभिन्न बलूच समूहों की भाषा और बोलियों में अंतर के बावजूद, सदियों से विकसित एक विशिष्ट आदिवासी, राजनीतिक, सामाजिक और आर्थिक संगठन है। वास्तव में, आदिवासी प्रणाली, बलूच समाज और संस्कृति का आधार है और इसने बलूच जीवन और संस्थानों की सामान्य संरचना को आकार दिया है। साझा वंश पर आधारित जनजातीय निष्ठाएँ बलूच समाज पर काफी हद तक हावी हैं। अधिकांश बलूचों की निष्ठा उनके विस्तारित परिवारों, कुलों और जनजातियों के प्रति रही है। एक बलूच राजनीतिज्ञ शेरबाज खान मजारी के अनुसार, 'एक आदिवासी संस्कृति में, वंश सभी चीजों के लिए मायने रखता है और इसकी जड़ें वर्तमान के साथ अटूट रूप से जुड़ी हुई हैं। विरासत निर्विवादित और अकसर अदृश्य रूप से, किसी के जीवन को आकार और आकृति देती है।'[24]

ताज मोहम्मद ब्रेसीग के अनुसार, आदिवासी संबंध, दक्षिणी बलूचिस्तान के मकरान (पाकिस्तानी और ईरानी बलूचिस्तान दोनों) में बहुत कम महत्त्व रखते हैं। काच्ची के मैदान और बलूचिस्तान के दक्षिणी भाग में लासबेला को आदिवासी नहीं कहा जा सकता है। इसके विपरीत, मध्य पाकिस्तानी बलूचिस्तान, उत्तरी ईरानी बलूचिस्तान, सरहद, दक्षिणी अफगानिस्तान, निम्रुज तथा सिंध और पंजाब के ग्रामीण इलाकों, कुछ हद तक कलात और खुजदार जिलों के डेरा बुगती, कोहलू और बरकान में आदिवासी सामाजिक संरचना महत्त्वपूर्ण है।[25]

पारंपरिक आदिवासी समाज ने बलूच राष्ट्रवाद के विकास में अड़चनें उत्पन्न की हैं, क्योंकि आदिवासी सदस्यों की वफादारी राष्ट्रीय संस्थाओं या राजनीतिक विचारधारा की बजाय अलग-

अलग जनजातियों तक फैली हुई है। व्यक्ति की पहचान उसके गोत्र से जुड़ी होती है, न कि राष्ट्र से। आदिवासी वफादारी के इस मजबूत तत्त्व के कारण ही बलूच राष्ट्रवाद में अलग-अलग जनजातियों की एकजुटता विफल हुई है। परिणामस्वरूप, 1947 में पाकिस्तान के निर्माण और प्रांत के बलपूर्वक अधिग्रहण तक एक एकीकृत राष्ट्रवादी आंदोलन आकार नहीं ले सका। कुछ बलूच नेताओं ने साझा जातीय पहचान की भावना व्यक्त करने की कोशिश की, लेकिन यह केवल कुछ लोगों का प्रयास था और वे अधिकांश बलूचों की भावनाओं को जोड़ने में विफल रहे।

हाल के वर्षों में, बलूचों में एक नया गैर-आदिवासी नेतृत्व उभरा है। यह विभिन्न क्षेत्रों और सामाजिक-आर्थिक वर्गों में पनप रहा है। ये राष्ट्रवादी एक अलग पंक्ति का निर्माण कर रहे हैं और सरदारों से अपने व्यक्तिगत लक्ष्यों को छोड़कर राष्ट्रवादी उद्‍देश्यों को आगे बढ़ाने का आग्रह कर रहे हैं। इसे इस कथन में अच्छी तरह वर्णित किया गया है : 'बलूची समाज और राजनीति के क्षितिज के विकास की प्रक्रिया अभी आरंभ हुई है। हो सकता है कि बलूची राष्ट्रवादियों ने आगे की लंबी यात्रा आरंभ की हो।'[26]

इन बाधाओं को देखते हुए, एक गैर-आदिवासी या पैन-आदिवासी राष्ट्रवादी आंदोलन का वर्तमान उदय एक बहुत महत्त्वपूर्ण विकास है। राष्ट्रवादियों की दुविधा है कि राष्ट्रीय आंदोलन की सफलता के लिए आदिवासी समर्थन एक महत्त्वपूर्ण तत्त्व है, जो उन्हें आदिवासी प्रतिद्वंद्विता के लिए भी अतिसंवेदनशील बनाता है।[27]

## आदिवासी प्रतिद्वंद्विता

बलूचिस्तान में अंतरजातीय संघर्षों का लंबा इतिहास रहा है, जिसने जनजातियों के बीच लंबे समय तक चलनेवाले युद्धों को जन्म दिया है। नवाब बुगती की एक अन्य बुगती उप-जनजाति, कल्पारों से लड़ाई एक महत्त्वपूर्ण उल्लेखनीय संघर्ष था। परिणामस्वरूप, कल्पार वाड़ेरा के पुत्र अमीर हमजा बुगती की हत्या कर दी गई। कल्पारों ने नवाब बुगती के सबसे छोटे बेटे की हत्या करके इसका बदला लिया। आगे की झड़पों में, हजारों कल्पारों को सरकारी सहायता से बुगती क्षेत्र से भागना पड़ा था। दुश्मनी ऐसी थी कि नवाब के बेटे की हत्या के आरोपी कल्पारों का बचाव कर रहे लाहौर के एक वकील को जून 1995 में क्वेटा में गोली मार दी गई थी। अन्य आदिवासी प्रतिद्वंद्वियों में : बुगती बनाम अहमदन; बुगती बनाम मजारी; बुगती बनाम रायसानी; गजिनी बनाम बिजारनी; मारा बनाम लूनी और रिंद बनाम रायसानी शामिल हैं।[28]

## सरदारी प्रणाली

सरदारी प्रणाली बलूच जनजातीय संरचना के मूल में है। ताज मोहम्मद ब्रेसीग के अनुसार, 'इस सरदारी प्रणाली की उत्पत्ति भारतीय इतिहास के मुगल काल में हुई है, लेकिन ऐसा माना जाता है कि इसका वर्तमान रूप ब्रिटिश औपनिवेशिक शासन की अवधि के समय उचित हुआ था।'[29] सदियों पुरानी प्रणाली के अंतर्गत, आदिवासियों ने सामाजिक न्याय और 'जनजाति की अखंडता' के रखरखाव के बदले, सरदारों या जनजातीय सरदारों के प्रति अपनी निष्ठा का संकल्प लिया।[30] इसके बदले में, सरदारों ने कलात के खान के प्रति अपनी वफादारी का वादा किया और किसी भी बाहरी

हमले के विरुद्ध खान की खानैत का बचाव किया या खान को उसके अभियानों के लिए सामग्रीक और नैतिक सहायता प्रदान की। यह आदिवासी निष्ठा और संरक्षण के माध्यम से संचालित एक सुव्यवस्थित प्रणाली थी। मार्टिन एक्समैन के अनुसार, 'सरदारी प्रणाली ने बलूचिस्तान में अंग्रेजों के अप्रत्यक्ष शासन के आधार का प्रतिनिधित्व किया। सरदारों के सहयोग के बिना क्षेत्र पर ब्रिटिश नियंत्रण असंभव होता।'[31]

पश्तूनों के आदिवासी संगठन के समतावाद के विपरीत, बलूच सरदारी प्रणाली वंशानुगत होती थी और सरदार या आदिवासियों के प्रमुख अपने साथी आदिवासियों पर पूर्ण और निर्विवाद नियंत्रण रखते थे। उन्होंने मुख्य कार्यकारी, विधायक और न्यायाधीश के रूप में कार्य किया। सरदार ने अपने अधीन लोगों के सामाजिक जीवन को भी नियंत्रित किया और इसके परिणामस्वरूप, भय या श्रद्धा के कारण, बलूचों ने उसके प्रति अगाध निष्ठा रखी। इस संरचना के भीतर सरदार के असाधारण अधिकार संभवत: प्रारंभिक बलूच आदिवासी समाज के सैन्य चरित्र से उपजे हैं।[32]

सरदार से सत्ता में वाडारों, खंड प्रमुखों और उनसे आगे के अधीनस्थ कबीलों और छोटी आदिवासी इकाइयों के उप-कबीले नेताओं तक नीचे की ओर पहुँची। अतएव, जनजातियों के लिए, राष्ट्र राज्य की अवधारणाएँ और जिन केंद्र सरकारों के अधीन वे रहते थे, उनके लिए आज्ञाकारिता का बहुत कम अर्थ था। साधारण बलूचों को सरदारों द्वारा शासित होने के लिए छोड़ दिया गया था और अंग्रेजों द्वारा उन्हें 'सरदारों के दास' के रूप में चित्रित किया गया था।[33] यह एक ऐसी भूमि है, जिस पर अपने नवाबों का इतना अधिकार है कि इतिहासकार चार्ल्स चेनेविक्स ट्रेंच के शब्दों में, 'नवाब के सिर पर हाथ रखकर ली गई मासूमियत की शपथ हमेशा स्वीकार की जाती है।'[34]

'जिरगा' या आदिवासी सभा आदिवासी संरचना का एक अभिन्न अंग बनी हुई है। सर रॉबर्ट सैंडमैन ने अंग्रेजों के अधीन, ब्रिटिश बलूचिस्तान के अपने नियंत्रणवाले क्षेत्र के लिए एक नई तरह की जिरगा, 'शाही जिरगा' (ग्रैंड काउंसिल या मुख्य आदिवासी सरदारों की परिषद्) आरंभ की। केवल सरदार और अभिजात ही इस जिरगा के सदस्य हो सकते थे। शाही जिरगा वर्ष में एक या दो बार क्वेटा, सिबी और फोर्ट मुनरो में आयोजित की जाती थी। नई जिरगा संपत्ति और श्रम पर कर लगा सकती है; केवल राजनीतिक एजेंट ही जिरगा के निर्णयों की समीक्षा कर सकते थे। जनमहाद ने वर्णित किया है, 'शाही जिरगा अप्रत्यक्ष शासन का एक चतुर तंत्र था, जिसमें सावधानीपूर्वक चयनित कुछ आदिवासी बुजुर्ग अंग्रेजों के प्रति वफादार थे और अपने ही लोगों के विरुद्ध कारवाई करने के लिए तैयार थे।'[35]

अयूब खान सरकार द्वारा 1968 में, आपराधिक कानून (विशेष प्रावधान) अध्यादेश, 1968 के अंतर्गत, 'बी' क्षेत्र में जिरगा प्रणाली को कानूनी तौर पर मान्यता दी गई थी। सभी विवादों को जिरगा के माध्यम से सुलझाया जाएगा।[36]

प्रधानमंत्री जुल्फिकार अली भुट्टो ने 8 अप्रैल, 1976 को सरदारी प्रणाली की घोषणा की थी। यह विभिन्न जनजातीय सरदारों की शक्ति को कम करने का एक प्रयास था, ताकि विभिन्न जनजातियों को पाकिस्तान के राजनीतिक, आर्थिक और सामाजिक जीवन की मुख्यधारा में शामिल करना संभव हो सके, हालाँकि कमजोर होने के बावजूद, बलूचिस्तान में यह व्यवस्था जारी रही। इसके अलावा, भुट्टो ने बलूचिस्तान के 95 प्रतिशत क्षेत्रों में लागू 1968 के जिरगा अध्यादेश को भी

रद्द नहीं किया। 1990 में बलूचिस्तान हाईकोर्ट ने 1968 के अध्यादेश को रद्द कर दिया, जिससे जिरगा के माध्यम से संचालित न्याय प्रणाली को समाप्त कर दिया गया था।[37]

दिलचस्प बात यह है कि व्यवस्था की निरंतरता के लिए सरदारों को दोषी ठहराया जाता है, लेकिन वास्तविकता इससे अलग है। जून 1972 में, सदन के नेता, सरदार अत्ताउल्लाह मेंगल ने बलूचिस्तान विधानसभा में एक प्रस्ताव रखा, जिसमें कहा गया कि संघीय सरकार सरदारी, जिरगा और जनजातीय व्यवस्था को समाप्त कर दे, क्योंकि प्रांतीय विधानसभा के पास ऐसा करने का अधिकार नहीं था। संघीय सरकार ने इस संबंध में कोई काररवाई नहीं की और लगभग आठ महीने बाद, 14 फरवरी, 1973 को राष्ट्रीय अवामी पार्टी की सरकार (जो विधानसभा में प्रस्ताव पेश करने के लिए जिम्मेदार थी) को उखाड़ फेंका गया और बलूचिस्तान में एक सैन्य अभियान आरंभ किया गया।

अताउल्लाह मेंगल द्वारा रखे गए प्रस्ताव में कहा गया था : 'अब जबकि आदिवासी प्रणाली ने अपने फायदे खो दिए हैं, यह माना जाता है कि यह इन जनजातियों के लोगों के विकास में बाधा के रूप में काम करनेवाली है।' बहस में बोलते हुए, राष्ट्रवादी कवि, गुल खान नासिर ने कहा, 'अध्यक्ष महोदय! जब तक यह संस्थान बना रहेगा (भले ही एक निशान के रूप में), यह हमारे देश को विभिन्न जनजातियों और उप-जनजातियों में विभाजित रखेगा, जो हमारे लिए आर्थिक प्रगति करना असंभव कर देगा।'[38]

विडंबना यह है कि प्रांतीय स्वायत्तता की अनिवार्यता से इनकार करने की संघीय सरकार की नीति ने आदिवासी व्यवस्था को मजबूत किया है। सरदार न्याय प्रणाली और पुलिस की कार्यप्रणाली को प्रभावित करते रहते हैं। जब तक प्रांतीय अधिकारों से संबंधित शिकायतों को दूर नहीं किया जाता, तब तक सरदारी प्रणाली समाप्त नहीं होगी। जब तक ऐसा नहीं होता है, तब तक लोग अपने असंतोष के बावजूद पुरातन सामाजिक संरचनाओं का भार उठाते रहेंगे।[39]

## सांस्कृतिक मूल्य

बलूचों के सामूहिक चरित्र को 'बलूचमयार' (बलूच संहिता सम्मान) कहा जाता है। यह उन्हें दूसरों से अलग करता है और इसे बलूच पहचान की एक महत्त्वपूर्ण विशेषता बनाता है।[40] सम्मान संहिता का न केवल दृढ़ता से पालन किया जाता है, बल्कि इसने बलूचों को एक चेतना प्रदान की है, जो आदिवासी, राजनीतिक और भौगोलिक सीमाओं से ऊपर है। एक बलूच उसकी रक्षा के लिए अपने प्राणों की आहुति देने के लिए भी तैयार होगा। उन्नीसवीं सदी के एक ब्रिटिश अधिकारी, हेनरी पोटिंगर ने इस क्षेत्र में बड़े पैमाने पर यात्रा की थी, उन्होंने बलूचों द्वारा अपने सम्मान की संहिता के पालन का इस प्रकार वर्णन किया : 'जब वे एक बार किसी ऐसे व्यक्ति को संरक्षण देने का वादा प्रस्ताव या वादा करते हैं, जिसे इसकी आवश्यकता हो सकती है या वह इसे पाने के लायक हो, तो वे ऐसा करने में असफल होने से पहले अपनी जान दे सकते हैं।'[41]

इसका एक उदाहरण मुगल सम्राट् हुमायूँ से संबंधित है। 1543 में, निर्वासित हुमायूँ, अपनी दयनीय टुकड़ियों के साथ कंधार की ओर भटक रहा था। उसने मागी के क्षेत्र में प्रवेश किया और सरदार के गाँव में शिविर स्थापित किया। उस समय मागी सरदार वहाँ नहीं था। अगली सुबह, हुमायूँ

और उसके लोगों ने महसूस किया कि उन्हें कैदी बना लिया गया था, क्योंकि आदिवासियों ने अपने सरदार के लौटने तक उन्हें जाने देने से मना कर दिया था। देर रात, सरदार वापस लौटे और हुमायूँ से मिले। उन्होंने हुमायूँ को उसके भाई, कंधार के शासक मिर्जा कामरान और मिर्जा अस्करी से प्राप्त फरमान दिखाया, जिसमें उन्होंने उसे देश से निकाले गए सम्राट् को कैद करने और एक बड़े इनाम के बदले में उन्हें सौंपने का अनुरोध किया था। मागी प्रमुख ने हुमायूँ के सामने स्वीकार किया कि उसने उसे पकड़ने के इरादे से उस पर और उसके दल पर हमला करने की योजना बनाई थी, लेकिन अब जब हुमायूँ ने उसके गाँव में डेरा डालने का विकल्प चुना था, तो वह शत्रु नहीं था, बल्कि बलूच परंपरा से, उसका सम्मानित अतिथि था। *हुमायूँनामा* में हुमायूँ की बहन लिखती है कि मागी सरदार ने हुमायूँ से कहा '⋯अब मैं अपने जीवन और अपने परिवार के जीवन का आपके लिए बलिदान करूँगा, मेरे पाँच या छह पुत्र हैं। महामहिम, आपके सिर या उसके एक बाल के लिए उनका बलिदान करूँगा। आप जहाँ चाहें, जाएँ। ईश्वर आपकी रक्षा करें।' यदि मागी सरदार बलूच संहिता के प्रति वफादार नहीं होते, तो मुगल भारत का इतिहास नाटकीय रूप से बदल गया होता।[42]

वफादारी, रक्त प्रतिशोध, 'एक आँख के लिए एक आँख और एक जीवन के लिए एक जीवन' लेने पर विश्वास सम्मान की संहिता के प्रमुख तत्त्व हैं और सरल नियम है 'जिसके पास शक्ति है, वह ले जाएगा और जो रख सकते हैं, वे रखेंगे।'[43] वे शरण माँगनेवालों की सुरक्षा, मेहमानों के लिए आतिथ्य, व्यभिचार में दोनों पक्षों को मृत्यु और महिलाओं की शांति के लिए याचिका और अपराध के लिए क्षमा पाने के अधिकार का पालन करते हैं।'[44] इनायतुल्ला बलूच ने एक बलूच 'बटाल' या बलूचों की बदला लेने की अवधारणा पर कहा : 'खून का बदला लेने का बलूचों का संकल्प दो सौ वर्ष तक दो वर्ष के हिरण जितना जवान रहता है।'[45]

महिलाओं के प्रति बलूचों का पारंपरिक दृष्टिकोण बहुत सम्मान का है। क्रोध में भी किसी पुरुष को किसी महिला पर हाथ नहीं उठाना चाहिए। छेड़छाड़ के किसी भी कृत्य को जघन्य अपराध माना जाता है, जिसकी सजा मौत थी। यह 2005 में डॉ. शाजिया खालिद के बलात्कार पर उग्र बलूच प्रतिक्रिया की व्याख्या करता है, जिसने वर्तमान बलूच विद्रोह (उग्रवाद पर अध्याय में विवरण) को बढ़ाया। अकसर महिलाओं के दुश्मनों के परिवार में नंगे पैर जाने और सुलह करने के लिए विनती करने पर आदिवासियों के खूनी झगड़े समाप्त कर दिए जाते थे। बलूच रिवाज के अनुसार, एक पुरुष नंगे सिरवाली महिला द्वारा किए गए अनुरोध को अस्वीकार नहीं कर सकता है। एक बार सुलह का अनुरोध पूरा हो जाने के बाद, प्रतिद्वंद्वी गुट के संरक्षक को महिला के अपने परिवार में वापस आने से पहले उसके सिर पर साड़ी या दुपट्टा रखकर महिला की गरिमा को फिर से स्थापित करना पड़ता था।[46]

अंग्रेज अपने बुगती विरोधियों के साहस और वीरता के प्रशंसक थे। एडवर्ड ओलिवर ने 1890 में लिखा था, 'युद्ध को एक सज्जन के पहले व्यवसाय के रूप में देखा जाता है और प्रत्येक बलूची एक सज्जन होता है', हालाँकि अपनी छावनियों पर लगातार हमलों और छापों से निराश होकर, 6 अगस्त, 1846 को, अंग्रेजों ने बुगती जनजाति को गैरकानूनी घोषित कर दिया और जिंदा या मुर्दा हर आदमी के सिर पर दस रुपए (लगभग पंद्रह शिलिंग-उस समय के लिए काफी बड़ी राशि) का इनाम रख दिया।[47]

## बलूच-पश्तून फूट

प्रांत में हजारा, सिंधी और पंजाबी जैसे अन्य जातीय समूहों के मौजूद होने पर भी बलूच और पश्तून बलूचिस्तान के दो प्रमुख जातीय समूह हैं। प्रांत के उत्तरी जिलों में, प्राथमिक जातीय पहचान पश्तूनों की है, जो अफगानिस्तान और के.पी.के. में फैले जातीय समूह हैं, जिनमें अब दोषपूर्ण संघीय रूप से प्रशासित जनजातीय क्षेत्र (एफ.ए.टी.ए.) भी शामिल हैं। माना जाता है कि 'पश्तून' या 'पठान' शब्द संस्कृत के शब्द 'प्रतिष्ठान' से निकला है, जिसका अर्थ समाज में स्थापित और सम्मान पानेवाले लोग हैं।

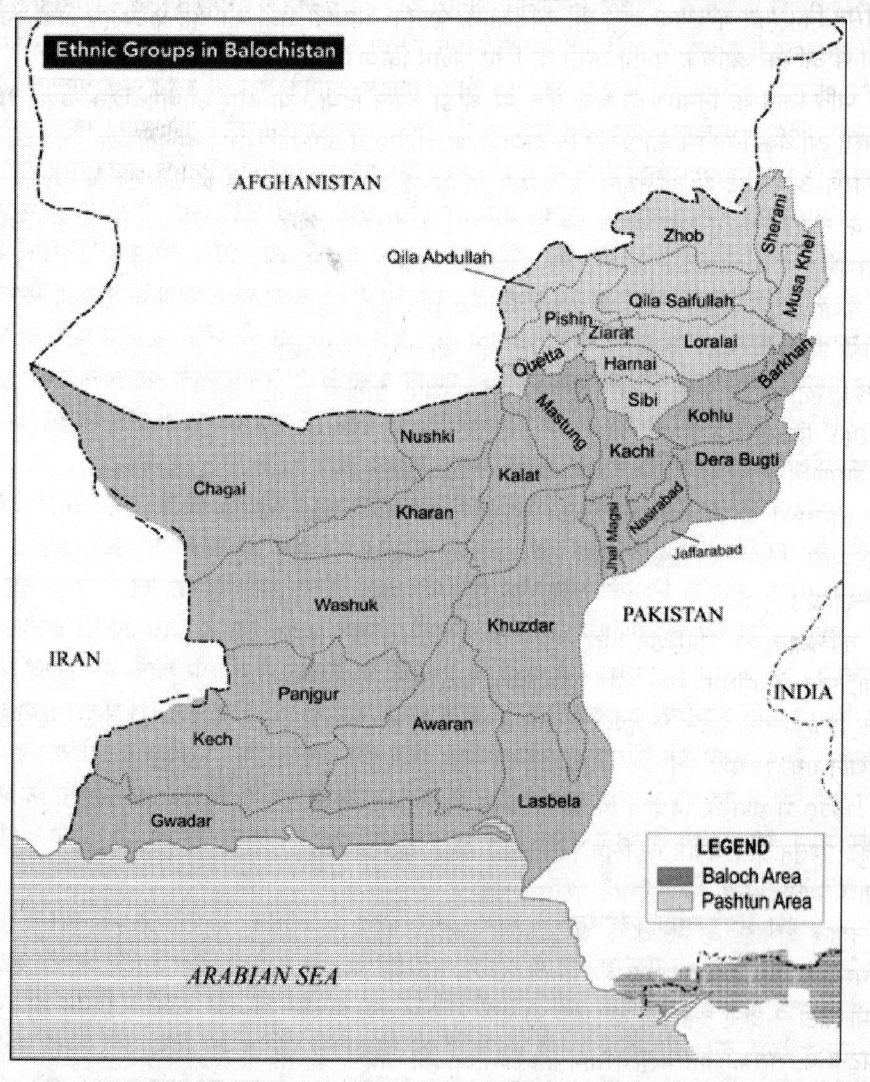


बलूचिस्तान की प्रमुख पश्तून जनजातियों में काकर, घिल्जई तारेन, मंडोखेल, शेरानी, लूनी, कासी और अचकजई शामिल हैं। आँकड़ों के बारे में विवाद होने पर भी, पश्तून राष्ट्रवादियों के

दावे के अनुसार, पश्तून बलूचिस्तान में दूसरा सबसे बड़ा जातीय समूह है, 1998 की जनगणना के अनुसार इनकी आबादी 29 प्रतिशत से लेकर 50 प्रतिशत तक है। राजधानी क्वेटा में एक बहुजातीय आबादी है, प्रांत के अन्य हिस्सों में अलग-अलग जातीय समूह रहते हैं। क्वेटा के विभिन्न क्षेत्रों में विभिन्न जातीय समूह रहते हैं।

बलूचिस्तान में बलूच-पश्तून विभाजन की एक ऐतिहासिक पृष्ठभूमि है। रूस के विस्तार के विरुद्ध अफगानिस्तान को एक अवरोध बनाने के ब्रिटेन के रणनीतिक हित के लिए बलूचिस्तान के उत्तरी हिस्सों में सड़क और रेल संपर्क विकसित करने का निर्णय लिया गया। ब्रिटिश काल में विकसित किए गए बुनियादी ढाँचे की कड़ियों ने, पश्तून-आबादी क्षेत्रों को प्रांत के बलूच क्षेत्रों की तुलना में अधिक आर्थिक प्रगति करने के लिए सक्षम किया।

पाकिस्तान के निर्माण के बाद प्रांत पर थोड़ा ध्यान दिया गया और औपनिवेशिक काल में युद्धग्रस्त आर्थिक विकास को प्रबल किया गया था। 1979 में अफगानिस्तान पर सोवियत आक्रमण के कारण और बाद में तालिबान के शासन के समय अफगानिस्तान से शरणार्थियों के लगातार आने के कारण स्थिति और भी जटिल हो गई थी। बलूचिस्तान और अफगानिस्तान के बीच सीमा के झरझरी होने के कारण सीमा पार करना सुविधाजनक है। तालिबानियों का गढ़, दक्षिणी अफगान शहर कंधार, पाकिस्तानी सीमावर्ती शहर चमन से मात्र 120 किमी. दूर है। उदाहरण के लिए, इस क्षेत्र की आबादी 1941 में केवल 85,000 थी, जो 1981 तक बढ़कर चार मिलियन से अधिक हो गई। बलूचिस्तान सरकार के आँकड़ों के अनुसार, प्रांत में 784,000 अफगान हैं, जिनमें से 337,045 पंजीकृत अफगान प्रवासी हैं, जबकि प्रांत में रहनेवाले बाकी अफगान अवैध प्रवासी हैं।[48] शरणार्थियों की बाढ़ से बलूचों को प्रांत में जनसांख्यिकीय संतुलन बदलने की आशंका हुई। इसके विरोध में, बलूचिस्तान के पश्तून नेताओं ने तर्क दिया है कि अफगान केवल अपने 'वतन' या मातृभूमि में आए हैं। वे बलूचों के इलाकों में नहीं बसे हैं, इसलिए बलूचों को कोई समस्या नहीं होनी चाहिए।

तालिबान की उपस्थिति और क्वेटा के पाकिस्तान में उनकी वास्तविक राजधानी बनने के कारण, प्रांत में अधिक सेना और अर्धसैनिक बल आए। इससे बलूचों की चिंताएँ और बढ़ी हैं, जिनके लिए पंजाबी बहुल पाकिस्तानी सेना के दमन के इतिहास के कारण सुरक्षा बलों की अतिरिक्त उपस्थिति एक समस्या है।

1970 में प्रांत के निर्माण के लिए, समद खान अचकजई के नेतृत्व में पश्तून राष्ट्रवादियों ने एकजुट पश्तून प्रांत बनाने के लिए तत्कालीन उत्तर-पश्चिम सीमा प्रांत (अब खैबर-पख्तूनख्वा) के साथ पश्तून क्षेत्रों (बड़े पैमाने पर पूर्व ब्रिटिश बलूचिस्तान) का विलय चाहा था। काजी ईसा और नवाब जोगेजई के नेतृत्व में, पाकिस्तान मुसलिम लीग का बलूचिस्तान अध्याय, पूर्व ब्रिटिश बलूचिस्तान और कलात राज्य को अलग-अलग प्रांत के रूप में बहाल करना चाहता था। राष्ट्रीय अवामी पार्टी ने दोनों इकाइयों का एक ही प्रांत में विलय करने का समर्थन किया।[49] जुलाई 1970 की घटना में, समकालीन बलूचिस्तान की सीमाओं की घोषणा की गई थी जिससे तत्कालीन कलात प्रभाग और क्वेटा डिवीजन को एक प्रांत में मिला दिया गया।

समद खान के बेटे, महमूद खान अचकजई ने 1989 में बलूचिस्तान के पश्तूनों के दृष्टिकोण

को स्पष्ट करने के लिए पख्तूनख्वा मिल्ली अवामी पार्टी (पी.के.एम.ए.पी.) का गठन किया। वे बलूचों से सहमत हैं कि 'पाकिस्तान एक पंजाबी साम्राज्य है, जो अन्य कौमों (जातीयताओं) को अधीन करता है', हालाँकि पी.के.एम.ए.पी. का मानना है कि इसके तीन विकल्प हैं : (1) बलूचिस्तान को दो-कौम प्रांत (बलूच और पश्तून) घोषित किया जाना चाहिए और दोनों को समान प्रतिनिधित्व और अधिकार दिया जाना चाहिए; (2) बलूचिस्तान के पश्तूनों के लिए एक नया प्रांत बनाया जाना चाहिए; या (3) बलूचिस्तान के पश्तून क्षेत्रों को एन.डब्ल्यू.एफ.पी. (अब खैबर पख्तूनख्वा-के.पी.के.) का हिस्सा बनाया जाना चाहिए, लेकिन पश्तून-बलूच राजनीतिक मतभेद शायद ही कभी संघर्ष बना है और वे वर्षों से सह-अस्तित्व में हैं, क्योंकि ये दो जातीय समूह मुख्यत: अलग-अलग क्षेत्रों में रहते हैं। क्वेटा, सिबी और लोरलाई के कुछ हिस्सों को छोड़कर, जनसंख्या का बहुत कम अंतर है। इसके अलावा, दोनों जातीय समूहों के राष्ट्रवादी पंजाबी शोषण को समान रूप से नापसंद करते हैं, जिनका वामपंथी राजनीति के साथ सहयोग और जुड़ाव का साझा इतिहास है।

जनगणना, तनाव उत्पन्न करने का एक मुद्दा हो सकता था। अंतिम बार जनगणना 1998 में हुई थी, इसके बाद 2017 तक 'सुरक्षा चिंताओं' के कारण जनगणना आयोजित नहीं की जा सकी। इस पुस्तक को लिखने के समय तक, 2017 की जनगणना के विस्तृत परिणाम उपलब्ध नहीं कराए गए हैं। बलूचों के लिए, अफगान शरणार्थियों की उपस्थिति में जनगणना का आयोजन करना समस्या से भरा था। पश्तून राष्ट्रवादियों के लिए, अफगान शरणार्थियों के नाम पर स्थानीय पश्तूनों की अनदेखी की संभावना चिंता का विषय थी। परिणामस्वरूप, जनगणना का समय बलूच-पश्तून संबंधों के लिए तनावपूर्ण हो सकता है, हालाँकि जनगणना के अनंतिम परिणाम बताते हैं कि बलूच प्रांत में अपना बहुमत बनाए रखना चाहते हैं और इसलिए विरोध प्रदर्शनों को मौन कर दिया गया है।

□

# 3
# धर्म

## इसलाम

इसलाम, 711 ईसवी में, सिंध पर मोहम्मद बिन कासिम के आक्रमण के साथ बलूचिस्तान आया और नौवीं शताब्दी तक स्थानीय जनसंख्या को धर्मांतरित कर दिया गया था। इसलाम में धर्मांतरित होने से पहले, बलूचों को मज्दाकी और पारसी माना जाता था।[1] अब भी कुछ बलूच जनजातियों में कुछ पारसी परंपराओं के स्पष्ट अवशेष हैं। अधिकांश बलूच हनफी सुन्नी हैं, लेकिन मुख्य रूप से क्वेटा में शिया हजारा एक बड़ा समुदाय है, जो उन्नीसवीं सदी के अंत में अब्दुर रहमान के क्रूर उत्पीड़न से बचने के लिए अफगानिस्तान के बामियान इलाके में चले गए थे। मकरान में जिकरियों की भी उल्लेखनीय आबादी है।

धर्मों का अंतर्मिश्रण मुख्य रूप से बलूचों के धार्मिक अतिवाद या संप्रदायवाद से दूर होने के कारण है। परिणामस्वरूप, किसी पूर्वग्रह, भय या घृणा के बिना हिंदू, शिया और जिकरी हाल तक सद्भावना में रहते आए थे। उनके धार्मिक विश्वासों में अंतर के बावजूद सुन्नी-बलूचों और जिकरी-बलूचों के बीच अंतर्विवाह होते हैं। बलूचों में एक भाई का जिकरी और दूसरे का सुन्नी होना आम बात है।[2]

धर्म ने बलूचों के दैनिक जीवन में महत्त्वपूर्ण भूमिका नहीं निभाई है, जिसके कारण ये धर्म को राजनीति के साथ मिलाने के विरोधी रहे हैं।[3] ई. ओलिवर ने बलूचों के बारे में लिखा है, '…के दिमाग में ईश्वर का कम स्थान है और उनके स्वभाव में शैतान कम है' और अपनी प्रार्थनाओं का उनके लिए होना पसंद करता है।[4] एक अन्य उदाहरण में, उन्नीसवीं शताब्दी के उत्तरार्ध में, जब ब्रिटिश अधिकारियों ने बलूचों और पश्तूनों से पूछा कि उनके नागरिक मामलों का फैसला कैसे किया जाना चाहिए, तो बलूचों ने जवाब दिया : 'रवाज' (बलूच प्रथागत कानून) के अनुसार जबकि पश्तूनों ने जवाब दिया : 'शरिया' (इसलामी कानून) के अनुसार।[5]

एक दिलचस्प कहानी धर्म के प्रति बलूचों के दृष्टिकोण को भी प्रदर्शित करती है : 'एक बार, एक बलूच से पूछा गया कि उसने रमजान का व्रत (रोजा) क्यों नहीं रखा? बलूच ने कहा कि उसे छूट दी गई है, क्योंकि उनके सरदार उनके लिए व्रत रख रहे थे। उसने एक मुसलमान से उसकी शाम की प्रार्थना (नमाज) के बारे में पूछा, "आप क्या कर रहे हैं?" उन्हें उत्तर मिला : "ईश्वर के भय से उसकी प्रार्थना कर रहा हूँ।" बलूच ने कहा : "मेरी पहाड़ियों में आओ, जहाँ हम किसी से नहीं डरते।"[6]

अतएव, ऐतिहासिक रूप से, धर्म के प्रति बलूचों का दृष्टिकोण हमेशा से अपने पड़ोसियों की तुलना में अधिक निरपेक्ष और बहुलवादी रहा है। जिसे इस कथन में अच्छी तरह से व्यक्त किया गया है : 'यह बलूचों के 'बुरे मुसलमान' होने की अवांछनीय प्रतिष्ठा का आनंद लेने का समय नहीं है।[7] पारंपरिक बलूच समाज में भी, मुल्ला को पूजनीय न मानकर एक कार्य करनेवाले व्यक्ति के रूप में देखा जाता था।[8] हालाँकि वे इसलाम को अपने अस्तित्व के महत्त्वपूर्ण पहलू के रूप में स्वीकार करते हैं, लेकिन इसे अपनी पहचान का सबसे महत्त्वपूर्ण हिस्सा नहीं मानते और उन्होंने समाजशास्त्रीय मूल्यों पर धर्म के आधिपत्य को स्वीकार नहीं किया है। नीना स्विडलर ने पाया कि '...धर्म बलूच पहचान को अलग नहीं करता।[9] इसलामीकरण के लगातार प्रयासों के बावजूद, अब तक वे काफी हद तक अभेद्य रहे हैं। भले ही तालिबान के क्वेटा शूरा का संदर्भ कुछ लोगों को भ्रमित कर सकता है, पर उन्होंने किसी भी किस्म के इसलामवादियों को अपने क्षेत्र में प्रमुखता प्राप्त करने की अनुमति नहीं दी है। अतएव, यह मानना शायद गलत हो कि बलूच राष्ट्रवादी भावनाओं को इसलामवादी राजनीति द्वारा अतिरंजित किया जा रहा है।

हालाँकि, पाकिस्तान द्वारा लश्कर-ए-तैयबा (एल.ई.टी.), आतंकवादी समूहों और सांप्रदायिक आतंकवादी समूह लश्कर-ए-झांगवी (एल.ई.जे.) के कट्टरपंथीकरण और प्रोत्साहन को जारी रखने के कारण यह स्थिति बदल सकती है। इस प्रकार, बलूचिस्तान के लिए अपरिचित वहाबीवाद ने अब यहाँ प्रवेश कर लिया है और बहुत से लोगों को प्रभावित कर रहा है।

बलूचिस्तान में चरमपंथ के बीज जनरल जिया-उल-हक ने बोए थे। जिया की इसलामीकरण नीतियों में एक दोहरा उद्देश्य था। एक, वह इसे 1977 में समाप्त बलूच विद्रोह के विरुद्ध एक हथियार के रूप में उपयोग करना चाहता था। परिणामस्वरूप, वहाँ 'तबलीगी' की गतिविधियों की एक बाढ़ आई और मदरसों का अत्यधिक विकास हुआ था। हाल की एक रिपोर्ट के अनुसार, बलूचिस्तान के 1,095 मदरसों में 85,000 छात्र पढ़ रहे थे।[10] दूसरा, एक और बांग्लादेश के निर्माण को रोकने के लिए, जिया ने इसलाम को एक प्रभावी एकीकृत बल के रूप में भी देखा जो बलूच जातीय पहचान को एक बड़ी इसलामी पहचान में विकसित करेगा।[11] इसलामीकरण के परिणामस्वरूप, एक धर्मनिरपेक्ष प्रांत में कट्टरता बढ़ गई है। सांप्रदायिक हत्याओं की, विशेष रूप से क्वेटा में एल.ई.जे. द्वारा हजारा शिया मुसलमानों की हत्याओं के कारण सांप्रदायिक हत्याओं की संख्या में भी वृद्धि हुई है।

जनरल मुशर्रफ के शासन में, हठपूर्वक मुल्लाओं का विरोध करनेवाले बलूच क्षेत्रों तक पहुँचने के लिए मदरसों की स्थापना को और अधिक प्रोत्साहन दिया गया। ये प्रयास धर्मनिरपेक्ष शिक्षा को समाप्त करते हुए किए गए थे। प्रांत के धार्मिक मामलों के मंत्रालय का बजट शिक्षा मंत्रालय से बहुत अधिक था।

राजनीतिक रूप से भी, राष्ट्रपति मुशर्रफ के नेतृत्व में 2002 के चुनावों के परिणामस्वरूप, मुल्लाओं की उपस्थिति में वृद्धि देखी गई थी। इससे मुतहिदा मजलिस-ए-अमल (एम.एम.ए.) नामक धार्मिक दलों के गठबंधन को मौलाना फजलुर रहमान के जमीयत उलेमा-ए-इसलाम (जे.यू.आई.-एफ.) के नेतृत्व में अक्तूबर 2002 में प्रांतीय सरकार में शामिल होने का अवसर मिला। मुशर्रफ के लिए यह एम.एम.ए. की सत्ता में आने और कट्टरवाद के संभावित विकास का हवाला

देकर पश्चिम को अपना समर्थन करने के लिए डराने की एक चाल थी। इस प्रकार वह दक्षिण के बलूच क्षेत्रों के साथ उत्तरी बलूचिस्तान के पश्तून बहुल क्षेत्रों को भ्रमित करने में सक्षम रहे। जैसा कि इंटरनेशनल क्राइसिस ग्रुप (आई.सी.जी.) ने कहा है, '...बलूच विरोध का मुकाबला करने के लिए पश्तून धार्मिक दलों पर निर्भरता ने उदारवादी बलूचों की कीमत पर इसलामी ताकतों को मजबूत किया है।' इसमें उल्लेख किया गया था कि 'अंतरराष्ट्रीय समुदाय, विशेष रूप से अमेरिका और उसके पश्चिमी सहयोगी, बलूचिस्तान संघर्ष के घरेलू और क्षेत्रीय प्रभावों को नजरअंदाज करते प्रतीत होते हैं, वे एक ऐसी सैन्य सरकार पर विश्वास कर रहे थे, जो तालिबान विरोधी बलूच और पख्तूनों को निशाना बना रही है और तालिबान समर्थक पश्तून दलों को पुरस्कृत कर रही है।'[12]

मुशर्रफ के नेतृत्व में पाकिस्तान के नेताओं को यह पता नहीं था कि बलूच राष्ट्रवाद पर अंकुश लगाने के प्रयास में, उन्होंने देवबंदी के मदरसों की संख्या में वृद्धि के द्वारा एक धर्मनिरपेक्ष प्रांत में कट्टरता और संप्रदायवाद के जिन्न को खुला छोड़ दिया। इस प्रक्रिया में, पाकिस्तान में संप्रदायवाद को दीर्घकाल के लिए मजबूत किया गया था।

## सांप्रदायिकता का बढ़ना

बलूचिस्तान में सांप्रदायिक उग्रवाद और हिंसा—पाकिस्तान के व्यापक सांप्रदायिक संघर्ष का हिस्सा है, जो पिछले एक दशक में तेजी से बढ़ा है। संप्रदायवाद के बलूचिस्तान में स्थानीय न होने पर भी, एक अध्ययन के अनुसार, सभी बलूच जिलों और विशेष रूप से मस्तंग और लासबेला जिलों में संप्रदायवाद बढ़ रहा है। बलूचिस्तान में सांप्रदायिक हिंसा का मुख्य लक्ष्य शिया समुदाय और विशेष रूप से शिया हजारा हैं, जो ईरान-विरोधी आतंकवादी समूह लश्कर-ए-शिया के हाथों मारे जा रहे हैं।[13] कुछ ब्राहवी भी कथित तौर पर सांप्रदायिक समूहों में शामिल हो गए और शिया हजारा और बलूच राष्ट्रवादियों को निशाना बनाने के लिए इनका उपयोग किया जा रहा है।

'...बलूचिस्तान और उसके बाहर भी सरकार और एल.ई.जे. के बीच एक जटिल और विरोधाभासी, लेकिन घनिष्ठ ऐतिहासिक संबंध रहा है।'[14] प्रतिबंधित होने के बावजूद सार्वजनिक रैलियाँ आयोजित करने की उनकी क्षमता[15]; एक मजबूत सीमावर्ती बल (फ्रंटियर कॉर्प्स) की उपस्थितिवाले क्षेत्रों में होनेवाले सांप्रदायिक हमले;[16] यात्रियों को बसों से उतारना, शियाओं की पहचान करना और फिर उनकी हत्या करना, जिसे करने में समय लगता है, जैसी कई कड़ियाँ इस आधिकारिक समर्थन की गवाही देती हैं। जैसा कि इस कथन में व्यक्त किया गया है, 'सांप्रदायिक हिंसा बढ़ गई है, क्योंकि हिंसक सांप्रदायिक समूहों के कार्य करने के स्थानों में एक स्पष्ट विस्तार है। हाल की सांप्रदायिक घटनाओं में उपयोग किए गए तरीके बताते हैं कि समूह पकड़े जाने के डर के बिना, विश्वास के साथ काम करते हैं।'[17] इन अभियानों में इतनी आसानी से काम करना तभी संभव होगा, जब आतंकवादी यह जान लें कि '...पुलिस और अदालतें सांप्रदायिक हत्यारों की जाँच करने, मुकदमा चलाने और उन्हें दोषी ठहराने की क्षमता नहीं रखती हैं।'[18] इससे स्पष्ट है कि सत्तापक्ष द्वारा जानबूझकर सांप्रदायिक समूहों को यह कार्य करने की अनुमति दी जा रही है।

विगत वर्षों में, मस्तंग संप्रदायवादी उग्रवाद के मुख्य केंद्र के रूप में उभरा है। दक्षिणी पंजाब के बाहर सबसे बड़ा सिपाह-ए-सहाबा मदरसा रायसानी जनजाति के नियंत्रणवाले क्षेत्र मस्तंग में

ही है। यह प्रांत में धार्मिक चरमपंथ के एक गढ़ के रूप में कार्य करता है। मस्तंग कभी बलूच अलगाववादियों का मजबूत केंद्र हुआ करता था, लेकिन अब इसे संप्रदायवादी समूह सँभाल रहे हैं। 2017 में मस्तंग में सुरक्षा बलों द्वारा बारह इसलामिक स्टेट (आई.एस.)/दायेश के आतंकवादियों की हत्या इस विकास का प्रमाण है। मस्तंग ईरान जानेवाले शिया तीर्थयात्रियों के काफिले को निशाना बनाने के लिए एक रणनीतिक बिंदु भी है।[19] क्वेटा में हजारा शियाओं पर अधिकांश हमलों के सुराग इसी जिले की ओर ले जाते हैं, जिनमें पिछले एक दशक में सैकड़ों निर्दोष लोगों की हत्या की गई है। सुरक्षा एजेंसियों द्वारा किए गए एक हमले में कई एस.ई.जे. आतंकवादियों के मारे जाने के बावजूद, हिंसा में वृद्धि इंगित करती है कि संप्रदाय के नेटवर्क अभी भी हाई-प्रोफाइल आतंकवादी हमले करने में सक्षम हैं। इस बीच, पाकिस्तानी सांप्रदायिक आतंकवादियों ने अफगानिस्तान में भी अभयारण्य पा लिया है, जिससे उन्हें सीमा के दोनों ओर स्वतंत्र रूप से घूमने की अनुमति मिलती है और पाकिस्तानी कानून प्रवर्तन एजेंसियाँ ऐसा करने की इच्छा रखती हों, तब भी एजेंसियों के लिए उनका पीछा करना मुश्किल होता है।

इसलामीकरण प्रक्रिया के पीछे एक और अधिक भयावह डिजाइन है। नसीर दशती के अनुसार, बलूचों की अलग धर्मनिरपेक्ष पहचान पर उनके राष्ट्रवादी आकांक्षाओं का आधिपत्य है। धर्मनिरपेक्ष पहचान को कमजोर करने से पाकिस्तान के, पाकिस्तानी पहचान को स्थापित करने के प्रयासों का उनके राजनीतिक प्रतिरोध पर प्रतिकूल प्रभाव पड़ेगा। यह केवल 'मुसलिम बिरादरी' की वेदी पर अपने संसाधनों के अत्यधिक दोहन के लिए बलूचों की स्वीकृति का पहला कदम होगा।[20]

पाकिस्तान के मानवाधिकार आयोग ने यह भी कहा कि अतीत के विपरीत, '...धार्मिक कट्टरता को केवल प्रांत में कहीं और से निर्यात नहीं किया जा रहा था, अब इसे बलूचिस्तान में उगाया जा रहा था। मदरसों के बढ़ते नेटवर्क ने अंतर-संप्रदायिक तनाव को बढ़ाने में योगदान दिया। ऐसी आशंकाएँ प्रकट की गई थीं कि सुरक्षा बल आतंकवादियों को संरक्षण दे रहे थे और क्वेटा को आतंकवादियों के लिए आश्रय स्थल बनाया जा रहा था।'[21] परिणामस्वरूप, पिछले एक दशक में, चरमपंथी उग्रवादियों के आगमन से बलूचिस्तान में अभूतपूर्व सांप्रदायिक रक्तपात हुआ। बलूच राष्ट्रवाद के विरुद्ध धार्मिक चरमपंथ को स्थापित करने की कोशिश में, पाकिस्तान एक बड़ी गलती कर सकता है। अतिवादी समूहों के अंतरराष्ट्रीय एजेंडे राज्य के लिए एक बड़ा खतरा बन सकते हैं।[22]

हालाँकि इसके कम प्रमाण हैं, पर सरकार बलूच समूहों और लश्कर-ए-झांगवी के बीच संबंध दिखाने की कोशिश कर रही है। उदाहरण के लिए, तत्कालीन आंतरिक मंत्री, रहमान मलिक ने सदन में घोषणा की कि दोनों समूह 'पाँच वर्ष से एक-दूसरे से संबंधित थे।'[23]

कुल मिलाकर, संप्रदायवादी हत्याओं के लिए कुछ बलूचों का उपयोग किए जाने पर भी, बलूच राष्ट्रवाद अब तक मजबूत सिद्ध हुआ है और जहाँ जातीय बलूच प्रमुखता रखते हैं, वहाँ इसलामीकरण की नीतियाँ सफल नहीं हुई हैं। फिर भी, इसलामीकरण इसलामाबाद की रणनीति का एक महत्त्वपूर्ण तत्त्व है। पश्तून और बलूच क्षेत्रों में राज्य की मंशा स्पष्ट रूप से पश्तून और बलूच दोनों के राष्ट्रवाद को रोकने के लिए इसलाम का उपयोग करना है।

## दायेश और तहरीक-ए-तालिबान पाकिस्तान (टी.टी.पी.)

बलूचिस्तान सरकार ने अकसर दावा किया है कि दायेश ने प्रांत के भीतर काम नहीं किया और समूह द्वारा काम करने के दावों को अस्वीकार किया है, हालाँकि दायेश की हिंसक गतिविधियाँ धीरे-धीरे बढ़ रही हैं। इसने जुलाई 2018 के आम चुनावों से पहले 13 जुलाई, 2018 को मस्तंग में एक बड़ी राजनीतिक रैली में एक आत्मघाती विस्फोट किया, जिसमें 130 से अधिक लोग मारे गए। शहीद होनेवालों में बलूचिस्तान के पूर्व मुख्यमंत्री असलम रायसानी के छोटे भाई और बलूचिस्तान अवामी पार्टी (बी.ए.पी.) के उम्मीदवार नवाबजादा सिराज रायसानी शामिल थे।[24] मस्तंग नरसंहार ने, आतंकवाद की रीढ़ टूटने के सेना के दावे को नकार दिया। इस हमले से पहले, दायेश ने अगस्त 2016 में क्वेटा में वकीलों के विरुद्ध एक विनाशकारी हमले और नवंबर 2016 में खुजदार में एक पूजा स्थल पर हमले की जिम्मेदारी का दावा किया था।

दायेश और टी.टी.पी. दोनों क्वेटा में गुप्त रूप से मौजूद हैं, बलूचिस्तान में अन्य स्थानों पर उनके हमलों में जातीय पहचान के आधार पर भिन्नता है। अतएव, माना जाता है कि दायेश मस्तंग और कलात के बलूच-बहुल जिलों में मौजूद हैं, जबकि टी.टी.पी. का नेटवर्क चमन, किला अब्दुल्ला, पिशिन, झोब और किला सैफुल्लाह के पश्तून-बहुल जिलों में केंद्रित हैं। दोनों समूहों की आतंकवादी जड़ें भी अलग-अलग हैं : दायेश आतंकवादी बड़े पैमाने पर आतंकवादी सांप्रदायिक समूहों से लाए जाते हैं, 1990 के दशक के बाद से लश्कर-ए-झांगवी और स्प्लिंटर समूहों ने विशेष रूप से अल्पसंख्यक मुसलिम संप्रदायों पर हिंसक आक्रमण किए हैं। दूसरी ओर, टी.टी.पी. में जनजातीय क्षेत्रों के भगोड़े आतंकवादी शामिल हैं, जिनका उद्देश्य सुरक्षाकर्मियों और राजनीतिक हस्तियों को लक्षित करना है।[25] हालाँकि, ये रिसाव मुक्त विभाजन नहीं हैं और परस्पर-सक्रियता जारी है। लश्कर-ए-झांगवी ने भी जैश-ए-इसलाम और तहरीक-ए-तालिबान पाकिस्तान के साथ साँठ-गाँठ स्थापित की है।

## जिकरी

'जिकरी' शब्द की उत्पत्ति अरबी शब्द 'जिक्र' (स्मरण और पाठ) से हुई है। जिकरी संप्रदाय की उत्पत्ति और उनकी धर्म पद्धति को अच्छी तरह से प्रलेखित नहीं किया गया है, क्योंकि अठारहवीं शताब्दी में मीर नासिर खान के शासन में उत्पीड़न के कारण उनके सभी धार्मिक और ऐतिहासिक अभिलेखों को मिटा दिया गया था। जो भी जानकारी उपलब्ध है, वह कुछ संरक्षित धार्मिक कार्यों, मौखिक परंपराओं और गैर-जिकरियों के लेखन से प्राप्त की गई है।[26]

जिकरी महदी माने जानेवाले सैयद मुहम्मद जौनपुरी के अनुयायी हैं। प्रसिद्ध अरब समाजशास्त्री-इतिहासकार इब्न खल्दुन के अनुसार, 'प्रत्येक युग में मुसलमानों द्वारा यह (और आमतौर पर स्वीकार किया गया है) जाना जाता रहा है कि समय के अंत में (पैगंबर के) परिवार का कोई भी व्यक्ति उनकी उपस्थिति अवश्य बनाएगा, जो धर्म को मजबूत करेगी और न्याय करेगी।'[27] इनायतुल्लाह बलूच के अनुसार, '…हालाँकि न तो कुरान और न ही हदीस इस लोकप्रिय मुसलिम विश्वास का समर्थन करता है, फिर भी, महदी की अवधारणा मुसलिम परंपराओं का हिस्सा बनी हुई है, हालाँकि इसके गठन के बारे में शिया और सुन्नियों में भिन्नता है। वास्तव में, मुसलिम

इतिहास में उन व्यक्तियों की एक लंबी सूची है, जिन्होंने महदी होने का दावा किया है।[28]

सैयद मुहम्मद का जन्म जौनपुर, यूपी, भारत में 1443 में हुआ था और वे एक महान् सुन्नी विद्वान् थे। उन्होंने आखिरी महदी होने का दावा किया और उन्होंने या उनके किसी शिष्य ने जिकरी संप्रदाय की स्थापना की थी। जिकरी विद्वानों का दावा है कि महदी मकरान में रहते थे, जहाँ उन्होंने अपना अधिकांश समय कोह-ए-मुराद में जिक्र करने में बिताया था।[29]

इनायतुल्लाह बलूच के अनुसार, प्रमुख जिकरी सिद्धांत निम्नलिखित हैं; (i) जब पैगंबर ने इसके शाब्दिक अर्थ में कुरान के सिद्धांत का प्रचार किया, महदियों ने इसके अर्थ को आगे बढ़ाया; वास्तव में सैयद मुहम्मद महदी कुरान के व्याख्याकार (साहिब-ए-तवील) थे; (ii) पैगंबर मोहम्मद आखिरी पैगंबर हैं और सैयद मुहम्मद आखिरी महदी हैं; (iii) कालिमा को नई कालिमा से संशोधित किया जाएगा, 'अल्लाह के अलावा कोई भगवान् नहीं है। मुहम्मद महदी उनके दूत हैं'; (iv) नमाज (प्रार्थना) की बजाय, लोगों को जिक्र (अल्लाह के विभिन्न नामों को दोहराने का एक सूत्र) का पाठ करना चाहिए; तथा (v) रमजान के उपवास को हर महीने में सात दिन के उपवास से बदलना चाहिए। इस प्रकार, जिकरी सिद्धांत रूढ़िवादी मुसलिम विश्वास से अलग है, लेकिन जिकरी अपने को सच्चा मुसलमान मानते हैं।[30]

मकरान, केच का तुर्बत शहर, पवित्र जिकरी शहर है, जहाँ उन्होंने कोह-ए-मुराद का निर्माण किया है। जिकरियों के अनुसार, यह एक तीर्थस्थल है, लेकिन कुछ रूढ़िवादी मुसलिम आरोप लगाते हैं कि जिकरी इसे काबा, मक्का के समान मानते हैं। जिकरियों के अस्थायी और स्थायी दोनों प्रकार के पूजा स्थलों को, जिक्राना या जिक्रखाना के रूप में जाना जाता है।[31] यह आश्चर्य की बात नहीं कि जिकरी बलूचिस्तान के स्थलों को धार्मिक महत्त्व देते हैं, जिसके लिए उन्होंने एक विशेष उपासना पद्धति विकसित की है। उनकी उपासना के संस्कार ज्यादातर बलूची में आयोजित किए जाते हैं। परिणामस्वरूप, जिकरी कवियों और धार्मिक विद्वानों ने बलूची साहित्य को समृद्ध किया है।[32] उनके लिए, बलूचिस्तान, विशेष रूप से तुर्बत, 'गुल-ए-जमीन' (पृथ्वी का फूल) है। जिकरी बलूचों के, इस देशभक्ति के अनुष्ठान को आधुनिक बलूच राष्ट्रवाद के कई अग्रदूतों द्वारा आयोजित किया जाता है।[33]

अतीत में, जिकरियों ने अठारहवीं शताब्दी में मीर नासिर खान के उत्पीड़न का सामना किया था। आधुनिक समय में, जिया-उल-हक की तानाशाही में इस तरह के उत्पीड़न बहुत स्पष्ट थे। 1978 में, कई धार्मिक-राजनीतिक दलों ने बलूचिस्तान में तहरीक-ए-नबुअत (भविष्यद्वक्ता की अंतिमता के लिए आंदोलन) का आयोजन किया और जिकरियों के विरुद्ध एक आक्रामक अभियान चलाया। दशकों से, धार्मिक चरमपंथियों के बलूचिस्तान में स्थापित होने के साथ, उत्पीड़न केवल बढ़ा है। उदाहरण के लिए, 2014 में, अवारन में कम-से-कम छह जिकरियों का नरसंहार किया गया था और प्रांत में जिकरियों को 'धर्मांतरण करने' या मारने की चेतावनी देते हुए नारे लगे थे, जिसे अपने को लश्कर-ए-खुरासान कहनेवाले एक संगठन ने हस्ताक्षरित किया था।[34]

जिकरी मुख्य रूप से मकरान, लासबेला और कराची में रहते हैं। वास्तव में, मकरान की आबादी दो मुसलिम संप्रदायों—नमाजियों (सुन्नियों) और जिकरियों से बनी है। 1947 से पहले, यह अनुमान लगाया गया था कि मकरान की लगभग आधी आबादी जिकरियों की थी। कुछ लोगों

ने अनुमान लगाया है कि 1990 के दशक में मकरान में जिकरी आबादी कम होकर कुल आबादी की एक-तिहाई या एक-चौथाई रह गई थी। इनायतुल्लाह बलूच के अनुसार, सज्जाद, संगर, रईस, दारजदास, मेड्स और कोह-बलूच जिकरी संप्रदाय से संबंधित प्रमुख बलूच उपजातियाँ हैं। इसके अलावा, पूर्वी बलूचिस्तान के खुजदार और खरान क्षेत्रों के बलूच खानाबदोशों में जिकरी धर्म के कुछ अनुयायी पाए जाते हैं।[35]

बलूच छात्र संगठन (बी.एस.ओ.)[36] जिकरियों के धार्मिक अधिकारों का बचाव करने में सबसे आगे रहा है। इसने मकरान और उसके आसपास संप्रदायवाद के विरुद्ध लोक समर्थन जुटाने के लिए राजनीतिक रैलियों का आयोजन किया है। उन्होंने बलूच (बलूचियत) और बलूच कोड ऑफ ऑनर (बलूचमयार) के रूप में बलूच सांस्कृतिक सिद्धांतों पर भी प्रकाश डाला है, जो माँग करता है कि बलूच धार्मिक अल्पसंख्यकों और कमजोर समूहों की रक्षा करें। उन्होंने बलूचिस्तान के लिए जिकरी पर्व को रेखांकित करते हुए पर्चे भी प्रकाशित और वितरित किए हैं। इस प्रकार, कट्टरपंथियों और कई बार सरकार द्वारा बनाई गई बाधाओं के बावजूद, बी.एस.ओ. ने जिकरियों के धार्मिक अधिकारों की रक्षा में मकरान के सुन्नी बलूचों के बहुमत का समर्थन हासिल किया है।[37]

## हजारा

हजारा शिया मुसलमान[38] हैं, जो उन्नीसवीं सदी के अंत में और बाद में 1990 के दशक में अफगानिस्तान के हजरात क्षेत्र में सताए जाने के बाद अफगानिस्तान से पलायन कर यहाँ आ गए थे। लगभग पाँच लाख हजारा मुख्य रूप से क्वेटा में सीमित हैं, जहाँ वे शहर के दो मुख्य क्षेत्रों : हजारा टाउन और मेहराबाद के आसपास बिखरे हुए हैं और माच में इनकी दूसरी सबसे बड़ी संख्या है। क्वेटा में, वे शिक्षित, मेहनती और प्रभावशाली महिलाओं की साक्षरता के आँकड़ों के साथ सबसे अधिक विकसित समुदायों में से एक हैं। हजारा महिलाएँ अस्पतालों, स्कूलों और विश्वविद्यालयों में काम करती हैं।

हजारा मुसलमानों की हत्या निरंतर और व्यवस्थित तरीके से होती रही है। पाकिस्तान के मानवाधिकार आयोग के अनुसार, 'बलूचिस्तान के हजारा शिया मुसलमानों को निशाना बनाना, धार्मिक मान्यताओं के आधार पर पाकिस्तान में किसी भी समुदाय के सबसे हिंसक और लगातार उत्पीड़नों में से एक है।'[39] आश्चर्य की बात नहीं है कि कई लोगों ने इसे जातीय सफाई माना है। 2013 में बी.बी.सी. ने क्वेटा को 'धरती पर नरक' करार दिया था। 2002 के बाद से, करीब 3,000 शिया मारे गए हैं, उनमें से अधिकांश हजारा समुदाय से थे।[40] बहुत से हजारा युवा आवर्ती हिंसा के कारण भागने के लिए बाध्य हुए हैं। क्वेटा में एक प्रचलित कहावत है कि एक हजारा अफगानिस्तान में उत्पन्न होता है, पाकिस्तान में बड़ा होता है और उसे ईरान में दफनाया जाता है।[41]

स्थिति की निम्नलिखित विशेषताओं पर ध्यान दिया जाना चाहिए। पहला, बड़ी संख्या में सुरक्षाकर्मियों की तैनाती के बावजूद हजारा मुसलमानों पर लक्षित हमले जारी हैं। दूसरे, हमले अपने आप में समन्वित हैं, यादृच्छिक नहीं। यह पर्याप्त अग्रिम सूचना की उपलब्धता को इंगित करेगा। तीसरे, समुदाय के लगभग हर परिवार ने इन हमलों में अपने किसी रिश्तेदार को खोया है और इस लक्ष्यीकरण का अंत नहीं दिखता है। चौथे, बलूचिस्तान में सभी प्रकार की खुफिया एजेंसियों के

होने के बावजूद, समुदाय को लक्षित करनेवाले आतंकवाद की जड़ों का पता नहीं चला है। ये बातें क्वेटा में पाँच लाख लोगों की सुरक्षा में विफलता और राज्य की अक्षमता पर प्रश्न उठाती हैं।[42] *डॉन* ने कहा है, 'स्पष्ट रूप से या तो राज्य में जटिलता है या इसकी सुरक्षा नीतियाँ त्रुटिपूर्ण हैं।'[43]

हजारा अपनी विशिष्ट रूपरेखा के कारण आसानी से पहचाने जाते और लक्षित होते हैं। लक्षित हत्याओं के परिणामस्वरूप, हजारा महिलाओं ने अपनी विशेषताओं को छिपाने के लिए परदा करना आरंभ कर दिया है, पहले वे इसका उपयोग नहीं करती थीं। पुरुषों ने अपनी पहचान छिपाने के लिए धूप का चश्मा पहनना आरंभ कर दिया है।[44]

आश्चर्य नहीं है कि हजारा समुदाय अपने को घेरेबंदी में महसूस करता है। इसके नेताओं ने 2009 में एच.आर.सी.पी. के प्रतिनिधिमंडल को बताया कि '...सुरक्षा एजेंसियाँ और सरकार उनके विरुद्ध जातीय और सांप्रदायिक पक्षपात करती हैं और उनके विरुद्ध अपराध करनेवाले अपराधियों को संरक्षण दे रही हैं।' इस विषय का विस्तार करते हुए, उन्होंने पुलिस पर हजारा समुदाय के विरुद्ध सांप्रदायिक हत्याओं और अपराधों को गंभीरता से नहीं लेने का आरोप लगाया : सरकार द्वारा कभी भी गंभीर आरोपों की निष्पक्ष जाँच करने का कोई प्रयास नहीं किया गया; 2004 और 2008 में जनहानि की जाँच के लिए गठित न्यायाधिकरणों के निष्कर्षों को तब तक सार्वजनिक नहीं किया गया था; किसी भी सरकार या सार्वजनिक अधिकारी ने न तो कभी उनकी लक्षित हत्या की निंदा की थी और न ही पीड़ित परिवारों के प्रति संवेदना या कोई मुआवजा दिया गया था। एच.आर. सी.पी. का निष्कर्ष था कि समुदाय ने हत्या के अपराधियों को न पकड़ने के कारण प्रांतीय सरकार की क्षमता पर भरोसा खो दिया था।[45]

एच.आर.सी.पी. ने सांप्रदायिक विचारों के अलावा, प्रवासियों द्वारा पर्याप्त धन प्रेषण के कारण हजारा समुदाय के रिश्तेदारों की समृद्धि का भी उल्लेख किया। यह भी समुदाय के विरुद्ध बढ़ते अपराधों के लिए जिम्मेदार है। 'ऐसा प्रतीत होता था कि समुदाय को आतंकित करने के लिए एक अभियान आरंभ किया गया था, ताकि वे अपने व्यवसाय और संपत्ति को कम कीमतों पर बेचकर क्वेटा छोड़ दें। उनसे घरों को बेचने और घर छोड़ने की बात कहते हुए परचे बाँटे गए थे।'[46]

जून 2011 में हजारा समुदाय के प्रतिनिधियों से मिले एक एच.आर.सी.पी. मिशन ने पाया कि लक्ष्यीकरण में कोई बदलाव नहीं आया था। उन्होंने प्रतिबंधित समूहों सिपाह-ए-सहाबा, पाकिस्तान और लश्कर-ए-झांगवी पर इस तरह के आतंकवादी काम करने का आरोप लगाया। क्वेटा में अल-कुद्स दिवस के एक जुलूस पर 3 सितंबर, 2010 को किए गए हमले में अस्सी से अधिक हजारा मारे गए थे, इस जुलूस को स्थानीय प्रशासन द्वारा अनुमति दी गई थी।[47] हजारा समुदाय के एक नेता ने 2012 में एच.आर.सी.पी. के प्रतिनिधिमंडल से ऐसे एक आतंकवादी हमले का वर्णन किया। उनके अनुसार, 2011 में तीर्थयात्रियों से भरी एक बस क्वेटा से ईरान के लिए रवाना हुई थी। सात सुरक्षा चौकियों और एक अन्य चेक पोस्ट से 200 मीटर की छोटी सी दूरी पार करने के बाद, मस्तंग में हथियारबंद लोगों ने बस को रोक दिया। चौबीस हजारा पुरुषों और लड़कों को लाइन में खड़ा कर मार डाला गया। उन सभी को मारने में पाँच मिनट लगे। महिलाओं और बच्चों को यह देखने के लिए बाध्य किया गया था। उनके अनुसार, रवांडा में भी ऐसा नहीं हुआ था। पदानुक्रम में पुलिस अधिकारियों से लेकर राष्ट्रपति और प्रधानमंत्री तक सभी से मिलने के बावजूद कुछ

नहीं बदला। राजनीतिक दल केवल फातेहा पढ़ने के लिए समुदाय में शामिल हुए और चले गए। अपरिहार्य निष्कर्ष यह था कि राज्य उन्हें मरवा रहा था।[48]

हत्याओं का एक अन्य परिणाम यह है कि हजारा कौम की अगली पीढ़ी की शिक्षा पर इसका असर पड़ा। कुछ वर्ष पहले, क्वेटा के बलूचिस्तान विश्वविद्यालय में लगभग 250 हजारा छात्र थे। 2013 तक, उनमें से केवल दो या तीन शेष बचे थे। विश्वविद्यालय में अधिकांश हजारा छात्राएँ पढ़ती थीं, क्योंकि लड़कों को आमतौर पर शिक्षा के लिए बलूचिस्तान के बाहर बड़े शहरों में भेजा जाता था। वर्तमान में, बलूचिस्तान विश्वविद्यालय में कोई हजारा छात्रा नहीं है। हजारा समुदाय के ग्यारह अर्थात् सभी संकाय सदस्यों ने विश्वविद्यालय छोड़ दिया है। डर के कारण, समुदाय के सदस्यों में ऑस्ट्रेलिया और अन्य देशों में शरण लेने की प्रवृत्ति बनी थी। कई लोग काफी जोखिम उठाकर वहाँ पहुँचने के लिए अवैध नौकाओं में, अवैध रूप से समुद्री यात्रा करते थे। खतरों के बावजूद, लगभग 6,000 हजारा लोग ऑस्ट्रेलिया के लिए रवाना हुए थे।[49]

## हिंदू

पारंपरिक बलूच समाज में हिंदू बहुत सद्भावना से रहते रहे हैं। प्रांत के आर्थिक जीवन में उनका बहुत महत्त्व था। ऐतिहासिक रूप से, एक स्थानीय हिंदू ने कलात में वित्त मंत्रालय सँभाला था। हिंदुओं के प्रांत के गवर्नर के रूप में सेवा करने के भी उदाहरण थे। 1839 में जब अंग्रेजों ने कलात की घेराबंदी की, तो एक हिंदू वित्तमंत्री दीवान बुच्चा मुल, कलात का बचाव करते हुए मारे गए थे। 1947 में विभाजन के सांप्रदायिक नरसंहार के दौरान, केवल बलूचिस्तान में ही हिंदू समुदाय अछूता बचा था और शांति से रह रहा था। 1947 में खान द्वारा घोषित कलात के संविधान के अंतर्गत, पाँच हिंदुस्तानियों को लोअर-हाउस-दार-उल-अवन के लिए चुना गया था।[50]

एच.आर.सी.पी. की टीम ने, 2003 में सहिष्णुता की परंपरा के बारे में टिप्पणी की कि हिंदू अल्पसंख्यकों में असुरक्षा की कोई दृश्य भावना नहीं दिखाई दी। बलपूर्वक धर्मांतरण का कोई मुद्दा नहीं था। हिंदू अपने को, अपने अधिकारों के लिए बलूची संघर्ष का हिस्सा मानते थे।[51] 2009 तक एक बड़ा परिवर्तन हुआ था, जब एच.आर.सी.पी. की एक अन्य टीम ने रिपोर्ट दी थी कि राज्य और उग्रवादियों दोनों के कार्यों से हिंदू सबसे ज्यादा प्रभावित हुए थे। हिंदू, रोजगार के अवसरों में कमी, फिरौती के लिए अपहरण और धर्म परिवर्तन कर हिंदू लड़कियों को इसलाम में शामिल किए जाने से चिंतित थे। उदाहरण के लिए, 2009 में, कलात शहर में 1,000 से अधिक हिंदू रहते थे। उन्होंने एच.आर.सी.पी. को बताया कि अब वे कलात के हिंदू मुहल्लों में भी अपने को सुरक्षित नहीं मानते हैं।

समुदाय पर एक नए इलाके में जाने और बसने के लिए बहुत दबाव था, लेकिन अपनी सुरक्षा के लिए वे ऐसा करने से डरते थे। हिंदुओं ने शिकायत की कि सुरक्षा संबंधी कारणों से वे दिन में भी शहर से बाहर नहीं जा सकते थे; वे अपनी चिंताओं को व्यक्त करने के लिए बलूचिस्तान के मुख्यमंत्री और राज्यपाल से मिलने का अवसर पाने में विफल रहे थे। पिछले पाँच वर्षों से, जिला अल्पसंख्यक समिति की बैठक नहीं हुई थी, जो उनकी समस्याओं के प्रति सरकार की उदासीनता को दरशाता है। पुलिस ने शायद ही कभी उनके विरुद्ध किए जानेवाले अपराधों पर ध्यान दिया हो;

अपनी दुकानों पर बमबारी की धमकियों के कारण हिंदू व्यापारियों को बलपूर्वक धन का भुगतान करना पड़ा। संक्षेप में, वे अपने को दूसरे दर्जे का नागरिक समझते थे। समुदाय को यह डर था कि सहिष्णुता की परंपरा, जो बलूच समाज की पहचान थी, अब खत्म हो रही थी।[52]

हालाँकि, बलूचिस्तान में विवाह के माध्यम से हिंदू लड़कियों का धर्मांतरण उतने व्यापक रूप से नहीं हुआ था, जितना सिंध में, फिर भी धर्मांतरण के कुछ मामले हुए थे। क्वेटा में, कुछ ऐसे मामलों की रिपोर्ट की गई, जिनमें युवा हिंदू लड़कियों को पहले एक रिश्ते में उलझाया गया और फिर उन्हें इसलाम में धर्मांतरित कर दिया गया।[53]

हिंदू समुदाय के स्थानीय बुजुर्गों द्वारा, वर्ष 2011 में एच.आर.सी.पी. मिशन से बलूचिस्तान में बढ़ती अराजकता के बीच अपने समुदाय के सदस्यों को लक्षित किए जाने के बारे में अपनी चिंताओं को साझा किए जाने तक स्थिति में कोई सुधार नहीं हुआ था। हिंदू समुदाय के एक सामाजिक कार्यकर्ता ने पिछले कुछ वर्षों में बलूचिस्तान में अल्पसंख्यकों के विरुद्ध बढ़ते भेदभाव पर ध्यान आकर्षित किया। उन्होंने कहा कि फिरौती के लिए हिंदू समुदाय के तीस से अधिक लोगों का अपहरण किया गया था। अपहरण की कोशिशों का विरोध करनेवालों को मार दिया गया। उन्होंने कहा कि हिंदू समुदाय के सदस्य अन्य देशों की ओर पलायन कर रहे थे, लेकिन केवल संपन्न लोगों के लिए ही ऐसा करना संभव था।

अल्पसंख्यक समुदायों में बालिकाओं की शिक्षा पर गंभीर प्रभाव पड़ा है, क्योंकि माता-पिता को डर था कि उनका अपहरण कर लिया जाएगा और उन्हें बलपूर्वक इसलाम में धर्मांतरित कर दिया जाएगा। उन्होंने एक ऐसी लड़की सपना कुमारी के धर्मांतरण और विवाह का हवाला दिया, जहाँ एक मुल्ला ने अपहरण कर उसे इसलाम धर्म अपनाने के लिए बाध्य किया था और अगर उसने अदालत में गवाही दी कि उसकी इच्छा के विरुद्ध धर्मांतरण और विवाह किया गया था तो उसके तीन भाइयों और पिता की हत्या करने की धमकी दी थी। कुमारी नाबालिग थी, लेकिन अदालत ने उसे उसके 'पति' के साथ जाने का आदेश दिया। उन्होंने कहा कि खुफिया एजेंसियों के कर्मियों ने हिंदू समुदाय के सदस्यों को भी निशाना बनाया और भारत और अन्य जगहों पर उनके रिश्तेदारों के बारे में पूछताछ की।[54]

व्यापार में हिंदुओं की प्रमुखता के कारण उनकी आर्थिक समृद्धि भी हिंदू आबादी को लक्षित करने का एक कारण थी। फिरौती के लिए नियमित रूप से उनका अपहरण किया जाता था। क्वेटा में हिंदू समुदाय ने दावा किया कि उनके समुदाय के हर एक सदस्य के घर को कम-से-कम एक बार लूटा गया था। उनके बच्चे सुरक्षित नहीं थे और वे लगातार डर में जी रहे थे। परिणामस्वरूप, पर्याप्त हिंदू आबादीवाले क्षेत्रों से व्यवस्थित प्रवास आरंभ हुआ। उदाहरण के लिए, मस्तंग जिले में कुछ वर्ष पहले कम-से-कम 600 हिंदुओं की आबादी थी। 2013 में वे चालीस से अधिक नहीं रहे। 2013 तक, अल्पसंख्यक आबादी के 40 प्रतिशत लोगों ने धमकी, बलपूर्वक धर्मांतरण, हिंसा और असहिष्णुता के कारण प्रांत छोड़ दिया था।[55]

□

# 4

# भाषा

बलूचिस्तान एक बहुभाषी प्रांत है। बलूची/ब्राहवी और पश्तो यहाँ की प्रमुख भाषाएँ हैं, कुछ क्षेत्रों में उर्दू, पंजाबी, सेरिकी और सिंधी भी बोली जाती हैं।

2017 की जनगणना के अनुसार मातृभाषा के अनुसार जनसंख्या का प्रतिशत और 1998 की जनगणना के साथ उसकी तुलना नीचे दी गई है :

| वर्ष/भाषा | उर्दू | पंजाबी | सिंधी | पश्तो | बलूची | सेरिकी | अन्य |
|---|---|---|---|---|---|---|---|
| 1998 | 0.97 | 2.52 | 5.58 | 29.64 | 54.76 | 2.42 | 4.11 |
| 2017 | 0.81 | 1.13 | 4.56 | 35.34 | 52.61 | 2.65 | 2.90 |

1981 की जनगणना में प्रतिशत के संदर्भ में जिलों के अनुसार भाषा का वितरण निम्नानुसार था :[1]

| जिले | बलूची | ब्राहवी | पश्तो | सिंधी | पंजाबी | सेरिकी | उर्दू |
|---|---|---|---|---|---|---|---|
| पंजगुर | 99.41 | | | | | | |
| तुर्बत | 99.66 | | | | | | |
| ग्वादर | 98.5 | | | | | | |
| कोहलू | 96.24 | | | | | | |
| खारान | 69.85 | 29.39 | | | | | |
| चगई | 57.08 | 34.80 | | | | | |
| नसीराबाद | 41.73 | 17.1 | | 26.1 | | 12.57 | |
| डेरा बुगती | डेटा | उपलब्ध | नहीं | | | | |
| कलात | 6.71 | 87.2 | | | | | |
| खुजदार | 33.80 | 62.08 | | | | | |
| झोब | | | 98.09 | | | | |

| लोरालाई | | | 98.09 | | | | |
|---|---|---|---|---|---|---|---|
| पिशिन | | | 97.55 | | | | |
| सिबी | 15.09 | | 49.77 | 20.12 | | | |
| क्वेटा | | 17.13 | 36.47 | | 18.85 | | 11 |

भाषाओं की दो अलग-अलग धाराएँ बलूचों को, बलूची और ब्राहवी बनाती हैं। माना जाता है कि बलूचों की उत्पत्ति पार्थियन या मेडियन सभ्यताओं से जुड़ी एक खोई हुई भाषा से हुई है, जो पूर्व-ईसाई युग में कैस्पियन और आसपास के क्षेत्रों में पनपी थी।[2] सेलिग हैरिसन के अनुसार, बलूची को 'फारसी, पश्तो, बलूची और कुर्दिश से मिलकर इंडो-यूरोपीय भाषा परिवार की ईरानी शाखा के पश्चिमी समूह के सदस्य के रूप में वर्गीकृत किया गया है, बलूची एक अलग भाषा है और केवल ईरानी समूह के सदस्यों में से एक, कुर्द से इसका निकट संबंध है।' इसने फारसी, सिंधी, अरबी और अन्य भाषाओं से शब्द उधार लिये पर फिर भी, इसने अपनी विशिष्ट विशेषताओं को संरक्षित किया है।[3]

इनायतुल्ला बलूच के अनुसार, उन्नीसवीं शताब्दी से पहले, बलूची एक अलिखित भाषा थी, जिसका उपयोग बलूच अदालतों में बातचीत में किया जाता था। आधिकारिक लिखित भाषा फारसी थी। ब्रिटिश भाषाविद और इतिहासकारों ने रोमन लिपि में बलूची को लिखना शुरू किया था। उन्नीसवीं शताब्दी के उत्तरार्ध में, नक्श या अरबी लिपि लोकप्रिय हो गई।[4]

बलूची को दो प्रमुख बोली समूहों, अर्थात् पूर्वी बलूची और पश्चिमी बलूची में विभाजित किया जा सकता है। पूर्वी बलूची मुख्य रूप से बलूचिस्तान के उत्तर-पूर्वी इलाकों और पंजाब और सिंध प्रांतों के पड़ोसी इलाकों में बोली जाती है। पश्चिमी बलूची बलूचिस्तान के पश्चिमी और दक्षिणी क्षेत्रों के साथ-साथ कराची और सिंध के अन्य हिस्सों, खाड़ी राज्यों, ईरान, अफगानिस्तान और तुर्कमेनिस्तान में बोली जाती है।[5]

यूरोपीय विद्वानों के अनुसार, 'ब्राहवी में दक्षिण भारत की द्रविड़ भाषाओं, विशेषकर तमिल से एक स्पष्ट और असंदिग्ध समानता है। आर्यों के आक्रमण के बाद ब्राहवी, उत्तरी भारत में शायद अकेले द्रविड़ बचे हैं। भाषाई आधार पर तर्क करते हुए, मुहम्मद सरदार खान का मानना है कि ब्राहवी द्रविड़ मूल के हैं, हालाँकि वे स्वीकार करते हैं कि 1958 के अनुमान के अनुसार ब्राहवी आबादी में 'ढाई लाख से कम' नस्लीय रूप से बलूच थे।[6] सुप्रसिद्ध टिप्पणीकार मोहन गुरुस्वामी लिखते हैं कि वे '...कराची के नेशनल म्यूजियम में कलात के स्कूली बच्चों के समूह से मिले थे और उन्हें इस बात का आश्चर्य था कि मुझे पता था कि *उरु* का मतलब गाँव, *अरसी* का मतलब चावल है और दूर दक्षिण भारत से आए मेरे लिए भी *तन्नी* का मतलब पानी था।'[7] दिलचस्प बात यह है कि एक ब्राहवी-उर्दू साप्ताहिक का नाम *ईलम* (तमिल में जिसका अर्थ, 'स्वतंत्रता' है) था, इस साप्ताहिक का प्रकाशन 1960 में आरंभ हुआ था और इसने सरकार को ब्राहवी और बलूची दोनों को बढ़ावा देने के लिए प्रेरित किया था।

बलूचों और ब्राहवियों में बहुभाषी होना आम है। तारिक रहमान लिखते हैं, 'बलूची और

ब्राहवी भाषाएँ बलूच पहचान की प्रतीक हैं, जो बलूच राष्ट्रवाद का एक आवश्यक हिस्सा है।'[8] सेलिग हैरिसन कहते हैं, 'बलूचिस्तान में बिखरे हुए देहाती समुदायों को अलग-थलग करने के बावजूद, बलूची भाषा और अपेक्षाकृत सजातीय बलूच साहित्यिक परंपरा और मूल्य प्रणाली ने 207,000 वर्ग मील के क्षेत्र में बिखरे हुए सत्रह प्रमुख बलूच आदिवासी समूहों को एकजुट करनेवाला एक साझा संप्रदाय प्रदान किया है।[9]

## बलूच-ब्राहवी मतभेद

ब्राहवी को एक अलग जातीय/भाषाई समूह के रूप में प्रस्तुत करके बलूच राष्ट्रीय आंदोलन को विभाजित करने का प्रयास किया गया है। पाकिस्तानी सरकारों और उनसे पहले अंग्रेजों ने, बलूच राष्ट्रवाद को कमजोर करने के लिए ब्राहवियों को एक अलग जातीय समूह के रूप में वर्गीकृत किया।[10] ब्राहवियों का अध्ययन करनेवाली, एक मानवविज्ञानी, नीना स्विडलर के अनुसार, 'बलूच विद्वान् पिछले जातीय और आदिवासी विभाजन को स्वीकार करते हैं, लेकिन वर्तमान में ऐसा करने के लिए अनिच्छुक हैं। वे बलूच और ब्राहवियों की सांस्कृतिक समानता की ओर संकेत करते हैं, जो उनके मतभेदों को दूर करती है और सरकार पर संदेह करते हैं कि वह राष्ट्रीय पहचान को कमजोर करने के लिए जातीय मतभेद फैला रही है।'[11] उन्हें बलूचों और ब्राहवियों में भाषा के अलावा बहुत अंतर नहीं मिला। सेलिग हैरिसन लिखते हैं, 'शब्दावली के संदर्भ में ''ब्राहवी बलूची का एक संस्करण मात्र है।'[12]

ब्राहवियों के द्विभाषी होने के अलावा कवाद एक अन्य दिलचस्प तत्त्व है, जो बलूच राष्ट्रवाद को मजबूत करता है।[13] अधिकांश ब्राहवी बलूची को अपनी दूसरी भाषा मानते हैं। कलात के शाही परिवार और विजेंजो परिवार जैसे प्रमुख ब्राहवी परिवार, अपनी पहली भाषा के रूप में बलूची बोलते हैं। इसके अलावा, ईरानी बलूचिस्तान में लगभग सभी ब्राहवी जनजातियाँ केवल बलूची बोलती हैं।[14] इसका ध्यान रखना दिलचस्प है कि मीर अब्दुल अजीज कुर्द, मीर गौश बख्श बिजेंजो और आगा अब्दुल करीम जैसे बलूच राष्ट्रीय आंदोलन के कई संस्थापक और प्रमुख सदस्य, ब्राहवी मूल के हैं।

बलूची और ब्राहवी दोनों भाषाओं के बुद्धिजीवी और राजनेता बलूच राष्ट्रवाद को बढ़ावा देने के समय मतभेदों के बदले एकता और समानता पर जोर देते हैं। बलूच और ब्राहवी दोनों के बुद्धिजीवियों ने 1659 में लिखी गई एक किताब *कुर्द गल नामिक* का हवाला दिया, जो कलात के खान, मीर अहमद खान प्रथम के दरबार के एक मंत्री अकहुंद सालेह मोहम्मद द्वारा लिखी गई थी, जिसमें इस बात के प्रमाण दिए गए थे कि वे एक ही समूह हैं। इस पुस्तक में कहा गया है कि बलूच कुर्द हैं और ब्राखुइस कहे जानेवाले ब्राहवी कुर्दों की एक जनजाति है।[15] पता चलता है कि सत्रहवीं शताब्दी तक ब्राहवियों और बलूच जनजातियों के बीच की समानता पर जोर देने की इच्छा थी। स्पष्ट रूप से, यह बलूच और ब्राहवी दोनों वक्ताओं के हित में है कि उन्हें एक ही समूह माना जाए। इसलिए, बलूच राष्ट्रवादी-बलूच और ब्राहवी, दोनों ही ब्राहवी और बलूच भाषा में विरोध होने के विचार को नकारते हैं।

समय के साथ, बलूच भाषा और संस्कृति पूरे प्रांत में गूँजने लगी है, ताकि अधिकांश आबादी को बलूच के रूप में चित्रित किया जा सके। कलात के अंतिम खान, मीर अहमद यार खान के पुत्र दाऊद खान अहमदजई ने कहा, 'हमारे कब्रिस्तानों को देखें, हमारे पूर्वजों को उनकी कब्रों पर बलूच के रूप में उकेरा गया है।' उन्होंने आगे कहा, 'हम पालने से लेकर कब्र तक एक जैसे रीति-रिवाजों का पालन करते हैं।'[16] बलूच राष्ट्र के भाग के रूप में अपने ब्राहवी होने का एक दिलचस्प उदाहरण कलात के खान से संबंधित है। 1932 में, ब्रिटिश बाह्य और राजनीतिक विभाग ने खान के लिए एक मसौदा भाषण तैयार किया और उसे उनकी स्वीकृति के लिए भेजा। खान ने 'ब्राहवी-बलूच' शब्दों पर आपत्ति जताई और 'ब्राहवी' शब्द को हटाने की माँग करते हुए कहा कि ब्राहवी बलूच हैं, वे एक अलग समूह नहीं हैं।[17] 1947 में कलात की सरकार ने ब्रिटिश सरकार को लिखा कि ब्राहवी नस्ली और सांस्कृतिक रूप से बलूच हैं।[18] 15 अगस्त, 1947 को आजादी के दिन, बलूच राष्ट्र को अपने संबोधन में, खान अहमद यार खान ने घोषणा की : मुझे आज आपको बलूची में संबोधित करने पर गर्व है। इंशा अल्लाह, भविष्य में मैं जब भी आपको संबोधित करूँगा, वह बलूची में होगा, क्योंकि यह बलूच राष्ट्र की भाषा है।[19]

राज्य के, बलूच-ब्राहवी मतभेदों को हवा देने के प्रयासों को देखते हुए, बलूच भाषा को राष्ट्रवादी राष्ट्रीयता के एकमात्र मापदंड के रूप में प्रधानता नहीं देते हैं। वे ऐसे प्रयासों को बलूच विरोधी ताकतों, अर्थात् पाकिस्तान सरकार या विदेशी विद्वानों की साजिश मानते हैं। चूँकि ब्राहवी खुद को बलूच मानते हैं, इसलिए ब्राहवी और गैर-ब्राहवी बलूच बुद्धिजीवियों के बीच तनाव का कथित तत्त्व वास्तव में प्रासंगिक नहीं है। बलूच पहचान को, केवल भाषा को प्रधानता देने की बजाय एक निश्चित सांस्कृतिक समानता, जीवन शैली के रूप में अधिक परिभाषित किया गया है। यद्यपि भाषा पहचान का एक महत्त्वपूर्ण चिह्न रही है, पर बलूच राष्ट्रवाद के प्रतीक के रूप में यह बंगाली, सिंधी, पश्तो, सेरिकी और पंजाबी बोलनेवालों की तुलना में कम महत्त्वपूर्ण रही है।

## बलूच भाषा आंदोलन का विकास

दो रुझानों ने भाषा आंदोलन के साथ-साथ बलूच राष्ट्रवाद का बीजारोपण किया। इनमें पहला, उन्नीसवीं और बीसवीं शताब्दी के आरंभ में यूरोपीय लेखकों और यात्रियों का लेखा-जोखा था, जो ताज मोहम्मद ब्रेसीग के अनुसार, आधुनिक बलूच राष्ट्रवाद की बलूच चेतना को उत्साहित करता है। इन लेखनों में लेफ्टिनेंट हेनरी पोटिंगर्स का *बलूचिस्तान और सिंध में यात्रा* (1816) शामिल है, जिसमें उन्होंने बलूचिस्तान के भूगोल, इतिहास और राजनीति (1809-10) का विस्तृत विवरण दिया। इसके बाद चार्ल्स मैसन (1842) के लेखन के चार खंड; ए.डब्ल्यू. ह्यूजेस का (1877) बलूच इतिहास, भूगोल, स्थलाकृति और नृविज्ञान पर लेखन, जिसमें पहली बार बलूचिस्तान का व्यापक मानचित्र शामिल था; लांगवर्थ डेम्स (1904) और (1907) और अन्य ब्रिटिश अधिकारियों और विद्वानों ने भारत के *इंपीरियल गजेटियर* (1908) की प्रांतीय श्रृंखला तैयार की, जिसमें बलूचिस्तान जिला गजेटियर शामिल था। इस प्रकार, बीसवीं सदी के आरंभ में, ताज मोहम्मद ब्रेसीग लिखते हैं, '…बलूच राष्ट्र की अवधारणा के लिए पश्चिमी पद्धति स्थापित की गई थी।'[20]

दूसरा रुझान 1880 के दशक में बलूचिस्तान में आरंभ हुए ब्रिटिश-विरोधी बौद्धिक आंदोलन का विकास था, जिसे 'डार्खानी आंदोलन' कहा जाता था। यह डार्खन के मौलाना मोहम्मद फाजिल (जिसे फाजिलाबाद कहा जाता है) द्वारा प्रेरित और संचालित था। मौलाना ने 1883 में उलेमाओं की एक सभा बुलाई, जहाँ प्रभावी ढंग से मिशनरी प्रचार का विरोध करने के लिए फारसी या अरबी में लिखी धार्मिक पुस्तकों का बलूची और ब्राहवी में अनुवाद करने का निर्णय लिया गया था।[21] इस साहित्यिक आंदोलन ने उन्नीसवीं शताब्दी के अंत तक काफी बड़ी संख्या में पुस्तकें तैयार कीं, जो मकतबा-ए डार्खानी (द डार्खानी स्कूल) से प्रकाशित हुई थीं।[22]

अंग्रेजों ने फारसी की जगह उर्दू और अंग्रेजी को आधिकारिक भाषा बनाया। बलूचिस्तान को ईरानी बलूचिस्तान से अलग करने और फारसी को बदलने के लिए जानबूझकर एक भारतीय भाषा, उर्दू को इसकी जगह दी गई थी।[23] पाकिस्तान ने अंग्रेजों का अनुसरण किया है। एक समान पहचान बनाने और प्रांतीय भावनाओं को भुनाने के अपने प्रयास में, पाकिस्तान ने स्कूलों में प्राथमिक स्तर पर भी बलूची को शिक्षा की भाषा नहीं बनने दिया। वास्तव में, बलूचिस्तान की एक अनूठी विशेषता है कि क्वेटा के बलूचिस्तान विश्वविद्यालय में, बलूची भाषा को स्नातकोत्तर स्तर पर पढ़ाया जाता है, लेकिन प्राथमिक स्कूलों या बुनियादी शैक्षणिक संस्थानों में बलूची नहीं पढ़ाई जाती।

बलूचिस्तान असेंबली ने, 1990 में, द बलूचिस्तान मदर टंग यूज बिल, 1990 का 6 नंबर विधेयक पारित किया, जिसमें ग्रामीण स्कूलों में प्राथमिक स्तर पर बलूची, ब्राहवी और पश्तो को अनिवार्य शिक्षा का माध्यम बनाने की माँग की गई थी, हालाँकि पाकिस्तान मुसलिम लीग (नवाज) (पी.एम.एल.-एन.) सरकार का नेतृत्व करनेवाले ताज मोहम्मद जमाली के मुख्यमंत्रित्व काल में, 8 नवंबर, 1992 को कैबिनेट ने यह प्रयोग बंद करने का निर्णय लिया था। पाठ्यपुस्तकों के बोर्ड को और पुस्तकें तैयार न करने के लिए कहा गया था और शिक्षकों को कोई और प्रशिक्षण नहीं दिया गया था। अधिकांश लेखकों ने इस फैसले को बलूच पहचान के विकास के विरुद्ध पंजाबी नौकरशाही का एक षड्यंत्र कहा।[24] इन बाधाओं के बावजूद, बलूची भाषा बलूचों के लिए एकीकरण का एक महत्त्वपूर्ण कारक रही है। लोगों को उनकी अलग पहचान के प्रति जागरूक करने में इसने महत्त्वपूर्ण योगदान दिया है। ब्रायन स्पूनर ने लिखा है, 'बलूचिस्तान में अंतर-जनजातीय संबंधों में बलूच पहचान को बलूची भाषा के उपयोग से निकटता से जोड़ा गया है।'[25] साथ ही, बलूच राष्ट्रवादियों को एहसास हुआ कि उनकी भाषा को मानकीकरण और आधुनिकीकरण के साथ-साथ आधुनिक ज्ञान को व्यक्त करने के लिए नए शब्द बनाने की आवश्यकता है।

1927 में, बलूच राष्ट्रवादियों, अब्दुल अजीज कुर्द और नसीम तलवी के नाम से परिचित, मास्टर पीर बख्श ने मिलकर दिल्ली में 'बलूचिस्तान' नामक एक समाचार-पत्र का प्रकाशन आरंभ किया।[26] 1930 के दशक तक, पहले आधुनिक बलूच राजनीतिक समूह संगठित हुए और समाचार-पत्र छपने लगे। अब्दुल अजीज कुर्द की अंजुमन-ए-बलूचिस्तान (बलूचिस्तान के लिए संगठन) ने कराची से 'अल-बलूच' नामक एक साप्ताहिक प्रकाशित किया, जिसमें कलात राज्य, ब्रिटिश बलूचिस्तान, डेरा गाजी खान और ईरानी बलूचिस्तान को शामिल कर एक स्वतंत्र राज्य की माँग की गई। बलूच साहित्यिक आंदोलन के आरंभ से, राष्ट्रवाद और जातीय पहचान के विषय लोकप्रिय थे और कई बलूच लेखक राष्ट्रवादी राजनीतिक संघर्षों में शामिल थे।[27] उनकी चिंता

धर्मनिरपेक्ष थी: राजनीतिक बहस के मुहावरों में पहचान, स्वतंत्रता, संसाधनों पर नियंत्रण, रोजगार, शक्ति आदि की बात की गई थी।

## इलेक्ट्रॉनिक और सोशल मीडिया की भूमिका

बलूचों द्वारा बलूच प्रवासियों से संपर्क बनाए रखने के लिए इलेक्ट्रॉनिक और विशेष रूप से सोशल मीडिया का विकास किया गया है। ताज मोहम्मद ब्रेसीग के अनुसार, बलूचों ने एक पार-राष्ट्रीय समुदाय के लिए ऑनलाइन पत्रिकाओं, समाचार समूहों, मानवाधिकार संगठनों, छात्र समूहों, शैक्षणिक संगठनों और पुस्तक प्रकाशकों की स्थापना की है। इन सूचनात्मक और व्यावहारिक अंग्रेजी मीडिया में से कुछ में : बलूचिस्तान टी.वी., बलूचवर्न समाचार, रेडियोबलूची. ऑर्ग, बलूचभ्वॉयस.कॉम, बलूचयूनिटी.ऑर्ग, बलूचीन्यूज.कॉम, जरोमबेश.ऑर्ग, बलोच2000. ऑर्ग, आदि शामिल हैं। देश से बाहर आधारित इन मीडिया नेटवर्कों ने बलूच पहचान के विकास में महत्त्वपूर्ण योगदान दिया।[28]

सोशल मीडिया, विशेष रूप से फेसबुक ने बलूची भाषा लिखने के तरीके को बदलने में एक मूक क्रांति ला दी है। बलूची अरबी लिपि में लिखी जाती है। तज बलुक (पहले के ताज बलूच) के अनुसार, लिपि को रोमन में बदलने का कदम इस लिए उठाया गया था कि 'अरबी लिपि बलूची भाषा के अविकसित होने का एक प्रमुख कारक है। मूल बलूचीभाषी आसानी से उर्दू पढ़ सकते हैं, जिसे अरबी लिपि में भी लिखा जाता है, लेकिन उन्हें अपनी भाषा को उसी लिपि में पढ़ना मुश्किल लगता है। इसका कारण बलूची का एक स्वर-संवेदनशील भाषा होना है और अरबी लिपि केवल व्यंजन-संवेदनशील भाषाओं का समर्थन करती है।'[29]

परिणामस्वरूप, कई बार अरबी लिपि में लिखित बलूची से भ्रम होता है। उदाहरण के लिए, तीन अलग-अलग चीजों—शेर, दूध, कविता के लिए बलूची में तीन अलग स्वर हैं, लेकिन जब उन्हें अरबी लिपि में लिखा जाता है, तो वे समान दिखते हैं। अरबी लिपि में, आमतौर पर स्वरों को छोड़ दिया जाता है। केवल धार्मिक ग्रंथों में, किसी दुर्लभ भ्रम से बचने के लिए व्यंजनों के साथ नियमित स्वर होते हैं। 'इसके अलावा, अरबी में केवल छह स्वर हैं। बलूची में दस स्वर हैं। आप इस लिपि में अतिरिक्त बलूची स्वरों को कैसे लिखेंगे?'[30]

लिपि बदलने के विरुद्ध सबसे मजबूत तर्क धार्मिक है। औपनिवेशिक शासन काल में ब्रिटिश अधिकारियों द्वारा भेजे गए लिखित बलूची मसौदे रोमन लिपि में लिखे गए थे, लेकिन बाद में, धार्मिक कारणों से अरबी लिपि को चुना गया, क्योंकि अधिकांश बलूची इसलाम के अनुयायी हैं। लेकिन, बलूच का तर्क है, 'तुर्क भी मुसलिम हैं। जब वे इस [रोमन] लिपि का उपयोग करते हैं, तब क्या यह उनके धर्म को प्रभावित करता है? यह पूरी तरह से भाषाई मुद्दा है। इसे धार्मिक क्यों बनाया जाए?' स्पष्ट है कि 1950 के दशक में बलूची के लिए वर्तमान अरबी लिपि को मानकीकृत करनेवाले सैयद हाशमी को यकीन था कि बलूची रोमन लिपि से बेहतर थी, हालाँकि उन्हें धार्मिक कारणों से अरबी लिपि स्वीकार करने के लिए बाध्य किया गया था।[31]

पहले भी लिपि को अरबी से रोमन में बदलने के प्रयास किए जा चुके हैं। 1970 के दशक में, बलूचिस्तान के तत्कालीन शिक्षा मंत्री गुल खान नासिर के नेतृत्व में बलूच लेखकों के एक

प्रभावशाली समूह ने इसे रोमन में बदलने की कोशिश की, हालाँकि उन्हें धार्मिक और साहित्यिक व्यक्तियों के नेतृत्व में विरोध का सामना करना पड़ा, जो धार्मिक कारणों से अरबी लिपि का समर्थन करते थे। इसके बाद, 1970 के दशक के विद्रोह के समय, गुरिल्ला कमांडर अब्दुल नबी बंगुलजई के नेतृत्व में भी कुछ राष्ट्रवादियों ने अपने गुरिल्ला शिविरों में बलूची के लिए रोमन लिपि प्रस्तुत करने की कोशिश की। उनकी मंशा भाषाई से अधिक राष्ट्रवादी थी, क्योंकि इसलाम के नाम पर बलूच भूमि को पाकिस्तान के साथ रखने के लिए अरबी लिपि को पाकिस्तानी राज्य के कब्जेवाले उपकरण के रूप में देखा गया था।[32]

तब से जो कुछ बदला है, वह है इंटरनेट की पहुँच, जिसने लोगों को एक आभासी मंच प्रदान किया है।

□

# II

# अतीत

# 5
# विभाजन तक का इतिहास

## प्रारंभिक इतिहास : जलाल खान/मीर चाकर रिंद/मीर नासिर खान

बारहवीं शताब्दी में मीर जलाल खान के अंतर्गत चवालीस जनजातियों के महासंघ बनाने में बलूच समेकन के प्रारंभिक लक्षणों का पता लगाया जा सकता है। बलूच लेखकों ने जलाल खान को बहुत श्रद्धांजलि अर्पित की है, जिन्हें बलूचिस्तान में पहला बलूच संघ बनाने के लिए 'बलूच राष्ट्र का संस्थापक जनक' माना जाता है।[1] पंद्रहवीं शताब्दी में, मीर चाकर रिंद (1487–1565) ने इतिहासकारों द्वारा रिंद-लशारी संघ' के रूप में संदर्भित बलूच जनजातियों के एक और संघ की स्थापना की।[2] यह पश्चिम में किरमान से लेकर पूर्व में सिंधु तक फैले सबसे बड़े बलूच आदिवासी परिसंघों में से एक था, इस प्रकार बलूच क्षेत्रों के बड़े हिस्से पहली बार एकजुट हुए। मीर चाकर को, सोलहवीं शताब्दी के आरंभ में पंजाब, मुल्तान और अन्य दक्षिणी क्षेत्रों में उनके सफल आक्रमण के लिए याद किया जाता है। बलूच राष्ट्रवादियों ने मीर चाकर के शासन को बलूच के स्वर्ण युग के रूप में वर्णित किया है और उन्हें 'महान् बलूच' मानते हैं।[3] उन्हें बिखरी हुई बलूच जनजातियों को एक आम पहचान देनेवाला माना जाता है और उन्हें बलूच जाति के लिए एक स्तंभ और बलूच संहिता तथा बलूची परंपराओं के लेखक के रूप में सम्मान दिया जाता है।[4]

हालाँकि, उनकी मृत्यु के बाद राजनीतिक एकता अल्पकालिक रही और विघटित हो गई। 1666 में, बलूच जनजातियों ने पहले कलात संघ की स्थापना करते हुए मीर अहमद खान को कलात का खान चुना। उत्तर में अफगानिस्तान के कंधार से लेकर पश्चिम में ईरान के बंदर अब्बास तक और पूर्व एवं दक्षिण-पूर्व में डेरा गाजी खान और कराची तक फैला यह संघ, चाकर खान के परिसंघ से बड़ा था। इसने अधिकांश बलूच क्षेत्रों को एक नियम के अंतर्गत किया।

अहमद खान के पोते, मीर नासिर खान (1749–94 शासन) के समय, शासन की संरचनाओं ने आकार लिया। उन्होंने पहली बार बलूचिस्तान के अधिकांश हिस्सों में एक ढीली नौकरशाही व्यवस्था स्थापित की। उन्होंने 25,000 पुरुषों और 1,000 ऊँटों की एक एकीकृत बलूच सेना बनाई और प्रमुख बलूच जनजातियों को एक स्वीकृत सैन्य और प्रशासनिक प्रणाली के अंतर्गत संगठित किया।[5]

कलात को दो इकाइयों में विभाजित किया गया था : एक सीधे तौर पर प्रशासित क्षेत्र, जिसमें कलात और संलग्न क्षेत्र तथा विजित भूमि थी और दूसरे में दो प्रांत शामिल थे, अपने वंशानुगत

प्रमुख, रायसानी सरदार के अधीन सरावन, जो कलात के उत्तर में स्थित था और जेहरी सरदार के अधीन कलात के दक्षिण में स्थित क्षेत्र। इन्हें खान द्वारा नियुक्त सरदार स्वतंत्र रूप से प्रशासित करते थे। नसीर खान ने सरदारों की एक परिषद् के माध्यम से शासन किया और जनजातियों ने सैन्य संगठन और भरती की एक स्वीकृत प्रणाली को अपनाया।

वर्ष 1765 में, मीर सिखों के साथ हुए युद्ध में नासिर खान संयोग से जीवित बचे थे। वे अपने घोड़े से गिर गए थे और इस प्रक्रिया में, उनकी पगड़ी ढीली हो गई थी। परिणामस्वरूप, उनके लंबे बाल पगड़ी के नीचे से बाहर बिखर गए। एक सिख सैनिक अपनी तलवार उठाकर उनकी ओर दौड़ा, हालाँकि एक अन्य सिख सैनिक ने यह कहते हुए अपने साथी को वार करने से रोक दिया कि गिरनेवाला व्यक्ति खालसा (सिख) था। सैनिक ने बिना पगड़ी के नासिर खान को सिख समझ लिया था। जब तक सैनिक अपनी गलती से अवगत हुए, तब तक नासिर खान अपने पैरों पर खड़े हो चुके थे और बलूच सैनिकों ने उन्हें घेर लिया था, इसलिए वे जीवित बच गए।

*मीर अहमद यार खान बलूच, इनसाइड बलूचिस्तान : ए पॉलिटिकल ऑटोबायोग्राफी ऑफ हिज हाइनेस बैगलर बेगी : खान-ए-आजम-तेरह,*
कराची : रॉयल बुक कंपनी, 1975, पृष्ठ 86-87

फारस, अफगानिस्तान और भारतीय उपमहाद्वीप के त्रि-संधि स्थल पर स्थित, कलात राज्य वास्तव में था, जो अपने पड़ोस के अधिक शक्तिशाली राज्यों से प्रभावित हो सकता था।[6] नासिर खान के शासन के प्रारंभिक वर्षों (1749-94) में, कलात अफगानिस्तान के अधीन था। इसने कुछ अफगान राष्ट्रवादियों को, बलूचिस्तान को 'ग्रेटर अफगानिस्तान' में शामिल करने का दावा करने के लिए प्रेरित किया, हालाँकि 1758 तक, नासिर खान ने अहमदशाह दुर्रानी की सेनाओं के साथ खड़े होने के लिए अफगानों की अधीनता अस्वीकार कर दी। इसके बाद, कलात अफगानिस्तान का सैन्य सहयोगी बना रहा और अंग्रेजों के आने तक यह संप्रभुता से युक्त रहा।[7]

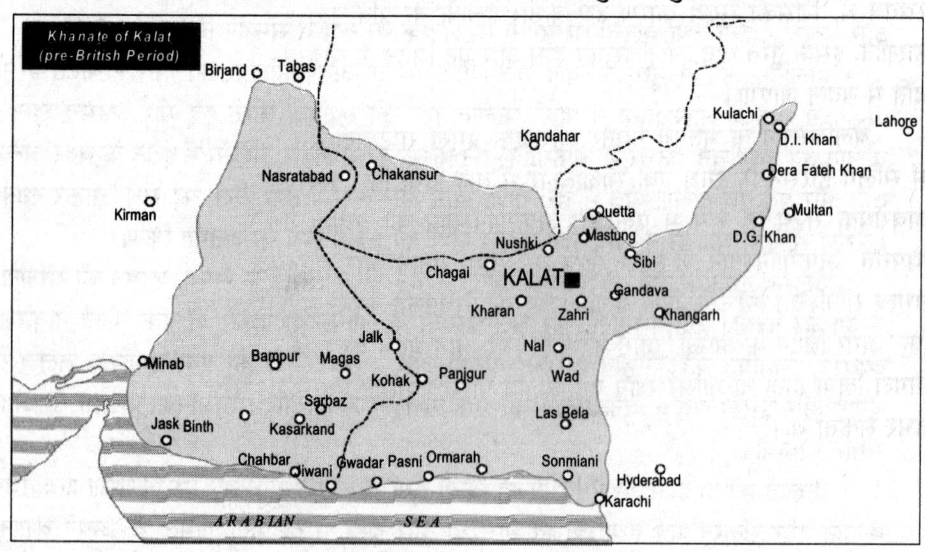

नासिर खान के पूर्ववर्तियों ने फारस को श्रद्धांजलि अर्पित की थी और खुद नासिर खान ने फारस के सम्राट् नादिर शाह के समर्थन से अपनी सत्ता स्थापित की थी।[8] जब नादिर शाह ने भारत पर आक्रमण किया, तो नासिर खान ने सैनिकों और धन से उसकी मदद की। बदले में, नादिर शाह ने उन्हें 'बैगलर बेगी'—पूरे बलूचिस्तान के राजकुमारों के राजकुमार की उपाधि दी थी।[9] नादिर शाह की हत्या और उसके परिणामस्वरूप ईरान में फैले भ्रम के बाद, नासिर खान ने सहयोगी की स्थिति को त्याग दिया।

बलूचिस्तान के एक उपजाऊ क्षेत्र नहीं होने के कारण वहाँ से सीमित राजस्व प्राप्त किया जा सकता था। परिणामस्वरूप, फारसी और अफगान दोनों साम्राज्य, इस क्षेत्र के दैनंदिन प्रशासन में शामिल नहीं थे। पॉल टाइटस कहते हैं, 'सत्ता के केंद्रों से बलूचिस्तान की दूरी, उसकी कठोर, शुष्क जलवायु और इसकी सीमित उत्पादकता के कारण बलूच आमतौर पर शाही शक्ति स्थलों की प्रमुख घटनाओं में हाशिए पर रहे हैं।'[10] उन्होंने आगे कहा कि ऐतिहासिक रूप से बलूचिस्तान के हाशिए पर रहने के कारण बलूच अपनी स्वायत्तता बनाए रखने में सक्षम थे, औपनिवेशिक युग के बाद, आकस्मिक रूप से उनका पाकिस्तान में विलय कर लिया गया था। ऐसे अधिग्रहण से विरोधाभास के तौर पर पार्श्वीकरण की भावना में वृद्धि होगी, क्योंकि वे एक बड़े राज्य में रहनेवाले एक छोटे से अल्पसंख्यक समुदाय थे। नसीर खान की मृत्यु के बाद उनका साम्राज्य और बलूच एकता के न बच पाने का मुख्य कारण इनका एक संस्थागत संरचना की बजाय उनके व्यक्तित्व पर आधारित होना था।[11] बलूच राष्ट्रवादी नासिर खान के युग को अपने इतिहास में एक गौरवशाली युग के रूप में याद करते हैं। उनके शासन में ही पूरे बलूचिस्तान (उन क्षेत्रों को भी शामिल किया था, जो अब ईरान और अफगानिस्तान का हिस्सा हैं) को एक राज्य के अधिकार के अंतर्गत लाया गया था। एक एकीकृत बलूच राजनीतिक पहचान की अवधारणा के इस ऐतिहासिक दृष्टांत को आज भी याद किया जाता है।

वर्ष 1805 से 1839 में ब्रिटिश हस्तक्षेप तक, नासिर खान के उत्तराधिकारी नाममात्र के लिए स्वतंत्र थे, जिसका मुख्य कारण इस कठोर इलाके के प्रति पड़ोसी शासकों की उदासीनता थी, हालाँकि इसके तुरंत बाद, बलूचिस्तान रूस और ग्रेट ब्रिटेन के बीच के बड़े खेल में एक आवश्यक दाँते में बदल जाएगा।

बलूचिस्तान के भूतपूर्व गवर्नर और एक प्रमुख राष्ट्रवादी मीर गौस बख्श बिजेंजो ने 1978 में सेलिग हैरिसन के साथ एक साक्षात्कार में तर्क दिया कि 'इसने अंग्रेजों के हितों के लिए एक अवरोधक राज्य के रूप में एकीकृत अफगानिस्तान को बढ़ावा देने के लिए सेवा की, इसके विपरीत, अफगानिस्तान के साथ राज्य की सीमा बनाने और सीमावर्ती क्षेत्र में अप्रभावित सैन्य प्रभुत्व सुनिश्चित करने के लिए बलूचिस्तान को विभाजित करना आवश्यक था।' उन्होंने तर्क दिया कि 'अगर ब्रिटेन के अपनी 'आगे की नीति' पर आगे बढ़ने के पहले रूसियों ने अफगानिस्तान को निगल लिया होता तो नासिर खान का कलात परिसंघ शायद एक अवरोधक राज्य की भूमिका में उभर सकता था।'[12]

## ब्रिटिश शासन

जारवादी रूस के मध्य एशिया में आगे बढ़ने से भारतीय साम्राज्य की सुरक्षा के लिए बलूचिस्तान में ब्रिटिश भागीदारी आरंभ हुई। अंग्रेज इस बात से चिंतित थे कि अफगान शासक दोस्त मोहम्मद खान ने रूसी दूतों को काबुल से हटाने से इनकार कर दिया था। इस प्रकार, अंग्रेजों ने यह सुनिश्चित करने के लिए कि रूसियों को काबुल से बाहर रखा जाए, अफगानिस्तान में सैन्य हस्तक्षेप करना जरूरी समझा। पेशावर और खैबर दर्रे के माध्यम से काबुल का उत्तरी मार्ग सिखों के कब्जे में था। हालाँकि तब तक सिखों का अंग्रेजों से संबंध बन चुका था, लेकिन महाराजा रणजीत सिंह ने एक बड़ी हमलावर सेना को अपने इलाके से होकर जाने की अनुमति नहीं देने का फैसला किया। अतएव, काबुल के लिए एक दक्षिणी मार्ग खोजना पड़ा। इसके लिए, बोलन दर्रे से दक्षिणी अफगानिस्तान के लिए एक सुरक्षित मार्ग खोजना अनिवार्य था। ऐसा करने के लिए बलूचिस्तान के अफगानिस्तान की सीमा से लगे क्षेत्रों पर नियंत्रण करना आवश्यक था। इस प्रकार ब्रिटिश हस्तक्षेप की प्रक्रिया आरंभ हुई, जिसने बलूचिस्तान की नियति पर प्रतिकूल प्रभाव डाला।

अंग्रेजों ने, 1838 में कलात के खान, मेहराब खान के साथ एक सुरक्षित मार्ग समझौते पर हस्ताक्षर किए, जिसमें खान ने अपने क्षेत्र से गुजरनेवाली ब्रिटिश सेना-सिंध की सेना को सुरक्षा की गारंटी दी, हालाँकि बलूच जनजातियों ने इस समझौते का सम्मान नहीं किया और वहाँ से गुजरनेवाली ब्रिटिश सेनाओं को परेशान किया और लूटा। इसके कारण बोलन दर्रे से होकर सेना की आवाजाही खतरनाक हो गई।

मेहराब खान की ओर से अंग्रेजों के भरोसे का सम्मान नहीं किया गया और अंग्रेजों ने दावा किया कि आदिवासियों के हमले संधि का उल्लंघन थे। जब खान ने आत्मसमर्पण करने से इनकार कर दिया, तो अंग्रेजों ने प्रतिशोध लेने के लिए कलात शहर में एक दंडात्मक अभियान आरंभ करने का फैसला किया। तदनुसार जनरल विल्शायर को कलात पर आक्रमण करने के लिए 1,050 लोगों के साथ सिंध सेना से अलग कर दिया गया था। सेना की टुकड़ियों ने एक दरवाजे पर हमला किया और कुछ ही मिनटों में शहर और गढ़ पर तूफान बरपाया गया। लगभग 400 बलूच मारे गए, उनमें खुद मेहराब खान भी शामिल थे और 2,000 बलूचों को कैदी बनाया गया। बाद में जनजातियों द्वारा उनके बेटे, मीर नासिर खान द्वितीय को मसनद सौंपा गया था।

उल्लेखनीय है कि मध्य एशिया में जारवादी साम्राज्य के तेजी से बढ़ने पर ब्रिटिश प्रतिक्रिया में सीमाओं की परिभाषा और सीमाओं के सीमांकन की एक अनूठी अवधारणा विकसित हुई। सर हेनरी रॉलिंसन[13] और सर अल्फ्रेड लयाल[14] ने आगे बढ़ते रूसियों का सामना करने के लिए 'संपर्क की सीमा' के विपरीत 'अलगाव की सीमा' की अवधारणा विकसित की। 'संपर्क की सीमा' के विपरीत, जिसमें ब्रिटिश और रूसी साम्राज्यों की एक साझा सीमा होगी और वे सीधे संघर्ष में होंगे, 'अलगाव की सीमा' दोनों साम्राज्यों के बीच एक अवरोध प्रदान करेगी। रॉलिंसन के लिए, ब्रिटिश और रूसी साम्राज्यों के साथ-साथ विस्तार के कारण, उनके बीच संपर्क से बचा जाना आवश्यक था। यह 'कुछ सौ मील की दूरी पर क्षेत्र की संकीर्ण पट्टी द्वारा' हो सकती है, जो उनके राजनीतिक मोर्चे के बीच हस्तक्षेप करे, अवरोध के रूप में कार्य करने के लिए कुछ संरक्षक बनाए जा सकते हैं।[15] सर अल्फ्रेड लयाल के लिए, '...सच्ची सीमा वास्तव में भारत सरकार द्वारा प्रशासित क्षेत्र की सीमाओं

से संलग्न नहीं थी। इसके अलावा ऐसे क्षेत्र हैं, जो भारत सरकार की सुरक्षा के लिए महत्त्वपूर्ण थे, लेकिन जहाँ इसने किसी प्रकार के प्रशासनिक नियंत्रण का उपयोग करने का प्रयास नहीं किया।'[16]

'अलगाव की सीमा' की अवधारणा को प्रशासन की सीमाओं और प्रभाव की सीमाओं के भीतर शक्ति के प्रयोग में अंतर रखने की आवश्यकता थी। इससे तिहरी सीमा का एक अनोखा समाधान निकला। पहला सीमांत ब्रिटिश भारत के सीधे प्रशासित क्षेत्र की बाहरी सीमा थी, जहाँ ब्रिटिश कानून और राजनीतिक प्रणालियों सहित पूर्ण प्रशासनिक नियंत्रण लागू किया गया था। दूसरा सीमांत 'अप्रत्यक्ष नियंत्रण' के अंतर्गत आनेवाले क्षेत्रों का था, जहाँ कराधान सहित ब्रिटिश कानून और प्रशासन लागू नहीं किया गया था।[17] इन क्षेत्रों में दैनंदिन प्रशासन की जिम्मेदारी आदिवासी सरदारों पर छोड़ दी गई थी। अंग्रेजों ने सेना के माध्यम से नियंत्रण के एक आवरण का उपयोग किया। भारतीय रियासतों की तरह इन 'अप्रशासित क्षेत्रों' में कुछ हद तक राजनीतिक स्वायत्तता थी, लेकिन उनके विपरीत उन्हें भारतीय जीवन की मुख्यधारा में आत्मसात् नहीं किया गया था। इसके विपरीत, उन्होंने अपनी पृथकता बनाए रखी।[18] तीसरी सीमा ब्रिटिश प्रभाववाले क्षेत्र की बाहरी सीमा थी। यह परिभाषित सीमाओं से परे थी और इससे रूसी प्रभाव के विरुद्ध रक्षा या अवरोधक राज्यों का गठन हुआ। ये स्वतंत्र राज्य संधियों के माध्यम से भारत सरकार से जुड़े थे।

बलूचिस्तान दूसरी सीमा के रूप में भारतीय साम्राज्य की इस अजीबोगरीब सीमांत संरचना का हिस्सा बन गया, जो सिंध और अंततः डुरंड रेखा अर्थात् अफगानिस्तान के साथ परिसीमित और सीमांकित सीमा को परिभाषित करनेवाली प्रशासन की सीमा के बीच का अप्रशासित क्षेत्र है।[19]

रूसियों के आगे बढ़ने का डर वास्तविक था, पर अभी यह काफी दूर था। इससे अधिक तात्कालिक खतरा पहाड़ी जनजातियों के उत्पीड़न से था। इससे निपटने के लिए, ब्रिटिश ने मौलिक रूप से दो परस्पर विरोधी दृष्टिकोण अपनाए : इनमें एक 'फॉरवर्ड पॉलिसी' या आगे की नीति थी, जिसका उद्देश्य क्षेत्र और उसके लोगों का प्रबंधन करना था और दूसरी 'क्लोज बॉर्डर पॉलिसी' या बंद सीमा नीति थी, जिसका उद्देश्य केवल भूमि और लोगों की निगरानी और उसमें हेरफेर करना था।[20] दूसरी नीति ब्रिटिश साम्राज्य और एक स्वतंत्र क्षेत्र के शासक के बीच औपचारिक संधि संबंधों पर आधारित थी। ऐसी सीमाओं को राज्य की सीमा माना जाता था। जिला अधिकारियों को सैन्य अनुरक्षण के बिना न तो सीमा पार करनी थी और न ही सीमा का विस्तार करना था।[21]

प्रथम अफगान युद्ध (1838-42) के समय ब्रिटिश सैन्य आपदा और अफगानिस्तान से उनकी वापसी के परिणामस्वरूप, कब्जेवाले जिलों को कलात के खान को वापस कर दिया गया था। 1842 में सिंध और 1849 में पंजाब के अधिग्रहण ने अंग्रेजों को अपने साम्राज्य को मजबूत करने में सक्षम किया। अगले तीन दशकों में, अंग्रेजों ने 'क्लोज बॉर्डर पॉलिसी' या बंद सीमा नीति लागू की, जिसमें उन्होंने अपने प्रत्यक्ष नियंत्रण के अंतर्गत क्षेत्रों में अपनी उपस्थिति (विशेष रूप से सैन्य) बढ़ाई और अभी तक शांत नहीं हुए क्षेत्रों में अपने कार्यों को विद्रोही जनजातियों के विरुद्ध दंडात्मक सैन्य अभियानों के लिए सीमित कर दिया।[22] सिंध की रक्षा के लिए, पश्चिम में पर्वतीय क्षेत्रों पर कलात के खान के अधिकार को बनाए रखने की नीति अपनाई गई थी। बदले में, खान को, जनजातियों को सिंध पर आक्रमण करने से रोकना था। इस नीति के सफल न होने के कारण, 1854 में, गवर्नर-जनरल मारकिस ऑफ डलहौजी, जनरल जॉन जैकब के अधीन, सिंध सीमांत के

सेनानायक और राजनीतिक अधीक्षक जनरल मार्कोव को कलात के शासक नासिर खान द्वितीय के साथ कलात राज्य के साथ संधि की व्यवस्था करने के लिए प्रतिनियुक्त किया गया था।

संधि की शर्तों के अनुसार, अगले बीस वर्षों तक कलात में ब्रिटिश राजनीतिक एजेंटों को प्रतिनियुक्त किया गया था; खान को सालाना 50,000 रुपए का अनुदान मिलता था; ब्रिटिश सेना कंधार और अफगानिस्तान के रास्ते में बोलन दर्रे से होकर गुजरती थी, लेकिन 1876 तक, देश को स्वतंत्र माना जाता था। बॉम्बे के राज्यपाल ने 10 फरवरी, 1871 के अपने कार्यवृत्त में उल्लेख किया था कि 'नीति का केंद्रीय बिंदु यह था, 'खान के अलावा किसी के भी प्राधिकार को स्वीकार न करने की नीति का पालन किया जाना चाहिए, हस्तक्षेप से बचने के लिए...सरदारों को खान की प्रजा के अलावा किसी अन्य रूप से नहीं पहचाना जाएगा...'[23] दिलचस्प बात यह है कि पंजाब सरकार ने इसके विपरीत विचार रखा और अधिक आक्रामक ब्रिटिश भूमिका का प्रस्ताव रखा और तर्क दिया कि जनजातियों के साथ सीधा संपर्क आवश्यक था।[24]

हालाँकि, 'क्लोज बॉर्डर पॉलिसी' या बंद सीमा नीति ने लगातार विशृंखला उत्पन्न की। सरदारों ने अंग्रेजों की नीति को अपने (सरदारों) को छोटा कर खान की शक्ति को मजबूत करनेवाली माना, क्योंकि उनकी अंग्रेजों तक सीधी पहुँच नहीं थी। नीति ने अंग्रेजों को खान का समर्थन करने की स्थिति में रखा, जो हमलावरों को सीमा पर रोककर रखने में असमर्थ थे। एजेंटों और अधिकारियों की रिपोर्टों ने परिचित विषय को दोहराया : शासक अपनी सीमा के लोगों को नियंत्रित करने में असमर्थ हैं।[25] इसने अंग्रेजों को सामूहिक जिम्मेदारी की एक नीति, अर्थात् व्यक्तिगत अपराधों के लिए पूरी जनजाति को दंडित करने की नीति लागू करने के लिए प्रेरित किया, ताकि वे आदिवासियों को अनुशासित कर सकें।

अंग्रेज, 1870 के दशक के मध्य तक, इस निष्कर्ष पर पहुँचे थे कि उनकी 'क्लोज बॉर्डर पॉलिसी' या बंद सीमा नीति और इसकी यह धारणा कि 'पार-सीमा जनजातियों' को 'अनुदान, नाकाबंदी, आदिवासी मामलों में सामयिक हेरफेर और, जब आवश्यक हो, दंडात्मक अभियान का उपयोग करके नियंत्रित किया जा सकता है', ने वांछित प्रभाव उत्पन्न नहीं किया था।[26] इसलिए, वे 'फॉरवर्ड पॉलिसी' की ओर बढ़ गए। यह कार्य 1875 में बलूचिस्तान आए डेरा गाजी खान (पंजाब) के डिप्टी कमिश्नर (बाद में नाइट की उपाधि प्राप्त) कैप्टन रॉबर्ट सैंडमैन को सौंपा गया था। उन्हें बलूचिस्तान में ब्रिटिश शासन की स्थापना और समेकन का श्रेय दिया जाता है।

सैंडमैन क्लोज बॉर्डर पॉलिसी या बंद सीमा नीति के एक मुखर आलोचक थे, उनका तर्क था कि प्रमुखों के साथ सीधे निपटकर शाही हितों के लिए सबसे अच्छा काम किया जा सकता था। 1876 में, उन्होंने कलात के खान के साथ एक संधि पर बातचीत की और बंद सीमा नीति के अंत का संकेत दिया। यह संधि 1854 की संधि का पूरक बनी। इसके अंतर्गत, ब्रिटिश सरकार ने कलात की स्वतंत्रता का सम्मान करने का वचन उठाया, लेकिन आंतरिक व्यवस्था की जिम्मेदारी सँभाल ली।

सैंडमैन ने जो महत्त्वपूर्ण परिवर्तन किया, वह यह सुनिश्चित करने के लिए था कि ब्रिटिश खान के माध्यम से भत्ते देने की बजाय सीधे सरदारों को भत्ता देंगे। इसने सरदारों पर ब्रिटिश सत्ता का अधिकार दिया। अंग्रेजों ने उनकी नियुक्ति और निष्कासन को मंजूरी देने का अधिकार भी अपने

पास रखा। अनुदान के लालच और निष्कासन की छड़ी के बिना, खान की सरदारों को नियंत्रित करने की शक्ति को प्रभावी रूप से अवरुद्ध कर दिया गया था। सैंडमैन इस बारे में बहुत स्पष्ट थे कि 'जब तक आप इसे उनके लाभकर नहीं बनाते हैं, तब तक जनजातियों या जनजातीय प्रमुखों से यह अपेक्षा करना अनुचित है कि वे अपना काम करें; लेकिन जब आपने इसे उनके लिए लाभकर बना दिया है, जब आपने उन्हें 'पैसे' दिए हैं, तो 'वर्तमान स्थिति' के बारे में सावधान रहें।'[27]

वर्ष 1876 की संधि के बाद, ब्रिटिश सैनिकों को खानैत में तैनात किया जाना था; इसके अलावा इंडो-यूरोपियन टेलीग्राफ के निर्माण, रेलवे और बोलन दर्रे में क्षेत्राधिकार के कब्जे और क्वेटा, नुकी और नसीराबाद के स्थायी पट्टे के संबंध में समझौते हुए। इस प्रकार, फॉरवर्ड पॉलिसी के अंतर्गत, बलूचिस्तान में ब्रिटिश उपस्थिति लगातार बढ़ी। द्वितीय अफगान युद्ध (1878-80) में कलात के अंग्रेजों के साथ संबद्ध रहने से सैंडमैन के दृष्टिकोण की सफलता प्रकट हुई।

वर्ष 1879 में अफगानिस्तान के अमीर याकूब खान के साथ गंडमक की संधि की शर्तों से, पिशिन, सिबी, हरानी और थाल-चोटियाली को ब्रिटिश सरकार के हवाले किया गया था। मारी और बुगती आदिवासी क्षेत्रों का सीमांकन किया गया और इन्हें 'आदिवासी क्षेत्रों' के रूप में अलग रखा गया। शेष क्षेत्र कलात के खान के वैध नियंत्रण में छोड़ दिया गया था; कलात राज्य बलूचिस्तान के बड़े हिस्से में फैला था। 1880 और 1890 के दशक में लोरलाई, खेतरन देश जैसे और प्रदेशों को जोड़ा गया, जिसे अब बरखान तहसील और झोब घाटी के नाम से जाना जाता है, यहाँ अपोजाई नामक स्थान पर एक मुख्यालय बनाया गया था, जिसे फोर्ट सैंडमैन के रूप में जाना जाता है।[28]

कहा जाता है कि सैंडमैन प्रणाली ने कलात और आदिवासी क्षेत्र में केंद्रीय बिंदुओं पर काफी दृढ़ता से कब्जा कर लिया, उन्हें अच्छे मौसम की सड़कों द्वारा जोड़ा गया और अपने रीति-रिवाजों के अनुसार अपने निजी मामलों का प्रबंधन करने का काम जनजातियों पर छोड़ दिया गया। उनके प्रमुखों और मालिकों के माध्यम से काम करना। मालिकों के लिए सरकार द्वारा भुगतान किए गए लेवी को सूचीबद्ध करना आवश्यक था और उन्हें आदिवासी सेवक माने जाने पर भी, उन्हें जिला अधिकारियों द्वारा नियंत्रित किया जाता था। ऐसी प्रणाली, निश्चित रूप से, सरदारों और मालिकों के अधिकार को बनाए रखने में शामिल है, यदि आवश्यक हो, तो उनके अधिकार को बलपूर्वक चुनौती दी जानी चाहिए।[29]

सैंडमैन समझ चुके थे कि सरदार अपने क्षेत्र में शांति के सबसे अच्छे गारंटर थे। इसलिए, उन्होंने सरदारों को बंदूकों, धन और घोड़ों से सशक्त किया और बदले में उनकी निष्ठा और स्थानीय कानून और व्यवस्था बनाए रखने की उनकी गारंटी प्राप्त की। उन्होंने पाया कि जनजातियों को सीधे तौर पर नियंत्रित करने की कोशिश करने की बजाय पारंपरिक सरदारों को नियंत्रित करना आसान और सस्ता है। इस प्रकार सरदारी प्रणाली को मजबूत किया गया, लेकिन उसे अंग्रेजों पर निर्भर बना दिया गया। जो लोग ब्रिटिश अधिकार का विरोध करते थे, उन्हें गुंडा और बदमाश करार दिया जाता था। जब भी सैंडमैन को लगा कि शारीरिक बल का उपयोग करना आवश्यक है, उसने ऐसा करने में कभी संकोच नहीं किया।[30]

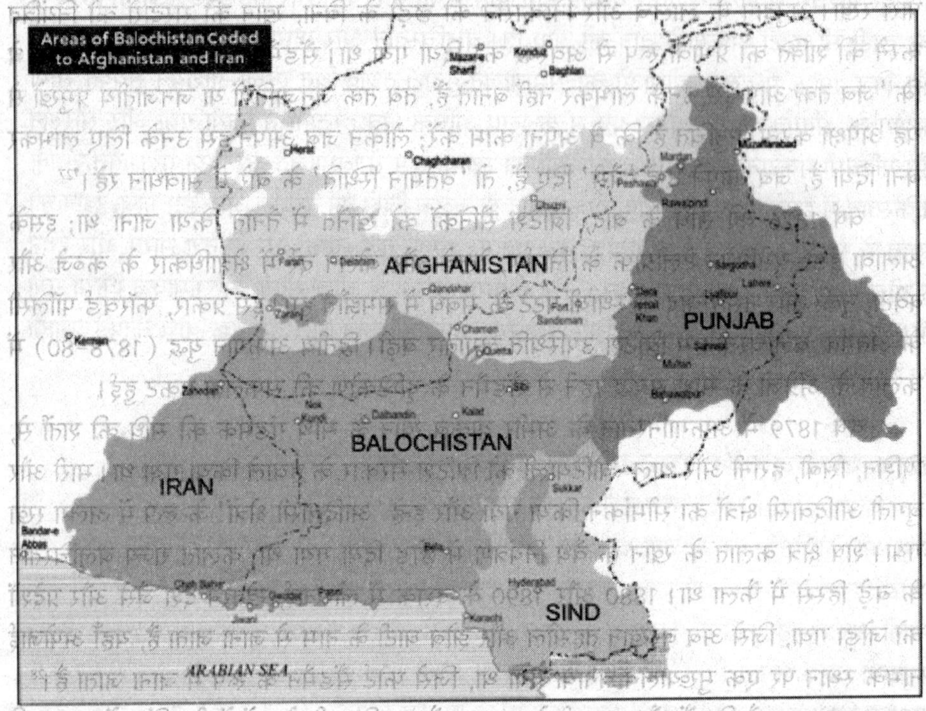


अपने रणनीतिक हितों को देखते हुए, अंग्रेजों ने केवल उस बुनियादी ढाँचे को विकसित किया जो बलूचिस्तान की रक्षा के लिए आवश्यक था। इसके विपरीत, पंजाब और सिंध में अपने आर्थिक और राजनीतिक हितों के कारण, इन क्षेत्रों में विकसित बुनियादी ढाँचे ने कृषि विकास और औद्योगीकरण का समर्थन किया। पाकिस्तान के निर्माण के बाद संरचनात्मक रूप से ऐसी असंतुलित विरासत जारी रही। औपनिवेशिक युग के बाद सत्ताधारी कुलीन वर्ग ने विभिन्न जातीय समूहों और क्षेत्रों के बीच आर्थिक और राजनीतिक असमानता को कम करने के लिए बहुत कम काम किया। जातीय-क्षेत्रीय समूहों के बीच शक्ति की विषमता ने क्षेत्रीय विषमताओं को मजबूत किया और यह सुनिश्चित किया कि संसाधनों का वितरण पंजाब के पक्ष में पक्षपातपूर्ण रहे।[31] पंजाब की यह असमानता और वर्चस्व पाकिस्तान में संघर्ष का एक प्रमुख चालक बना रहेगा।

## बलूचिस्तान का विभाजन

रूसियों को भारत से दूर रखने के शाही तरीके के साथ बलूचिस्तान से बाहर होनेवाला विभाजन संलग्न था। अंग्रेजों ने कलात के खान के अधिकार क्षेत्र या प्रभाव के अंतर्गत आनेवाले कुछ क्षेत्रों के इतिहास, भूगोल और संस्कृति को भी नजरअंदाज कर दिया। उन्होंने रूस से हमले की आशंका से अपने शासकों को शांत करने और उनसे मित्रता करने के लिए इन क्षेत्रों को फारस (परिवर्तित नाम ईरान) या अफगानिस्तान को उपहार में दिया। यह उस समय का 'बड़ा खेल' था और बलूचों को औपनिवेशिक शासकों के स्वार्थी उद्देश्यों की कीमत चुकानी पड़ी।[32]

गोल्डस्मिड लाइन ने बलूचिस्तान को दो भागों में विभाजित कर दिया, 1871 में, बलूचिस्तान

के सुदूर पश्चिम में लगभग एक-चौथाई भाग फारस को दे दिया; उत्तर में, डूरंड रेखा ने 1894 में एक छोटी सी पट्टी अफगानिस्तान को सौंप दी। बलूचिस्तान और फारस के बीच पहले 1896 में और फिर 1905 में दुबारा सीमाओं का समायोजन हुआ। तथाकथित एंग्लो-पर्शियन संयुक्त सीमा आयोग के अंतर्गत इन निर्णयों से फारस के लिए अधिक क्षेत्र हस्तांतरित किया गया और सीस्तान और पश्चिमी मकरान की बलूच जनजातियों को स्थायी रूप से विभाजित कर दिया गया। तत्पश्चात्, पाकिस्तान में इसके विलय के बाद, जैकबाबाद के बलूच जिले को सिंध में और डेरा गाजी खान को पंजाब में स्थानांतरित कर दिया गया।[33] इस प्रकार, 1905 तक, एक ओर ब्रिटिश भारत और ईरान के बीच और दूसरी ओर ब्रिटिश भारत और अफगानिस्तान के बीच सीमा का सीमांकन किया गया और बलूचिस्तान को तीन राज्यों : ब्रिटिश भारत, अफगानिस्तान और ईरान के बीच काफी प्रभावी ढंग से विभाजित कर दिया गया था।

## बलूच पहचान और राष्ट्रवाद का उदय

बलूच विद्वानों का मानना है कि बारहवीं शताब्दी के बाद से एक विशिष्ट बलूच संस्कृति, भाषा और पहचान उभरने लगी थी। सेलिग हैरिसन के अनुसार, स्वतंत्र और गौरवशाली बलूच, पड़ोसी ईरान और अफगानिस्तान के मजबूत सांस्कृतिक प्रभावों के लगातार दबाव के बावजूद अपनी अलग सांस्कृतिक पहचान को बनाए रखने में सक्षम थे। दूसरे, बलूचिस्तान में विभिन्न समुदायों के अलगाव ने बलूची भाषा और मूल्य प्रणाली को अछूता रखा, जिसने एक एकीकृत सामान्य विभाजक प्रदान किया।[34] आधुनिक समय में, कई कारकों ने आदिवासी बाधाओं को तोड़ने में मदद की। इनमें बेहतर संचार, अल्पविकसित अवसंरचना और परिवहन का विकास, एक नवजात शिक्षित मध्यम वर्ग और सबसे महत्त्वपूर्ण, परित्याग की एक सामान्य भावना, राजनीतिक हाशिए, अन्य प्रांतों की तुलना में आर्थिक असमानता, पंजाबी उपनिवेशवाद की धारणा, नागरिक-सैन्य नौकरशाही का एकतरफा वर्चस्व और अपनी ही जमीन में अल्पसंख्यक बनने के डर का बढ़ना शामिल थे।

अंग्रेजों का बलूच प्रतिरोध पूरी उन्नीसवीं सदी में जारी रहा था, हालाँकि ये उन आदिवासी सरदारों के कार्य थे, जो सरकारी कार्यों में अन्याय महसूस करते थे। वे मुख्य रूप से बलूच जनजातियों के बीच संचार की कमी, जनता को एकजुट करने के लिए एक उचित राजनीतिक संगठन की कमी और बेहतर हथियार और संसाधन वाले विरोधी के कारण राष्ट्रीय संघर्ष को जारी नहीं रख सके।[35]

यदि बलूच राष्ट्रवादी आंदोलन के उद्‌भव के लिए कोई तिथि दी जाती है, तो यह 1929 की अंजुमन-ए-इतेहाद-ए-बलूचिस्तान (बलूच की एकता के लिए संगठन) होगी, जो मस्तंग में स्थापित एक कबीलाई संगठन था। जिसके प्रथम अध्यक्ष मीर मुहम्मद यूसुफ अली खान मागसी और अब्दुल अजीज कुर्द इस आंदोलन के दो प्रमुख नेता थे। अंजुमन ने अतीत के आदिवासी आंदोलनों के विपरीत एक धर्मनिरपेक्ष, गैर-आदिवासी राष्ट्रवादी आंदोलन के आरंभ को चिह्नित किया। ब्रेसीग लिखते हैं, इसका नेतृत्व और सदस्यता, बड़े पैमाने पर शहरी पूँजीपति वर्ग, शिक्षित युवाओं और राष्ट्रवादी-विचारकों और मुल्ला और आदिवासी अभिजात वर्ग के सदस्यों से गठित थे।[36]

मागसी ने, 1929 में, लाहौर के साप्ताहिक 'हमदर्द' के 17 नवंबर, 1929 के अंक में 'फरियाद-ए-बलूचिस्तान' (क्राई ऑफ बलूचिस्तान) प्रकाशित किया। लेख में, उन्होंने बलूचिस्तान की मुक्ति और एकता तथा संवैधानिक सुधारों की माँग करने के लिए बलूचों से अपने को संगठित करने की अपील की थी। मागसी के लेख को बलूच राष्ट्रवाद का पहला बलूची साहित्यिक दस्तावेज माना जाता है।[37]

बलूच राष्ट्रवाद के संस्थापक युवा तुर्क, बोल्शेविक क्रांति और ब्रिटिश भारत में राष्ट्रवादी आंदोलन से प्रभावित थे। अंजुमन के कार्यक्रम और मागसी के बयानों और लेखन में इन आंदोलनों और उनकी विचारधाराओं के प्रभाव को स्पष्ट रूप से देखा जा सकता है। राष्ट्रवाद और देशभक्ति को बढ़ावा देने के लिए, मागसी ने निम्नलिखित सिद्धांतों और लक्ष्यों के लिए काम करने के लिए बलूचों का आह्वान किया :[38]

(i) बलूचिस्तान का एकीकरण और स्वतंत्रता;

(ii) इसलामी सार्वभौमिकता द्वारा निर्देशित एक लोकतांत्रिक और समाजवादी व्यवस्था;

(iii) आदिवासी सरदारों (सरदारी निजाम) द्वारा शासन का उन्मूलन;

(iv) बलूचों के लिए मुफ्त और अनिवार्य शिक्षा और बलूच महिलाओं के लिए समानता; तथा

(v) बलूच संस्कृति का प्रचार।

मागसी का मानना था कि बलूच एकता और बलूचिस्तान की स्वतंत्रता बलूची समाज के सामाजिक-राजनीतिक परिवर्तनों पर निर्भर थी। अंजुमन ने सांप्रदायिकता और संप्रदायवाद का भी विरोध किया, इस नीति ने जिकरियों जैसे अल्पसंख्यकों को भी इसका समर्थन करने के लिए प्रोत्साहित किया।

पहला सफल राष्ट्रवादी अभियान 1929 में राज्य की सेना में भरती के विरुद्ध आरंभ किया गया था, जो सशस्त्र विद्रोह में बदल गया था। अगले वर्ष, 1930 में, कई भूमिगत राजनीतिक समूह बनाए गए और उपनिवेश-विरोधी, 'बलूचिस्तान छोड़ो' आंदोलन आरंभ किया गया। इस घोषणा ने कलात राज्य को मागसी के विरुद्ध एक गिरफ्तारी आदेश जारी करने के लिए प्रेरित किया, लेकिन वे समय से जैकबाबाद भाग गए। उन्होंने, वहाँ से अपना राष्ट्रवादी आंदोलन आरंभ किया और कराची से बलूच राष्ट्रवादी समाचार-पत्रों के प्रकाशन को वित्तपोषित करने लगे।

दिसंबर 1932 में जैकबाबाद में तीन दिवसीय 'बलूचिस्तान और अखिल भारतीय बलूच सम्मेलन' आयोजित किया गया। इस सम्मेलन में पूरे क्षेत्र के प्रमुख प्रतिनिधियों ने भाग लिया। पहला सम्मेलन इतना सफल रहा कि दिसंबर 1933 के अंत में हैदराबाद, सिंध में एक दूसरा सम्मेलन आयोजित किया गया। 1934 में, मागसी ने बलूचिस्तान की मुक्ति और एकीकरण के लिए एक सशस्त्र संघर्ष का सुझाव दिया, लेकिन नेताओं को लगा कि यह एक मुश्किल काम था। इसलिए, उन्होंने इस आशा से कि कलात राज्य अंग्रेजों के चले जाने के बाद एक बड़े बलूचिस्तान राज्य का केंद्र बन जाएगा, एक संप्रभु राज्य के रूप में, कलात राज्य की कानूनी स्थिति को मजबूत करने का समर्थन किया। वे सरदारी प्रणाली की बजाय एक निर्वाचित प्रणाली भी आरंभ करना चाहते थे।[39]

31 मई, 1935 को क्वेटा के भूकंप में नवाब मागसी की मौत के बाद, 5 फरवरी, 1937 को

अंजुमन का नाम बदलकर 'कलात स्टेट नेशनल पार्टी' (के.एस.एन.पी.) कर दिया गया। पार्टी का उद्देश्य खानैत में संवैधानिक शासन स्थापित करना और अंग्रेजों के जाने के बाद एक स्वतंत्र, एकजुट बलूचिस्तान बनाना था। पार्टी ने खान के साथ सहमति व्यक्त की कि नेपाल की तरह कलात राज्य का लंदन के साथ संधि का सीधा संबंध है।

के.एस.एन.पी. ने भारत के मुसलमानों के लिए एक स्वतंत्र देश की माँग करनेवाली मुसलिम लीग का समर्थन नहीं किया। वास्तव में, अपने धर्मनिरपेक्ष, साम्राज्यवाद-विरोधी और लोकलुभावन विचारों के साथ, के.एस.एन.पी. के कई नेता भारतीय राष्ट्रीय कांग्रेस और विशेष रूप से एक धर्मनिरपेक्ष, संघीय, एकजुट भारत का समर्थन करनेवाले मौलाना अबुल कलाम आजाद और अन्य उदारवादी मुसलमानों के करीब थे। मजबूत आदिवासी बंधनों के साथ मिलकर, बलूच धर्मनिरपेक्षता ने यह सुनिश्चित किया कि 1940 के दशक में मुसलिम लीग की इसलामी बयानबाजी उन पर प्रभाव डालने में विफल रही थी।

कुछ बलूच नेताओं ने, 1940 के दशक के मध्य में, भारत से अंग्रेजों की वापसी आरंभ होने पर एक स्वतंत्र बलूचिस्तान के रूप में आम जातीय पहचान बनाने की कोशिश की।[40] हालाँकि, अभी भी बलूच अलगाववाद केवल कुछ लोगों की योजना थी और वे जमीनी स्तर पर एक एकजुट वैचारिक आंदोलन बनने में विफल रहे।[41]

□

# 6
# पाकिस्तान में विलय

## विभाजन के आसपास की घटनाएँ

भारत में ब्रिटिश साम्राज्य का सूर्यास्त आरंभ होने पर, कलात और उसके भविष्य की स्थिति के बारे में कई प्रश्न उठे, जो आज भी प्रतिध्वनित हैं। प्रमुख प्रश्न थे : ब्रिटिश सर्वोपरिता के समाप्त होने पर कलात की रियासत की स्थिति क्या होगी ? ब्रिटिश बलूचिस्तान की स्थिति क्या होगी ? क्वेटा, नुश्की और नसीराबाद के पट्टेवाले क्षेत्रों का निपटारा कैसे किया जाएगा ? क्या वे खान को वापस किए जाएँगे और बलूचिस्तान के जनजातीय क्षेत्रों का भविष्य क्या होगा ?

ऐतिहासिक रूप से, कलात की कानूनी स्थिति उपमहाद्वीप की अन्य रियासतों से भिन्न थी। मार्टिन एक्समैन के अनुसार, 'अगस्त 1947 तक, भारत सरकार और कलात के खानैत के बीच के संबंध सैद्धांतिक और औपचारिक रूप से, कलात की स्वतंत्रता को मान्यता देने और उसका सम्मान करने के लिए अंग्रेजों की 1876 की दीर्घकालिक संधि के अनुच्छेद 3 पर आधारित थे।' वे 1886 की बलूचिस्तान एजेंसी की पहली प्रशासनिक रिपोर्ट का भी हवाला देते हैं, जिसमें कहा गया था कि 1877 में, खुदादाद खान (कलात के खान)···ने ब्रिटिश सरकार से पूरी तरह से स्वतंत्र एक संप्रभु रियासत की स्थिति प्राप्त की थी, जिसके साथ वह केवल अपनी संधि से जुड़ा था।'[1] इसी स्थिति के कारण, खान दिल्ली में चैंबर ऑफ प्रिंसेस में शामिल नहीं हुए। उन्होंने हमेशा कहा कि कलात का एक अलग स्थान था और वह ब्रिटेन के भारतीय साम्राज्य का हिस्सा नहीं था। इसी तरह, जब भारत में 560-विषम रियासतों को राजनीतिक विभाग के अंतर्गत ए श्रेणी में वर्गीकृत किया गया था, उस समय कलात जैसे राज्यों को, नेपाल, भूटान और सिक्किम के साथ भारत सरकार के विदेश विभाग के अंतर्गत बी श्रेणी में जोड़ा गया था।

सभी विपरीत साक्ष्यों के बावजूद, 1935 के भारत सरकार अधिनियम ने एकतरफा रूप से कलात को भारत की रियासतों में शामिल किया और संघीय विधायिका में प्रतिनिधित्व करने के इसके अधिकार को मंजूरी दे दी। इस अधिनियम ने औपचारिक रूप से ब्रिटिश बलूचिस्तान प्रांत की स्थापना भी की।[2]

इसके विरोध में, खान ने ब्रिटिश सरकार को कई पत्र भेजे, जिसमें 1876 की संधि के अंतर्गत उन्हें दी गई शक्तियों को बहाल करने की माँग की गई थी। जुलाई 1938 में ऐसे एक पत्र में, खान ने एक नई संधि किए जाने की माँग की, जो '···शब्दों, भावना और व्यवहार में, 1876 की संधि

के अनुरूप हो, जिसने दोनों सरकारों के हितों की रक्षा की' और '···1876 की संधि की शर्तों के विपरीत लगाए गए प्रतिबंध और शर्तों···को वापस लिया जा सकता है और बचाया जा सकता है और 1876 की संधि के अनुसार कलात सरकार की स्वतंत्रता को स्पष्ट रूप से सम्मानित किया जा सकता है।'[3] हालाँकि, उन्हें केवल साम्राज्य के प्रतिनिधि से एक निजी पत्र मिला था, जिसमें उन्हें आश्वासन दिया गया था कि इस तरह की पुनः पुष्टि अनावश्यक थी और यह कि वायसराय ने 1876 की संधि को हर लिहाज से पूरी तरह वैध माना, इसलिए यह ब्रिटिश सरकार और कलात राज्य दोनों के बीच संबंधों का आधार बनेगी।[4]

मार्च, 1946 में खान ने कैबिनेट मिशन को औपचारिक रूप से दो ज्ञापन सौंपे (बैरिस्टर सर सैयद सुल्तान अहमद और सिरदार डी सेन द्वारा तैयार किए गए, लेकिन मई 1946 में एम.ए. जिन्ना द्वारा प्रस्तुत किए गए)। पहले ज्ञापन का शीर्षक 'कलात सरकार का ज्ञापन' था, जिसमें लासबेला और खरान और मारी और बुगती जनजातियों के संबंध में कलात के दावों का विस्तार से वर्णन किया गया था।

ज्ञापन में इस बात को स्पष्ट करने की बहुत कोशिश की गई थी कि कलात भारतीय राज्य नहीं था। यह तर्क दिया गया था कि : [जब] ब्रिटिश भारत में सत्ता के हस्तांतरण से, कलात और ब्रिटिश सरकार के बीच की गई उप-संधियाँ समाप्त हो जाएँगी और इन संधियों के द्वारा खान पर जो भी दायित्व लगाए गए हैं, वे वास्तव में समाप्त हो जाएँगे। परिणाम यह होगा कि कलात राज्य बाहरी और आंतरिक दोनों मामलों के संबंध में पूरी तरह संप्रभु और स्वतंत्र हो जाएगा और किसी अन्य सरकार या राज्य के साथ संधियों को समाप्त करने के लिए स्वतंत्र होगा। कलात और उसके लोग इस बात से सबसे अधिक चिंतित हैं कि ब्रिटिश भारत में सत्ता के हस्तांतरण के परिणामस्वरूप जो पूरी तरह से स्वतंत्र स्थिति उभरेगी, वह जारी रहनी चाहिए और कलात राज्य को प्रस्तावित भारतीय संघ के ढाँचे के भीतर आने के लिए नहीं कहा जाना चाहिए।[5]

जहाँ तक लासबेला और खारन का संबंध है, ज्ञापन में कहा गया कि लासबेला जलावन प्रांत के भीतर कलात राज्य का एक जिला था, जबकि खरान कलात राज्य के उन क्षेत्रों का एक हिस्सा था, जिसके प्रमुख सरवन सरदार थे। इसलिए, दोनों कलात के क्षेत्रों का हिस्सा थे।[6]

दूसरे ज्ञापन का शीर्षक 'क्वेटा, नुश्की और नसीराबाद की वापसी' था और यह अंग्रेजों के प्रस्थान के बाद इन पट्टेवाले क्षेत्रों को लौटाने से संबंधित था। ज्ञापन में जोर दिया गया कि हालाँकि, इन क्षेत्रों के प्रशासन को ब्रिटिश सरकार में निहित किया गया था और उसका इन क्षेत्रों पर वास्तविक कब्जा था, इन क्षेत्रों की संप्रभुता कलात के खान के साथ बनी रही थी। इसलिए, यह आग्रह किया गया था कि अंग्रेजों को भारत में सत्ता सौंपने से पहले, औपचारिक रूप से यह घोषणा करनी चाहिए कि वे क्वेटा, नुश्की और नसीराबाद के नियाबात जिलों में अपनी सभी शक्तियों और अधिकारों को त्यागते हैं या वापस करते हैं। इसके बाद वास्तव में कब्जा दिया जाना चाहिए।[7]

चूँकि कैबिनेट मिशन माँग की वैधता में कोई त्रुटि नहीं खोज सका, उसने इस मुद्दे को अनसुलझा छोड़ दिया।

जून 1947 के अंत में, जिन्ना ने कलात को अपनी स्वतंत्र स्थिति की निरंतरता और सुरक्षा का आश्वासन दिया। 18 जून, 1947 को एक प्रेस बयान जारी करते हुए जिन्ना ने कहा, '···मैं इस

बात पर दृढ़ हूँ कि 12 मई, 1946 के कैबिनेट मिशन का ज्ञापन¨कहीं भी उनके (भारतीय राज्यों के) लिए भारतीय या पाकिस्तानी किसी भी विधान सभा में विलय करना अनिवार्य नहीं बनाता है।' उन्होंने आगे कहा, 'यह मेरा व्यक्तिगत विश्वास है कि अगर कोई राज्य अलग रहना चाहता है, तो वह किसी भी तरफ से बिना किसी दबाव के ऐसा कर सकता है, चाहे वह ब्रिटिश संसद् हो या देश का कोई राजनीतिक संगठन।'[8]

अतएव, 1947 में कलात, वास्तव में भारत या पाकिस्तान में शामिल होने के लिए बाध्य नहीं था। जब भारत के विभाजन का निर्णय लिया गया, तो कलात के खान मीर अहमद खान ने कुछ औचित्य के साथ दावा किया कि कलात कभी भी भारत का हिस्सा नहीं था और उन्होंने स्पष्ट किया कि वे स्वतंत्रता चाहते थे।

दिल्ली में 4 अगस्त, 1947 को आयोजित एक गोलमेज सम्मेलन में, जिसमें कलात के खान और मुख्यमंत्री, जिन्ना और लॉर्ड माउंटबेटन ने भाग लिया था, यह निर्णय लिया गया कि '5 अगस्त, 1947 को कलात राज्य स्वतंत्र होगा और अपने पड़ोसियों के साथ मैत्रीपूर्ण संबंध रखते हुए मूल रूप से 1838 की अपनी स्थिति में रहेगा।'[9]

गोलमेज सम्मेलन के एक परिणाम के रूप में, 4 अगस्त, 1947 को कलात और पाकिस्तान के बीच एक स्थायी समझौते पर हस्ताक्षर किए गए (जिसकी एक सप्ताह बाद 11 अगस्त को सार्वजनिक रूप से घोषणा की गई)। जिन्ना और लियाकत अली ने भविष्य के राज्य पाकिस्तान की ओर से और सुल्तान अहमद ने खनात की ओर से हस्ताक्षर किए। 11 अगस्त, 1947 की विज्ञप्ति के कार्यकर भाग उद्धृत करने लायक हैं :

कलात और पाकिस्तान राज्य विभाग के अधिकारियों के एक प्रतिनिधिमंडल के बीच हुई एक बैठक के परिणामस्वरूप, ब्रिटिश साम्राज्य के प्रतिनिधि की अध्यक्षता में और साम्राज्य के प्रतिनिधि, कलात के खान और श्रीमान जिन्ना के बीच बैठकों की एक श्रृंखला में निम्नलिखित स्थिति थी :

पाकिस्तान सरकार, ब्रिटिश सरकार के साथ संधि संबंधों में, भारतीय राज्यों से अलग स्थिति के साथ कलात को एक स्वतंत्र संप्रभु राज्य के रूप में मान्यता देती है।

ब्रिटिश सरकार और कलात के बीच किए गए पट्टों के समझौते पाकिस्तान सरकार को विरासत में मिलेंगे या नहीं, इस पर कानूनी राय ली जाएगी।[10]

अलग से, अंग्रेजों ने खरान और लासबेला के शासकों को सूचित किया कि उनके क्षेत्रों का नियंत्रण कलात राज्य को हस्तांतरित कर दिया गया था और ब्रिटिश नियंत्रण के अंतर्गत आनेवाले मारी और बुगती आदिवासी क्षेत्र भी कलात को लौटा दिए गए थे, जिससे पूरे बलूचिस्तान को कलात के खान नियंत्रण में लाया गया था।[11]

इसके अंतिम रूप में शामिल होने पर भी माउंटबेटन ने कलात की स्वतंत्र स्थिति को मान्यता देनेवाले सरकारी परिपत्र पर हस्ताक्षर नहीं किए। कलात प्रतिनिधिमंडल के साथ उनकी भेंट के कार्यवृत्तों में उल्लेख किया गया कि कलात के प्रधानमंत्री ने साम्राज्य के प्रतिनिधि द्वारा कलात की स्वतंत्र स्थिति की मान्यता की घोषणा करते हुए एक बयान माँगा था, 'वायसराय ने कहा कि उन्हें इस मुद्दे पर राजनीतिक सलाहकार से जो सलाह मिली थी, उसमें यह शामिल था कि; किसी भी स्थिति में, साम्राज्य के प्रतिनिधि द्वारा की गई घोषणा का वर्तमान समय में बहुत कम मूल्य होगा।'[12]

इसलिए कुछ लोगों ने तर्क दिया कि हालाँकि कलात को स्वतंत्र राज्य के रूप में मान्यता दी गई थी, लेकिन यह तथ्य कि माउंटबेटन ने इस पर हस्ताक्षर नहीं किए थे, उसने घोषणा को निष्क्रिय कर दिया था, क्योंकि यह ब्रिटिश सरकार की मान्यता को संकेतित नहीं करती थी।[13] इसके विपरीत यह विचार किया जाता है कि पाकिस्तान के उत्तराधिकारी राज्य ने, कलात की स्वतंत्रता को मान्यता दी थी और उसके भविष्य के गवर्नर-जनरल, जिन्ना ने अस्पष्ट रूप से इस पर हस्ताक्षर किए थे, क्या वास्तव में इसका कोई महत्त्व है कि स्वयं माउंटबेटन ने घोषणा पर हस्ताक्षर नहीं किए थे? खुद कलात के प्रतिनिधिमंडल ने माउंटबेटन को मना करने और ब्रिटिश सरकार के मान्यता पर हस्ताक्षर करने से इनकार करने को महत्त्व नहीं दिया। क्वेटा, नुश्की और नसीराबाद के पट्टेवाले क्षेत्रों के महत्त्व के कारण माउंटबेटन ने घोषणा पर हस्ताक्षर नहीं किए और पाकिस्तान ने कलात की स्वतंत्रता को स्वीकार कर लिया। जुलाई 1947 में जिन्ना को लिखे एक पत्र में, बैरिस्टर एम. जियाउद्दीन ने इन क्षेत्रों के महत्त्व को इस प्रकार समझाया, '…एक प्रांत के रूप में बलूचिस्तान किसी भी मामले में पाकिस्तान के लिए एक जिम्मेदारी होगी, लेकिन पट्टे के क्षेत्रों में विघटित और कटा हुए होने के कारण यह पाकिस्तान की गरदन में बँधा पत्थर बन जाएगा। वर्तमान में अगर पाकिस्तान क्वेटा को खो देता है तो यह सबसे महत्त्वपूर्ण सैन्य स्टेशनों में से एक और फारस और अफगानिस्तान के लिए रणनीतिक मार्ग को खो देगा…बलूचिस्तान की संभावित खनिज संपदा आदिवासी क्षेत्रों में मौजूद है। इसलिए, वर्तमान योजना [प्रतिगामी] के अंतर्गत बलूचिस्तान के धन के सभी संभावित स्रोत भी निकल जाएँगे।'[14]

लेखक याकूब खान बंगश के अनुसार, माउंटबेटन रणनीतिक बोलन दर्रे और क्वेटा पर कलात के नियंत्रण के लिए उत्सुक नहीं थे।[15] माउंटबेटन ने 25 जुलाई, 1947 को राज्य सचिव को लिखा (अर्थात् 4 अगस्त की बैठक से पहले) : कलात राज्य के प्रतिनिधि ने दावा किया कि वे ब्रिटिश सरकार के साथ संधि संबंधों से जुड़े एक स्वतंत्र और संप्रभु राज्य थे। पाकिस्तान के विदेश विभाग ने आसानी से इस विचार पर सहमति व्यक्त की, उनकी राय में, भारत का उत्तराधिकारी प्राधिकरण भारत की ओर से विदेशी राज्यों के साथ किसी भी संधि के दायित्वों को प्राप्त करेगा, जबकि निश्चित रूप से भारतीय स्वतंत्रता विधेयक भारतीय राज्यों के साथ की गई सभी संधियों का त्याग करता है…ऐसा लग रहा है कि अगर कलात के खान अपनी स्वतंत्र स्थिति पर जोर देते हैं, तो इससे उन्हें क्वेटा सहित पट्टे पर दिए गए क्षेत्रों की कीमत चुकानी पड़ेगी, जो गर्व के लिए चुकाई जानेवाली एक उच्च कीमत होगी।[16]

आश्चर्य नहीं कि पाकिस्तान के राज्य मंत्री, सरदार अब्दुल रब निश्तर ने वायसराय के सचिव जॉर्ज एबेल को समझाया : 'पाकिस्तान सरकार एच.एम. सरकार की संधि के दायित्वों और अधिकारों को पाने का दावा करेगी। अन्यथा, अगर कलात ने भारतीय राज्यों की तरह स्वतंत्र होने का दावा किया, तो यह पट्टेवाले क्षेत्रों को लौटाने का भी दावा करेगा…'[17] इस प्रकार, कलात की स्वतंत्रता को स्वीकार करना, लेकिन कलात के साथ अपनी वार्त्ता में पट्टेवाले क्षेत्रों को लौटाने को अस्वीकार करना पाकिस्तान के लिए लाभदायक था। यह स्पष्ट था कि पाकिस्तान ने कलात को एक गैर-भारतीय राज्य के रूप में केवल इसलिए मान्यता दी थी कि पट्टे पर दिए गए क्षेत्रों को वापस करने को रोका जा सके। जैसा कि याकूब बंगश कहते हैं, 'पाकिस्तान सरकार को कलात

को स्वतंत्र मानने के बारे में कोई हिचक नहीं थी, क्योंकि वे निश्चित थे कि न तो ब्रिटेन और न ही भारत इसे एक अलग देश के रूप में मान्यता देंगे और इसलिए कलात की स्वतंत्रता को मान्यता देने की विज्ञप्ति से बहुत कम नुकसान होगा।'[18]

ब्रिटिश विदेश विभाग और राजनीतिक विभाग की कानूनी राय यह थी कि पाकिस्तान को पट्टोंवाले क्षेत्र केवल इस आधार पर विरासत में मिले थे कि 'कलात राज्य एच.एम.जी. के साथ संधि संबंधों में एक स्वतंत्र संप्रभु राज्य है'[19] अन्यथा, भारतीय स्वतंत्रता अधिनियम के अंतर्गत पट्टे समाप्त हो जाते। खान ने यह तर्क देने की कोशिश की कि ब्रिटिश सरकार को दिए गए पट्टे 'व्यक्तिगत' थे, इसलिए, उनके जाने के साथ, ये स्वतः समाप्त हो गए। इसे अस्थिर माना गया था।

इस प्रकार, खान को दोहरी मार झेलनी पड़ी : माउंटबेटन ने घोषणा पत्र पर हस्ताक्षर नहीं किए और पाकिस्तान ने केवल पट्टेवाले क्षेत्रों पर नियंत्रण पाने के लिए उस पर हस्ताक्षर किए। एक बार इसे पा लेने के बाद, पाकिस्तान बलपूर्वक कलात राज्य पर कब्जा करने के लिए आगे बढ़ेगा।

पाकिस्तान के साथ वार्त्ता में खान को जिन समस्याओं का सामना करना पड़ा, उनमें से एक यह थी कि उनके प्रधानमंत्री नवाबजादा असलम खान भी पाकिस्तान सिविल सेवा के सदस्य थे और कलात में 'पाकिस्तान के आदमी' के रूप में माने जाते थे। घटनाओं से पता चला है, कलात के प्रति असलम की निष्ठा संदिग्ध थी और वे विलय से संबंधित कई समस्याओं के लिए जिम्मेदार थे। उदाहरण के लिए, अक्तूबर 1947 के आरंभ में, उन्होंने पाकिस्तान सरकार से 'निर्देश' माँगे। असलम ने विदेश सचिव इकरामुल्लाह को लिखा : '…मैं अनुरोध करूँगा कि मुझे इस संबंध में ऐसे निर्देशों के साथ मार्गदर्शन दिया जाना चाहिए, जिन्हें देना आपके लिए उपयुक्त हो सकता है…'[20]

जिन्ना ने स्वतंत्र बलूचिस्तान के विचार का समर्थन क्यों किया, इसके बारे में एक और दिलचस्प संभावना है। कलात के खान के अनुसार, पाकिस्तान की माँग सफल नहीं होने की स्थिति में जिन्ना ने बलूचिस्तान को अपनी द्वितीयक योजना माना। जिन्ना और चौधरी खालिकुज्जमान (एक वरिष्ठ मुसलिम लीग नेता) की एक गुप्त योजना थी कि अगर पाकिस्तान के निर्माण की माँग सफल नहीं होती, तो एक स्वतंत्र, संप्रभु बलूचिस्तान भारतीय मुसलमानों को उनकी मातृभूमि पाकिस्तान के लिए सशस्त्र संघर्ष करने में मदद करेगा।[21]

कारण जो भी रहे हों, 4 अगस्त के समझौते के आधार पर, खान ने 12 अगस्त, 1947 को 15 अगस्त से प्रभावी घोषणा में कलात की स्वतंत्रता की घोषणा की। कलात राज्य का ध्वज फहराया गया था और कलात के खान के लिए प्रार्थनाएँ की गई थीं। कलात राज्य अधिनियम 1947 को बलूचिस्तान की सरकार के नए संविधान के रूप में घोषित किया गया था। उन्होंने राज्य के भविष्य के विषय में लोगों की इच्छा का पता लगाने के लिए संसद् के दो सदनों की स्थापना की। कुछ ही समय बाद गैर-राजनीतिक आधार पर चुनाव हुए, कलात राज्य नेशनल पार्टी के उम्मीदवारों ने दार-उल-अवाम (संसद् के निचले सदन) में बत्तीस सीटों में से बत्तीस सीटें जीतीं। हालाँकि आधुनिक अर्थों में 'लोकतांत्रिक' नहीं, राज्य में दार-उल-अवाम और दार-उल-उमरा (उच्च सदन) व्यापक रूप से जनमत के प्रतिनिधि थे।[22]

अक्तूबर 1947 में जब खान जिन्ना से मिलने के लिए कराची गए, तो उन्होंने प्रधानमंत्री और विदेश मंत्री के साथ मिलकर कलात के भविष्य के बारे में विभिन्न विकल्पों पर विचार किया :

ईरान या भारत या अफगानिस्तान के साथ विलय (सभी विभिन्न आधारों पर खारिज); ब्रिटिश प्रोटेक्टरेट (विदेश मंत्री द्वारा अस्वीकृत) और अंत में स्वतंत्रता का एक पाँचवाँ विकल्प, जिसमें कलात पाकिस्तान के साथ मैत्रीपूर्ण संबंध बनाए रखेगा और संप्रभु समानता सुनिश्चित करेगा।[23] पाकिस्तान के साथ विलय के विकल्प पर भी विचार नहीं किया गया था।

दार-उल-अवाम ने दिसंबर 1947 के मध्य में एक सत्र आयोजित किया, जिसमें विलय के मुद्दे पर बहस हुई। गौस बख्श बिजेंजो (बाद में बाबा-ए-बलूचिस्तान के नाम से जाना जाता है) ने अपना प्रसिद्ध भाषण दिया : 'हम पाकिस्तान के बिना भी जीवित रह सकते हैं। हम बिना पाकिस्तान के रह सकते हैं। हम पाकिस्तान से बाहर रह सकते हैं, लेकिन प्रश्न यह है कि हमारे बिना पाकिस्तान क्या होगा'''? यदि पाकिस्तान हमारे साथ संप्रभु लोगों के रूप में व्यवहार करना चाहता है तो हम दोस्ती और सहयोग का हाथ बढ़ाने के लिए तैयार हैं। यदि पाकिस्तान ऐसा करने के लिए सहमत नहीं है, तो लोकतांत्रिक सिद्धांतों की परवाह न करने का रवैया हमारे लिए पूरी तरह अस्वीकार्य होगा और अगर हम इस भाग्य को स्वीकार करने के लिए बाध्य होते हैं, तो हर बलूच बेटा अपनी राष्ट्रीय स्वतंत्रता की रक्षा में अपना जीवन बलिदान कर देगा।'

एक प्रस्ताव पारित किया गया था, जिसमें कहा गया था कि 'पाकिस्तान के साथ संबंधों को दो संप्रभु राज्यों के बीच दोस्ती के आधार पर और संधि के माध्यम से स्थापित किया जाना चाहिए, न कि अधिग्रहण द्वारा।'[24]

4 जनवरी, 1948 को, उच्च सदन, सरदारों के दार-उल-उमरा ने पाकिस्तान के साथ विलय के प्रश्न पर चर्चा की और कलात की स्वतंत्रता और संप्रभुता को दोहराया और पाकिस्तान में विलय को खारिज कर दिया।[25] इसने घोषणा की, 'यह सदन पाकिस्तान के साथ इस विलय को स्वीकार करने के लिए तैयार नहीं है, जो बलूच राष्ट्र के अलग अस्तित्व को खतरे में डालेगा।'

## भारत की भूमिका

पाकिस्तान में कलात के बलपूर्वक विलय के घटनाक्रम में भारत की कोई भूमिका अगर रही तो वह विवादों से घिरी है। यह विवाद उन खबरों को लेकर है, जिसमें खान के भारत में विलय की माँग की गई थी, लेकिन यह माँग ठुकरा दी गई थी।

कलात और पाकिस्तान के बीच 4 अगस्त, 1947 के ठहराव समझौते पर हस्ताक्षर के बाद, कलात ने इस ओर नई दिल्ली का ध्यान आकर्षित किया। जैसा कि पहले उल्लेख किया गया था, इस समझौते ने खानैत को एक स्वतंत्र राज्य के रूप में मान्यता दी थी। खानैत ने भारत को एक समान समझौता करने के लिए आमंत्रित किया। बाद में, इसने दिल्ली में एक व्यापार एजेंसी स्थापित करने की अनुमति के लिए भी अनुरोध किया था, हालाँकि भारत सरकार ने इन अनुरोधों पर विचार करने से मना कर दिया।[26]

यह घटनाक्रम पाकिस्तान की जानकारी में आने से नहीं बच पाया। नवंबर 1947 के आरंभ में, पाकिस्तान के विदेश सचिव इकरामुल्लाह ने 'अफवाहों' के बारे में कहा था कि खान भारत और अफगानिस्तान दोनों से बातचीत कर रहे थे।[27]

मार्च 1946 में कलात के खान ने, समद खान को अखिल भारतीय कांग्रेस कमेटी (ए.आई.

सी.सी.) का सदस्य नियुक्त किया था, जिन्होंने कांग्रेस के नेतृत्व में कलात के मामले की पैरवी की थी, हालाँकि जवाहरलाल नेहरू ने कलात के स्वतंत्र राज्य होने के विवाद को पूरी तरह से खारिज कर दिया और कहा कि कांग्रेस किसी भी तरह से, ऐसा समझौता करने की कोशिश नहीं करेगी। संभवतया, यह रियासतों को बनाए रखने की कांग्रेस की अनिच्छा के कारण था, हालाँकि, कलात और अन्य रियासतों के मामलों के बीच एक अंतर बना रहा था। नेहरू ने 1946 में कहा था : 'तथ्य यह है कि कलात एक सीमावर्ती राज्य है, जो हमारे दृष्टिकोण से महत्त्वपूर्ण है, क्योंकि सीमाएँ हमेशा रणनीतिक क्षेत्र होती हैं। एक स्वतंत्र भारत विदेशी सेना और विदेशी आधार को अनुमति नहीं दे सकता है, जो कि कलात अपने क्षेत्रों के पास रख सकते हैं।'[28]

इसके बाद, कलात राज्य राष्ट्रीय पार्टी के अध्यक्ष गौस बख्श बिजेंजो ने दिल्ली जाकर कांग्रेस के अध्यक्ष मौलाना अबुल कलाम आजाद से भेंट की। आजाद बिजेंजो के इस कथन से सहमत थे कि बलूचिस्तान कभी भी भारत का हिस्सा नहीं था और 1876 की संधि द्वारा शासित उसका अपना स्वतंत्र अस्तित्व था, हालाँकि आजाद ने तर्क दिया कि बलूच कभी भी एक संप्रभु, स्वतंत्र राज्य के रूप में अपने अस्तित्व को नहीं रख पाएगा और ब्रिटिश सुरक्षा माँगेगा। यदि ब्रिटिश इस पर सहमत हुए और बलूचिस्तान में बने रहे, तो उपमहाद्वीप की संप्रभुता निरर्थक हो जाएगी। इसलिए, हालाँकि आजाद ने स्वीकार किया कि बलूचों की माँगें वास्तविक थीं और बलूचिस्तान कभी भी भारत का हिस्सा नहीं था, फिर भी वह कलात की स्वतंत्रता को बनाए रखने में मदद नहीं कर सका।[29]

ऑल इंडिया रेडियो (ए.आई.आर.) ने, 27 मार्च, 1948 को प्रसारित, दिल्ली में वी.पी. मेनन द्वारा संबोधित एक संवाददाता सम्मेलन की सूचना दी। रिपोर्ट के अनुसार, वी.पी. मेनन ने कहा कि कलात के खान पाकिस्तान की बजाय कलात के भारत में विलय के लिए दबाव डाल रहे थे, लेकिन भारत ने इस सुझाव पर कोई ध्यान नहीं दिया था और भारत का इससे कोई लेना-देना नहीं था। खान ने रात 9 बजे की आकाशवाणी की खबर सुनी और इनकार के इस तरीके से बेहद परेशान हो गए। उन्होंने जिन्ना को, कलात के पाकिस्तान के साथ संधि संबंधों के लिए बातचीत आरंभ करने की सूचना दी। उल्लेखनीय है कि संविधान सभा में 30 मार्च, 1948 को एक प्रश्न का उत्तर देने के साथ-साथ 29 मार्च, 1948 को आयोजित कैबिनेट बैठक के कार्यवृत्त में कहा गया था कि वास्तव में, वी.पी. मेनन ने, ऐसी कोई टिप्पणी नहीं की थी और आकाशवाणी द्वारा रिपोर्टिंग में त्रुटि हुई। क्षति को नियंत्रित करने के इस प्रयास के बावजूद, नुकसान हो चुका था।[30] संभवत:, भारतीय नेतृत्व का ध्यान कश्मीर और हैदराबाद से संबंधित मामलों में उलझा हुआ था और वे एक संप्रभु बलूचिस्तान के सामरिक महत्त्व का मूल्यांकन करने में असमर्थ रहे थे। इससे यह भी पता चलता है कि भारत ने कलात पर पाक सेना के कब्जे का विरोध क्यों नहीं किया।

## ब्रिटिश बलूचिस्तान

भारतीय स्वतंत्रता अधिनियम के अनुसार, ब्रिटिश बलूचिस्तान और डेरा गाजी खान के मारी, बुगती, खेतरन और बलूच जनजातीय क्षेत्रों के भाग्य का फैसला एक जनमत संग्रह द्वारा किया जाना था, हालाँकि जनमत संग्रह आदिवासी बुजुर्गों, शाही जिरगा और क्वेटा नगरपालिका की अंग्रेजों द्वारा मनोनीत परिषद् तक सीमित था। 30 जून, 1947 को जिरगा आयोजित करने का निर्णय लिया गया

था, लेकिन सभी सदस्यों को सूचित किए बिना, इसे कुटिलतापूर्वक एक दिन पहले आयोजित किया गया था। इस प्रकार, इस जिरगा में कुल पचपन प्रतिनिधियों में से केवल आठ (शाही जिरगा के सैंतालीस और क्वेटा नगरपालिका से बारह) प्रतिनिधि उपस्थित थे। एक्समैन के अनुसार, 'यह पता लगाना मुश्किल है कि जिरगा ने वास्तव में वोट डाला था या नहीं। आज भी जनमत संग्रह की वैधता पर विवाद है और इसके सदस्यों ने पाकिस्तान के पक्ष में मतदान करने के लिए जिन परिस्थितियों का सामना किया, वे विवादास्पद हैं। कुछ बलूच विद्वानों का कहना है कि शाही जिरगा ने कोई वोट नहीं दिया और दावा किया कि अंग्रेजों और बलूचों के विरोधी मुसलिम लीग समर्थकों के बीच एक साजिश थी और उन्हें 'राष्ट्रीय मुक्ति' के लिए उनकी माँग से वंचित किया गया था।'[31]

इस जनमत संग्रह के आधार पर, पट्टे पर लिये गए और जनजातीय क्षेत्रों के साथ, जो संवैधानिक रूप से खानैत का हिस्सा थे, 15 अगस्त, 1947 को ब्रिटिश बलूचिस्तान का विवादास्पद रूप से पाकिस्तान में विलय कर दिया गया था।

पाकिस्तान के कुछ इतिहासकारों ने यह तर्क देने की कोशिश की है कि खान के विरोध का पक्ष त्रुटिपूर्ण था और वे 29 जून, 1947 को क्वेटा में आयोजित शाही जिरगा के तथाकथित जनमत संग्रह का प्रमाण देते हैं, हालाँकि इसके प्रतिभागियों को अंग्रेजों ने नियुक्त किया था और जिरगा की सिफारिश केवल ब्रिटिश बलूचिस्तान से संबंधित थी।[32] इसने किसी भी तरह से खान की संप्रभुता के साथ समझौता नहीं किया या सुझाव नहीं दिया कि उन्होंने पाकिस्तान के साथ समझौता किया था।

## कलात का विलय (अधिग्रहण)

वर्ष 1948 तक, कलात के खान ने स्वतंत्रता की घोषणा की, कलात संसद् के दोनों सदनों ने इस निर्णय का समर्थन किया और पाकिस्तान के साथ विलय को अस्वीकार कर दिया; मुसलिम लीग ने अगस्त 1947 में कलात की स्वतंत्रता को स्वीकार किया था। इन सबके और कलात के खान के साथ जिन्ना के घनिष्ठ व्यक्तिगत संबंध होने तथा खान द्वारा मुसलिम लीग में बड़े वित्तीय योगदान के बावजूद, 27 मार्च, 1948 को पाकिस्तानी सेना ने कलात पर आक्रमण किया। खान ने आत्मसमर्पण कर दिया और विलय के साधन पर हस्ताक्षर किए। पाकिस्तान ने 30 मार्च, 1948 को इसे स्वीकार कर लिया। इस तरह लगभग 300 वर्ष पहले मीर अहमद खान के पूर्वजों द्वारा गठित कलात संघ की 227-दिवसीय स्वतंत्रता समाप्त हो गई। अपनी संक्षिप्त स्वतंत्रता के दौरान, कलात का कराची में अपना स्वयं का दूतावास था, जहाँ उसके राजदूत ने पाकिस्तान में कलात राज्य ध्वज का प्रदर्शन किया था।

यह अचानक परिवर्तन क्या बताता है? गवर्नर-जनरल बनने के बाद जिन्ना ने कलात पर पाकिस्तान में शामिल होने के लिए दबाव डालना क्यों आरंभ किया?

खान 1936 से, जिन्ना के साथ सीधे संपर्क में थे, जब से उन्होंने जिन्ना को कलात राज्य से संबंधित संवैधानिक मामलों पर सलाह देने के लिए कहा। 1948 में जिन्ना की मृत्यु होने तक यह संबंध जारी रहा।

खान, अपने संस्मरण में लिखते हैं कि उन्होंने क्वेटा, मस्तंग और कलात में कई बार जिन्ना की मेजबानी की। द क्वाड और उनकी बहन का हर बार विधिवत् रूप से शाही स्वागत किया जाता

था, जिसमें 21 तोपों की सलामी भी शामिल थी, जिस तरह की सलामी भारत के वायसराय को दी जाती थी। उनके जाने पर उन्हें समान रूप से हार्दिक विदाई दी गई। उनके प्रवास के समय उन्हें सर्वोत्तम सुविधाएँ प्रदान करने के लिए बहुत सावधानी बरती जाती थी।

खान आगे लिखते हैं कि जिन्ना को सोने से तौलने के बाद, 'मुझे मिस फातिमा जिन्ना को एक हार प्रस्तुत करते हुए व्यक्तिगत संतुष्टि मिली थी, यह कहने की जरूरत नहीं है कि उस हार का मूल्य 1,00,000 रुपए की राशि से अधिक है, जो इसकी वास्तव में लागत है।'

जिन्ना पर असफल हमले के बाद, खान ने 1943 में अपना निजी अंगरक्षक बॉम्बे भेजा था। वह 7 अगस्त, 1947 तक ईमानदारी से उनके अंगरक्षक के रूप में उनके साथ रहा था।

*मीर अहमद यार खान बलूच, बलूचिस्तान के भीतर : महामहिम बैगलर बेगी : खान-ए-आजम-तेरहवें की एक राजनीतिक आत्मकथा,*
कराची : रॉयल बुक कंपनी 1975, पृष्ठ 136-38

उपलब्ध दस्तावेज बताते हैं कि अंग्रेजों की सलाह से जिन्ना ने 1948 में कलात को पाकिस्तान में विलय के लिए बाध्य किया था। प्रारंभ में, ब्रिटिश नीति 1876 की संधि के अंतर्गत कलात की स्वतंत्रता का सम्मान करने की थी। यह नीति, स्वतंत्र कलात क्षेत्र में उनकी गतिविधियों के लिए आधार के रूप में उपयोग करने के लिए बनाई गई थी।

भारत के रणनीतिक योजना के प्रभारी मेजर जनरल, आर.सी. मनी ने 1944 में युद्ध के बाद के परिदृश्य पर 'युद्ध के बाद बलूचिस्तान का पुनर्निर्माण' शीर्षक से एक रिपोर्ट तैयार की थी।[33] रिपोर्ट में सुझाव दिया गया कि 'बलूचिस्तान युद्ध के बाद काफी शाही सेना की मोर्चेबंदी के लिए सही जगह है।' आगे कहा गया था कि 'अंग्रेजों द्वारा भारत में सत्ता हस्तांतरण के बाद,' ब्रिटिश भारत का हिस्सा नहीं होने के आधार पर बलूचिस्तान ब्रिटिश गैरीसन के लिए सबसे उपयुक्त स्थान है। राज्य के सचिव, लियो अमेरी ने 18 नवंबर, 1944 को मनी को और 23 नवंबर, 1944 को लॉर्ड वेवेल लिखे गए सराहना पत्रों में अपनी रक्षा योजना के बारे में मनी के साथ यह समझौते का विवरण था, जिसमें बलूचिस्तान को अफगानिस्तान और तिब्बत की तरह अलग देश माना गया था।[34]

हालाँकि, 1947 तक अंग्रेजों को लगा कि कमजोर बलूचिस्तान में एक आधार बनाने की बजाय, ऐसा आधार पाकिस्तान में स्थापित किया जा सकता है, जो अंग्रेजों को समायोजित करने के लिए तैयार है। इसलिए यह सुनिश्चित करना ब्रिटिश हित में था कि बलूचिस्तान को पाकिस्तान के भीतर रखा जाए और वह एक स्वतंत्र इकाई न बने।[35]

द्वितीय विश्वयुद्ध के बाद, ब्रिटेन, सोवियत संघ के एक महान् शक्ति के रूप में उदय को लेकर चिंतित था। इसलिए, फारस की खाड़ी और 'ऊर्जा के कुओं', अर्थात् तेल की रक्षा के लिए पाकिस्तान बहुत महत्त्वपूर्ण हो गया। ईरान में ब्रिटिश समर्थित राजा रेजा शाह और स्पष्ट रूप से सोवियत संघ समर्थक अफगानिस्तान के विरुद्ध साम्राज्यवाद-विरोधी आंदोलन को देखते हुए, ब्रिटेन ने पाकिस्तान को मजबूत करना आवश्यक समझा। एक्समैन लिखते हैं, इस तरह पाकिस्तान द्वारा बलूचिस्तान पर कब्जा एक रणनीतिक चाल थी।[36]

आरंभ में, गिलगित एजेंसी से बलूचिस्तान के रेगिस्तान तक के क्षेत्र को नियंत्रित करने के

बारे में सोचा गया था। उदाहरण के लिए, एन.डब्ल्यू.एफ.पी. के तत्कालीन गवर्नर, सर ओलाफ कैरो ने यह सुझाव दिया था कि गिलगित से बलूचिस्तान तक की एक लंबी पट्टी को एक अलग क्षेत्र के रूप में तराशा जाना चाहिए और इसे सीधे ब्रिटेन द्वारा प्रशासित किया जाना चाहिए। इस विचार को स्वीकार नहीं किया गया और इसकी बजाय दक्षिणी एशिया में सोवियत संघ के विरुद्ध पश्चिमी हितों के लिए पाकिस्तान को गोलबंद करने के लिए चुना गया।[37] जम्मू और कश्मीर राज्य (विशेषकर गिलगित-बाल्टिस्तान) और बलूचिस्तान के बिना पाकिस्तान इस उद्देश्य की पूर्ति नहीं कर सकता था।

नरेंद्र सिंह सरीला ने अपनी पुस्तक *द शैडो ऑफ द ग्रेट गेम : द अनटोल्ड स्टोरी ऑफ इंडियाज पार्टीशन* (बड़े खेल की छाया : भारत के विभाजन की अनकही कहानी) में ब्रिटिश दस्तावेजों के हवाले से बताया है कि पाकिस्तान किस तरह से मध्य पूर्व और हिंद महासागर क्षेत्र के लिए ब्रिटिश रक्षा योजनाओं की धुरी बन गया था। ब्रिटिश प्रमुख की 7 अगस्त, 1947 की एक अति गोपनीय रिपोर्ट में कहा गया था : 'पाकिस्तान का क्षेत्र [पश्चिमी पाकिस्तान और भारत का उत्तर-पश्चिम] रणनीतिक रूप से भारत महाद्वीप में सबसे महत्त्वपूर्ण क्षेत्र है और अकेले पाकिस्तान के साथ एक समझौते से हमारी अधिकांश सामरिक आवश्यकताओं को पूरा कर सकता है...। इसलिए हम यह नहीं मानते कि भारत के साथ एक समझौता करने में विफलता के कारण हमें अपनी किसी भी आवश्यकता को संशोधित करना पड़ेगा।'[38]

इस उद्देश्य के लिए यह आवश्यक था कि पाकिस्तान व्यवहार्य हो। बलूचिस्तान के बिना, पाकिस्तान को एक उचित भौगोलिक और सामरिक व्यवहार्यता देना मुश्किल होता। इस प्रकार, अंग्रेजों ने पटरियाँ बदल दीं और एक स्वतंत्र इकाई बनने की बजाय बलूचिस्तान को पाकिस्तान में शामिल करना सुनिश्चित करने की रणनीति पर काम किया। तदनुसार, ब्रिटिश अधिकारियों ने पाकिस्तानी नेताओं पर कलात के नवनिर्मित राज्य को पाकिस्तान में शामिल करने के लिए व्यावहारिक कदम उठाने के लिए दबाव बनाया।[39]

राज्य के सचिव लॉर्ड लिस्टवेल ने सितंबर 1947 में माउंटबेटन को सलाह दी कि इसकी स्थिति के कारण, कलात को स्वतंत्र होने की अनुमति देना बहुत खतरनाक और जोखिम भरा होगा। 12 सितंबर को कॉमनवेल्थ रिलेशनशिप ऑफिस के लिए ब्रिटिश राज्य मंत्री द्वारा तैयार किए गए एक गुप्त ज्ञापन का एक उद्धरण स्पष्ट रूप से 1948 में पाकिस्तान द्वारा कलात के कब्जे की दिशा में बढ़नेवाली घटनाओं में ब्रिटेन की अग्रणी भूमिका को दरशाता है :

पाकिस्तान ने राज्य के स्वतंत्रता के दावे को मान्यता देने और क्वेटा और अन्य क्षेत्रों के पट्टे प्रदान करनेवाले क्राउन और कलात के बीच के पिछले समझौतों को मानने के लिए कलात के साथ बातचीत आरंभ की है, जो अन्यथा भारतीय स्वतंत्रता अधिनियम की धारा 7(I) (6) के अंतर्गत साम्राज्य की समाप्ति पर अंतरराष्ट्रीय समझौतों की समाप्ति से समाप्त हो जाएगा। कलात के खान, जिनका क्षेत्र फारस तक जाता है, निश्चित रूप से, एक स्वतंत्र राज्य की अंतरराष्ट्रीय जिम्मेदारियों को निभाने की स्थिति में नहीं है और लॉर्ड माउंटबेटन ने, जो सत्ता के हस्तांतरण से पहले ऐसी स्थितियों के खतरों से आगाह थे, पाकिस्तान सरकार को निस्संदेह यह चेतावनी पारित कर दी थी [जोर दिया गया]। पाकिस्तान में नियुक्त ब्रिटेन के उच्चायुक्त को स्थिति के बारे में सूचित किया

जा रहा है और उनसे पाकिस्तान को कलात के साथ ऐसा कोई भी समझौता करने से दूर रहने के लिए पाकिस्तान सरकार का मार्गदर्शन करने के लिए कहा गया है, जिसमें एक अलग अंतरराष्ट्रीय इकाई के रूप में राज्य की मान्यता शामिल हो।[40]

कराची में ब्रिटिश उच्चायुक्त, ग्रेफटी-स्मिथ के 17 अक्तूबर, 1947 के एक टेलीग्राम का जिक्र करते हुए, राजनीतिक विभाग ने पाकिस्तान-कलात वार्त्ता पर एक नोट में कहा कि जिन्ना ने कलात की स्वतंत्र संप्रभु राज्य के रूप में मान्यता के संबंध में अपने विचारों में बदलाव किया है और अब उसी रूप में उसका विलय करने के इच्छुक थे, जिस तरह पाकिस्तान में शामिल होनेवाले अन्य शासकों ने स्वीकार किया था। उसी टिप्पणी में उल्लेख किया गया है कि एक दिलचस्प स्थिति विकसित हो रही थी, क्योंकि पाकिस्तान कलात के दो सामंतों, लासबेला और खारन के विलय को स्वीकार कर सकता है।[41]

उल्लेखनीय है कि माउंटबेटन को सत्ता हस्तांतरण से पहले ही कलात के स्वतंत्र होने के खतरे के बारे में सलाह दी गई थी। शायद यह स्पष्ट करता है कि उन्होंने 4 अगस्त, 1947 के दस्तावेज पर हस्ताक्षर क्यों नहीं किए। इसी तरह, अक्तूबर 1947 के आरंभ में, जब जिन्ना ने खान के साथ कलात के विलय के मुद्दे को उठाया था, ब्रिटिश उच्चायुक्त ने पाकिस्तान पर लासबेला और खरान को पाकिस्तान के विलय के लिए उकसाने की रिपोर्ट दी थी।

ब्रिटिश प्रोत्साहन को देखते हुए, यह आश्चर्य की बात नहीं थी कि अक्तूबर 1947 तक जिन्ना ने 'स्वतंत्र और एक संप्रभु राज्य' के रूप में कलात की मान्यता पर अपने विचार परिवर्तित कर लिये थे और चाहते थे कि खान पाकिस्तान में शामिल होनेवाले अन्य राज्यों की तरह विलय के समझौते पर हस्ताक्षर करें। जिन्ना निश्चित रूप से कलात की भावनाओं के बारे में जानते थे, 29 अक्तूबर, 1947 को, कलात के प्रधानमंत्री असलम ने पाकिस्तान सरकार को सूचित किया था कि '...केवल महामहिम ही नहीं, बल्कि उनके बहुसंख्यक लोग, जिनमें सरदार भी शामिल हैं, पूरी तरह से विलय के विरुद्ध हैं।'[42] अक्तूबर 1947 में पाकिस्तान के नए राज्य की राजधानी कराची का दौरा करने गए खान को ब्रिटिश सोच और इरादों के बारे में नहीं पता चल सका। उन्होंने पाया कि जिन्ना का लहजा रहस्यमय तरीके से बदल गया था। अब वे न तो दोस्त थे और न ही कलात के वकील, बल्कि एक कठोर गवर्नर-जनरल थे, जिन्होंने माँग की थी कि खान तुरंत कलात राज्य पाकिस्तान को सौंप दें। ब्रिटिश उच्चायुक्त ने स्पष्ट रूप से जिन्ना को समझाया था।

पाकिस्तान में विलय को खारिज करते हुए दोनों सदनों के प्रस्तावों को मान कर खान अपनी बात पर अड़े रहे। उन्होंने नाममात्र की स्वतंत्र स्थिति को छोड़ने में अपनी अनिच्छा व्यक्त की, लेकिन रक्षा, विदेशी मामलों और संचार पर विचार करने के लिए तैयार थे, हालाँकि वे संधि या साधन पर तब तक हस्ताक्षर करने के लिए तैयार नहीं थे, जब तक कि उन्हें पट्टे पर दिए गए क्षेत्रों के संबंध में संतोषजनक समझौता नहीं मिल जाता। उन्होंने कहा था कि पाकिस्तान की सरकार ने लासबेला और खरान के शासकों से समझौता किया, जो खान के सामंत थे और मकरान जो कभी कलात राज्य के एक जिले से अधिक नहीं रहा था।[43]

फरवरी 1948 तक कलात और पाकिस्तान सरकार के बीच विचार-विमर्श चल रहा था। 15 फरवरी, 1948 को जिन्ना ने सिबी का दौरा किया और एक शाही दरबार को संबोधित किया।

बीमारी से जूझ रहे खान उनके साथ अंतिम बैठक में शामिल होने में असफल रहे। जिन्ना को लिखे अपने पत्र में, उन्होंने कहा कि उन्होंने पाकिस्तान के साथ भविष्य के संबंधों के बारे में उनकी राय जानने के लिए संसद् के दोनों सदनों, दार-उल-उमरा और दार-उल-अवाम की बैठक बुलाई है और उसे प्राप्त करने के लिए दो महीने की आवश्यकता होगी। कलात के दार-उल-अवाम ने 21 फरवरी, 1948 को बैठक की और पाकिस्तान के साथ कलात के भविष्य के संबंधों को निधारित करने के लिए संधि पर बातचीत नहीं करने का फैसला किया। उच्च सदन ने इस पर विचार के लिए तीन महीने का समय माँगा।

अब तक, खान और जिन्ना के बीच संबंध बिगड़ चुके थे। 18 मार्च को पाकिस्तान ने मकरान, खरान और लासबेला के पाकिस्तान में विलय की घोषणा की।[44] इसने कलात को आधे से अधिक क्षेत्रों और समुद्र तक पहुँच से वंचित कर दिया। अगले दिन कलात के खान ने एक बयान जारी करके यह मानने से इनकार कर दिया कि दुनिया में मुसलिम अधिकारों के सर्वोच्च समर्थक के रूप में पाकिस्तान, छोटे मुसलिम पड़ोसियों के अधिकारों का उल्लंघन करेगा, यह दरशाता है कि मकरान का कलात के एक जिले से अलग कोई दर्जा नहीं था और स्टैंडस्टिल समझौते द्वारा लासबेला और खरान की विदेश नीति को कलात के अंतर्गत रखा गया था।

हालाँकि, खान के लिए समय समाप्त हो गया था। 22 मार्च, 1948 को कलात पर आक्रमण की योजना को अंतिम रूप दिया गया, पाकिस्तान के प्रधानमंत्री नवाबजादा लियाकत अली खान ने सैन्य आक्रमण की देखरेख के लिए तीनों सेवा प्रमुखों की बैठक की अध्यक्षता की थी। स्टैंडस्टिल समझौते के बावजूद, 27 मार्च, 1948 को, जी.ओ.सी. मेजर जनरल मोहम्मद अकबर खान के अधीन सातवीं बलूच रेजिमेंट के लेफ्टिनेंट कर्नल गुलजार ने कलात पर हमला किया। जनरल अकबर ने कलात के खान को कराची तक पहुँचाया और उन्हें विलय के समझौते पर हस्ताक्षर करने के लिए बाध्य किया। जिन्ना ने 30 मार्च, 1948 को विलय के समझौते को स्वीकार किया।

समझौते पर खान के हस्ताक्षर बलूच सरदारों से औपचारिक स्वीकृति प्राप्त किए बिना और बलूच विधायिका (अक्तूबर 1947 और जनवरी 1948 में) के फैसले के विरोध में लिये गए थे। जैसा कि खान ने अपने संस्मरणों में लिखा है : 'आदिवासी सरदारों से औपचारिक अनुमोदन प्राप्त किए बिना, मैंने 30 मार्च, 1948 को खान-ए-आजम के रूप में अपनी क्षमता से विलय के दस्तावेजों पर हस्ताक्षर किए। मैं स्वीकार करता हूँ, मुझे पता था कि मैं अपने जनादेश के दायरे को पार कर रहा हूँ।'[45] औचित्य के लिए यह तर्क दिया गया था कि अगर मैंने कलात के विलय पर हस्ताक्षर करने का तत्काल कदम नहीं उठाया होता, तो निश्चित रूप से पाकिस्तान का व्यवहार और खराब होता। गवर्नर-जनरल का ब्रिटिश एजेंट पाकिस्तान को बलूच के विरुद्ध एक भयावह युद्ध में अग्रणी बनाकर कहर ढा सकता था। अफगानिस्तान की सेना आसानी से बलूचिस्तान में प्रवेश कर सकती थी। भारत भी, बलूचों की मदद करने के लिए स्पष्ट रूप से मकरान समुद्र-तट पर अपने नौसैनिक युद्धपोतों को भेजकर स्थिति को बिगाड़ सकता था, लेकिन वास्तव में, इससे रूस को अफगानिस्तान से होकर आगे बढ़ने और मकरान समुद्र तट के बंदरगाहों पर कब्जा करने का सबसे अच्छा बहाना मिल जाता।[46]

तर्क जो भी हो, विलय को 'अवैध और दमनकारी' माना गया था और अब तक माना जाता

है, क्योंकि केवल कलात के दो विधायी सदन ही विलय के मुद्दे को तय करने के लिए अधिकृत थे। स्पष्ट रूप से दोनों सदनों ने विलय के विरुद्ध फैसला किया था। कलात के विलय में जिस तरह से हेरफेर किया गया था, उस पर बलूचों का गुस्सा कभी भी कम नहीं हो पाया और वे इस विलय को अवैध मानते हैं।

मार्टिन एक्समैन ने कलात के प्रसंग के लिए शायद सबसे अच्छा लिखा है : 'राज्य की मृत्यु राष्ट्र का जन्म था। बलूचिस्तान ने अपनी 'राष्ट्रीय मातृभूमि' खो दी और पाकिस्तान के एक मामूली जातीय-भाषाई अल्पसंख्यक समुदाय में बदल गया। इस स्थितिजन्य बदलाव ने बलूच राष्ट्र को ढाला। इसने वर्चस्ववाले पंजाबी-पाकिस्तानी के राष्ट्रीय समूह और बलूचों के उप-राष्ट्रीय समूह के बीच संघर्ष उत्पन्न किया।'[47] पाकिस्तान ने 11 अगस्त, 1947 को कलात के साथ एक स्थायी समझौते पर हस्ताक्षर किए थे। इसने अगस्त 1947 में कश्मीर के महाराजा के साथ एक समान स्टैंडसिल समझौते पर हस्ताक्षर किए थे। पाकिस्तान ने इन दोनों समझौतों को तोड़ दिया।

इसके बाद का इतिहास अंतरराष्ट्रीय प्रतिबद्धताओं का इसी प्रकार का तिरस्कार दिखाएगा। □

# 7
# विलय के पश्चात् के विद्रोह

वर्ष 1948 से बलूचिस्तान के इतिहास में एक सामान्य सूत्र जारी है, बलूचिस्तान अकसर पाकिस्तान के विरुद्ध विद्रोह करता रहा है। प्रत्येक विद्रोह पिछले विद्रोह से अधिक समय तक चला है, प्रत्येक विद्रोह ने पिछले विद्रोह की तुलना में व्यापक भौगोलिक क्षेत्र को शामिल किया है और हर विद्रोह में पिछले विद्रोह की तुलना में अधिक बलूच शामिल हैं। यह बलूचों की दृष्टि में पाकिस्तान की वैधता के बारे में कुछ कहता है।

कलात को विलय के लिए बाध्य करने के बाद, पाकिस्तान ने अप्रैल 1948 में यथास्थिति बहाल कर दी, जैसा कि ब्रिटिश काल में हुआ करता था, क्वेटा में राज्य के प्रशासन की देखभाल के लिए गवर्नर-जनरल के एजेंट (ए.जी.जी.) का एक अधीनस्थ अधिकारी, एक राजनीतिक एजेंट नियुक्त किया गया था। दोनों विधायी सदनों को समाप्त कर दिया गया, कैबिनेट को भंग कर दिया गया और 1948 के मध्य अप्रैल में कई कैबिनेट मंत्रियों को निर्वासित या गिरफ्तार किया गया। इसने अंग्रेजों के भारत छोड़ने के बाद खानैत द्वारा प्राप्त संक्षिप्त स्वतंत्रता का अंत कर दिया।

## 1948 का विद्रोह

खान ने कलात के विलय को स्वीकार कर लिया, जबकि उनके भाई अब्दुल करीम खान ने विद्रोह की घोषणा की और झालवान जिले में पाकिस्तानी सेना के विरुद्ध छापामार काररवाई आरंभ की। उपमहाद्वीप के विभाजन से पहले, अब्दुल करीम कलात राज्य की सेना के सेनानायक थे और कलात की अल्पकालिक स्वतंत्रता के समय, उन्होंने मकरान के गवर्नर का पद सँभाला था। उन्होंने कलात की स्वतंत्रता की घोषणा की और बलूच नेशनल लिबरेशन कमेटी के नाम से एक घोषणा-पत्र जारी किया, जिसमें खान द्वारा हस्ताक्षरित समझौते को खारिज कर दिया गया। उनके साथ बलूच राष्ट्रवादी आंदोलन के कई प्रमुख व्यक्ति थे, जिनमें गुल खान नासिर और मुहम्मद हुसैन, उनके साथ ही कई अधिकारी और कलात राज्य सेना के कुछ सैनिक शामिल थे।[1]

करीम खान को अफगान का समर्थन मिलने की आशा थी, क्योंकि अफगानिस्तान ने बलूच और पश्तून क्षेत्रों को पाकिस्तान में शामिल करने पर आपत्ति जताई थी और संयुक्त राष्ट्र में पाकिस्तान के विलय का विरोध भी किया था। पाकिस्तान का कहना है कि करीम को पर्याप्त अफगान समर्थन मिला, जबकि बलूच राष्ट्रवादियों का कहना है कि अफगानिस्तान ने बलूचिस्तान

को स्वतंत्र देश के रूप में शामिल करने के पक्ष का समर्थन करने से इनकार किया।[2]

सीमा के पास एक शिविर स्थापित करनेवाले अनेक नए अनुयायियों ने विद्रोहियों में शामिल होने के लिए पाकिस्तान की सीमा पार नहीं की, फिर भी अब्दुल करीम 1950 तक राष्ट्रवादी अवज्ञा के झंडे को जारी रखने में सफल रहे। मई 1950 के अंत में, पाकिस्तानी सेना द्वारा प्रतिशोध लेने की धमकी देने पर खान ने करीम खान को आत्मसमर्पण करने के लिए राजी किया। सेलिग हैरिसन के अनुसार, कथित तौर पर पाकिस्तानी अधिकारियों ने अब्दुल करीम के प्रतिनिधियों के साथ हर्बी पहाड़ों में सुरक्षित आचरण के एक समझौते पर हस्ताक्षर किए और इसका पालन करने के लिए कुरान की शपथ ली, हालाँकि समझौते का तिरस्कार किया गया था और घात लगाकर राजकुमार पर हमला किया गया और उनके 102 अनुयायियों के साथ उन्हें कलात के रास्ते में गिरफ्तार किया गया था।[3] करीम और उनके अनुयायियों, सभी को जेल की सजा सुनाई गई थी। करीम पाकिस्तानी जेलों में कई वर्ष बिताएँगे।

करीम खान का विद्रोह पाकिस्तान के विरुद्ध पहला बलूच विद्रोह था। हालाँकि सैन्य रूप से यह बहुत महत्त्वपूर्ण नहीं रहा, बलूच इतिहास में यह दो कारणों से महत्त्वपूर्ण है। पहले, इस विद्रोह ने यह स्थापित किया गया कि बलूचों ने पाकिस्तान में कलात के बलपूर्वक विलय को स्वीकार नहीं किया था। दूसरे, हैरिसन के अनुसार, 'इस विद्रोह ने बलूचों में इस विश्वास को जन्म दिया कि पाकिस्तान ने सुरक्षित आचरण समझौते में धोखा किया था। बलूचों ने इसे टूटी संधियों की शृंखला की पहली घटना माना, जिसने इसलामाबाद के साथ संबंधों पर अविश्वास की छाया डाली है।'[4] करीम खान को बलूच मुक्ति आंदोलन का पहला आधुनिक रैली प्रतीक बनना था। इसके बाद का बलूच इतिहास सरकार द्वारा वादों को तोड़ने और दमन की धारणा को मजबूत करेगा।

## 1950 के दशक का घटनाक्रम

1950 के दशक की राजनीति में राष्ट्रवादी आकांक्षाओं का पुनरुत्थान देखा गया। 1955 में प्रिंस अब्दुल करीम को रिहा किया गया था। अपनी रिहाई के तुरंत बाद उन्होंने फिर से एक नई राजनीतिक पार्टी, उस्मान गाल का गठन कर अधिकारियों का ध्यान आकर्षित किया, जिसके घोषित लक्ष्य पाकिस्तान को लोगों का गणतंत्र बनाने, बलूच प्रांत की स्थापना और बलूची भाषा और संस्कृति को संरक्षित करना था। पूर्व कलात राज्य राष्ट्रीय पार्टी (के.एस.एन.पी.) के सदस्य इस पार्टी के केंद्र में थे। 1956 में उस्मान गाल ने पाकिस्तान नेशनल पार्टी (पी.एन.पी.) में शामिल होकर नेशनल अवामी पार्टी (एन.ए.पी.) बनाई।

इस बीच, 14 अक्तूबर, 1955 को, राष्ट्रपति इस्कंदर मिर्जा ने आधिकारिक तौर पर बलूचिस्तान स्टेट्स यूनियन ('भूमि' शीर्षक अध्याय में विस्तृत विवरण दिया गया है) को समाप्त कर दिया और इसे पश्चिमी पाकिस्तान की 'वन यूनिट' (एक इकाई) का हिस्सा बनाया। यह पंजाब के हितों के लिए बलूचिस्तान सहित पश्चिम पाकिस्तान के विविध जातीयतावाले प्रांतों को एक प्रशासनिक इकाई में शामिल कर, पूर्वी पाकिस्तान जैसी एक बड़ी इकाई के इसी प्रकार के संख्यात्मक, जातीय और भाषाई चुनौतियों का मुकाबला करने के लिए किया गया प्रयास था। वास्तव में, यह पाकिस्तान के पूर्वी हिस्से में बढ़ते असंतोष की पृष्ठभूमि के विरुद्ध जातीय और क्षेत्रीय मतभेदों पर दरकिनार

कर एक राष्ट्रीय पहचान स्थापित करने का एक भोंड़ा प्रयास था।

हालाँकि चाल का प्रभाव उल्टा पड़ा था। पश्चिमी पाकिस्तान में जातीय-राष्ट्रीय आकांक्षाओं को दबाने की बजाय और मजबूत किया गया। जातीय अल्पसंख्यकों और छोटे प्रांतों ने 'वन यूनिट' (एक इकाई) को अपनी पहचान और स्वायत्तता के लिए खतरा और अपनी निजी पहचान की सुरक्षा के लिए चिंता के रूप में देखा। इस प्रकार 'वन यूनिट' (एक इकाई) पश्चिमी पाकिस्तान के छोटे प्रांतों में राष्ट्रवादी दलों को एकीकृत करनेवाला कारक बन गया।

## 1958 का विद्रोह

कलात के खान 'वन यूनिट' (एक इकाई) योजना के विरुद्ध विभिन्न आदिवासी सरदारों को जुटा सकते थे, क्योंकि इसे संघीय सरकार में अत्यधिक शक्ति को केंद्रित करने और प्रांतीय स्वायत्तता को संकुचित करनेवाली माना गया था। बलूचों को यह बात परेशान करती थी कि 'वन यूनिट' (एक इकाई) ने यह सुनिश्चित किया था कि विलय के एक दशक बाद भी अपनी निजी असेंबली रखनेवाले प्रांत के रूप बलूचिस्तान की स्थापना नहीं हो सकती थी। अक्तूबर 1957 में खान ने कराची में महत्त्वपूर्ण बलूच सरदारों की एक बैठक की, जिसमें 'वन यूनिट' (एक इकाई) प्रणाली को समाप्त करने की माँग की गई। अक्तूबर 1957 में राष्ट्रपति इस्कंदर मिर्जा के साथ एक बैठक में खान ने उन्हें कलात को इस योजना से मुक्त करने और कलात में विकासात्मक गतिविधियों के लिए अधिक सरकारी धन आबंटित करने के लिए कहा। यद्यपि मूल रूप से 'वन यूनिट' (एक इकाई) योजना का बलूचों से बहुत कम संबंध था, लेकिन इसके कार्यान्वयन ने बलूच विद्रोह को प्रज्वलित किया। नवाब खैर बख्श मारी ने कहा था, 'हमारे लोगों ने धीरे-धीरे यह महसूस किया है कि अगर हमने विरोध नहीं किया तो वे [पाकिस्तानी] एक राष्ट्र के रूप में हमारी पहचान को नष्ट कर देंगे।'[5]

जब कुछ बलूच सरदारों ने सरकार के साथ असहयोग करना आरंभ किया, तो यह आरोप लगाया गया कि खान ने पाकिस्तान की सेना पर हमला करने के लिए एक समानांतर सेना खड़ी कर ली थी। पाकिस्तानी सेना के तत्कालीन कमांडर-इन-चीफ अयूब खान ने 6 अक्तूबर, 1958 को मिर्जा द्वारा पाकिस्तान में मार्शल शासन लागू करने के एक दिन पहले सेना को कलात जाने का आदेश दिया। 6 अक्तूबर, 1958 को, सरकार के खिलाफ विद्रोह करने के लिए 80,000 आदिवासियों को इकट्ठा करने और एक पूर्ण पैमाने पर बलूच विद्रोह के लिए अफगानिस्तान के साथ गुप्त रूप से बातचीत करने के आरोप में कलात के खान को गिरफ्तार किया गया था। उनकी अफगान पत्नी का काबुल जाना इसका एकमात्र प्रमाण था।[6]

खान ने इन आरोपों से इनकार किया। सामान्य सोच यह थी कि राष्ट्रपति इस्कंदर मिर्जा ने मार्शल लॉ लगाने के बहाने खोजने के लिए खान को अपनी स्वायत्तता का दावा करने के लिए प्रोत्साहित किया था।[7]

पाकिस्तान में मार्शल लॉ घोषित होने से एक दिन पहले, 6 अक्तूबर, 1958 को सेना ने कलात को घेर लिया और महल पर हमला कर दिया। खान के अनुसार, उनकी पत्नी और बच्चे एक कमरे में बंद थे। शाही खजाने को सैन्य नियंत्रण में रखा गया था। खजाना पैतृक कीमती वस्तुओं और

प्राचीन सिक्कों तथा कई अन्य प्राचीन वस्तुओं से भरा था। सबकुछ खो जाने तक चीजें गायब होती रहीं। 'इस लूट ने अतीत की तातारों की तकनीक को भी पीछे छोड़ दिया। कलात सबसे अधिक पीड़ित था, जिसकी तुलना दिल्ली के विनाश या अतीत में बगदाद की बोरी से की जा सकती थी।'

*मीर अहमद यार खान बलूच, बलूचिस्तान के भीतर : महामहिम बेगलर बेगी : खान-ए-आजम-तेरहवें की राजनीतिक आत्मकथा, 183.*

कराची : रॉयल बुक कंपनी 1975, पृ. 183

इन घटनाक्रमों ने पाकिस्तान के निर्माण के मात्र ग्यारह वर्ष बाद बलूचिस्तान में दूसरे विद्रोह को जन्म दिया। कलात क्षेत्र के जरकजई जनजाति के सरदार अस्सी वर्षीय नवाब नौरोज खान जहरी इस विद्रोह के नेता थे। उन्होंने 500 हथियारबंद लोगों के साथ एक विद्रोह आरंभ किया और मीर घाट के पहाड़ों में कड़ा प्रतिरोध किया। खान के प्रति वफादार झालावान सरदारों ने भी दनशेरा और वाड में सेना के अभियानों का विरोध किया। हिंसा और जवाबी हिंसा की शृंखला की प्रतिक्रिया में सरकार ने उन गाँवों पर बमबारी की जिनमें गुरिल्लाओं को शरण देने का संदेह था।

अधिकारियों द्वारा उनकी माँगों को स्वीकार करने के लिए कुरान की शपथ लेने पर नौरोज खान ने, 19 मई, 1959 को, अनारी पर्वत के पास अपने सेनानियों के साथ आत्मसमर्पण कर दिया। बलूच राष्ट्रवादियों के अनुसार, नौरोज खान ने 'वन यूनिट' (एक इकाई) योजना को वापस लेने और अपने लोगों के लिए सुरक्षित आचरण और माफी की गारंटी देने पर हथियार डालने पर सहमति व्यक्त की। एक बार फिर, सेना ने कुरान पर ली गई अपनी गंभीर प्रतिज्ञा का अनादर किया। नौरोज खान और उसके साथियों को गिरफ्तार कर लिया गया और उन्हें क्वेटा छावनी में स्थानांतरित कर दिया गया, एक विशेष सैन्य अदालत ने उन पर मुकदमा चलाया और 7 जुलाई, 1960 को उन्हें मौत की सजा सुनाई। नवाब के सबसे बड़े बेटे बट्टे खान जरकजई के साथ उनके छह सहयोगियों को भी फाँसी दी गई थी।[8] अधिक उम्र के कारण, नौरोज खान और उनके नाबालिग बेटे मीर जलाल खान को आजीवन कारावास हुआ। 25 दिसंबर, 1965 को नवाब जेल में मारे गए और बलूच राष्ट्रवादी आंदोलन के एक और शहीद बने।

उन सभी को फाँसी पर लटकाए जाने के बाद, अधिकारियों ने वृद्ध नौरोज खान से शवों की पहचान करने का अनुरोध किया। बुजुर्ग योद्धा के बेटे के शरीर की ओर इशारा करते हुए एक सेना अधिकारी ने वृद्ध योद्धा से निष्ठुरतापूर्वक पूछा कि 'क्या यह तुम्हारा एक बेटा है ?।' नौरोज खान ने एक पल के लिए सिपाही को देखा, फिर शांति से जवाब दिया, 'ये सभी बहादुर जवान मेरे बेटे हैं।' अपने मृत समर्थकों के चेहरे को देखते हुए, उन्होंने देखा कि मरने के बाद उनमें से एक की मूँछें नीची हो गई थीं। वे शव के पास गए और धीरे-धीरे मूँछों को ऊपर किया और उलाहना के स्वर में बोले, 'मेरे बेटे, मौत के बाद भी किसी दुश्मन को यह सोचने की इजाजत नहीं देनी चाहिए कि एक पल के लिए भी तुम्हें निराशा हुई है।'

*शेरबाज खान मजारी, मोहभंग की यात्रा,*

कराची : ओ.यू.पी., 1999, पृष्ठ 84-85.

बलूचों के लिए, नवाब नौरोज खान और सातों शहीद उनके संघर्ष का एक महत्त्वपूर्ण अध्याय हैं। एक ओर वे बलूचों के इस संकल्प का प्रतीक थे कि वे अपनी स्वतंत्रता पर अन्याय और क्रूर हमले के सामने न झुकें और इस सम्मानजनक मार्ग के लिए चुकाए जानेवाले मूल्य की परवाह किए बिना इसका विरोध करते रहें। उनका अनुकरण करना सपना है। दूसरी ओर सरकार के व्यवहार ने पाकिस्तानी सरकार के विश्वासघात की धारणा को मजबूत किया है। वर्ष 1958 के विद्रोह के बाद पाकिस्तानी सेना ने बलूचिस्तान के अंदरूनी हिस्सों में महत्त्वपूर्ण बिंदुओं पर नई छावनियाँ स्थापित कीं। अगले दशक में बलूचिस्तान को पाकिस्तान राज्य के एक हिस्से की बजाय एक उपनिवेश माना गया। पंजाबी और अन्य गैर-बलूच समूह प्रशासन पर हावी थे, जबकि बलूचों को शासन से बाहर रखा गया था।

## 1962 का विद्रोह

जनरल अयूब खान के समय हुए चुनावों के परिणाम वर्ष 1962 के तीसरे बलूच विद्रोह के लिए तत्काल उत्तेजना का कारण बने, क्योंकि खान के की 'मौलिक गणतंत्र' का सम्मान नहीं किया गया था। अयूब इस बात से नाराज थे कि चुनाव में खैर बख्श मारी और अत्ताउल्लाह मेंगल जैसे कई राष्ट्रवादी नेताओं की जीत हुई थी। उन्होंने उन्हें मनमाने ढंग से बरखास्त कर दिया और अपनी पसंद के सरदारों को स्थानीय सरकारी संस्थानों का प्रमुख नामित किया। बलूच आदिवासियों ने कई नामित सरदारों की हत्या कर दी और बलूचिस्तान में नव-स्थापित पाकिस्तानी सैन्य चौकियों पर हमला करना आरंभ कर दिया। अगस्त 1962 में क्वेटा की यात्रा करते समय अयूब खान ने सार्वजनिक रूप से बलूचों को '...यदि वे विरोध करना जारी रखते हैं तो पूर्ण रूप से विलुप्त करने' की धमकी दी थी।[9] एक अन्य सैन्य तानाशाह परवेज मुशर्रफ ने दशकों बाद इसी तरह का खतरा उत्पन्न किया, जिसने एक और विद्रोह को बढ़ावा दिया।

वर्ष 1948 और 1958 के बलूच विद्रोह आवेगपूर्ण और अल्पकालिक थे। एक संगठित और निरंतर सशस्त्र संघर्ष चलाने का श्रेय शेर मोहम्मद मारी को जाता है, जिन्हें मारी बाबू (चाचा) कहते हैं, जबकि पंजाबी मीडिया अकसर उन्हें रूसी हितों की सेवा करनेवाला जनरल शेरोव कहता था।[10] उन्होंने अब तक के अव्यवस्थित और छिटपुट संघर्ष को एक गुरिल्ला युद्ध में बदलने की जरूरत महसूस की। उन्होंने खैर बख्श मारी के समर्थन से, 1962 में संगठित तरीके से पाकिस्तानी सेना को चुनौती देने के लिए पहला परारी[11] शिविर स्थापित किया। जुलाई 1963 तक बाईस आधार शिविरों (बेस कैंपों) का एक नेटवर्क स्थापित किया गया था, प्रत्येक शिविर में लगभग 200 पूर्णकालिक योद्धा थे। आधार शिविर बड़े पैमाने पर दक्षिण में झालावान के मेंगल आदिवासी इलाकों और उत्तर में मारी और बुगती इलाकों में स्थित थे। माँगों में बलूचिस्तान से पाकिस्तानी सेना की वापसी, सभी बलूच क्षेत्रों का एकीकरण, प्रांतीय स्वायत्तता और दमनकारी सरदारी व्यवस्था को समाप्त करना शामिल था।[12] परारी आंदोलन बाद में बलूच पीपुल्स लिबरेशन फ्रंट (बी.पी.एल.एफ.) बन गया। परारियों ने छापामार रणनीति का उपयोग कर, घात लगाकर काफिलों पर हमले किए, रेलों पर बम फेंके और हिंसा की अन्य वारदातों को अंजाम दिया। प्रतिशोध में, सेना ने बर्बरता से विद्रोह का दमन किया। उदाहरण के लिए, सेना ने, मारी क्षेत्र में शेर मोहम्मद और उनके रिश्तेदारों के 13,000

एकड़ के बादाम के बगीचे को उजाड़ डाला, हालाँकि जनरल अयूब खान सभी आघातों के बाद भी बलूचों को कुचल नहीं पाए। छिटपुट रूप से 1969 तक लड़ाई जारी रही, इसके बाद अयूब खान के उत्तराधिकारी जनरल याह्या खान ने बलूचों को युद्ध विराम के लिए सहमत किया, 'वन यूनिट' योजना समाप्त कर दी गई और पंजाब, सिंध, उत्तर-पश्चिमी सीमांत और बलूचिस्तान के चार प्रांत का गठन किया गया। याह्या ने दिसंबर 1970 में राष्ट्रीय और प्रांतीय विधानसभाओं के चुनावों का भी आदेश दिया, जिसके परिणामस्वरूप बांग्लादेश का निर्माण हुआ और पाकिस्तान का भूगोल मौलिक रूप से बदल गया।

युद्ध विराम के बावजूद, परिरियों ने यह मान लिया कि अभी हो या बाद में, इसलामाबाद के साथ अपरिहार्य रूप से शत्रुता का नवीनीकरण होगा। जैसे कि संगठनात्मक बुनियादी ढाँचे को बरकरार रखा गया था, कई संवर्ग भूमिगत हो गए और प्रशिक्षण, उपकरणों का संग्रह और संगठित प्रतिरोध जारी रखा। परारी केवल 1960 के दशक में इसके सैन्य बल के एक हजार से अधिक होने के कारण महत्त्वपूर्ण नहीं है, बल्कि यह इसलिए भी उल्लेखनीय है कि बलूचिस्तान के कई क्षेत्रों में समानांतर सरकारें स्थापित करने के लिए जिम्मेदार था, जिन्होंने स्कूलों का निर्माण किया और चिकित्सा सेवाएँ प्रदान कीं।[13]

अलगाववादी प्रचार की लहरों और इन घटनाओं से प्रेरित होकर 1967 में बलूच छात्र संगठन (बी.एस.ओ.) का गठन किया गया। बलूच भाषा को समरूप बनाने के प्रयास किए गए और बलूच प्रेस पहले से कहीं अधिक प्रमुख हो गया। चिंगारी जैसे राष्ट्रवादी प्रकाशन समृद्ध हुए और बलूचिस्तान पीपुल्स लिबरेशन फ्रंट मजबूत हुआ। बलूच अब अपने को अलग-अलग जनजातियों की श्रृंखला के रूप में नहीं देखता था; एक सामंजस्यपूर्ण जातीय पहचान विकसित होने लगी थी।

## 1973-77 का विद्रोह

चौथा विद्रोह 1973 में हुई। यह भुट्टो द्वारा 12 फरवरी, 1973 को एन.ए.टी. के अत्ताउल्लाह मेंगल के नेतृत्ववाली दस महीने पुरानी बलूचिस्तान सरकार को बरखास्त करने से भड़का था। बरखास्तगी के बाद बलूच नेताओं मेंगल, गौस बख्श बिजेंजो, खैर बक्श मारी और अन्य की गिरफ्तारी हुई। एन.ए.पी. पर जिस तरह से प्रतिबंध लगाए गए और उसके नेताओं के साथ जैसा व्यवहार किया गया, उससे राष्ट्रवादियों की ये धारणाएँ सुदृढ़ हुईं कि वे केवल लोकतांत्रिक माध्यमों से अपने अधिकारों को सुरक्षित नहीं कर पाएँगे। बलूचिस्तान के साथ पाकिस्तान के विश्वासघात के इतिहास में मेंगल सरकार की बरखास्तगी मील का एक और पत्थर बन गई।

पाकिस्तान और विशेष रूप से सेना, अभी तक 1971 में देश के टूटने के सदमे से नहीं उबर पाई थी और वैध राष्ट्रवादी माँगों के प्रति अनिच्छुक थी। बलूचिस्तान में एक और बांग्लादेश बन सकने का डर था, इसलिए इसने जातीय-राष्ट्रवादी माँगों के हर संकेत को कुचलने की कोशिश की।

मेंगल सरकार ने 1 मई, 1972 को, ऊँची आशाओं और अपेक्षाओं के साथ शपथ ली थी, लेकिन पहले दिन से ही इसकी राह में अड़चनें आने लगी थीं। प्रांत की ओर से पश्तूनों और बलूचों को सशक्त बनाने की इच्छा केंद्र और प्रांत के बीच टकराव का तात्कालिक कारण थी। इसने उन्हें प्रांतीय प्रशासन के प्रमुख पदों पर नियुक्त करके ऐसा करने की कोशिश की गई, जिसे केंद्र संदेह

की दृष्टि से देखता था। प्रांतीय सरकार ने प्रांत के प्राकृतिक संसाधनों में भी अधिक-से-अधिक हिस्सेदारी की माँग की। इसने केंद्र पर उद्योगों के आवंटन में भेदभाव का आरोप लगाया। 1973 में मेंगल सरकार द्वारा स्थापित देही मुहाफिज (ग्रामीण पुलिस) को इसलामाबाद ने 'नैप सेना' के रूप में देखा, हालाँकि बाद में, पी.पी.पी. सरकार ने इस बल को बनाए रखा और इसे 'बलूचिस्तान सैन्य बल' नाम दिया। स्पष्ट है कि बलूच नेतृत्व, राजनीतिक नेतृत्व की तरह, अपने राजनीतिक आधार को मजबूत करने के लिए उत्सुक था, हालाँकि पी.पी.पी. के वर्चस्ववाले केंद्र द्वारा इसे पसंद नहीं किया गया था, प्रांत में पी.पी.पी. का कोई आधार नहीं था। भुट्टो बलूचिस्तान की राष्ट्रवादी सरकार द्वारा प्रांतीय अधिकारों के दावे को स्वीकार नहीं कर सके, उनके अहंकार से मामले और भी बिगड़ गए। भुट्टो ने प्रांतीय सरकार पर, बार-बार अपने संवैधानिक अधिकार को पार करने और विदेशी शक्तियों के साथ एक षड्यंत्र में शामिल होने का आरोप लगाया।

दो अन्य घटनाएँ भी उल्लेखनीय हैं। इनमें पहली बलूचों के बीच का मनमुटाव थी। नवाब अकबर खान बुगती, जिनके राज्यपाल बिजेंजो के साथ मतभेद थे, उन्होंने एन.ए.पी. पर आरोप लगाया था कि वे बलूचिस्तान और उत्तर-पश्चिमी सीमा प्रांत को पाकिस्तान से अलग करने के लिए षड्यंत्र कर रहे हैं, जिसे 'लंदन योजना' के रूप में जाना जाता है। एन.ए.पी. के नेताओं अत्ताउल्लाह मेंगल और पश्तून नेता वली खान के विरुद्ध राजद्रोह का आरोप लगाया गया था, जिसमें दावा किया गया था कि वे 'कई स्वायत्त राज्यों में''पाकिस्तान के विघटन' की योजना बनाने के लिए बांग्लादेश के तत्कालीन प्रधानमंत्री मुजीबुर रहमान से भेंट की थी।[14]

दूसरी घटना इसलामाबाद में इराकी रक्षा अटैची के घर में 300 सोवियत निर्मित सब-मशीनगनों और 48,000 राउंड गोला-बारूद के एक जखीरे का मिलना थी। हालाँकि यह दावा किया गया था कि वे बलूच नेताओं के लिए थे, लेकिन बाद में पता चला कि हथियार वास्तव में कराची में पाए गए थे। वे ईरानी बलूचों द्वारा ईरान के इराकी कुर्दों के समर्थन का प्रतिशोध लेने के लिए थे।[15]

इन दो कारकों के अलावा भी, पी.पी.पी. के बारे में—प्रांतीय सरकार के नेतृत्व में व्यवधान डालने जैसी कई रिपोर्टें थीं। अधिकांश प्रांतीय सरकारी कर्मचारी गैर-बलूच थे और उनकी निष्ठा केंद्र के प्रति थी, उन्हें 'हरसंभव बाधा डालने' का निर्देश दिया गया था और उन्होंने अपने मंत्री के निर्देशों की पूर्ण अवहेलना की।' इसके अलावा, 'उन्हें यह विश्वास दिलाया गया था''कि एन.ए.पी. मंत्रालय केवल एक छोटी अवधि के लिए था। इसलिए उन्हें उनके प्रति वफादार बनकर अपने भविष्य को बरबाद नहीं करना चाहिए।'[16]

मेंगल सरकार की बरखास्तगी के बाद, अप्रैल 1973 से कई बलूच आतंकवादी संगठन सेना के काफिले पर घात लगाने के लिए घूमने लगे। मुख्य बल वामपंथी बलूचिस्तान पीपुल्स लिबरेशन फ्रंट (बी.पी.एल.एफ.) मीर हजार खान मारी के नेतृत्व में थी। यह बड़े पैमाने पर मारी क्षेत्र और अफगानिस्तान के अभयारण्यों से संचालित होती थी। भुट्टो ने बलूचिस्तान में सेना भेजकर जवाबी कारवाई की। अगले चार वर्षों तक सशस्त्र संघर्ष जारी रहा।

कई राष्ट्रवादियों के लिए, केंद्र सरकार के साथ बुगती के सहयोग और एन.ए.पी. नेताओं के बीच पुरानी गुटबाजी ने आदिवासी व्यवस्था की विनाशकारी विभाजनशीलता को उजागर किया।

गुल खान नासिर के भतीजे और विद्रोह में एक नेता, शाइस्ता खान मेंगल के शब्दों में, 'कल्पना करें कि अगर एन.ए.पी. के पाँच बलूच नेता अपने-अपने राजनीतिक एजेंडे की बजाय एक साथ रहते तो क्या होता ? वे एक प्रभावी संगठन नहीं बना सके। यदि पाँच नेता एक साथ नहीं रह सकते, तो एक राष्ट्र ऐसा कैसे कर सकता है ? जो कुछ हुआ, उसके लिए मैं पाकिस्तान की खुफिया सेवाओं को दोष नहीं देता। दोष हमारे आदिवासी रीति-रिवाजों और राजनीति का है।'[17]

सेलिग हैरिसन ने बी.पी.एल.एफ. का वर्णन '...बलूच राष्ट्रवादियों और विदेशी मार्क्सवाद-लेनिनवाद के एक अनोखे संलय के रूप में किया है, जिसने मास्को या पेकिंग की प्रधानता को नकार दिया और जिसके नवाब खैर बख्श मारी के साथ घनिष्ठ संबंध थे।'[18] विद्रोहियों का उद्देश्य तत्काल मुद्दों : एन.ए.पी. नेताओं की रिहाई, उनकी सरकार की बहाली और बलूचिस्तान के लिए अधिक स्वायत्तता तक सीमित था। इसमें बलूच समाज के पुनर्गठन का कोई प्रयास नहीं था और न ही लोगों को शिक्षित किया जा रहा था, जो उनकी रणनीति का एक महत्त्वपूर्ण हिस्सा थे। कुछ सरदारों ने राजनीतिक शिक्षा का भी विरोध किया। बी.पी.एल.एफ. में कुछ अल्पसंख्यक लोगों ने ईरान, पाकिस्तान और अफगानिस्तान के सभी बलूचों को ग्रेटर बलूचिस्तान के रूप में एकजुट करने का आह्वान किया।[19]

कुल मिलाकर, राष्ट्रवादी नेतृत्व की प्रतिक्रिया आवेगी थी और उनके पास राजनीतिक रणनीति का अभाव था। इसलिए, एक छिटपुट विद्रोह आरंभ हुआ, जिसमें अधिक-से-अधिक जनजातियों के शामिल होने पर गति आई, लेकिन इसका कोई स्पष्ट लक्ष्य नहीं था।

चार वर्षों के विद्रोह में संघर्ष, 1950 और 1960 के दशक से अधिक व्यापक था। पाकिस्तानी सेना और बलूच आतंकवादियों के बीच 178 बड़ी मुठभेड़ और 167 झड़पें हुई थीं। बलूच आतंकवादियों ने प्रत्यक्ष टकराव से बचने के लिए घात लगाकर सेना के काफिले पर हमला किया और उनकी आपूर्ति लाइनों को नुकसान पहुँचाने की पारंपरिक छापामार रणनीति अपनाई। जुलाई 1974 तक इसकी कुछ सफलताओं में : बलूचिस्तान की अधिकांश मुख्य सड़कों को काटना; समय-समय पर सिबई-हरनाई रेल लिंक का विघटन, जिससे बलूच क्षेत्रों से पंजाब तक कोयला लदान अवरुद्ध हुआ और तेल की खोज गतिविधियों में बाधा डालनेवाले ड्रिलिंग और सर्वेक्षण कार्यों पर हमले शामिल थे।[20]

जनरल टिक्का खान ने बलूच विद्रोह पर सैन्य काररवाई की अगुआई की और उन्हें 'बलूचिस्तान के कसाई' के नाम से जाना जाने लगा।[21]

युद्ध की गंभीरता पर हैरिसन ने लिखा कि 55,000 बलूच सेनानियों के विरुद्ध प्रांत में 80,000 से अधिक पाकिस्तानी सैनिक थे, लेकिन वे विद्रोहियों की कमर तोड़ने में असमर्थ रहे, 1974 में पूरे गाँवों में बमबारी करने के लिए सेना ने मिराज और एफ-86 युद्धक विमानों का उपयोग किया था। ईरान के तत्कालीन शाह ने ईरानी बलूचिस्तान में परेशानी का सामना करते हुए, बलूच प्रतिरोध का दमन करने में पाकिस्तानी सेनाओं का समर्थन किया। उन्होंने 200 मिलियन अमरीकी डॉलर की सहायता प्रदान की और ईरानी पायलटों द्वारा चालित तीस अमरीकी कोबरा हैलीकॉप्टर भेजे, जिनसे प्रतिरोध करनेवाले बलूच क्षेत्र पर गोलाबारी की गई।[22]

जुलाई 1977 के तख्तापलट में भुट्टो को अपदस्थ करनेवाले जनरल जिया-उल-हक ने

बातचीत के जरिए समझौता कर लिया। तब तक 5,000 से अधिक बलूच लड़ाके और कम-से-कम 3,000 सैन्यकर्मी मारे जा चुके थे। जिया ने विद्रोहियों की किसी भी माँग को स्वीकार नहीं किया, लेकिन सैन्य अभियानों को समाप्त कर दिया और सैनिकों को वापस बुला लिया; हजारों बलूच नेताओं और कार्यकर्ताओं को रिहा किया गया; हथियार उठानेवाले सभी लोगों को एक आम माफी दी गई; सभी सजाओं को निरस्त कर दिया गया; जब्त की गई संपत्ति लौटा दी गई थी। जिया ने बलूच नेताओं के विरुद्ध हैदराबाद षड्यंत्र केस[23] समाप्त कर दिया और दिल के मरीज अत्ताउल्लाह मेंगल को सरकारी खर्च पर सर्जरी के लिए ब्रिटेन भेजा। इन सबका नाटकीय प्रभाव पड़ा।[24]

परिणामस्वरूप, बलूचिस्तान ने जिया को परेशान नहीं किया और अगले दो-ढाई दशकों तक शांति रही। अधिकांश बलूच नेताओं ने पाकिस्तान छोड़ दिया और अफगानिस्तान, ब्रिटेन और पाकिस्तान के बाहर अन्य स्थानों पर निर्वासन में चले गए। कई बलूच समूह अफगानिस्तान चले गए, जहाँ राष्ट्रपति मोहम्मद दाउद खान द्वारा उन्हें शिविर लगाने की अनुमति दी गई।

हालाँकि शांति भ्रामक थी। विद्रोह निस्संदेह समाप्त हो गया था, लेकिन बलूच संघर्ष हल नहीं हुआ था। चार वर्ष के लंबे विद्रोह ने आबादी का राजनीतिकरण कर दिया, राष्ट्रवादी भावनाओं को जगाया, पाकिस्तान के लिए और अधिक कड़वाहट और नफरत उत्पन्न की और बलूचों में '...अपने सामरिक सम्मान को पाने के अवसर के लिए अभूतपूर्व आक्रोश और व्यापक भूख की भावनाएँ' उत्पन्न कीं।[25] सेलिग हैरिसन के अनुसार, जब बलूचों ने 1973 में विद्रोह आरंभ किया था, वे स्वतंत्रता नहीं बल्कि एक संवैधानिक ढाँचे के भीतर क्षेत्रीय स्वायत्तता चाहते थे, हालाँकि विद्रोह समाप्त होने के बाद, राज्य द्वारा नागरिकों के विरुद्ध भारी गोलाबारी, विशेष रूप से हवाई हमलों के अत्यधिक उपयोग के कारण अलगाववादी भावना बहुत बढ़ गई थी। उन्होंने लिखा, 1973-77 के विद्रोह ने, इसलामाबाद से मनोवैज्ञानिक अलगाव उत्पन्न किया, जो 1960 के दशक के अंत में पूर्वी पाकिस्तान में विकसित हो रही असंतोष की स्थिति की याद दिलाता था।[26]

अंततः बलूचिस्तान में वास्तव में कुछ भी नहीं बदला था। जैसा कि मीर गौस बख्श बिजेंजो ने पाकिस्तान के सर्वोच्च न्यायालय को दिए अपने बयान में कहा : 'मुझे स्वीकार करना चाहिए कि बेहतर बल के उपयोग से, राज्य की सीमाओं को बनाए रखना, यहाँ तक कि नए क्षेत्रों को हासिल करना, कुछ ऐतिहासिक अवधियों के लिए उपनिवेशों या दासों को जंजीरों में जकड़ना संभव है, लेकिन आप संगीनों, कसाइयों, मृत्यु और विनाश के माध्यम से भाईचारा नहीं बना सकते। आप बल प्रयोग से एक एकजुट राष्ट्र नहीं बना सकते। ऐतिहासिक प्रक्रियाओं में राष्ट्र एक-दूसरे के अधिकारों की मान्यता, एक-दूसरे के सम्मान और भाईचारे, प्रेम, स्वैच्छिक संयोजन, समान हितों की भावना से बढ़े और बने हैं। संगीन और गोलियाँ एक एकजुट राष्ट्र को जन्म नहीं दे सकती, वे केवल इस उद्‌देश्य को अपूरणीय रूप से नुकसान पहुँचा सकते हैं।'[27]

बलूचों ने विद्रोह से दो महत्त्वपूर्ण सबक सीखे, अच्छे हथियार होने पर वे जीत सकते थे और उनका उद्‌देश्य अपनी अव्यवस्था के कारण सफल नहीं हो सका।[28] वायु शक्ति का व्यापक उपयोग, संघर्ष में ईरानी सेना की भागीदारी, बाहरी समर्थन की कमी और 1970 के दशक में शीतयुद्ध के अपने चरम पर होने के कारण बलूच राष्ट्रीय संघर्ष के प्रति पश्चिमी शक्तियों का विरोधी

रवैया प्रतिरोध की असफलता के अन्य कारणों में थे। किसी भी राष्ट्रीय मुक्ति संघर्ष को पश्चिमी शक्तियों ने सोवियत प्रभाव के विस्तार के रूप में देखा।[29]

## 1970 के बाद

1980 के दशक तक, बलूच राष्ट्रवादी आंदोलन में गिरावट के संकेत मिले। प्रमुख व्यक्तियों में रणनीतियों और लक्ष्यों पर अंतर बढ़ रहे थे। एक बड़ा अंतर यह था कि गौस बख्श बिजेंजो के नेतृत्व में बलूच नेताओं के एक समूह ने राजनीतिक संघर्ष का समर्थन किया, जबकि अन्य लोगों ने अत्ताउल्लाह मेंगल और खैर बख्श मारी के नेतृत्व में विद्रोह का समर्थन किया था। मेंगल और मारी का मानना था कि पाकिस्तानी राजनीतिक प्रक्रिया किसी भी प्रयास के लायक नहीं थी और इसके बजाय बलूचों को स्वतंत्रता के लिए खुलकर काम करना चाहिए। दूसरी ओर, बिजेंजो का मानना था कि परिस्थितियाँ स्वतंत्रता के प्रतिकूल थीं, इसलिए बलूचों को राजनीतिक व्यवस्था के भीतर अपने अधिकारों के लिए लड़ना चाहिए। ये मतभेद अपरिवर्तनीय थे और नेता अपने-अपने रास्ते पर चले गए।[30]

पश्तून और बलूच नेताओं के बीच मतभेद बहुत बढ़ गए थे, क्योंकि बलूच नेतृत्व का मानना था कि राज्य पश्तूनों का पक्ष ले जा रहा है। इसके कारण एन.ए.पी. में विभाजन हो गया और बिजेंजो के नेतृत्व में एक अलग पार्टी, पाकिस्तान नेशनल पार्टी (पी.एन.पी.) का गठन हुआ। जिया-उल-हक ने इन मतभेदों का फायदा उठाया और अपनी नीतियों का विरोध करनेवाले बलूच सरदारों के प्रभाव का मुकाबला करने के लिए प्रमुख पश्तून तैयार किए। प्रिंस मोइनुद्दीन बलूच (कलात के खान का छोटा भाई) जैसे प्रभावशाली आदिवासी नेताओं को संघीय मंत्रिमंडल में समायोजित किया गया था।[31]

बलूचिस्तान में 1980 और 1990 के दशक में कमजोर आर्थिक विकास जारी रहा। इसके अतिरिक्त, अफगान युद्ध के समय बलूचिस्तान में पश्तून प्रवासियों में वृद्धि ने प्रांत में बलूचों के बहुसंख्यक होने के बारे में भय उत्पन्न किया। राजनीतिक रूप से, 1990 के दशक के लोकतांत्रिक अंतराल के समय, मेंगल और बिजेंजो ने बलूचिस्तान नेशनल पार्टी (बी.एन.पी.) का गठन किया और नवाब अकबर खान बुगती ने जम्हूरी वतन पार्टी (जे.डब्ल्यू.पी.) की स्थापना की। वे गठबंधन सरकारों में भी शामिल हुए। 1999 में मुशर्रफ के तख्तापलट और मुख्यधारा के राजनीतिक दलों को दरकिनार करने और 2002 के चुनावों में धार्मिक समूह मुताहिदा मजलिस-ए-अमल (एम.एम.ए.) को बढ़ावा देना बलूची राष्ट्रवाद के लिए एक बड़ा झटका था। मुशर्रफ के शासन के समय की राजनीतिक शून्यता ने बलूचिस्तान में अगले और पाँचवें विद्रोह के लिए मंच तैयार किया।[32]

□

# III

# अलगाव की जड़ें

# 8

# राजनीतिक और प्रशासनिक उपेक्षा

बलूच अलगाव की जड़ें बहुआयामी हैं। निस्संदेह, इसका प्रमुख कारण 1948 में कलात की रियासत का बलपूर्वक विलय है, जिसे बलूचों ने स्वीकार नहीं किया और इसे अवैध माना। यह मुद्दा अब भी विवादित बना हुआ है। बहुत से बलूचों में इस सोच से अलगाव की भावना बहुत अधिक बढ़ गई है कि पाकिस्तान के बनने के बाद से, केंद्र सरकार पर नियंत्रण रखनेवाले पंजाबियों द्वारा बलूचिस्तान को तेजी से एक 'उपनिवेश' बनाया गया है।

बलूच राष्ट्रवादियों के एक वर्ग का मानना है कि पाकिस्तानी महासंघ का केंद्रीयकरण स्वभाव ऐसा है कि बलूच जैसे छोटे राष्ट्रों को संघ के भीतर व्यवस्थित नहीं किया गया। इसका एक कारण निर्वाचित निकायों और राज्य संस्थानों में संसाधनों के वितरण का प्रतिनिधित्व (हाल तक) जनसंख्या पर आधारित होना था। बलूचिस्तान, पाकिस्तान के 44 प्रतिशत क्षेत्र के बावजूद, देश की कुल आबादी का केवल 6 प्रतिशत है। इस प्रकार, आनुपातिक रूप से महासंघ के भीतर प्रांत का प्रतिनिधित्व नहीं है। इसके अतिरिक्त, इसके भू-स्थानिक महत्त्व को देखते हुए, राष्ट्रवादी इस बात को मानते हैं कि संघ केवल संख्यात्मक रूप से छोटी आबादी पर अधिक ध्यान दिए बिना प्रांत की सामरिक और आर्थिक संभावनाओं के दोहन में रुचि रखता है। क्रमिक सरकारों के कार्यों ने यह विश्वास उत्पन्न किया है कि बलूचिस्तान का सामाजिक और आर्थिक उत्थान महासंघ की प्राथमिकता नहीं है।[1]

इस राजनीतिक अलगाव के प्रमुख तत्त्व हैं : राजनीति, नौकरशाही और सशस्त्र बलों में प्रतिनिधित्व की कमी; प्रांत में भारी सैन्य उपस्थिति; शिक्षा की विकट स्थिति; बलूचिस्तान की दुर्दशा पर शेष पाकिस्तान की उदासीनता; और अपनी ही मातृभूमि में अल्पसंख्यक होने का डर।

## राजनीति में कम प्रतिनिधित्व

राज्य और केंद्र सरकार की संरचनाओं में बलूचिस्तान का हमेशा से कम प्रतिनिधित्व रहा है। वास्तव में, राज्य के सभी अंगों, केंद्र और राज्य सरकारों, मंत्रालयों या पाकिस्तान की सशस्त्र सेनाओं के उच्चतर स्तरों में बहुत कम बलूच शामिल हैं। आश्चर्य नहीं कि सरकार को पहचानने की बजाय, लोग सरकार और उसके अंगों को बलूच क्षेत्र पर आधिपत्य जमानेवाले विदेशी मानते हैं। 1980 और 90 के दशक में बलूचिस्तान में पले-बढ़े एक बलूच लेखक, मलिक सिराज अकबर,

जो अब अमेरिका में रहते हैं, व्यक्तिगत अनुभव से बात करते हुए लिखते हैं : 'पाकिस्तान में हमें, जीवन के किसी भी क्षेत्र में उचित प्रतिनिधित्व नहीं मिला।'[2]

एक अध्ययन से पता चला है कि 1947 से 1977 तक की तीस वर्ष की अवधि में, 179 में से केवल चार बलूच केंद्रीय मंत्रिमंडलों के सदस्य थे। उनमें से केवल एक (अकबर बुगती) 1970 के दशक से पहले केंद्रीय मंत्री थे।[3]

राजनीतिक रूप से, 1990 के दशक तक, बलूच प्रतिनिधित्व की एक झलक के साथ प्रांतीय सरकारों को केवल तीन वर्षों के लिए कार्य करने की अनुमति थी। इनमें पहला 1972-73 में सरदार अत्ताउल्लाह मेंगल के नेतृत्ववाली राष्ट्रीय अवामी पार्टी का गठबंधन था, जो जेड.ए. भुट्टो द्वारा बरखास्त किए जाने से पहले लगभग दस महीने पहले चला था; दूसरा नवाब अकबर बुगती (1988-90) की सरकार थी, जिसे बेनजीर भुट्टो की पहली सरकार ने बरखास्त कर दिया था; और तीसरा 1997-98 में अख्तर मेंगल के नेतृत्ववाली गठबंधन सरकार थी, जो पंद्रह महीने तक काम कर सकी थी। इससे यह विश्वास उत्पन्न हो गया कि सत्तासीन पंजाबियों द्वारा अपनी बलूच सरकारों को अवधि को पूरा करने की अनुमति नहीं थी।

अनुमान लगाया गया है कि पंजाब में राष्ट्रीय निर्वाचन क्षेत्रों का औसत आकार 1,388 वर्ग किमी. है, लेकिन खैबर पख्तूनख्वा में यह 2,129 वर्ग किमी. और सिंध में 2,310 वर्ग किमी. है। तीनों प्रांतों का औसत निर्वाचन क्षेत्र लगभग 1,942 वर्ग किमी. है। तुलनात्मक रूप से, बलूचिस्तान में निर्वाचन क्षेत्र का औसत आकार 12.8 गुना अधिक अर्थात् 24,799 वर्ग किमी. है। बलूचिस्तान में औसत निर्वाचन क्षेत्र का आकार पंजाब के निर्वाचन क्षेत्र की तुलना में अठारह गुना बड़ा है, जबकि इसकी आबादी निरपेक्ष संख्या में क्षेत्रफल से कम है। प्रांतीय विधानसभा क्षेत्र अन्य प्रांतों के विधानसभा क्षेत्रों की तुलना में बहुत बड़े हैं। बलूचिस्तान में औसत प्रांतीय निर्वाचन क्षेत्र का आकार 6,808 वर्ग किमी. है, जबकि पंजाब में 691 वर्ग किमी., के.पी.के. में 752 वर्ग किमी. और सिंध में 839 वर्ग किमी. है।[4]

बलूचिस्तान में चुनाव प्रणाली की विसंगति का अनुमान 2017 की जनगणना के अनंतिम परिणामों के बाद नवगठित चुनावी निर्वाचन क्षेत्रों के कुछ उदाहरणों से लगाया जा सकता है। इस प्रकार, एन.ए.-272 ग्वादर-सह-लासबेला निर्वाचन क्षेत्र में बलूचिस्तान की पूरी 760 किलोमीटर लंबी तटीय रेखा शामिल है, जो कराची से आरंभ होकर ईरान तक जाती है। मन में यह संशय उत्पन्न होता है कि इतने विस्तृत क्षेत्र में कोई उम्मीदवार अपना चुनाव प्रचार कैसे कर सकता है या निर्वाचन क्षेत्र में अपना वोट डालने के लिए एक व्यक्ति को कितनी दूरी तय करनी होगी। बलूचिस्तान के चार केंद्रीय जिलों, पंजगुर, वाशुक, खरन और आवारन से युक्त एनए-270 का भौगोलिक क्षेत्र, 94,452 वर्ग किमी. का है। इस परिप्रेक्ष्य में यह खैबर पख्तूनख्वा के क्षेत्र से बड़ा और पूरे पंजाब प्रांत के लगभग आधे के बराबर है। कानूनी रूप से, बेशक, आबादी के अनुसार परिसीमन किया गया है, लेकिन प्रांत की तिरछी भूमि से जनसंख्या अनुपात के लिए जिम्मेदार नहीं है। इस निर्वाचन क्षेत्र में जनसंख्या घनत्व आठ व्यक्ति प्रति वर्ग किमी. है, जबकि एन.ए. 253-256 केंद्रीय कराची के निर्वाचन क्षेत्रों में जनसंख्या घनत्व 43,000 है। क्या यह संभव है कि इन क्षेत्रों में रहनेवाली आबादी अपने राजनीतिक अधिकारों का समान रूप से उपयोग कर सके ?[5]

अतएव, बलूचिस्तान के मामले में, निर्वाचन क्षेत्रों की संख्यात्मक समानता का पार्श्वीकरण और बहिष्कार हुआ है। पहले के संघीय रूप से प्रशासित जनजातीय क्षेत्र (एफ.ए.टी.ए.) के निर्वाचन क्षेत्रों में, राज्य ने 'प्रतिनिधित्व घाटे' की भरपाई के लिए कानूनी तौर पर जनसंख्या के आधे हिस्से को राष्ट्रीय औसत की अनुमति दी थी। बलूचिस्तान के लिए ऐसा कोई प्रावधान कभी नहीं किया गया। स्पष्ट है, चुनावी परिसीमन बलूचिस्तान को मुख्यधारा में लाने के लिए तैयार नहीं है। इसके विपरीत, यह बलूचों के वंचित होने के कथानक को मजबूत करेगा और उनके अलगाव को बढ़ाएगा।[6]

## नौकरशाही में कम प्रतिनिधित्व

एक अध्ययन के अनुसार, नौकरशाही में, 1979 में बलूचिस्तान में सिविल सेवा के 830 पदों में से, केवल 181 पर बलूचों को नियुक्त किया गया था। सचिव, निदेशक और डिप्टी कमिश्नर के पद पर एक-एक बलूच था। जैसा कि पुलिस का कहना है, सभी उच्च अधिकारी गैर-बलूच थे और इसी तरह पुलिस बल में भी तीन-चौथाई गैर-बलूच थे। न्यायिक सेवाओं में भी स्थिति बहुत अलग नहीं थी।[7] भुट्टो काल के आरंभ में, यह अनुमान लगाया गया था कि बलूचिस्तान के लगभग 40,000 सिविल कर्मचारियों में से केवल 2,000 ही बलूच थे और उनमें से अधिकांश निम्न पदों पर थे।[8]

बलूचों के प्रतिनिधित्व में सदियों पुराने असंतुलन को ठीक करने और उनमें शासन में भागीदारी की भावना उत्पन्न करने के लिए जिया-उल-हक के शासन ने 1980 में संघीय नौकरशाही में उन्हें पाकिस्तान की राष्ट्रीय जनसंख्या के 3.9 प्रतिशत की हिस्सेदारी का प्रतिनिधित्व दिए जाने का वादा किया गया। इसके बावजूद, बलूचों के सांसद अब्दुल रऊफ मेंगल के अनुसार, मार्च 2005 में, इसलामाबाद में बहुत कम सरकारी कर्मचारी बलूचिस्तान से थे और विदेशों में स्थित विदेशी मिशन में एक भी बलूच नहीं था। 29 अप्रैल, 2009 को सीनेट में तत्कालीन सीनेटर हसिल बिजेंजो द्वारा दिए गए एक बयान के अनुसार, लगभग साठ सरकारी संगठनों और संस्थानों में से किसी का भी प्रमुख उनके प्रांत का नहीं था।[9] इसलिए, सरकार और उसके अंगों को बलूचों पर शासन करनेवाले बाहरी लोग माना जाता रहा।

आज भी बलूचिस्तान में मुख्य सचिव से लेकर पुलिस महानिरीक्षक तक वरिष्ठ पदों पर काम करनेवाले ज्यादातर अधिकारी और साथ ही बलूचिस्तान के अधिकांश सरकारी सचिव पंजाब या अन्य प्रांतों से आते हैं। दिवंगत नवाब बुगती अकसर अपने अतिथियों से कहते थे कि अगर वे बलूचिस्तान सचिवालय का दौरा करें और प्रत्येक कार्यालय के बाहर के नाम-पट्ट को देखें, तो वस्तुतः उन्हें कहीं भी स्थानीय लोग प्रांतीय मामलों की देखभाल करते नहीं मिलेंगे। इसके अलावा, केंद्रीय नौकरशाही में, जनसंख्या के आधार पर प्रांतवार कोटे के बावजूद, कोटा प्रणाली के 'अधिवास खंड' के अंतर्गत अधिकांश पद गैर-बलूचों के पास हैं।[10] इसके परिणामस्वरूप, सरकारी नौकरियों में हजारों लोग या तो फर्जी अथवा हेरफेर किए पहचान दस्तावेजों से बलूच दरशाए गए हैं या बिना काम किए वेतन प्राप्त कर रहे हैं।[11]

बलूचिस्तान के पूर्व मुख्यमंत्री डॉ. अब्दुल मलिक ने, सीनेट की स्थायी समिति ने अंतरप्रांतीय समन्वय पर कहा था कि बहुत से लोग फर्जी अधिवास प्रमाण-पत्र के आधार पर बलूचिस्तान कोटे

में विभिन्न संघीय विभागों और निगमों में नौकरी पा रहे थे। यह फर्जी मूल निवास प्रमाण-पत्र गिरोह व्यवस्थित रूप से और बलूचों को आर्थिक सीढ़ी पर प्रगति से वंचित करने के लिए चल रहा है।[12] सीनेटर जेहानजेब जमालदीनी ने भी इस आरोप को दोहराया, उन्होंने कहा, 'अन्य प्रांतों के लोगों को बलूचिस्तान का अधिवास प्रमाण-पत्र मिलता है और उन्हें हमारे कोटे से नौकरी मिलती है। जिला प्रबंधन समूह (डी.एम.जी.), पुलिस और अन्य विभागों के अधिकारी, जब बलूचिस्तान में अस्थायी रूप से तैनात होते हैं, तब वे इस प्रांत से अपने बच्चों के लिए कंप्यूटरीकृत राष्ट्रीय पहचान प्रमाण-पत्र (सी.एन.आई.सी.) और अधिवास प्रमाण-पत्र बनाते हैं और बाद में वे हमारे कोटे से नौकरी पाते हैं।'[13]

उदाहरण के लिए, मई 2016 में राष्ट्रीय डेटाबेस और पंजीकरण प्राधिकरण (एन.ए.डी.आर.ए.) द्वारा गिरफ्तार कर्मचारियों ने यह खुलासा किया था कि भ्रष्ट अधिकारियों ने किला अब्दुल्ला और अन्य क्षेत्रों में विदेशियों को 90,000 पहचान पत्र जारी किए थे। कर्मचारियों ने खुलासा किया कि अधिकारियों को प्रति पहचान पत्र 40,000 रुपए से 100,000 रुपए तक की रिश्वत दी गई थी।[14]

प्रांतीय सरकार ने 295,457 कर्मचारियों के डेटा को सत्यापन के लिए एन.ए.डी.आर.ए. को भेजा था। इस प्रक्रिया के दौरान, 249,000 सरकारी कर्मचारियों के सी.एन.आई.सी. की पुष्टि की गई, जबकि 45,000 लोगों की पुष्टि नहीं हो सकी। उनके पास नकली या गलत आई.डी. कार्ड नंबर थे। 28,367 लोगों के सी.एन.आई.सी. नकली पाए गए, 1,600 कर्मचारियों के सी.एन.आई.सी. अवरुद्ध पाए गए[15], 271 कर्मचारियों के पास एक से अधिक सी.एन.आई.सी. थे और वे एक साथ दो सरकारी नौकरियों पर थे। यह भी पाया गया कि नियुक्ति होने के समय इकतालीस कर्मचारी अठारह वर्ष से कम उम्र के थे, इसलिए वर्तमान में वे अपने पदों के लिए अयोग्य थे; अन्य 624 कर्मचारी विदेशी पाए गए। इसी तरह, जब प्रांत के 46,932 पेंशनरों का डेटा उसी सत्यापन प्रक्रिया से गुजरा, तो उनमें से 12,341 की पहचान को मान्य नहीं किया जा सका।[16]

इसी समय, कैबिनेट सचिवालय पर सीनेट की स्थायी समिति को सूचित किया गया कि बलूचिस्तान में ग्रेड 18 और उससे ऊपर के पदों की एक बड़ी संख्या लंबे समय से खाली पड़ी थी। यह भी बताया गया कि प्रांत के ग्रेड 18, 19, 20 और 21 के 103 पदों में से केवल बयालीस पर अधिकारी काम कर रहे थे। ग्रेड 21 के पाँच पदों में से केवल एक पर नियुक्ति की गई थी; ग्रेड 20 में तेईस में से पाँच; ग्रेड 19 के पैंतीस में से उन्नीस; और ग्रेड 18 में चालीस पदों में से केवल सत्रह पर नियुक्ति हुई थी।[17] परिणामस्वरूप, बलूचिस्तान सरकार ने नब्बे दिनों में विभिन्न प्रांतीय विभागों में 35,000 रिक्त पदों में से 20,000 को भरने की कोशिश में दुस्साहसिक उपायों का सहारा लिया था।[18]

प्रसिद्ध अर्थशास्त्री कैसर बंगाली के एक हालिया अध्ययन के अनुसार, संघीय प्रशासनिक ढाँचे में तैंतालीस विभाग थे, जिनमें राष्ट्रपति कार्यालय, सर्वोच्च न्यायालय और अन्य की जरूरतें पूरी करनेवाले ग्यारह कार्यालय शामिल थे। उन्होंने कहा कि 1-22 के मूल वेतनमान (बी.पी.एस.) पर नियुक्त कुल कर्मचारियों में से केवल 4.1 प्रतिशत अर्थात् इसकी आबादी के हिस्से से एक प्रतिशत कम बलूचिस्तान से थे। बी.पी.एस. 17-22 के उच्च पदों में प्रांतों का हिस्सा 3.9 प्रतिशत से भी कम था। बी.पी.एस. 20-22 में प्रांत की हिस्सेदारी मात्र 2.1 प्रतिशत थी। उनके अनुसार

राष्ट्रपति सचिवालय सहित तिरपन प्रभागों और कार्यालयों में से तेरह ऐसे थे, जहाँ बी.पी.एस. 1-4 में कोई बलूचिस्तान-अधिवासी कर्मचारी नहीं था; तिरपन प्रभागों में से बी.पी.एस. 20 के इकतीस पदों में से किसी पर भी बलूचिस्तान-अधिवासी अधिकारी नहीं था; तिरपन प्रभागों में बी.पी.एस. 21 के उनचास में से किसी पर भी बलूचिस्तान-अधिवासी अधिकारी नहीं था और तिरपन प्रभागों में बी.पी.एस. 22 में सैंतालीस अधिकारी थे, जिनमें एक भी बलूचिस्तान-अधिवासी अधिकारी नहीं था। दूसरे शब्दों में, बी.पी.एस. 20-22 के कुल 1,525 अधिकारियों में से केवल बत्तीस अधिकारी बलूचिस्तान-अधिवासी थे। उनका निष्कर्ष स्पष्ट है : 'सिविल सेवा के शीर्ष क्षेत्रों में बलूचिस्तान-अधिवासी अधिकारियों की अनुपस्थिति का अर्थ है कि राष्ट्रीय स्तर पर नीति-निर्धारण में प्रांत को कुछ कहने का अधिकार नहीं है।'[19]

सितंबर 2017 में, कोषागार और विपक्षी बेंच के सदस्य भी, नौकरियाँ न देने और विदेशी कार्यालय, योजना आयोग और अन्य स्वायत्त संगठनों में स्थानीय युवाओं से भेदभाव करने के मुद्दे पर संघीय सरकार की आलोचना करने में शामिल हो गए। एक सदस्य ने कहा कि अन्य प्रांतों के सेंट्रल सुपीरियर सर्विसेज (सी.एस.एस.) के अधिकारियों को बलूचिस्तान में उनकी नियुक्तियों और तैनाती पर कई सुविधाएँ और भत्ते दिए गए थे। इन सुविधाओं में अगले ग्रेड में पदोन्नति, एक अतिरिक्त वेतन और चार वापसी हवाई टिकट आदि शामिल थे, हालाँकि बलूचिस्तान के अधिकारियों को दूसरे प्रांतों में तैनात होने पर इन सभी सुविधाओं से वंचित किया गया था। पूर्व मुख्यमंत्री डॉ. अब्दुल मलिक बलूच ने खुलासा किया कि देश में 110 स्वायत्त निगम काम कर रहे थे, लेकिन इन संस्थानों में बलूचिस्तान का कोई प्रतिनिधित्व नहीं था। उन्होंने इसलामाबाद पर 'ईस्ट इंडिया कंपनी की तरह व्यवहार करने' का आरोप लगाया।[20]

नेशनल असेंबली को उपलब्ध कराए गए आँकड़ों के अनुसार, इस क्षेत्र में अधिवास के लिए *अगाज-ए-हकीक-ए-बलूचिस्तान* पैकेज (विस्तृत विवरण बाद के अध्याय में) के अंतर्गत प्रांत के लिए 6 प्रतिशत कोटे के अनुसार, संघीय सरकार के पचास मंत्रालयों और विभागों में बलूचिस्तान अधिवासियों के लिए आरक्षित 3,000 से अधिक पद खाली थे। इसके अलावा, शीर्ष पदों के लिए बलूचिस्तान का कोटा नहीं के बराबर था, क्योंकि छह मंत्रालयों में ग्रेड 20 में प्रांत के लिए केवल बारह पद आबंटित थे, ग्रेड 21 में चार पद स्वीकृत किए गए थे, जबकि ग्रेड 22 में प्रांत के लिए कोई कोटा नहीं था। इसके अलावा, बाकी चौबीस मंत्रालयों में ग्रेड 20 से 22 तक के लिए प्रांत का कोई कोटा निर्धारित नहीं किया गया था। बलूचिस्तान के एक सीनेटर मीर मुहम्मद यूसुफ बदिनी के अनुसार, इस मुद्दे को सरकार और संसद् के समक्ष कई बार उठाया गया था, लेकिन किसी ने भी बलूचिस्तान को गंभीरता से नहीं लिया। बलूचिस्तान के एक अन्य सीनेटर, दाउद खान अचकजई ने पूछा, 'अगर कोटा पूरा नहीं किया जाता है, तो वंचित होने की भावना कैसे कम होगी?'[21] जब पाकिस्तान के मुख्य न्यायाधीश मियाँ साकिब निसार ने क्वेटा रजिस्ट्री में आत्महत्या के मामलों की सुनवाई करते हुए कहा कि प्रांत अपने डॉक्टरों को 24,000 रुपए प्रतिमाह का भुगतान कर रहा है, जबकि सुप्रीम कोर्ट के एक ड्राइवर को 35,000 रुपए का भुगतान किया जा रहा है, तब भी प्रांतों के बीच असमानता सामने आई।[22]

## सेना में कम प्रतिनिधित्व

सशस्त्र बलों में, बलूचों की संख्या बेहद कम रही है। ऐतिहासिक रूप से, बलूचिस्तान से ब्रिटिश भारतीय सेना में भरती किए जाने का हमेशा प्रतिरोध किया गया था। अंततः 1929 में बलूच रेजिमेंट में एक सशस्त्र विद्रोह हुआ, जिसके बाद 1929 से इसमें कोई बलूच नहीं लिया गया था।[23] अनेक वर्ष बाद, 1960 और 1970 के दशक में, मकरान में बलूच राष्ट्रवादियों ने ओमान सेना में भरती के विरुद्ध एक आंदोलन किया था।

एक शैक्षणिक अध्ययन से पता चला है कि पाकिस्तान बननेवाले क्षेत्रों में, ब्रिटिश भरती पंजाब से 77 प्रतिशत, एन.डब्ल्यू.एफ.पी. से 19.5 प्रतिशत, सिंध से 2.2 प्रतिशत और बलूचिस्तान से 0.6 प्रतिशत थी।[24] औपनिवेशिक युग के बाद के पाकिस्तान में भी अनुपात में बहुत ज्यादा बदलाव नहीं हुआ। 1970 के दशक में पाकिस्तान के सैन्य अधिकारी बल में विभिन्न जातीय समूहों की संख्या इस प्रकार थी, लगभग 70 प्रतिशत पंजाबी, 15 प्रतिशत पश्तून, 10 प्रतिशत मोहाजिर और 5 प्रतिशत बलूच और सिंधी।[25] उच्च सैन्य पदों के संबंध में यह कहा गया था कि जून 1959 तक, पाकिस्तानी सेना के चौबीस जनरलों में से ग्यारह पंजाबी और ग्यारह पठान थे।[26] बाद में भी, सशस्त्र बलों के शीर्ष पदों पर शायद ही कोई बलूच पहुँच सका था।

बलूचिस्तान के पूर्व मुख्यमंत्री अत्ताउल्लाह मेंगल के अनुसार, पूरी पाकिस्तानी सेना में बलूचों की संख्या मात्र कुछ सौ है। प्रसिद्ध बलूच रेजिमेंट में कोई बलूच नहीं है। कलात स्काउट एक अर्धसैनिक बल था, जिसे अयूब शासन में बनाया गया था और इसकी रैंक में कलात के केवल दो लोग थे। मारी इलाकों में व्यवस्था करने के लिए बनाए गए सिबी स्काउट्स का भी यही हाल है। इसकी रैंकों में एक भी बलूच नहीं है। अधिकारी पंजाब से हैं और सैनिक सीमांत प्रदेश के हैं।'[27]

एक अन्य अध्ययन के अनुसार, 1995–2003 की अवधि के लिए बलूचिस्तान के पूर्व सैनिकों की संख्या केवल 3,753 दर्ज की गई, जबकि इसी अवधि के लिए पंजाब और एन.डब्ल्यू.एफ.पी. के पूर्व सैनिकों की संख्या क्रमशः 1,335,339 और 229,856 थी।[28] 1991 में बलूचिस्तान और सिंध के सैनिकों की भरती का कोटा बढ़ाकर 15 प्रतिशत कर दिया गया था। इसी तरह, लंबाई और शैक्षिक मानकों में उनके लिए ढील दी गई। इसके बावजूद, यह अनुमान लगाया गया था कि दिसंबर 1998 में बलूचिस्तान और आंतरिक सिंध से अन्य रैंकों में लगभग 10,000 की कमी थी।[29] इसके अलावा, कोटे के प्रांतीय और जातीयता पर आधारित होने के साथ, यह मूल्यांकन किया गया था कि बलूचिस्तान से सेना में भरती होनेवाले अधिकांश लोग बलूच न होकर पश्तून थे।

क्या यह स्थिति बदल सकती है ? सेना प्रमुख जनरल कमर जावेद बाजवा के अनुसार, पूरे पाकिस्तान में 25,000 से अधिक बलूच छात्र सेना और सीमा बल द्वारा संचालित विभिन्न स्कूलों और कैडेट कॉलेजों में गुणवत्तापूर्ण शिक्षा प्राप्त कर रहे थे : उन्होंने कहा, 'बलूचिस्तान के लगभग 20,000 बेटे सेना में सेवा कर रहे हैं, जिनमें 600 से अधिक अधिकारी शामिल हैं, जबकि 232 कैडेट पाकिस्तान सैन्य अकादमी (पी.एम.ए.), काकुल में प्रशिक्षण ले रहे हैं।' बाजवा ने आगे कहा, जब हम पाकिस्तान की वायुसेना, पाकिस्तान की नौसेना और अन्य कानून-प्रवर्तन एजेंसियों

में शामिल बलूच युवाओं को ध्यान में रखते हैं तो यह संख्या और भी अधिक हो जाती है, हालाँकि एक बार फिर, उन्होंने यह स्पष्ट नहीं किया कि क्या ये बलूच जातीय समूह से थे। बलूचिस्तान के 'बेटों' शब्द का अर्थ स्पष्ट रूप से पूरा बलूचिस्तान था।[30]

वर्ष 1997 में, सीनेटर कचकुल अली बलूच ने शिकायत की कि पाकिस्तान के कुल 1,100 किलोमीटर में से 750 किमी. का तट होने के बावजूद, नौसेना में बलूचिस्तान का एक भी नौसैनिक नहीं था।[31]

## सैन्य पदचिह्न

बलूचिस्तान में सेना की एक भारी उपस्थिति है, जो इसके औपनिवेशिक अतीत और पाकिस्तान में बलपूर्वक विलय की याद दिलाती है। क्वेटा, सिबी, लोरलाई और खुजदार में स्थित चार छावनियों के अलावा, बलूचिस्तान में तीन नौसैनिक अड्डे, चार मिसाइल परीक्षण स्थल, दो परमाणु विकास स्थल और पचास-नौ अर्धसैनिक सुविधाएँ हैं। प्रेस रिपोर्टों के अनुसार, सरदार अख्तर मेंगल ने कहा कि बलूचिस्तान में 35,000 सीमा बल (फ्रंटियर कॉर्प्स), 12,000 तटरक्षक, 1,150 लेवी, 6,000 बलूचिस्तान रिजर्व पुलिस, 2,000 नौसैनिक और सेना की चार ब्रिगेड हैं।[32] आज, पाकिस्तान में प्रांतीय सरकारों को निजी संपत्तियों सहित छावनियों के अंदर स्थित संपत्ति पर मनोरंजन कर या संपत्ति कर लगाने का कोई अधिकार नहीं है। छावनियाँ अपने आप में एक समानांतर सरकार बन गई हैं, जहाँ प्रांतीय सरकार का अधिकार नहीं चलता है।

छावनियों का प्रसार बलूचों के लिए एक महत्त्वपूर्ण बिंदु है। वे इन छावनियों को सेना द्वारा अपनी पारंपरिक भूमि का उपयोग मानते हैं। एक रिपोर्ट के अनुसार, 'नागरिकों के अपनी जमीन बेचने से इनकार करने पर, सुई में 500 एकड़ से अधिक भूमि पर बलपूर्वक कब्जा कर लिया गया था, कोहलू में भी यही प्रक्रिया दोहराई जा रही है'[33] आश्चर्य नहीं कि बलूचों के विचार में, छावनियाँ उपनिवेशवाद के उपकरण और सुरक्षा, उपनिवेशवादी ताकतों के लिए सुरक्षा बल हैं। इसके अलावा, फ्रंटियर कॉर्प्स, केंद्र सरकार के अधीन काम कर रहे बाहरी लोगों द्वारा संचालित एक अर्धसैनिक बल ने बलूचों की दुश्मनी को बढ़ाने में कोई कसर नहीं छोड़ी। 2006 में 493 की संख्यावाले इसके चेक पोस्ट, बलपूर्वक वसूली, अपमान और धमकी के साधन बन गए।[34] परिणामस्वरूप, बलूच नेता, प्रांत के सुई, कोहलू और ग्वादर में तीन नई छावनियों की स्थापना के विरुद्ध संसद् में और उसके बाहर मुखर रूप से आंदोलन कर रहे हैं।

पाकिस्तान के मानवाधिकार आयोग (एच.आर.सी.पी.) ने अक्तूबर 2003 में, एक मिशन बलूचिस्तान भेजा, जिसने स्थिति का आकलन करने के लिए बलूचिस्तान के कई कस्बों, शहरों और गाँवों का दौरा किया। एच.आर.सी.पी. ने, अपनी रिपोर्ट में कानून और व्यवस्था तंत्र को फिर से चालू करने और खुफिया एजेंसियों को जवाबदेह बनाने का आह्वान किया तथा लोगों के सैन्यीकरण के खतरों से आगाह किया। मिशन ने उल्लेख किया : 'लोगों के सैन्यीकरण के खतरों को अतिरंजित नहीं किया जा सकता है। यहाँ तक कि बलूचिस्तान के इतिहास के लिए न्यूनतम सम्मान भी यह माँग करता है कि प्रांत में रक्षा प्रतिष्ठानों का कोई भी विस्तार दोहरी जाँच के अधीन किया जाना चाहिए और लोगों को इसके औचित्य के बारे में आश्वस्त करने के बाद ही इसे लागू किया जाना चाहिए।

बलूचिस्तान में परंपरागत रूप से और नागरिकों के लिए आरक्षित नौकरियों में सेना की उपस्थिति को कम करने की आवश्यकता अन्य स्थानों की तुलना में अधिक है।'[35]

## शिक्षा

बलूचिस्तान में शैक्षणिक व्यवस्था अच्छी नहीं है। शिक्षा तक पहुँच के आँकड़े, अन्य प्रांतों की तुलना में कम और भयावह हैं। स्पष्ट है कि जीवन स्तर में कोई सुधार नहीं है और शैक्षिक स्तरों और मानकों में सुधार के बिना गरीबी को कम करना संभव नहीं है। वास्तव में, बलूचिस्तान के अन्य प्रांतों से पिछड़ने का मूल कारण अशिक्षा की उच्च दर और शैक्षिक प्रगति का निम्न स्तर है।[36]

2017 में प्रांतीय मंत्रियों द्वारा दिए गए आँकड़ों के अनुसार, सरकारी स्कूलों में एक मिलियन से 1.1 मिलियन बच्चों को नामांकित किया गया था; लगभग 350,000 बच्चे मदरसों में और 300,000 बच्चे निजी स्कूलों में पढ़ रहे थे।[37] 2009 में 1095 मदरसों में पढ़नेवाले बच्चों की संख्या केवल 85,000 थी। बलूचिस्तान के मुख्यमंत्री के शिक्षा सलाहकार के अनुसार, स्कूल जाने की उम्र के 1.6 मिलियन से अधिक बच्चे स्कूलों में नहीं थे, हालाँकि शैक्षणिक योजना एवं प्रबंधन अकादमी (ए.ई.पी.ए.एम.) द्वारा जारी एक रिपोर्ट के अनुसार, एक संघीय सरकारी संस्थान, बलूचिस्तान में 1.8 मिलियन से अधिक बच्चे स्कूल से बाहर थे। ए.ई.पी.ए.एम. द्वारा फरवरी 2016 में आरंभ किए गए शिक्षा सांख्यिकी 2014-15 में अनुमान लगाया गया था कि पाकिस्तान में पाँच से सोलह वर्ष तक की आयु के 24.02 मिलियन बच्चे स्कूल से बाहर थे। बलूचिस्तान में स्कूल से बाहर रहनेवाले बच्चों का प्रतिशत सबसे अधिक 70 प्रतिशत था, उसके बाद सिंध 56 प्रतिशत और पंजाब 44 प्रतिशत पर था और खैबर पख्तूनख्वा के बच्चों का प्रतिशत सबसे कम अर्थात् 36 प्रतिशत था।[38]

सरकार की अपनी स्वीकृति के अनुसार, प्रांत की 22,000 से अधिक बस्तियों में, सरकार द्वारा संचालित स्कूल (प्राथमिक, माध्यमिक और उच्च विद्यालय) केवल 12,500 थे।[39] बालिकाओं की शिक्षा की स्थिति बहुत खराब है, क्योंकि बलूचिस्तान में लड़कियों का गंभीर नुकसान और बहिष्कार जारी है। एन.जी.ओ. अलिफ ऐलान के अनुसार, बलूचिस्तान में पाँच से सोलह वर्ष की आयु के 65 प्रतिशत लड़कों की तुलना में 75 प्रतिशत लड़कियाँ स्कूल से बाहर हैं। हर 77 वर्ग किलोमीटर में एक बालिका उच्च विद्यालय है। उनके लिए उच्च विद्यालयों की कमी के कारण, संबंधित क्षेत्रों की लड़कियों के पास मध्य विद्यालय की पढ़ाई पूरी करने के बाद अपनी शिक्षा छोड़ने के अलावा बहुत कम विकल्प हैं।[40]

स्कूल छोड़नेवाले बच्चे एक प्रमुख मुद्दा है। हर वर्ष 130,000 छात्र स्कूलों में दाखिला लेते हैं, लेकिन केवल 61,000 छात्र मैट्रिक की परीक्षा देते हैं, जिनमें से केवल 30,000 छात्र ही पास हो पाते हैं, जबकि विश्वविद्यालय की परीक्षाओं में पास होनेवालों की संख्या 3,000 है।[41]

पूरे पाकिस्तान के स्तर पर, पाकिस्तान के सोलह जिलों में से ग्यारह सबसे खराब कुल नामांकन दर (एन.ई.आर.) वाले जिले बलूचिस्तान में थे : प्रांत का कोई भी जिला, जिला शिक्षा रैंकिंग के उच्चतम स्तर पर नहीं था। बलूचिस्तान में बत्तीस जिलों में से तेईस जिलों में शिक्षा का स्कोर 50 प्रतिशत से कम का था।[42]

शिक्षा के साथ छलावा स्कूलों के होने का विषय एक और समस्या थी। बलूचिस्तान विधानसभा में बोलते हुए, पूर्व शिक्षा मंत्री अब्दुल रहीम जीरतवाल ने खुलासा किया कि 15,000 शिक्षकों का कोई रिकॉर्ड नहीं था और लगभग 300,000 पंजीकृत छात्रों के साथ 900 स्कूल नकली थे।[43] फिर भी, सरकारी रिकॉर्ड से पता चला कि उन स्कूलों को धनराशि वितरित की गई थी और शिक्षकों को हर महीने वेतन मिल रहा था।

संविधान के अनुच्छेद 25ए में पाँच से सोलह वर्ष की आयु के बच्चों की शिक्षा को मौलिक अधिकारों का एक हिस्सा बनाया गया है। प्राथमिक, मध्य और द्वितीयक नामांकन की शुद्ध नामांकन दर (एन.ई.आर.) को वर्तमान की क्रमश: 56, 25 और 14 प्रतिशत से 100 प्रतिशत में परिवर्तित करना बलूचिस्तान के लिए चुनौती है।[44]

पाकिस्तान का आर्थिक सर्वेक्षण 2011-2012 पाकिस्तान और प्रांतों में साक्षरता दर (10 वर्ष +) का तुलनात्मक सर्वेक्षण प्रदान करता है :

| | 2008-09 | | | 2010-11 | | |
|---|---|---|---|---|---|---|
| | पुरुष | महिला | कुल | पुरुष | महिला | कुल |
| **पाकिस्तान** | 69 | 45 | 57 | 69 | 46 | 58 |
| **पंजाब** | 69 | 50 | 59 | 70 | 51 | 60 |
| **सिंध** | 71 | 45 | 59 | 71 | 46 | 59 |
| **के.पी.के.** | 69 | 31 | 50 | 68 | 33 | 50 |
| **बलूचिस्तान** | 62 | 23 | 45 | 60 | 19 | 41 |

## उच्च शिक्षा

पाकिस्तान में उच्च शिक्षा के सर्वोच्च नियामक संगठन, उच्च शिक्षा आयोग (एच.ई.सी.) द्वारा बलूचिस्तान से किया गया चौंकानेवाला सौतेला व्यवहार इस बात का एक और उदाहरण है कि बलूचिस्तान को उसके वैध अधिकारों से कैसे वंचित किया गया है। एच.ई.सी. की 2012-13 की वार्षिक रिपोर्ट के अनुसार, एच.ई.सी. छात्रवृत्ति और अनुदानों में बलूचिस्तान की हिस्सेदारी 3 प्रतिशत से अधिक नहीं है, जो कि बलूचिस्तान के संवैधानिक रूप से 6 प्रतिशत के अनिवार्य अधिदेश का आधा है। कुछ विवरण निम्नानुसार हैं :

- बलूचिस्तान को एच.ई.सी. द्वारा पी-एच.डी. के लिए दी गई कुल छात्रवृत्तियों में से केवल तीस छात्रवृत्ति या 1 प्रतिशत मिला।
- विदेशी और स्वदेशी छात्रवृत्ति की श्रेणी के अंतर्गत, विश्वविद्यालय के छात्रों को दी जानेवाली 8,317 छात्रवृत्तियों में से बलूचिस्तान और एफ.ए.टी.ए. को संयुक्त बारह छात्रवृत्तियाँ अर्थात्, 0.14 प्रतिशत की संयुक्त हिस्सेदारी दी गई।
- उच्च शिक्षा संस्थानों में वैज्ञानिक अनुसंधान और नवाचार को बढ़ावा देने के लिए विश्वविद्यालय के शिक्षकों की वैज्ञानिक परियोजनाओं को वित्तीय अनुदान प्रदान करनेवाले

एक कार्यक्रम के अंतर्गत, बलूचिस्तान को 2012–13 के लिए केवल 2.62 प्रतिशत का अनुदान मिला।

- कुल 130 वैज्ञानिक संगोष्ठियों/प्रशिक्षण कार्यशालाओं/सेमिनारों और सम्मेलनों में से बलूचिस्तान में केवल एक को उनके वैज्ञानिक कार्यों को प्रसारित करने के लिए एच.ई.सी. द्वारा समर्थित किया गया था, जबकि अकेले इसलामाबाद में एच.ई.सी. द्वारा ऐसे छत्तीस आयोजन प्रायोजित किए गए थे।
- वर्ष 2012–13 में, बलूचिस्तान को विश्वविद्यालयों की स्थापना या विस्तार के लिए एच.ई.सी. द्वारा जारी 12.014 बिलियन के विकास अनुदान का केवल 4.09 प्रतिशत मिला।[45]

नेशनल रिसर्च प्रोग्राम फॉर यूनिवर्सिटीज (एन.आर.पी.यू.) एच.ई.सी. के अनुसंधान और शोधकर्ताओं को अनुसंधान और क्षमता विकास के लिए दी जानेवाली सर्वोच्च सम्मानित निधि है। यह प्रत्येक परियोजना के लिए 20 मिलियन रुपए तक की राशि देता है। 2015–16 से 2017–18 तक की, तीन वर्ष की अवधि में एच.ई.सी. ने 2,109 परियोजनाओं को मंजूरी दी। पंजाब और संघीय क्षेत्र में प्रांतवार वितरण 70 प्रतिशत से अधिक था, जबकि इसमें बलूचिस्तान का हिस्सा 1 प्रतिशत से भी कम था और 2015–16 में यह 0.4 प्रतिशत से भी कम था।[46]

पाकिस्तान के संविधान का अनुच्छेद 37(ए) राज्य को '...विशेष देखभाल के साथ, पिछड़े वर्गों या क्षेत्रों के शैक्षिक और आर्थिक हितों को बढ़ावा देता है।' स्पष्ट रूप से उद्देश्य यह है कि पाकिस्तान के पिछड़े क्षेत्रों में बलूचिस्तान भी शामिल है, इन्हें तब तक अपने हिस्से से अधिक मिलना चाहिए, जब तक कि वे सामाजिक–आर्थिक विकास के मामले में अन्य क्षेत्रों के समान स्तर पर नहीं पहुँच जाते। एच.ई.सी. स्पष्ट रूप से बलूचिस्तान को उसके 6 प्रतिशत के संवैधानिक कोटे से कम प्रदान करके संविधान का उल्लंघन कर रहा है।[47]

बलूचिस्तान में पहला विश्वविद्यालय 1970 में स्थापित किया गया था। लगभग पचास वर्ष बाद बलूचिस्तान में केवल पाँच विश्वविद्यालय हैं और यहाँ तक कि उन्हें विभिन्न तरह के धन, विनिमय कार्यक्रम और विदेशी सहायता के अन्य लाभ प्राप्त करने के मामले में अन्य प्रांतों के विश्वविद्यालयों के समान अवसर प्रदान नहीं किए गए हैं। यह बलूचिस्तान में छात्रों के अधिक प्रतिकूल है, व्यावहारिक रूप से यह बलूचों को अपनी क्षमता को पूरी तरह से विकसित करने, प्रतिस्पर्धा करने और अपने प्रांत के लिए काम करने से रोकता है।[48] बलूचिस्तान विश्वविद्यालय में कुल 3,200 छात्र थे। इनमें से बलूचों की संख्या 500 से कम थी और कुल 180 संकाय सदस्यों में से केवल तीस बलूच थे।[49]

## शेष पाकिस्तान की उदासीनता

बलूचिस्तान के विकास के प्रति शेष पाकिस्तान की उदासीनता भी बलूचों के अलगाव में योगदान करती है। पंजाब विश्वविद्यालय, लाहौर में 'बलूचिस्तान में स्थिरता : चुनौतियाँ और संभावनाएँ' पर आयोजित एक सेमिनार को संबोधित करते हुए बलूचिस्तान के मुख्यमंत्री डॉ. अब्दुल मलिक बलूच ने समय पर एक चेतावनी जारी की—'प्रांत के मुद्दों को एक बार में और

पूरी तरह से हल करने के लिए हमें वर्तमान मानसिकता को बदलने की जरूरत है। अन्यथा, कोई भी प्रांत में अगले, अर्थात् छठे विद्रोह को नियंत्रित करने में सक्षम नहीं होगा।'[50]

फिल्म निर्माता शारजील बलूच ने लाहौर में बलूचिस्तान के बारे में कई लोगों से बातचीत की। उनके अधिकतर प्रश्न अनुत्तरित रहे थे। लाहौर के लोग बलूचिस्तान के घटनाक्रम से अनभिज्ञ थे और अधिकांश बलूचिस्तान के एक भी शहर या नगर का नाम नहीं बता सके थे। जोहरा यूसुफ ने टिप्पणी की, '…बाकी देश बलूचिस्तान की चिंता में अपनी नींद नहीं गँवा रहा है।'[51]

वर्ष 2010 में, जब बलूचिस्तान में अपहृत व्यक्तियों की हत्या करके शव फेंकने[52] की घटनाएँ अपने चरम पर पहुँचने लगीं, तब बी.बी.सी. उर्दू सेवा ने लाहौर में एक सर्वेक्षण किया, जिसमें उन्होंने लोगों से प्रांत के बारे में प्रश्न पूछे। पूर्ण अज्ञानता कुछ दिनों के लिए एक राष्ट्रीय मजाक बन गई थी। लाहौर के एक व्याख्याता हाशिम बिन रशीद लिखते हैं कि 2015 में उन्होंने अपने सभी छात्रों से पूछा, "मामा कादिर कौन हैं?"[53] उनमें से एक को भी कुछ पता नहीं था। मुझे एकमात्र जवाब मिला, "वह कार्यकर्ता गिलगित-बाल्टिस्तान में जेल गया था।" [वह कार्यकर्ता बाबा जान था।] हाँ, वे गायब व्यक्तियों के बारे में जानते थे, लेकिन ज्यादा नहीं। सभी अलगाववादियों को विदेश से पैसा मिलता है, जिसका मतलब था कि उनसे निपटने का एकमात्र तरीका उन्हें कुचल देना है। पंजाब, 2014 के आरंभ में समाप्त हुए मामा कादिर की अगुआईवाले लंबे मार्च से अलग रहा।'[54]

पाकिस्तान के एक शीर्ष विश्वविद्यालय में पढ़ानेवाले हुसैन नदीम ने 2011 में अपने छात्रों से एक सरल प्रश्न पूछा : बलूचिस्तान के तीन शहरों के नाम बताएँ। 'क्वेटा और ग्वादर के अलावा अन्य शहरों के नाम बताने में छात्रों को जिस परेशानी का सामना करना पड़ा, उससे पता चला कि पाकिस्तान के उच्च शिक्षित लोगों को बलूचिस्तान के बारे में बहुत कम जानकारी है। इससे यह भी पता चला कि पाकिस्तान का सबसे बड़ा प्रांत राष्ट्रीय कथानक, शिक्षा और निजी स्तर पर कितना छोटा है।'[55]

वर्ष 2003 में, एच.आर.सी.पी. ने लिखा '…सार्वजनिक मामलों से लोगों के बहिष्कार की व्यापक रूप से साझा धारणा के कारण बलूचिस्तान में लगभग हर जगह असंतोष प्रकट किया। वे अपने को वंचित और उपेक्षित महसूस करते थे। केवल राजनीतिक कार्यकर्ता मुखर होकर, अकसर सभ्य समाज के लगभग सभी वर्गों के प्रति भावनाओं को व्यक्त करते हैं।'[56] 2009 में लिखा गया, 'इस संकट में, बलूचिस्तान के लोगों के एक वर्ग को इस निष्कर्ष पर पहुँचा दिया गया है कि उन्हें राज्य के दुश्मन के रूप में देखा जा रहा है। वे अपने को देश के बाकी हिस्सों के लोगों के साथ-साथ राजनीतिक बलों द्वारा परित्यक्त महसूस करते हैं। उनमें अलगाव, अस्वीकृति और असुरक्षा की भावना है।' उन्होंने आगे कहा, 'बलूचों को लगता है कि सुरक्षा एजेंसियाँ उन्हें दुश्मन मानती हैं, मानो वे पाकिस्तान के नागरिक नहीं हैं। यह एक आम शिकायत थी कि सुरक्षाकर्मियों ने बलूच के प्रति वही रुख अपनाया है और वैसी ही घृणा दरशाई है, जैसी उन्होंने बंगालियों के लिए दरशाई थी।'[57]

पंजाब में मध्यवर्ती स्तर की समाजशास्त्र की एक पाठ्यपुस्तक में पढ़ाया जानेवाला बलूचों के वर्णन का भयावह मामला, उदासीनता का एक और उदाहरण है : 'असभ्य लोग जो लड़ाई और हत्या में व्यस्त रहते हैं' और वे 'रेगिस्तान में रहनेवाले और कारवाँ को लूटनेवाले लोग' हैं। अब्दुल हामिद तगा और अब्दुल अजीज तगा द्वारा लिखित उक्त पुस्तक, प्रतिस्पर्धी सेंट्रल सुपीरियर सर्विसेज

(सी.एस.एस.) परीक्षाओं के लिए सबसे अधिक अनुशंसित पाठ्यपुस्तकों में से एक थी।[58] इससे भी बदतर बात यह थी कि दो दशकों से अधिक समय से इस पुस्तक का उपयोग किया जा रहा था, इस अवधि में देश के सबसे प्रमुख प्रांत में, हजारों छात्रों के दिमाग को देश के सबसे कम विकसित प्रांत के बारे में इस तरह रँग दिया। कोई सुगबुगाहट नहीं थी, कोई विवाद उत्पन्न नहीं हुआ था और इसे सच मान लिया गया था।[59]

जून-जुलाई 2007 में, सिंध को भी तबाह कर देनेवाले चक्रवात और बाढ़ के बाद अपर्याप्त राहत प्रयासों में भी सरकार की उदासीनता देखी गई थी। जुलाई में, मरनेवालों की संख्या 180 थी, जो सितंबर तक 420 हो गई। नेशनल पार्टी (एनपी) के नेता डॉ. अब्दुल हेई बलूच के अनुसार, 'यह चक्रवात 2005 के भूकंप [पाकिस्तान के कब्जेवाले कश्मीर में-पी.ओ.के.] से कई गुना अधिक विनाशकारी था, फिर भी सरकार ने इस पर बहुत कम ध्यान दिया है।' उन्होंने कहा कि सरकार '...बलूचों की दुर्दशा से पूरी तरह से उदासीन है।'[60] राष्ट्रीय आपदा प्रबंधन प्राधिकरण के आँकड़ों का उपयोग करते हुए, ग्रामीण विकास नीति संस्थान (आर.डी.पी.आई.) ने, आपदा के एक महीने बाद इसलामाबाद की प्रतिक्रिया को अप्रभावी, अपर्याप्त और धीमी गति से होनेवाली बताते हुए कहा कि बलूचिस्तान में जून और जुलाई में सिंध में लगाए गए 108 शिविरों की तुलना में बलूचिस्तान में केवल सात राहत शिविर लगाए गए थे। हालाँकि बलूचिस्तान को बहुत कठोर आघात लगा था। बलूचिस्तान में 5,000 से अधिक गाँव (और सिंध में 1,400) प्रभावित हुए थे। बलूचिस्तान में 417 मिलियन डॉलर (24 अरब रुपए) की क्षति हुई थी। 320,000 हेक्टेयर से अधिक क्षेत्र की फसलों और बागों को नष्ट करने के साथ, कृषि क्षेत्र लगभग पूरी तरह से नष्ट हो गया था; अधिकांश लोगों ने अपना पशुधन खो दिया, जबकि प्रांत में 5,000 किमी. (43 मिलियन डॉलर या 2.6 बिलियन डॉलर) सड़कें नष्ट हो गईं।[61]

प्रसिद्ध मानवाधिकार कार्यकर्ता आई.ए. रहमान द्वारा इस मामले की पुष्टि की गई, उन्होंने कराची में एक पुस्तक विमोचन समारोह में बोलते हुए कहा : 'जब पंजाब में बाढ़ आती है, तो सड़कों की मरम्मत जल्दी हो जाती है। मैंने खुद देखा कि बलूचिस्तान के कुछ हिस्सों में बाढ़ के बाद एक सड़क की मरम्मत में ग्यारह वर्ष लग गए।' उन्होंने आगे कहा : 'जब तक हम उन्हें [बलूचों को] आश्वस्त नहीं करेंगे कि वे लाहौर या इसलामाबाद में सभी के लिए भी उतने ही महत्त्वपूर्ण हैं, तब तक हम समृद्ध नहीं हो सकते।'[62]

## जनगणना

बलूच राष्ट्रवादियों ने वर्षों से प्रांत में एक जनगणना का विरोध किया था, जिसमें लाखों अवैध अफगान शरणार्थियों के शामिल होने का डर था। एक मोटे अनुमान के अनुसार, 1979 में अफगानिस्तान पर सोवियत आक्रमण के बाद से तीस लाख से अधिक अफगान नागरिक बलूचिस्तान में प्रवेश कर चुके थे। हालाँकि वे बड़े पैमाने पर सात पश्तून-बहुल जिलों में रहते थे, लेकिन बलूचों को डर था कि जनगणना में शामिल होने से बलूचिस्तान में पश्तूनों की समान या बहुसंख्यक आबादी के दावों को बढ़ावा मिलेगा, जिससे बलूच अपनी मातृभूमि में अल्पसंख्यक हो जाएँगे।

जनगणना को लेकर बलूचों की बेचैनी को राष्ट्रीय पार्टी के अध्यक्ष और तत्कालीन बंदरगाहों और शिपिंग के संघीय मंत्री, सीनेटर मीर हसील खान बिजेंजो द्वारा स्पष्ट रूप से व्यक्त किया गया था, उन्होंने कहा था कि यदि जनगणना के परिणाम बलूचों के हितों के पक्ष में नहीं होंगे तो वे इसे स्वीकार नहीं करेंगे। पूर्व मुख्यमंत्री डॉ. अब्दुल मलिक ने कहा कि बलूच दो चुनौतियों का सामना कर रहे थे : एक थी सी.पी.ई.सी. और दूसरी थी जनगणना। 'डॉ. मलिक ने घोषणा की कि अगर शासन बलूचों को अल्पसंख्यक में बदल देता है, तो मैं और मेरी पार्टी जनगणना को स्वीकार नहीं करेंगे।'[63]

क्वेटा में, 27 जनवरी, 2017 को आयोजित बलूच राजनीतिक दलों की एक सभा में, जनगणना और विशेष रूप से प्रांत के लिए इसके परिणाम के बारे में गंभीर चिंता व्यक्त की गई थी। इस सभा से तीन माँगें सामने आईं : यह कि जनगणना अफगान शरणार्थियों के प्रत्यावर्तन तक आयोजित नहीं की जाएगी; उन क्षेत्रों में यह देर से आयोजित हो सकती है, जहाँ बलूच उग्रवाद के परिणामस्वरूप बलूच आंतरिक रूप से विस्थापित हो गए थे; और जनजातीय बुजुर्ग जनगणना करने में शामिल किए जाएँगे। आदिवासी बुजुर्गों की भागीदारी को एक बड़ी मदद माना गया था, क्योंकि प्रांत में बड़े पैमाने पर एक आदिवासी समाज था, जहाँ लोग एक-दूसरे को जानते थे और बाहरी लोगों से सावधान थे।

अनेक वरिष्ठ राष्ट्रीय डेटाबेस और पंजीकरण प्राधिकरण के अधिकारियों पर रिश्वत के बदले में अवैध अफगान अप्रवासियों को हजारों कंप्यूटरीकृत राष्ट्रीय पहचान पत्र (सी.एन.आई.सी.) जारी करने के आरोपों और उनकी स्वीकारोक्ति तथा बाद में दोषी ठहराए जाने से ऐसी आशंकाएँ और बढ़ गई थीं। यह विशेष रूप से किला अब्दुल्ला, किला सैफुल्लाह और जाब जैसे क्षेत्रों में पश्तून-बहुल जिलों की आबादी में अचानक 100 प्रतिशत से अधिक वृद्धि के कारण हुआ।

महमूद खान अचकजई के नेतृत्ववाली पख्तूनख्वा मिल्ली अवामी पार्टी (पी.के.एम.ए.पी.) सार्वजनिक रूप से जनगणना और अफगानों को राष्ट्रीय पहचान-पत्र जारी करने का समर्थन करनेवाली एकमात्र पार्टी थी। स्पष्ट रूप से, अचकजई की चिंता उस वोट बैंक के लिए थी, जिसका वे प्रतिनिधित्व करते थे और जो दिन-पर-दिन बढ़ती जा रही थी।[64]

2017 की जनगणना के प्रारंभिक परिणामों के अनुसार, बलूचिस्तान की कुल जनसंख्या 1998 में 6.565 मिलियन से बढ़कर पिछली जनगणना में 12.335 मिलियन हो गई थी। परिणामों से पता चला कि प्रांत के बहुसंख्यक बलूच आबादी वाले इक्कीस जिलों में बलूच आबादी 61 प्रतिशत से 55.6 प्रतिशत तक सिकुड़ गई थी, हालाँकि 1998 में पूरे पाकिस्तान में बलूचों की कुल संख्या चार मिलियन से बढ़कर 2017 में 6.86 मिलियन हो गई थी। 2017 की जनगणना के आँकड़ों के अनुसार, बलूचिस्तान में जनसंख्या की कुल औसत वृद्धि 2.4 प्रतिशत के राष्ट्रीय औसत की तुलना में 3.37 प्रतिशत अधिक दर्ज की गई।

क्वेटा आधारित 'बलूचिस्तान एक्सप्रेस' के मुख्य संपादक सादिक बलूच ने 'डॉन' को बताया कि कुछ जिलों में जारी संघर्ष से बलूचों का अन्य प्रांतों और अफगानिस्तान में पलायन विभिन्न जिलों की बलूच आबादी में कमी का कारण था। उन्होंने कहा कि संघर्षग्रस्त क्षेत्रों में रहनेवाले अधिकांश बलूच पंजाब, सिंध और क्वेटा चले गए थे। जिन जिलों में पश्तो बोलनेवाली आबादी थी,

उनकी आबादी बलूचिस्तान की कुल आबादी का 26 प्रतिशत थी। यह उन्नीस वर्षों की अवधि में 26.6 प्रतिशत की मामूली गिरावट थी। किला अब्दुल्ला, पिशिन, हरनाई, जियारत, किला सैफुल्लाह, लोरलाई, मुसाखेल, शेरानी और जाब पश्तून-बहुल जिले हैं। 2017 में, इन जिलों में रहनेवाले लोगों की कुल संख्या 3.2 मिलियन बताई गई थी, जिसे 1998 में 1.74 मिलियन दर्ज किया गया था।[65]

जनगणना आरंभ होने से पहले बलूचिस्तान में यह माना जाता था कि प्रांत में जनगणना से बलूचों में रोष उत्पन्न होगा, हालाँकि उनमें उतना गुस्सा नहीं था जितने की आशा थी। जनगणना की अगुआई में, हर बलूच का एक ही प्रश्न था : क्या हम अपने ही प्रांत में अल्पसंख्यक बन सकते हैं? बलूचिस्तान में जातीय और अल्पसंख्यक समूहों के प्रतिशत के अलग-अलग परिणामों की प्रतीक्षा है, लेकिन जारी किए गए अस्थायी परिणामों ने यह स्पष्ट कर दिया कि बलूच अभी भी प्रांत में बहुसंख्यक समूह थे।

□

# 9

# आर्थिक शोषण

## आर्थिक क्षमता

बलूचिस्तान के प्राकृतिक संसाधनों के दोहन और प्रांत के विकास के लिए निधियों का अपर्याप्त आवंटन बलूचिस्तान में अलगाव और आक्रोश की भावना का एक प्रमुख घटक है। यह काफी हद तक इसलिए है कि इसलामाबाद के लिए बलूचिस्तान को 'विकसित' करने की कोशिशें लोगों की बजाय बंदरगाहों, सड़कों, बाँधों आदि 'चीजों' पर केंद्रित हैं, जबकि बलूचों के लिए, इन संसाधनों पर स्वामित्व और प्रांत के लोगों के लिए उनका उपयोग सबसे ऊपर है।

कई रिपोर्टों में प्रांत की आर्थिक क्षमता का वर्णन किया गया है। 1944 में, भारत में रणनीतिक योजना के प्रभारी मेजर जनरल आर.सी. मनी ने एक गुप्त ज्ञापन में लिखा कि यदि इसके प्राकृतिक और कृषि संसाधनों का विकास किया जाता तो बलूचिस्तान एक विकासक्षम राज्य हो सकता है।[1] कलात राज्य के पाकिस्तान में बलपूर्वक विलय के बाद, केंद्र सरकार ने बलूचिस्तान के संसाधनों का उपयोग करने और भारत से आए मुसलिम शरणार्थियों को यहाँ बसाने के लिए बलूचिस्तान को विकसित करने की योजना बनाई। इस उद्देश्य के लिए, पाकिस्तान सरकार ने 'बलूचिस्तान के विकास के लिए एक योजना' सुझाने के लिए लॉस एंजिल्स के जॉनसन इंटरनेशनल के जल विकास विभाग से संपर्क किया। अमरीकी विशेषज्ञों को किसी विकास योजना का सुझाव देने के लिए कुछ डेटा की आवश्यकता होती है। यह डेटा कई सरकारी विभागों से प्राप्त किया गया था।[2] हालाँकि, यह ज्ञात नहीं है कि बाद में क्या किया गया था।

वर्ष 1952 में, पाकिस्तान के आर्थिक मामलों के मंत्रालय के मानद सलाहकार, मानेक बी. पथावाला ने बलूचिस्तान की संभावनाओं पर चर्चा करने के लिए सरकारी एजेंसियों से प्राप्त सामग्री के आधार पर एक मोनोग्राफ प्रकाशित किया। उनके निष्कर्ष थे : 'बलूचिस्तान की समस्या निम्न प्रकार से अपने आप हल हो सकती है : 1. जल संरक्षण; 2. मिट्टी का संरक्षण; 3. वनस्पति आवरण को बढ़ावा देना।' उन्होंने पाकिस्तान के इस कम घनत्ववाले क्षेत्र में जनसंख्या, विशेष रूप से शरणार्थियों के पुनर्वास और स्थिरीकरण की संभावना पर प्रकाश डाला, जहाँ फलों की खेती; चराई के लिए घास उगाना; भेड़ पालन; मछली पकड़ना; पर्यटन– ये सभी पानी पर निर्भर थे।[3]

आधी सदी बाद, पाकिस्तान की क्षमता और वास्तविकता के बारे में, विश्व बैंक की 2008[4] की एक रिपोर्ट में उल्लेख किया गया : 'बलूचिस्तान विकास के लिए कुछ सर्वोत्तम संपदा प्रदान

करता है।' इनमें प्राकृतिक और स्थानीय संसाधन; पाकिस्तान के किसी भी प्रांत का सबसे बड़ा भूमि क्षेत्र; पशुधन के लिए विशाल चरागाह भूमि; दो-तिहाई राष्ट्रीय तटरेखा, मत्स्य संसाधनों तक पहुँच प्रदान करना; ईरान, अफगानिस्तान, मध्य एशिया और फारस की खाड़ी के देशों के साथ व्यापार के लिए आदर्श रूप से स्थित; देश के औद्योगीकरण का समर्थन करते हुए पाकिस्तान के आर्थिक केंद्रों को आपूर्ति की जानेवाली प्राकृतिक गैस की बहुतायत; और कोयला, ताँबा, सीसा, सोना और अन्य खनिजों का बड़ा भंडार शामिल थे।

रिपोर्ट में अफसोस जताया गया था, 'और अभी तक, बलूचिस्तान की अर्थव्यवस्था अच्छी नहीं है। इस प्रांत में पाकिस्तान के सबसे अधिक एनीमिक विकास का रिकॉर्ड, सबसे खराब बुनियादी ढाँचा, सबसे खराब जल संकट और सबसे कमजोर राजकोषीय आधार है। खराब आर्थिक प्रदर्शन से जीवन स्तर खराब होता है। बलूचिस्तान में एन.डब्ल्यू.एफ.पी. (अब के.पी.के.) के साथ, सबसे ज्यादा गरीबी, सबसे निम्न सामाजिक संकेतक और प्रांत के कुछ हिस्सों में सबसे कमजोर राजकीय संस्थान हैं।' आंतरिक संघर्षों से मिलकर इन कारकों ने बलूचिस्तान को "विश्व स्तर के खनन अन्वेषण, आधुनिक व्यापार लिंक, स्थायी कृषि और एक सशक्त समुदाय की गतिविधियों के एक केंद्र की बजाय क्षेत्र और युद्धभूमि के बोझ से दबे हुए जीवन और आदिवासी विवादों से भरे एक पिछड़े क्षेत्र की पहचान दी, जो पाकिस्तान के आर्थिक केंद्रों से बहुत दूर है।' रिपोर्ट में कहा गया है कि रोजगार की गुणवत्ता ऐसी थी कि श्रमिकों ने एन.डब्ल्यू.एफ.पी. और पंजाब के श्रमिकों की तुलना में लगभग एक-चौथाई और सिंध में श्रमिकों की तुलना में एक-तिहाई कम उत्पादन किया। रोजगार के लिहाज से, पाँच में से एक कर्मचारी ने एक नियमित वेतनभोगी नौकरी की, जिसमें से निजी क्षेत्र द्वारा चार में से सिर्फ एक कर्मचारी की आपूर्ति की गई थी। इसके बावजूद, रिपोर्ट में पाया गया कि बलूचिस्तान में श्रमिक अन्य श्रमिकों की तुलना में बाहर कम गए।

रिपोर्ट में चेतावनी दी गई कि बलूचिस्तान की आबादी 2005 के 7.8 मिलियन से बढ़कर 2025 में 11.1 मिलियन हो जाएगी [2017 में यह पहले ही 12 मिलियन से अधिक हो गई थी।] इन्हें शिक्षा और रोजगार के अवसर प्रदान करना नीति निर्माताओं के लिए बड़ी चुनौतियाँ थीं। जनसांख्यिकी अनुमानों के अनुसार, श्रम बल 2005 में 4.1 मिलियन से बढ़कर 2025 में 7.2 मिलियन हो सकता है। ऐतिहासिक रोजगार लोच के आधार पर, इसके लिए प्रतिवर्ष अतिरिक्त 158,000 नौकरियों का निर्माण करना होगा, जिसके लिए कम-से-कम 6.5 प्रतिशत आर्थिक विकास की आवश्यकता होगी।

बजट 2015-16 के बलूचिस्तान सरकार के श्वेत-पत्र के अनुसार, पाकिस्तान की राष्ट्रीय अर्थव्यवस्था और व्यापक क्षेत्रीय और वैश्विक अर्थव्यवस्था के संदर्भ में, बलूचिस्तान में संभावित आर्थिक विकास के मुख्य केंद्रों की पहचान निम्न प्रकार से की गई : (क) क खनिज संसाधन; (ख) व्यापार और पारगमन मार्ग; तथा (ग) तटीय विकास। उल्लेख किया गया था कि बलूचिस्तान के रणनीतिक स्थान ने इसे संभावित आंतरिक और अंतर-क्षेत्रीय व्यापार के चौराहे पर स्थापित किया था।[5]

बलूचिस्तान की आर्थिक क्षमता की पहचान करनेवाली विभिन्न रिपोर्टों के बावजूद, उस क्षमता का दोहन करने के लिए पर्याप्त कार्य नहीं किया गया है।

## बलूचिस्तान की अर्थव्यवस्था का अवलोकन

सरकार के 2015–16 के बजट श्वेत पत्र के अनुसार, 'पिछले पंद्रह वर्षों से, राष्ट्रीय सकल घरेलू उत्पाद (जी.डी.पी.) में बलूचिस्तान का कुल हिस्सा 4 प्रतिशत पर स्थिर रहा है। 2016–17 और 2017–18 के बजट श्वेत पत्र किसी भी व्याख्यात्मक टिप्पणी के बिना इस हिस्सेदारी को 8 प्रतिशत के राष्ट्रीय सकल घरेलू उत्पाद से दोगुना दिखाया जा रहा है।[6] हालाँकि, प्रसिद्ध अर्थशास्त्री कैसर बंगाली के एक हालिया अध्ययन के अनुसार, 1970 से 1990 के तीन दशकों की अवधि में प्रति व्यक्ति विकास दर 0.3 प्रतिशत थी, जो शून्य विकास और ठहराव को दरशाता है। परिणामस्वरूप, राष्ट्रीय आय में बलूचिस्तान की औसत हिस्सेदारी 1970 के दशक के 4.5 प्रतिशत से घटकर 1980 और 1990 के दशक में 4 प्रतिशत रह गई, जो इसके हाशिए पर जाने का संकेत है। 2000 के बाद भी स्थिति में सुधार नहीं हुआ, पूरे बलूचिस्तान में सकल क्षेत्रीय उत्पाद (जी.आर.पी.—देश के लिए सकल घरेलू उत्पाद के अनुमान के समान प्रांतीय अनुमान) पिछले 2000–11 के दशक में विकास, अन्य तीन प्रांतों की 60 प्रतिशत की औसत संयुक्त जीआरपी वृद्धि से 2.8 प्रतिशत कम था।

बंगाली के अनुसार 'बलूचिस्तान न केवल अन्य प्रांतों से पिछड़ रहा है, बल्कि काफी नीचे जा रहा है।[7]

**प्रांत का सकल क्षेत्रीय उत्पाद : औसत वृद्धि दर- 2000–11[8]**

| प्रदेश | समग्र |
|---|---|
| पंजाब | 4.5 |
| सिंध | 4.7 |
| के.पी.के. | 5.5 |
| बलूचिस्तान | 2.8 |

लगातार अविकसित रहने के कारण बताते हुए बंगाली लिखते हैं, '...प्रांत में बुनियादी ढाँचे से सकल संघीय अधिनियमितता के बारे में सीधे पता लगाया जा सकता है।' उनके अनुसार, इस तथ्य को रेखांकित किया गया है कि 1989–90 से 2015–16 की अवधि में बलूचिस्तान में विकास योजनाओं के लिए औसत संघीय सार्वजनिक क्षेत्र विकास योजना (पी.एस.डी.पी.) का आवंटन कुल संघीय पी.एस.डी.पी. आवंटन के 6 प्रतिशत से कम और राष्ट्रीय जी.डी.पी. का मात्र 0.19 प्रतिशत रहा है। इन अल्पांशों को भी अधिक करके आँका गया था, जबकि वास्तविक जारीकरण आमतौर पर बजटीय आवंटन से कम था।[9]

यह 'इस तथ्य को रेखांकित करता है कि ऐतिहासिक रूप से बलूचिस्तान की अर्थव्यवस्था अपनी क्षमता की तुलना से काफी कम है। प्रांत के इस कमजोर आर्थिक प्रदर्शन के पीछे अंतर्निहित तथ्यों में अस्थिर राजनीतिक और सुरक्षा वातावरण और संरचनात्मक अड़चनें शामिल हैं।'[10]

ऐतिहासिक रूप से, बलूचिस्तान की अर्थव्यवस्था कृषि, परिवहन/भंडारण और थोक और विनिर्माण क्षेत्रों पर निर्भर करती है। वित्त वर्ष 2005–06 से वित्त वर्ष 2015–16 में बलूचिस्तान की

अर्थव्यवस्था में इन तीन क्षेत्रों का योगदान लगभग 77 प्रतिशत था।

बलूचिस्तान के सकल घरेलू उत्पाद में कृषि का प्रमुख योगदान है। पिछले दशक में, प्रांतीय सकल घरेलू उत्पाद में इसकी औसत हिस्सेदारी 34 प्रतिशत दर्ज की गई थी। यह कुल श्रम शक्ति के 60.65 प्रतिशत को रोजगार देनेवाले प्रमुख रोजगार सृजन क्षेत्रों में से एक है, हालाँकि कृषि क्षेत्र संसाधनों के कुप्रबंधन के कारण पिछले दशक में केवल 2.6 प्रतिशत की दर से विकास कर पाया है। पानी की कमी और इस क्षेत्र के मूल्यवर्धन कर सकनेवाली मूल्य शृंखला की कमी इस क्षेत्र की वृद्धि के लिए प्रमुख चुनौतियाँ हैं।[11]

बलूचिस्तान में, कुल 85 मिलियन एकड़ भूमि में से 3.3 मिलियन एकड़ पर खेती की जाती है। इनमें से केवल 80,000 एकड़ में ही सिंचाई होती है।[12] नसीराबाद, जाफराबाद और झाल मागसी (जो नहरों द्वारा सिंचित हैं) को छोड़कर सभी जिलों में सिंचाई का सबसे बड़ा स्रोत नलकूप हैं, हालाँकि इन नलकूपों का पानी के स्तर पर नकारात्मक प्रभाव पड़ा है, प्रांत के कई हिस्सों (जैसे क्वेटा, मस्तंग और किला सैफुल्लाह) में पानी का स्तर प्रतिवर्ष 1.5 मीटर से अधिक नीचे जा रहा है।[13]

परिवहन, भंडारण और थोक ने पिछले दशक में प्रांतीय जी.डी.पी. में औसतन 27 प्रतिशत का योगदान दिया है और औसत वार्षिक दर 5.16 प्रतिशत बढ़ी है। यह बलूचिस्तान की अर्थव्यवस्था में रोजगार सृजन का दूसरा सबसे बड़ा क्षेत्र है।[14]

खनिज बलूचिस्तान के लिए धन का एक महत्त्वपूर्ण स्रोत है, लेकिन इसका पूरी तरह से दोहन नहीं किया गया है और जी.डी.पी. में इसका 3 प्रतिशत का एक नगण्य योगदान है (सरकार के अनुसार 5 प्रतिशत)। बलूचिस्तान में प्राकृतिक गैस और कोयले के बड़े भंडार हैं, लेकिन प्रांत की 40 प्रतिशत जरूरतों को आज भी जलाऊ लकड़ी और गोबर के उपलों का उपयोग करके पूरा किया जाता है। प्रत्येक वर्ष अनुमानतः 2 मिलियन टन लकड़ी जला दी जाती है। प्राकृतिक गैस और तरलीकृत पेट्रोलियम गैस की सीमित आपूर्ति के कारण प्रांत में गैस की खपत कम है। इस क्षेत्र में उत्पादित 2 मिलियन टन कोयले का अधिकांश हिस्सा अन्य प्रांतों को निर्यात किया जाता है।[15]

संचार नेटवर्क की गुणवत्ता भी खराब है, जो बहुत कम कवरेज प्रदान करता है। प्रांत में सड़क घनत्व राष्ट्रीय औसत का आधा क्रमशः 0.16 और 0.32 है।[16] बलूचिस्तान में लगभग 22,000 किमी. की धात्विक और शिंगल सड़कें हैं, हालाँकि प्रांत का एक बड़ा हिस्सा अपर्याप्त रूप से जुड़ा हुआ है। अपर्याप्त अवसंरचना— सीमित सड़क पहुँच और सड़क नेटवर्क की खराब स्थिति ने बलूचों को बाजारों, शिक्षा और स्वास्थ्य सुविधाओं तक पहुँचने और आजीविका के अवसर न पाने के लिए विवश किया है।[17]

सरकार की 1.67 बिलियन डॉलर के सड़क नेटवर्क के निर्माण की योजना है, कहा जाता है कि यह बलूचिस्तान को देश के बाकी हिस्सों से जोड़ देगा और ग्वादर को चीन और मध्य एशिया के साथ क्षेत्रीय व्यापार का केंद्र बना देगा।[18] बलूच राष्ट्रवादियों का मानना है कि इस सड़क निर्माण परियोजना का उद्देश्य बलूचिस्तान के प्राकृतिक संसाधनों की आसान निकासी और पाकिस्तानी सेना और सुरक्षा एजेंसियों को प्रांत पर अपना नियंत्रण बढ़ाने में सक्षम करना है।[19] केंद्र के प्रति यह अविश्वास बलूच विपक्ष के दिल में स्थित है।

स्पष्ट रूप से बलूचिस्तान की क्षमता और नीतियों के बीच मेल नहीं है, संघीय और प्रांतीय

दोनों सरकारों द्वारा इसका अनुसरण किया गया है। वास्तव में, सरकार और अन्य हितधारकों से प्राप्त प्रतिक्रिया के आधार पर, विश्व बैंक ने बलूचिस्तान के लिए निम्नलिखित प्रमुख प्राथमिकताओं की पहचान की थी :

(i) जल भंडारण बाँधों, आधुनिक सिंचाई तकनीकों और कृषि/कृषि पद्धतियों का संरक्षण और कुशल उपयोग, भूजल का पुनर्भरण, पीने के पानी की उपलब्धता/गुणवत्ता;

(ii) नवीकरणीय ऊर्जा—सौर और पवन ऊर्जा;

(iii) सामाजिक क्षेत्र-शिक्षा, स्थानीय जनसंख्या के कौशल का विकास, स्वास्थ्य और पोषण (विशेषकर लड़कियों की शिक्षा, मातृ और बाल स्वास्थ्य सेवा);

(iv) कनेक्टिविटी और व्यापार लॉजिस्टिक्स—खनन, मछली पालन, फल/कृषि उपज का अंतर-प्रांतीय और पाकिस्तान के बाहर दोनों प्रकार का व्यापार;

(v) पारदर्शिता, जवाबदेही और भ्रष्टाचार विरोधी तंत्र;

(vi) प्राकृतिक संसाधन प्रबंधन—स्थानीय संसाधनों से जुड़ी आजीविका, सामुदायिक भागीदारी और लाभ साझा करना;

(vii) प्रांत में संघर्ष के जोखिम को कम करने के लिए महिलाओं और युवाओं को संबद्ध करना—आधुनिक प्राथमिकता और रणनीति के रूप में।[20]

प्रांतीय या संघीय सरकार द्वारा इनमें से लगभग किसी भी प्राथमिकतावाले क्षेत्रों पर ध्यान नहीं दिया गया है। इसलिए, शायद यह आश्चर्य की बात नहीं है कि बलूचिस्तान हर प्रांत की तुलना में निचले स्तर पर है।

## प्राकृतिक गैस का मुद्दा

प्राकृतिक गैस बलूच व्यवस्था के केंद्र का महत्त्वपूर्ण संसाधन है। बलूचिस्तान का प्राकृतिक गैस उत्पादन पाकिस्तान की अर्थव्यवस्था के लिए महत्त्वपूर्ण है। फिर भी, जिस तरह से गैस का शोषण किया गया है, वह गैस की आपूर्ति के संवैधानिक प्रावधानों का उल्लंघन करता है। पाकिस्तान के संविधान के अनुच्छेद 158 के अनुसार : 'जिस प्रांत में प्राकृतिक गैस का एक अच्छा स्रोत स्थित है, उसकी आवश्यकताओं को पूरा करने को पाकिस्तान के अन्य हिस्सों से प्राथमिकता दी जाएगी।'

डेरा बुगती के सुई में, 1952 में प्राकृतिक गैस की खोज की गई थी। इसके बाद लगभग डेढ़ दशक तक बलूचिस्तान देश का लगभग एकमात्र गैस प्रदाता था। 1955-69 की अवधि में गैस उत्पादन में इसकी औसत हिस्सेदारी 91 प्रतिशत थी, हालाँकि अन्य प्रांतों, विशेष रूप से सिंध, बलूचिस्तान में गैस उत्पादन क्षेत्र में कुल खोजों के साथ, पिछले दशक (2005-14) की तुलना में 21 प्रतिशत की गिरावट आई है और वर्तमान में यह 20 प्रतिशत कम है। गैस उत्पादन में बलूचिस्तान की घटती हिस्सेदारी के बावजूद, सुई में गैस निष्कर्षण की पूर्ण मात्रा में 1995 के 1,535 एम.एम. सी.एफ. (मिलियन मीट्रिक क्यूबिक फीट) से 2001 में 387,368 एम.एम.सी.एफ. के उत्पादन के साथ लगभग आधी सदी तक तेज गति से वृद्धि जारी रही।[21]

हालाँकि बलूच अपने गैस भंडार से लाभ पाने में विफल रहे हैं। 1982 तक लगभग तीन दशकों तक बलूचिस्तान के लिए गैस की कोई आपूर्ति नहीं की गई थी, जबकि इस अवधि में

बलूचिस्तान से गैस के निष्कर्षण की औसत दर 22 प्रतिशत प्रतिवर्ष थी। इसके विपरीत, 1983 और 2000 के बीच, गैस की कुल राष्ट्रीय खपत में बलूचिस्तान की हिस्सेदारी मात्र 2 प्रतिशत थी। 2000 के बाद, राष्ट्रीय गैस की कुल खपत में बलूचिस्तान का हिस्सा नसीराबाद जिले के डेरा मुराद जमाली में 900 मेगावाट के एक गैस-आधारित बिजली संयंत्र की स्थापना के कारण यह खपत 7 प्रतिशत से अधिक हो गई।[22] जिले में गैस की खोज के चालीस वर्ष बाद 1990 के दशक में ही डेरा बुगती शहर को गैस की आपूर्ति की गई थी। पंजाब के अधिकांश हिस्सों में इसकी पहुँच है, जबकि बलूचिस्तान की प्रांतीय राजधानी क्वेटा को भी प्राकृतिक गैस की आपूर्ति 1980 के अंत में ही की गई थी।[23] मई 2014 में, पेट्रोलियम और प्राकृतिक संसाधन मंत्रालय ने सीनेट में खुलासा किया कि बलूचिस्तान के बत्तीस जिला मुख्यालयों में से केवल तेरह में प्राकृतिक गैस की सुविधा थी और प्रांत की 59 प्रतिशत शहरी आबादी इससे वंचित थी।[24] तुलनात्मक दृष्टि से, पंजाब की शहरी आबादी के लगभग 97 प्रतिशत की गैस तक पहुँच है। इस प्रकार, बलूचिस्तान के अधिकांश ग्रामीण क्षेत्रों की, जिनमें गैस क्षेत्रों के पास के इलाके भी शामिल थे, गैस तक पहुँच नहीं थी।

बलूचिस्तान ने, 1995 में, प्राकृतिक गैस के कुल उत्पादन में लगभग 56 प्रतिशत का योगदान दिया, लेकिन 2007 तक इसका हिस्सा घटकर 22.7 प्रतिशत रह गया। उस वर्ष यहाँ देश के कुल उत्पादन के केवल 5.81 प्रतिशत की खपत हुई।[25] एफ. ग्रे के अनुसार, प्रांतीय खपत इसके अपने उत्पादन का केवल 17 प्रतिशत था, इसके 83 प्रतिशत प्राकृतिक गैस की देश के बाकी औद्योगिक और घरेलू उपयोग के लिए आपूर्ति की जाती थी।[26]

दूसरा मुद्दा रॉयल्टी और विशेष रूप से रॉयल्टी की मात्रा का है। पाकिस्तान पेट्रोलियम (उत्पादन) विनियम 1949 के नियम 18 के अनुसार, गैस क्षेत्र पर रॉयल्टी की गणना वार्षिक गैस उत्पादन और गैस कूप के लिए एक निश्चित मूल्य का उपयोग करके की जाती है। बलूचिस्तान को अपने प्राकृतिक गैस राजस्व से 12.5 प्रतिशत रॉयल्टी प्राप्त होती है, लेकिन यह रॉयल्टी गैस कूप पर इसकी कीमत पर आधारित है, जो अन्य प्रांतों की तुलना में बहुत कम है।[27]

इस प्रकार, अन्याय केवल उपभोग में ही नहीं बल्कि गैस कूप पर इसकी कीमतों में भी उल्लेखनीय अंतर है। बलूचिस्तान के औसत गैस क्षेत्र में प्रति गैस कूप पर इसका मूल्य (मिलियन मीट्रिक ब्रिटिश थर्मल यूनिट) 66.34 रुपए था, जबकि सिंध में यह 142.57 रुपए और पंजाब में 162.93 रुपए था। इस विभेदित अच्छी कीमत का कारण यह था कि यह 1953 में प्रति व्यक्ति प्रांतीय आय पर आधारित थी। इसके परिणामस्वरूप बलूचिस्तान में गैस कूप पर इसका मूल्य, सिंध और पंजाब की तुलना में बहुत कम था, जिसके परिणामस्वरूप बलूचिस्तान को अन्य दोनों प्रांतों की तुलना में बहुत कम रॉयल्टी प्राप्त हुई। वित्तीय वर्ष 2009-10 में गैस की कीमत बढ़ाकर 163.13 रुपए एम.एम.बी.टी.यू. कर दी गई।[28]

इसके अलावा, बलूचिस्तान में प्राकृतिक गैस की खोज के बत्तीस वर्ष बाद, 1991 में, 12.5 प्रतिशत रॉयल्टी और गैस विकास अधिभार को स्वीकार्य बनाया गया था। इस प्रकार दशकों तक, बलूचिस्तान को रॉयल्टी भी नहीं मिली।[29]

बलूचिस्तान में यह माना जाता है कि बलूचिस्तान की कीमत पर संघीय सरकार द्वारा अन्य प्रांतों (जो बाद में उच्च रॉयल्टी राशि प्राप्त करते हैं) को उच्च-मूल्य (गैस कूप पर) के प्राकृतिक

गैस पर छूट देने के लिए सुई में गैस कूप पर कीमत (जो प्रांत के लिए देय रॉयल्टी की गणना का आधार है) कम रखी गई थी।[30] वास्तव में, सबसे गरीब प्रांत बलूचिस्तान, अमीर प्रांतों को सब्सिडी देता रहा है। प्रांत में इस बात को लेकर आक्रोश बढ़ रहा है कि इसके प्राकृतिक गैस से प्रतिवर्ष 1.4 बिलियन डॉलर का राजस्व प्राप्त होने पर भी, सरकार प्रांत को मिलनेवाली रॉयल्टी में से केवल 116 मिलियन डॉलर ही खर्च करती है।[31]

कैसर बंगाली के अनुसार, पाकिस्तान में वाणिज्यिक और घरेलू क्षेत्र को दी जानेवाली सब्सिडी बलूचिस्तान की कीमत पर दी जाती थी। उन्होंने गणना की है कि 1964 से 2014 तक 7.69 ट्रिलियन रुपए के संसाधनों को देश के अन्य भागों में स्थानांतरित किया गया था। इसलिए, यह कहते हुए कि प्रांत को हमेशा 'घाटे' वाला क्षेत्र करार दिया, फिर भी 7 खरब रुपए निकाले गए, उन्होंने गैस की कीमत को तीन गुना करने और बलूचिस्तान के लिए 7 खरब रुपए का विकास बजट बनाने की सिफारिश की।[32]

स्ट्रेंथेनिंग पार्टिसिपेंट ऑर्गनाइजेशन (एस.पी.ओ.) के मुख्य कार्यकारी अधिकारी, नसीर मेमन ने 'ऑयल एंड गैस रिसोर्स एंड राइट्स ऑफ प्रोविंस : ए केस स्टडी ऑफ सिंध', नामक एक शोध पत्र में, उल्लेख किया : सिंध और बलूचिस्तान मिलकर राष्ट्रीय गैस उत्पादन में 93 प्रतिशत से अधिक का योगदान करते हैं और इसलिए इन्हें पाकिस्तान की ऊर्जा टोकरी माना जा सकता है।' यह साबित करने के लिए कि अनुच्छेद 158 के बावजूद पंजाब सबसे अधिक गैस खर्च करता है, वे पाकिस्तान एनर्जी ईयरबुक 2008 तालिका का उद्धरण देते हैं, जिसमें कहा गया है : 'सिंध ने अपने उत्पादन के केवल 46 प्रतिशत का उपभोग किया, जबकि बलूचिस्तान ने केवल 25 प्रतिशत [अन्य अनुमानों के अनुसार 17 प्रतिशत] का उपभोग किया, जबकि पंजाब ने गैस के राष्ट्रीय उत्पादन में अपने उत्पादन के 930 प्रतिशत का उपयोग किया।' 2007 में पंजाब 68,608 एम.एम.सी.एफ. गैस उत्पादित की गई, लेकिन इसने अपने उत्पादन की तुलना में 638,008, या 930 प्रतिशत अधिक का उपयोग किया। यह खपत बहुत अधिक है। वर्तमान समय में, प्राकृतिक गैस के सबसे बड़े उत्पादक सिंध के केवल 587 सी.एन.जी. स्टेशनों की तुलना में, पंजाब में 2,162 परिचालित सी.एन.जी. स्टेशन हैं।[33]

गैस इंफ्रास्ट्रक्चर डेवलपमेंट सेस (जी.आई.डी.सी.) भी इसकी लागत का भुगतान दूसरों से कराने में पंजाब का पक्षधर है, क्योंकि यहाँ गैस उत्पादन सबसे कम और खपत उच्चतम है। कतर से तरलीकृत प्राकृतिक गैस (एल.एन.जी.) का आयात पंजाब के पक्ष में है, क्योंकि सिंध और बलूचिस्तान के लिए इस पर अतिरिक्त लागत लगाई जाती है, जो आसानी से अपने निजी उत्पादन से अपनी जरूरतों को पूरा कर सकते हैं। संविधान के अनुच्छेद 158 को लागू किया जाता है, तो पंजाब को छोड़कर किसी अन्य प्रांत को आयातित एल.एन.जी. की आवश्यकता नहीं होगी। एल.एन. जी. पेट्रोलियम के तत्कालीन मंत्री और बाद में प्रधानमंत्री, शाहिद खाकान अब्बासी ने कहा कि उर्वरक और अन्य उद्योगों सहित वाणिज्यिक गैस उपभोक्ता, पंजाब को छोड़कर हर जगह आगामी सर्दियों का मौसम प्राकृतिक गैस के बिना बिताएँगे, क्योंकि यह एल.एन.जी. का उपयोग करता है। दिलचस्प बात यह है कि एल.एन.जी. की इस अतिरिक्त लागत का भुगतान दूसरे प्रांत करते हैं।[34]

यह निर्विवादित तथ्य है कि बलूचिस्तान की सस्ती गैस ने पाकिस्तान के उद्योग और

अर्थव्यवस्था के इतिहास में एक नए अध्याय की शुरुआत की। यह बलूचिस्तान को छोड़कर पूरे देश में उद्योगों की स्थापना में सहायक थी। बलूचिस्तान सरकार के 2015–16 के बजट श्वेत पत्र के अनुसार, अगर सुई से गैस उपलब्ध नहीं होती, तो देश को प्रतिवर्ष कम–से–कम तीन बिलियन डॉलर खर्च करके, विकल्प के रूप में तेल का आयात करना होगा।[35]

आश्चर्य की बात नहीं, बलूचिस्तान ने, प्रांत की गरीबी की असमानता की व्याख्या बलूचिस्तान में उत्पादित गैस के मूल्य और बाहरी लोगों द्वारा उनके शोषण के परिणाम के रूप में की।'[36] उग्रवादियों के लिए, इसका उत्तर बुगती और मारियों की भूमि जैसे संसाधन संपन्न क्षेत्रों में केंद्र की खोज और निकासी को बलपूर्वक रोकने में निहित है।[37] क्योंकि देश बलूचिस्तान से गैस की आपूर्ति पर बहुत अधिक निर्भर करता है, इसलिए इसके गैस क्षेत्र और वितरण ग्रिड संघर्ष में हिस्से बन गए हैं। गैस की पाइपलाइनों और प्रतिष्ठानों पर आपूर्ति बाधित करनेवाले आवधिक हमलों के साथ, बलूच इसलामाबाद के लिए संघर्ष की लागत बढ़ाने पर दृढ़ हैं।[38]

बलूच राष्ट्रवादी इस तथ्य की ओर भी संकेत करते हैं कि अपने संसाधनों पर प्रांतीय सरकार का कोई नियंत्रण नहीं है। एक उदाहरण के रूप में वे कहते हैं कि अक्तूबर 2015 में, प्रांतीय सरकार को विश्वास में लिये बिना, संघीय सरकार ने, 'गैस आपूर्ति में बाधा को रोकने के लिए बड़े राष्ट्रीय हित में एक अंतरिम व्यवस्था के रूप में' सुई क्षेत्र के खनन अनुबंध में एक वर्ष का विस्तार किया।'[39] बलूचिस्तान में 19 ट्रिलियन क्यूबिक फीट प्राकृतिक गैस भंडार और 6 ट्रिलियन बैरल अपतटीय और तटवर्ती तेल भंडार होने का अनुमान है।[40] लेकिन बलूच हितधारकों से सलाह किए बिना इसलामाबाद द्वारा तेल और गैस कंपनियों के साथ संभावित सौदों पर बातचीत की गई है। पाकिस्तानी और विदेशी कंपनियों के साथ छह नई अन्वेषण रियायतों पर हस्ताक्षर किए गए, लेकिन प्रांत से कोई सलाह नहीं ली गई। सरकार ने, बलूच हितधारकों से सलाह किए बिना पाकिस्तान पेट्रोलियम लिमिटेड (पी.पी.एल.), सुई नॉर्दर्न गैस पाइपलाइन लिमिटेड (एस.एन.जी.पी.एल.) और सुई साउदर्न गैस कंपनी लिमिटेड (एस.एस.जी.सी.एल.) में 51 प्रतिशत शेयर बेचने की योजना बनाई है।[41]

## अन्य संसाधन

माना जाता है कि 2013 तक पाकिस्तान में 186 अरब टन कोयले का भंडार था, लेकिन यह ज्यादातर खराब गुणवत्ता का है। सिंध में सबसे बड़ा कोयला भंडार है, हालाँकि बलूचिस्तान प्रतिवर्ष पाकिस्तान के कुल कोयला उत्पादन में 50 प्रतिशत से अधिक का योगदान देता है। अधिकांश कोयले का उपयोग ईंट भट्टों में किया जाता है और एक छोटी मात्रा में ऊर्जा स्रोत के रूप में कोयले का उपयोग किया जाता है। बलूचिस्तान में छह विकसित कोयला क्षेत्र हैं।[42]

चगई जिले में सैनदक कॉपर और रेको डीइक गोल्ड–कॉपर परियोजनाओं में बहुराष्ट्रीय कंपनियों के साथ सहयोगात्मक उद्यम बलूचिस्तान के संसाधनों के पाकिस्तान द्वारा शोषण का एक और उदाहरण है। 2002 में संघीय सरकार ने एक चीनी कंपनी के साथ सैनदक परियोजना से सोने और ताँबे के खनन का समझौता किया। समझौते के अंतर्गत चीनी कंपनी कुल लाभ का 80 प्रतिशत वापस देश भेजेगी, पाकिस्तान की संघीय सरकार को 18 प्रतिशत का भुगतान करेगी और रॉयल्टी शुल्क के रूप में बलूचिस्तान सरकार को केवल 2 प्रतिशत देगी।[43] अक्तूबर 2017 में, सरकार ने

चीनी कंपनी के पट्टे को 2022 तक बढ़ा दिया।[44]

रेको दीक गोल्ड-कॉपर परियोजना बलूचिस्तान में चल रही दूसरी बड़ी परियोजना है, जिसे चिली के एंटोफगास्टा और कनाडा के बैरिक गोल्ड को सौंपा गया था। यह परियोजना अनुमानित रूप से 54 बिलियन पाउंड ताँबा और 41 मिलियन औंस सोने का दोहन करने के लिए थी।[45]

प्रांतीय सरकार की असहायता को इस तथ्य से देखा जा सकता है कि बलूचिस्तान के तत्कालीन निर्वाचित मुख्यमंत्री डॉ. अब्दुल मलिक ने सैनदक के बारे में शिकायत की और कहा : 'हमें नहीं पता कि सैनदक परियोजना से चीनी कंपनी द्वारा कितना सोना और अन्य खनिज खोदा जा रहा है।' मीर मोहम्मद अली तालपुर ने लिखा है कि मई 2009 में 'सैनदक मेटल लिमिटेड ने कहा था कि 2004-08 तक की अवधि में 7.746 टन सोना, 86,013 टन ताँबा, 11.046 टन चाँदी और 14,482 टन मैग्नेटाइट कंसंट्रेट (लोहा) का उत्पादन किया गया था। तब से हमने पता लगाने की बहुत अधिक कोशिश की है। चीनियों द्वारा अनधिकृत अति-खनन का मतलब है कि 2017 के बाद सैनदक में कोई ताँबा या सोना नहीं होगा। प्रत्येक 28 ग्राम सोने के लिए 79 टन जहरीला कचरा उत्पन्न होता है।[46]

बलूच वैध रूप से पूछते हैं कि यदि बलूचिस्तान के निर्वाचित मुख्यमंत्री को नहीं पता था कि चीनियों ने सैनदक में क्या किया है, तो वे और निर्वाचित सरकार ग्वादर में चीनी गतिविधियों के बारे में क्या जानते हैं? आखिरकार, चीनियों को अब एक विशेष आर्थिक क्षेत्र विकसित करने के लिए चालीस वर्ष का पट्टा मिल गया है।

मत्स्य पालन का मामला भी खनिजों जैसा ही है। बलूचिस्तान का तट 760 किलोमीटर तक फैला हुआ है, जो पाकिस्तान के कुल समुद्र तट का 70 प्रतिशत है। मत्स्य पालन इस क्षेत्र की आबादी का मुख्य आधार है, जो तटीय जिलों में कुल कार्यरत व्यक्तियों में से लगभग 70 प्रतिशत को रोजगार प्रदान करता है, हालाँकि यह मत्स्य पालन में राष्ट्रीय मूल्य संवर्धन के छठे अंश से भी कम का योगदान देता है।[47] इसका कारण बलूच मछुआरों द्वारा पकड़ी गई हजारों टन मछलियों को प्रसंस्करण और डिब्बाबंदी के लिए कराची ले जाया जाना है, क्योंकि बलूचिस्तान के तट पर कहीं भी मछली प्रसंस्करण की कोई सुविधा नहीं है। पिछले दशक में, मछली का उत्पादन तथा घरेलू और निर्यात वितरण लगभग अपरिवर्तित रहे हैं।

इसी तरह, बलूचिस्तान में फल प्रसंस्करण उद्योगों के अभाव के कारण बलूचिस्तान में टनों फल बरबाद हो जाते हैं।

जहाँ तक प्रांत के लोगों को रोजगार के अवसर उपलब्ध होने की बात है, बलूचिस्तान में स्थापित हब औद्योगिक एस्टेट से भी बलूचों को अधिक लाभ नहीं हुआ है। वास्तव में, हब क्षेत्र के अधिकांश उद्योग, कराची आधारित उन उद्योगों के विस्तार या सहायक हैं, जिनके मालिक बलूचिस्तान में वहाँ के लोगों को रोजगार के अवसर प्रदान किए बिना कर से राहत चाहते थे। इसके अलावा, लगभग सभी कोयला खदानें गैर-बलूचों के स्वामित्व में और उनके द्वारा संचालित हैं। बलूचिस्तान का कोयला पंजाब भेजा जाता है, इसलिए बलूचों को सिंध से ट्रक से लाई गई लकड़ी जलानी पड़ती है। इसके गोमेद और संगमरमर को परिष्करण के लिए कराची भेजा जाता है।[48]

## बैंकिंग

यह बलूचिस्तान (और खैबर-पख्तूनख्वा) की एक और वास्तविकता है कि प्रांत में उत्पन्न धन का उपयोग दो अन्य प्रांतों में आर्थिक गतिविधियों के वित्तपोषण के लिए किया जाता है। ऐसा इसलिए है, क्योंकि बैंकों द्वारा बलूचिस्तान से 300 अरब रुपए जमा करने के बदले 16 करोड़ या जमा राशि के केवल 5.3 प्रतिशत का ऋण दिया गया। इसके विपरीत, बैंकों द्वारा पंजाब से कुल जमा राशि के 58 प्रतिशत का वहीं निवेश किया गया था। जून 2018 तक बैंकिंग क्षेत्र द्वारा वितरित कुल ऋणों में बलूचिस्तान का हिस्सा 0.22 प्रतिशत था, जो बलूचिस्तान की कुल जमा राशि का 2.4 प्रतिशत था।

## जल

पाकिस्तान में पानी की समग्र स्थिति अनिश्चित है[49], जबकि यह बलूचिस्तान में एक संकटपूर्ण स्थिति के करीब है, जिसका प्रांत के लोगों के लिए भयावह परिणाम हो सकता है। एक दृश्य उदाहरण सेब का है। पाकिस्तान के कुल सेब उत्पादन का 80 प्रतिशत से अधिक बलूचिस्तान से आता है, हालाँकि पानी की कमी को देखते हुए, सेब की किस्मों के उत्पादन में गिरावट आई है। फलों के एक किसान ने विलाप करते हुए कहा : 'चूँकि भूमि को आवश्यक पानी नहीं मिल रहा है, इसलिए उत्पादित सेबों का आकार छोटा हो रहा है।'[50]

प्रांत एक शुष्क क्षेत्र में स्थित है, जिसे बहुत कम वर्षा प्राप्त होती है। इसके बावजूद, अंतिम भंडारण बाँध तीस वर्ष पहले बनाया गया था। 2007 में सूखा उन्मूलन और तैयारी कार्यक्रम (डी. एम.पी.पी.) के अंतर्गत पाकिस्तान गरीबी उन्मूलन कोष (पी.पी.ए.एफ.) ने छोटे बाँधों के निर्माण के लिए 600 लाख रुपए की परियोजना आरंभ की थी, लेकिन भ्रष्टाचार ने इस परियोजना को जल्द ही समाप्त कर दिया। बारिश की कमी ने इसके जल संकट में सीधे तौर पर योगदान दिया है, जबकि प्रांत सरकार की दोषपूर्ण योजना के परिणामस्वरूप पर्याप्त वर्षा जल को संरक्षित करने में विफल रहा है।

पाकिस्तान के संयुक्त राष्ट्र विकास कार्यक्रम ने, 2015 में बलूचिस्तान में सूखा जोखिम मूल्यांकन अध्ययन किया था। उल्लेख किया गया था कि 'आवर्ती सूखा, पाकिस्तान के बलूचिस्तान प्रांत की एक प्रमुख चुनौती है।' यह निष्कर्ष निकाला गया था कि लगभग 60 से 70 प्रतिशत आबादी के क्षेत्र के सूखे से प्रत्यक्ष या अप्रत्यक्ष रूप से प्रभावित होने का अनुमान है। सूखे से केवल एक जिले, लासबेला में औसतन 37 प्रतिशत पशुधन का नुकसान हुआ है। इसने बताया कि लासबेला और ग्वादर की शुष्क परिस्थितियों ने स्थानीय लोगों को कृषि को बनाए रखने के लिए अत्यधिक भूजल निकालने पर बाध्य किया था। परिणामस्वरूप, भूजल का स्तर 250 फीट से अधिक नीचे चला गया था। इसके कारण, समुद्री जल भूजल को खारा बना रहा था, जो कृषि को प्रभावित कर रहा था और किसानों को आजीविका के अन्य विकल्प तलाशने पर बाध्य कर रहा था।[51]

एक अध्ययन के अनुसार, राजधानी क्वेटा में पानी के स्तर में तेजी से कमी होने से इसके रेगिस्तान बनने की ओर अग्रसर होने की सूचना है। क्वेटा से परे, प्रांत की पानी की आवश्यकता को इसकी विकास प्राथमिकताओं के शीर्ष पर होना चाहिए।[52] पर्यावरणविदों ने चेतावनी दी है कि

अगर ठोस कदम नहीं उठाए गए, तो क्वेटा निकट भविष्य में अपनी आबादी के बड़े हिस्से के विस्थापित होने का गवाह बनेगा।[53] बारिश की कमी और अपर्याप्त भंडारण की दोहरी मार झेल रहा बलूचिस्तान सिंध द्वारा पानी के अनुचित उपयोग का भी सामना कर रहा है। 2016 में, सिंध के सिंचाई प्राधिकरणों द्वारा कथित रूप से 42 प्रतिशत से अधिक पानी की कमी का विरोध करते हुए, बलूचिस्तान सरकार ने देश के जल नियामक संस्थान—सिंधु नदी प्रणाली प्राधिकरण (आई. आर.एस.ए.) की बैठकों से दूर रहने की धमकी दी। आरोप लगाया गया है कि 1991 से 2014 तक, बलूचिस्तान को लगभग 50 प्रतिशत कम पानी मिला है, जिससे प्रांत को लगभग 93 करोड़ रुपए का नुकसान हुआ है।[54] फरवरी 2018 में बलूचिस्तान ने, फिर से सिंध पर अपने हिस्से का पानी लेने का आरोप लगाते हुए आई.आर.एस.ए. से सिंध से यह सुनिश्चित करने के लिए कहा कि सूखाग्रस्त प्रांत को उसके हिस्से का पानी तुरंत मिल जाए। एक अनुमान के अनुसार, बलूचिस्तान में सिंचाई के लिए पानी की कमी के कारण एक चौथाई मिलियन एकड़ से अधिक जमीन परती रहेगी। यह जमीन नसीराबाद प्रखंड में पैट फीडर कमांड क्षेत्र में स्थित है, इस नहर-सिंचित क्षेत्र को बलूचिस्तान की खाद्य टोकरी माना जाता है।[55]

जल और ऊर्जा मंत्रालय द्वारा सीनेट को सौंपी गई एक रिपोर्ट के अनुसार, बलूचिस्तान में भूजल की कमी का अनुपात लगभग तबाही के स्तर पर है। भूजल के अत्यधिक निष्कर्षण के कारण, आगामी वर्षों में बलूचिस्तान का जल संकट कई गुना बढ़ सकता है। रिपोर्ट में कहा गया है कि पिछले तीन-चार दशकों में गहरे पंपिंग की शुरुआत से भूजल संसाधनों में तेजी से कमी आई है और जल स्तरों में गिरावट आई है। इसके अनुसार, प्रांत के उन्नीस उप-बेसिनों में से दस में भूजल का अत्यधिक उपयोग हो रहा है। इस स्तर पर, भूजल का उपयोग 22 प्रतिशत से अधिक हो जाता है।' रिपोर्ट में पिशिन-लोरलाई को, भूजल असंतुलन के सबसे बड़े क्षेत्र के रूप में रेखांकित किया गया है।[56]

या, ईरान के साथ पाकिस्तान की सीमा पर बलूचिस्तान के चगई जिले के ताफ्तान के मामले को लें। पानी के अलावा, ताफ्तान, सरकार की बलूचिस्तान के लोगों के प्रति कम जिम्मेदारी के साथ अधिकतम निकासी की नीति का प्रतीक है। ताफ्तान तहसील की अनुमानित आबादी 25,000 है, जिसमें से लगभग 7000 ताफ्तान शहर में रहते हैं। शिक्षा और स्वास्थ्य सेवाओं को छोड़ ही दें, जल आवंटन में भी भेदभाव है। ताफ्तान शहर में केवल एक सरकारी नलकूप है, जो इसके 7,000 निवासियों को पीने के पानी की आपूर्ति करता है। जो लोग इसे खरीद सकते हैं, वे ईरान के खनिजयुक्त जल का उपयोग कर सकते हैं। ऐसा नहीं है कि पानी उपलब्ध नहीं है। वास्तव में, ताफ्तान में पानी की एक बहुत बड़ी इकाई है, जिसके आठ नलकूपों से माँग के आधार पर एक घंटे में 500 से 1,000 टन पानी की आपूर्ति होती है, जो ताफ्तान कस्बे से आधे घंटे की ड्राइव पर चीन की सैनदक ताँबा परियोजना के लिए है। सैनदक ताँबा परियोजना वर्ष के नौ महीने दिन-रात काम करती है।

ताँबे की परियोजना के भारी लाभ के अलावा, ताफ्तान में सीमा शुल्क चौकी से 2014 में शुल्क के रूप में 2,211.371 मिलियन और 2015 में 5,249.169 मिलियन रुपए का पर्याप्त राजस्व उत्पन्न हुआ है, हालाँकि इनमें से किसी राशि का पानी, शिक्षा और स्वास्थ्य सुविधाएँ प्रदान

कर बलूचिस्तान में ताफ्तान या कहीं और के लोगों के जीवन की गुणवत्ता में सुधार करने के लिए निवेश नहीं किया जाता है। यदि इस तरह की गैर-जिम्मेदार निकासी जारी रहती है तो बलूचिस्तान की भरपाई मुश्किल होगी।[57]

## राष्ट्रीय वित्त आयोग (एन.एफ.सी.)

सातवें राष्ट्रीय वित्त आयोग (एन.एफ.सी.) अनुदान, 2009 ने राजस्व वितरण में छोटे प्रांतों के पक्ष में बदलाव किया। अनुदान से पहले, संघीय सरकार द्वारा पूरे देश से एकत्र किए गए राजस्व के वितरण के लिए एकमात्र मानदंड जनसंख्या थी, हालाँकि सातवें राष्ट्रीय वित्त आयोग में जनसंख्या का भार घटकर 82 प्रतिशत रह गया। गरीबी और पिछड़ेपन को 10.3 प्रतिशत, राजस्व सृजन को 5 प्रतिशत और जनसंख्या घनत्व को 2.7 प्रतिशत भार दिया गया। बलूचिस्तान इस नई व्यवस्था का सबसे बड़ा लाभार्थी था : राजस्व में इसकी हिस्सेदारी 5.11 प्रतिशत से बढ़कर 9.09 प्रतिशत हो गई।

सातवें राष्ट्रीय वित्त आयोग से पहले, प्रांतीय बजट परिव्यय 71 अरब रुपए और सार्वजनिक क्षेत्र विकास योजना (पी.एस.डी.पी.) 2009-10 में पूरे प्रांत के लिए केवल 16 करोड़ रुपए था। सातवें राष्ट्रीय वित्त अनुदान ने प्रांत की वित्तीय स्थिति को काफी प्रभावित किया। 2009-10 में संघीय हस्तांतरण के अंतर्गत बलूचिस्तान को 40 अरब रुपए मिले; 2013-14 में यह राशि 141.9 अरब रुपए हो गई। 2015 में केवल विकास बजट 86 अरब रुपए से अधिक का था। 2013 में नेशनल पार्टी (एन.पी.) गठबंधन सरकार के सत्ता में आने पर कुल बजटीय परिव्यय 200 अरब रुपए से कम था, लेकिन 2017 तक बजट के आँकड़े लगभग दोगुने हो गए थे।[58]

वित्तीय संसाधनों का यह जबरदस्त बदलाव प्रांत में सेवाओं और बुनियादी ढाँचे में सुधार करने का एक अवसर था। प्रमुख प्रश्न यह था कि क्या संसाधन उपलब्धता में वृद्धि से लोगों की सामाजिक-आर्थिक स्थिति या विकास घाटा और बुनियादी ढाँचे के विकास में बदलाव आया था? इसका सीधा उत्तर है—'नहीं'। संघीय सरकार द्वारा शोषण बलूचिस्तान के दुःखों का एक अकाट्य कारण था, स्थानीय नौकरशाही और विधायकों द्वारा अवशिष्ट संसाधनों की उदासीनता भी एक वास्तविकता थी।

अतएव, प्राथमिकता की एक गंभीर समस्या रही है। चल रहे कार्यक्रमों को पूरा करने की बजाय, हर वर्ष नई योजनाएँ जोड़ी जाती हैं। इस प्रकार पहले की परियोजनाओं को पूरा करना स्थगित कर दिया जाता है। अकेले 2017 में, 1,035 नई परियोजनाएँ जोड़ी गई थीं, हालाँकि पहले से ही 1,258 परियोजनाएँ अधूरी थीं।[59] इसके अलावा, सातवें राष्ट्रीय वित्त आयोग अनुदान राशि में वृद्धि का अधिकांश विधायकों के विकास फंड में वृद्धि और संघीय सुरक्षा एजेंसियों के लिए प्रांतीय एजेंसियों के 'आंतरिक सुरक्षा' शुल्क पर भुगतान द्वारा अवशोषित किया गया है।[60]

सातवें राष्ट्रीय वित्त आयोग के साथ अन्य मुद्दे भी हैं। सातवें राष्ट्रीय वित्त आयोग अनुदान की अवधि 30 जून, 2015 को समाप्त हो गई। नवाज शरीफ के अधीन पी.एम.एल.-एन. सरकार और उसके बाद शाहिद खाकान अब्बासी ने, जिनका कार्यकाल मई 2018 में समाप्त हो गया, नए राष्ट्रीय वित्त आयोग अनुदान में कोई दिलचस्पी नहीं दिखाई।

इसकी बजाय, राष्ट्रपति के आदेश के माध्यम से अनुदान बढ़ाया गया। परिणामस्वरूप, राजस्व वितरण और अनुदान-सहायता (संशोधन) आदेश, 2015 के माध्यम से समान पुराने फॉर्मूले का उपयोग किया जा रहा है। इसका मतलब यह है कि 2017 में, 1998 के गरीबी के आँकड़े का उपयोग किया जा रहा है, हालाँकि यू.एन.डी.पी. द्वारा गणना और योजना आयोग द्वारा अपनाए गए गरीबी के नवीनतम आँकड़े उपलब्ध हैं। अपने अनिवार्य कार्यकाल से परे सातवें राष्ट्रीय वित्त आयोग की निरंतरता ने बलूचिस्तान पर प्रतिकूल प्रभाव डाला है। कारण यह है कि सातवें राष्ट्रीय वित्त आयोग ने बलूचिस्तान में गरीबी को कम कर दिया है। परिणामस्वरूप, यह गणना की गई है कि बलूचिस्तान तकनीकी कठिनाई के कारण संघीय विभाज्य पूल के अपने हिस्से से सालाना 28 अरब रुपए तक खो रहा है।[61] न केवल यह बेहद अनुचित होने के साथ-साथ पी.एम.एल.-एन. सरकार के सातवें राष्ट्रीय वित्त आयोग के फॉर्मूले को 2015 के बाद आगे बढ़ाने के फैसले को भी असंवैधानिक माना गया है।

ऑनलाइन *'बलूच आवाज'* के क्वेटा आधारित संपादक अदनान आमिर के अनुसार, सातवें राष्ट्रीय वित्त आयोग अनुदान में सभी प्रांतों की गरीबी के आँकड़े तीन अलग-अलग रिपोर्टों, 2003 में वित्त प्रभाग द्वारा 1998-99 के आँकड़ों के आधार पर प्रकाशित 'त्वरित आर्थिक विकास और गरीबी न्यूनीकरण : आगे की राह' शीर्षक रणनीति पत्र-I (पी.आर.एस.पी.-I); यू.एन.डी.पी. द्वारा प्रकाशित 'पाकिस्तान राष्ट्रीय मानव विकास रिपोर्ट 2003' और 2008 में सांख्यिकी प्रभाग द्वारा प्रकाशित प्रांतवार एच.डी.आई. रिपोर्ट से संकलित किए गए थे। इन तीनों रिपोर्टों में गरीबी के आँकड़ों के एकत्रीकरण के आधार पर राष्ट्रीय वित्त आयोग हिस्सेदारी के लिए समग्र गरीबी आँकड़ों की गणना की गई थी। इस समुच्चय के आधार पर, राष्ट्रीय वित्त आयोग के गरीबी घटक को उन प्रांतों में विभाजित किया गया, जहाँ यह पंजाब में 23.17 प्रतिशत, सिंध में 23.42 प्रतिशत, एन.डब्ल्यू.एफ.पी. (अब के.पी.के.) में 27.83 प्रतिशत और बलूचिस्तान में 25.62 प्रतिशत थी।[62] आमिर के अनुसार, इन तीन गरीबी रिपोर्टों के उपयोग में यह समस्या है कि वे पहले से पुराने थे और 2009 में सातवें राष्ट्रीय वित्त आयोग का मसौदा तैयार होने के समय देश की गरीबी की स्थिति का प्रतिनिधित्व नहीं करते थे। इससे संघीय विभाज्य भंडार से हिस्से का अनुचित वितरण हुआ, जिसमें बलूचिस्तान जैसे छोटे प्रांतों को नुकसान हुआ।

वे इस बात को और विस्तार से बताते हैं कि अन्य प्रांतों के गरीबी के स्तर से बलूचिस्तान की तुलना करने से पता चलता है कि वे उपरोक्त रिपोर्टों के अनुसार कमोबेश वही थे। स्पष्ट कारणों से यह अन्यायपूर्ण था, क्योंकि बलूचिस्तान में अन्य तीन प्रांतों से कहीं अधिक गरीबी है। परिणामस्वरूप, गरीबी और पिछड़ेपन के लिए आरक्षित 10.3 प्रतिशत हिस्सा, नवीनतम गरीबी माप रिपोर्ट की अनुपलब्धता के बहाने डेटा में हेरफेर के कारण एक सीमा तक अप्रभावी था। इसके परिणामस्वरूप, गरीबी की उच्च दरवाले प्रांतों को एन.एफ.सी. से उनका उचित हिस्सा नहीं मिला, जो उन्हें मिलना चाहिए था।

जून 2016 में यू.एन.डी.पी., ऑक्सफोर्ड पॉवर्टी एंड ह्यूमन डेवलपमेंट इनिशिएटिव और फेडरल मिनिस्ट्री ऑफ प्लानिंग एंड डेवलपमेंट ने बहुआयामी गरीबी 2016 पर एक रिपोर्ट प्रकाशित की। इस रिपोर्ट ने देश में तीन संकेतकों, स्वास्थ्य, शिक्षा और जीवन स्तर और सोलह उप-संकेतकों

का उपयोग करके गरीबी को मापा था। इन संकेतकों के आधार पर, प्रत्येक प्रांत के लिए बहुआयामी गरीबी सूचकांक (एम.पी.आई.) की गणना की गई, जिसे प्रतिशत में बदलने पर, गरीबी की बहुत अधिक यथार्थवादी तसवीर प्रस्तुत की गई थी। इस रिपोर्ट के अनुसार, एम.पी.आई. बलूचिस्तान में 0.394, खैबर पख्तूनख्वा में 0.25, सिंध में 0.231 और पंजाब में 0.152 गरीबी है। ये आँकड़े अधिक यथार्थवादी लगते हैं क्योंकि बलूचिस्तान और अन्य प्रांतों की गरीबी में बहुत बड़ा अंतर है।[63]

जब बहुआयामी गरीबी 2016 रिपोर्ट से निकाले गए नए गरीबी के आँकड़ों का उपयोग प्रांतीय हिस्से की गणना के लिए किया गया, जैसा कि सातवें राष्ट्रीय वित्त आयोग ने किया था, तो बलूचिस्तान का हिस्सा 9.09 प्रतिशत से 10.41 प्रतिशत हो गया। वित्तीय वर्ष 2016-17 के लिए संघीय विभाज्य भंडार की अनुमानित राशि 2.135 ट्रिलियन रुपए थी। बलूचिस्तान की हिस्सेदारी में 1.32 प्रतिशत अर्थात् लगभग 28 बिलियन रुपए की वृद्धि हई है। सीधे शब्दों में कहें, तो बलूचिस्तान पिछले तीन बजटों में गरीबी के आँकड़ों में हेरफेर के कारण संघीय विभाज्य भंडार में अपने नियत हिस्से से लगभग 28 अरब रुपए प्रतिवर्ष से वंचित है। जब तक गरीबी के सही आँकड़ों के आधार पर नए राष्ट्रीय वित्त आयोग अनुदान की घोषणा नहीं की जाती, तब तक बलूचिस्तान इसी अनुपात में राशि खोता रहेगा।[64]

बलूचिस्तान को प्रतिवर्ष मिलनेवाली 28 बिलियन रुपए की राशि का उपयोग लगभग दस लाख बच्चों को शिक्षित करने, 45,000 नए शिक्षकों को नियुक्त करने या 7,000 नए प्राथमिक विद्यालयों के निर्माण के लिए किया जा सकता है। यह 2011 से 2016 तक इदाराए तालीम-ओ-अगही की वार्षिक स्थिति शिक्षा रिपोर्ट और पाकिस्तान शिक्षा सांख्यिकी रिपोर्ट के विश्लेषण से प्रेरित है।[65]

बलूचिस्तान में फिजिकल प्लानिंग एंड हाउसिंग/हाउसिंग एंड वर्क्स सेक्टर के लिए संघीय पी.एस.डी.पी. आवंटन का एक और दिलचस्प पहलू यह है कि 1990-2016 की अवधि में योजनाओं के लिए औसतन 78 प्रतिशत आवंटन सुरक्षा एजेंसियों और संघीय नागरिक प्रशासन कार्यालयों और आवास के लिए था। इन ग्यारह वर्षों में सुरक्षा एजेंसियों और संघीय नागरिक प्रशासन कार्यालयों और घरों के लिए आवंटन का औसत हिस्सा 100 प्रतिशत था। वास्तव में, 1990 और 2016 के बीच संघीय पी.एस.डी.पी. के बलूचिस्तान घटक में नागरिक आबादी के लिए आवास के लिए एक भी योजना नहीं थी।[66]

जब भी कोई संघीय सरकार से पूछता है कि वे बलूचिस्तान में आर्थिक स्थिति को सुधारने की योजना कैसे बनाते हैं, तो आजकल उनका मानक उत्तर चीन-पाक आर्थिक गलियारा (सी.पी.ई.सी.) है। संघीय सरकार गर्व से दावा करती है कि गलियारा स्थिति-परिवर्तक सिद्ध होगा और बलूचिस्तान के लोगों के भाग्य को बदल देगा। दुर्भाग्य से, ये खोखले दावों से ज्यादा कुछ नहीं हैं। प्रस्तावित आर्थिक गलियारा केवल प्रांत के एक हिस्से से होकर गुजरेगा और यह प्रांत के सभी लोगों के जीवन को बदल नहीं सकता।[67] दूसरे, इस बात की कोई गारंटी नहीं है कि इस गलियारे की स्थापना के बाद बलूचिस्तान के लोगों को रोजगार मिलेगा। अतीत में सैनदक ताँबा-स्वर्ण परियोजना, रेको दीक परियोजना और ग्वादर बंदरगाह परियोजना जैसी मेगा परियोजनाओं में बलूचों को अनदेखा किया गया है। सी.पी.ई.सी. के अध्याय में की गई चर्चा के अनुसार, बलूचिस्तान की आर्थिक समस्याओं को छोड़ भी दें तो इससे रोजगार की समस्याओं के समाधान की संभावना नहीं है।

□

# 10

# सामाजिक-आर्थिक ग्रस्तता

प्रांत के सामाजिक-आर्थिक अभाव में राजनीतिक और प्रशासनिक उपेक्षा और आर्थिक शोषण का प्रभाव स्पष्ट परिलक्षित होता है। अर्थशास्त्री कैसर बंगाली के अनुसार, अनुभवजन्य साक्ष्य से पता चलता है कि बलूचिस्तान पीड़ित है और निरंतर आर्थिक शोषण, भेदभाव और उपेक्षा झेल रहा है। वे कहते हैं : 'बलूचिस्तान का सर्वांगीण अविकसित होना एक खुला और उत्सर्जक घाव है। यह प्रांत आय के आँकड़ों के लिहाज से निम्न और महत्त्वपूर्ण और गरीबी के आँकड़ों के लिहाज से उच्च और महत्त्वपूर्ण दर्जा पाता है।[1]

प्रांत के अभाव को कई विश्वसनीय रिपोर्टों में उजागर किया गया है। विश्व बैंक की 2008[2] की रिपोर्ट के आँकड़ों को फिर से दोहराने पर, बलूचिस्तान में सबसे कमजोर दीर्घकालिक विकास, रोजगार की सबसे खराब गुणवत्ता और सभी प्रांतों में सबसे कमजोर सामाजिक विकास प्रदर्शन है। 1972-73 से 2004-05 तक, अर्थव्यवस्था का बलूचिस्तान में 2.7 गुना, एन.एफ.डब्ल्यू.पी. और सिंध में 3.6 गुना तथा पंजाब में 4.0 गुना विस्तार हुआ। विकास की भिन्नता ने ऐतिहासिक आय अंतर को और चौड़ा कर दिया है और 2004 में बलूचिस्तान की प्रति व्यक्ति 400 डॉलर आय का स्तर पाकिस्तान के स्तर का केवल दो-तिहाई था। बलूचिस्तान के संरचनात्मक परिवर्तन और शहरीकरण की दर भी अन्य स्थानों से कम थी। रिपोर्ट के अनुसार, बलूचिस्तान ने 2006-07 में शिक्षा, साक्षरता, स्वास्थ्य, जल और स्वच्छता के महत्त्वपूर्ण संकेतकों पर प्रांतों में सबसे कम अंक प्राप्त किए हैं। यह लैंगिक समानता पर सबसे खराब रिकॉर्डवाला प्रांत है। अन्य रिपोर्ट और सर्वेक्षण विश्व बैंक द्वारा चित्रित बलूचिस्तान की इस गंभीर तसवीर की पुष्टि करते हैं।

## बेरोजगारी

बलूचिस्तान में, 2012 में बेरोजगारों की संख्या (0.06 मिलियन) देश में बेरोजगारों की कुल संख्या के लगभग 20 प्रतिशत (3.05 मिलियन) थी, यह दरशाता है कि पाकिस्तान की कुल जनसंख्या बलूचियों की संख्या का केवल 6 प्रतिशत है।[3]

क्वेटा को छोड़कर, बलूचिस्तान के अन्य जिलों ने लोगों को रोजगार के बहुत कम अवसर प्रदान किए हैं। बलूचिस्तान में कृषि रोजगार का प्राथमिक स्रोत थी और यह पानी और बिजली की कमी से बुरी तरह प्रभावित हुई है। बेरोजगारी वास्तव में बढ़ रही थी; जनसांख्यिकीय संक्रमण, शिक्षा

और युवा रोजगार पर 2007 के एक अध्ययन में पाया गया कि बलूचिस्तान के युवाओं को नौकरी पाने की संभावना, अपने पंजाब के समकक्षों से आधी थी।[4]

कैसर बंगाली के अनुसार, बलूचिस्तान केवल 1.5 मिलियन परिवारों का एक प्रांत है और प्रति परिवार एक नौकरी के हिसाब से, इसे केवल 1.5 मिलियन नौकरियों की आवश्यकता है। वे लिखते हैं, विशाल और विविधतापूर्ण कृषि, बागबानी, मत्स्य पालन और, विशेष रूप से, प्रांत में खनिज संसाधनों को देखते हुए, यह उल्लेखनीय है। उनका अनुमान है कि बलूचिस्तान आधे दशक से भी कम समय में एक शून्य-बेरोजगारीवाला प्रांत बन सकता है और एक दशक में गरीबी और अशिक्षा के एकल अंक को प्राप्त कर सकता है। 'बलूचिस्तान में बड़े पैमाने पर बेरोजगारी, गरीबी, सामूहिक अशिक्षा और व्यापक भूख का सामना करना गैर-जिम्मेदाराना और अक्षम्य है।'[5]

बेरोजगारी का प्रभाव स्पष्ट था। उदाहरण के लिए, कुछ पुलिस अधिकारियों ने पाकिस्तान के मानवाधिकार आयोग के एक प्रतिनिधिमंडल को बताया कि पंजगुर और तुर्बत के पुरुष आजीविका पाने के लिए बेचैन थे और ऐसी स्थिति ने उन्हें राज्य के मित्र या शत्रु, किसी भी वर्ग की मदद लेने के लिए बाध्य किया।[6]

## निर्धनता

सस्टेनेबल डेवलपमेंट पॉलिसी इंस्टीट्यूट (एस.डी.पी.आई.) का 'गरीबी का भूगोल' सत्ताईस संकेतकों का उपयोग करके गरीबी का अनुमान लगाता है, जो कल्याण के चार आयामों, अर्थात्, शिक्षा, स्वास्थ्य, रहने की स्थिति और संपत्ति के स्वामित्व से संबंधित है।[7] यह 2008 से 2013 तक के राष्ट्रीय, प्रांतीय और जिला-स्तरीय रुझानों को देखता है। रिपोर्ट में उन जिलों पर प्रकाश डाला गया है, जहाँ गरीबी अधिक है, साथ ही पाँच वर्ष की अवधि में अलग-अलग जिलों में गरीबी के स्तर में परिवर्तन का भी पता लगाता है। 2012-13 में बहुआयामी गरीबी की स्थिति बलूचिस्तान में 62.6 प्रतिशत, खैबर पख्तूनख्वा (के.पी.के.) में 39.3 प्रतिशत, सिंध में 37.5 प्रतिशत और पंजाब में 24.3 प्रतिशत थी। इसमें के.पी.के. की 26.6 प्रतिशत, सिंध की 24.6 प्रतिशत और पंजाब में 15.4 प्रतिशत की तुलना में बलूचिस्तान की 46.2 प्रतिशत आबादी, अत्यधिक गरीबी में रह रही थी। राष्ट्रीय स्तर पर, 18.6 प्रतिशत आबादी अत्यधिक गरीबी में जी रही थी। पाकिस्तान की केवल 5.07 प्रतिशत आबादी बलूचिस्तान में रहती है, जबकि 2012-13 में वहाँ देश के 10.2 प्रतिशत गरीब रहते थे। उसी वर्ष (2012-13) में पाकिस्तान के 17.8 प्रतिशत गरीब के.पी.के. में और 28.0 प्रतिशत सिंध में रहते थे। पंजाब में रहनेवाली पाकिस्तान की 57.42 प्रतिशत जनसंख्या के साथ, 2012-13 में कुल गरीबी में इसका योगदान 44.5 प्रतिशत था।[8]

गरीबी में रहनेवालों के अनुपात के आधार पर, जिलों को पाँच क्षेत्रों या क्विंटाइलों में वर्गीकृत किया गया था। गरीबी की भौगोलिक सांद्रता इस तथ्य से स्पष्ट थी कि निचले दो क्विंटाइलों के छत्तीस जिलों में से (निचले क्विंटाइल में गरीबी का आँकड़ा 72.6 प्रतिशत से 96.4 और चौथे क्विंटाइल में 50 प्रतिशत से 72 प्रतिशत तक था), तेईस बलूचिस्तान में, ग्यारह सिंध में, आठ के.पी.के. में और दो पंजाब में थे। गणना में ग्रामीण जिले और कम जनसंख्यावाले लोगों का अनुपात सबसे अधिक था।[9]

रिपोर्ट में एक और चिंताजनक विवरण था। बलूचिस्तान और के.पी.के. में क्रमश: कोहलू और कोहिस्तान के दो जिलों की पूरी आबादी—गरीबी के स्तर से नीचे रहती थी। इन जिलों में लगभग दो दर्जन अन्य समूह शामिल थे, जिनकी 72 प्रतिशत से अधिक आबादी गरीबी में जी रही थी।[10]

संयुक्त राष्ट्र विकास कार्यक्रम (यू.एन.डी.पी.) और ऑक्सफोर्ड पॉवर्टी एंड ह्यूमन डेवलपमेंट इनिशिएटिव (ओ.पी.एच.आई.) द्वारा तैयार की गई, 'पाकिस्तान में बहुआयामी गरीबी' शीर्षक से 2016 की रिपोर्ट के अनुसार, बलूचिस्तान सभी मानव विकास संकेतकों पर तेजी से नीचे खिसक रहा था, बलूचिस्तान में 71.2 प्रतिशत आबादी बहुआयामी गरीबी का शिकार थी। ग्रामीण क्षेत्र और भी बदतर थे, जहाँ 84.6 आबादी बहुआयामी गरीबी की चपेट में थी। इसने प्रांत में मानव विकास संकेतकों की दयनीय स्थिति को समझाया।[11]

रिपोर्ट में कहा गया है कि चीन-पाकिस्तान आर्थिक गलियारा (सी.पी.ई.सी.) संभावित रूप से आर्थिक गतिविधियों को बढ़ावा दे सकता है, यह इन अवसरों को पहले से विकसित और कम गरीब जिलों में केंद्रित करके मौजूदा असमानताओं को और अधिक बढ़ाने की क्षमता रखता है।[12]

इसके अलावा, बेनजीर आय समर्थन कार्यक्रम (बी.आई.एस.पी), जो देश भर में एक अरब डॉलर प्रतिवर्ष गरीब परिवारों को दे रहा है,[13] '…व्यवस्थित रूप से देश के सबसे गरीब प्रांत के विरुद्ध पूर्वग्रह से ग्रस्त है।' 2017 की जनगणना और बी.आई.एस.पी के नवीनतम आँकड़ों के आधार पर, 16 प्रतिशत पाकिस्तानी परिवारों का बी.आई.एस.पी से बिना शर्त स्थानांतरित किया गया। पंजाब में, जहाँ गरीबी स्तर सबसे कम है, बी.आई.एस.पी कवरेज स्तर प्रांतों में सबसे कम अर्थात् 12 प्रतिशत है। बी.आई.एस.पी में शामिल की गई बलूचिस्तान की आबादी का प्रतिशत उसके गरीबी के स्तर के अनुसार सबसे अधिक होना चाहिए था, लेकिन ऐसा नहीं है। बलूचिस्तान में लगभग 13 प्रतिशत परिवार ही लाभार्थी थे, हालाँकि बलूचिस्तान के निवासी पंजाब के निवासियों की अपेक्षा दुगने गरीब थे, हालाँकि खैबर पख्तूनख्वा के 25 प्रतिशत और सबसे अमीर सिंध के 22 प्रतिशत लोगों को बी.आई.एस.पी स्थांतरण मिला। अनुमान है कि के.पी.के. के कवरेज स्तर को प्राप्त करने के लिए बलूचिस्तान में 235,759 महिलाओं को वजीफा मिलना चाहिए। दूसरे शब्दों में, बलूचिस्तान के लगभग एक-चौथाई परिवारों को उनके हक से वंचित किया जा रहा था।

बी.आई.एस.पी के पहले राष्ट्रीय समन्वयक, कैसर बंगाली लिखते हैं कि 2014-15 में कुल बी.आई.एस.पी संवितरण में बलूचिस्तान का हिस्सा इसकी आबादी की तुलना में काफी कम था, जबकि संबंधित अभावों के आधार पर इसके विपरीत किए जाने की आशा की जाती है। उनके अनुसार इसका कारण यह है कि 2011 में संपन्न राष्ट्रव्यापी गरीबी जनगणना में बलूचिस्तान की विशालता के कारण पृथक्, दुर्गम बस्तियों में रहनेवाले बलूचिस्तान की आबादी के एक बड़े हिस्से का सर्वेक्षण नहीं किया गया था।[14] एन.एफ.सी. अनुदान के मामले की तरह, लेखन के समय तक, एक स्पष्ट अन्यायपूर्ण बी.आई.एस.पी वितरण संबोधित किए बिना यह पाँच से अधिक वर्षों तक जारी रहा है।

## जिले और मानव विकास सूचकांक (एच.डी.आई.)

1980 के दशक से कई अध्ययनों द्वारा बलूचिस्तान में लगातार और निरंतर बने रहनेवाले सामाजिक-आर्थिक अभाव की गंभीर तसवीर दर्ज की गई है। ये अध्ययन पाकिस्तान के जिलों

को विकास, अभाव या गरीबी के स्तर के आधार पर दर्जा देते हैं। ये सभी अध्ययन बताते हैं कि बलूचिस्तान के जिले लगातार निचले पायदान पर रहे हैं और आगे भी बने हुए हैं। इन अध्ययनों में से कुछ निम्नलिखित हैं :[15]

| अध्ययन का वर्ष | लेखक | जाँच-परिणाम |
|---|---|---|
| 1982 | पाशा और हसन | रैंकिंग में नीचे रहनेवाले 10 में से 9 जिले बलूचिस्तान के थे। |
| 1990 | पाशा, मलिक और जमाल | रैंकिंग में नीचे रहनेवाले 20 जिलों में से 14 जिले बलूचिस्तान के थे। |
| 1996 | गौस, पाशा और गौस | रैंकिंग में नीचे रहनेवाले 30 में से 23 जिले बलूचिस्तान के थे। |
| 2001 | बंगाली व अन्य | 26 में से 24 जिलों में 88 प्रतिशत जनसंख्या, 'उच्च अभाव' श्रेणी में थी। |
| 2005 | जमाल और खान | 11 में से 8 'निम्न मानव विकास सूचकांक' (एच.डी.आई.) जिले बलूचिस्तान में थे। |

संयुक्त राष्ट्र विकास कार्यक्रम (यू.एन.डी.पी.) ने मानव विकास सूचकांक (एच.डी.आई.) का निर्माण इस बात पर जोर देने के लिए किया है कि किसी देश या क्षेत्र के विकास का आकलन करने के लिए अंतिम मानदंड केवल आर्थिक विकास की जगह लोग और उनकी क्षमताएँ होना चाहिए। यू.एन.डी.पी./एच.डी.आई. एक समग्र सूचकांक है, जो एक देश/क्षेत्र में औसत उपलब्धियों को तीन बुनियादी आयामों अर्थात् एक लंबा और स्वस्थ जीवन, ज्ञान और जीवन जीने को एक सभ्य मानक के आधार पर मापता है। यू.एन.डी.पी. एच.डी.आई. परिमाण के अनुसार <0.55,> = 0.55, लेकिन 0.7 से कम,> = 0.7 लेकिन 8 से कम और >= 0.8 देशों को क्रमशः निम्न, मध्यम, उच्च और उच्चतम स्तर के विकास में वर्गीकृत करता है।

वर्ष 2014-15 के लिए 'पाकिस्तान के सामाजिक और जीवन मापन (सोशल एंड लिविंग स्टैंडड्र्स मेजरमेंट (पी.एस.एल.एम.) के सर्वेक्षण के आधार पर, कराची के सामाजिक नीति और विकास केंद्र (एस.पी.डी.सी.) द्वारा किए गए एक अध्ययन ने क्षेत्रीय एच.डी.आई. विकसित किए।[16] इस आधार पर, पाकिस्तान के अनुमानित एच.डी.आई. और प्रांतों के 2014-15 के एच.डी. आई. का अनुमान लगाया गया था : पाकिस्तान-0.524; पंजाब-.550; सिंध-0.506; के.पी.के. 0.476; बलूचिस्तान-0.407। एच.डी.आई. के अनुमानित मूल्यों के अनुसार नीचे के पंद्रह जिलों में से दो के.पी.के. (तोर घर और कोहिस्तान) और दो सिंध (काशमोर और टंडो मोहम्मद खान) में हैं। शेष ग्यारह जिले बलूचिस्तान के हैं। पंजाब के किसी भी जिले को निचले पंद्रह जिलों के इस समूह में नहीं रखा गया है।[17]

| सबसे कम मानव विकास सूचकांक मूल्यवाले जिले | | | |
|---|---|---|---|
| प्रांत | जिला | एच.डी.आई. मूल्य | श्रेणी |
| बलूचिस्तान | डेरा बुगती | 0.297 | 113 |
| के.पी.के. | तोर घर | 0.323 | 112 |
| के.पी.के. | कोहिस्तान | 0.330 | 111 |
| बलूचिस्तान | झाल गागसी | 0.330 | 110 |
| बलूचिस्तान | किला अब्दुल्लाह | 0.332 | 109 |
| बलूचिस्तान | चगई | 0.332 | 108 |
| बलूचिस्तान | नसीराबाद | 0.336 | 107 |
| बलूचिस्तान | शीरानी | 0.338 | 106 |
| सिंध | काशमोर | 0.343 | 105 |
| बलूचिस्तान | हरनाई | 0.350 | 104 |
| बलूचिस्तान | बरखान | 0.356 | 103 |
| बलूचिस्तान | बोलन/कच्छी | 0.360 | 102 |
| बलूचिस्तान | कोहलू | 0.360 | 101 |
| बलूचिस्तान | जाफराबाद | 0.361 | 100 |
| सिंध | टंडो एम. खान | 0.361 | 99 |

**स्रोत :** *अनुमान पी.एस.एल.एम., 2014-15 के आँकड़ों पर आधारित हैं।*

एच.डी.आई. के संदर्भ में पाकिस्तान के शीर्ष पंद्रह जिलों में से बारह जिले पंजाब के हैं, एक सिंध (कराची) का और दो जिले के.पी.के. (एबटाबाद और हरिपुर) के हैं। ये जिले विकास के मध्यम स्तर की श्रेणी में आते हैं। कराची को छोड़कर, सिंध और बलूचिस्तान के सभी जिलों में मानव विकास का निम्न स्तर है।[18]

| उच्चतम मानव विकास सूचकांक मूल्यवाले जिले | | | |
|---|---|---|---|
| प्रांत | जिला | एच.डी.आई. मूल्य | श्रेणी |
| पंजाब | लाहौर | 0.670 | 1 |
| सिंध | कराची | 0.654 | 2 |
| पंजाब | रावलपिंडी | 0.646 | 3 |
| पंजाब | सियालकोट | 0.635 | 4 |
| पंजाब | गुजरात | 0.628 | 5 |

| | | | |
|---|---|---|---|
| पंजाब | झेलम | 0.627 | 6 |
| पंजाब | ननकाना साहिब | 0.613 | 7 |
| पंजाब | गुजराँवाला | 0.604 | 8 |
| पंजाब | चकवाल | 0.591 | 9 |
| पंजाब | शेखपुरा | 0.590 | 10 |
| पंजाब | एम. बहाउद्दीन | 0.590 | 11 |
| पंजाब | अटक | 0.576 | 12 |
| के.पी.के. | एबटाबाद | 0.573 | 13 |
| के.पी.के. | हरिपुर | 0.573 | 14 |
| पंजाब | टी.टी. सिंह | 0.563 | 15 |

*स्रोत : अनुमान पी.एस.एल.एम., 2014–15 डेटा पर आधारित हैं।*

पंजाब में, बीस जिले विकास की निम्न श्रेणी में, सोलह मध्यम श्रेणी में; सिंध के तेईस जिले निम्न श्रेणी में और एक मध्यम में; के.पी.के. में, तेईस जिले निम्न श्रेणी में और दो मध्यम श्रेणी में और बलूचिस्तान में सभी जिले निम्न एच.डी.आई. श्रेणी में आते हैं। पंजाब में सबसे निम्न श्रेणीवाले जिले का एच.डी.आई. 0.425 है। यह बलूचिस्तान के चौबीस जिलों की तुलना में अधिक है। बलूचिस्तान में केवल चार ऐसे जिले हैं, जिनमें एच.डी.आई. पंजाब में सबसे निम्न श्रेणी के जिले, राजनपुर की तुलना में अधिक हैं। वास्तव में, पंजाब के सबसे निम्न श्रेणी के जिले के 0.425 एच.डी.आई. की तुलना में बलूचिस्तान के सबसे निम्न श्रेणी के जिले, डेरा बुगती का एच.डी.आई. मात्र 0.297 है।[19]

एच.डी.आई. में भिन्नताओं का परिमाण मानव विकास के स्तर में असमानताओं की सीमा को दरशाता है। तथ्य यह है कि एच.डी.आई. के संदर्भ में पंजाब में लगभग 75 प्रतिशत जिले बलूचिस्तान की राजधानी क्वेटा से ऊपर हैं।[20] ये आँकड़े अंतर–प्रांतीय असमानताओं को भी प्रकट करते हैं। जबकि पंजाब में एच.डी.आई. जिलों के परिमाण में 0.43 (राजनपुर) से 0.67 (लाहौर) तक भिन्नता है, बलूचिस्तान में इसमें 0.297 (डेरा बुगती) से 0.495 (क्वेटा) तक का अंतर है। के.पी.के. में 0.323 (टोर गढ़) से 0.534 (पेशावर) और सिंध में 0.343 (काशमोर) से 0.654 (कराची) तक भिन्नता है।

| बलूचिस्तान के जिलों के लिए अनुमानित मानव विकास सूचकांक | |
|---|---|
| राष्ट्रीय एच.डी.आई. | 0.524 |
| बलूचिस्तान | 0.407 |
| डेरा बुगती | 0.297 |

| | |
|---|---|
| झालमगसी | 0.330 |
| किला अब्दुल्लाह | 0.332 |
| चगई | 0.332 |
| नसीराबाद | 0.336 |
| शिरानी | 0.338 |
| हरनाई | 0.350 |
| बरखान | 0.356 |
| कोहलू | 0.360 |
| बोलन/कच्छी | 0.360 |
| जाफराबाद | 0.361 |
| वाशुक | 0.372 |
| किला सैफुल्लाह | 0.378 |
| जियारत | 0.388 |
| अवारन | 0.388 |
| खरन | 0.392 |
| मुसाखेल | 0.400 |
| खुजदार | 0.400 |
| नुश्की | 0.402 |
| झोब | 0.403 |
| सिबी | 0.413 |
| लासबेला | 0.415 |
| पिशिन | 0.416 |
| लोरालाई | 0.424 |
| कलात | 0.432 |
| मस्तंग | 0.443 |
| ग्वादर | 0.492 |
| क्वेटा | 0.496 |

## खाद्य सुरक्षा और कुपोषण

एक रिपोर्ट के अनुसार, पाकिस्तान में तेरह सबसे कुपोषित जिले बलूचिस्तान में थे (कैलोरी द्वारा मापा गया भोजन का न्यूनतम सेवन)। बलूचिस्तान के डेरा बुगती में संघर्ष के समय उत्पन्न हुए छोटे बच्चों की पूरी पीढ़ी आज कुपोषित है। कुपोषण और खाद्य गरीबी पर एक हालिया रिपोर्ट में खुलासा किया गया कि बलूचिस्तान के तीन में से दो परिवारों को उचित भोजन नहीं मिल पाता है। इसके अलावा, प्रांत के 83 प्रतिशत बच्चे गंभीर कुपोषण का सामना कर रहे हैं और स्वास्थ्य और शिक्षा के अवसरों तक उनकी पहुँच नहीं है।[21]

कैसर बंगाली के अनुसार, 'मैंने चालीस वर्ष तक शोध किया है, मैंने पूरे पाकिस्तान में काम किया है और पाकिस्तान में बस एक जगह मुझे भूख दिखी, वह जगह बलूचिस्तान है। पाकिस्तान में कोई और जगह नहीं है, जहाँ मैंने ऐसी भूख देखी हो।'[22]

स्थिति इतनी बिगड़ गई है कि मई 2017 में प्रांतीय स्वास्थ्य मंत्री मीर रहमत बलूच ने बलूचिस्तान में पोषण आपातकाल लगाने की आवश्यकता महसूस की, क्योंकि प्रांत में माँ और बच्चे के पोषण की स्थिति बहुत गंभीर थी। उन्होंने कहा कि एक सर्वेक्षण के अनुसार, प्रांत में 52 प्रतिशत बच्चे स्टंटिंग से पीड़ित थे और 40 प्रतिशत बच्चे कम वजन के थे।[23] पाकिस्तान, विशेष रूप से बलूचिस्तान में, पोषण स्पष्ट रूप से उपेक्षित है। दशकों से, लगातार सरकारों ने इस मुद्दे पर ध्यान नहीं दिया है, जिसके परिणामस्वरूप आँकड़े वर्तमान खतरनाक स्थिति में हैं।

स्वास्थ्य देखभाल पर कम खर्च, कमजोर संस्थान, दाताओं द्वारा अनियमित धन और लापरवाही की संस्कृति को मौजूदा स्थिति के मुख्य कारणों के रूप में उद्धृत किया गया है। डेली टाइम्स ने कहा है, 'दुर्भाग्य से, पाकिस्तान के आम नागरिकों को एक खराब स्वास्थ्य प्रणाली, नगण्य स्वास्थ्य सुविधाओं और अकसर स्वास्थ्य कर्मचारियों की व्यर्थ और अकुशल प्रथाओं की दया पर छोड़ दिया गया है।'[24]

## बिजली

बलूचिस्तान राष्ट्रीय ग्रिड में 2,280 मेगावाट बिजली का योगदान करता है।[25] पीक सीजन में, बलूचिस्तान में बिजली की माँग लगभग 1,800 मेगावाट होती है, लेकिन बलूचिस्तान का बिजली ग्रिड केवल 650 मेगावाट बिजली ले सकता है। विडंबना यह है कि प्रांत को बलूचिस्तान के उच में स्थित एक बिजली संयंत्र द्वारा उत्पादित बिजली से भी कम बिजली मिलती है। इस प्रकार, जब तक प्रांत में संचरण क्षमता नहीं बढ़ाई जाती, तब तक प्रांत में अधिशेष बिजली उपलब्ध होने पर भी बलूचिस्तान को 650 मेगावाट से अधिक बिजली नहीं मिल सकती। दुर्भाग्य से, 2018 तक संघीय सरकार ने प्रांतीय ग्रिड की क्षमता में सुधार के लिए पर्याप्त धन आबंटित नहीं किया। परिणामस्वरूप, राजधानी क्वेटा को छोड़कर बलूचिस्तान के सभी जिलों को अधिशेष बिजली उत्पादक होने के बावजूद प्रतिदिन बारह घंटे से अधिक समय तक बिजली न होने का सामना करना होता है।

ग्रामीण क्षेत्रों में, जहाँ आबादी का बड़ा हिस्सा रहता है, देश के बाकी हिस्सों के 75 प्रतिशत विद्युतीकरण की तुलना में केवल 25 प्रतिशत विद्युतीकरण हुआ है।[27] परिणामस्वरूप, अधिकांश ग्रामीण आबादी अभी भी बिजली का उपयोग नहीं करती और प्रकाश करने के लिए मिट्टी के तेल

का उपयोग करती है। 2008 में, यह अनुमान लगाया गया था कि बलूचिस्तान में बिजली की खपत लगभग 4.1 टी.डब्ल्यू.एच./वर्ष थी, जो पूरे देश में बिजली की कुल खपत का केवल 5.6 प्रतिशत था। प्रांत में प्रति व्यक्ति बिजली की वार्षिक खपत केवल 490 किलोवाट थी।[28]

## सहस्राब्दी विकास लक्ष्य (एम.डी.जी.)

बड़ें-बड़े दावों, आकर्षक वादों और अंतरराष्ट्रीय प्रतिबद्धताओं के बावजूद, पाकिस्तान ने अपनी एम.डी.जी. प्रतिबद्धता को पूरा करने में अधिक प्रगति नहीं की है। 2015 में प्रकाशित एक यू.एन.डी.पी. रिपोर्ट के अनुसार, 2012-13 में, बलूचिस्तान यदि पूरा नहीं, तो एम.डी.जी. के क्षेत्र में सबसे खराब प्रदर्शन करनेवाला प्रांत था। रिपोर्ट से पता चला है कि प्रगति की वर्तमान दर पर, प्रांत में किसी भी एम.डी.जी. को पूरा नहीं किया जा सकता है। लगभग सभी संकेतकों के लिए इसका प्रदर्शन पूरी तरह से गलत दिशा में और राष्ट्रीय औसत से नीचे था, गरीबी, स्वास्थ्य और शिक्षा से संबंधित संकेतकों का कम होना गंभीर चिंता का विषय था। 20 प्रतिशत के लक्ष्य के मुकाबले चालीस प्रतिशत बच्चों का वजन कम था, जो प्रदर्शन में एक गहरे अंतराल को दरशाते हैं। 13 प्रतिशत के लक्ष्य की जगह पचास प्रतिशत आबादी आहार ऊर्जा खपत के न्यूनतम स्तर से नीचे थी। इसी तरह, एम.डी.जी. 2 के सभी तीन संकेतकों—शुद्ध प्राथमिक नामांकन अनुपात, पूर्णता/उत्तरजीविता दर और साक्षरता दर पर प्रदर्शन राष्ट्रीय औसत से कम और लक्ष्यों से काफी कम था। राष्ट्रीय मानकों के अनुसार बलूचिस्तान शिशु मृत्यु दर के छह संकेतकों में भी बहुत अधिक शिशु मृत्यु दर के साथ बहुत कमजोर था। एम.डी.जी. 5 में प्रगति के सभी संकेतकों पर पिछड़ रहा था, विशेष रूप से, प्रति लाख जीवित जन्मों में 758 मौतों की, मातृ मृत्यु दर तत्काल ध्यान देने योग्य थी।[29]

## सामाजिक संकेतक

बलूचिस्तान के सामाजिक संकेतक देश में सबसे कमजोर हैं। देश के बाकी हिस्सों की तुलना में कम शिक्षित और कम शहरीकृत,[30] प्रांत में निर्भरता अनुपात कहीं अधिक है। पाकिस्तान की 43.3 प्रतिशत आबादी पंद्रह वर्ष से कम उम्र की है, बलूचिस्तान में यह अनुपात 49.5 प्रतिशत है। एक युवा आबादी का अर्थ आर्थिक भागीदारी के संदर्भ में एक उच्च निर्भरता अनुपात है और शैक्षिक और स्वास्थ्य सुविधाओं की बड़ी आवश्यकता है। श्रम बल की भागीदारी में एक उच्च लिंग असमानता भी प्रांत के अधिक निर्भरता अनुपात का संकेत देती है।

पाकिस्तान में मातृ मृत्यु दर (एम.एम.आर.) 276 (प्रति 100,000 जीवित जन्म) है, जबकि 2006-07 के आँकड़ों के अनुसार, जैसा कि पहले उल्लेख किया गया था, बलूचिस्तान में प्रति 100,000 जीवित जन्मों पर 758 की उच्चतम मातृ मृत्यु दर, राष्ट्रीय औसत से लगभग तीन गुना थी, जबकि पंजाब में प्रति 100,000 जीवित जन्म पर मातृ मृत्यु दर 227 थी। बलूचिस्तान की वर्तमान मातृ मृत्यु दर और महिला प्रजनन स्वास्थ्य जनसांख्यिकी केवल युद्धग्रस्त सोमालिया के 1,000 के मातृ मृत्यु दर और लाइबेरिया के प्रति 100,000 जीवित जन्मों पर 770 की मातृ मृत्यु दर के साथ प्रतिस्पर्धा कर सकती है।

प्रांत में केवल 43 प्रतिशत बच्चे पूरी तरह प्रतिरक्षित हैं, जबकि बच्चों का राष्ट्रीय औसत 78

प्रतिशत है। प्रतिरक्षण (ई.पी.आई.) कवरेज सर्वेक्षण 2001 के विस्तारित कार्यक्रम के अनुसार, उस समय तक 12–23 महीने के आयु वर्ग के केवल 35 प्रतिशत बच्चों को पूरी तरह से प्रतिरक्षित किया गया था, जो अवनति दरशाता था।[31] पाकिस्तान के सबसे कम पूर्ण टीकाकरण दरवाले नौ जिलों में से सात जिले बलूचिस्तान में हैं, इसमें सबसे खराब रिकॉर्डवाले चार जिले शामिल हैं। सुरक्षा कारणों से पाकिस्तान सामाजिक और जीवन स्तर मापन (पी.एस.एल.एम.) के नमूने में डेरा बुगती और कोहलू को शामिल न करने पर बलूचिस्तान का प्रदर्शन और भी खराब होगा। इसके अतिरिक्त, यूनिसेफ ने बताया कि प्रांत के 39 प्रतिशत संघ परिषदों में कोई टीकाकरण केंद्र नहीं था। 2011 में, इस प्रांत में पूरी दुनिया में पोलियो की सबसे अधिक, पूरे विश्व के 169 में से कुल साठ घटनाएँ दर्ज की।[32]

यह प्रांत स्वास्थ्य की बुनियादी सुविधाओं से भी वंचित है। पाँच वर्ष की उम्र से पहले मरनेवाले 1,000 बच्चों में से 158 के साथ उच्च शिशु मृत्यु दर (आई.एम.आर.) प्रबल हुई है। यहाँ तक कि कांगो लोकतांत्रिक गणराज्य का औसत 126 से कम है, जबकि पाकिस्तान का राष्ट्रीय औसत सत्तर से कम है। एक अन्य रिपोर्ट के अनुसार, बलूचिस्तान में व्यापक शहरी–ग्रामीण और पुरुष–महिला भिन्नता के साथ शिशु मृत्यु दर काफी उच्च है। ग्रामीण क्षेत्रों में, पाँच वर्ष से कम आयु के बच्चों की मृत्यु दर (यू.एम.आर.) प्रति 1,000 जीवित जन्मों पर 164 है, जो शहरी बच्चों (130 प्रति 1,000 जीवित जन्मों) की तुलना में बहुत अधिक है।[33]

पाकिस्तान का पूरा सामाजिक क्षेत्र पिछड़ रहा है, जिसमें बलूचिस्तान सभी संकेतकों पर अन्य प्रांतों से बहुत पीछे है। सामाजिक ताने–बाने की खराब स्थिति काफी हद तक आर्थिक विकास में असफल रहने के कारण हुई है। समझा जा सकता है कि ऐसे कमजोर सामाजिक क्षेत्र के साथ निम्न–साक्षरता दर और खराब और अपर्याप्त स्वास्थ्य सेवाओंवाला क्षेत्र, उदाहरण के लिए—बलूचिस्तान बेहतर आर्थिक विकास के पथ पर नहीं चल सकता है।

यहाँ तक कि पाकिस्तान के पूर्व मुख्य न्यायाधीश, मियाँ साकिब निसार को यह कहना पड़ा कि बलूचिस्तान की स्थिति विकट है और विशाल खनिज संसाधन होने के बावजूद, प्रांत के लोग बुनियादी अधिकारों के प्रावधान की माँग कर रहे थे। उन्होंने कहा, मैं बलूचिस्तान की इस स्थिति को देखते हुए व्यक्तिगत रूप से शर्मिंदगी महसूस कर रहा हूँ।[34]

## पंजाब से तुलना

दो पड़ोसी जिलों—पंजाब के सबसे गरीब जिले और बलूचिस्तान के सबसे गरीब जिले, डेरा बुगती की तुलना—पाकिस्तान के सबसे बड़े प्रांत के विकास संकट पर प्रकाश डालती है। डेरा बुगती की अनुमानित आबादी 320,000 है, जबकि राजनपुर में लगभग बीस लाख लोग हैं। डेरा बुगती का खाद्य सुरक्षा सूचकांक 0.23 पर है और कैलोरी में कमी की घटनाएँ 73 प्रतिशत हैं, जबकि राजनपुर का खाद्य सुरक्षा सूचकांक 0.58 पर और कैलोरी में कमी 55.3 प्रतिशत है। ग्रामीण डेरा बुगती में केवल 5 प्रतिशत लड़कियाँ प्राथमिक विद्यालय में दाखिला लेती हैं, जबकि राजनपुर में 62 प्रतिशत लड़कियाँ प्राथमिक विद्यालय में दाखिला लेती हैं। 10 वर्ष से अधिक आयु वर्ग की साक्षरता दर डेरा बुगती में 16 प्रतिशत और राजनपुर में 39 प्रतिशत है, जबकि इसी आयु वर्ग की

महिला साक्षरता दर डेरा बुगती में 1 प्रतिशत और राजनपुर में 27 प्रतिशत है। डेरा बुगती प्राकृतिक गैस से समृद्ध है, लेकिन वहाँ से निकाली गई गैस को पाकिस्तान के अन्य हिस्सों में ले जाया जाता है। डेरा बुगती इससे वंचित है।[35]

**क्षेत्रीय असमानता के रुझान[36]**

| वार्षिक वृद्धि दर ( प्रतिशत ) | | | | | | | | | |
|---|---|---|---|---|---|---|---|---|---|
| | 2001–02 से 2005–06 से | | | 2005–06 से 2007–08 तक | | | 2007–08 से 2009–10 तक | | |
| प्रांत | शहरी | ग्रामीण | कुल | शहरी | ग्रामीण | कुल | शहरी | ग्रामीण | कुल |
| पंजाब | 5.9 | 10.5 | 9.1 | –1.3 | –0.6 | –0.9 | 3.4 | 6.7 | 5.6 |
| सिंध | 1.9 | 8.9 | 6.1 | 2.2 | –9.6 | –2.9 | 2.0 | 2.3 | 3.0 |
| खैबर | | | | | | | | | |
| पख्तूनख्वा | 9.0 | 8.8 | 9.1 | –7.3 | –1.5 | –2.7 | 3.3 | 5.3 | 5.0 |
| बलूचिस्तान | –3.0 | –3.0 | –2.5 | 8.1 | –1.6 | 3.2 | 0.5 | –2.5 | –0.6 |
| पाकिस्तान | 4.4 | 9.3 | 7.8 | –0.3 | –2.2 | –1.4 | 2.8 | 5.3 | 4.7 |

*यू–शहरी; आर–ग्रामीण*

कुछ टिप्पणीकारों ने जनसंख्या अनुपात में अंतर के परिणामस्वरूप पाकिस्तान के अन्य प्रांतों की तुलना में बलूचिस्तान के आर्थिक–सामाजिक विकास की असमानता को परिभाषित करने की माँग की है। प्रांत के अधिक भौगोलिक प्रसार का अर्थ है कि स्वाभाविक रूप से बिखरी हुई आबादी को समान प्रभाव के लिए अधिक संसाधनों की आवश्यकता है। एक उदाहरण के रूप में, पंजाब की घनी आबादी में 100 किमी. की सड़क बलूचिस्तान की तुलना में अधिक लोगों के काम आएगी।

हालाँकि, इस तरह का एक तर्क व्यर्थ है। कोई भी प्रबुद्ध या अप्रबुद्ध सरकार, केवल पहले से विकसित लोगों पर ध्यान केंद्रित करने की बजाय सभी प्रांतों को एक स्तर पर लाने का प्रयास करेगी। अतएव, सभी प्रांतों में सड़कें (और अधिक लंबी) बनानी होंगी। बलूचिस्तान को छोटी आबादी के नाम पर पिछड़ने की अनुमति देना प्रांत की आबादी को दूसरे दर्जे के नागरिक मानने का संकेत है। महासंघ के रूप में, संघीय राजकोषीय प्रणाली से अपेक्षा की जाती है कि वे संघनित इकाइयों, सार्वजनिक सेवाओं के प्रावधान और सामाजिक–आर्थिक विकास संकेतकों में समानता लाएँगे।[37] पाकिस्तान ऐसा करने में स्पष्ट रूप से विफल रहा है। परिणामस्वरूप बलूचों में द्वितीय श्रेणी के नागरिक होने की भावना होना स्वाभाविक है।

□

# IV

# चीन की चाल

# 11
# ग्वादर

'ग्वादर' शब्द दो बलूची शब्दों : ग्वात (हवा) दर (दरवाजा या प्रवेश द्वार) से बना है। साथ मिलकर, ग्वादर का अर्थ 'हवा का प्रवेश द्वार' है।

ग्वादर हथौड़े के आकार के एक प्राकृतिक प्रायद्वीप पर स्थित है, जो पाकिस्तान के दक्षिण-पश्चिम अरब सागर के तट पर दोनों तरफ दो अर्धवृत्ताकार खंड बनाता है। पश्चिमी खाड़ी को पैडी जिर के रूप में जाना जाता है और यह आमतौर पर 12 फीट की औसत गहराई और 30 फीट की अधिकतम गहराई के साथ उथली है। पूर्वी खाड़ी में गहरे पानी का डेमी जिर बंदरगाह है, जहाँ ग्वादर बंदरगाह बनाया जा रहा है।

ऐतिहासिक रूप से, ग्वादर वर्षों से सिंधु घाटी और मेसोपोटामिया की सभ्यताओं के बीच एक प्रमुख व्यापारिक बिंदु था। पंद्रहवीं शताब्दी में वास्को डी गामा के नेतृत्व में पुर्तगालियों ने इसे जलाने की कोशिश की। कलात के तत्कालीन खान ने 1783 में, एक मस्कट सुल्तान को उपहार में ग्वादर दे दिया था।[1] ओमान ने वर्षों तक शहर पर शासन किया और उसके शासन में ग्वादर एक सक्रिय बंदरगाह था। आज भी शहर के आसपास ओमानियों द्वारा निर्मित संरचनाओं के अवशेष देखे जा सकते हैं। 1958 में सरकार ने 3 मिलियन डॉलर की लागत से इसे औपचारिक रूप से ओमान से खरीदा और ग्वादर पाकिस्तान का हिस्सा बन गया।[2]

ग्वादर ने उन्नीसवीं सदी में एक अकेले, अविकसित पेड़वाले एक टेलीग्राफ स्टेशन[3] या बीसवीं सदी के मछली पकड़ने के एक अविकसित गाँव से एक लंबा सफर तय किया है, संभवत: इक्कीसवीं सदी में दुनिया के बड़े शहरों में से एक बन गया है। रॉबर्ट कपलान के अनुसार, 'यदि हम अतीत के महान् स्थानों—कार्थेज, थेब्स, ट्रॉय, समरकंद, अंगकोरवात और वर्तमान में—दुबई, सिंगापुर, तेहरान, बीजिंग, वाशिंगटन के नामों के बारे में सोचें तो ग्वादर को भविष्य के महान् स्थान के नामों में शामिल होने की पात्रता मिलेगी।' हालाँकि, उन्होंने चेतावनी दी कि ग्वादर का भविष्य पाकिस्तान के भाग्य की एक कुंजी होगा, 'जिसका विकास या तो मध्य एशिया के धन को मुक्त करेगा अथवा पाकिस्तान को एक विशाल और संभावित रूप से आवधिक, गृहयुद्ध में उलझा देगा।' वे कहते हैं कि इतिहास महान् योजनाओं की श्रृंखला होने के साथ-साथ दुर्घटनाओं और नष्ट हो गई योजनाओं की भी एक श्रृंखला है। ग्वादर एक नया रेशम मार्ग बन पाता है या नहीं, यह बात एक असफल राज्य बनने के विरुद्ध पाकिस्तान के अपने संघर्ष से जुड़ी है।[4]

हालाँकि, ऐसे 'महान् स्थान का नाम' इसकी अनुपस्थिति से विशिष्ट है। अब्दुल वली ने

2016 में 'नेशन' में लिखा था, 'वर्तमान में, ग्वादर में पानी, अच्छे स्कूल, अस्पताल, लड़कियों के लिए एक कॉलेज या एक भी विश्वविद्यालय नहीं है, इंटरनेट की सुविधा की बात जाने दें; तो क्या यह भविष्य का मेगा शहर हो सकता है?' ग्वादर की लड़कियाँ लड़कों के कॉलेज में शाम की पाली में पढ़ती हैं; कोई विश्वविद्यालय नहीं है; पानी का गंभीर संकट है और अलवणीकरण संयंत्र काम नहीं करते हैं।[5] फारुख सलीम ने सितंबर 2016 में पाकिस्तान के सांख्यिकी ब्यूरो के हवाले से लिखा कि ग्वादर में कुल 33,680 आवास इकाइयाँ थीं, जिनमें से केवल 20 प्रतिशत पक्की थीं; केवल 35 प्रतिशत में बिजली थी; केवल 45 प्रतिशत को पाइप से पानी मिलता था और केवल 0.86 प्रतिशत के पास खाना पकाने के लिए गैस थी। ग्वादर विकास प्राधिकरण द्वारा संचालित एक अस्पताल पिछले आठ वर्षों से बेकार पड़ा हुआ था।[6]

## ग्वादर और ओमान

अठारहवीं शताब्दी के मध्य में, कलात के खान, मीर नासिर खान ने गिचिस को हराकर ग्वादर और उसके आसपास के क्षेत्रों पर कब्जा कर उसे कलात की खानैत में शामिल किया, हालाँकि स्थानीय गिचकी प्रमुख को आधा राजस्व प्रदान करने के बदले में, क्षेत्र पर प्रशासनिक नियंत्रण बनाए रखने की अनुमति दी गई थी। इस बीच, मस्कत के अल सैयद वंश के सुल्तान बिन अहमद, अपने भाई के साथ आंतरिक सत्ता संघर्ष के कारण 1783 में मस्कत से भागकर ग्वादर आ गए। ग्वादर पहुँचने पर, उन्होंने नासिर खान से मदद माँगी। इसके परिणामस्वरूप, 1784 में नासिर खान ने उनके खर्च के लिए, यह सोचकर उन्हें ग्वादर सौंप दिया कि जब सुल्तान मस्कत का सिंहासन पा लेंगे तो यह क्षेत्र कलात को वापस मिल जाएगा। सुल्तान बिन अहमद 1797 में मस्कत के सिंहासन पर बैठे, लेकिन कलात को ग्वादर नहीं लौटाया। उन्होंने ग्वादर में एक वली (गवर्नर) नियुक्त किया और एक किले का निर्माण करने का आदेश दिया। ग्वादर के लिए सुल्तान बिन अहमद और कलात के खान के उत्तराधिकारियों के बीच संघर्ष के कारण अंग्रेजों को इसमें हस्तक्षेप करने का अवसर मिला। क्षेत्र के उपयोग के लिए सुल्तान से रियायतें लेने के बाद, अंग्रेजों ने मस्कत को ग्वादर पर अपना अधिकार बनाए रखने की सुविधा प्रदान की। अंग्रेजों ने कराची और ग्वादर के बीच 1863 में भारत-यूरोपीय टेलीग्राफ के हिस्से का पहला टेलीग्राफ लिंक बनाया। 1894 में एक डाकघर खोला गया और ग्वादर अंग्रेजों के आवागमन का एक बंदरगाह और नौ संचालन के लिए एक महत्त्वपूर्ण आधार बन गया।

हालाँकि कलात के खान ग्वादर पर अपने दावे को दोहराते रहे, क्योंकि इस क्षेत्र में कुछ भी अंग्रेजों के नियंत्रण में नहीं था। ब्रिटिश रणनीतिक गणनाओं में, भारत के मित्र न रहने की स्थिति में मुख्य भूमि की यह तलहटी महत्त्वपूर्ण थी। सर्वेक्षणों में क्षेत्र में तेल की उपस्थिति का भी संकेत मिला था और अंग्रेजों ने महसूस किया कि भविष्य में ग्वादर एक महत्त्वपूर्ण बंदरगाह बन सकता है। एक ब्रिटिश-अमरीकी कंपनी, इंडिया ऑयल कंसेशंस लिमिटेड को 1939 में तेल की खोज के लिए एक अनुबंध सौंपा गया था, लेकिन द्वितीय विश्वयुद्ध के फैलने के कारण, यह काम स्थगित कर दिया गया था। ब्रिटिश विदेश कार्यालय स्वतंत्र भारत के राष्ट्रमंडल में शामिल होने के बारे में अनिश्चित था, इसलिए उन्होंने सोचा कि इस क्षेत्र को मस्कत के साथ रखना उनके हित में था, क्योंकि मस्कत के साथ उनके विशेष समझौते थे।

इन समझौतों ने ब्रिटेन को सैन्य और अन्य उद्देश्यों के लिए ग्वादर का उपयोग करने की अनुमति देने के साथ-साथ सुल्तान को अपने प्रभुत्ववाले क्षेत्रों को ब्रिटेन के अलावा किसी अन्य राज्य को बेचने या पट्टे पर देने से रोक दिया था। अतएव, अपने निर्माण के बाद भी, पाकिस्तान को दो संप्रभु सरकारों के रूप में मस्कत से सीधे बात करने के बजाय ग्वादर को खरीदने के लिए ब्रिटिश सरकार से संपर्क करना पड़ा।

1954 में पाकिस्तान ने यूनाइटेड स्टेट्स जियोलॉजिकल सर्वे (यू.एस.जी.एस.) को अपनी तटरेखा का सर्वेक्षण करने के लिए अनुबंधित किया। यू.एस.जी.एस. ने सर्वेक्षण करने के लिए वर्थ कोंड्रिक को नियुक्त किया, जिन्होंने ग्वादर के हथौड़े के आकार के प्रायद्वीप की गहरे समुद्र के एक नए बंदरगाह के लिए एक प्राकृतिक और उपयुक्त स्थल के रूप में पहचान की। इससे पाकिस्तान ने ग्वादर को वापस लेने के लिए दबाव बनाना आरंभ कर दिया। ब्रिटेन ने अगस्त, 1958 तक इस सौदे को हतोत्साहित करना जारी रखा, इसके बाद आखिरकार उसने गुप्त समझौते के जरिए ग्वादर को हस्तांतरित करने की अनुमति दी। समझौते ने सुल्तान से कई रियायतें पाने और ग्वादर की खरीद का मार्ग प्रशस्त किया।

समझौते के अनुसार, ग्वादर में वाणिज्यिक मात्रा में तेल पाए जाने पर पाकिस्तान की सरकार सुल्तान को कुल राजस्व का एक प्रतिशत देने के लिए बाध्य थी। अन्य प्रावधानों में पाकिस्तान के नागरिकों के रूप में किसी भी अधिकार के लिए बिना किसी पूर्वग्रह के ग्वादर के निवासियों द्वारा मस्कत की नागरिकता का प्रतिधारण; सुल्तान के सशस्त्र बलों के लिए क्षेत्र से भरती की सुविधा; पाकिस्तान के तकनीकी स्कूलों में सैन्यकर्मियों के लिए प्रशिक्षण की सुविधा, आदि शामिल थे।[7] ग्वादर 174 वर्षों तक ओमानी शासन में रहने के बाद 7 सितंबर, 1958 को औपचारिक रूप से पाकिस्तान का हिस्सा बन गया।

इस अवसर पर रेडियो पाकिस्तान से राष्ट्र को संबोधित करते हुए प्रधानमंत्री मलिक फिरोज खान नून ने कहा : 'मैं पाकिस्तान गणराज्य में ग्वादर के निवासियों का स्वागत करता हूँ और मैं उन्हें आश्वस्त करना चाहता हूँ कि धर्म, जाति या पंथ के विचार के बावजूद वे पाकिस्तान के अन्य देशवासियों के साथ समान अधिकारों और विशेषाधिकारों का आनंद लेंगे। अब वे जिस गणतंत्र से जुड़े हैं, उसकी महिमा और समृद्धि में उनका पूरा हिस्सा होगा', (शब्द, कोई संदेह नहीं है कि ग्वादर के निवासी, अन्य बलूच के साथ, अब झिझकेंगे।) उन्होंने ब्रिटिश सरकार को '…उनकी सहायता के लिए और ग्वादर में उनके अधिकारों के हस्तांतरण के लिए मस्कत और ओमान के महामहिम सुल्तान के साथ हमारी बातचीत को सफल परिणाम तक पहुँचाने में मदद के लिए' धन्यवाद भी दिया। पिछले छह महीनों में जोरदार तरीके से बात जारी रखी गई और हर चरण में हमें यूनाइटेड किंगडम में महामहिम की सरकार से बहुमूल्य सलाह मिली।'[8]

उस समय ग्वादर कुछ हजार की आबादी का मछली पकड़नेवाला एक छोटा और अविकसित गाँव था। इसके अधिग्रहण के बाद, ग्वादर को तत्कालीन पश्चिमी पाकिस्तान प्रांत में मकरान जिले की एक तहसील (उप-जिला) बनाया गया था। बाद में मकरान को एक प्रखंड में उन्नत करने पर यह एक जिला बना।

## ग्वादर के विकास का इतिहास

1958 में ओमान से बंदरगाह के अधिग्रहण के बाद से, पाकिस्तान इसके उपयोग के लिए भव्य योजनाएँ बना रहा है। 1960 के दशक में अयूब खान के राष्ट्रपतित्व में, ग्वादर को कराची के विकल्प के रूप में विकसित करने की बात सोची गई थी। ग्वादर को, पूर्व के पास्नी के बंदरगाह के साथ, पाकिस्तान को हिंद महासागर में एक महान् शक्ति बनानेवाले के रूप में देखा गया था, हालाँकि देश की आर्थिक स्थितियों को देखते हुए, ऐसी योजनाएँ अब भी केवल कागजों में बनी हुई हैं।

1970 के दशक में, जेड.ए. भुट्टो ने बंदरगाह के विकास में अमेरिका की रुचि आकर्षित करने की असफल कोशिश की और अमरीकी नौसेना को ऐसा करने का प्रस्ताव दिया। 1974 में यह प्रस्ताव दोहराया गया, लेकिन अमेरिका उदासीन रहा। 1980 में अमरीकी संयुक्त चीफ ऑफ स्टाफ के पूर्व अध्यक्ष एडमिरल थॉमस मूर ने ग्वादर में एक नौसैनिक अड्डे की स्थापना की वकालत की।[9] हालाँकि, प्रस्ताव को अधिक तरजीह नहीं मिली।

1980 के दशक में रूसियों ने एक रुचि दरशाई, जिसमें ग्वादर को समुद्र में गरम पानी के निकास के रूप में देखा गया था, जिसकी वे लंबे समय से तलाश कर रहे थे। यह उन्हें मध्य एशिया की खनिज संपदा का निर्यात करने की सुविधा दे सकता था, हालाँकि अफगानिस्तान पर नियंत्रण स्थापित करने में असमर्थ होने के कारण ये योजनाएँ सफल नहीं हो सकीं। 1988 में बेल्जियम ने ग्वादर बंदरगाह को विकसित करने की कोशिश की, लेकिन बंदरगाह अधिक यातायात आकर्षित नहीं कर सका।[10]

1990 के दशक में सोवियत संघ के पतन के साथ, ग्वादर को नए स्वतंत्र मध्य एशियाई गणराज्यों (सी.ए.आर.) का पारगमन बिंदु बनाने के लिए हाथापाई हुई। नवाज शरीफ ने अपने पहले कार्यकाल में और बेनजीर भुट्टो ने अपने दूसरे कार्यकाल में ग्वादर को उच्च दृश्यता देने की कोशिश की और इसे मध्य एशियाई गणराज्यों के प्रवेश द्वार के रूप में प्रस्तुत किया। एक बार फिर कुछ नहीं हो पाया। अपने दूसरे कार्यकाल में नवाज शरीफ ने ग्वादर के गहरे समुद्री बंदरगाह के पहले चरण के निर्माण के लिए चाइना हार्बर इंजीनियरिंग कॉरपोरेशन (सी.एच.ई.सी.) के साथ एक समझौते पर हस्ताक्षर किए, हालाँकि अक्तूबर 1999 के तख्तापलट में जनरल परवेज मुशर्रफ द्वारा उन्हें अपदस्थ करने के बाद योजनाएँ पटरी से उतर गईं।

अंततः मई 2001 में चीनी प्रधानमंत्री झू रोंगजी की यात्रा के समय परियोजना को सही मार्ग मिला, उन्होंने ग्वादर को एक गहरे समुद्र के बंदरगाह के रूप में विकसित करने के लिए चीनी वित्तपोषण की मंजूरी दी थी। समझौते के अनुसार, निर्माण के लिए चीन 250 मिलियन अमरीकी डॉलर और पाकिस्तान 50 मिलियन अमरीकी डॉलर प्रदान करेगा। मार्च 2002 में निर्माण कार्य का उद्घाटन हुआ था। जून 2006 में, इसका पहला चरण पूरा हुआ।

फरवरी 2007 में बंदरगाह के प्रबंधन का कार्य चालीस वर्षों के लिए पोर्ट ऑफ सिंगापुर अथॉरिटी (पी.एस.ए.) को सौंपा गया था।[11] पी.एस.ए. ने बंदरगाह को और विकसित करने के लिए पाँच वर्षों में 550 मिलियन अमरीकी डॉलर का निवेश किया। बलूचिस्तान विधानसभा के पूर्व सीनेटर और वर्तमान सदस्य सनाउल्लाह बलूच के अनुसार, सरकार ने जानबूझकर मीडिया और जनता को गुमराह किया कि पोर्ट ऑफ सिंगापुर ग्वादर का प्राधिकार सँभाल रही थी, हालाँकि उनके अनुसार

2007 में हस्ताक्षरित रियायती समझौते में 'पोर्ट ऑफ सिंगापुर अथॉरिटी' का नाम कहीं भी दिखाई नहीं देता है। इसकी बजाय, यह मात्र तीन सप्ताह पुरानी कंपनी पी.एस.ए. ग्वादर पी.टी.ई. लिमिटेड थी। कंपनी बोली लगाने के समय भी मौजूद नहीं थी; इसके 'प्रायोजकों' द्वारा बोली लगाई गई थी।[12]

बंदरगाह की शुरुआत सुचारु रूप से नहीं हो सकी। मार्च 2008 में कनाडा से गेहूँ की खेप लेकर आया पहला जहाज, *पोस्ट ग्लोरी* तट तक नहीं पहुँच सका। मार्च 2007 में बंदरगाह के आधिकारिक उद्घाटन के समय 14 मीटर की गहराई कचरा जमने के कारण घटकर 12.5 मीटर रह गई थी। *पोस्ट ग्लोरी* को हलका करने के लिए, गेहूँ उतारने के लिए एक दूसरा जहाज किराए पर लेना पड़ा। तत्कालीन जहाजरानी मंत्री कमरुजमजमान कायरा को यह स्वीकार करना पड़ा कि बंदरगाह को चालू होने में तीन वर्ष लगेंगे, क्योंकि इसमें आवश्यक बुनियादी ढाँचे, संचार नेटवर्क और उपयोगिताओं की कमी थी।[13] इसके बावजूद, बंदरगाह को दिसंबर 2008 में 'पूरी तरह कार्यात्मक' घोषित किया गया था।

पी.एस.ए. के संचालन की बहुत आलोचना हुई। अंतत:, आम चुनाव से ठीक पहले 30 जनवरी, 2013 को, पी.पी.पी. सरकार ने चाइना ओवरसीज पोर्ट्स होल्डिंग कंपनी लिमिटेड (सी.ओ.पी. एच.सी.एल.) को बंदरगाह के संचालन की जिम्मेदारी सौंपी गई। समझौते के अनुसार, सी.ओ.पी. एच.सी.एल. इसकी तीन मुख्य कंपनियों : ग्वादर इंटरनेशनल टर्मिनल (जी.आई.टी.), ग्वादर मरीन सर्विसेज लिमिटेड (जी.एम.एस.) और ग्वादर फ्री जोन कंपनी लिमिटेड (जी.एफ.जेड.) के माध्यम से बंदरगाह के मामलों को निष्पादित करेगी। जी.आई.टी. व्यवसाय से संबंधित मामलों को सँभालने के लिए जिम्मेदार होगी, जी.एम.एस. पोर्ट सेवाएँ प्रदान करेगी और जी.एफ.जेड. मुक्त क्षेत्र में निवेश कंपनियों को सहयोगी सुविधाएँ प्रदान करेगी। मुक्त व्यापार क्षेत्र के औपचारिक हस्तांतरण के बाद, बंदरगाह के सभी व्यापारिक मामलों को केवल चीनी अधिकारी सँभालेंगे।[14]

## रणनीतिक स्थान

ग्वादर की क्षमता, इसके बलूचिस्तान के मकरान तट पर स्थित होर्मुज जलडमरूमध्य से लगभग 250 समुद्री मील की दूरी पर स्थित होने के कारण है, दुनिया की 40 प्रतिशत तेल आपूर्ति इससे होकर गुजरती है। ग्वादर चीन-पाकिस्तान आर्थिक गलियारे (सी.पी.ई.सी.) का निकास है, जो चीन के भूमि से घिरे शिनजियांग प्रांत को फारस की खाड़ी तक वाणिज्यिक पहुँच प्रदान करता है। इसमें कराची बंदरगाह का विकल्प होने के अलावा मध्य एशिया भेजे जानेवाले माल के पार-शिपमेंट के लिए एक क्षेत्रीय पारगमन केंद्र बनने की क्षमता भी है।

व्यापार के अलावा, बंदरगाह का पाकिस्तान के लिए महत्त्वपूर्ण रणनीतिक प्रभाव है। यह कराची की तुलना में भारतीय सीमा से 450 किमी. दूर स्थित है। वर्तमान में, कराची पाकिस्तान के अधिकांश समुद्र-जनित व्यापार को सँभालता है। आशा की जाती है कि ग्वादर, कराची की भीड़ को कम करेगा। इससे भारत के लिए इसे अवरुद्ध करना बहुत मुश्किल हो जाएगा कि जैसा कि 1971 में हुआ था और 1999 के कारगिल संकट में भी ऐसा करने की धमकी दी गई थी। परिणामस्वरूप, ग्वादर बंदरगाह पाकिस्तान को अपनी तटीय सीमा के साथ महत्त्वपूर्ण रणनीतिक मजबूती प्रदान करेगा।

पाकिस्तान का दावा है कि वह ग्वादर को क्षेत्रीय व्यापार की धुरी बनाकर अपने सबसे अविकसित प्रांत, बलूचिस्तान में काफी निवेश आकर्षित करेगा। सैद्धांतिक रूप से, यह धनराशि सड़क और रेल के निर्माण के द्वारा तटीय क्षेत्र को शेष पाकिस्तान, ईरान और अफगानिस्तान से जोड़ने की सुविधा देगी; क्षेत्र के विशाल और अछूते प्राकृतिक संसाधनों का दोहन हो सकेगा; और विभिन्न विकास परियोजनाओं के माध्यम से स्थानीय बलूचों का सामाजिक-आर्थिक उत्थान हो सकेगा। कागज पर अच्छा लग रहा है, पर वास्तविकता काफी अलग है।

## चीनी हित

अरब सागर का प्रवेश द्वार होने के अलावा, ग्वादर क्षेत्र में भारतीय और अमरीकी नौसेनाओं की सैन्य गतिविधियों के साथ-साथ सामरिक समुद्री लिंक पर नजर रखने के लिए एक सुनहरा स्थान प्रदान करेगा। यह दोहरे उपयोगवाली नागरिक-सैन्य सुविधाएँ भी प्रदान करेगा, जिनका चीनी जहाजों और पनडुब्बियों के लिए आधार के रूप में उपयोग किया जा सकता है। ग्वादर में चीनी उपस्थिति से चीन को मौजूदा मार्गों के साथ अपने ऊर्जा से संबंधित शिपमेंट की सुरक्षा सुनिश्चित करने की सुविधा मिलेगी।

एक दशक पहले, जब मुशर्रफ ने ग्वादर को बंदरगाह बनाने का काम चीन को देने का प्रस्ताव किया तब दुबई इसका आदर्श था। ग्वादर का चीनी मॉडल दुबई का नहीं, बल्कि शेन्जेन के उनके अपने बंदरगाह का है। इसलामाबाद के उप-चीनी राजदूत झाओ लिजियन ने कहा, 'पैंतीस वर्ष पहले, शेन्जेन ग्वादर की तरह केवल एक मछली पकड़नेवाला गाँव था। अब इसे एक आधुनिक औद्योगिक शहर में बदल दिया गया है।' हालाँकि, चुनौतियाँ बहुत बड़ी हैं। शेन्जेन की सफलता काफी हद तक इसके हाँगकाँग की बगल में स्थित होने के कारण थी, जिसकी जी.डी.पी. पाकिस्तान की तुलना में अधिक है। ग्वादर निकटतम प्रमुख शहर, कराची से 450 किमी. दूर है।[15]

कई सुरक्षा विश्लेषक ग्वादर को चीन की तथाकथित 'मोतियों की लड़ी' की रणनीति के एक अभिन्न अंग के रूप में देखते हैं। दिलचस्प बात यह है कि 'मोतियों की लड़ी' की अभिव्यक्ति अमेरिकियों ने गढ़ी थी, चीनियों ने नहीं। अमरीकी सलाहकार बूज एलेन ने 2004 में अमरीकी रक्षा विभाग के लिए 'एनर्जी फ्यूचर्स इन एशिया' नामक एक रिपोर्ट बनाई और 'वाशिंगटन टाइम्स' के अनुसार, यह कहा गया था कि 'चीन मध्य पूर्व से दक्षिण चीन सागर तक के समुद्री रास्तों से ऐसे तरीकों से रणनीतिक संबंध बना रहा है, जो चीन के ऊर्जा हितों की रक्षा के लिए रक्षात्मक और आक्रामक स्थिति के साथ-साथ व्यापक सुरक्षा उद्देश्यों की पूर्ति के लिए भी अवसर देते हैं।' रिपोर्ट में चटगाँव और ग्वादर को दो मोतियों के रूप में सूचीबद्ध किया गया है, जिसमें पूर्वनिर्मित आधार, थाईलैंड में एक नहर, बर्मा में एक तेल पाइपलाइन और कंबोडिया में एक रेलवे लाइन के बारे में अनुमान लगाया गया है। तब से 'मोतियों की लड़ी' के विचार ने रणनीतिकारों की कल्पना को जकड़ लिया है और इसे भारत को घेरने की रणनीति के रूप में देखा जाता है। चीनी परियोजनाओं में : म्याँमार में सिटवे, बांग्लादेश में चटगाँव, श्रीलंका में हंबनटोटा, मालदीव में माराओ और पैरासेल्स के पास वुडी द्वीप शामिल हैं।[16]

## युआन वैध मुद्रा के रूप में

इसलामाबाद में 20 नवंबर, 2017 को आयोजित वरिष्ठ अधिकारियों की एक बैठक में चीनी पक्ष ने ग्वादर में युआन को कानूनी मुद्रा बनाने का प्रस्ताव दिया। यह वास्तव में पेचीदा था। यदि यह युआन को अंतरराष्ट्रीय मुद्रा बनने में मदद करने के लिए था, तो इसे केवल ग्वादर में कानूनी मुद्रा क्यों बनाया जाना चाहिए और शेष पाकिस्तान में ऐसा क्यों नहीं होना चाहिए ?[17] वर्तमान में, पाकिस्तान ने इस प्रस्ताव को ठुकरा दिया है, जिसमें कहा गया है कि इस तरह का कदम उठाना उसकी 'आर्थिक संप्रभुता' से समझौता करना होगा।[18] हालाँकि, स्पष्ट रूप से यह इस विषय पर आखिरी निर्णय नहीं है।

## बलूच परिप्रेक्ष्य

वर्ष 2003 की शुरुआत में, जब ग्वादर बंदरगाह का निर्माण अपने शुरुआती चरण में था, उस समय बहुत अधिक जन आंदोलन हुआ था। एच.आर.सी.पी. ने बताया कि आलोचना के मुख्य आधार थे : परियोजना की योजना और क्रियान्वयन से लोगों और उनके प्रतिनिधियों का बहिष्कार; रोजगार के निर्धारित अवसरों से इनकार; संघीय सरकार और सैन्य नेतृत्व के उद्देश्यों के बारे में आशंका; मकरान की राजनीतिक स्थिति में बदलाव के डर से जमीन हड़पना और ग्वादर और बलूचिस्तान में जातीय असंतुलन से इस क्षेत्र में बलूचों के अल्पसंख्यक में बदलने के डर। अतिरिक्त चिंताओं में भूमि के स्वामित्व के निपटान में अनियमितताएँ, मछली पकड़नेवाले समुदाय के पारंपरिक हितों की उपेक्षा, विस्थापन से डरे लोगों के अधिकारों के प्रति उदासीनता, नए कार्यबल में स्थानीय लोगों का अपर्याप्त प्रतिनिधित्व और देश के अन्य हिस्सों से आए लोगों द्वारा स्थानीय समुदाय के अशक्त हो जाने की आशंका शामिल थीं।[19] यही तर्क आज भी सुनने को मिलते हैं, बल्कि वे और अधिक स्पष्ट हो गए हैं। स्पष्ट रूप से, पिछले पंद्रह वर्षों में इनमें से किसी मुद्दे को संबोधित करने के लिए कुछ भी नहीं किया गया है।

आमतौर पर अकुशल तरीका, संघीय सरकार की असंवेदनशीलता और अहंकार को दरशाता है, साधारण बलूचों से परियोजना के बारे में सलाह नहीं की गई है; और उन्हें इसमें हिस्सेदारी नहीं दी जा रही है, उनके इस परियोजना के लाभार्थी होने की संभावना नहीं है। परियोजना पूरी तरह से संघीय सरकार द्वारा संचालित है और इसके निर्माण में केवल कुछ बलूच कार्यरत हैं। ये मुख्य रूप से अकुशल श्रमिक हैं, हालाँकि यहाँ इंजीनियरों जैसे कुशल श्रमिकों के साथ ऐसे बहुत से अकुशल श्रमिकों को आयातित किया गया है।[20] इस तरह, ग्वादर बलूचों के लिए इसका एक प्रतीक बन गया है कि उनके साथ कितना गलत व्यवहार किया गया है।

इसके अलावा प्रांतीय और संघीय सरकारों के बीच बंदरगाह के नियंत्रण का मुद्दा है। संघीय सरकार अठारहवें संशोधन और प्रांतों को शक्तियों के विचलन के बावजूद ग्वादर में अपनी इच्छा चला रही है। प्रांतीय सरकार को कुछ टुकड़े दिए गए हैं, जैसे कि अपने नामिती को बंदरगाह प्राधिकरण का अध्यक्ष बनाना, हालाँकि महत्त्वपूर्ण निर्णय संघीय सरकार के पास हैं। अतएव, इस परियोजना से बलूचों को खतरा महसूस होता है। बलूचिस्तान नेशनल पार्टी–एम (बी.एन.पी.–एम.) के प्रमुख सरदार अख्तर मेंगल ने कहा : 'जब तक ग्वादर बंदरगाह का नियंत्रण प्रांत को नहीं सौंपा

जाता तब तक बलूचों के अधिकारों की रक्षा नहीं की जा सकती और समृद्ध बलूचिस्तान का सपना साकार नहीं हो सकता।'[21]

ग्वादर बंदरगाह के संचालन के लिए चीन के साथ चालीस वर्ष के समझौते के विवरण के रहस्योद्घाटन ने बलूचिस्तान में आलोचना को और बढ़ा दिया है। बंदरगाह और नौवहन के तत्कालीन मंत्री, मीर हसील खान बिजेंजो ने सीनेट को सूचित किया कि समझौते के अंतर्गत, चीनी कंपनी, चाइना ओवरसीज पोर्ट होल्डिंग कंपनी (सी.ओ.पी.एच.सी.), बंदरगाह के सभी विकास कार्य करेगी और जैसा कि अनुमान है, समझौते के अनुसार, वह टर्मिनल और समुद्री परिचालन के सकल राजस्व से 91 प्रतिशत राजस्व संग्रह और मुक्त क्षेत्र संचालन के सकल राजस्व से 85 प्रतिशत की हकदार होगी। शेष राशि संघीय सरकार का हिस्सा होगी, जिससे बलूचिस्तान को 2048 तक बंदरगाह से कोई राजस्व नहीं मिलेगा।[22]

लगभग उसी समय, श्रीलंका ने अपना दक्षिणी बंदरगाह हंबनटोटा नब्बे वर्ष के पट्टे पर चीन को सौंप दिया। चीन का कर्ज चुकाने में असफल रहने के बाद उसे ऐसा करना पड़ा। यह घटना सामान्य रूप से पाकिस्तान में और विशेष रूप से बलूचिस्तान में खतरे की घंटी है। डर है कि अगर पाकिस्तान चीनी ऋणों को चुकाने में विफल रहा तो अंततः ग्वादर को हंबनटोटा जैसी स्थिति झेलनी होगी।[23]

बलूच राष्ट्रवादियों को लगता है कि परियोजना में गैर-बलूच को नौकरियों को लेने और उन्हें अपने ही प्रांत में अल्पसंख्यक बनाने से बलूचिस्तान की जनसांख्यिकी में प्रतिकूल परिवर्तन होगा, हालाँकि आँकड़े अलग-अलग हैं। ग्वादर विकास प्राधिकरण के अनुसार, योजना के अनुसार, अगले बीस वर्षों में 80,000 की वर्तमान आबादी, अधिकतर मछुआरे, 20 हजार चीनी निवासियों सहित अन्य 20 लाख लोगों से जुड़ेंगे, हालाँकि बलूचों ने कहा कि ग्वादर अपनी मौजूदा आबादी से 100 लाख लोगों का शहर बन जाएगा, जिससे प्रांत की जनसांख्यिकी में बड़ा बदलाव आएगा। राष्ट्रीय और अंतरराष्ट्रीय मीडिया में ग्वादर शहर में निवेश के लिए दी गई विज्ञप्तियों के द्वारा बलूच आशंकाओं की पुष्टि हुई, जिसे आरंभ में 2.5 मिलियन लोगों के लिए सोचा गया था, लेकिन बाद में इसे 5 मिलियन तक बढ़ा दिया गया था। यह देखते हुए कि बलूचिस्तान की पूरी आबादी (पश्तूनों सहित) लगभग 6 मिलियन है, बलूचों की अपनी मातृभूमि में अल्पसंख्यक में परिवर्तित हो जाने और उनकी पहचान मिटने की आशंका उचित है।[24]

ग्वादर में मेगा हाउसिंग प्रोजेक्ट—'चाइना-पाक हिल्स' के अक्तूबर 2017 में लंदन में आयोजित एक संवाददाता सम्मेलन में चीन-पाकिस्तान निवेश निगम (सी.पी.आई.सी.) द्वारा घोषणा के कारण ऐसी आशंकाएँ बढ़ गई हैं। निगम के मुख्य कार्यकारी अधिकारी, जियान झेंग ने आवासीय परियोजना के पहले चरण में 500 मिलियन अमरीकी डॉलर का वित्तपोषण करने का खुलासा किया, जिसमें 2023 तक लगभग आधे मिलियन सफेदपोश चीनी रहने लगेंगे। विकास परियोजना में 10 मिलियन वर्ग फीट से अधिक के निर्मित क्षेत्र शामिल होंगे। यह ग्वादर में चीनी पेशेवरों के लिए एक मिश्रित उपयोगवाला परिकल्पित विकास होगा, जहाँ रहने, काम करने और खेलने के लिए सभी तरह की जीवनशैली होगी, कई तरह की सुविधाएँ होंगी, जो भविष्य के विकास का मानदंड स्थापित करेंगी।' हालाँकि, संघीय सरकार ने रिपोर्ट को फर्जी कहा है और इस बात से इनकार किया है कि

ग्वादर पोर्ट अथॉरिटी ने ऐसी कोई अनुमति दी थी। फिर भी, सी.पी.आई.सी. ने संबंधित प्राधिकरण से कंपनी को प्राप्त 'अनापत्ति प्रमाण-पत्र' दरशाते हुए दस्तावेजी साक्ष्य प्रस्तुत किए हैं।[25]

बलूच, सिंध की राजधानी कराची के इतिहास से अवगत हैं। 1947 में इसकी सिंधी आबादी 0.5 मिलियन थी, लेकिन अब इसमें 14 मिलियन से अधिक लोग हैं। उनमें से लगभग 90 प्रतिशत गैर-सिंधी हैं, जो सिंधियों को उनकी राजधानी में अल्पसंख्यक बनाते हैं।[26]

वर्तमान में, बलूचिस्तान में जनसंख्या के आधार पर एक पचास सदस्यीय प्रांतीय विधानसभा है। अपेक्षित आमद विधायिका को अतिरिक्त सीटों की ओर ले जाएगी, जिससे बलूच को हर मामले में अल्पसंख्यक बना दिया जाएगा। बी.एन.पी. (एम.)[27] के बलूच सीनेटर डॉ. जहजेब जमालदिनी को डर है कि 'यहाँ तक कि मुख्यमंत्री एक बाहरी व्यक्ति होगा।' इस प्रकार, बलूच चाहते हैं कि मौजूदा जनसांख्यिकी को संरक्षित करने के लिए बाहर से आनेवालों को स्थानीय कंप्यूटरीकृत राष्ट्रीय पहचान पत्र (सी.एन.आई.सी.), अधिवास प्रमाण-पत्र और मतदाताओं के रूप में पंजीकृत करने से प्रतिबंधित करने जैसी विधायी गारंटी दी जाए।

अताउल्लाह मेंगल के अनुसार, 'अगर ग्वादर में नौकरियाँ हैं, तो लोग वहाँ आएँगे, पाकिस्तानी और विदेशी एक जैसे होंगे। समय के साथ उन्हें मतदान का अधिकार मिल जाएगा। समस्या यह है कि ग्वादर में एक कराची का बसना, बलूचिस्तान की पूरी आबादी को अल्पसंख्यक में बदलने के लिए पर्याप्त है। अकेले ग्वादर शेष बलूचिस्तान से अधिक सदस्यों को संसद् में भेजेगा। हम अपनी पहचान, अपनी भाषा, सबकुछ खो देंगे। अतएव, हम इन मेगा परियोजनाओं को स्वीकार करने के लिए तैयार नहीं हैं।'[28]

खतरे को समझते हुए, पाकिस्तानी सीनेट ने जनवरी 2019 में सरकार से आह्वान किया कि वह ग्वादर की स्थानीय आबादी के जनसांख्यिकीय संतुलन और स्वामित्व अधिकारों के संरक्षण के लिए उपाय करे और सी.पी.ई.सी. परियोजनाओं के कारण ग्वादर में अपेक्षित बड़े पैमाने पर प्रवासन के विरुद्ध सुरक्षा करे।[29] हालाँकि, लेखन के समय, प्रतीत होता है कि इस विषय में कुछ भी नहीं किया गया है।

इसके अलावा, ग्वादर को कराची से जोड़ा जा रहा है, लेकिन ऐसी आशंकाएँ हैं कि संघीय सरकार ग्वादर को तुर्बत, पंजगर और खुजदार होते हुए क्वेटा से जोड़ने में पीछे हट रही है। परिणामस्वरूप, बाकी प्रांत परियोजना से बहुत अधिक लाभ प्राप्त नहीं करेगा। लोग बेचैन हो रहे हैं, क्योंकि उन्हें लगता है कि देश में सबसे लंबी तटरेखा होने के बावजूद उन्हें एक भूमि से घिरे प्रांत में परिवर्तित किया जा रहा है।[30]

इसलिए, इसके अपने लोग बंदरगाह के सबसे बड़े प्रतिद्वंद्वी बन गए हैं। कपलान की टिप्पणी के अनुसार, गरीब और अशिक्षित बलूच आबादी ग्वादर की भविष्य की समृद्धि से बाहर कर दी गई थी। इसलिए, ग्वादर पंजाबी शासित पाकिस्तान के प्रति बलूची नफरत के लिए एक बिजली की छड़ी बन गया। वास्तव में, ग्वादर का अरब सागर-मध्य एशियाई केंद्र बनने का वादा देश को तोड़ने की धमकी देता है।[31] आश्चर्य की बात नहीं है कि जब पूर्व योजना मंत्री, अहसान इकबाल ने जनवरी 2018 में एक समारोह में भव्य रूप से घोषणा की कि 'ग्वादर बलूचों के जीवन में क्रांति लाएगा' तो इसे स्वीकार करनेवाले बहुत कम थे।[32]

## पानी

ग्वादर में पेयजल की कमी एक प्रमुख मुद्दा है। ग्वादर को पाकिस्तान की किस्मत खोलनेवाली कुंजी के रूप में जाना जाता है, जबकि आज ग्वादर के निवासियों के लिए पेयजल की पर्याप्त आपूर्ति सबसे महत्त्वपूर्ण है।

आधिकारिक अनुमानों के अनुसार, प्रति व्यक्ति पानी की औसत आवश्यकता लगभग 18 गैलन प्रतिदिन है। इस आधार पर ग्वादर को 2012 में करीब 5.5 एम.जी.डी. पानी की जरूरत थी और 2017 के अंत तक 6 एम.जी.डी. पानी की जरूरत है।[33] जल आपूर्ति का मुख्य स्रोत अकरा बाँध है, जो ग्वादर और आसपास के क्षेत्रों में 3 से 3.5 एम.जी.डी. की आपूर्ति कर सकता है, जिसमें जिवानी, पेशकान, सुर बंदर, गंज और बाल नागोर शामिल हैं। 6 एम.जी.डी. की आवश्यकता तब थी, जब शहर पूरी तरह से विस्तारित नहीं हुआ था। जब शहर और बढ़ रहा है, तो विभिन्न परियोजनाओं और जनसंख्या में बड़े पैमाने पर वृद्धि के कारण पानी की आवश्यकता कई गुना बढ़ जाएगी। 2.5 मिलियन जनसंख्या की आवश्यकता के लिए न्यूनतम 150 एम.जी.डी. पानी की जरूरत होगी और यह 250 एम.जी.डी. तक भी बढ़ सकती है।

ग्वादर एक शुष्क क्षेत्र है, जो लगातार सूखे के लिए जाना जाता है। समय-समय पर बारिश कम होने के कारण, 2012 में अकरा बाँध सूख गया और लगभग 175 दिनों तक पानी का संकट बना रहा। बाँध के जलग्रहण क्षेत्रों में बारिश होने के बाद ही यह संकट दूर हुआ। पानी की कमी ने, निवासियों को पानी के निजी टैंकरों पर निर्भर होने के लिए बाध्य किया था, जिनकी कीमत 15,000 रुपए प्रति टैंकर थी। जल संकट के चरम पर, एक गैलन पानी 1,000 रुपए में बेचा गया था।[34] सितंबर 2017 में पानी की कीमत कम-से-कम 17,000 रुपए प्रति टैंकर या छह रुपए प्रति गैलन थी।[35] टैंकरों ने बेलार बाँध से पानी निकाला, जो पश्चिम में ईरानी सीमा के पास दाराम पर्वत का एक जलग्रहण क्षेत्र है। सुर बंदर, पेशुकान, ग्वादर और जिवानी के निवासियों को पानी उपलब्ध कराने के लिए इन टैंकरों ने शुक्रवार को छोड़कर, महीने में सत्ताईस चक्कर लगाए।[36] संकट इतना बढ़ गया कि पाकिस्तान की नौसेना को दो टैंकरों में लगभग 300,000 गैलन पानी जहाज से लाना पड़ा था।

दिसंबर 2015 में अकरा बाँध में पानी का स्तर काफी नीचे चला गया और ग्वादर में एक बार फिर से पानी का संकट उत्पन्न हो गया। मार्च 2016 तक यह संकट लगभग अस्सी दिनों तक जारी रहा। दिसंबर 2016 में शहर में फिर से पानी की कमी हो गई और यह चालीस दिनों तक जारी रहने के बाद जनवरी 2017 में समाप्त हो पाई। इस संकट को दूर करने के लिए अधिकारियों ने 1 करोड़ रुपए की लागत से टैंकरों के माध्यम से लोगों को पानी की आपूर्ति की।[37]

वर्ष 2017 में, बारिश की कमी और परिणामी सूखे जैसी स्थिति के कारण, ग्वादर फिर से एक गंभीर जल संकट की चपेट में आ गया। ग्वादर से 142 किमी. की दूरी पर स्थित मिरानी बाँध से पानी लाना पड़ता था। ग्वादर में टैंकरों से पानी लाया जाता है। इसे सबसे पहले वाटरवर्क्स शहर में पहुँचाया जाता है, जिसके बाद टैंकरों के द्वारा आबादी को इसकी आपूर्ति की जाती है।[38] प्रत्येक परिवार को सप्ताह में एक बार केवल 30-40 गैलन पानी दिया जाता है।[39] मिरानी बाँध को तुर्बत की आपूर्ति का मुख्य स्रोत माना जाता था। तुर्बत के लोगों ने शिकायत करनी आरंभ कर दी है कि बाँध से ग्वादर को पानी की आपूर्ति की जाती है, जबकि तुर्बत को पानी के गंभीर संकट में धकेल

दिया गया है। कराची में पाकिस्तान काउंसिल ऑफ साइंटिफिक एंड इंडस्ट्रियल रिसर्च (पी.सी.एस.आई.आर.) के अनुसार, जुलाई 2017 में मिरानी बाँध से एकत्र किए गए पानी के नमूनों के गुणवत्ता परीक्षण से पता चला कि पानी मानव उपभोग के लिए उपयुक्त नहीं था।[40] इसके अलावा, ग्वादर को पानी की आपूर्ति करनेवाले टैंकरों का उपयोग पेट्रोल और डीजल की आपूर्ति के लिए किया जाता है। यह एक ऐसा तथ्य है, जो पानी को प्रदूषित करता है।[41]

पानी के टैंकरों के साथ रुक-रुककर समस्याएँ हो रही हैं, जिसका मुख्य कारण अधिकारियों द्वारा बकाए का भुगतान नहीं करना है। परिणामस्वरूप, टैंकर मालिकों को अकसर ईंधन के भुगतान, टैंकर चालकों के वेतन और मीरानी बाँध से ग्वादर तक पानी की आपूर्ति जारी रखने की अन्य लागतों को पूरा करने के लिए भारी ऋणों के बोझ का सामना करना पड़ता है।[42]

चीनियों ने एक छोटे आकार के विलवणीकरण संयंत्र का निर्माण किया है, जो बंदरगाह पर श्रमिकों के उपयोग के लिए दस लाख गैलन पानी देता है। मुशर्रफ के कार्यकाल में स्थापित दो विलवणीकरण संयंत्र कार्य करने में विफल रहे और भ्रष्टाचार में फँस गए। इसके अलावा, संयंत्रों को चलाने के लिए बहुत अधिक बिजली की आवश्यकता होती है और ग्वादर में इसकी भारी कमी है।[43] मार्च 2017 में सीनेट को बताया गया था कि संयंत्रों की मरम्मत और पुनः संचालन के लिए 700 मिलियन रुपए की जरूरत होगी।'[44]

बलूचिस्तान के मुख्यमंत्री के पूर्व आर्थिक सलाहकार, कैसर बंगाली पूछते हैं, 'जहाँ पानी नहीं है, वहाँ आप एक प्रमुख बंदरगाह और एक प्रमुख शहर का निर्माण कैसे कर सकते हैं?' उन्होंने कहा, 'किसी भी बात का कोई जवाब नहीं है। पारदर्शिता की कमी है।' अधिक बाँधों और एक विलवणीकरण संयंत्र के निर्माण की बात की जा रही है, जबकि पर्यवेक्षकों को इसमें संदेह है, क्योंकि देश का बिजली ग्रिड लगभग 640 किमी. दूर है और बिजली पड़ोसी ईरान से आयात की जाती है, जो कि क्षेत्र को निर्धारित दैनिक ब्लैकआउट में छोड़ देती है।[45]

वर्तमान में, बोतलबंद पानी तक पहुँच होने के कारण विदेशी निवेशक और घरेलू कंपनियाँ गंभीरता से प्रभावित नहीं हैं। स्थानीय लोग, गरीब मछुआरे सबसे अधिक पीड़ित हैं। एक अप्रमाणित कहानी के अनुसार, जब ग्वादर में एक घर में चोरी हुई थी, तो केवल ताजे पानी के कंटेनर चुराए गए थे—यह एक प्रमुख वस्तु है, क्योंकि जलाशयों के सूख जाने से इनका मूल्य बढ़ गया है। ग्वादर शहर के एक विधायक के अनुसार, 'कई अरब की सी.पी.ई.सी. परियोजना के कारण अब पूरी दुनिया को ग्वादर के बारे में पता है, लेकिन किसी को यह नहीं पता कि यहाँ की आबादी पानी की कमी के कारण किस तरह से पीड़ित है।'[46]

अगर आज यह स्थिति है, तो भविष्य की कल्पना की जा सकती है। पानी की आपूर्ति में विफलता से ग्वादर को फतेहपुर सीकरी[47] या म्याँमार की प्रसिद्ध राजधानी बागान जैसे भाग्य का सामना करना पड़ सकता है।

## मछुआरे

मछुआरे ग्वादर बंदरगाह के विकास से सबसे अधिक प्रभावित हैं, ये स्थानीय आबादी का लगभग 80 प्रतिशत हिस्सा हैं। बंदरगाह के निर्माण के कारण उन्होंने पूर्वी खाड़ी के पास स्थित अपने

मछली पकड़ने के मुख्य क्षेत्र को खो दिया है। अगर बिना किसी स्थानीय परामर्श के तैयार की गई ग्वादर की मुख्य योजना को लागू किया जाता है, तो स्थानीय लोग अपने घरों को भी खो सकते हैं, क्योंकि उन्हें बंदरगाह क्षेत्र से लगभग 15-20 किमी. दूर स्थानांतरित किया जाएगा।[48]

बंदरगाह के हालिया विकास से पहले, शहर की सीमाएँ मूल रूप से पुराने शहर तक ही सीमित थीं। ग्वादर विकास प्राधिकरण (जी.डी.ए.) ने 2005 में ग्वादर के विस्तार के लिए एक मास्टर प्लान बनाया, जिसमें पुराने शहर का पूरा क्षेत्र बंदरगाह का हिस्सा बन गया। पुराने शहर के स्थान पर कई आवास परियोजनाएँ और बाजार बनाए जाने थे। पुराने शहर के निवासियों को उत्तर में तटीय राजमार्ग के पास स्थानांतरित किया जाना था, हालाँकि अब मास्टर प्लान को भी रद्दी बना दिया गया है और ग्वादर को स्मार्ट पोर्ट सिटी बनाने का काम एक चीनी कंपनी को सौंपा गया है। लेखन के समय तक पुराने शहर का भाग्य अज्ञात है।[49]

ईस्टबे एक्सप्रेस वे का विकास—सी.पी.ई.सी. का एक घटक है, जो मकरान तटीय राजमार्ग को ग्वादर बंदरगाह के मुक्त व्यापार क्षेत्र से जोड़ेगा, जिससे स्थानीय मछुआरों को समुद्र तक पहुँच से वंचित होने का भी खतरा है। परियोजना उन्हें ग्वादर के पूर्वी बंदरगाह पर मछली पकड़ने से रोकेगी, जो सदियों से समुदाय के अनेक सदस्यों के लिए आय का एकमात्र स्रोत था। बलूचिस्तान सरकार और ग्वादर पोर्ट अथॉरिटी के साथ हुए एक समझौते के बावजूद, जिसके कारण मछुआरों ने 2018 में विरोध और हड़ताल की थी, मूल योजना के अनुसार एक्सप्रेस वे का विकास जारी रहा है।[50]

संघीय समुद्री मत्स्य विभाग द्वारा अपने विशेष आर्थिक क्षेत्र (बीस और 200 समुद्री मील के बीच) में विभिन्न प्रकार के मछली पकड़ने के जहाजों के लिए लगभग सौ लाइसेंस जारी करने की योजना के खुलासे के बाद से तनाव भी बढ़ रहा है। पाकिस्तान मत्स्य निर्यातक संघ और पाकिस्तान फिशरफोक फोरम ने देश के समुद्री संसाधनों की संभावित कमी को देखते हुए विदेशियों को लाइसेंस देने की तुरंत निंदा की। ग्वादर में पारंपरिक मछली बंदरगाह का बंद होना और पुरानी बस्ती की आबादी को उनके ऐतिहासिक आवास से उखाड़ने का कदम मजबूत प्रतिरोध आमंत्रित कर सकता है।[51] हाल की रिपोर्टों से संकेत मिलता है कि सिंध के ट्रॉलर मछली के स्टॉक को कम कर रहे थे और प्रांतीय समुद्री पारिस्थितिकी तंत्र को नुकसान पहुँचा रहे थे। बलूचिस्तान में ट्रॉलिंग अवैध है, लेकिन मीडिया रिपोर्टों के अनुसार, बलूचिस्तान और सिंध के मत्स्य विभागों, वरिष्ठ नौकरशाहों, राजनेताओं और अन्य प्रभावशाली लोगों को—हर महीने 5 अरब रुपए तक की रिश्वत—इस अभ्यास को अनियंत्रित रूप से जारी रखने की अनुमति देती है। एक अधिकारी के अनार, मछली को चीन भेजने के लिए, चीन भी ट्रॉलिंग करेगा, जिससे मछली के स्टॉक में कमी आएगी।[52]

'डेली टाइम्स' ने उल्लेख किया है, '...स्थानीय समुदाय आनेवाले कई वर्षों तक परियोजना से आर्थिक लाभ प्राप्त नहीं करेंगे, इसलिए सी.पी.ई.सी. परियोजनाओं के निर्माण के समय आजीविका के पुराने स्रोतों को संरक्षित किया जाना चाहिए। बलूचिस्तान सरकार और ग्वादर पोर्ट अथॉरिटी को मछुआरों की अरब सागर तक पहुँच सुनिश्चित करने की उनकी प्रतिबद्धता पर काम करना चाहिए।'[53]

## भूमि घोटाला

ग्वादर में बड़े पैमाने पर अचल संपत्ति की अटकलें लगाई गई हैं। रॉबर्ट कपलान ने, कराची स्थित एक खोजी पत्रिका 'द हेराल्ड' के जून 2008 के अंक से मुख्य लेख, 'द ग्रेट लैंड रॉबरी' को उद्धृत किया, जिसमें आरोप लगाया गया था कि ग्वादर परियोजना '...के कारण पाकिस्तान के इतिहास में सबसे बड़े भूमि घोटाले हुए'। भूमि का स्वामित्व स्थानीय लोगों के पास था, लेकिन उनके पास स्वामित्व का कोई दस्तावेजी सबूत नहीं था। इसका लाभ उठाकर प्रभावशाली व्यक्ति राजस्व अधिकारियों को रिश्वत देकर जमीन अपने नाम पर दर्ज करवा सकते थे। इसके बाद जमीनें आवासीय और औद्योगिक योजनाओं के लिए कराची और लाहौर जैसे शहरों से डेवलपरों को बेची गई थीं। सैकड़ों एकड़ जमीन अन्य जगहों पर रहनेवाले नागरिक और सैन्य नौकरशाहों को अवैध रूप से आबंटित की गई थी।[54]

जमीन के बारे में अटकलों से कीमतें आसमान छूने लगीं, लेकिन स्थानीय लोगों को बहुत कम फायदा हुआ। नागरिक और सैन्य अधिकारियों और राजनेताओं ने अधिकांश भूमि पर कब्जा कर लिया।[55] पाकिस्तान की नौसेना के भूमि के एक बड़े हिस्से पर कब्जा करने की सूचना मिली थी। कुछ मामलों में, स्थानीय लोगों से कम कीमत पर जमीन खरीदी गई और फिर उसे दस से बीस गुना कीमत पर बेचा गया; सरकारी भूमि उन मित्रों को दी गई थी, जिन्होंने निवेशकों को भूमि बेचकर भारी लाभ कमाया, हालाँकि जब शुरुआती वर्षों में बंदरगाह निष्क्रिय हो गया, तो कीमतें धराशायी हो गईं और कई लोगों का बहुत सारा पैसा डूब गया।[56]

ग्वादर पोर्ट अथॉरिटी (जी.पी.ए.) के एक अधिकारी ने कहा कि 'राज्य एजेंसियों, तटरक्षकों, नौसेना, अर्धसैनिक बलों द्वारा ग्वादर की जमीनों पर कब्जा कर लिया गया है। ग्वादर में हर जनरल के पास जमीन है। वे कहते हैं कि एक संघीय परियोजना होने के करण ये भूखंड उन्हें दिए गए थे, लेकिन ये हड़पी हुई जमीनें हैं।'[57] वास्तव में, सेना ने ग्वादर में 11,000 एकड़ से अधिक भूमि का अधिग्रहण करने की माँग की थी, जिसे वह 'संयुक्त रक्षा परिसर' कहती है।[58]

हाल ही में, राष्ट्रीय जवाबदेही ब्यूरो (एन.ए.बी.) के अध्यक्ष, जावेद इकबाल द्वारा जारी एक प्रेस बयान के अनुसार, जाँच से पता चला कि ग्वादर औद्योगिक एस्टेट विकास प्राधिकरण ने ग्वादर में वाणिज्यिक और औद्योगिक भूखंडों के आवंटन में नियमों की पूरी तरह से अनदेखी की थी। राजस्व अधिकारियों और प्रांतीय सरकारी अधिकारियों की मदद से पसंदीदा लोगों और रिश्तेदारों में भूखंड वितरित किए गए थे। कथन में उल्लेख है कि ऐसा करने में, औद्योगिक और अन्य निवेशकों के आवेदन खारिज कर दिए गए थे। यहाँ तक कि बलूचिस्तान उच्च न्यायालय भी यह टिप्पणी करने के लिए बाध्य हुआ था : 'कोई नहीं जानता कि राज्य के स्वामित्ववाली भूमि को निजी क्षेत्र में कैसे स्थानांतरित किया गया है, वह भी मूँगफली की कीमत पर।' इसने हैरान न होते हुए कहा कि '... प्रांतीय सरकार और राजस्व बोर्ड को इस मामले में उनकी जिम्मेदारी से मुक्त नहीं किया जा सकता।'[59]

## ग्वादर कितना सुरक्षित है?

पाकिस्तान के तट पर, ग्वादर के करीब स्थित मकरान खाई चिंता का एक क्षेत्र है, क्योंकि यह खाई अरब सागर में एक भूकंपीय रूप से सक्रिय क्षेत्र है। यह दो विवर्तनीय धरातलों—यूरेशियन

प्लेट और भारतीय प्लेट का मिलन बिंदु है—जहाँ एक प्लेट एक 'सबडक्शन जोन' में दूसरे के नीचे बढ़ रही है।' इलाके में आखिरी बड़ा भूकंप सत्तर वर्ष पहले 1945 में आया था। रिक्टर पैमाने पर इसकी तीव्रता 8.1 मापी गई थी और इसने एक सुनामी उत्पन्न कर दी थी, जिसने ईरान को डुबो दिया था। यह क्षेत्र अब पाकिस्तान, ओमान और भारत का गठन करता है और लगभग 4,000 लोग मारे गए थे। 2017 में रिक्टर पैमाने पर 6.3 तीव्रता के भूकंप ने इस क्षेत्र को प्रभावित किया।

नुकसान के बावजूद जोन के बारे में अधिक जानकारी नहीं है। अधिक जानकारी पाने के लिए, चीन और पाकिस्तान के वैज्ञानिकों की एक टीम ने क्षेत्र का सर्वेक्षण करना आरंभ कर दिया है। सर्वेक्षण महत्त्वपूर्ण डेटा प्रदान कर सकता है और संभावित खतरों के बारे में एक आकलन को सक्षम कर सकता है। काल्पनिक रूप से, खाई से ग्वादर की निकटता को देखते हुए, एक और बड़ा भूकंप या सुनामी, बंदरगाह के संचालन को नुकसान न पहुँचाने पर भी उस पर प्रतिकूल प्रभाव डाल सकता है।[60]

## ग्वादर : एक सैन्य परियोजना है या एक वाणिज्यिक परियोजना?

पाकिस्तान सरकार इस पर जोर दे रही है कि ग्वादर एक वाणिज्यिक और नागरिक परियोजना है, हालाँकि बताया गया है कि ग्वादर हवाई अड्डे को लंबे समय से सैन्य अड्डे के रूप में देखा जाता है। यदि ऐसा नहीं होता, तो नए ग्वादर हवाई अड्डे के लिए 6,600 एकड़ जमीन खरीदते समय सामान्य प्रक्रिया की अवहेलना क्यों की गई? नागरिक उड्डयन प्राधिकरण (सी.ए.ए.) की बजाय क्वेटा में सैन्य संपदा अधिकारी (एम.ई.ओ.) ने 1.05 अरब रुपए में जमीन खरीदी थी। मिलिट्री लैंड्स एंड कैंटोनमेंट्स (एम.एल.सी.) द्वारा अधिगृहीत की गई कोई भी भूमि इसे पाकिस्तानी सेना की संपत्ति बनाती है और अकेले यह तथ्य इस दावे को झुठला सकता है कि ग्वादर विशेष रूप से एक वाणिज्यिक परियोजना है।[61]

मोहम्मद अली तालपुर ने एक दिलचस्प बात कही है कि हार्ट्सफील्ड-जैक्सन हवाई अड्डा, अटलांटा 1998 के बाद से दुनिया का सबसे व्यस्त हवाई अड्डा रहा है और 2014 में गुजरनेवाले 96,178,899 यात्रियों के साथ दुनिया के किसी भी अन्य हवाई अड्डे की तुलना में अधिक यात्रियों को आकर्षित करता है। यह 2014 में 881,933 यात्रियों के साथ दुनिया के किसी भी अन्य हवाई अड्डे की तुलना में अधिक विमानों के आवागमन (उड़ान और अवरोहण) का प्रबंधन करता है और इसे केवल 4,700 एकड़ में बनाया गया है। ग्वादर हवाई अड्डा, आकार में लंदन के हीथ्रो (2,965 एकड़) का दोगुना है, जहाँ पीक समय में हर 46 सेकंड में एक विमान उतरता है या उड़ान भरता है, 2014 में इसने 73,408,442 यात्रियों और 472,817 विमानों के आवागमन को सँभाला है। ग्वादर स्पष्ट रूप से बड़े आकार का है और इसे प्रचारित उद्‍देश्य के अलावा अन्य उद्‍देश्यों के लिए बनाया जा रहा है। इसमें स्पष्ट रूप से एक बड़ा सैन्य घटक होगा।[62]

'गार्जियन' के अनुसार, सिद्धांत के रूप में, झिंजियांग के निर्यातक चीन के पूर्वी बंदरगाहों की तुलना में अरब सागर और अंतरराष्ट्रीय बाजारों में बहुत कम यात्रा करेंगे। व्यवहार में, संशयवादियों को आश्चर्य है कि क्या दुनिया की सबसे ऊँची पर्वत शृंखलाओं में से एक पर ट्रक से माल भेजना कभी भी मौजूदा समुद्री मार्गों से सस्ता हो सकता है। उन्हें संदेह है कि खाड़ी के तेल की आपूर्ति के

पास संभावित नौसैनिक अड्डे के रूप में ग्वादर में चीन की अधिक रुचि है। यह बात एक नागरिक हवाई अड्डे के लिए आवश्यकता से अधिक बड़े क्षेत्र के अधिग्रहण के साथ मेल खाती है।[63]

वास्तव में, जब काराकोरम राजमार्ग (के.के.एच.) बनाया जा रहा था, तब तत्कालीन सैन्य शासक अयूब खान ने कहा था कि 'प्राथमिकता के क्रम में, पहली तात्कालिकता रणनीतिक और तात्कालिक महत्त्व की थी' और यह कि 'राजमार्ग का आर्थिक और वाणिज्यिक महत्त्व' पाकिस्तान के लिए केवल 'दूसरा उद्देश्य' था।[64]

## चाबहार

चूँकि नई सहस्राब्दी के शुरुआती वर्षों में पाकिस्तान इस बात से चिंतित था कि अगर कभी भी जरूरत उत्पन्न हुई तो चाबहार के ईरानी बंदरगाह का विकास मध्य एशियाई गणराज्य (सी.ए.आर.) और चीन के लिए मुख्य समुद्री मार्ग के रूप में ग्वादर की क्षमता को प्रतिकूल रूप से प्रभावित करेगा। वर्षों से, भारत पाकिस्तान को इस बात के लिए मनाने की कोशिश कर रहा था कि वह भूमि मार्ग से अफगानिस्तान में माल ले जाने की अनुमति दे, लेकिन पाकिस्तान इससे सहमत नहीं था। 2002 में, भारत ने ग्वादर से 72 किमी. पश्चिम में स्थित चाबहार को विकसित करने में ईरान की मदद की। चाबहार पाकिस्तान को दरकिनार कर अरब सागर के रास्ते भारत को अफगानिस्तान तक पहुँचाता है। चूँकि इसलामाबाद चाबहार को, भारत के साथ अपने संबंधों के चश्मे से देखता है, इसलिए यह मध्य एशिया के लिए एक वैकल्पिक प्रवेश द्वार के रूप में उभर रहे ईरानी बंदरगाह के बारे में आशंकित है, इसके अलावा यह पारगमन के लिए पाकिस्तान पर अफगानिस्तान की निर्भरता को समाप्त करता है।

इस तरह की चिंताएँ तब और बढ़ गई थीं, जब 23 मई, 2016 को भारत के प्रधानमंत्री नरेंद्र मोदी, ईरानी राष्ट्रपति हसन रूहानी और अफगानिस्तान के राष्ट्रपति अशरफ गनी ने चाबहार पर तीन तरफा पारगमन समझौते पर हस्ताक्षर किए। भारत बंदरगाह को विकसित करने के लिए 500 मिलियन अमरीकी डॉलर का निवेश करेगा और दोनों देशों ने सैकड़ों करोड़ डॉलर की कई परियोजनाओं की योजना बनाई है।[65] यह समझौता तीन देशों के बीच आर्थिक सहयोग को एक नए स्तर पर ले जाने के साथ-साथ, जैसा ईरानी राष्ट्रपति ने कहा था कि तीन तरफा समझौते '…केवल एक आर्थिक दस्तावेज नहीं था, बल्कि एक राजनीतिक और क्षेत्रीय भी था।'[66]

तीन अन्य घटनाक्रमों ने पाकिस्तान की चिंताओं को बढ़ा दिया है। अक्तूबर 2017 में भारत ने चाबहार के माध्यम से अफगानिस्तान के लिए गेहूँ के एक खेप को हरी झंडी दिखाई, भारत से माल के ट्रांस-शिपमेंट ने बंदरगाह के संचालन को चिह्नित किया। इससे यह संकेत मिला कि अफगानिस्तान अब व्यापार के लिए केवल पाकिस्तान के कराची बंदरगाह पर निर्भर नहीं रहेगा और भारत अब अफगानिस्तान में माल परिवहन के लिए पाकिस्तान की उपेक्षा कर सकता है। दूसरा, फरवरी 2018 में भारत और ईरान ने चाबहार में शहीद बेहेश्ती बंदरगाह के पहले चरण के अल्पकालिक पट्टे पर हस्ताक्षर किए।[67] समझौते के अंतर्गत, ईरान ने बंदरगाह विकास परियोजना के पहले चरण में मौजूदा बंदरगाह सुविधाओं के संचालन को सँभालने के लिए भारत को बंदरगाह का एक हिस्सा अठारह महीने के लिए पट्टे पर दिया। भारत ने शहीद बेहेश्ती बंदरगाह के विकास

के लिए 85 मिलियन अमरीकी डॉलर देना स्वीकार किया है। तीसरा, अफगानिस्तान ने 24 फरवरी 2019 को चाबहार बंदरगाह के माध्यम से भारत को निर्यात आरंभ किया। खबरों के अनुसार, पश्चिमी अफगान शहर जारगंज से चाबहार बंदरगाह तक सत्तावन टन सूखा मेवा, कपड़ा, कालीन और खनिज उत्पाद ले जानेवाले तेईस ट्रक भेजे गए।[68] पाकिस्तान में, भारत, अफगानिस्तान और ईरान के बीच 'गठबंधन को' सुरक्षा खतरे के रूप में देखा गया था। यह आशंका व्यक्त की गई थी कि इस तरह के गुट बनने से क्षेत्रीय आर्थिक एकीकरण, आंतरिक शांति की बहाली और सी.पी.ई.सी. समय-सीमा के साथ-साथ शांतिपूर्ण सीमाओं के रखरखाव के लिए पाकिस्तान की योजनाएँ प्रभावित होंगी। कुछ लोगों ने वकालत की कि पाकिस्तान अलिखित रखने की बजाय चीन के साथ अपने रक्षा और सामरिक संबंधों को जो औपचारिक रूप दे रहा था, वह इस 'घेरनेवाली चाल' से बाहर निकलने का नुस्खा है।[69]

पाकिस्तान की चिंता तिहरी है। सबसे पहले, वह चिंतित है कि जब चाबहार बंदरगाह और अफगानिस्तान और उससे आगे सड़क/रेल लिंक चालू हो जाता है, तो अफगानिस्तान में भारतीय निवेश के लिए दरवाजे खोले जा सकते हैं। यह मध्य एशिया के देशों के साथ भारत के परिवहन संपर्क और आर्थिक सहयोग को भी बेहतर करेगा। दूसरा, यह समुद्री-जमीनी जुड़ाव भारत को पाकिस्तान की अनदेखी करने की सुविधा देता है और अफगानिस्तान तक सीधी पहुँच को पाकिस्तान ने अब तक रोक रखा है। इसी तरह, यह अफगानिस्तान को पाकिस्तान के मंसूबों पर भरोसा करने की बजाय बाहरी दुनिया के लिए एक वैकल्पिक मार्ग प्रदान करता है। यह पाकिस्तान की चिंता का कारण है, क्योंकि यह अफगानिस्तान की अपने पड़ोसी पर निर्भरता को हिलानेवाला पहला कदम हो सकता है। तीसरा, पाकिस्तान को यह चिंता है कि उसका 'हर हाल में मित्र' चीन सी.पी.ई.सी. की स्क्रिप्ट पर अपना दाँव कम कर सकता है। 'ग्लोबल टाइम्स' ने कहा, 'भारत और ईरान के बीच हुए एक प्रमुख समझौते को लेकर चीन को ईर्ष्या होने का कोई कारण नहीं है।' इसने आगे कहा कि भारत बुनियादी ढाँचे के विकास को बढ़ावा दे सकता है, जो पूरे क्षेत्र में आर्थिक विकास के लिए अनुकूल होगा।[70] चीन के प्रधानमंत्री ली केकियांग ने कहा कि परियोजनाएँ (चाबहार और ग्वादर) क्षेत्र की अन्यथा सुस्त अर्थव्यवस्थाओं को बढ़ाने में एक-दूसरे की पूरक होने की क्षमता रखती हैं और चीन चाबहार के विकास को ग्वादर परियोजना या सी.पी.ई.सी. को कमजोर करने के प्रयास के रूप में नहीं देखता है।[71]

कुल मिलाकर, ग्वादर और चाबहार के समानांतर विकास ने टिप्पणीकारों की कल्पनाओं को जकड़ लिया है और इसे अरब सागर में एक प्रतियोगिता के रूप में प्रस्तुत किया गया है, जो इस क्षेत्र में लंबे समय से चली आ रही प्रतिद्वंद्विता का प्रतिनिधित्व करती है और भूरणनीतिक प्रतिस्पर्धा का कारण बनेगी।[72]

□

# 12
# चीन-पाकिस्तान आर्थिक गलियारा

चीन-पाकिस्तान आर्थिक गलियारा (सी.पी.ई.सी.) को पाकिस्तान के लिए 'खेल-परिवर्तक' बताया गया है। सेना प्रमुख जनरल कमर जावेद बाजवा ने सी.पी.ई.सी. को भव्य रूप से वर्णित किया है : उन्होंने, अक्तूबर 2017 में कराची में एक समारोह में अपनी टिप्पणी के दौरान कहा, 'यह गलियारा केवल बुनियादी ढाँचे और बिजली परियोजनाओं का संग्रह नहीं है—यह वास्तव में एक पूर्ण विकास मंच है, जो पूरे मध्य एशिया-दक्षिण एशिया क्षेत्र में विकास को साझा करने के लिए एक शक्तिशाली स्प्रिंगबोर्ड के रूप में कार्य करने की क्षमता रखता है।'[1]

प्रश्न यह है कि क्या यह बलूचिस्तान के लिए भी एक खेल-परिवर्तक होगा। क्या यह बलूचिस्तान के लोगों के जीवन को बदलेगा और क्या यह उनकी आर्थिक बीमारियों के लिए रामबाण सिद्ध होगा?

यहाँ तीन कारक प्रासंगिक हैं। पहला—एक पल के लिए इस संदेह को छोड़ देते हैं कि क्या बलूचिस्तान गलियारे के मार्ग पर है और यदि ऐसा है, तो यह मार्ग के पहले चरण में होगा या दूसरे में—मार्ग प्रांत के केवल एक हिस्से से गुजरेगा। इस प्रकार, इसके पूरे प्रांत के लिए खेल-परिवर्तक बनने की संभावना नहीं है। दूसरा, जैसा कि पहले उल्लेख किया गया है, इस बात की कोई निश्चितता नहीं है कि गलियारे के कार्यान्वयन में कार्यरत लोग बलूचिस्तान के निवासी होंगे। अतीत में, बलूचिस्तान को सैनदक ताँबा-स्वर्ण परियोजना, रेको दीक परियोजना और ग्वादर बंदरगाह परियोजना जैसी मेगा परियोजनाओं से अलग रखा गया था तो क्या सी.पी.ई.सी. इनसे अलग होगी?[2]

तीसरा, ग्वादर सी.पी.ई.सी. का महत्त्वपूर्ण तत्त्व है। ग्वादर के निकास द्वार के बिना, सी.पी.ई.सी. निष्क्रिय हो जाएगा। और यहीं संघर्ष निहित है—जैसा कि पिछले अध्याय में उल्लेख किया गया है, बलूचों को ग्वादर के विकास के तरीके से अलग कर दिया गया है। उदाहरण के लिए, बलूचिस्तान विधानसभा में ग्वादर से निर्वाचित प्रतिनिधि, आश्वस्त नहीं हैं कि ग्वादर के लोगों के लिए भारी निवेश की जो योजना बनाई गई है, उसका लाभ वास्तव में उन्हें मिल पाएगा। उन्होंने स्वीकार किया है कि उन्हें विभिन्न समझौतों के बोर्ड में नहीं लिया गया है और यह लगभग ऐसा लगता है कि स्थानीय आबादी को अपने ही क्षेत्र में अल्पसंख्यक में बदलने की साजिश है। इसी तरह, ग्वादर नगर समिति के निर्वाचित अध्यक्ष ने भी शिकायत की है कि हाल ही में सी.पी.ई.सी.

से संबंधित फैसलों में स्थानीय नेताओं और ग्वादर के लोगों की राय की अवहेलना की गई है। इस बीच, पीने का साफ पानी, पर्याप्त शैक्षणिक संस्थान, स्वास्थ्य सेवा और लंबे समय तक बिजली की कटौती से पीड़ित ग्वादर के निवासियों के पास बुनियादी सुविधाओं का अभाव है। जब बी.एन.पी.-एम. के प्रमुख अख्तर मेंगल ने यह कहा कि सी.पी.ई.सी. की सफलता बलूच लोगों के समर्थन से जुड़ी थी, तब उन्होंने इस मामले की नब्ज पर अपनी उँगली रखी।[3]

## सी.पी.ई.सी. क्या करेगा?

पाकिस्तान के आर्थिक सर्वेक्षण 2016-17 के अनुसार, सी.पी.ई.सी. पोर्टफोलियो के अंतर्गत परियोजनाओं को, मोटे तौर पर 2018 तक पूरी होनेवाली परियोजनाओं को 'शुरुआती फसल' परियोजनाओं में वर्गीकृत किया गया है। लघु और मध्यम अवधि की परियोजनाओं को क्रमशः 2020 और 2025 तक पूरा करने का लक्ष्य रखा गया है। सी.पी.ई.सी. दीर्घकालिक योजना के अंतर्गत पहल करने का भी इरादा है। सहयोग के क्षेत्रों में कृषि, ऊर्जा, रेल और सड़क नेटवर्क में बुनियादी ढाँचा विकास, आधुनिक बंदरगाह शहर के रूप में ग्वादर का विकास, औद्योगिक पार्कों की स्थापना और ऑप्टिकल फाइबर के माध्यम से आई.टी. कनेक्टिविटी में सुधार आदि शामिल हैं, लेकिन यह इन्हीं तक सीमित नहीं है।[4]

21 बिलियन डॉलर की 'प्राथमिकतावाली ऊर्जा परियोजनाओं' में से, के.पी.के. में केवल एक परियोजना (1.8 बिलियन डॉलर मूल्य की) और बलूचिस्तान में (1.3 बिलियन डॉलर मूल्य की), क्रमशः 8.5 प्रतिशत और 6 प्रतिशत के हिसाब से कुल दो परियोजनाओं को 'प्राथमिकता' के रूप में वर्गीकृत किया गया है।

अधिकारियों द्वारा यह भी दावा किया गया है कि किसी भी विशिष्ट प्रांत में ऊर्जा परियोजनाओं की स्थापना पर बहस निरर्थक है, क्योंकि कहीं भी उत्पन्न होनेवाली बिजली को राष्ट्रीय ग्रिड में शामिल किया जाएगा और बिना किसी भेदभाव के यह सभी प्रांतों के लिए उपलब्ध होगी।[5] यह तभी सही होगा जब सभी प्रांत राष्ट्रीय ग्रिड से पूरी तरह से जुड़ चुके होंगे। वर्तमान में, ग्रामीण बलूचिस्तान, एफ.ए.टी.ए. और के.पी.के. के बड़े हिस्से राष्ट्रीय ग्रिड से नहीं जुड़े हैं। उदाहरण के लिए, देश के बाकी हिस्सों में 75 प्रतिशत की तुलना में बलूचिस्तान की केवल 25 प्रतिशत आबादी बिजली का उपयोग करती है। मौजूदा ट्रांसमिशन लाइनें कमजोर और पुरानी हैं और अतिरिक्त बिजली के बोझ को बनाए रखने में असमर्थ हैं। जैसा कि पहले उल्लेख किया गया है, बलूचिस्तान में बिजली की माँग 1,800 मेगावाट के आसपास है, जबकि ट्रांसमिशन लाइनें 650 मेगावाट से अधिक का भार नहीं झेल सकती हैं। इसलिए, अगर अधिशेष बिजली हो, तब भी राष्ट्रीय ग्रिड से जुड़े न होने और अपर्याप्त संचरण क्षमता के कारण, बलूचिस्तान के बड़े इलाके को लाभ होने की संभावना नहीं है।

शरीफों (तत्कालीन प्रधानमंत्री नवाज शरीफ और पंजाब के तत्कालीन मुख्यमंत्री शाहबाज शरीफ) के लिए 2018 के चुनावों से पहले 'शुरुआती फसल' परियोजनाओं को पूरा करना आवश्यक था। अतएव इस पर आश्चर्य नहीं है कि परियोजनाओं का बड़ा हिस्सा पंजाब और सिंध में योजनाबद्ध था। 28.6 बिलियन की शुरुआती फसल परियोजनाओं में से, पंजाब की 13 बिलियन

डॉलर का शेर का हिस्सा था और सिंध की 4.6 बिलियन डॉलर, के.पी.के. की 1.8 बिलियन डॉलर, इसलामाबाद की 1.5 बिलियन डॉलर और बलूचिस्तान की 920 मिलियन डॉलर की हिस्सेदारी थी, हालाँकि परियोजनाओं को पूरा करने में गंभीर खतरा था कि पंजाब पर छोटे प्रांतों का अविश्वास था और उनकी असुरक्षा के कारण महासंघ उग्र हो जाएगा। जब तक छोटे प्रांतों, विशेष रूप से बलूचिस्तान और के.पी.के. को स्वामित्व की भावना नहीं दी जाती है, सी.पी.ई.सी. 'खेल-परिवर्तक' होने की बजाय पाकिस्तान को नुकसान पहुँचा सकता है। राजनीतिक अर्थशास्त्री परवेज ताहिर द्वारा एक अशुभ चेतावनी दी गई है : 'हमें यह अच्छी तरह याद होगा कि पूर्वी पाकिस्तान में निवेश को सुरक्षा कारणों से भी असुरक्षित माना जाता था। आज के योजनाकार छोटे प्रांतों को किस ओर ले जा रहे हैं?'[6]

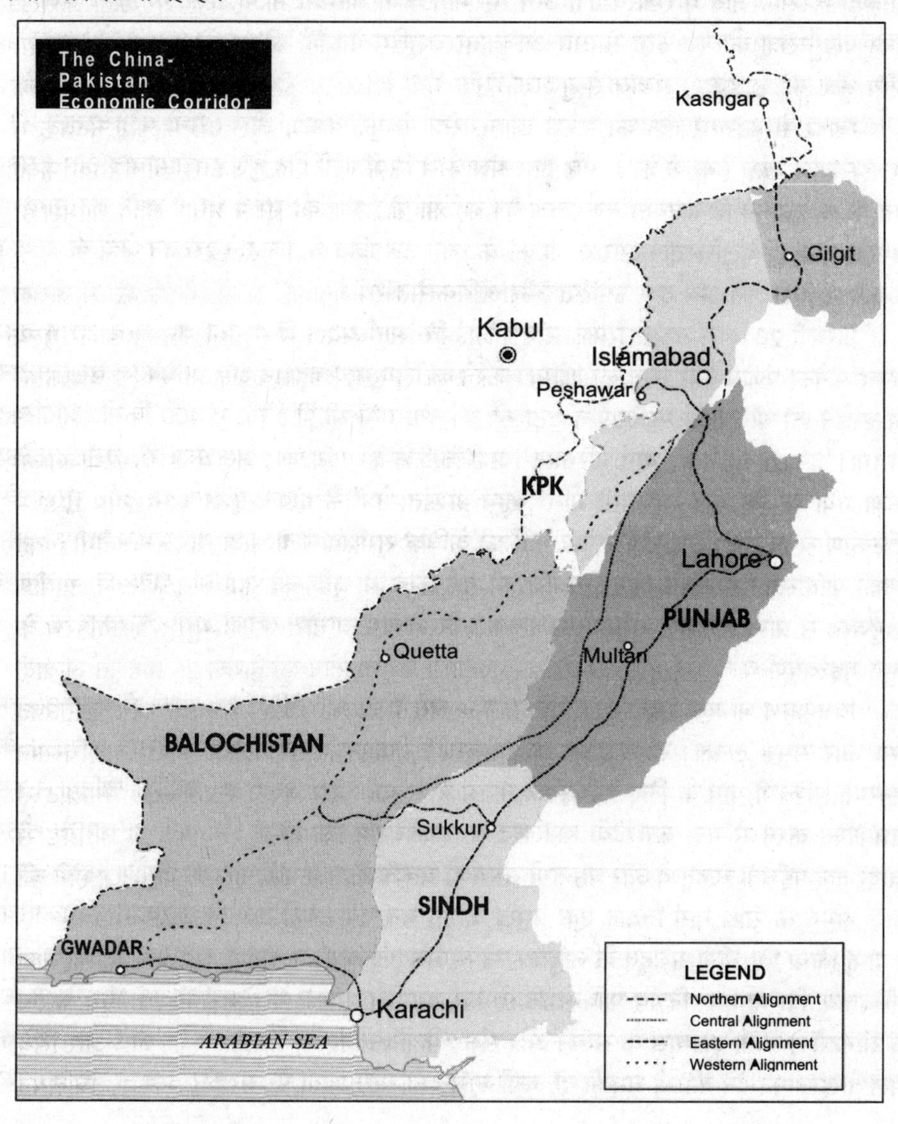

## मार्ग पर विवाद

जहाँ तक बलूचों का संबंध है, ग्वादर विवाद का एकमात्र कारण नहीं है। ग्वादर से चीन के काशगर तक का सी.पी.ई.सी. का मार्ग एक अन्य विवादास्पद मुद्दा है। मूल प्रस्ताव में बलूचिस्तान और के.पी.के. से होकर एक मार्ग की परिकल्पना की गई थी। 2013 में सत्ता में आई नवाज शरीफ की सरकार ने इसकी बजाय पंजाब से गुजरनेवाला रास्ता बनाया। इसके कारण 'मार्ग विवाद' पर एक बड़ा हंगामा खड़ा हो गया, जिसमें एक तरफ बलूचिस्तान और के.पी.के. तथा दूसरी तरफ संघीय सरकार और पंजाब थे, यह एक विवादास्पद मुद्दा बन गया। इन प्रांतों के लिए सी.पी.ई.सी. तेजी से 'चीन-पंजाब आर्थिक गलियारा' बन रहा है। ये दोनों बातें इसलिए हैं, क्योंकि परियोजनाओं का बड़ा हिस्सा पंजाब में रखा गया है और यह मार्ग कम-से-कम सी.पी.ई.सी. के पहले चरण में, खैबर पख्तूनख्वा को पूरी तरह से और अधिकतर बलूचिस्तान को छोड़कर (कराची से ग्वादर के तटीय क्षेत्रों को छोड़कर) पंजाब से गुजरता है।[7]

ग्वादर से काशगर तक का सबसे छोटा रास्ता पंजगुर, क्वेटा, झोब (सभी बलूचिस्तान में), डेरा इस्माइल खान (के.पी.के.) और फिर पंजाब से मियाँवाली होते हुए इसलामाबाद और इसके बाद के.के.एच. से शिनजियांग तक जाता है। यह सी.पी.ई.सी. की मुख्य धमनी बनने का मार्ग भी था और इसलिए बलूचिस्तान और के.पी.के. के लोग उत्साहित थे, जिन्होंने इसे उन क्षेत्रों के उत्थान के रूप में देखा, जो अब तक उपेक्षित और अविकसित थे।

फरवरी 2014 में पहली रिपोर्ट सामने आई कि मार्ग बदल दिया गया था। मार्च 2014 तक बलूच सीनेटर पंजाब और सिंध को शामिल करने के लिए मार्ग बदलने और अधिकांश बलूचिस्तान को छोड़ने की योजनाओं पर आपत्ति उठा रहे थे। नया मार्ग सी.पी.ई.सी. में 400 किमी. अतिरिक्त जोड़ेगा। जून 2014 तक 'मार्ग परिवर्तन' आधिकारिक हो गया था। मूल रूप से, ऐसा इसलिए किया गया था कि मूल 'पश्चिमी मार्ग' बहुत अशांत क्षेत्रों से होकर गुजरता था और सुरक्षा के दृष्टिकोण से, पंजाब-सिंध मार्ग—पूर्वी मार्ग को अधिक सुरक्षित माना जाता था। पंजाब शरीफों और उनकी पाकिस्तान मुसलिम लीग—नवाज का गृह राज्य था और सी.पी.ई.सी. यातायात के पंजाब से गुजरने से प्राप्त होनेवाले समृद्ध राजनीतिक और वित्तीय लाभांश नवाज शरीफ सरकार के साथ बहुत महत्त्वपूर्ण थे।[8]

वित्तपोषण भी एक मुद्दा था। 'मूल मार्ग' सबसे छोटा था, लेकिन इसे बनाने में बहुत अधिक पैसा और समय लगता। सी.पी.ई.सी. के तत्कालीन निदेशक, योजना मंत्री अहसान इकबाल के अनुसार, पश्चिमी मार्ग के लिए पाकिस्तान के अंदर से धन आना जरूरी था, क्योंकि चीनियों ने इसे वित्तपोषित करने से मना कर दिया था। बाद में, उन्होंने खुलासा किया कि चीनी दो वर्ष के भीतर ग्वादर तक पहुँचना चाहते थे और यह तभी संभव हो सकता है, जब पूर्वी मार्ग का निर्माण किया जाए।[9]

समय के साथ मार्ग विवाद एक प्रमुख कारण बन गया। यहाँ तक कि सरकारी अधिकारियों ने दावा किया कि चीनी राजदूत के अनुरोध पर मार्ग बदला गया था, दूत ने खुद एक प्रमुख राजनेता को बताया कि मार्ग पर निर्णय पाकिस्तान सरकार द्वारा लिया गया था। बलूचिस्तान और के.पी.के. के सीनेटरों ने चीनी दूतावास के सामने और संसद् के सामने धरना-प्रदर्शन करने की धमकी देने के अलावा इस्तीफा देने की भी धमकी दी, क्योंकि उनकी सारी चिंता पर सरकार ने कान बंद कर रखे

थे। कुछ सीनेटरों ने चेतावनी भी दी कि अगर मार्ग बदला गया तो पाकिस्तान एकजुट नहीं रहेगा।

बढ़ते गुस्से के बीच, सरकार ने स्पष्ट किया कि ग्वादर को काशगर से जोड़नेवाले एक नहीं बल्कि तीन मार्ग होंगे—पश्चिमी, मध्य और पूर्वी।[10] हालाँकि, इस परियोजना को जल्द-से-जल्द आरंभ करने और चलाने के लिए मौजूदा बुनियादी ढाँचे को उन्नत करके पूर्वी मार्ग का परिचालन पहले किया जाएगा, लेकिन यह तर्क इस आधार पर दोषपूर्ण था कि एक बार चालू हो जाने के बाद पूर्वी मार्ग, अपना तर्क और गति विकसित करेगा। यह या तो अन्य मार्गों को विकसित होने से रोकेगा और यदि विकसित किया भी जाता है, तो वे अविकसित रहेंगे और परिवहन और गलियारे के साथ होनेवाली औद्योगिक और अन्य आर्थिक गतिविधियों के मामले में अपेक्षित गति नहीं होगी। खैबर पख्तूनख्वा और बलूचिस्तान विधानसभाओं द्वारा मार्ग में किसी भी बदलाव के विरुद्ध प्रस्ताव पारित किए जाने के बाद, चीनी अधिकारियों को यह कदम उठाने और स्पष्टीकरण जारी करने के लिए बाध्य किया गया कि कभी भी चीन और पाकिस्तान दोनों की तथाकथित मूल मार्ग पर सहमति नहीं थी। चीन के अनुसार, विस्तृत व्यवहार्यता अध्ययन के आधार पर केवल एक ही मार्ग पर सहमति व्यक्त की गई थी और उस संरेखण में कोई परिवर्तन नहीं हुआ था।

राजनीतिक रूप से विवादास्पद बन गए मार्गों ने, सरकार को इस मुद्दे पर आम सहमति बनाने के लिए मई 2015 में एक सर्वदलीय सम्मेलन (ए.पी.सी.) बुलाने पर बाध्य कर दिया था। अहसान इकबाल द्वारा पिछले कमरे में कुछ बातचीत के बाद, जिसमें उन्होंने छोटे प्रांतों के असंतुष्ट राजनेताओं से उन परियोजनाओं की घोषणा की, जो उनके प्रांतों में आनेवाली हैं, सरकार आगे बढ़ने में सफल हो सकी। हैरत की बात है कि ए.पी.सी. में प्रधानमंत्री नवाज शरीफ ने घोषणा की कि पश्चिमी मार्ग को प्राथमिकता मिलेगी और इसका निर्माण पहले किया जाएगा![11] उन्हें या तो इसके बारे में बताया नहीं गया था या, संभवतः, उन्होंने ब्रीफिंग का मतलब नहीं समझा था।

कुछ ही दिनों में यह स्पष्ट हो गया कि प्रधानमंत्री द्वारा दिया गया यह आश्वासन कि पश्चिमी मार्ग को प्राथमिकता मिलेगी, एक छलावा था। पश्चिमी मार्ग के लिए किए गए आवंटन पूर्वी मार्ग के लिए किए गए आवंटन के लगभग पाँचवें हिस्से के बराबर थे। तत्काल एक हंगामा हुआ और वित्त पर सीनेट की स्थायी समिति ने इसे एक सीनेटर द्वारा 'राजनीतिक धोखाधड़ी' के रूप में वर्णित किए जाने पर स्पष्टीकरण की माँग की।[12]

परियोजना मुश्किल से आरंभ हो पाई थी कि बड़े पैमाने पर भ्रष्टाचार के बारे में रिपोर्टें आने लगीं। उदाहरण के लिए, सी.पी.ई.सी. के हिस्से के रूप में प्रधानमंत्री द्वारा बलूचिस्तान में उद्घाटित की गईं चार राजमार्ग परियोजनाओं में से दो को सबसे कम की बजाय दूसरी सबसे कम बोली लगानेवालों को सौंपा गया, जिससे 650 मिलियन से अधिक का नुकसान हुआ। सबसे कम बोली लगानेवाले को नकारने के लिए दिया गया तर्क असंतोषजनक था। चीनी कंपनियों द्वारा प्रतिस्पर्धी बोली प्रक्रिया का पालन नहीं करने के कारण सी.पी.ई.सी. परियोजनाओं के मूल रूप से नियोजित लागत की तुलना में बहुत अधिक लागत पर सौंपे जाने की भी खबरें आई थीं।[13]

प्रधानमंत्री नवाज शरीफ द्वारा 30 दिसंबर, 2015 को जाब में 'सी.पी.ई.सी. के पश्चिमी मार्ग' का बहुत धूमधाम के साथ उद्घाटन धोखे का एक और उदाहरण था। एक दिन बाद यह पता चला कि जिन दो परियोजनाओं का उद्घाटन किया गया था, वे वास्तव में एशियाई विकास बैंक

(ए.डी.बी.) द्वारा मई 2015 में हस्ताक्षरित एक समझौते के अनुसार और सी.पी.ई.सी. के माध्यम से वित्तपोषित थीं। एक पत्रकार ने लिखा, 'संक्षेप में, प्रधानमंत्री ने ए.डी.बी. परियोजनाओं को सी.पी.ई.सी. द्वारा वित्तपोषित परियोजनाएँ बताकर बलूचिस्तान के लोगों और राजनीतिक नेताओं को धोखा दिया''सी.पी.ई.सी. के नाम पर राजमार्गों के लिए ए.डी.बी. की निधियों का उपयोग करके, पी.एम.एल.-एन. सरकार बलूचिस्तान को, बुनियादी ढाँचे के विकास के लिए सी.पी.ई.सी. के धन में इसकी हिस्सेदारी से वंचित कर रही है, जो निंदनीय है।'[14]

बलूचिस्तान के पूर्व मुख्यमंत्री, अब्दुल मलिक बलूच की नीति सुधार इकाई ने अर्थशास्त्री कैसर बंगाली की अध्यक्षता में 25 जून, 2015 को—चीन-पाकिस्तान आर्थिक गलियारा : मार्ग विवाद' शीर्षक से एक रिपोर्ट प्रस्तुत की। रिपोर्ट में कहा गया है कि के.पी.के. और बलूचिस्तान की बजाय पंजाब और सिंध से होकर गुजरनेवाले मार्ग को प्राथमिकता देकर, संघीय सरकार देश की सभी संघीय इकाइयों की जरूरतों और इच्छाओं को ध्यान में रखने में विफल रही थी और प्रांतीय कलह से आज के सुरक्षा जोखिमों और भविष्य की राजनीतिक अस्थिरता को आमंत्रित कर रही थी।[15] इस रिपोर्ट के अनुसार, पूर्वी संरेखित भूमि अधिग्रहण की लागत, जनसंख्या के विस्थापन, सामाजिक-आर्थिक लाभ और पर्यावरणीय प्रभाव के संदर्भ में परियोजना की लागत कृत्रिम रूप से बढ़ेगी।

इसलामाबाद में 9 जनवरी, 2016 को चीनी दूतावास द्वारा किया गया अभूतपूर्व हस्तक्षेप सी.पी.ई.सी. पर संघर्ष और कलह का एक शर्मनाक परिणाम था : 'हमें आशा है कि संबंधित पक्ष संचार और समन्वय को मजबूत कर सकते हैं, मतभेदों को ठीक से हल कर सकते हैं, ताकि सी.पी.ई.सी. के लिए अनुकूल परिस्थितियों का निर्माण हो सके। हम सी.पी.ई.सी. परियोजनाओं के निर्माण को सक्रिय रूप से बढ़ावा देने के लिए पाकिस्तानी पक्ष के साथ काम करने और दोनों देशों के लोगों के लिए ठोस लाभ लाने के लिए तैयार हैं।'[16]

दोनों मार्गों का तुलनात्मक लागत-लाभ विश्लेषण करनेवाले एक अध्ययन से पता चला है कि पश्चिमी मार्ग को प्राथमिकता देना बेहतर विकल्प था। इसके तर्क थे :

(1) पश्चिमी मार्ग सबसे छोटा था; (2) पूर्वी मार्ग की तुलना में पश्चिमी मार्ग के लिए भूमि अधिग्रहण और अव्यवस्था क्षतिपूर्ति की लागत बहुत कम थी; (3) पश्चिमी मार्ग पर बनाए जानेवाले पुलों की लगभग नगण्य संख्या की तुलना में पूर्वी मार्ग पर कई पुलों को बनाया जाना आवश्यक था, क्योंकि पूर्वी मार्ग नदियों और नहरों से होकर गुजरता था; (4) पूर्वी मार्ग मानसून में बाढ़ की चपेट में था और सर्दियों में इस पर 'कोहरे' की समस्या थी; (5) पश्चिमी मार्ग का विकास नए विकास केंद्र बनाने और अपेक्षाकृत विकसित बड़े शहरों पर आर्थिक बोझ को कम करने में मदद करेगा, इस प्रकार प्रवास के मौजूदा तरीके पर एक रोक लगाएगा; (6) पूर्वी मार्गों की तुलना में पश्चिमी मार्गों पर जीवन स्तर में सुधार के संदर्भ में निवेश पर सीमांत रिटर्न बहुत अधिक होगा; (7) पूर्वी मार्ग पर सुरक्षा लागत कम होगी, लेकिन यह अंतरप्रांतीय कलह और संघीय अखंडता के कमजोर होने से जुड़ा था, जो सी.पी.ई.सी. के वर्तमान डिजाइन से उत्पन्न हो सकती है; तथा 8) रणनीतिक रूप से, पश्चिमी मार्ग के विकास का अर्थ भारतीय सीमा के करीब स्थित होनेवाले पूर्वी मार्ग की तुलना में एक सुरक्षित संचार लाइन होगा, क्योंकि पूर्वी मार्ग हमले के

मामले में असुरक्षित था।

उपरोक्त तर्कों के आधार पर, अध्ययन के लेखक ने निष्कर्ष निकाला कि वर्तमान संकट केवल दक्षता आधारित तकनीकी लोकतांत्रिक मानदंड ने उत्पन्न नहीं किया था। इसकी बजाय, सत्तारूढ़ पार्टी की राजनीतिक प्राथमिकताएँ और 2018 के आम चुनावों के लिए इसके जुनून ने सी.पी.ई.सी. के भेदभावपूर्ण डिजाइन के कारण को स्पष्ट किया। रिपोर्ट का निष्कर्ष था कि 'पी. एम.एल.-एन. 2018 के चुनावों में अपने राजनीतिक निर्वाचन क्षेत्र और सुरक्षित जीत को खुश करने में सफल हो सकती है, लेकिन इसके पहले से ही नाजुक संघीय अखंडता के लिए एक बड़ी कीमत होने की संभावना थी।[17]

## बलूच दृष्टिकोण : बलूचिस्तान के लिए लाभ?

परियोजना का विरोध केवल राष्ट्रवादी ताकतें ही नहीं कर रही हैं, बलूचिस्तान विधानसभा के कोषागार और विपक्षी दोनों सदस्यों ने शिकायत की है कि परियोजना को संघीय सरकार द्वारा सीधे नियंत्रित किया जा रहा था और उन्हें ग्वादर के मास्टर प्लान का विवरण भी नहीं बताया गया था।

इस प्रकार, बंदरगाहों और नौवहन के तत्कालीन संघीय मंत्री और नेशनल पार्टी (एन.पी.) के अध्यक्ष सीनेटर मीर हसील खान बिजेंजो ने अपने दाँव चले और विरोधाभासी बयान दिए। एक ओर, उन्होंने कहा कि उन्हें पता नहीं था कि सी.पी.ई.सी. बलूच लोगों के हित में है या नहीं, लेकिन वे इस परियोजना की बारीकी से निगरानी कर रहे थे। दूसरी ओर, उन्होंने कहा कि एन.पी. ने सी.पी.ई.सी. को एक सकारात्मक कदम माना और यह बलूचिस्तान के विकास के पक्ष में था।[18]

1947-48 के बाद से पाकिस्तानी राज्य के हाथों उत्पीड़ित बलूचों के लिए, सी.पी.ई.सी. पर किसी भी तरह का आश्वासन कुटिलता है। सुई का प्राकृतिक गैस एक आकर्षक उदाहरण है कि बलूच अपने संसाधनों से किस तरह वंचित थे। आज भी बलूचिस्तान का 80 प्रतिशत भाग गैस से वंचित है, जिसमें ग्वादर भी शामिल है। इसके अलावा, ग्वादर का विकास प्रांत के जनसांख्यिकीय संतुलन पर प्रतिकूल प्रभाव डालेगा।

सी.पी.ई.सी. के लिए प्रांतीय स्तर पर बलूचिस्तान के हितों की रक्षा करनेवाले कार्यसमूह का न होना एक अन्य उदाहरण है। ऐसा समूह लोगों के हितों में अस्थिरता से लिये जा रहे फैसलों पर बहुमूल्य जानकारी दे सकता है।[19] बलूचों को कैसे नजरअंदाज किया जा रहा है, इसका एक प्रमुख उदाहरण यह है कि सी.पी.ई.सी. की संसदीय समिति के अध्यक्ष पंजाबी सीनेटर मुशाहिद हुसैन हैं, जबकि किसी बलूच की नियुक्ति बलूच की भावनाओं को आत्मसात् करने के लिए बहुत कुछ कर सकती थी।[20]

सितंबर 2015 में क्वेटा में एक बैठक को संबोधित करते हुए, बलूचिस्तान नेशनल पार्टी (बी. एन.पी.) के अध्यक्ष और पूर्व मुख्यमंत्री, सरदार अख्तर मेंगल ने कहा : 'हमने ग्वादर-काशगर आर्थिक गलियारे के बारे में हाल के वर्षों में किए गए हर समझौते पर शोध किया है और अच्छी तरह से पढ़ा है, लेकिन उसमें बलूचिस्तान के लिए कुछ भी नहीं मिला।' वे सभी एक आधुनिक पंजाब का निर्माण कर रहे हैं और इसे सभी सुविधाओं से लैस कर इसकी अर्थव्यवस्था को बढ़ावा दे रहे हैं।'[21] मई 2017 में एक अन्य साक्षात्कार में मेंगल ने कहा, 'मैं इसके लिए कह सकता हूँ

कि सी.पी.ई.सी. ईस्ट इंडिया कंपनी से अलग नहीं होगा। चीनी, अपनी विशाल आबादी और अन्य चीजों के साथ, पाकिस्तान को एक देश नहीं बल्कि चाइना टाउन जैसा बना देगा।'[22]

मार्च 2015 में 'द फ्राइडे टाइम्स' को दिए एक साक्षात्कार में, अनुभवी बलूच राष्ट्रवादी मीर मोहम्मद अली तालपुर ने सी.पी.ई.सी. पर बलूच दृष्टिकोण को अभिव्यक्त किया : 'वे [पंजाबी] बलूचों की भावनाओं को नहीं समझते हैं। अगर पाकिस्तान की समृद्धि जरूरी है, तो वहाँ रहनेवाले लोगों की भावनाएँ भी जरूरी हैं। हम समृद्धि के विरुद्ध नहीं हैं। हम शोषण के विरुद्ध हैं। हम अपना अधिकार चाहते हैं। विकास इसका अनुसरण करेगा।'[23]

फेडरेशन ऑफ पाकिस्तान चैंबर्स ऑफ कॉमर्स एंड इंडस्ट्री (एफ.पी.सी.सी.आई.) की एक रिपोर्ट में बलूच आशंकाओं की सबसे अधिक पुष्टि की गई। इसमें कहा गया है कि बलूचिस्तान में चीनी नागरिकों की आमद की मौजूदा दर को देखते हुए, 2048 तक क्षेत्र की स्थानीय आबादी समाप्त हो जाएगी। रिपोर्ट में स्वीकार किया गया कि बलूचिस्तान के लोगों की सबसे महत्त्वपूर्ण आशंका जनसांख्यिकी में बदलाव है। चीन से प्रवासन की मौजूदा दर को बढ़ाकर 0.44 व्यक्ति प्रति हजार और जनसंख्या वृद्धि की बलूच दर से बढ़ाते हुए, रिपोर्ट ने भविष्यवाणी की कि सी.पी.ई.सी. के पूरा होने के साथ बलूचिस्तान की आबादी में चीनियों की हिस्सेदारी बढ़ जाएगी और 2048 तक उनकी जनसंख्या पाकिस्तानियों से अधिक हो सकती है।[24]

इसी तरह लाहौर में सी.पी.ई.सी. पर एक सेमिनार में नवाज शरीफ सरकार में परियोजना की देखरेख करनेवाले अहसान इकबाल ने स्पष्ट रूप से खुलासा किया कि चीन की अनुमति के बिना ग्वादर सहित सी.पी.ई.सी. पर किसी समझौते को सार्वजनिक नहीं किया जा सकता या यहाँ तक कि इसे बलूचिस्तान की सरकार के साथ साझा नहीं किया जा सकता है। इस बयान ने बलूचिस्तान के हिस्से में जो कुछ आना था, उसका प्रदर्शन किया।[25]

इस बीच, बलूचिस्तान में होनेवाली दो परियोजनाओं सहित सी.पी.ई.सी. की कुछ परियोजनाएँ मुश्किल में पड़ गई हैं, क्योंकि लेखन के समय चीन ने इनका वित्तपोषण रोक दिया है। इनमें डेरा इस्माइल खान—झोब रोड और खुजदार—बसिमा रोड शामिल हैं। दोनों परियोजनाओं को संघीय सरकार द्वारा सी.पी.ई.सी. के बलूचिस्तान को लाभान्वित करने के प्रमाण के रूप में चित्रित किया गया था, हालाँकि बीजिंग द्वारा अपने वित्तपोषण दिशानिर्देशों के नए सेट को साझा नहीं करने तक इन परियोजनाओं के लिए वित्तपोषण रोक दिया गया है।

इसी संदर्भ में दिसंबर 2017 के पहले सप्ताह में बलूचिस्तान के चार लोगों, राष्ट्रीय पार्टी (एन.पी.) से कबीर मुहम्मद शाही, बलूचिस्तान नेशनल पार्टी (बी.एन.पी.) के डॉ. जहानजेब जमालदीनी, अवामी नेशनल पार्टी (ए.एन.पी.) से दाउद अचकजई और पख्तूनख्वा मिल्ली अवामी पार्टी (पी.के.एम.ए.पी.) से उस्मान काकर सहित सीनेटरों के सात सदस्यीय प्रतिनिधिमंडल ने चीन का दौरा किया। इन चारों में से, कबीर मुहम्मद शाही और उस्मान काकर उन दलों से संबंधित थे, जो बलूचिस्तान की सरकार के साथ-साथ केंद्र में भी शामिल थे। वापस लौटने पर, इन सभी सीनेटरों ने स्पष्ट रूप से कहा कि बलूचिस्तान को सी.पी.ई.सी. से कुछ भी नहीं मिलनेवाला था। उल्लेखनीय है कि बलूचिस्तान में सरकार और विपक्ष दोनों का इस पर समझौता था कि गरीब तबके को सी.पी.ई.सी. से कोई फायदा नहीं होगा।[26]

डॉ. जहजेब जमादिनी ने कहा : 'सी.पी.ई.सी. समझौते पर हस्ताक्षर किए चार वर्ष हो गए हैं और अब भी ग्वादर के लोगों के पास पीने का पानी नहीं है। यह बिल्कुल स्पष्ट है कि इस मुद्दे को हल करने के लिए कोई ठोस प्रयास नहीं किया गया है।' सीनेटर कबीर मुहम्मद शाही ने कहा कि बलूचिस्तान में सभी राजमार्ग निर्माण परियोजनाओं को सी.पी.ई.सी. का नाम दिया जा रहा था, जिन्हें मूल रूप से मुशर्रफ के समय में आरंभ किया गया था और वे नियमित परियोजनाएँ थीं। उन्होंने कहा कि सी.पी.ई.सी. की संसदीय समिति के सदस्य होने के बावजूद सी.पी.ई.सी. समझौतों के बारे में उनके पास कोई जानकारी नहीं है। 'जब तक मुझे यकीन नहीं होता कि बलूचिस्तान के लिए क्या समझौते हुए हैं, मुझे सी.पी.ई.सी. की प्रशंसा क्यों करनी चाहिए?'[27]

वास्तव में, दिसंबर 2018 में बलूचिस्तान के मुख्यमंत्री जाम कमाल खान ने सी.पी.ई.सी. के अंतर्गत विकास परियोजनाओं की प्रगति की समीक्षा करने के लिए एक बैठक की अध्यक्षता करते हुए कहा था कि प्रांतीय सरकार इस संबंध में अभी भी 'अंधी' थी कि सी.पी.ई.सी. में क्या था।[28] 'डॉन' ने कहा था, सी.पी.ई.सी. परियोजनाओं की एक ब्रीफिंग में खुलासा होने के बाद बलूचिस्तान कैबिनेट में नाराजगी थी कि ग्वादर के बाहर किसी भी परियोजना में कोई प्रगति नहीं हुई है और प्रांत में सी.पी.ई.सी. परियोजनाओं का समग्र पोर्टफोलियो बहुत कम था। इस बात की विशेष चिंता थी कि पश्चिमी मार्गों को जोड़नेवाली परियोजनाओं पर कोई प्रगति नहीं हुई है, यह एक ऐसा लक्ष्य था, जो अर्थव्यवस्था को सबसे अधिक लाभ पहुँचा सकता था और इसे सरकार की सर्वोच्च प्राथमिकता माना जाना था।[29]

## सुरक्षा संबंधी मुद्दे

आर्थिक गतिविधियों में वृद्धि ने एक ऐसे प्रांत में नए खतरों को आकर्षित किया है, जिसमें पहले से ही असंख्य सुरक्षा चुनौतियाँ मौजूद हैं। बलूचिस्तान में बलूच विद्रोह के अलावा, संप्रदायवादी और इसलामी उग्रवाद का उदय देखा गया है। पाकिस्तान में चीनी पदचिह्न के विस्तार के साथ, जहाँ 30,000 से अधिक चीनी काम कर रहे हैं,[30] पहले से मौजूद खतरे उग्रवाद की नई किस्मों के साथ मिलकर और अधिक खतरा उत्पन्न कर सकते हैं। 'डॉन' का कहना है : 'ऐसा कोई वास्तविक परिदृश्य नहीं है, जिसमें पाकिस्तान एक ही समय में एक ही प्रांत में मौजूद सभी खतरों के विरुद्ध पूर्ण पैमाने पर युद्ध छेड़ सकता है।'[31]

चीनी इंजीनियरों और श्रमिकों पर सीधे हमले किए जाने के बाद लगभग 2004 से सुरक्षा मुद्दों पर प्रकाश डाला जाने लगा। मई 2004 में ग्वादर में एक कार बम विस्फोट में तीन चीनी इंजीनियर मारे गए और नौ घायल हो गए। उसके अगले महीने कस्बे में चार सीरियल ब्लास्ट हुए, लेकिन कोई हताहत नहीं हुआ। एक महीने बाद, शहर में तीन 'होम मेड' बम विस्फोट हुए, कोई नुकसान या हताहत हुए बिना एक बार फिर असुरक्षा की भावना उत्पन्न हुई। थोड़े दिन बाद, ग्वादर में तीन चीनी इंजीनियर मारे गए और दो पाकिस्तानियों सहित ग्यारह लोग घायल हो गए।[32] 2005 में कुछ ही दिनों में कई बम विस्फोट हुए। एक बार फिर, कोई हताहत या घायल नहीं हुआ। 2006 में बलूचिस्तान के हब में घात लगाकर तीन चीनी इंजीनियरों की गोली मारकर हत्या कर दी गई थी। 2010 में ग्वादर में पर्ल कॉन्टिनेंटल होटल के तट पर, जहाँ एक चीनी इंजीनियर रह रहा था,

एक नाव से किए गए रॉकेट हमले में चीनी इंजीनियर बाल-बाल बचा था।[33] 2013 में और नुश्की, बलूचिस्तान के जोरकेन क्षेत्र में सैनदक परियोजना के लिए तेल ले जानेवाले कई टैंकरों पर हमला किया गया था और वे आंशिक रूप से क्षतिग्रस्त हो गए थे। टैंकर चगई में सैनदक सोने और ताँबे की परियोजना में बिजली जेनरेटर और अन्य मशीनों के लिए तेल की आपूर्ति करने जा रहे थे।[34] 2016 में चीनी सरकार ने कहा कि बलूचिस्तान लिबरेशन फ्रंट (बी.एल.एफ.) के नेता, अल्लाह नजर बलूच की सी.पी.ई.सी. परियोजनाओं और उन पर काम करनेवाले कई हजार चीनी नागरिकों को निशाना बनाने की धमकी के बाद वह अत्यधिक चिंतित थी।

क्वेटा-ताफ्तान राजमार्ग पर 11 अगस्त, 2018 को फ्रंटियर कॉर्प्स की सुरक्षा में अठारह चीनी इंजीनियरों को दलबानदीन हवाई अड्डे से सैनदक ताँबा और सोने की खदानों तक ले जा रही एक बस पर आत्मघाती हमलावर द्वारा हमला किया गया था। यह शायद बलूच राष्ट्रवादियों का पहला आत्मघाती हमला था। उसने अपने विस्फोटक से भरे वाहन को बस से टकराने की कोशिश की। परिणामस्वरूप, तीन चीनी इंजीनियर, दो फ्रंटियर कॉर्प्स सैनिक और बस चालक सहित छह लोग घायल हो गए। बलूच लिबरेशन आर्मी (बी.एल.ए.) ने यह कहते हुए हमले की जिम्मेदारी ली कि यह हमला 'चीन को बलूचिस्तान को खाली करने और उसके संसाधनों को लूटने से रोकने के लिए' किया गया था। बी.एल.ए. के 'प्रवक्ता' जियानद बलूच ने कहा, 'हमने इस बस को निशाना बनाया जो चीनी इंजीनियरों को ले जा रही थी। हमने उन पर हमला किया, क्योंकि वे हमारे क्षेत्र से सोना निकाल रहे हैं, हमने इसकी अनुमति नहीं दी है।' ट्विटर पर जारी बयान में आतंकवादी समूह ने आत्मघाती हमलावर की पहचान बी.एल.ए. के वरिष्ठ कमांडर असलम बलूच के बड़े बेटे रेहान बलूच के रूप में की। रेहान बलूच ने अपने पहले से रिकॉर्ड किए गए संदेश में कहा, 'इस कृत्य के द्वारा मैं चीन और उसके लोगों को यह एहसास दिलाना चाहता हूँ कि जो भी बलूच कौम की सहमति के बिना बलूचिस्तान के मुद्दों पर ध्यान देने की कोशिश करेगा, वह बलूच कौम के क्रोध का सामना करेगा।'[35] एक महत्त्वपूर्ण विकास में, विभिन्न राष्ट्रवादी बलूच नेताओं और समूहों ने चीनी इंजीनियरों के काफिले पर आत्मघाती हमले का समर्थन किया।

बलूच लिबरेशन आर्मी (बी.एल.ए.) के आतंकवादियों ने 23 नवंबर, 2018 को कराची में चीनी वाणिज्य दूतावास पर हमला किया। इस हमले में, चार लोग मारे गए थे—दो पुलिसकर्मी और दो नागरिक। हमले में कोई भी चीनी नागरिक आहत नहीं हुआ। तीनों हमलावर भी मारे गए थे। बी.एल.ए. ने बाद में एक ट्वीट में हमले की जिम्मेदारी ली, जिसमें अजल खान बलूच, रजिक बलूच और रईस बलूच के रूप में पहचाने गए तीन हमलावरों की एक तसवीर भी शामिल थी।

इस हमले में बलूच विद्रोहियों ने पहली बार चीनी राजनयिक मिशन पर सीधा हमला किया था। यह दरशाता है कि बी.एल.ए. ने अपने अभियानों को बलूचिस्तान से कराची तक विस्तारित कर लिया था और सबसे महत्त्वपूर्ण बात यह है कि इसने अभियान के लिए आत्मघाती बम बनाने के तरीकों का उपयोग किया। यह संकेतक इसलिए भी महत्त्वपूर्ण था कि बलूचिस्तान में संघर्ष का हल न होने पर चीनी हितों पर अतिरिक्त हमलों के मामले में चीन और पाकिस्तान के बीच तनाव उत्पन्न कर सकता था।[36]

कराची में, 14 दिसंबर, 2018 को चीनी वाणिज्य दूतावास पर हुए हमले के एक महीने से भी

कम समय के बाद, ईरान की सीमा से सटे तुर्किस्तान जिले में तीन बलूच सशस्त्र समूहों, बी.एल.ए., बलूच लिबरेशन फ्रंट और बलूच रिपब्लिकन गार्ड्स का संयुक्त हमला हुआ। इस हमले में फ्रंटियर कॉर्प्स के कम-से-कम छह कर्मी मारे गए। ईरान की सीमा से लगे पहाड़ी क्षेत्र में हुए इस हमले ने दोनों देशों के बीच तनाव उत्पन्न कर दिया।[37]

चीनी स्पष्ट रूप से बलूचों के विरोध से अपने हितों के लिए उत्पन्न होनेवाले खतरों से अवगत हैं, जिन्होंने चीन को निशाना बनाने के बारे में कोई बहाना नहीं बनाया है। 19 फरवरी, 2018 को प्रकाशित 'बेल्ट एंड रोड परियोजना को सुरक्षित करने के लिए चीन ने पाकिस्तान के आतंकवादियों को मिटाया' शीर्षक एक रिपोर्ट के अनुसार, *फाइनेंशियल टाइम्स* ने दावा किया कि चीन पाँच वर्ष से अधिक समय से 'पाकिस्तानी आदिवासी अलगाववादियों' के संपर्क में था। वार्त्ता का उद्देश्य चीन-पाकिस्तान आर्थिक गलियारे (सी.पी.ई.सी.) में अपने निवेश की रक्षा करना था। रिपोर्ट में तीन अनाम व्यक्तियों का हवाला दिया गया, जिन्हें इन वार्त्ताओं का ज्ञान था।[38] सी.पी.ई.सी.. पाकिस्तान में चीनी राजदूत याओ जिंग के एक बयान से रिपोर्ट के लिए कुछ समर्थन उपलब्ध था, जिन्होंने 2 फरवरी, 2018 को बी.बी.सी. उर्दू को दिए एक साक्षात्कार में दावा किया था कि बलूच आतंकवादी संगठन अब सी.पी.ई.सी. के लिए खतरा नहीं थे।[39]

हालाँकि, चीन ने 22 फरवरी, 2018 को उन रिपोर्टों को खारिज कर दिया कि वह सी.पी.ई.सी. परियोजना को सुरक्षित करने के लिए बलूच अलगाववादियों से बातचीत कर रहा है। ऐसी रिपोर्टों के बारे में पूछे जाने पर चीन के विदेश मंत्रालय के प्रवक्ता ने कहा, 'मैंने कभी इस तरह की बातों के बारे में नहीं सुना है, जिनका आपने उल्लेख किया है।'[40] 23 फरवरी, 2018 को पाकिस्तान ने भी चीन के सी.पी.ई.सी. परियोजनाओं की सुरक्षा सुनिश्चित करने के लिए बलूच विद्रोहियों से बातचीत करने की रिपोर्टों का खंडन किया था। आधिकारिक प्रवक्ता के अनुसार, चीन पाकिस्तान के साथ 'प्रत्यक्ष संपर्क' में था और 'उसे बलूच नेताओं के साथ सुरक्षा पर चर्चा करने की आवश्यकता नहीं थी।'[41] इसी तरह, बलूच रिपब्लिकन पार्टी के एक अलगाववादी समूह के प्रतिनिधि शेर मुहम्मद बुगती ने भी चीन के साथ किसी भी तरह की बातचीत से इनकार किया।[42]

इसके बाद भी, 'फाइनेंशियल टाइम्स' की रिपोर्ट ने रेखांकित किया कि बलूचिस्तान विद्रोह को सँभालने की पाकिस्तान की क्षमता में चीन की शंका बढ़ रही है, जिससे उन्हें अलगाववादियों तक सीधी पहुँच बनाने में मदद मिली है। मलिक सिराज अकबर लिखते हैं, 'यह स्पष्ट रूप से बलूचों को बातचीत की मेज पर लाने में पाकिस्तानी सरकार की कमजोरी को दरशाता है।' वे यह भी कहते हैं कि चीनी हित मुख्य रूप से ग्वादर बंदरगाह के आसपास के क्षेत्र में हैं। डॉ. अल्लाह नजर बलूच के नेतृत्ववाला बलूच लिबरेशन फ्रंट यहाँ पर्याप्त प्रभाव रखनेवाला अकेला समूह है।[43]

हालाँकि, चीनी इंजीनियरों और नागरिकों को केवल बलूचिस्तान में ही निशाना नहीं बनाया जा रहा था। पाकिस्तान के विभिन्न हिस्सों में उन पर हमला किया गया, जिससे चीनी सरकार ने पाकिस्तानी अधिकारियों के साथ अपनी बातचीत में चीनी नागरिकों की सुरक्षा को अपनी प्राथमिक चिंताओं में से एक बना दिया। 9 अक्तूबर, 2004 को दक्षिण वजीरिस्तान एजेंसी में गोमल जाम बाँध परियोजना पर काम करते समय दो चीनी इंजीनियरों का अपहरण कर लिया गया था, जहाँ अल-कायदा के लड़ाकों के विरुद्ध बड़े पैमाने पर पाकिस्तानी सैन्य अभियान चल रहा था। अपहरण

के बाद एक बचाव अभियान चलाया गया, जिसके कारण एक इंजीनियर की मृत्यु हो गई, जबकि इसका मास्टरमाइंड, ग्वांतानामो बे का पूर्व कैदी अब्दुल्ला महसूद था। बीजिंग ने कसम खाई थी कि इस तरह की घटनाएँ उसे विकास परियोजनाओं में काम करने से नहीं रोकेंगी, लेकिन बाँध परियोजना पर काम रोक दिया गया।

कराची में, मई 2016 में एक कम तीव्रतावाले बम से एक चीनी इंजीनियर घायल हो गया। सिंधुदेश रिवोल्यूशनरी पार्टी ने इस हमले की जिम्मेदारी ली और विस्फोट स्थल से बरामद एक पर्चे में सी.पी.ई.सी. को 'सिंध विरोधी परियोजना' के रूप में दरशाया गया था। इसमें चीन पर सिंध के संसाधनों को लूटने का भी आरोप लगाया गया था।' फरवरी 2018 में कराची में अज्ञात बंदूकधारी द्वारा एक छत्तीस वर्षीय चीनी कार्यकारी की कार पर गोलीबारी कर उसे मार दिया गया था। वह कॉस्को शिपिंग लाइंस पाकिस्तान के लिए काम करता था, जो सी.पी.ई.सी. से जुड़ी कंपनी थी।[44] तहरीक-ए-तालिबान पाकिस्तान (टी.टी.पी.), अल-कायदा और आई.एस. जैसे समूहों ने चीन के मुसलमानों से उसके व्यवहार पर चेतावनी के रूप में चीन को लक्षित करने की धमकी दी है। एक टी.टी.पी. गुट ने मार्च 2012 में झिंजियांग में उइघुर मुसलिमों की चीन में हत्या के लिए जवाबी काररवाई में पेशावर में एक चीनी महिला की हत्या की जिम्मेदारी ली थी।[45] मार्च 2017 में जारी एक वीडियो में, बीजिंग के उइगरों से किए जा रहे व्यवहार का बदला लेने के लिए चीनी नागरिकों पर हमलों में '…खून की नदियाँ बहाने' की कसम ली गई। 24 मई, 2017 को क्वेटा में कथित रूप से सुरक्षित क्षेत्र से चीनी भाषा के दो शिक्षकों को अगवा कर उस धमकी का पालन किया गया। बाद में उन्हें मार डाला गया।

सुरक्षा बलों द्वारा ऑपरेशन रेडडुल फसाद के हिस्से के रूप में मस्तंग के स्पिलनजी में आई.एस.-लश्कर-ए-झांगवी की साँठ-गाँठ के विरुद्ध अभियान के एक सप्ताह के बाद की इस घटना ने परेशान करनेवाले प्रश्न उठाए। रिपोर्टों के अनुसार, देश के विभिन्न हिस्सों से मस्तंग इलाके में इकट्ठे हुए आई.एस. के कई शीर्ष कमांडर मारे गए थे। इससे यह अप्रिय सत्य सामने आया कि आई.एस. कोई गौण खतरा नहीं था और बलूचिस्तान में उग्रवाद केवल राष्ट्रवादियों तक सीमित नहीं था।[46] चीन के शिनजियांग में अपनी दमनकारी नीतियों को आगे बढ़ाने के कारण पाकिस्तान में उसके नागरिकों और परियोजनाओं पर अधिक हमले होने की संभावना है।

अक्तूबर 2017 में पाकिस्तान में स्थित चीनी दूतावास ने अपने राजदूत पर हमले की संभावना की जानकारी मिलने पर अपने राजदूत के लिए अतिरिक्त सुरक्षा का अनुरोध किया था। दूतावास ने प्रतिबंधित पूर्वी तुर्किस्तान स्वतंत्रता आंदोलन (ई.टी.आई.एम.) से संबंधित अब्दुल वली का नाम लिया है, जो शिनजियांग में संचालित एक चरमपंथी समूह है।[47] ई.टी.आई.एम. के लिए, कड़ी सुरक्षावाले शिनजियांग की तुलना में पाकिस्तान में चीनी हितों को लक्षित करना आसान हो सकता है। दिसंबर 2017 में इसलामाबाद में चीनी दूतावास ने पाकिस्तान में रह रहे अपने नागरिकों को चेतावनी दी थी कि वे चीनियों पर 'आतंकवादी हमलों' की श्रृंखला के बारे में खुफिया रिपोर्ट प्राप्त करने के बाद सतर्क रहें। इसने अपने नागरिकों से आग्रह किया कि वे अंदर रहें और भीड़-भाड़ वाली जगहों से बचें।[48]

बढ़ते खतरे को देखते हुए पाकिस्तान ने 12,000 लोगों के एक मजबूत बल की तैनाती की

घोषणा की, जिसे 'विशेष सुरक्षा प्रभाग (एस.एस.डी.)' कहा जाता है, जिसमें नागरिक और सैन्य दोनों कर्मी शामिल होंगे और यह लेफ्टिनेंट जनरल रैंक के एक अधिकारी के नेतृत्व में होगा। बल को पूरी सी.पी.ई.सी. को सुरक्षा प्रदान करने का जनादेश था। सुरक्षा योजना को बाद में एक चार-स्तरीय योजना बनाकर विस्तारित किया गया था, जिसमें करीब 32,000 सुरक्षाकर्मी (एस.एस.डी. सहित) पाकिस्तान में चल रही परियोजनाओं पर विभिन्न क्षमताओं में काम करनेवाले चीनी लोगों की रक्षा करेंगे। बल में 500 से अधिक चीनी सुरक्षाकर्मी भी शामिल होंगे। 19 फरवरी, 2016 को एस.एस.डी. के दौरे के समय, पूर्व सेना प्रमुख जनरल राहील शरीफ ने कहा, 'सेना इस महत्त्वाकांक्षी परियोजना को वास्तविकता में बदलने के लिए कोई भी कीमत चुकाने के लिए तैयार है।'[49]

इस चार-स्तरीय योजना पर ग्वादर के निवासियों की प्रतिक्रिया इसका एक अशुभ पहलू होगी, जिनकी बंदरगाह परियोजना में चीनी भागीदारी के बारे में सबसे बुरी आशंका सच हो सकती है। योजना में स्थानीय निवासियों को निवास कार्ड जारी करना और शहर में आनेवाले सभी बाहरी लोगों पर नियमित रूप से नजर रखना और प्रवेश बिंदुओं पर बाहरी लोगों के अद्यतन किए गए रिकॉर्ड के साथ उन्हें पंजीकृत करना शामिल है। पाकिस्तानी और चीनी अधिकारियों के अनुसार, चीनी पूरे शहर में एक पैंसठ मील की बाड़ लगाने पर जोर दे रहे हैं, जिसमें आनेवाले सभी के लिए विशेष परमिट की आवश्यकता होती है। वास्तव में, ग्वादर विशेष नियमों और विनियमों के साथ चीनियों के लिए एक अलग परिक्षेत्र बन जाएगा, हालाँकि पाकिस्तानियों का मानना है कि वे बिना बाड़ के भी पर्याप्त सुरक्षा प्रदान कर सकते हैं।[50]

विशेष सुरक्षा प्रभाग के अलावा, पाकिस्तानी नौसेना ने निगरानी के लिए ग्वादर बंदरगाह पर एक विशेष समुद्री बटालियन आबंटित की है। ये नौसैनिक संचार के लिए उपयोग किए जानेवाले समुद्री लिंक की सुरक्षा करेंगे और निकट भविष्य में बंदरगाह में प्रवेश करने और बाहर निकलनेवाले जहाजों को सुरक्षा प्रदान करेंगे।[51]

'गार्जियन' ने बलूचिस्तान के मुख्यमंत्री के पूर्व आर्थिक सलाहकार, कैसर बंगाली के हवाले से कहा कि यह धारणा कि सेना द्वारा गठित दो विशेष ब्रिगेड सड़क यातायात की सुरक्षा के लिए पर्याप्त होंगी, 'हास्यास्पद' थी। 'अगर ट्रकों के हर काफिले के साथ आधा दर्जन टैंक, बख्तरबंद वाहक और हैलीकॉप्टर होंगे, तो इनकी लागत बहुत अधिक होनेवाली है।' एक साक्षात्कार में, प्रख्यात अर्थशास्त्री ने निम्नलिखित बातें कहीं, (i) सी.पी.ई.सी. खेल-परिवर्तक बनने के बजाय एक खेल की समाप्ति दरशाता है। 'मैं गलियारे को स्थानीय व्यवसायों के लिए खतरा उत्पन्न करता देख रहा हूँ और डर है कि यह दोनों देशों के लिए जीत की स्थिति नहीं होगी।' (ii) 'ग्वादर दुबई नहीं बन सकता। यह एक समुद्री मार्ग है, जो एक भूमि मार्ग से पाकिस्तान में लाए गए चीनी उत्पादों को फिर से निर्यात करने के उद्‍देश्य से बनाया गया है। मुझे लगता है कि ग्वादर में औद्योगिक क्षेत्र और एक मेगा शहर स्थापित करना संभव नहीं है, क्योंकि इस विकास का समर्थन करने के लिए यहाँ पानी उपलब्ध नहीं है।'[52]

सी.पी.ई.सी. पर टिप्पणी करते हुए, पूर्व मुख्यमंत्री डॉ. मलिक ने कहा कि यह बलूचिस्तान के लोगों के लिए खेल-परिवर्तक नहीं होगा : 'उनके भाग्य बदलने की कोई आशा नहीं है।' उन्होंने कहा कि अब यह ज्ञात है कि सी.पी.ई.सी. का 91 प्रतिशत लाभ चीन छीन ले जाएगा और शेष 9

प्रतिशत संघीय सरकार द्वारा ले लिया जाएगा, जिससे बलूचिस्तान खाली हाथ रह जाएगा।[53]

यह स्पष्ट है कि सी.पी.ई.सी. की योजना जिस तरह से बनाई गई है और जिस तरह से इसे लागू किया गया है, उसमें बलूचिस्तान के लोगों द्वारा सामना की जानेवाली अभाव की भावना को दूर करने की कोशिश भी नहीं की गई है। चूँकि वे न तो सी.पी.ई.सी. प्रक्रिया के भागीदार हैं और न ही इसके लाभार्थी, इसलिए बलूचों में नाराजगी और निराशा की भावना होना स्वाभाविक है। इससे भी बुरी बात यह है कि सी.पी.ई.सी. के बारे में अपनी शिकायतों को स्पष्ट करते हुए, बलूचों ने पाया कि इस परियोजना को एक वैचारिक मुद्दे के स्तर पर उठाया गया है और जो भी इसके किसी भी हिस्से पर पुनर्विचार करने के लिए कहता है या यहाँ तक कि किसी बिंदु या अन्य स्पष्टीकरण के लिए कहता है, उसे एक विध्वंसक तत्त्व माना जाता है।[54]

सी.पी.ई.सी. के बारे में बलूचों की शंकाओं को ध्यान में रखते हुए, सेना प्रमुख जनरल कमर बाजवा ने जनवरी 2017 में प्रस्तावित किया कि जहाँ तक सी.पी.ई.सी. के अंतर्गत बलूचिस्तान का संबंध 'चल रही विकासात्मक गतिविधि और भविष्य के व्यापार' को हासिल करने से है, 'स्थानीय स्वामित्व पर आधारित लोक-केंद्रित दृष्टिकोण' अपनाया जाना चाहिए। उन्होंने यह भी स्वीकार किया कि अतीत में कई कारणों से प्रांत को 'दुर्भाग्यपूर्ण' रूप से उपेक्षित किया गया है, लेकिन कहा गया कि अब ऐसा नहीं था। यह देखते हुए कि बलूचिस्तान में सेना के पास राज्य की नीतियों में मुक्त हस्तक्षेप का अधिकार है, बाजवा का बयान स्पष्ट रूप से सेना की विफलताओं की स्पष्ट स्वीकार्यता था।[55]

'डेली टाइम्स' ने एक भयानक चेतावनी दी कि 'यदि यह सभी संबंधित पक्षों, विशेषकर ग्वादर की स्थानीय आबादी को समायोजित करने में विफल रहता है तो सी.पी.ई.सी. विफल हो जाएगा। यदि स्थानीय आबादी इसे अविश्वास से देखती है, तो परियोजना को सफलतापूर्वक निष्पादित नहीं किया जा सकता है।'[56]

□

# V

# अनवरत उत्पीड़न

# 13

# मानव अधिकारों के उल्लंघन

बलूचिस्तान में मानव अधिकारों (एच.आर.) के उल्लंघन की संख्या में तेज वृद्धि से सबसे निराशाजनक स्थिति है। दोनों पक्ष इसके लिए दोषी हैं, लेकिन सेना विद्रोह को कुचलने के लिए नीति के एक साधन के रूप में मानव अधिकारों का व्यवस्थित रूप से उल्लंघन करने की दोषी है। यह मानवाधिकार संगठनों, चिंतकों के साथ-साथ उन पत्रकारों की खबरों से उत्पन्न हुआ है, जिनकी इस क्षेत्र में पहुँच है।

मानवाधिकार उल्लंघनों पर चर्चा करने में चार बाधाएँ हैं। पहली, पाकिस्तान के मानवाधिकार आयोग ने उल्लेख किया है कि 'प्रांत में मानवाधिकारों के हनन पर सीमित ध्यान दिया जाता है, क्योंकि कुछ क्षेत्र राष्ट्रीय मीडिया और नागरिक समाज के लिए लगभग दुर्गम हैं, जबकि प्रांत के बाकी हिस्से पाकिस्तान के कई प्रमुख शहरों से अच्छी तरह से नहीं जुड़े हैं। इसलिए, मानवाधिकारों के उल्लंघन ठीक से प्रलेखित और दर्ज नहीं किए गए हैं।[1] बुगती क्षेत्र में आंतरिक रूप से विस्थापित लोगों तक भी मीडिया की पहुँच से इनकार कर दिया गया है, माना जाता है कि अपर्याप्त चिकित्सा सुविधाओं और खराब स्वच्छता के कारण वहाँ सैकड़ों लोग मारे गए हैं।

दूसरी समस्या गंभीर अंतरराष्ट्रीय ध्यान की कमी की है। डेक्लन वाल्श ने उल्लेख किया है कि दशकों से रुक-रुककर होनेवाले बलूच विद्रोह को अकसर पाकिस्तान का गंदा युद्ध कहा जाता है, क्योंकि गायब हो जाने या दोनों तरफ से मारे जानेवाले लोगों की संख्या में वृद्धि हुई है, लेकिन इसने अंतरराष्ट्रीय स्तर पर बहुत कम ध्यान आकर्षित किया है, क्योंकि अधिकतर नजरें पाकिस्तान के उत्तर-पश्चिमी आदिवासी इलाकों में तालिबान और अल-कायदा के विरुद्ध लड़ाई की ओर लगी हुई हैं।[2] सरकार '…सिंधी और बलूच राष्ट्रवादियों सहित अपने राजनीतिक विरोधियों पर 'आतंक से युद्ध' लड़ रहे अंतरराष्ट्रीय गठबंधन द्वारा मानवाधिकारों के उल्लंघन के प्रति अधिक अनुज्ञात्मक रवैया लागू करने का लाभ' उठाने में सक्षम थी।[3]

तीसरी, वाल्श लिखता है, कानून और व्यवस्था की ताकतें मृत लोगों की दुर्दशा के प्रति उदासीन हैं। एक भी अपराधी को गिरफ्तार नहीं किया गया या अभियुक्त नहीं बनाया गया है; वास्तव में, पुलिस जाँचकर्ता खुलेआम स्वीकार करते हैं कि वे किसी की तलाश में नहीं हैं। वे कहते हैं : 'दशकों में पाकिस्तान की सबसे बड़ी हत्या के रहस्य में रुचि की आश्चर्यजनक कमी तब और अधिक समझ में आती है, जब यह बात उभरकर आती है कि प्रमुख संदिग्ध हत्यारों का कोई छिपा

हुआ गिरोह न होकर, देश की शक्तिशाली सेना और इसकी बेकार खुफिया इकाइयों के लोग हैं।'[4]

चौथी, मानवाधिकारों के उल्लंघन से संबंधित आँकड़ों के कारण उन्हें प्रलेखित करने में भारी कठिनाई आती है। इसके बावजूद, बलूचिस्तान में बढ़ते स्वतंत्रता आंदोलन को दबाने की कुटिल कोशिश इन उल्लंघनों की आम कड़ी है।

इन बाधाओं और बलूचिस्तान में अपनी बर्बरता को ढककर रखने की पाकिस्तान की कोशिशों के बावजूद, मानवाधिकार संगठनों और बलूचों के दृढ़ संकल्प के कारण सेना बलूचिस्तान के लोगों के साथ जो कर रही है, उसे छिपाने में वह विफल रहा है।

## हताहतों के आँकड़े

दक्षिण एशिया आतंकवाद पोर्टल (एस.ए.टी.पी.) डेटाबेस के अनुसार, प्रांत में 2004 के बाद से कम-से-कम 6,726 लोगों के हताहत होने की सूचना दर्ज की गई है (डेटा 29 अप्रैल, 2018 तक), जिसमें 4,055 नागरिक शामिल थे। इनमें से कम-से-कम 1,167 की जिम्मेदारी किसी-न-किसी आतंकवादी/विद्रोही संगठनों पर डाली गई है। इनमें से 396 नागरिक हत्याओं (दक्षिण में 226 और उत्तर में 170) की जिम्मेदारी बलूच अलगाववादी संगठनों ने ली है, जबकि इसलामवादी और संप्रदायवादी चरमपंथी संगठन—मुख्य रूप से एल.ई.जे., टी.टी.पी. और अहरार-उल-हिंद (भारत के उदारवादी) ने 771 नागरिक हत्याओं की जिम्मेदारी ली है, उत्तर में 688 और दक्षिण में अस्सी (अधिकतर क्वेटा में और उसके आसपास)। शेष 2,888 नागरिकों की मृत्यु (दक्षिण में—1,696 और उत्तर में—1,192) के जिम्मेदारों का पता नहीं है।' माना जाता है कि 'अज्ञात' लोगों द्वारा, विशेष रूप से दक्षिणी क्षेत्र में की गई हत्याओं का एक बड़ा हिस्सा, राज्य एजेंसियों या तहरीक-ए-नफाज-ए-अमन, बलूचिस्तान सहित (टी.एन.ए.बी., शांति की बहाली के लिए आंदोलन, बलूचिस्तान) उनके समर्थकों, द्वारा बलपूर्वक गायब करने की नीति लागू करने का परिणाम है। अज्ञात लोगों द्वारा बड़ी संख्या में नागरिकों की हत्या एक स्पष्ट संकेत है, जो स्थानीय बलूच असंतुष्टों के विरुद्ध, सुरक्षा एजेंसियों के मारो और फेंक दो के संचालन में लिप्त होने के व्यापक विश्वास को मजबूत करता है।[5]

संघीय मानवाधिकार मंत्रालय के अनुसार, 2011 से 'गायब' हुए व्यक्तियों में से कम-से-कम 936 लोगों के शव, अकसर क्षत-विक्षत स्थिति में और उत्पीड़न के संकेतों के साथ बलूचिस्तान में पाए गए हैं। 30 दिसंबर, 2016 को बी.बी.सी. उर्दू द्वारा संघीय मानवाधिकार मंत्रालय से प्राप्त आँकड़े, राज्य एजेंसियों और उनके करीबी लोगों द्वारा बड़े पैमाने पर की गई अतिरिक्त न्यायिक हत्याओं की ओर इशारा करते हैं। अधिकांश शवों को क्वेटा, कलात, खुजदार और मकरान के क्षेत्रों में फेंका गया, जहाँ अलगाववादी विद्रोह की जड़ें हैं।[6]

वर्ष 2015 में प्रांतीय सरकार ने खुलासा किया कि 2011 से 2014 के बीच विद्रोह से जुड़े 800 लोगों के शव बरामद किए गए थे।[7] अनुमान लगाया गया था कि 950 लोग अभी भी गायब हैं, हालाँकि संयुक्त राष्ट्र की तथ्य खोजनेवाली टीम की 2013 की रिपोर्ट के अनुसार 14,000 से अधिक लोगों के गायब होने का दावा किया गया है।[8]

## पाकिस्तान का मानव अधिकार आयोग (एच.आर.सी.पी.)

एच.आर.सी.पी. की 'बलूचिस्तान में संघर्ष : एच.आर.सी.पी. तथ्यखोजी मिशन, दिसंबर 2005–जनवरी 2006' की रिपोर्ट में निम्नलिखित बिंदुओं को उठाया गया :

(i) हिरासत में रखे गए लोगों और डरकर घर-परिवार से भागनेवाले लोगों पर अत्याचार करने, गायब किए जाने के व्यापक उदाहरण थे;

(ii) सुरक्षा बल और निर्णयकर्ताओं को प्रांत में सकल मानवाधिकारों के उल्लंघन के लिए जिम्मेदार नहीं बनाया जा सकता था;

(iii) डेरा बुगती और काहन सहित, बलूचिस्तान के कुछ हिस्सों को, 'सशस्त्र संघर्ष के रूप में वर्णित किया जा सकता है, जहाँ उग्रवादी न होनेवाले मारे गए हैं और जहाँ बलों का प्रयोग अनुपयुक्त, अत्यधिक और नियोजित रूप से अंधाधुंध था;

(iv) राष्ट्रवाद से सहानुभूति रखनेवाले या उग्रवादियों के साथ संबंध रखनेवालों के गायब होने में तेज वृद्धि हुई। बलूच असंतुष्ट एच.आर.सी.पी. महासचिव द्वारा 'बर्बर और अमानवीय प्रथा' के रूप में वर्णित तरीके के मुख्य शिकार हुए हैं;[9]

(v) सम्मिलित काररवाइयों के खतरनाक उदाहरण थे, जिनमें से कुछ कथित रूप से अर्धसैनिक बलों द्वारा किए गए थे। एच.आर.सी.पी. को मिले विश्वसनीय साक्ष्यों से पता चला कि ऐसी हत्याएँ वास्तव में हुई थीं; तथा

(vi) प्रलेखन में बाधाओं के बावजूद, प्रांत में मानवाधिकारों के दुरुपयोग का एक निरंतर पैटर्न था।[10]

## अंतराष्ट्रीय क्षमा

एमनेस्टी इंटरनेशनल (ए.आई.) ने 2008 की अपनी 'अखंडनीय का खंडन' रिपोर्ट में मानवाधिकारों के उल्लंघन के प्रलेखन की समस्या को संकेतित किया।[11] इसके अनुसार, '…गोपनीयता का एक आधिकारिक आवरण बलपूर्वक गायब करने की विशेषता थी' जिससे यह स्थापित करना मुश्किल हो गया कि सरकार ने कितने लोगों का अपहरण किया था। रिश्तेदार, भी, 'गायब' हो चुके व्यक्ति या अपने पर प्रतिशोध के डर से लोगों के गायब होने के बारे में चुप रहे।[12] एक और कठिनाई यह थी कि कुछ को रिहा घोषित किया गया था, पर वास्तव में, रिहा नहीं किया गया था, जबकि अन्य को नए सिरे से बलपूर्वक गायब किया गया था। रिपोर्ट में रेखांकित किया गया है कि कथित रूप से आतंकवादी गतिविधियों से जुड़े सैकड़ों लोगों को मनमाने तरीके से हिरासत में लिया गया था, '… वकीलों, परिवारों और अदालतों तक पहुँच से वंचित रखा गया और सरकार ने उनके भाग्य या जानकारी को पाकिस्तान की खुफिया एजेंसियों द्वारा चलाए जा रहे नजरबंदी के अघोषित स्थानों पर छिपा दिया।'

उदाहरण के लिए ए.आई. रिपोर्ट में भी सेना द्वारा उपयोग की जानेवाली गायब हुए लोगों की जानकारी छिपाने की कुछ रणनीतियों का उदाहरण दिया गया है। इनमें न्यायिक निर्देशों का पालन करने में विफलता, हिरासत में लेनेवाले अधिकारियों की पहचान को छिपाना, हिरासत में लिये गए लोगों को छिपाना, गायब लोगों के रिश्तेदारों को धमकाकर गुमशुदगी के शिकार लोगों की जानकारी छिपाना शामिल था।

## पत्रकारों की रिपोर्ट

'गार्जियन' के एक लेख में डेक्लन वॉल्श ने लिखा : 'शव इस तरह चुपचाप सतह पर उभरते हैं, जैसे अँधेरे में कॉर्क उछलते हों। वे क्रूरता के निशान लिये हुए दो या तीन की संख्या में आते हैं और एक सप्ताह में कुछ बार, उजाड़ पहाड़ों या शहर की खाली सड़कों पर फेंक दिए जाते हैं। हाथ और पैर जले हुए; चेहरे उभरे और सूजे हुए होते हैं। मांस को चाकू से काटा गया होता है या ड्रिल से छेदा जाता है; जननांगों पर इलेक्ट्रिक प्रॉड्स से हस्ताक्षर किए जाते हैं। कुछ मामलों में शव पहचानने योग्य नहीं होते हैं, वे जंगली जानवरों द्वारा चबाए या चूना छिड़के हुए होते हैं। सभी के सिर में गोली का घाव होता है।" उनके अनुसार, यह 'पाकिस्तान का गंदा युद्ध' था। पीड़ित, बीस और चालीस वर्ष के बीच के पुरुष, राष्ट्रवादी राजनीतिज्ञ, छात्र, दुकानदार और मजदूर थे। कई मामलों में वर्दीधारी सैनिकों और सादे कपड़ेवाले खुफिया लोगों के संयोजन से दिन के उजाले में उनका अपहरण कर लिया जाता था।[13] मानवाधिकार कार्यकर्ता जोहरा यूसुफ लिखती हैं, 'पीड़ित मुख्य रूप से राजनीतिक कार्यकर्ता और छात्र हैं, साथ ही इनमें बुद्धिजीवी और धार्मिक अल्पसंख्यक भी शामिल हैं। पाए गए लगभग सभी शव बलपूर्वक गायब किए हुए लोगों के हैं, अधिकतर आदर्शवादी युवा राजनीतिक कार्यकर्ता बलूच अधिकारों के लिए लड़ रहे हैं, अलगाववाद के लिए नहीं।[14]

## बलूच के गुमशुदा लोगों की आवाज (वी.बी.एम.पी.)

फरवरी 2009 में क्वेटा से जलील रेकी बलूच का अपहरण कर लिया गया था और दो वर्ष बाद उनका शव मिला था। इस घटना ने जलील के सत्तर वर्षीय पिता अब्दुल कदीर रेकी को उन दूसरे परिवारों को, जिनके बेटे 'गायब' हो गए थे, इकट्ठा कर वॉयस ऑफ द बलूच मिसिंग पर्संस (वी.बी.एम.पी.) नामक एक संगठन बनाने के लिए बाध्य किया। वी.बी.एम.पी. में अपहृत बलूच कार्यकर्ताओं के परिवार के सदस्य शामिल हैं और इसका उद्देश्य सभी अपहृत और अतिरिक्त न्यायिक रूप से मारे गए बलूच व्यक्तियों का डेटा एकत्र करना है। बलपूर्वक गायब किए जाने का विरोध करने और बलूचिस्तान में चिंताजनक अनुपात पर पहुँच चुकी अतिरिक्त-न्यायिक हत्याओं के मुद्दे पर ध्यान आकर्षित करने के लिए, उनमें से पंद्रह के अक्तूबर 2013 में, मामा के नाम से परिचित कदीर के नेतृत्व में, क्वेटा से कराची और कराची से इसलामाबाद तक एक लंबा पैदल मार्च आरंभ करने पर वे सुर्खियों में आ गए।[15] इस लंबे मार्च ने निश्चित रूप से सिंध और दक्षिण पंजाब में जनसंख्या की सोच पर असर किया। पंजाबियों की केंद्रभूमि, मध्य और उत्तरी पंजाब में इसकी प्रतिक्रिया, अगर शत्रुतापूर्ण नहीं तो काफी प्रतिकूल थी।[16]

यहाँ तक कि लंबे मार्च से पहले ही, वी.बी.एम.पी. की गतिविधियाँ अंतरराष्ट्रीय ध्यान आकर्षित करने में सफल रहीं। बलपूर्वक और अनैच्छिक रूप से गायब लोगों पर संयुक्त राष्ट्र कार्यदल की एक टीम (डब्ल्यू.जी.ई.आई.डी.) ने सितंबर 2012 में पाकिस्तान और बलूचिस्तान का दौरा किया। गायब व्यक्तियों के मुद्दे के संबंध में बलूचिस्तान में उच्च स्तरीय संयुक्त राष्ट्र मिशन की यह पहली यात्रा थी। उन्होंने वी.बी.एम.पी. और पीड़ितों के परिवारों के नेताओं के साथ विस्तृत साक्षात्कार किया।[17]

दिलचस्प बात यह है कि वी.बी.एम.पी. गायब व्यक्तियों को रिहा करने को नहीं कहती है।

इसके बजाय, वे चाहते हैं कि अधिकारी अदालत में उन पर मुकदमा चलाएँ और दोषी होने पर उन्हें सजा दें। उनका दावा है कि यह ठीक है कि अधिकारी ऐसा नहीं करते हैं और वे न्यायपालिका सहित पाकिस्तान में किसी भी वर्ग से न्याय नहीं पा सकते हैं।

समूह के अनुसार, 2005 से अब तक बलूच कार्यकर्ताओं के गायब होने के 2,825 से अधिक प्रलेखित मामले हैं। जनवरी 2016 में, वी.बी.एम.पी. के अध्यक्ष नसरुल्ला बलूच ने कहा कि लगभग 463 लोगों को बलपूर्वक गायब किया गया था जबकि 2015 में बलूचिस्तान से 157 क्षत-विक्षत शव मिले थे, हालाँकि उन्होंने कहा कि 2015 में बलपूर्वक गायब किए गए लोगों की संख्या अधिक हो सकती है, क्योंकि सरकार ने हाल ही में राष्ट्रीय कार्ययोजना के अंतर्गत बलूचिस्तान से 9,000 लोगों को गिरफ्तार किया था। 2014 में, सरकार ने दावा किया था कि 164 क्षत-विक्षत शव पाए गए हैं, जबकि वी.बी.एम.पी. ने कहा कि 2014 में 435 लोगों का अपहरण कर लिया गया था और बलूचिस्तान में 455 क्षतविक्षत शव पाए गए थे।[18]

वी.एम.पी.पी. के अनुसार, पाकिस्तानी सुरक्षा बलों ने 480 लोगों का अपहरण कर लिया था, जिसमें महिलाओं और बच्चों सहित छब्बीस लोगों की मौत हो गई थी और मार्च 2017 में 100 से अधिक अपराधियों की कम-से-कम 500 संपत्तियों में आग लगा दी गई थी। अपहरण किए गए लोगों में से केवल तीस लोगों को रिहा किया गया था। 8 जुलाई, 2017 को डेरा बुगती और मस्तंग में सेना द्वारा तीन नागरिकों की हत्या कर दी गई और 265 लोगों का अपहरण कर लिया गया। कथित तौर पर, सेना ने 300 ऊँटों सहित नागरिक संपत्ति और कीमती सामान भी जब्त कर लिया।[19] अगवा किए गए किसी भी व्यक्ति को किसी भी अदालत के सामने पेश नहीं किया गया और न ही उसे अपना बचाव करने का अधिकार दिया गया। बलूचिस्तान के दश्त, टंप, मंड, डेरा बुगती, कोहलू, क्वेटा और मकरान क्षेत्र सबसे अधिक प्रभावित क्षेत्र रहे हैं, जहाँ पाकिस्तानी सेना ने बलूच नागरिकों के विरुद्ध हमले और अपराध किए। वी.बी.एम.पी. के नेताओं का कहना है कि अगस्त 2006 में प्रमुख बलूच नेता नवाब अकबर बुगती की हत्या के बाद से सुरक्षा एजेंसियों ने 18,000 से अधिक बलूच पुरुषों का अपहरण किया है। बलूचिस्तान के शहरों के बाद, कराची तेजी से, गायब बलूच व्यक्तियों के शवों को फेंकने की जगह बन रहा है।[20]

मार्च 2015 में बलूचिस्तान की स्थिति पर पाकिस्तानियों द्वारा न्यूयॉर्क में आयोजित एक वार्त्ता के लिए जाते समय कदीर को कराची हवाई अड्डे पर यह कहते हुए पाकिस्तान से बाहर जाने से रोक दिया गया था कि वे एक्जिट कंट्रोल लिस्ट (ई.सी.एल.) में थे। ई.सी.एल. सरकार द्वारा देश छोड़ने से वर्जित लोगों का रोस्टर है। पाकिस्तान के सरकारी अधिकारियों ने पुष्टि की कि कदीर बलूच को विमान में चढ़ने से यह कहकर रोका गया था कि वह ई.सी.एल. में शामिल था।[21]

## बलपूर्वक गायब करना

लोगों को बलपूर्वक गायब कर देना बलूचिस्तान में मानवाधिकारों के उल्लंघन के सबसे कठोर मामलों में शामिल है। पाकिस्तान के किसी अन्य हिस्से की तुलना में इस प्रांत से अधिक लोगों के गायब होने से यह एक विस्फोटक मुद्दा बन गया है।

एच.आर.सी.पी. को पीड़ितों के परिवारों के इन आरोपों का समर्थन करने के लिए पर्याप्त

सबूत मिले हैं कि खुफिया एजेंसियाँ और सुरक्षा बल लोगों को बलपूर्वक गायब करने के अपराधी हैं। प्राधिकरण में शामिल वरिष्ठ अधिकारियों और राजनेताओं ने भी इसे स्वीकार किया है। एच.आर. सी.पी. के एक मिशन को पता चला कि कई घटनाओं में सत्ता में मौजूद जन प्रतिनिधि भी राहत या आश्वासन नहीं दे पाए हैं कि ऐसी घटनाएँ रुक जाएँगी। इन जन प्रतिनिधियों ने गायब होने की ऐसी कई घटनाओं का हवाला दिया, जिसमें विश्वसनीय सबूतों के आधार पर, उन्होंने खुफिया एजेंसियों और सुरक्षा बलों से बात की, लेकिन उनकी बात नहीं सुनी गई।[22] मिशन ने लोगों की मनमानी गिरफ्तारी और अनधिकृत जगहों पर यातना दिए जाने की रिपोर्ट के बारे में भी जानकारी प्राप्त की, जाने-माने लोगों ने भी इनकी पुष्टि की थी।

वयोवृद्ध बलूच नेता, अत्ताउल्लाह मेंगल ने इस तरह के अत्याचारों के परिणामों को स्पष्ट रूप से बताया था, उन्होंने दिसंबर 2011 में नवाज शरीफ से कहा था : 'बलूच युवाओं को ऐसा पाकिस्तान नहीं चाहिए, जिसमें उन्हें अपने हमवतनों के क्षत-विक्षत शव मिलें। यह उन्हें [अपने भविष्य के बारे में] तय करना है, क्योंकि उन्हें व्यवस्थित रूप से समाप्त किया जा रहा है और पहाड़ों में शरण लेने के लिए बाध्य किया जा रहा है।' इसके बाद एक अशुभ टिप्पणी की गई : 'लेकिन अगर अत्याचार जारी रहे, तो बलूच एकजुट पाकिस्तान को कभी स्वीकार नहीं करेंगे।' शरीफ ने अत्ताउल्लाह मेंगल की चिंताओं को यह मानते हुए वैध करार दिया कि बलूचिस्तान में अत्याचार हो रहे हैं। उन्होंने कहा कि उनकी पार्टी बलूच युवाओं से भी बात करेगी। अकबर बुगती की हत्या के बारे में, नवाज शरीफ ने कहा कि 'हत्यारों को सजा दी जानी चाहिए।'[23]

एच.आर.सी.पी. ने, बलूचिस्तान से गायब लोगों की संख्या में तेजी से वृद्धि होने के बाद, 2004 में इस मुद्दे पर ध्यान देना आरंभ किया। 2006 तक, पाकिस्तान में एक वर्ष में गायब होनेवाले लोगों में से अधिकांश बलूचिस्तान से थे। इसके समक्ष लाए गए बलपूर्वक गायब किए जाने के मामलों में, मिशन ने पाया कि राज्य सुरक्षा बलों, विशेष रूप से फ्रंटियर कॉर्प्स की भागीदारी को प्रमाणित करने के लिए विश्वसनीय आरोप और सामग्री उपलब्ध थी।[24]

स्थानीय पुलिस में बलपूर्वक गायब किए जाने के कई मामलों की प्रथम सूचना रिपोर्ट (एफ. आई.आर.) दर्ज की गई थी, लेकिन पुलिस द्वारा उनकी जाँच का कोई प्रयास नहीं किया गया था। इन मामलों में राज्य सुरक्षा एजेंसियों, विशेष रूप से फ्रंटियर कॉर्प्स की भागीदारी की संभावना के बारे में अच्छी तरह से पता था, इसलिए पुलिस ने कोई कारवाई नहीं की। एच.आर.सी.पी. के अनुसार, 'इससे संकेत मिलता है कि या तो फ्रंटियर कॉर्प्स की कारवाइयों में हस्तक्षेप नहीं करने की अलिखित नीति थी अथवा नागरिक कानून प्रवर्तन अधिकारी सैन्य और अर्धसैनिक बलों से भयभीत थे।'[25]

एक विशेष मामले में आबिद सलीम नाम के एक युवक को 23 जनवरी, 2011 को पंजगुर के चिटकार बाजार से उठाया गया था, उसके साथ पाँच अन्य लोग थे जिनका उससे कोई संबंध नहीं था। बाजार के उस हिस्से में मौजूद सभी लोगों ने वर्दीधारी फ्रंटियर कॉर्प्स के जवानों को सादे कपड़े पहने लोगों के साथ लड़कों को हिरासत में लेते देखा था। 26 जनवरी, 2011 को पंजगुर पुलिस स्टेशन में एक प्राथमिकी दर्ज की गई थी और फ्रंटियर कॉर्प्स के कर्मियों पर गायब करने का आरोप लगाया गया था। गायब हुए लोगों को बरामद करने का कोई प्रयास करने के बजाय पुलिस

ने फ्रंटियर कॉर्प्स कर्मियों से कोई प्रश्न भी नहीं किया। आबिद सलीम के साथ उठाए गए लोगों में से एक व्यक्ति को जीवित पाया गया। उसे बुरी तरह से प्रताड़ित किया गया और गोली मारकर 23 जनवरी को उनके साथ गायब हुए एक अन्य व्यक्ति के शव के साथ सड़क के किनारे फेंक दिया गया। स्पष्ट था कि उन्हें यातना देनेवालों ने सोचा कि गले में गोली मारने से उसकी भी मृत्यु हो गई थी। पुलिस द्वारा इस मामले की कोई जाँच नहीं की गई थी। जीवित बचे व्यक्ति की चिकित्सा होने के बावजूद उसका कोई मेडिकल रिकॉर्ड नहीं रखा गया था।[26]

एच.आर.सी.पी. रिपोर्ट 2009 ने यह महत्त्वपूर्ण बात बताई कि देश के बाकी हिस्सों से गायब हुए अधिकांश व्यक्तियों को आतंकवाद में शामिल होने के कारण उठाया गया था, बलूचिस्तान में गायब हुए बहुत से लोग ऐसे क्षेत्रों से थे, जहाँ किसी आतंकवादी गतिविधि के होने की सूचना नहीं थी। इसलिए, यह अपरिहार्य निष्कर्ष था कि बलूचिस्तान में गायब व्यक्तियों को उनकी वैध राजनीतिक गतिविधियों या विचारों के लिए लक्षित किया गया था।[27] इस धारणा को भी बल मिला है कि बलपूर्वक गायब होने की घटनाओं में केवल बलूच जाति के लोगों को निशाना बनाया जा रहा था और गायब होनेवालों में से कोई भी 'बाहर से आकर बसा हुआ व्यक्ति' नहीं था।[28]

स्थिति अत्यंत खराब हो गई थी और इतनी अंतरराष्ट्रीय निंदा हुई थी कि सितंबर 2012 में पाकिस्तान को संयुक्त राष्ट्र मिशन को पाकिस्तान आने की अनुमति देने के लिए बाध्य होना पड़ा था। मिशन ने बलूचिस्तान में गायब हुए लोगों की जाँच के लिए सरकारी अधिकारियों और बलूचिस्तान के नागरिकों के साथ बैठक करने में दस दिन बिताए। प्रतिनिधिमंडल से मिलनेवाले कुछ गवाहों ने इसके सदस्यों से कहा कि उन्हें 'धमकी दी गई है या डराया गया है।'[29] हालाँकि, इंटर-सर्विसेज इंटेलिजेंस (आई.एस.आई) और फ्रंटियर कॉर्प्स, जो अधिकतर लोगों को गायब करने के दोषी हैं, प्रतिनिधिमंडल से नहीं मिले।[30] संयुक्त राष्ट्र मिशन लोगों को बलपूर्वक गायब किए जाने के मुद्दे पर अंतरराष्ट्रीय ध्यान आकर्षित करने में सफल रहा। संयुक्त राष्ट्र और ब्रिटेन ने संयुक्त राष्ट्र मानवाधिकार परिषद् के उन्नीसवें सत्र में बलूचिस्तान में मानवाधिकार की स्थिति पर भी चिंता व्यक्त की।[31]

## कानूनी स्थिति

बलपूर्वक गायब किए गए सभी लोगों के संरक्षण के लिए अंतरराष्ट्रीय समझौते के अनुच्छेद 2 में बलपूर्वक गायब किए जाने को, निम्न प्रकार से परिभाषित किया गया है, जिसे संयुक्त राष्ट्र महासभा ने दिसंबर 2006 में अपनाया था, '...राज्य द्वारा दिए गए प्राधिकरण, समर्थन से एजेंटों या व्यक्तियों या समूहों या परिचितों के साथ कार्य करनेवाले व्यक्तियों की गिरफ्तारी, हिरासत में रखना, अपहरण या किसी अन्य रूप से वंचित करने के बाद, गायब व्यक्ति के स्वतंत्रता से वंचित होने या उनकी स्थिति या गायब व्यक्ति के ठिकाने को बताने से इनकार करना, जो ऐसे व्यक्ति को कानून के संरक्षण से बाहर रखता है।'[32]

पाकिस्तान के संविधान का भाग II मौलिक अधिकारों और नीति के सिद्धांतों से संबंधित है :' (1) इस तरह की गिरफ्तारी के लिए आधार के रूप में, किसी भी व्यक्ति को जितनी जल्दी संभव हो सके, उसकी गिरफ्तारी का कारण बताए बिना हिरासत में नहीं रखा जाएगा और उसे अपनी पसंद

के कानूनी पेशेवर से परामर्श करने और बचाव करने के अधिकार से वंचित नहीं किया जाएगा। (2) हिरासत में लिये गए और कैद किए जानेवाले प्रत्येक व्यक्ति को, ऐसी गिरफ्तारी के चौबीस घंटे के भीतर निकटतम मजिस्ट्रेट की अदालत में मजिस्ट्रेट के समक्ष पेश किया जाएगा और एक मजिस्ट्रेट के प्राधिकरण के बिना ऐसे किसी व्यक्ति को उक्त अवधि के बाद हिरासत में नहीं रखा जाएगा।' निवारक गिरफ्तारी के लिए प्रावधान हैं, लेकिन यहाँ भी : 'उपयुक्त समीक्षा बोर्ड द्वारा अनुमोदित न किए जाने पर, कोई भी कानून किसी व्यक्ति की हिरासत को तीन महीने से अधिक की अवधि के लिए अधिकृत नहीं करेगा।[33] सरकारों द्वारा इन सभी संवैधानिक गारंटियों का व्यवस्थित रूप से और बार-बार दुरुपयोग किया गया है। उदाहरण के लिए, एक प्रस्तावित बलूच टेलीविजन चैनल के निदेशक मुनीर मेंगल को अप्रैल 2006 में अवैध रूप से हिरासत में लिया गया था। सितंबर 2007 में, बलूचिस्तान उच्च न्यायालय के आदेशों के बाद उन्हें सभी आरोपों से मुक्त किया गया था, हालाँकि उनके परिवार के अनुसार, उन्हें खुफिया एजेंसियों द्वारा फिर से हिरासत में लेकर किसी अज्ञात स्थान पर रखा गया था।[34]

'गायब होने' के विश्वसनीय साक्ष्य होने के बावजूद, सरकारों ने किसी को भी गायब होनेवालों या उनकी स्थिति या ठिकाने के बारे में कुछ भी जानने से वंचित रखा है। 2006 के सितंबर और दिसंबर में, एमनेस्टी इंटरनेशनल ने बलपूर्वक गायब किए जाने के दर्जनों मामलों का दस्तावेजीकरण करने के बाद अपनी रिपोर्ट जारी की, इस पर राष्ट्रपति मुशर्रफ ने कहा कि मैं इसका जवाब नहीं देना चाहता; यह बकवास है, मैं इस पर विश्वास नहीं करता, मुझे इस पर भरोसा नहीं है। उन्होंने आगे कहा कि 700 लोगों को हिरासत में लिया गया था, लेकिन उन सभी का विवरण था।[35] मार्च 2007 में राष्ट्रपति मुशर्रफ ने आरोप लगाया कि खुफिया एजेंसियों के सैकड़ों लोगों को हिरासत में लेने और गायब करने के आरोप का 'कोई आधार नहीं' था, इन लोगों को 'जिहादी समूहों' द्वारा भरती किया गया था या लालच दिया गया था, ताकि ये उनके 'गलत उद्देश्यों' के लिए लड़ सकें। उन्होंने कहा, 'मुझे पूरा यकीन है कि गायब व्यक्ति आतंकवादी संगठनों के कब्जे में हैं।'[36]

जब सुरक्षा बलों से उच्चतम न्यायालय और प्रांतीय उच्च न्यायालयों द्वारा बलपूर्वक गायब किए गए लोगों के बारे में प्रश्न किया गया, तो अपनी करनी के उजागर होने से बचने के लिए उन्होंने कई तरह के झूठ का सहारा लिया। आश्चर्य नहीं कि सरकार द्वारा सुप्रीम कोर्ट के निर्देशों का सार्थक और सच्चा जवाब देने से इनकार करने के कारण पाकिस्तान में गायब किए गए लोगों का पता नहीं चल पाया। मानवाधिकारों के ऐसे गंभीर उल्लंघनों और उन्हें छिपाने में सहयोग देने के लिए खुफिया एजेंसियों को प्रतिरक्षा देने से अधिक व्यापक क्षति हो रही है। राष्ट्र ने एक खतरनाक संकेत भी दिया है कि वह मानवाधिकारों के ऐसे उल्लंघन के कृत्यों, उन्हें संघनित या छुपाने के प्रयासों की निंदा करता है।[37]

जुलाई 2011 में, ह्यूमन राइट्स वॉच ने बलूचिस्तान में पाकिस्तानी सुरक्षा बलों द्वारा बलात् गायब करना—हम प्रताड़ित कर सकते हैं, हत्या कर सकते है, या तुम्हें वर्षों कैद रख सकते हैं' नामक एक रिपोर्ट प्रकाशित की। यह एक सारांश से आरंभ होता है, जो उस व्यक्ति द्वारा दिया गया विवरण है, जो जून 2010 में अब्दुल नासिर को गायब किए जाने का गवाह था : 'भले ही राष्ट्रपति या मुख्य न्यायाधीश हमें तुमको रिहा करने के लिए कहें, हम तुम्हें नहीं छोड़ेंगे। हम तुम्हें यातना दे

सकते हैं, या तुम्हें मार सकते हैं, या अपनी इच्छा से वर्षों कैद रख सकते हैं। हम केवल सेना प्रमुख और [खुफिया] प्रमुख के आदेशों का पालन करते हैं।'[38]

क्वेटा में गायब हुए लोगों के परिवारों से बातचीत करते समय, एच.आर.सी.पी. ने देखा कि दूर-दराज के क्षेत्रों और कलात जैसे इतनी दूर के क्षेत्र न होने पर भी गायब हो गए व्यक्तियों के परिवारों के पास अपनी शिकायतों को दर्ज करने का साधन नहीं था; अधिकांश यह नहीं जानते थे कि निवारण चैनलों का उपयोग कैसे करें और परिवारों को अदालती मामलों का पता नहीं था।[39] परिणामस्वरूप, बलूचिस्तान को आज बलपूर्वक गायब करने में, दुनिया की राजधानी होने का अपयश प्राप्त है, यहाँ 2009 से, केवल पाँच वर्षों में 2000 से अधिक पत्रकारों, गायकों, शिक्षकों और वकीलों का बलपूर्वक अपहरण कर, उन्हें प्रताड़ित किया गया, मारकर फेंक दिया गया। यह संख्या अगस्तो पिनोशे के शासनकाल में चिली में हुई मौतों से अधिक थी। वी.बी.एम.पी. के अध्यक्ष नसरुल्लाह बलूच के अनुसार, अकेले 2014 में, 455 लोगों को, जिनका बलपूर्वक अपहरण कर लिया गया था, पाकिस्तानी सुरक्षा बलों और खुफिया सेवाओं द्वारा प्रताड़ित किया गया था और उनके शवों को फेंक दिया गया था।[40]

## सबीन महमूद

कराची में 24 अप्रैल, 2015 को पाकिस्तानी महिला अधिकार कार्यकर्ता, सबा महमूद द्वारा आयोजित 'बलूचिस्तान को शांत न कराना (टेक 2)' शीर्षक एक चर्चा के दौरान, मामा कदीर ने कहा, 'आज जब मैं इस सम्मेलन को संबोधित कर रहा हूँ, बलूचिस्तान से गायब व्यक्तियों की संख्या 21,000 से अधिक है। यह 2014 का आँकड़ा है। हम 2015 के आँकड़े लिख रहे हैं और हर छह महीने में उन्हें एक साथ जारी [करेंगे]। 2014 तक, 21,000 से अधिक व्यक्ति गायब हुए और 6,000 से अधिक यातनाग्रस्त शव भी पाए गए हैं। हमने गायब व्यक्तियों के मुद्दे को हल करने के लिए हर दरवाजे पर दस्तक दी।'[41]

लाहौर यूनिवर्सिटी ऑफ मैनेजमेंट साइंसेज (एल.यू.एम.एस.) में मामा कदीर की एक नियोजित वार्त्ता के बाद, सबीन महमूद ने चर्चा का आयोजन अचानक रद्द कर दिया था। विश्वविद्यालय ने कहा कि यह 'सरकार के आदेशों पर' किया गया था। कुछ संकाय सदस्यों ने कहा कि यह आदेश सेना की इंटर-सर्विसेज इंटेलिजेंस (आई.एस.आई) से आया है। सरकार और सेना ने इस पर टिप्पणी करने से इनकार कर दिया।

सबीन महमूद को उसके कैफे, 'द सेकेंड फ्लोर' में अपनी जान देकर ऐसी चर्चा के आयोजन की कीमत चुकानी पड़ी थी। उसे दो 'अज्ञात' हमलावरों ने गोली मार दी थी। स्पष्ट रूप से एल.यू.एम.एस. द्वारा बातचीत को रद्द करने के बाद उसी चर्चा के साथ आगे बढ़ने की उसकी मंशा ही एक उकसावा था। बलूचों की दुर्दशा को सुर्खियों में लाने के लिए सबीन महमूद पर हुआ हमला कोई असामान्य बात नहीं थी। इसके ठीक एक वर्ष पहले, 19 अप्रैल, 2014 को शीर्ष पाकिस्तानी पत्रकार हामिद मीर पर हमला किया गया था, वे बड़ी कठिनाई से मौत की कगार से वापस आए थे, इसके तुरंत बाद वे कराची के जिन्ना अंतरराष्ट्रीय हवाई अड्डे से अपने जांग समूह के स्वामित्ववाले जियो टी.वी. के कार्यालय में मामा कदीर का साक्षात्कार करने चल दिए। मीर ने आरोप लगाया

कि इस हमले के पीछे आई.एस.आई. के तत्त्व थे। मामा कदीर बलूच के उनके साक्षात्कार के साथ इसका संबंध स्पष्ट था। सरकार द्वारा बलूचिस्तान की स्थिति पर बोलने की हिम्मत करनेवाले पत्रकारों और सिविल सोसाइटी के कार्यकर्ताओं को बरखास्त किए जाने के स्पष्ट प्रमाण थे।

## असैनिक सरकारों की विवशता

प्रांत में, 2008 में सत्ता में आई पी.पी.पी. सरकार और 2013 में पी.एम.एल.-एन. की गठबंधनवाली सरकार ने बलूचिस्तान में संघर्ष को समाप्त करने का वादा किया था, लेकिन दोनों ने पाया कि सेना बलूचिस्तान के लिए अपनी कठोर रणनीति को त्यागने के लिए तैयार नहीं थी। संघीय और प्रांतीय दोनों सरकारें सेना के प्रतिदिन के विद्रोह विरोधी अभियान को रोकने में असहाय हो रही हैं, कोई नागरिक नियंत्रण नहीं कर पा रही हैं, मानवाधिकार की स्थिति को आसान बनाने में भारी कमी आई है।

परिणामस्वरूप, कोई बदलाव नहीं हुआ है। नवंबर 2010 में बलूचिस्तान के मुख्यमंत्री, असलम रायसानी ने सार्वजनिक रूप से सुरक्षा बलों पर अपहरण और अतिरिक्त न्यायिक हत्याओं का आरोप लगाया। उन्होंने बी.बी.सी. को बताया कि सुरक्षा बल 'निश्चित रूप से' कुछ हत्याओं के दोषी थे; प्रांत के शीर्ष वकील सलाउद्दीन मेंगल ने सुप्रीम कोर्ट को बताया कि फ्रंटियर कॉर्प्स 'जान-बूझकर लोगों को 'उठा रहा है।' एक हफ्ते बाद उन्होंने इस्तीफा दे दिया।[42]

2013 से दिसंबर 2015 तक बलूचिस्तान के मुख्यमंत्री रहे डॉ. अब्दुल मलिक बलूच ने माना कि उनकी सरकार प्रांत में गायब व्यक्तियों के मुद्दे का समाधान करने में विफल रही है। निवर्तमान मुख्यमंत्री ने एक संवाददाता सम्मेलन में कहा, हालाँकि इसकी तीव्रता में कमी आई है, फिर भी यह मामला जीवित है और संभवतः यह ऐसा एकमात्र क्षेत्र है, जहाँ हम अपना लक्ष्य हासिल करने में विफल रहे हैं।'[43] तथ्य यह है कि असैनिक राजनेता सेना के आतंकवाद विरोधी अभियानों को रोकने के लिए शक्तिहीन हैं।[44] दिसंबर 2013 में डॉ. मलिक ने स्वीकार किया कि बलूच कार्यकर्ताओं के 'अवैध कारावास' के लिए राज्य एजेंसियाँ जिम्मेदार थीं। उनका मानना था कि उनकी अपनी राष्ट्रीय पार्टी के महासचिव, जो बलूचिस्तान की गठबंधन सरकार का हिस्सा थे, भी इसमें शामिल थे।[45]

सेलिग हैरिसन ने इन उल्लंघनों को 'धीमी गति के नरसंहार' कहा है, जिसने दारफुर और चेचन्या में मानवीय संकटों के विपरीत, अभी तक दुनिया के विवेक को नहीं झकझोरा है। वे लिखते हैं, 'हताहतों के आँकड़े बढ़ते हैं, तो बलूच स्वतंत्रता संग्राम की मानवीय कीमतों और बहु-जातीय पाकिस्तान के अन्य अल्पसंख्यक क्षेत्रों में इसके राजनीतिक परिणामों की अनदेखी करना कठिन होगा।'[46] उनका निष्कर्ष था कि बलूच राष्ट्रवाद का वर्तमान पुनरुत्थान पाकिस्तान के लिए पिछले कई विद्रोहों से अधिक खतरा उत्पन्न कर सकता है।

केवल लोगों को प्रताड़ित करने के तरीके—जैसे सिर में किए गए छेद और शवों को इस तरह विकृत करना कि उनकी पहचान न हो सके, ही नहीं बल्कि उनके शव को जिस तरह से फेंका जाता है, वह भी हिंसा की अमानवीय प्रकृति का सबूत है। एक विघटित लाश के साथ मिले एक नोट में लिखा था, 'बलूचों के लिए ईद का तोहफा।'[47]

## राष्ट्रवादियों द्वारा उल्लंघन

मानवाधिकारों का हनन सेना तक ही सीमित नहीं है। राष्ट्रवादी भी इसके उल्लंघन के लिए जिम्मेदार हैं, आकर बसनेवालों को लक्षित करते हुए इसमें शामिल हैं—जिनमें, अधिकतर पड़ोसी पंजाब से आए कई दशकों से बलूचिस्तान में रहनेवाले निहत्थे नागरिक भी हैं। डेकन वॉल्श ने सरकारी आँकड़ों के हवाले से लिखा है कि 2010 में, बाहर से आकर बसे, 113 नागरिक कर्मी, दुकानदार और खनिक मारे गए थे। 21 मार्च, 2011 को आतंकवादियों ने निर्माण श्रमिकों के एक शिविर में ग्यारह श्रमिकों को मार डाला; बलूच लिबरेशन फ्रंट ने इसकी जिम्मेदारी ली थी।[48] एक अनुमान के अनुसार, 2011 तक बलूचिस्तान में बाहर से आकर बसे हुए लगभग 1,200 लोग मारे गए थे, जिनमें से अधिकतर हमला करो और भाग जाओ की घटनाओं और उनके कारोबार और घरों पर ग्रेनेड से किए गए हमलों में मारे गए थे। ऐसी हत्याओं ने बाहर से आकर बसनेवालों में भय और आतंक का माहौल उत्पन्न कर दिया, जो एक पलायन की ओर अग्रसर हुआ। अनुमानों में भिन्नताएँ हैं, लेकिन यह माना जाता है कि 2008 और 2011 के बीच बाहर से आकर बसनेवालों में से लगभग 100,000 से 200,000 लोग बलूचिस्तान छोड़कर अन्य प्रांतों में चले गए हैं। उग्रवादियों ने बाहर से आकर बसनेवालों के साथ-साथ, अन्य प्रांतों के शिक्षकों, डॉक्टरों और वकीलों को भी निशाना बनाना आरंभ कर दिया। क्वेटा में अब भी पंजाबी और अन्य निवासियों की एक बड़ी आबादी है, लेकिन प्रांत के बलूच इलाकों में बहुत कम लोग रह गए हैं। क्वेटा में बसनेवाले भी बलूच-बहुल पड़ोसी इलाकों में जाने से डरते हैं।[49]

हत्याएँ रुक-रुककर जारी हैं। 4 मई, 2018 को, खरान जिले के लेइज क्षेत्र में गोलीबारी की एक घटना में छह पंजाबी मजदूर मारे गए और एक घायल हो गया। 31 अक्तूबर, 2018 को गोली मारकर पाँच गैर-बलूच निर्माण श्रमिकों की हत्या कर दी गई, जबकि 31 अक्तूबर, 2018 को ग्वादर जिले के जिवानी से लगभग 15 किलोमीटर पश्चिम गंज के पास हुए हमले में अन्य तीन घायल हो गए। आधिकारिक सूत्रों के अनुसार, ये मजदूर चीन-पाकिस्तान आर्थिक गलियारे (सी.पी.ई.सी.) से जुड़ी एक योजना पर काम कर रहे थे। जब ये ग्वादर को जिवानी से जोड़नेवाले पेशान-गंज रोड पर निजी आवास योजना में काम कर रहे थे तभी मोटरसाइकिल पर सवार अज्ञात हमलावरों का एक समूह घटनास्थल पर आया और गोलियाँ चलाने लगा।[50]

'डॉन' ने बलूचिस्तान पंजाबी इत्तेहाद के मुहम्मद खालिद के हवाले से कहा, '…सेना द्वारा नवाब बुगती को (अगस्त 2006 में) समाप्त कर देने के बाद उग्रवादियों ने पंजाबी बाशिंदों को निशाना बनाना आरंभ किया। इससे पहले पंजाबियों को निशाना बनाने की घटनाएँ कभी-कभी होती थीं।' बलूचिस्तान स्टूडेंट्स ऑर्गेनाइजेशन (बी.एस.ओ.) के एक कार्यकर्ता के अनुसार : 'जब हमारी अपनी जमीन हमारे लिए नर्क में बदल गई है तो आप हमसे यह आशा कैसे कर सकते हैं कि हम आपके लोगों को चैन से जीने देंगे?'[51] नई छावनियों के निर्माण के लिए सरकार की जिद इसका एक स्पष्ट कारण है, क्योंकि दमन का साधन मानी जानेवाली सेना में पंजाबियो का वर्चस्व है। इंटरनेशनल क्राइसिस ग्रुप (आई.सी.जी.) का कहना है कि पंजाब को 'औपनिवेशिक' शक्ति और सेना को 'पंजाबी सेना' घोषित करते हुए,[52] बलूच उग्रवादी अब पंजाबी बाशिंदों को निशाना बना रहे हैं। क्वेटा के एक पत्रकार ने कहा कि अकबर बुगती की हत्या के बाद '…पंजाबियों के विरुद्ध

आक्रोश चरम स्तर पर पहुँच गया है।' बुगती की मृत्यु के बाद से, स्कूलों और विश्वविद्यालयों में भी बलूचों और पंजाबियों के बीच एक सामाजिक अलगाव दिखाई देता है।'[53]

शिक्षा पर भी हमले हुए हैं : जनवरी 2008 के बाद से बाईस स्कूली शिक्षकों, विश्वविद्यालय के व्याख्याताओं और शिक्षा अधिकारियों की हत्या कर दी गई है, जिससे 200 अन्य लोगों को नौकरी से भागना पड़ा है।[54]

## मामले

कुछ प्रतिनिधि मामलों को नीचे सूचीबद्ध किया गया है।

राष्ट्रीय आंदोलन में तीन प्रमुख स्थानीय राजनीतिक नेताओं, बलूचिस्तान राष्ट्रीय आंदोलन (बी.एन.एम.) के अध्यक्ष, गुल मुहम्मद, उनके सहयोगी लाला मुनीर और बलूचिस्तान रिपब्लिकन पार्टी (बी.आर.पी.) के नेता शेर मुहम्मद बुगती को अप्रैल 2009 में तुर्बत के एक छोटे से कानूनी कार्यालय में कैद किया गया था। उनके वकील और पड़ोसी दुकानदारों के सामने उन्हें हथकड़ी पहनाई गई और आँखों पर पट्टी बाँधकर प्रतीक्षा कर रहे पिकअप ट्रक में डाला गया था। उनके शरीर को गोलियों से छलनी किया गया था—चिलचिलाती गरमी में विघटित हो चुके उनके शव—पाँच दिन बाद खजूर के पेड़ पर लटकते पाए गए थे। सरकारी अधिकारियों ने कहा कि राज्य के विरुद्ध गतिविधियों के लिए उन पर मुकदमा चलाया जा रहा था, लेकिन उन्होंने उनकी मौतों में अपनी किसी तरह की भागीदारी होने से इनकार किया गया।

लोग इस पर विश्वास नहीं कर पाए और उन्होंने कहा कि ये लोग स्वतंत्रता का समर्थन करते थे, लेकिन वे सशस्त्र संघर्ष में शामिल नहीं थे। उनके वकील, मीर काचकोल अली, जिनके कार्यालय से तीनों का अपहरण कर लिया गया था, ने कहा कि इन हत्याओं ने बलूच राष्ट्रवादी आंदोलन को कुचलने के लिए पाकिस्तानी सेना द्वारा चलाए जा रहे अभियान को और गंभीर करने का प्रतिनिधित्व किया। उन्होंने कहा कि 'उनकी रणनीति केवल यातना देने और हिरासत में लेने की न होकर उन्हें समाप्त करने की है।' प्रेस को अपनी कहानी बताने के बाद, सैनिक खुफिया विभाग द्वारा अली को परेशान किया गया, उन्हें चेतावनी दी गई कि उनका जीवन भी खतरे में है। वे देश छोड़कर भाग गए। उन्होंने नॉर्वे के एक छोटे से शहर लॉरेंसकॉग में शरण लेने के बाद, फोन पर कहा कि 'पाकिस्तान में, जंगलराज चल रहा है।' 'हमारी सुरक्षा एजेंसियाँ लोगों को उठाती हैं और उनसे युद्ध अपराधियों जैसा व्यवहार करती हैं। वे मृतकों का भी सम्मान नहीं करते।'[55]

प्रांतीय राजधानी क्वेटा में, फरवरी में एक अमरीकी नागरिक, संयुक्त राष्ट्र शरणार्थी संगठन के प्रमुख जॉन सोलेकी का अपहरण इन अपहरणों से जुड़ा प्रतीत होता है। इस अपहरण का संचालन युवा कट्टरपंथियों के एक अलग हो चुके समूह द्वारा किया गया था, जो अपने उद्देश्य पर अंतरराष्ट्रीय ध्यान आकर्षित करना चाहते थे और उनके बदले में सुरक्षा सेवाओं द्वारा कैद किए गए बलूचों को रिहा कराना चाहते थे। हालाँकि सोलेकी को रिहा कर दिया गया था, क्योंकि बलूच नेताओं ने अनुमान लगाया कि हो सकता है कि खुफिया एजेंसियों ने गुल मुहम्मद और उनके सहयोगियों को मारकर अपहरणकर्ताओं को अमरीकी की हत्या के लिए उकसाया है, जो बलूच राष्ट्रवादियों को आतंकवादी बना सकता था।

कक्कोल अली ने कहा कि '…इन तीनों की हत्या ने बलूचिस्तान के राष्ट्रीय आंदोलन को केंद्रीकृत कर दिया है।' उन्होंने और अन्य लोगों ने कहा कि उन्हें इसमें कोई संदेह नहीं था कि इसके लिए खुफिया विभाग जिम्मेदार था। श्री अली ने कहा, 'वे एजेंसियों के लोग थे, वे सादे कपड़ों में थे, लेकिन उनके बालों, उनकी भाषा से हम उन्हें पहचानते हैं।'[56]

तुर्बत में एक दस वर्षीय लड़के चाकर बलूच की अतिरिक्त न्यायिक हत्या, विश्वसनीय आरोपों का एक अन्य मामला है। प्रत्यक्षदर्शियों के अनुसार, तुर्बत बाजार जाते समय सादे कपड़ों में फ्रंटियर कॉर्प्स के चार कर्मियों ने उसे उठा लिया था। चाकर बलूच के परिवार ने तुर्बत पुलिस में अपहरण के बारे में एक शिकायत दर्ज कराई थी, हालाँकि शिकायत दर्ज करने के अलावा, पुलिस कोई कदम नहीं उठाती है, वस्तुतः उनके पास फ्रंटियर कॉर्प्स के विरुद्ध आरोपों की जाँच करने का अधिकार नहीं है। तीन दिन बाद 10 जनवरी को, चाकर बलूच का शव जहाँ उसे अंतिम बार जीवित देखा गया था, वहाँ से एक किलोमीटर दूर केचोर नदी से बरामद किया गया। तुर्बत के जिला मुख्यालय अस्पताल में किए गए एक मेडिकल परीक्षण के अनुसार, चाकर बलूच के शरीर पर यातना देने के निशान और सिर, छाती और बाएँ हाथ में काफी पास से चलाई गई गोलियों के चार घाव पाए गए थे।[57]

एक छत्तीस वर्षीय बलूच चिकित्सक, बारी लैंगोव ने कहा कि उसने क्वेटा की एक जेल के वार्ड में एक छात्र नेता, डॉ. अल्लाह नजर बलूच की जाँच की और उसे इतना दुर्बल पाया कि वह न तो चल सकता था और न ही बात कर सकता था। डॉ. लैंगोव ने क्वेटा में एक साक्षात्कार में कहा, 'वह मानसिक रूप से थक चुका था और बोलने में पूरी तरह असमर्थ था।' हमने उसकी जाँच की और पाया कि उसे पोस्ट-ट्रामैटिक स्ट्रेस डिसऑर्डर, अल्पकालिक याददाश्त के नुकसान के लक्षण, अनिद्रा, भूख और ऊर्जा की हानि की तकलीफ है।[58] पीड़ित, अल्लाह नजर बलूच पाकिस्तानी सेना से लड़नेवाले सबसे प्रभावी आतंकवादी समूहों में से एक को स्थापित करने के लिए आगे आया था। एक पुस्तक के लोकार्पण में बोलते हुए, मानवाधिकार कार्यकर्ता आई.ए. रहमान ने कहा कि अल्लाह नजर ने विद्रोह का रास्ता नहीं चुना : हमने उसे ऐसा करने के लिए बाध्य किया। इसलिए, अगर हम उनके साथ वैसा ही व्यवहार करते रहे, जैसा हमने बंगालियों के साथ किया, तो परिणाम भी अलग नहीं होंगे।'[59]

आई.सी.जी. ने अपनी 2007 की रिपोर्ट में उल्लेख किया था कि दिसंबर 2005 में सैन्य अभियान आरंभ होने के बाद से, अकेले डेरा बुगती और कोहलू जिलों में संघर्ष के कारण कम-से-कम 84,000 लोग विस्थापित हुए थे। जुलाई-अगस्त 2006 में, मीडिया में लीक हुए यूनिसेफ के आंतरिक आकलन के अनुसार, विस्थापित लोग, जिनमें अधिकतर महिलाएँ (26,000) और बच्चे (33,000) थे, बिना पर्याप्त आश्रय के जाफराबाद, नसीराबाद, क्वेटा, सिबी और बोलन जिले के अस्थायी शिविर में रह रहे थे। पाँच वर्ष के बच्चों में से, 28 प्रतिशत कुपोषित थे और 6 प्रतिशत से अधिक 'तीव्र कुपोषण' की स्थिति में थे, उनके जीवन के लिए तत्काल चिकित्सा आवश्यक थी। उन सर्वेक्षणों में 80 प्रतिशत से अधिक मौतें पाँच वर्ष से कम उम्र के बच्चों की हुई थीं।[60]

## सामूहिक कब्रें

वर्ष 2014 में प्रताड़ित शवों की बरामदगी में एक आश्चर्यजनक वृद्धि हुई थी, जिसके लिए मुख्य रूप से खुजदार जिले के टोटक क्षेत्र में तीन सामूहिक कब्रों की खोज जिम्मेदार थी। 25 जनवरी, 2014 और 2 अप्रैल, 2014 के बीच इन कब्रों से कम-से-कम 103 शव बरामद किए गए (स्थानीय स्रोतों ने दावा किया कि 169 शव पाए गए थे)। शवों को इस तरह विकृत कर दिया गया था कि उनकी पहचान नहीं हो सकी।[61]

फ्रंटियर कॉर्प्स ने कथित तौर पर इस खोज के बाद कब्रों के आसपास के क्षेत्र को बंद कर दिया, जिससे नागरिक समाज और स्थानीय समुदाय इन कब्रों पर होनेवाली गतिविधि को न देख सके। फ्रंटियर कॉर्प्स ने बलपूर्वक गायब किए गए लोगों के कुछ रिश्तेदारों को स्थानीय अस्पताल में बरामद शवों को देखने से रोका, जिससे वे अपने गायब रिश्तेदारों की पहचान न कर सकें।

□

# 14
# न्यायपालिका

पाकिस्तान के सुप्रीम कोर्ट ने 2005 के अंत में मुशर्रफ सरकार से स्पष्टीकरण माँगना आरंभ किया और 'गायब व्यक्तियों' के ठिकाने का पता लगाने के लिए कठिन प्रयास किए। अदालत ने सरकार, सैन्य और खुफिया एजेंसियों के प्रतिनिधियों को तलब किया, लेकिन उन्होंने गायब लोगों के ठिकाने या उन्हें हिरासत में लिये जाने के बारे में कोई भी जानकारी होने से इनकार कर दिया। दूसरी ओर जनरल मुशर्रफ ने न्यायपालिका पर इन जाँचों को बंद करने के लिए दबाव बनाने की कोशिश की। यहाँ तक कि उन्होंने न्यायाधीशों को डराने का भी प्रयास किया। मार्च 2007 में मुशर्रफ ने 'गायब व्यक्तियों' के मामलों को देखने का प्रयास करने के कारण सुप्रीम कोर्ट के मुख्य न्यायाधीश इफ्तिखार मुहम्मद चौधरी को अपदस्थ कर दिया। हालाँकि न्यायमूर्ति चौधरी को बहाल कर दिया गया था और 'गायब व्यक्तियों' या 'बलपूर्वक गायब किए जाने' पर अदालत की सुनवाई जारी रही, स्पष्ट था कि सरकार न्यायपालिका को अपने मामलों में मध्यस्थता करने से रोकने के लिए यह सब कर रही थी।

मार्च 2007 में पाकिस्तान के सर्वोच्च न्यायालय के समक्ष दायर एक संवैधानिक याचिका में एच.आर.सी.पी. ने 148 गायब व्यक्तियों की एक सत्यापित सूची प्रस्तुत की, जिनमें से अधिकांश बलूचिस्तान से थे और इसके लिए कानून प्रवर्तन और खुफिया एजेंसियों को जिम्मेदार ठहराया। याचिका में कहा गया है कि गायब किए गए, लेकिन बाद में रिहा कर दिए गए कुछ लोगों ने, एच.आर.सी.पी. से कहा था कि उन्हें खुफिया कर्मियों द्वारा शारीरिक और मानसिक रूप से प्रताड़ित किया गया था, ताकि वे अपने, अपने परिवार या दोस्तों के विरुद्ध स्वीकारोक्ति और अन्य सबूत दें। कथित तौर पर कुछ लोग खुफिया एजेंसियों के लिए जासूसी में लिप्त थे। यातनाओं में सोने न देना, गंभीर धड़कन, बिजली के झटके और नग्न करने जैसा अपमान शामिल था।[1]

सुप्रीम कोर्ट ने इन मामलों की जाँच के लिए एक आयोग का गठन किया। नवंबर 2007 तक एच.आर.सी.पी. द्वारा गायब व्यक्तियों के रूप में सूचीबद्ध आधे लोगों का पता लगा लिया गया था। नवंबर 2007 में सुनवाई बंद हो गई और मुख्य न्यायाधीश को उनके कार्यालय में दुबारा बहाल किए जाने के बाद इसे पुनर्जीवित किया गया।[2]

प्रारंभ में, आयोग ने बलूचिस्तान से केवल नब्बे मामले दर्ज किए थे, जबकि इनकी संख्या कहीं अधिक थी, हालाँकि धीरे-धीरे नई शिकायतें मिलने लगीं। 2013 में गुमशुदा व्यक्तियों के

मामलों की संख्या बढ़कर 122 हो गई थी—इनमें से कई लोग पहले के वर्षों में गायब हुए थे। जुलाई 2016 तक यह आँकड़ा 265 हो गया था।[3] फिर भी, वी.बी.एम.पी. ने यह माना कि आधिकारिक आँकड़े गायब व्यक्तियों की वास्तविक संख्या को प्रतिबिंबित नहीं करते थे। उस समय उनकी गणना में कुल मिलाकर 3,700 लोग गायब थे। एच.आर.सी.पी. ने बलपूर्वक गायब किए गए लोगों की जाँच आयोग की रिपोर्टों पर भी प्रश्न उठाया, जिसमें दावा किया गया था कि 30 नवंबर, 2018 तक बलपूर्वक गायब करने के 2,116 मामले हल नहीं हुए थे, जबकि इनकी संख्या कहीं अधिक थी।[4] यह विसंगति संभवत: रिश्तेदारों द्वारा अपने परिवार के सदस्यों के गायब होने की रिपोर्ट न करने के कारण थी। एमनेस्टी इंटरनेशनल ने पहले उल्लेख किया था, यह निर्धारित करना मुश्किल था कि सरकार ने कितने लोगों को बलपूर्वक गायब किया था। बहुत से लोग अपने रिश्तेदारों के गायब होने पर इस डर से चुप रहे, क्योंकि उन्हें अपने को 'गायब' किए जाने का डर था। 2008 के आम चुनावों के बाद एक नागरिक सरकार के सत्ता सँभालने के बावजूद, बलूचिस्तान में बलपूर्वक गायब करने और मारो और फेंक दो' की नीति पर बहुत कम प्रभाव पड़ा।

हालाँकि सर्वोच्च न्यायालय ने 'बलपूर्वक गायब करने' के मामलों की सुनवाई की और कई आयोगों का गठन किया, लेकिन अधिकारियों को पीड़ितों को रिहा करने या इस मामले में एक पारदर्शी जाँच करने के लिए बाध्य करने में असफल रहा है।[5] सुप्रीम कोर्ट अपने फैसलों को लागू करने में भी असमर्थ रहा है। उदाहरण के लिए, इसने 2005 में सैन्य कारवाई के परिणामस्वरूप डेरा बुगती क्षेत्र से विस्थापित हुए 178,000 से अधिक व्यक्तियों की वापसी का आदेश दिया था, लेकिन फ्रंटियर कोर द्वारा उन्हें घर लौटने की अनुमति नहीं दी गई थी।[6]

सर्वोच्च न्यायालय ने बार-बार चेतावनी दी है कि वह बलपूर्वक गायब करने के लिए जिम्मेदार व्यक्तियों के विरुद्ध कानूनी कारवाई आरंभ करेगा। जिम्मेदार ठहराए जाने के डर से, खुफिया एजेंसियों ने याचिकाएँ वापस लेने और रिहा होनेवाले लोगों को चुप कराने के लिए रिश्तेदारों को 'गायब' करने की धमकी देकर सच्चाई को बाहर आने से रोका। ऐसे खतरे इस तथ्य के लिए भी जिम्मेदार हो सकते हैं कि रिहा किए गए व्यक्तियों में से कुछ ने सर्वोच्च न्यायालय को हलफनामा प्रस्तुत किया है। माना जाता है कि खुफिया एजेंसियों द्वारा इस आश्वासन के साथ 'गायब' व्यक्तियों के परिवारों से संपर्क किया गया था कि अगर वे चुप रहे तो उनके रिश्तेदारों को लौटा दिया जाएगा। परिणामस्वरूप, कई लोगों ने 'गायब' होने और एक गायब रिश्तेदार को पकड़नेवाली सरकारी एजेंसी को परेशान करने के जोखिम के कारण मौन रहने का फैसला किया।'

बलपूर्वक गायब किए जाने में स्थानीय पुलिस सहित, राज्य पुलिस और सुरक्षा एजेंसियों की सक्रिय मिलीभगत होना निर्विवादित है। जब भी किसी गायब व्यक्ति के मामले में अदालत में याचिका दायर की गई, उसने प्रांतीय राजधानी के शीर्ष पुलिस अधिकारी, राजधानी शहर क्वेटा के पुलिस अधिकारी (सी.सी.पी.ओ.) के माध्यम से सुरक्षा और खुफिया एजेंसियों को नोटिस जारी किए। इसके बाद अदालत के प्रश्नों पर, सी.सी.पी.ओ. ने अदालत को सूचित किया होगा कि एजेंसियों से कोई जवाब नहीं मिला है। एक पारंपरिक उत्तर में जाँच अधिकारी प्रस्तुत करेगा कि सैन्य अधिकारियों ने मौखिक रूप से जाँच में शामिल होने से इनकार कर दिया था और पुलिस के पास उन्हें इसका अनुपालन करने के लिए बाध्य करने की क्षमता नहीं थी।[7]

जुलाई 2006 में सिंध हाईकोर्ट में बंदी प्रत्यक्षीकरण याचिका के मामले में खुफिया एजेंसियों की ताकत को देखा जा सकता है। रक्षा सचिव ने कहा कि मंत्रालय के पास केवल प्रशासनिक अधिकार थे, इंटर-सर्विसेज इंटेलिजेंस और सैन्य खुफिया (एम.आई.) सहित अपनी स्वयं की खुफिया एजेंसियों के परिचालन पर इसका नियंत्रण नहीं था, इसलिए अदालत के निर्देशों का अनुपालन नहीं करा सका।[8]

आश्चर्य नहीं कि न्यायपालिका को लेकर निराशा बढ़ रही है। बलूचिस्तान बार एसोसिएशन के तत्कालीन अध्यक्ष मोहम्मद सादिक रेसानी के शब्दों में : 'पिछले चार वर्षों में, बलूचिस्तान बार एसोसिएशन ने गायब हुए व्यक्तियों के लिए बलूचिस्तान उच्च न्यायालय में 500 से अधिक याचिकाएँ दायर की हैं, लेकिन न्यायाधीशों ने उन्हें गंभीरता से नहीं लिया है। बलूचों ने विधायिका और न्यायपालिका पर विश्वास खो दिया है और इन संस्थानों के प्रति उदासीन हैं।'[9]

बलूचिस्तान में वकीलों ने एच.आर.सी.पी. को बताया कि अदालतों ने अपने आदेशों का पालन सुनिश्चित करने में विफल होकर अपनी जिम्मेदारी और अधिकार क्षेत्र का त्याग कर दिया था। उन्होंने कहा कि सैन्य और अर्धसैनिक बलों ने अदालत के आदेशों को नजरअंदाज कर दिया और 'प्रबल अराजकता' के प्रसार के लिए जिम्मेदार थे।' उन्होंने कहा कि गायब हुए लोगों के शवों को सुनसान इलाकों में फेंकना, उन बंदी प्रत्यक्षीकरण याचिकाओं को खारिज करने का एक अच्छा तरीका था, जो उनकी खोज करने के लिए दी गई थीं। उन्होंने कहा कि गायब युवक अपहरण के कुछ दिनों के भीतर 'शव' के रूप में फिर से प्रकट हुए।[10]

इसके अलावा, एक आवर्ती समस्या यह है कि अपराधियों को शायद ही कभी पकड़ा गया है। यहाँ तक कि जब ऐसा हुआ भी, तो इसके परिणामस्वरूप कोई अभियोग नहीं लगाया जाता है। एच.आर.सी.पी. मिशन ने उल्लेख किया कि आतंकवाद निरोधक अदालत (ए.टी.सी.) द्वारा निपटाए गए बावन मामलों में, गवाहों की कमी के कारण सभी अभियुक्तों को मुक्त कर दिया गया था।[11]

अदालतों ने राज्य एजेंसियों को बार-बार मौखिक रूप से बुलाया है जबकि ठोस न्यायिक काररवाई की जरूरत है। उदाहरण के लिए, 1 मार्च, 2012 को सुप्रीम कोर्ट ने यह कहते हुए खुफिया एजेंसियों को फटकार लगाई कि वे कानून से ऊपर नहीं हैं।[12] तत्कालीन मुख्य न्यायाधीश इफ्तिखार मुहम्मद चौधरी ने भी उन्हें देश के कानून का सबसे बड़ा उल्लंघनकर्ता बताया। बलूचिस्तान में खुफिया एजेंसियों की भूमिका पर टिप्पणी करते हुए उन्होंने कहा, 'आप आगजनी करनेवाले हैं। आपने बलूचिस्तान में आग लगा दी है।'[13]

बलूचिस्तान को अराजकता की स्थिति में डूबने से रोकने के प्रति सरकार की उदासीनता के कारण, मुख्य न्यायाधीश ने, बलूचिस्तान में सुरक्षा स्थिति की अस्थिरता पर एक मामले की सुनवाई कर रही शीर्ष अदालत की तीन न्यायाधीश पीठ का नेतृत्व करते हुए, एक अशुभ चेतावनी जारी की : यदि प्रधानमंत्री कानून और व्यवस्था में सुधार के लिए कदम नहीं उठाते हैं, तो संविधान आपातकाल की घोषणा करेगा। उन्होंने कहा, 'न्यायपालिका राज्य का एक अंग है। यह संविधान का उल्लंघन नहीं होने देगी। हम पाकिस्तान को बचाना चाहते हैं।' उन्होंने चेतावनी दी, 'सेना के मार्शल कानून लागू करने से पहले क्यों न हम संविधान को लागू करें?'[14]

एच.आर.सी.पी. के अनुसार, कानून मनमानी गिरफ्तारी से पर्याप्त गारंटी प्रदान करता है,

लेकिन प्रभावी न्याय तंत्र के अभाव में ये अर्थहीन हो गए हैं। इसके अलावा, इसने कानूनी तंत्र की अनुपस्थिति का उल्लेख किया, जिसमें कानून और सुरक्षा एजेंसियों की प्रभावी जवाबदेही के लिए, कानून और सुरक्षा निकाय हैं, जिसमें दंड प्रतिबंध भी शामिल है और यह अपराध की संस्कृति को रोकता है। इसने विलाप करते हुए कहा था कि देश की श्रेष्ठ अदालतें कानून के शासन के सिद्धांतों को बरकरार रखने में सक्षम नहीं थीं।[15]

हालाँकि सुप्रीम कोर्ट सुरक्षा बलों से कानून का सम्मान कराने में वास्तव में सफल नहीं हुआ है, लेकिन फ्रेडरिक ग्रे लिखते हैं, इससे इनकार नहीं किया जा सकता है कि '…यह बलूचिस्तान के मुद्दे पर प्रकाश डालने में सहायक रहा है।'[16] इसने स्थिति पर बड़ी संख्या में सुनवाई की है और कानून और संविधान के कार्यान्वयन के लिए आदेश भी जारी किए हैं।'[17] हालाँकि इसने अपने आदेशों के क्रियान्वयन की कमी के कारण अपनी नपुंसकता को उजागर किया है, इस प्रक्रिया में उसने सुरक्षा प्रतिष्ठान की जवाबदेही की पूर्णतया अनुपस्थिति और उस बलहीनता को रेखांकित किया है, जिसके साथ वे बलूचिस्तान में काम करते हैं। इसलिए, सुनवाइयों, '…ने बलूचिस्तान की स्थिति के बारे में पाकिस्तानी प्रेस, जनमत और अंतरराष्ट्रीय समुदाय को सूचित करने के लिए किसी भी अन्य आधिकारिक निकाय की तुलना में अधिक योगदान दिया है।'[18]

□

# 15
# संचार माध्यम

यदि आप पत्रकार हैं तो आपका मृत नहीं होना आज के बलूचिस्तान में एक जीत है। इससे भी बुरी स्थिति यह है कि हत्यारों पर मुकदमा चलाने की आशा बहुत कम या नहीं के बराबर है, उन्हें सजा देने की बात तो छोड़ ही दें। पत्रकारों की अधिकांश मौतें एक आदर्श के रूप में असंबद्ध होती हैं। हमारे मीडिया को मशाल जलाए रखने के लिए यह मूल्य चुकाना पड़ता है।[1]

विश्लेषक रजा रूमी द्वारा लिखे इन शब्दों में वह सब समाहित है, जिससे बलूचिस्तान में आज मीडिया गुजर रहा है। पाकिस्तान का सबसे बड़ा प्रांत होने के बावजूद, बलूचिस्तान को मुख्यधारा के राष्ट्रीय मीडिया में बहुत कम संपादकीय स्थान प्राप्त है। संपादक, 'राष्ट्रीय सुरक्षा' के बहाने बलूचिस्तान के संवाददाताओं द्वारा भेजी गई कहानियों को नियमित रूप से सेंसर करते हैं। मलिक सिरा अकबर कहते हैं, 'बलूचिस्तान में काम करनेवाले एक रिपोर्टर के लिए यह अकसर निराशाजनक होता है कि उनके संपादक और प्रकाशक द्वारा उनकी रिपोर्ट को इतना सेंसर कर दिया जाता है कि सरकार को अब इस काम [सेंसरशिप] को करने के लिए अधिकारियों की आवश्यकता नहीं है।'[2]

बलूचिस्तान में ऐसी मजबूत सेंसरशिप चलाने और पत्रकारों और अखबारों को निशाना बनाने के दो प्रमुख कारण हैं। पहली यह कि सेना जो कुछ कर रही है, उस पर एक आवरण डाले रखना चाहती है और यह सुनिश्चित करती है कि खासकर अंतरराष्ट्रीय मीडिया में, बलूच कार्यकर्ताओं के क्रूर दमन और बड़े पैमाने पर मानवाधिकारों के उल्लंघन की रिपोर्ट न की जाए। दूसरी यह कि सेना बलूचिस्तान पर राष्ट्रीय आख्यान में फेरबदल जारी रखना चाहती है। दशकों से विकसित होनेवाले आख्यानों में दरशाया गया है कि बलूचों का एक 'दुष्ट' अल्पसंख्यक हिस्सा 'प्रांतीय स्वायत्तता' और अपने प्राकृतिक संसाधनों पर स्वामित्व पाने की कोशिश कर रहा है और 'पाकिस्तान के दुश्मनों' और 'विदेशी एजेंटों' के हाथों में खेल रहा है। इससे यह तर्क जुड़ा है कि पाकिस्तान बलूचिस्तान में 'आधुनिकीकरण' और 'विकास' कर रहा है। यह बलूचों की कथा के विपरीत है, जो पाकिस्तान की नीति को बलूचिस्तान की खनिज संपदा को लूटने की कोशिश के रूप में देखते हैं और प्रांत को पंजाबी उपनिवेश मानते हैं। एक अपेक्षाकृत मुक्त मीडिया इस तथ्य को उजागर करेगा कि सेना की कथा बलूच के लिए अस्वीकार्य है और इसलिए मीडिया पर कठोर कारवाई

की जा रही है।[3] आश्चर्य की बात नहीं है, महत्त्वपूर्ण मीडिया रिपोर्टों पर त्योरी चढ़ाई जा रही है।

पाकिस्तान के सुरक्षा बलों द्वारा बलपूर्वक गायब करना, यातना देना, अतिरिक्त न्यायिक हत्याएँ और मानव अधिकारों के अन्य उल्लंघन को उजागर करनेवाले करोड़ों स्थानीय पत्रकारों को धमकी दी गई है, उनकी हत्या की गई है या उन्हें गायब कर दिया गया है।

पिछले अध्याय में उल्लिखित सबीन महमूद और हामिद मीर के उदाहरणों से पता चलता है कि बलूचिस्तान की चर्चा करना भी बर्दाश्त नहीं है। बलूचिस्तान के बाहर के पत्रकार और स्तंभकार बलूचिस्तान द्वारा सामना किए जा रहे दबावों के बारे में लिख रहे हैं, इसलिए बलूचिस्तान की स्थितियों की कल्पना की जा सकती है।[4] परिणामस्वरूप, पाकिस्तानी मीडिया बलूचिस्तान में वास्तव में जो हो रहा है, उसकी खुले तौर पर और पूरी तरह से रिपोर्ट करने से डरता है। इसका प्रभाव सात दशक पुरानी बलूच त्रासदी को ढक रहा है।

आँकड़े अपनी बात खुद कहते हैं। चार वर्ष (2008-12) में बलूचिस्तान में बाईस पत्रकारों की हत्या कर दी गई थी।[5] फरवरी 2014 में रिपोर्टर्स विदाउट बॉर्डर्स की वार्षिक रिपोर्ट में कहा गया कि 2013 में पाकिस्तान में मारे गए सात पत्रकारों में से चार बलूचिस्तान के थे। नवंबर 2017 के एक लेख के अनुसार, बलूचिस्तान यूनियन ऑफ जर्नलिस्ट के अध्यक्ष खलील अहमद के हवाले से कहा गया है कि बलूचिस्तान में तैंतालीस पत्रकार मारे गए हैं, जिनमें बम विस्फोट और लक्षित हत्याएँ शामिल हैं।[6]

मीडिया और पत्रकारों को जो कुछ सहना पड़ता है, उसके कुछ उदाहरण नीचे के अनुच्छेद में दिए गए हैं।

वर्ष 2009 में फ्रंटियर कॉर्प्स ने क्वेटा में—'डेली असाप', 'आजादी' और 'बलूचिस्तान एक्सप्रेस' तीन समाचार-पत्रों के कार्यालयों की घेराबंदी की। अंततः 'असाप' के कार्यालयों के बाहर तैनात फ्रंटियर कॉर्प्स कर्मियों ने इसे अपना प्रकाशन बंद करने के लिए बाध्य किया।

- नवंबर 2011 में 'डेली तवर' के संपादक और स्तंभकार जावेद नसीर रिंद के गायब होने के दो महीने बाद उनका शव उनके बलूचिस्तान के हब शहर में पाया गया था।
- सितंबर 2012 में खुजदार, बलूचिस्तान में खुजदार प्रेस क्लब से निकलते समय ए.आर. वाई. टी.वी. के रिपोर्टर अब्दुल हक बलूच की हत्या कर दी गई।

  बलूच खुजदार प्रेस क्लब के महासचिव थे। उनकी हत्या के विरोध में उनके साथी पत्रकारों ने अपने पेशेवर कर्तव्यों का पालन करना बंद कर दिया और खुजदार प्रेस क्लब पर ताला लगा दिया। पत्रकार हामिद मीर के अनुसार, बलूच मुसल्ला दिफा आर्मी (बी. एम.डी.ए. या सशस्त्र बलूच रक्षा) ने 2011 में बलूच को धमकी दी थी। बाद में, बी.एम. डी.ए. ने पत्रकारों के नाम लेकर एक हिट सूची जारी की, जिसमें अब्दुल हक बलूच भी शामिल थे। कथित तौर पर बी.एम.डी.ए. को बलूचिस्तान के एक सरकार समर्थित सीनेटर के संरक्षण में चलाया जा रहा था। बलूच की हत्या कर दी गई थी, क्योंकि सुरक्षा बल इस बात से नाराज थे कि वे पाकिस्तान के सुप्रीम कोर्ट के क्वेटा पीठ के समक्ष मामलों को पेश करने के लिए गायब बलूचों के परिवारों के साथ काम कर रहे थे।[7]
- मार्च 2013 में, बलूच राष्ट्रवादियों की आवाज बननेवाले बलूच समर्थक राष्ट्रवादी अखबार,

'दैनिक तवर' के एक कॉपी एडिटर, हाजी अब्दुल रज्जाक बलूच का कराची में अपहरण कर लिया गया था। उसका शव 21 अगस्त, 2013 को कराची के सुरजानी टाउन इलाके में मिला था। उनका चेहरा विकृत कर दिया गया था और उनके शरीर पर गला घोंटने और यातना देने के निशान पाए गए थे। इस मामले को सुरक्षित पत्रकार समिति (सी.पी.जे.) द्वारा उजागर किया गया था, जिसके एशिया कार्यक्रम समन्वयक बॉब डिट्ज ने कहा, 'दैनिक तवर और उसके कर्मचारियों के विरुद्ध हिंसा के तरीके निर्विवाद रूप से बताते हैं कि सरकार को अखबार और उसके पत्रकारों की रक्षा करने के लिए कार्य करना चाहिए, भले ही उनकी राय सरकार के विरोध में हो।'

- अप्रैल 2013 में अज्ञात लोगों के एक बड़े समूह ने लियारी, कराची में उर्दू-भाषा के 'दैनिक तवर' (क्वेटा में मुख्यालय) के कराची ब्यूरो में प्रवेश किया और उनके परिसर छोड़ने से पहले कंप्यूटर और अन्य उपकरण, रिकॉर्ड और अभिलेख जला दिए गए।'
- ब्लॉगर, वरिष्ठ टी.वी. समाचार निर्माता और डॉक्यूमेंट्री फिल्म निर्माता, रज्जाक सरबाजी पाकिस्तान में लगातार धमकी मिलने के कारण पश्चिम भाग गए। बाद में उन्होंने कहा, 'पाकिस्तान में पत्रकारिता मेरे लिए एक अंतहीन दुःस्वप्न जैसी थी। मेरे सहयोगियों और मेरे द्वारा लिखित शब्दों के लिए चुकाई गई कीमत मेरी स्मृति में गहरे घाव की तरह अंतर्निहित है।' 'दैनिक तवर' में सरबाजी के कम-से-कम चार सहयोगी—हाजी रज्जाक बलूच, रज्जाक गुल, अब्दुल खालिक और जावेद नसीर रिंद—2011 से पाकिस्तानी खुफिया सेवाओं द्वारा मारे गए। एक पत्रकार के रूप में अपने काम में, उन्होंने बलूचिस्तान में युद्ध को विशेष रूप से शामिल किया, जिसमें लोगों को बलपूर्वक गायब करना भी शामिल था। सरबाजी ने कहा, 'बलूचिस्तान में गायब होने का मुद्दा ऐसा है कि इसे उजागर करने की हिम्मत करने से पहले एक पत्रकार को अपने दिन गिनने होंगे।' मैं अपनी कलम के प्रति वफादार रहा और इसकी कीमत चुकाई है।'[9]
- मारे गए अन्य पत्रकारों में वरिष्ठ पत्रकार इरशाद मस्तोई, उनके प्रशिक्षु रिपोर्टर अब्दुल रसूल खजक और क्वेटा के जिन्ना रोड क्षेत्र में उनके कार्यालय के लेखाकार मोहम्मद यूनुस शामिल हैं; अप्रैल 2014 में मुमताज आलम; अब्दुल कादिर हाजीजई और मोहम्मद अफजल ख्वाजा, फरवरी 2014 में 'द बलूचिस्तान टाइम्स' और इसके सहयोगी प्रकाशन 'जमाना' के एक रिपोर्टर शामिल हैं, जो अपने ड्राइवर के साथ मार डाले गए।
- बलूचिस्तान यूनियन ऑफ जर्नलिस्ट्स (बी.यू.जे.) ने कहा है कि 'बलूचिस्तान उन पत्रकारों के लिए एक कब्रिस्तान बन गया है, जो ईमानदारी और बहादुरी से पत्रकार होने के अपने कर्तव्यों का पालन करते हैं।' एक पत्रकार ने कहा, 'मुख्यधारा के राष्ट्रीय मीडिया में हमारी आवाजें अनसुनी रहती हैं और हमें (पत्रकारों) जिसका सामना करना पड़ता है, उसे प्रकाशित नहीं किया जाता है।' एक प्रमुख दैनिक समाचार-पत्र के ब्यूरो प्रमुख, सलीम शाहिद ने त्रासदी पर प्रकाश डालते हुए टिप्पणी की, 'बलूचिस्तान में वे पत्रकार स्वयं समाचार बन गए हैं, जिन्होंने अन्याय के बारे में लिखा और रिपोर्ट की है।'[10]

विदेशी मीडिया को भी निशाना बनाया गया है। अल जजीरा ने एक आयरिश पत्रकार के

हवाले से कहा, 'बलूचिस्तान की कहानी पाकिस्तान में सबसे कठिन है। प्राधिकारियों को विदेशी पत्रकारों का प्रांत में प्रवेश करना पसंद नहीं है और शायद ही कभी उन्हें ऐसा करने की अनुमति दी जाती है। उनका कहना है कि यह सुरक्षा कारणों से है, लेकिन वे यह भी नहीं चाहते कि पत्रकार ऐसे क्षेत्र में इधर-उधर ताक-झाँक करें, जहाँ तालिबान, संप्रदायवादी और राष्ट्रवादियों की इतनी उग्रवादी गतिविधि हो रही है और जहाँ सुरक्षा एजेंसियों के पास या तो नियंत्रण की कमी है, या इनमें से कुछ के इन समूहों के साथ ऐतिहासिक संबंध हैं।'[11]

'न्यूयॉर्क टाइम्स' के लिए काम करनेवाली कार्लोटा गैल को, 2006 में, क्वेटा में उन लोगों द्वारा पीटा गया था, जिन्होंने खुद को पाकिस्तान पुलिस की एक विशेष शाखा का सदस्य बताया था और जिन्होंने उन पर 'बिना इजाजत के क्वेटा में होने' का आरोप लगाया था।[12] लेखक और टिप्पणीकार अहमद रशीद ने अल जजीरा को बताया कि कुछ पत्रकार 'स्व-सेंसरशिप' का प्रयोग करते हैं और वे अस्तित्व के मुद्दों पर रिपोर्ट नहीं करते। और अगर यह पाकिस्तानी मीडिया में नहीं है, तो शायद ही बाहरी दुनिया में पहुँचेगा, क्योंकि पश्चिमी मीडिया मूल रूप से पाकिस्तानी स्रोतों पर निर्भर है।'[13]

पत्रकारों में असुरक्षा की भावना के परिणामस्वरूप, 2012 में बी.बी.सी. ने अपने क्वेटा के संवाददाता अयूब तारिन को इसलामाबाद में स्थानांतरित होने के लिए कहा। सुरक्षा बलों द्वारा धमकी दिए जाने के बाद एक क्वेटा आधारित वॉइस ऑफ अमेरिका (वी.ओ.ए.) के पत्रकार नसीर काकर बलूचिस्तान छोड़ गए।[14]

एक बलूच लेखक और बलूचिस्तान के मुद्दों पर अंग्रेजी में एक ऑनलाइन समाचार-पत्र के संपादक और अमेरिका में निर्वासित रहनेवाले मलिक सिराज अकबर को यह कहते हुए उद्धृत किया गया कि 'पश्चिमी मीडिया पूरे अफगानिस्तान-पाकिस्तान क्षेत्र को आतंकवाद पर युद्ध, इसलामिक कट्टरवाद और धार्मिक आतंकवाद के मुद्दे एक विशेष ध्यान देने हुए कवर करता है। इस बात का कम ही पता है कि बलूच राष्ट्रवादी आंदोलन तालिबान आंदोलन से बिल्कुल अलग है।' अकबर ने कहा, 'वास्तव में, बलूच आंदोलन तालिबान और इसलामी आंदोलनों का विरोधी हैं'। उन्होंने आगे कहा कि पश्चिमी मीडिया अकसर बलूच आंदोलन को अफगानिस्तान में युद्ध के 'गौण उत्पाद' के रूप में देखता है, या इसे पाकिस्तान का घरेलू मुद्दा मानता है।[15]

एच.आर.सी.पी. ने पत्रकारों की स्थिति का भी दस्तावेजीकरण किया है। एच.आर.सी.पी. टीम से मिलनेवाले लगभग हर पत्रकार ने उस धमकी की शिकायत की, जो उन्हें खुफिया एजेंसियों से मिली थी। उनमें से कुछ ने ऐसी घटनाओं की चर्चा की, जिसमें उन्हें उठाया गया था और एक दिन बाद चेतावनी देकर रिहा कर दिया गया था। पत्रकारों ने शिकायत की कि उनकी माँगों को स्वीकार न करने पर खुफिया सेवाओं के प्रतिनिधि होने का दावा करनेवाले व्यक्तियों ने उनके परिवार के सदस्यों को अपहरण करने की धमकी दी।[16]

एच.आर.सी.पी. ने कहा कि राष्ट्रीय मीडिया ने अपनी कवरेज में बलूचिस्तान के मुद्दों की अनदेखी की। इसके अलावा, समाचार-पत्रों ने अपना राष्ट्रीय चरित्र खो दिया था और समाचार कवरेज में क्षेत्रीय बन गए थे। क्वेटा के जंग में छपी यह खबर अखबार के अन्य संस्करणों में नहीं छपी। राष्ट्रीय स्तर पर मीडिया में बलूचिस्तान का कोई प्रतिनिधित्व नहीं था। मुख्यधारा के

समाचार–पत्रों और इलेक्ट्रॉनिक मीडिया में गायब लोगों के सड़कों पर पाए जाने, लक्षित हत्याओं और यातनाग्रस्त शवों की घटनाओं की रिपोर्ट नहीं की गई। बलूचिस्तान में मीडिया को जातीय और सांप्रदायिक वर्गों के पक्षपाती के रूप में देखा जाता था। बलूचिस्तान में हजारा—शिया समुदाय ने भी शिकायत की थी कि मीडिया ने उनके सदस्यों की बड़े पैमाने पर लक्षित हत्याओं की रिपोर्ट नहीं की है।[17]

यह केवल अपने काम के सिलसिले में प्रांत में मारे गए पत्रकारों की संख्या के कारण न होकर इसलिए भी था कि मीडियाकर्मियों को जिंदा रहने के लिए कई वर्गों से आनेवाले खतरों में काम करने के लिए बाध्य किया गया था। जैसा कि 'डॉन' ने उल्लेख किया है, वहाँ जातियों, उग्रवादी संगठनों और निर्मम विद्रोही समूहों के साथ–साथ फ्रंटियर कॉर्प्स, खुफिया एजेंसियों और सेना सहित राज्य के साधन हैं; ये सभी अपने एजेंडे को आगे बढ़ाने के लिए मीडिया का उपयोग करना चाहते हैं।' मीडिया के लिए इसका यह अर्थ है कि एक पारस्परिक शत्रुतापूर्ण समूह को नाराज किए बिना दूसरे समूह को खुश करने की कोशिश करना एक असंभव कार्य है। इस प्रकार, 'बलूचिस्तान में पत्रकारिता, विशेष रूप से जहाँ स्थानीय अखबारों का संबंध हैं—और राष्ट्रीय दैनिकों के मामले में बलूचिस्तान के बारे में—बहुत कम हो गया है।' आश्चर्य नहीं कि व्यापक स्व–सेंसरशिप है; बिना लाइसेंस के मानवाधिकारों का उल्लंघन होता है और स्थानीय पत्र–पत्रिकाओं में संपादकीय विलुप्त हो रहा है, क्योंकि कोई भी संपादक किसी दृष्टिकोण को व्यक्त करने और जीवित रहने की आशा नहीं कर सकता है।[18]

डिप्लोमेट के साथ एक साक्षात्कार में, पाकिस्तान में एक प्रसिद्ध एंकर हामिद मीर ने मार्च 2013 में अब्दुल हक बलूच की हत्या के कारण बलूचिस्तान में खुजदार की रिपोर्टिंग यात्रा के अपने परिणामों को साझा किया। उन्होंने इसे अपने जीवन के सबसे डरावने दिन बताया। मीर के अनुसार, एक पुलिस उपमहानिरीक्षक ने उनसे पूछा कि उन्होंने खुजदार का दौरा करके अपने जीवन को खतरे में क्यों डाला? इसके बाद उसने मीर से अपने वाहन में बैठने के लिए कहा। उसने तुरंत ऐसा नहीं किया तो उसके वाहन को सशस्त्र लोगों के एक समूह ने घेर लिया था। हैरान करनेवाली बात यह थी कि उच्च पदस्थ पुलिस अधिकारी भ्रमित और असहाय दिखाई दिए और बलूचिस्तान में 'मौत के दस्ते' के रूप में जाने जानेवाले मिलिशिया से अनुरोध किया कि वह मीर को नुकसान न पहुँचाए। सैनिकों की कथित विधवाओं में से कुछ महिलाओं को कवरेज देने के लिए सहमत होने के बाद ही उन्हें जाने दिया गया। यह पूरा प्रकरण सुरक्षा जाँच चौकी के करीब हुआ।[19]

फतेह जान, जो अब जर्मनी में एक शरणार्थी शिविर में रहते हैं, पहले बलूचिस्तान में एक पत्रकार के रूप में काम करते थे, उन्होंने डिप्लोमेट से कहा, 'मैं अपने सहयोगियों के धार्मिक चरमपंथी समूह और प्रतिबंधित आतंकवादी संगठन बलूच मुसल्ला तंफा तन्जीम (बी.एम.डी.टी.) द्वारा मारे जाने का गवाह रहा हूँ। उन्होंने मुनीर शाकिर, जावेद नसीर और खान मोहम्मद की हत्या की है। वे सभी मेरे साथ काम करते थे। चिंतित स्वर में जान ने कहा, "एक शानदार भविष्य के साथ मेरा पाकिस्तान में अच्छा कॅरियर रहा।" लेकिन कोई भी कॅरियर मरने लायक नहीं है, इसलिए मैंने एक सुरक्षित और स्वस्थ जीवन जीने के लिए पाकिस्तान छोड़ दिया। हालाँकि मैं जर्मनी में एक शरणार्थी शिविर में रह रहा हूँ, पर यहाँ मैं सुरक्षित हूँ।'[20] अलगाववादियों को भी मीडिया पर

दबाव बनाने का दोषी माना गया है। 2011 में बलूचिस्तान लिबरेशन फ्रंट द्वारा क्वेटा आधारित कई पत्रकारों को एक पैंफलेट दिया गया था। इसमें उन्हें बलूच स्वतंत्रता आंदोलन के विरुद्ध पाकिस्तान के सुरक्षा बलों द्वारा खेले जा रहे 'गंदे खेल' का हिस्सा न बनने की चेतावनी दी गई थी। उसमें लिखा था, 'बलूचों के विरुद्ध पाकिस्तानी सुरक्षा बलों के काले कारनामों को छिपाने की कोशिश मत करो। बी.एल.एफ. के हाथों बलों के नुकसान को कम करने की कोशिश मत करो।'[21] अक्तूबर 2017 में मीडिया रिपोर्टों के अनुसार, बलूचिस्तान लिबरेशन फ्रंट और यूनाइटेड बलूचिस्तान आर्मी (यू.बी.ए.) ने धमकी दी कि अगर उन्होंने उनके दृष्टिकोण को प्रकाशित करने से इनकार कर दिया तो स्थानीय अखबारों के विरुद्ध कारवाई की जाएगी। इसके कारण चौबीस प्रेस क्लबों को बलपूर्वक बंद कर दिया गया और फेरीवालों और वितरकों को समाचार-पत्रों को न बेचने की चेतावनी दी गई। प्रभावित दैनिकों में आजादी, तवर, इंतेखाब, बोलन, जसरत, जंग और डॉन शामिल थे। फेरीवालों और वितरकों ने पसनी, तुर्बत और ग्वादर सहित बलूच-बहुमत वाले जिलों में अखबार पहुँचाना रोक दिया। यह स्थिति कई महीनों तक जारी रही।[22]

□

# VI
# स्थायी विद्रोह

# 16

# अलगाववादी चुनौती

हमारी एक अलग सभ्यता है, हमारे पास ईरान और अफगानिस्तान की तरह एक अलग संस्कृति है। हम मुसलमान हैं, लेकिन यह आवश्यक नहीं है कि मुसलिम होने के कारण हम अपनी स्वतंत्रता को खो दें और दूसरों के साथ विलय कर लें। अगर यह तथ्य है कि हम मुसलिम हैं, हमें पाकिस्तान में शामिल होने की आवश्यकता है, तो अफगानिस्तान और ईरान, दोनों मुसलिम देशों को भी पाकिस्तान के साथ संयुक्त हो जाना चाहिए···पाकिस्तान की अप्रिय और घृणास्पद इच्छा है कि हमारी राष्ट्रीय मातृभूमि, बलूचिस्तान का विलय हो जाना चाहिए, इसे स्वीकार करना असंभव है।···ऐसी माँग से सहमत होना अकल्पनीय है···हम संप्रभु समानता के आधार पर उस देश के साथ दोस्ती करने के लिए तैयार हैं, लेकिन पाकिस्तान के साथ विलय के लिए तैयार नहीं हैं···हम पाकिस्तान के बिना भी जीवित रह सकते हैं। हम पाकिस्तान से बाहर रह सकते हैं, लेकिन प्रश्न यह है कि हमारे बिना पाकिस्तान का क्या होगा?···हम सम्मानजनक रिश्ता चाहते हैं, अपमानजनक नहीं। यदि पाकिस्तान हमसे एक संप्रभु कौम के रूप में व्यवहार करना चाहता है, तो हम दोस्ती और सहयोग का हाथ बढ़ाने के लिए तैयार हैं। यदि पाकिस्तान ऐसा करने के लिए सहमत नहीं है, तो लोकतांत्रिक सिद्धांतों के समक्ष, इस तरह का रवैया हमारे लिए पूरी तरह अस्वीकार्य होगा और अगर हम इस भाग्य को स्वीकार करने के लिए बाध्य होते हैं, तो प्रत्येक बलूच बेटा अपनी राष्ट्रीय आजादी की रक्षा में अपना जीवन बलिदान कर देगा।[1]

मीर गौस बख्श बिजेंजो ने बिजेंजो की टिप्पणियाँ में यह भविष्यवाणी की है। 1948, 1958, 1962, 1973–77 में और 2000 के शुरुआती दौर से ही पर्वतीय अलगाव हिंसक उग्रवाद में बदल दिया गया। विद्रोह के लिए राज्य की प्रतिक्रिया ने अगले विद्रोह को हवा दी है।

## नरमपंथी और अलगाववादी

बलूच राष्ट्रवादी आंदोलन एक नहीं, बल्कि एकांगी है। राष्ट्रवादियों को दो श्रेणियों में बाँटा जा सकता है : (क) पाकिस्तान के भीतर अधिकतम प्रांतीय स्वायत्तता चाहनेवाले नरमपंथी। वे राजनीतिक प्रक्रिया में विश्वास करते हैं—अपनी माँगों को पूरी करने के लिए संवाद और चुनावों में भागीदारी चाहते हैं; (ख) अलगाववादी, जो पाकिस्तान से आजादी चाहते हैं। उनके लिए, एक

राजनीतिक प्रक्रिया के लिए—सरकार के साथ एक बातचीत—या संसदीय मार्ग लेने का समय बीत चुका है। उन्होंने अपने उद्देश्यों को प्राप्त करने के लिए उग्रवादी साधनों पर विश्वास रखा है। सरकार की केंद्रीकृत नीतियों को देखते हुए बलूचों की अलगाववादी पहचान को स्वीकार करने में उसकी असफलता पर पाकिस्तान के साथ एक अलग बलूच पहचान बनाने और पाकिस्तान के साथ हताशा व्यक्त करने में नरमपंथी और अलगाववादी दोनों शामिल हैं।

वास्तव में, उग्रवाद की लोकप्रियता को देखते हुए, यहाँ तक कि उदारवादी तत्त्वों को भी—कम-से-कम बयानबाजी करने—या फिर अपने निर्वाचन क्षेत्रों का समर्थन खो देने के डर से कठोर रुख अपनाना पड़ा है। 2006 की शुरुआत में, बलूचिस्तान के पूर्व मुख्यमंत्री-बलूचिस्तान नेशनल पार्टी के पुराने नेता, अत्ताउल्लाह मेंगल को यह घोषणा करनी थी कि 'राजनीतिक लड़ाई लड़ने के दिन खत्म हो गए हैं।'[2] बाद में, उन्होंने दक्षिण पंजाब के एक राजनीतिज्ञ आबिदा हुसैन से कहा कि उनका दिल अभी भी पाकिस्तान के लिए धड़कता है। उन्होंने आशा व्यक्त की कि उनके पुत्रों और पौत्रों का दिल भी इसी तरह धड़कता रहेगा, लेकिन उन्हें संदेह था कि उनके दिलों में कड़वाहट भर चुकी थी और नवाब अकबर बुगती की हत्या से उनके सहित सभी बलूच लोगों के दिलों पर घाव हुए थे।[3] जनवरी 2006 में पूर्व गवर्नर और जम्हूरी वतन पार्टी (जे.डब्ल्यू.पी.) के प्रमुख नवाब बुगती ने कहा था : 'लोकतांत्रिक अधिकारों से इनकार और आर्थिक अभाव ने लोगों को हथियार उठाने के लिए बाध्य किया है। अब यह युद्ध है।'[4]

दोनों समूहों की विचारधाराओं में यह अंतर है कि बलूच राजनीतिक दल राजनीतिक समाधान और संवैधानिक रास्ते पर अपनी आशाएँ जारी रखते हैं। दूसरी ओर, उग्रवादियों ने पाकिस्तान द्वारा निरंतर दमन और विश्वासघात का सामना किया है, उन्होंने संसाधनों की अधिक निकासी को रोकने और ऐसा करने की कोशिश में इसलामाबाद की आर्थिक लागत को बढ़ाने के लिए हिंसा का सहारा लिया है। परिणामस्वरूप, पूरे देश में गैस की आपूर्ति को बाधित करते हुए पाइपलाइन और प्रतिष्ठान इनका प्रमुख लक्ष्य बन गए हैं। सरदार अख्तर मेंगल ने कहा कि उग्रवादियों और राष्ट्रवादी दलों के बीच यह अंतर था कि उग्रवादी 'नहीं सोचते कि वे लोकतांत्रिक और संवैधानिक साधनों के माध्यम से कुछ भी हासिल कर सकते हैं', जबकि 'बलूच राष्ट्रवादी अभी भी लोकतांत्रिक प्रक्रिया में शामिल होने के लिए आशावादी हैं, पर वे तेजी से निराश हो रहे हैं।'[5]

छात्र, शायद, इस दुविधा का सबसे अच्छा प्रतिनिधित्व करते हैं। एच.आर.सी.पी. ने 2011 में बताया कि छात्र समूह विशेष रूप से इस बात पर जोर दे रहे थे कि बलूचों के पास पाकिस्तान से आजादी की माँग करने के अलावा कोई विकल्प नहीं है। स्वतंत्रता के लिए संघर्ष के हिस्से के रूप में कई राजनीतिक समूहों ने हिंसा का समर्थन नहीं किया, लेकिन यह स्पष्ट था कि संघर्ष वैध था और आत्मनिर्णय का उनका अधिकार बलूचिस्तान पर राजनीतिक प्रवचन का एक हिस्सा होना चाहिए, हालाँकि उन लोगों ने महसूस किया कि प्रांत में सुरक्षा बलों द्वारा जारी आक्रामकता और दमन के सामने एक स्वतंत्र बलूचिस्तान के संघर्ष के हिस्से के रूप में हिंसा को उचित ठहराया गया था। मिशन से मिले ऐसे एक समूह के प्रतिनिधि ने कहा कि वे 'पंजाब के अन्याय' के रूप में जो देख रहे थे, उसके कारण बेहद कड़वाहट थी।[6]

## मध्यम मामले

उदारवादी बलूच राष्ट्रवादियों की प्रमुख शिकायतों में निम्नलिखित शामिल हैं :[7]

(i) पाकिस्तान की राजनीतिक प्रणाली लोकतांत्रिक और लोगों की प्रतिनिधि नहीं है, लेकिन एक ही जातीय समुदाय—पंजाबी का वर्चस्व है;

(ii) बलूचिस्तान को इसलामाबाद की बिजली संरचना का प्रतिनिधित्व नहीं किया जाता है;

(iii) राज्य की संस्थाएँ बलूचों, विशेष रूप से राजनीतिक कार्यकर्ताओं के विरुद्ध ज्यादती कर रही हैं, जिसमें उनकी हत्याएँ, मनमानी गिरफ्तारियाँ, बलपूर्वक गायब करना और अपमान शामिल हैं;

(iv) इसलामाबाद की सरकार विश्वसनीय नहीं है, क्योंकि इसने अपने वादों को नहीं निभाया और बलूच नेताओं को मार डाला, जिनमें अकबर बुगती भी शामिल थे;

(v) बलूचों का अपने संसाधनों पर नियंत्रण नहीं है और पंजाब दशकों से उनका शोषण कर रहा है;

(vi) बलूचिस्तान को प्राकृतिक और आर्थिक संसाधनों पर राजनीतिक स्वायत्तता और नियंत्रण चाहिए, केवल वित्तीय राहत पैकेज नहीं; और

(vii) पाकिस्तानी सत्ता तालिबानी आंदोलन का संरक्षण कर रही है और उन्हें बलूचों के विरुद्ध खड़ा करने के उद्‍देश्य से बलूच क्षेत्रों में स्थित उनके अभयारण्यों को स्थापित करने में मदद कर रही है।

इन शिकायतों के आधार पर, नरमपंथियों की प्रमुख माँगें प्रांत के संसाधनों पर प्रांतीय नियंत्रण और आर्थिक शोषण को समाप्त करना है, जिसमें जोर दिया गया है कि ग्वादर बंदरगाह जैसी विकास परियोजनाएँ प्रांतीय सरकार को सौंपी जाएँ, जो स्थानीय स्वामित्व और लाभ दे, प्रांत को वास्तविक प्रांतीय स्वायत्तता दी जाए, सशक्त किया जाए, ताकि कानून और व्यवस्था तथा मेगा परियोजनाओं जैसे मुद्‍दों के महत्त्वपूर्ण निर्णय पर सेना का एकाधिकार न हो। उदाहरण के लिए, एक बलूच नेता ने कहा, 'हम अपने संसाधनों के स्वामित्व सहित अपने लोकतांत्रिक अधिकारों का सम्मान करते हुए एक समान भागीदार के रूप में महासंघ में रहना चाहते हैं; ये संसाधन पाकिस्तान के लोगों के हैं।'[8]

हालाँकि, नरमपंथियों में बढ़ता रोष दिखाई दे रहा है। उदाहरण के लिए, दिवंगत बलूच नेता हबीब जालिब बलूच के अनुसार : 'आत्मनिर्णय और स्वशासन का अधिकार हमारी मुख्य माँग है। हम संयुक्त राष्ट्र और अन्य अंतरराष्ट्रीय संगठनों से हमारी मदद करने की अपील करते हैं। हम पाकिस्तान के साथ अपने विवाद का शांतिपूर्ण समाधान चाहते हैं और रक्तपात से बचना चाहते हैं। हम इस क्षेत्र से पाकिस्तानी सेना को बाहर निकालने के लिए संयुक्त राष्ट्र से शांति सेना को भेजने का आग्रह करते हैं और उसके बाद इस मुद्‍दे के शांतिपूर्ण समाधान के लिए बातचीत आरंभ करना चाहते हैं।'[9] इसी तरह, 2011 में बलूचिस्तान का दौरा करनेवाले एक एच.आर.सी.पी. मिशन ने प्रांत में राजनीतिक घटकों के बीच एक राजनीतिक कथन की अनुपस्थिति पर ध्यान दिया। उनमें से कुछ ने मिशन को यह भी बताया कि राजनीति का समय समाप्त हो गया है और '…अब प्रांत के भीतर इस बात पर विचारों का ध्रुवीकरण हुआ है कि क्या पाकिस्तान के संदर्भ में राजनीति की कोई प्रासंगिकता थी।'[10]

निश्चित रूप से, इसका एक कारण, जनरल मुशर्रफ के अधीन की गई राजनीतिक इंजीनियरिंग के कारण, 2002 और 2008 के बीच बलूचिस्तान में मुताहिदा मजलिस-ए-अमल (एम.एम.ए.) के रूप में जाने जानेवाले धार्मिक दलों के गठबंधन का हावी होना है। इसके बाद, प्रांत के प्रमुख राष्ट्रवादी दलों ने 2008 के चुनावों का बहिष्कार किया, जिसके परिणामस्वरूप 2008 और 2013 के बीच राष्ट्रीय और प्रांतीय विधानसभाओं में उनका प्रतिनिधित्व नहीं हुआ। इस उदारवादी राजनीतिक शून्य के कारण, अलगाववादी संसदीय राजनीति के विरोधियों को अधिक वैधता मिली।[11]

## उदार राजनीतिक दल

प्रमुख उदारवादी राजनीतिक दल हैं—

**बलूचिस्तान नेशनल पार्टी (बी.एन.पी.) :** मेंगल के बलूचिस्तान राष्ट्रीय आंदोलन (बी.एन.एम.) और गौस बख्श बिजेंजो की पाकिस्तान नेशनल पार्टी (पी.एन.पी.) के विलय के परिणामस्वरूप इसका गठन मेंगल जनजाति के प्रमुख सरदार अत्ताउल्लाह मेंगल द्वारा किया गया था। अत्ताउल्लाह मेंगल के बेटे सरदार अख्तर मेंगल अब पार्टी के प्रमुख हैं, बी.एन.पी. की केंद्रीय कार्यकारी समिति में अब बहुत कम सरदार हैं। इसकी माँगों में अधिकतम प्रांतीय स्वायत्तता, प्रांतीय संसाधनों से राजस्व से बलूचिस्तान की हिस्सेदारी में वृद्धि और संघीय सरकार को रक्षा, विदेशी मामले, मुद्रा और संचार के चार विषयों तक सीमित करना शामिल है। अख्तर मेंगल ने कहा था : 'यह चुनौती सरकार के अधिकार को नहीं दी गई है। यह उन लोगों की याचिका है, जिन्हें चुनौती दी गई है।'[12] मुशर्रफ ने अख्तर मेंगल को निशाना बनाया था, जिन्हें नवंबर 2006 में आतंकवाद के आरोप में जेल में डाल दिया गया था। मुकदमे के दौरान, उन्हें अपमानित करने के लिए अदालत में एक पिंजरे जैसी संरचना में बंद रखा जाता था, जिसने वकील के साथ उनके किसी भी संपर्क को रोका था।[13]

अख्तर मेंगल ने 2012 में बलूच संघर्ष के शांतिपूर्ण समाधान के लिए एक 'छह सूत्रीय एजेंडा' प्रस्तुत किया। इनमें बलूचिस्तान में सभी अधिग्रहणों और गुप्त सैन्य अभियानों का तत्काल निलंबन, गायब किए गए सभी व्यक्तियों को कानून की अदालत के समक्ष प्रस्तुत करना; इंटर-सर्विसेज इंटेलिजेंस और मिलिट्री इंटेलिजेंस की देखरेख में कार्यरत सभी हत्यारे दलों को भंग करना; बलूच राजनीतिक दलों को स्वतंत्र रूप से कार्य करने की अनुमति देना और एक विश्वास-निर्माण उपाय के रूप में विस्थापितों का पुनर्वास शामिल थे।[14] जुलाई 2018 के चुनावों के बाद, बी.एन.पी.-एम. ने छह सूत्रीय समझौते के आधार पर इसलामाबाद में सत्तारूढ़ पार्टी—इमरान खान की पाकिस्तान तहरीक-ए-इंसाफ (पी.टी.आई.) का समर्थन करने का फैसला किया था।

इसका मुख्य तत्त्व प्राथमिकता के आधार पर गायब व्यक्तियों के मुद्दे का समाधान करना था।[15]

**नेशनल पार्टी (एन.पी.) :** इसका गठन बलूचिस्तान नेशनल मूवमेंट और बलूचिस्तान नेशनल डेमोक्रेटिक पार्टी के विलय के साथ हुआ था। अब्दुल मलिक बलूच ने इसका नेतृत्व किया है, जो एम.एल.-एन. के साथ गठबंधन में 2013 से 2015 तक प्रांत के मुख्यमंत्री थे। यह एक उदारवादी, केंद्र-वामपंथी बलूच राष्ट्रवादी पार्टी है, जो मध्यम वर्ग का प्रतिनिधित्व करने का

दावा करती है। इसने आमतौर पर चुनावी प्रक्रिया में भाग लिया है, लेकिन 2008 के चुनावों का बहिष्कार किया है। यह मकरान पट्टी में, बलूच भागीदारी के बिना केंद्र सरकार की ग्वादर बंदरगाह जैसी परियोजनाओं का दृढ़ता से विरोध करती है, माँग करती है कि बलूचों को अपने संसाधनों को नियंत्रित करने और अपनी प्राथमिकताओं, राजनीतिक और आर्थिक को निर्धारित करने का अधिकार होना चाहिए। नेशनल पार्टी अपने शिक्षित, गैर-आदिवासी कैडरों के साथ, सरदारी प्रणाली का विरोध करती है। फिर भी, यह मुशर्रफ सरकार के उन दावों को खारिज करती है कि बलूचिस्तान की सभी बीमारियों के लिए पूरी तरह से सरदार जिम्मेदार हैं। इसके बजाय, राष्ट्रीय पार्टी संकट के लिए सेना को जिम्मेदार ठहराती है।[16]

**जम्हूरी वतन पार्टी ( जे.डब्ल्यू.पी. ) :** इसका गठन 1990 में नवाब अकबर खान बुगती द्वारा किया गया था। जे.डब्ल्यू.पी. के समर्थन का आधार काफी हद तक बुगती जनजाति तक सीमित है, हालाँकि बाद के वर्षों में सरकार के विरुद्ध उनके रुख के कारण उन्हें कई अन्य बलूच समुदायों का समर्थन मिला। सरदार अख्तर मेंगल ने नवाब बुगती की रक्षा करते हुए इस बात जोर दिया : 'अगर बुगती जनजाति विश्वासघाती होती, तो वह पहाड़ों में नहीं रहती; वह (मुशर्रफ के साथ) एक सौदा कर सकती थी, जो उसने नहीं किया।'[17] बुगती की हत्या के बाद, उन्हें बलूच उद्‌देश्यों के लिए शहीद के रूप में देखा जाता है।

**बलूच हक तलवार :** नवाब बुगती की जे.डब्ल्यू.पी. की तरह, नवाब खैर बख्श मारी की बलूच हक तलवार भी अपनी सदस्यता और संरचनाओं में काफी हद तक आदिवासी हैं, हालाँकि मारी सैन्य शासन के विरुद्ध लड़ाई में सबसे आगे रहे हैं। उनके लिए राजनीति पीछे चली गई है। इन चार राजनीतिक दलों—बी.एन.पी., एन.पी., जे.डब्ल्यू.पी. और हक तलवार—ने 2003 में एक साथ मिलकर बलूच इत्तेहाद या गठबंधन बनाया था, जिसने सैन्य काररवाई को समाप्त करने की माँग की और एक लोकतांत्रिक, संघीय, बहुलवादी ढाँचे के भीतर बलूच अधिकारों की वकालत की। इत्तेहाद के नेताओं में से एक, एन.पी. के डॉ. बलूच ने कहा कि इत्तेहाद 'समय की कसौटी पर खरा उतरेगा', यह कहते हुए कि जब हम अपने राष्ट्र को परेशान देखते हैं, हम एक होकर खड़े होते हैं।' बी.एन.पी. नेता अख्तर मेंगल ने कहा, चारों दलों में अब भी मतभेद है, पर 'बलूचिस्तान मुद्दे पर' हम एक हैं।'[18]

**बलूचिस्तान छात्र संगठन ( बी.एस.ओ. ) :** इसका गठन 1967 में किया गया था। यह शिक्षित बलूच मध्यम वर्ग और छात्रों का प्रतिनिधित्व करता है और बलूच युवाओं और प्रांत में शिक्षा के माध्यम के रूप में बलूचों की मान्यता की अपनी माँगों के साथ एक स्वतंत्र राजनीतिक ताकत के रूप में उभरा है। इसे चार धड़ों : बी.एस.ओ. (अवामी), बी.एस.ओ. (आजाद), बी.एस.ओ. (मेंगल) और बी.एस.ओ. (पज्जर) में बाँटा गया है, हालाँकि इन गुटों ने एक होकर बलूचों के सामने आनेवाली चुनौतियों का सामना किया। यद्यपि बी.एस.ओ. किसी भी राष्ट्रवादी पार्टी के साथ राजनीतिक रूप से गठबंधन नहीं करता है, लेकिन उनकी तरह यह सैन्य शासन का कड़ा विरोध करता है।[19] यह कई राष्ट्रवादी नेताओं के प्रशिक्षण और निर्माण के लिए जिम्मेदार है और राष्ट्रवादी आंदोलन में प्रवेश के लिए एक महत्त्वपूर्ण वाहन है।

## अलगाववादी मामले

अलगाववादी मामला निम्नलिखित मुद्दों पर टिका है—

- बलूच क्षेत्र और लोगों का, बलूच प्रतिनिधियों की मंजूरी के बिना पाकिस्तान में बलपूर्वक विलय किया गया था;
- पाकिस्तानी राज्य और नागरिक समाज दोनों ही भरोसेमंद नहीं हैं और वे बलूच लोगों के उद्देश्य के अयोग्य हैं। संसद् और न्यायपालिका बलूच उद्देश्य में सहायक नहीं हो सकते हैं;
- बलूच पंजाबी बहुल पाकिस्तान में नहीं रहना चाहते और अपना राष्ट्र बनाने के लिए अलग होना चाहते हैं;
- सैन्य और अर्धसैनिक बलों के प्रांत पर 'कब्जे' को समाप्त करने के लिए वास्तविक प्रतिबद्धता के प्रदर्शन के रूप में उन्हें प्रांत से हटाया जाना चाहिए;
- सभी प्रांतों से आकर 'यहाँ बसनेवालों' को प्रांत से निकाला जाना चाहिए, विशेष रूप से पंजाबियों और अफगान शरणार्थियों को, जो प्रांत में बस गए थे, क्योंकि इससे प्रांत की जनसांख्यिकी बदल जाएगी;
- जैकोबाबाद और डी.जी. खान जैसे पारंपरिक बलूच प्रदेशों को बलूचिस्तान में मिलाया जाना चाहिए;
- जो संगठन बलूचों की मदद करना चाहते हैं, उन्हें अंतरराष्ट्रीय स्तर पर, विशेषकर संयुक्त राष्ट्र में मानवाधिकारों के उल्लंघन का मुद्दा उठाना चाहिए; तथा
- इस बात की चिंता किए बिना कि संयुक्त राज्य अमेरिका या भारत कौन ऐसा कर रहा है, बलूचिस्तान की स्वतंत्रता के लिए अंतरराष्ट्रीय समर्थन का स्वागत है।[20]

एक अलगाववादी ने एक साक्षात्कार में, अस्पष्ट रूप से वर्तमान स्थिति की गंभीरता को व्यक्त किया है—'हम एक उत्पीड़ित कौम हैं। लड़ने के अलावा और कोई चारा नहीं है...वे ग्वादर को दुबई में बदलने की चाहे कितनी भी कोशिश कर लें, लेकिन यह काम नहीं करेगी। विरोध होगा। चीन जानेवाली पाइपलाइनें सुरक्षित नहीं रहेंगी। उन्हें बलूच क्षेत्र से गुजरना होगा और अगर हमारे अधिकारों का उल्लंघन किया जाता है, तो कुछ भी सुरक्षित नहीं होगा।'[21]

अकबर बुगती के पोते, बरहमदाग बुगती ने पत्रकार कर्लोट गैल से कहा : 'लोग गुस्से में हैं और वे हिंसा का उपयोग करनेवालों के पक्ष में जाएँगे, क्योंकि यदि आप संघर्ष के सभी शांतिपूर्ण तरीकों को बंद करते हैं और आप शांतिपूर्ण, राजनीतिक कार्यकर्ताओं का अपहरण करते हैं और उन्हें मारने और यातना देने के बाद उनके शव को सड़कों पर फेंक देते हैं, तो निश्चित रूप से वे सशस्त्र प्रतिरोध समूहों में शामिल होंगे।' उन्होंने पाकिस्तान में बदलाव की बहुत कम आशा देखी और संयुक्त राष्ट्र और पश्चिमी देशों द्वारा हस्तक्षेप की माँग की। उन्होंने कहा, 'हमें एक वर्ष, दो वर्ष, बीस वर्ष तक कठिन संघर्ष करना होगा,' 'हमें आशा है कि बलूचिस्तान के निन्यानबे प्रतिशत लोग अब मुक्ति चाहते हैं'।[22]

## अलगाववादी समूह

उदारवादी बलूच समूहों और दलों की तरह, अलगाववादी भी, कई गुटों में विभाजित हैं, हालाँकि इन संगठनों की छिपे रहने की प्रकृति को देखते हुए, उनके नेतृत्व और संरचना को निर्धारित करना बहुत मुश्किल है। आवश्यकता के कारण, उनकी संरचना लचीली है और यह उनकी गतिशीलता है, जो पता न लगा पाने में उनकी मदद करती है और उन्हें आश्चर्य का तत्त्व देती है।[23] ह्यूमन राइट्स वॉच के अनुसार, बलूच राजनीतिक नेताओं ने आतंकवादी समूहों पर अपने नियंत्रण रखने की सीमा को अस्पष्ट बना दिया है।[24] मीडिया रिपोर्टों के अनुसार, प्रांत में चौदह से अधिक प्रमुख और गौण आतंकवादी बलूच अलगाववादी समूह काम करते हैं। मुख्य समूह बलूचिस्तान लिबरेशन आर्मी, बलूच रिपब्लिकन आर्मी, बलूच लिबरेशन फ्रंट और लश्कर-ए-बलूचिस्तान हैं।[25]

**बलूचिस्तान लिबरेशन आर्मी ( बी.एल.ए. ) :** बी.एल.ए. के पहले ये 1960 और 1970 के दशक में सक्रिय—बलूचिस्तान पीपुल्स लिबरेशन फ्रंट (बी.पी.एल.एफ.) और बलूचिस्तान लिबरेशन फ्रंट (बी.एल.ए.फ) दो आतंकवादी समूह थे। उस समय, मारी, मेंगल और बुगती जनजातियों ने इन समूहों की छतरी के नीचे सशस्त्र प्रतिरोध की गतिविधियाँ चलाईं, हालाँकि अफगानिस्तान में निर्वासन वर्षों में बी.पी.एल.एफ. के विघटन के रूप में, मारी जनजाति के सशस्त्र समर्थकों को एक नए संगठन—बी.एल.ए. के अंतर्गत संगठित किया गया था। नसीर दशती के अनुसार, मौजूदा विद्रोह के शुरुआती वर्षों में इसने अन्य सशस्त्र प्रतिरोध समूहों को रसद समर्थन और प्रशिक्षण प्रदान किया।[26] कथित तौर पर, मारी के साथ-साथ बुगती आदिवासी भी बी.एल.ए. कैडरों का स्रोत हैं, जिनमें से कुछ ने 1970 के दशक के विद्रोह में भाग लिया था और अन्य ने पहली बार हथियार उठाए हैं। बी.एल.ए. भी कथित तौर पर क्वेटा और अन्य शहरों में बेरोजगार, विस्थापित और राजनीतिक बलूच युवाओं से अपनी ताकत पाता है[27] इसने 2002 में अपनी आतंकवादी गतिविधियाँ आरंभ कीं।

मुशर्रफ सरकार ने 9 अप्रैल, 2006 को इसका समर्थन करने पर किसी को भी गिरफ्तार करने की धमकी देते हुए, एक आतंकी संगठन के रूप में बी.एल.ए. पर प्रतिबंध लगा दिया, इस कदम को बहुत से लोगों ने बलूच असंतोष को रोकने के लिए एक व्यवस्थित अभियान के पहले कदम के रूप में देखा था।[28] तब से, बलूच राष्ट्रवादी नेताओं और कार्यकर्ताओं पर बी.एल.ए. से संबंध रखने के आरोप लगाए जाते रहे हैं।[29]

विद्रोह के प्रारंभिक वर्षों में बी.एल.ए. ने, प्रांत में सरकारी प्रतिष्ठानों और कर्मियों और संचार कड़ियों और ऊर्जा ग्रिड पर अधिकांश हमलों के लिए जिम्मेदार होने का दावा किया।[30] इसके बावजूद, इसके नेतृत्व, कमान संरचनाओं या जनशक्ति के बारे में बहुत कम जानकारी उपलब्ध है। कोई भी बलूच राष्ट्रवादी राजनीतिक दल या जनजातीय समूह उचित कारणों से सार्वजनिक रूप से उग्रवादी समूह के साथ, या उनके संबंध में जानकारी होना स्वीकार नहीं करता है। नवाब बुगती ने बी.एल.ए., बी.एल.एफ. और बी.पी.एल.एफ. को 'अलग-अलग समूह या संगठन' के रूप में वर्णित किया। किसी भी जुड़ाव को अस्वीकार करते हुए, उन्होंने कहा : 'आप इन समूहों को जो भी नाम देते हैं, वे हमारे नियंत्रण में नहीं हैं। वे किसी की ओर नहीं देखते हैं। वे जो भी करते

हैं, अपने दम पर करते हैं। वे किसी से पूछते नहीं हैं।'[31] बलूचिस्तान असेंबली में विपक्ष के नेता कचकुल अली बलूच ने कहा कि बलूच लोगों को दमनकारी और शोषक केंद्र से बचाने के लिए अलग-अलग रणनीति के साथ कई आतंकवादी समूह थे लेकिन सबका एक समान लक्ष्य था।[32]

बलूच पत्रकार मलिक सिराज अकबर के अनुसार, बी.एल.ए. 'किसी एक सरदार के स्वामित्व में नहीं है। बुगती, मारी और मेंगल सहित कोई भी राष्ट्रवादी नेता बलूच लिबरेशन आर्मी का नेतृत्व करने की जिम्मेदारी स्वीकार नहीं करता, भले ही वे सभी संगठन की गतिविधियों का समर्थन करना स्वीकार करते हैं।[33] वर्तमान विद्रोह के शुरुआती चरण के दो मुख्य नेताओं, बालाच मारी या अकबर बुगती की हत्या ने बलूचिस्तान और केंद्र के बीच संघर्ष को समाप्त नहीं किया है।[34]

जियारत रेजीडेंसी, जहाँ मोहम्मद अली जिन्ना ने अपने आखिरी दिन बिताए थे, पर 15 जून, 2013 का हमला इसके प्रसिद्ध हमलों में था। बी.एल.ए. मुख्य रूप से मारी क्षेत्र में संचालित होता है, हालाँकि अन्य विद्रोही समूहों की तरह, इसके संचालन के क्षेत्र को सख्ती से परिभाषित नहीं किया गया है।[35]

**बलूचिस्तान लिबरेशन फ्रंट ( बी.एल.एफ. ) :** प्रतिरोध समूहों के सबसे संगठित होने के लिए प्रतिष्ठित, बी.एल.एफ. बलूचिस्तान में एक नई घटना का प्रतिनिधित्व करता है कि यह एकमात्र उग्रवादी संगठन है, जो बलूच समाज के शिक्षित मध्यवर्गीय खंडों का नेतृत्व करता है। बलूच विद्रोह के वर्तमान पाँचवें चरण तक, राष्ट्रीय संघर्ष का नेतृत्व आदिवासी सरदारों ने किया था। यह अब सच नहीं रहा है। बी.एल.एफ. के अधिकतर स्वयंसेवक शिक्षित हैं और बी.एस.ओ. (आजाद) से आते हैं। नसीर दशती के अनुसार, गुलाम मोहम्मद बलूच, डॉ. अल्लाह नजर और वाहिद काम्बर के नेतृत्व में युवा राष्ट्रवादी कार्यकर्ताओं ने 2003 में बी.एल.एफ. का गठन किया। प्रारंभ में, यह बी.एल.ए. से संबद्ध था और इसके स्वयंसेवकों ने कथित तौर पर बी.एल.ए. प्रशिक्षकों से उग्रवादी प्रशिक्षण प्राप्त किया था। बी.एल.एफ. बलूचिस्तान का एकमात्र प्रत्यक्ष प्रतिरोध समूह है। जिला अलवर के मशके से एक मध्यम वर्गीय परिवार से ताल्लुक रखनेवाले डॉ. अल्लाह नजर संगठन के घोषित नेता हैं। पाकिस्तानी वायुसेना सहित सुरक्षा बलों ने कई मौकों पर उन्हें निशाना बनाया है।[36] वे बलूचिस्तान में जमीन पर वास्तविक लड़ाई में लगे हुए विभिन्न विद्रोही समूहों में एकमात्र प्रमुख नेता हैं। यह युवा बलूच के बीच उनकी लोकप्रियता का कारण है।[37] बी.एल.एफ. के संचालन के क्षेत्र में, दक्षिणी बलूचिस्तान में आवन, पंजगुर, वाशुक, तुर्बत और ग्वादर जिले शामिल हैं। यहाँ, सरदारी प्रणाली मौजूद नहीं है। बी.एल.एफ. के कैडरों में बड़ी संख्या में जिकरी शामिल हैं, जो मकरान पट्टी में केंद्रित हैं।[38]

**बलूच रिपब्लिकन आर्मी ( बी.आर.ए. ) :** 2006 में अकबर बुगती की हत्या के बाद, उनकी जम्हूरी वतन पार्टी भंग हो गई और उनके पोते बरहमदाग बुगती ने बलूच रिपब्लिकन पार्टी (बी.आर.पी.) की स्थापना की। सुरक्षा एजेंसियों का दावा है कि बी.आर.ए., बी.आर.पी. की उग्रवादी शाखा है और उसे बरहमदाग चला रहा है। उसने खुले तौर पर और बार-बार इससे इनकार किया है और उसने एजेंसियों पर बलूचिस्तान के अंदर बी.आर.पी. की गतिविधियों पर कारवाई के लिए एक बहाना खोजने का आरोप लगाया है। बी.आर.पी. ने उग्रवाद से किसी भी संबंध से इनकार किया है और बलूचिस्तान की मुक्ति के लिए शांतिपूर्ण संघर्ष में विश्वास करने का दावा किया है।[39] बी.आर.ए. 'बड़े बलूचिस्तान' की स्वतंत्रता की वकालत करता है और किसी भी प्रकार

के राजनीतिक संवाद का विरोध करता है, अंतरराष्ट्रीय समुदाय से 'नरसंहार' को रोकने के लिए हस्तक्षेप करने का आह्वान करता है।

बी.आर.ए. बुगती आदिवासियों से गठित है, जो अकबर बुगती के अनुयायी थे। हाल के वर्षों में बलूचिस्तान के अन्य हिस्सों के स्वयंसेवकों के साथ इसकी सदस्यता का विस्तार हुआ है। यह समूह कई अवसरों पर, सुई से देश के अन्य हिस्सों में गैस की आपूर्ति को बाधित करने में सफल रहा है और माना जाता है कि यह समकालीन संघर्ष में सबसे शक्तिशाली प्रतिरोध समूहों में से एक है।[40] इसके बड़े हमलों में से एक 24 जनवरी, 2015 को हुआ था, जब इसने नसीराबाद जिले में दो बिजली ट्रांसमिशन लाइनों पर बमबारी की थी, जिससे देश का अधिकांश हिस्सा अंधेकार में डूब गया था।[41]

**यूनाइटेड बलूच आर्मी ( यू.बी.ए. ) :** वर्ष 2007 में बलूच मारी की मृत्यु के बाद उनके उत्तराधिकारियों के बीच मतभेद उत्पन्न होने की सूचना मिली थी। इन मतभेदों ने बी.एल.ए. में विभाजन उत्पन्न कर दिया। इसके परिणामस्वरूप, 2012 में, बी.एल.ए. विभाजित हो गई और नसीर दशती के अनुसार, खैर बख्श मारी के आशीर्वाद के साथ यू.बी.ए. नामक एक नए संगठन की घोषणा की गई। बी.एल.ए. की तरह, यू.बी.ए. में भी अधिकतर मारी जनजाति के लड़ाके हैं, लेकिन सारवान और बोलन क्षेत्रों में अन्य जनजातियों के लोग भी शामिल हैं। सुरक्षा एजेंसियों ने अकसर मेहरान मारी पर, समूह का नेतृत्व करने का आरोप लगाया है, लेकिन उनके द्वारा सख्ती से इसका खंडन किया गया है। लंदन और यू.ए.ई. के बीच अपना समय बितानेवाले मेहरान मारी, वास्तव में, बलूच मामले को जिनेवा में संयुक्त राष्ट्र मानवाधिकार आयोग में प्रभावी ढंग से चित्रित कर रहे हैं। अप्रैल 2014 में सिबी स्टेशन पर एक रावलपिंडी जा रही ट्रेन पर बमबारी यू.बी.ए. के घातक हमलों में शामिल थी, जिसमें कम-से-कम सत्रह लोग मारे गए थे।[42]

**लश्कर-ए-बलूचिस्तान ( एल.ई.बी. ) :** 2008 में गठित एल.ई.बी. मेंगल जनजाति के स्वयंसेवकों की भरती करता है, हालाँकि आज इसके स्वयंसेवकों में सिर्फ मेंगल क्षेत्र के लोग ही नहीं हैं। इसका मुख्य संचालन क्षेत्र झालावान और मकरान क्षेत्रों में है। सुरक्षा एजेंसियों ने अकसर बी.एन.पी. के प्रमुख अख्तर मेंगल के बड़े भाई जावेद मेंगल पर इस आतंकवादी समूह का नेतृत्व करने का आरोप लगाया है, हालाँकि बी.एन.पी. ने एल.ई.बी. से किसी भी संपर्क से इनकार किया है और दावा किया है कि सशस्त्र संघर्ष में उसकी कोई भूमिका नहीं है। इसने स्पष्ट किया है कि इसका घोषित उद्देश्य राजनीतिक साधनों के माध्यम से बलूच के अधिकारों को प्राप्त करना है। लंदन और यू.ए.ई. में निर्वासित जीवन जीनेवाले जावेद मेंगल ने भी एल.ई.बी. के साथ किसी भी संबंध से इनकार किया है। मेहरान मारी की तरह, जावेद मेंगल और उनके बेटे नूरदीन मेंगल बलूच मामले की पैरवी करने और विभिन्न अंतरराष्ट्रीय मंचों में बलूचिस्तान में मानवाधिकार की स्थिति को उजागर करने में सक्रिय रहे हैं। नूरदीन प्रतिनिधित्वहीन पीपुल्स ऑर्गनाइजेशन ( यू.एन.पी.ओ. ) में सक्रिय रहा है और बलूचिस्तान मुद्दे पर अमेरिका में कुछ कार्यक्रमों को आयोजित करने में महत्त्वपूर्ण भूमिका निभाता रहा है।[43]

बलूचिस्तान के गृह विभाग ने प्रतिबंधित आतंकवादी संगठनों के निन्यानबे सदस्यों के लिए 500,000 रुपए से लेकर 150 लाख रुपए तक के इनामों की घोषणा की थी। इनमें बलूच लिबरेशन

आर्मी, बलूच रिपब्लिकन आर्मी, बलूच लिबरेशन फ्रंट, यूनाइटेड बलूच आर्मी और लश्कर-ए-बलूचिस्तान के आतंकवादी शामिल थे, हालाँकि बरहमदाग बुगती, हेयरबायर मारी, मेहरान मारी और जावेद मेंगल जैसे उनके कथित नेता, जो बलूचिस्तान में आतंकवादी गतिविधियों को उकसाने के आरोपी हैं, उनके नाम सूची में शामिल नहीं थे।[44] यह ऐसे नेताओं के विरुद्ध सभी आरोपों के बारे में कुछ कहता है।

## संघर्ष की प्रकृति

पाकिस्तान में विलय के लिए बाध्य होने से 1970 के दशक तक राज्य के साथ बलूचों का संघर्ष काफी हद तक आदिवासी पट्टियों तक ही सीमित था। इसमें व्यापक राष्ट्रीय भागीदारी का अभाव था। 1970 के दशक में चीजें बदलने लगीं, उग्रवाद के क्रूर दमन के कारण, बलूच राष्ट्रीय चेतना ने मजबूत जड़ें लेना आरंभ कर दिया। परिणामस्वरूप, आज बलूच संघर्ष की प्रकृति पहले की अवधि से गुणात्मक रूप से भिन्न है। नसीर दशती के अनुसार, 'अब इसने ऐसे कई आयाम हासिल कर लिये हैं, जो राष्ट्रीय प्रतिरोध आंदोलन को पनपने और जीवित रहने के लिए आवश्यक हैं।' उनके अनुसार, राजनीतिक रूप से जागरूक तत्त्वों में बलूच बुद्धिजीवियों और राय निर्माताओं के बीच समय के साथ चलने की धारणा 'हमारे जीवन में राष्ट्रीय मुक्ति' की भावनाओं को बढ़ावा दे रही है। बलूच सार्वभौमिक रूप से इस विश्वास को साझा करते हैं कि एक राष्ट्र के रूप में वे विलुप्त होने के कगार पर हैं।[45]

फ्रेडरिक ग्रे एक महत्त्वपूर्ण बात कहते हैं : राज्य की दमनकारी प्रतिक्रिया ने 'राष्ट्रवादी आंदोलन' के अधिकांश तत्त्वों को कट्टरपंथी बना दिया और जैसे ही यह स्पष्ट हुआ कि सैन्य शासन राष्ट्रवादी नेतृत्व को खत्म करना चाहता था, राजनीतिक समझौते की संभावना बहुत कम हो गई।[46] इसका प्रभाव यह हुआ कि संवैधानिक और राजनीतिक समाधान की आशा रखनेवाले राष्ट्रवादी राजनीतिक दलों की स्थिति कमजोर हो गई है। केवल उग्रवादी ही यह नहीं मानते कि अब कोई राजनीतिक समाधान संभव नहीं है, बल्कि साधारण बलूच भी आश्वस्त हो रहे हैं कि कोई राजनीतिक समाधान नहीं है और बंदूक उठाना एकमात्र रास्ता है।

पिछले प्रतिरोध आंदोलनों के विपरीत, बलूच विद्रोह ने कई कारणों से पाकिस्तान के लिए गंभीर चुनौतियाँ उत्पन्न की हैं। सबसे पहले, 2019 तक उग्रवाद अब अपने चौदहवें वर्ष में है। यह पिछले किसी भी प्रतिरोध आंदोलनों से अधिक समय तक जारी रहा है और लेखन के समय भी जारी है। यह सेना द्वारा इसके विरुद्ध किए जानेवाले सबकुछ के बावजूद शांत होने का कोई संकेत नहीं दिखाता है। हालाँकि कम स्तर पर होने के कारण और राज्य के लिए यह अभी तक खतरा नहीं बना है, लेकिन इसकी अपनी गति है।

दूसरा, भौगोलिक रूप से उग्रवाद जनजातीय क्षेत्रों से कहीं आगे तक फैल गया है और बलूचिस्तान की लंबाई और चौड़ाई तक पहुँच गया है। आज, यह एक या दो जनजातियों के क्षेत्र तक सीमित नहीं है। इसकी बजाय, दक्षिणी मकरान पट्टी, समाज और आयु समूहों में अंतर के बावजूद, ग्रामीण, पर्वतीय क्षेत्रों से शहर के केंद्रों तक यह गैर-आदिवासी क्षेत्रों में फैल गया है। ग्रे कहते हैं, उग्रवाद '...ग्रामीण से शहरी क्षेत्रों में और प्रांत के उत्तर-पूर्व से दक्षिण-पश्चिम में

स्थानांतरित हो गया है। कभी-कभी यह कराची जैसे शहरों में फैल जाता है।' साक्ष्य के रूप में वे इस तथ्य का हवाला देते हैं कि '...कई नेता अब केच, पंजगुर और ग्वादर (और कुछ हद तक क्वेटा, खुजदार, तुरबत, खरान और लसेला से) शहरी इलाकों से आते हैं। वे कराची और खाड़ी शहरों से अच्छी तरह से जुड़े हुए हैं, जहाँ आदिवासी संरचनाएँ न के बराबर हैं।'[47] वास्तव में, उग्रवाद मुख्य रूप से तुर्बत, पंजगुर, ग्वादर और अवरान जिलों के पहाड़ी इलाकों में केंद्रित है।

तीसरा, विद्रोह में बलूच महिलाएँ और बच्चे भी शामिल हो गए हैं। उन्होंने नियमित विरोध रैलियों के माध्यम से सशस्त्र समूहों का समर्थन किया है। यह इंगित करता है कि उग्रवाद ने उन सामान्य लोगों को समझाया है कि वे एक सरदार के लिए नहीं बल्कि बलूचिस्तान के कारण लड़ रहे हैं। डेकन वॉल्श ने लिखा है : '...यह विद्रोह बलूच समाज में पहले से कहीं अधिक फैल गया है। पाकिस्तान विरोधी उत्कंठा ने पूरे प्रांत को जकड़ लिया है। बलूचिस्तान के स्कूली बच्चों ने राष्ट्रगान गाने या इसके झंडे को फहराने से इनकार कर दिया; परंपरागत रूप से अलग रहनेवाली महिलाएँ संघर्ष में शामिल हो गई हैं। विश्वविद्यालय राष्ट्रवादी भावना के केंद्र बन गए हैं।'[48]

इसका असर इसलामाबाद में भी महसूस किया गया। अप्रैल 2009 में एक बलूच सीनेटर ने सीनेट में यह कहते हुए बम गिराया कि पाकिस्तान का राष्ट्रगान अब बलूचिस्तान के स्कूलों में नहीं गाया जाता है।[49] 2010 तक अधिकांश बलूचिस्तान में, 'पाकिस्तान अध्ययन' की पुस्तकों पर प्रतिबंध लगा दिया गया था, अब किसी भी स्कूल या किसी अन्य इमारत पर राष्ट्रीय ध्वज नहीं फहराया जा सकता था और उग्रवादियों द्वारा राष्ट्रगान गाना निषिद्ध था।[50]

चौथा, काफी समय तक, विशेष रूप से मुशर्रफ के शासन में, अंतरराष्ट्रीय समुदाय ने सेना के इसलामवादी सहयोगियों द्वारा घरेलू और बाहरी रूप से उत्पन्न खतरे को नहीं समझा। हालाँकि माना जाता है कि अंततः उग्रवाद ने अंतरराष्ट्रीय समुदाय का ध्यान आकर्षित किया है। उदाहरण के लिए, फरवरी 2012 में अमरीका के एक कांग्रेसी दाना रोहराबचेर ने बलूचिस्तान पर सुनवाई आयोजित की और मुक्त बलूचिस्तान की माँग का समर्थन किया। उन्होंने एक प्रस्ताव रखा, जिसे सदन के प्रतिनिधि लूई गोहर्ट और स्टीव किंग द्वारा सह-प्रायोजित किया गया था। इसमें कहा गया है कि बलूचिस्तान के लोग जो '...वर्तमान में पाकिस्तान, ईरान और अफगानिस्तान के बीच बँटे हुए हैं, उन्हें आत्मनिर्णय और अपने संप्रभु देश का अधिकार मिलना चाहिए, उन्हें राष्ट्रों का समुदाय में अपना दर्जा चुनने का अवसर दिया जाना चाहिए।'[51] यूरोपीय संसद् ने बलूचिस्तान के मुद्दे पर कई बहसें की हैं, यह मामला जिनेवा में मानवाधिकार परिषद् के सत्रों में अकसर उठाया जाता है। 2018 में जिनेवा, लंदन और न्यूयॉर्क में पोस्टर अभियान चलाए गए थे, जो बलूचिस्तान की स्थिति के बारे में अधिक जागरूकता उत्पन्न कर रहे थे।

पाँचवाँ, मरियम, बुगती और मेंगल जनजातियों ने प्रारंभिक चरणों में विद्रोह का वर्चस्व कायम किया था, लेकिन आज उग्रवाद में बड़ी संख्या में शिक्षित, मध्यम वर्ग श्रेणी के बलूच शामिल हैं। कहा जाता है कि उनमें से अधिकांश तीस वर्ष से कम उम्र के थे। एक पर्यवेक्षक ने उल्लेख किया है : 'पिछले विद्रोहों में विद्रोहियों का नेतृत्व सरदारों द्वारा किया गया था, लेकिन आज के उग्रवाद को साधारण, मध्यम वर्ग बलूचों द्वारा मान्यता प्राप्त है।'[52] उन्होंने कहा, 'इसे राष्ट्रवादी जोश चला रहा है; गरीबी, बेरोजगारी और अविकसितता जैसे कारक द्वितीयक महत्त्व के हैं।' उन्होंने कहा,

'विद्रोहियों में डॉक्टर, वकील, व्यापारी और शिक्षक शामिल हैं। वे सभी एक आजीविका पा सकते हैं, लेकिन उन्होंने लड़ने का रास्ता चुना है, क्योंकि वे अपने अधिकारों का उल्लंघन होते हुए और [बलूचिस्तान के] संसाधनों को लुटते हुए देखते हैं।'[53] बलूच राजनेता अब्दुल रऊफ मेंगल के अनुसार, 'केवल तीन जनजातियाँ नहीं, बल्कि सभी बलूच लोग [अपने अधिकारों के लिए] लड़ रहे हैं और उनमें से अधिकतर साधारण बलूच हैं।'[54]

आंदोलन का नेतृत्व करनेवाले शिक्षित मध्यम वर्ग को पाकिस्तान राज्य संरचना की उच्च परिकल्पनाओं में चित्रित किया गया है, जो सैन्य और नागरिक दोनों हैं, जैसा कि पहले अध्याय में उल्लेख किया गया है और यह बलूच राष्ट्रवादी आंदोलन को पर्याप्त कैडर प्रदान करता है।[55] इसलामाबाद और आदिवासी सरदारों के बीच व्यक्तिगत या सामूहिक रूप से अलग-अलग समझौतों के विरोध के कारण भी मध्यम वर्ग एक एकीकृत कारक है। आश्चर्य नहीं कि बलूच राष्ट्रवाद के बढ़ते एकीकरण को रोकने के लिए पाकिस्तान सेना ने मध्यम वर्ग को निशाना बनाया है।[56]

बी.एल.एफ. के नेता डॉ. अल्लाह नजर, उग्रवाद के केंद्र में परिवर्तन का सबसे अच्छा प्रतिनिधित्व करते हैं। लेखक महविश अहमद के अनुसार, नजर के उदय ने आंदोलन के पदानुक्रम में एक मौलिक बदलाव का प्रतिनिधित्व किया। 'सरदारों या आदिवासी नेताओं के नेतृत्व में एक से निकलकर, यह एक तीव्र भेदक हो रहा है और मध्यम वर्गीय बलूचों के गैर-आदिवासी समूहों द्वारा आबाद है। नजर का नेतृत्व बलूचिस्तान के उत्तर-पूर्व के मारी और बुगतियों के इलाके से आंदोलन के केंद्र को स्थानांतरित करने की मिसाल है और लंबे समय से चल रही अलगाववादी भावनाओं को ऐतिहासिक रूप से प्रांत की राजनीति से उपेक्षित, प्रेषण-समृद्ध, शहरी दक्षिण में पहुँचाने के लिए जाना जाता है, जो एक शिक्षित और पेशेवर वर्ग का घर है।'[57]

छठा, यह सच है कि बलूचिस्तान में आदिवासी एकता एक कल्पना और राष्ट्रवादियों के लिए एक अवरोध रहा है, कई घटनाएँ आशा की एक किरण प्रदान करती हैं। 2003 का चार पक्षीय गठबंधन इनमें पहला था, जिसे अब्दुल हई बलूच के एन.पी., सरदार अख्तर मेंगल के बी.एन.पी., नवाब अकबर बुगती के जे.डब्ल्यू.पी. और नवाब खैर बख्श मारी के बलूच हक तलवार का बलूच इत्तेहाद कहा गया था। गठबंधन कुछ समय साथ रहा, लेकिन बाद में बिखर गया। दूसरा, कलात के पूर्व खान अकबर बुगती की हत्या के बाद बना था, जब 21 सितंबर, 2006 को और फिर 2 अक्तूबर, 2006 को एक विशाल बलूच जिरगा बुलाया गया, जिसमें अस्सी-पचासी सरदारों सहित लगभग 380 नेताओं ने भाग लिया। इसने मुशर्रफ की शेखी को झूठा बना दिया कि तीन सरदारों को छोड़कर सभी ने उनका समर्थन किया।[58] कम-से-कम कुछ समय के लिए, इसमें एकता की एक झलक थी। यहाँ तक कि बलूच सरदारों ने पाकिस्तान सरकार से बलूच इलाकों को खाली करने की माँग की। 2013 में कलात के खान और हेरबयेर मारी के बल आपस में मिल गए और घोषणा की कि एक एकजुट बलूचिस्तान 'चार्टर' का शुभारंभ किया जाएगा, हालाँकि यह संभव नहीं हो सका था। मेहरान मारी, बरहमदाग बुगती और जावेद मेंगल जैसे प्रमुख निर्वासित लोगों ने संयुक्त राष्ट्र मानवाधिकार परिषद् (यू.एन.एच.आर.सी.) में दस्तावेज का समर्थन करने से इनकार कर दिया। हाल ही में, लगभग सभी बलूच समूहों ने दलबांदीन में चीनी श्रमिकों को ले जानेवाली बस पर आत्मघाती हमले का समर्थन किया, जिसका उल्लेख पिछले अध्याय में किया गया है। इसी तरह, तीन बलूच समूहों

द्वारा एक फ्रंटियर कॉर्प्स कैंप पर एक संयुक्त कारवाई की गई। अंत में, बलूचों को यह एहसास हुआ कि वे सीधे युद्ध में पाकिस्तानी सेना से नहीं जीत सकते। इसलिए, संयुक्त रूप से बलूचिस्तान पर उनकी पकड़ को कठिन बनाने और अपने संसाधनों के शोषण को रोकने की रणनीति बनाई है।

## उग्रवाद के कारण

पिछले अध्यायों में बलूच अलगाव के असंख्य कारणों का उल्लेख किया गया है। संक्षेप में इन्हें निम्न प्रकार से प्रस्तुत किया जा सकता है—

**ऐतिहासिक :** बिजेंजो ने 1947 में, बलूचिस्तान में अकसर विद्रोह भड़कने के एक मूल कारण को कलात्मक रूप से व्यक्त किया था। पहली बात यह है कि पाकिस्तान में विलय नहीं चाहते थे। इसके हस्तांतरण को बलपूर्वक अधिग्रहण के भय से स्वीकार कर लिया गया था कि कई लोगों का मानना है कि यह अवैध था, क्योंकि खान के पास ऐसा करने का कोई अधिकार नहीं था, बाद में पाकिस्तान के व्यवहार ने इसे और बढ़ाया है।

**विश्वासघात की विरासत :** पाकिस्तानी सेना ने पवित्र कुरान की शपथ लेने के बाद 1950 और 1959 में अपने वादे को तोड़ना; 1973–77 में बलूच गाँवों, महिलाओं और बच्चों पर पाकिस्तानी और ईरानी सेना द्वारा वायु-शक्ति का अंधाधुंध प्रयोग; और 2006 में नवाब अकबर बुगती की हत्या सभी ने नफरत की कड़वी विरासत छोड़ी है।

**आर्थिक शोषण :** बलूचिस्तान के संसाधनों से पंजाब को फायदा पहुँचाने और अधिक रॉयल्टी के भुगतान के रूप में बलूचों के लिए प्राकृतिक गैस और खनिज संसाधनों के लाभ और बलूच के लाभ के लिए उनके उपयोग न करने से लोगों का गुस्सा बढ़ रहा है।

**ग्वादर और सी.पी.ई.सी. :** चीनी-सहायता प्राप्त ग्वादर बंदरगाह और सी.पी.ई.सी. के निर्माण और प्रशासन से संबंधित निर्णयों में बलूच की किसी भी सार्थक भूमिका से इनकार।

**अल्पसंख्यक बनने का डर :** ग्वादर बंदरगाह के निर्माण में काम करने के लिए पंजाब से बड़ी संख्या में पंजाबियों और अन्य गैर-बलूचों की आमद बलूचों में अपने अल्पसंख्यक में परिवर्तित होने की आशंका उत्पन्न करती है।

**प्रशासनिक पार्श्वीकरण :** संघीय और प्रांतीय दोनों स्तरों पर सशस्त्र बलों और सरकार के विभिन्न नागरिक विभागों में भरती के मामलों में बलूच से निरंतर भेदभाव।

**सेना की उपस्थिति :** बलूचिस्तान के संसाधनों की निकासी की सुविधा के लिए सुरक्षा बलों की मौजूदगी और प्रांत में अधिक छावनियों की स्थापना।

**अवधारणात्मक अंतर :** बलूच की वर्तमान हिंसा दशकों के शोषण का परिणाम है, जिसने वर्तमान में उन्हें अपनी ही जमीन पर 'दासों और तीसरे दर्जे के नागरिकों' में बदल दिया है। दूसरी ओर, केंद्र सरकार ने कुछ उग्रवादी आदिवासी नेताओं के नेतृत्व में बलूचिस्तान में हिंसा को 'उपद्रवियों के एक छोटे से समूह' के काम के रूप में चिह्नित किया। सरकार के अनुसार, वे बलूच आबादी के बहुमत का प्रतिनिधित्व नहीं करते और बलूचिस्तान के विकास को कमजोर करने के उनके प्रयासों का उद्देश्य विशुद्ध रूप से 'पिछड़ी' सामंती आदिवासी प्रणाली को बनाए रखना है, जिससे वे अपनी शक्ति और धन जुटाते हैं।[59]

**अपने संसाधनों पर नियंत्रण :** बलूच अपने राजनीतिक और आर्थिक फैसलों, विशेष रूप से गैस और मेगा प्रोजेक्ट जैसे संसाधनों पर निर्णय में अपनी बात रखने और कम हस्तक्षेप किए जाने की इच्छा रखते हैं।

**समय :** उपर्युक्त कारकों और ग्वादर बंदरगाह और सी.पी.ई.सी. के निर्माण के कारण प्रांत के बढ़े हुए सामरिक महत्त्व के साथ मिलकर केंद्र सरकार द्वारा बलूचिस्तान के अंदर अपने अधिकार को बढ़ाने के प्रयासों में तेजी से वृद्धि की है। बलूचिस्तान में नए सिरे से दिलचस्पी, जिसमें विदेशी श्रमिकों की आमद और एक बढ़ी हुई सैन्य उपस्थिति भी शामिल है, ने बलूच राष्ट्रवादियों में इस सुलगते विश्वास को प्रज्वलित किया है कि केंद्र सरकार केवल बलूचों को वश में करना और केंद्र सरकार के लाभ के लिए अपने संसाधनों का दोहन करना चाहती है। इसके परिणामस्वरूप बलूच आबादी में 'औपनिवेशीकरण' किए जाने की भावना में वृद्धि की है, जिसने बलूच आतंकवादियों द्वारा एक हिंसक हमले को उकसाया है।

## नवाब अकबर बुगती की हत्या

मुशर्रफ के लिए, उनहत्तर वर्षीय नवाब अकबर बुगती बलूच अशांति का कारण थे। 'हेराल्ड' के साथ एक साक्षात्कार में अकबर बुगती ने कहा था : 'अब हमारे विकल्प स्पष्ट हैं : प्रतिरोध करें या बिना विरोध किए मरें। लोगों ने पहला विकल्प चुना है...वे बलूच सम्मान और अपनी मातृभूमि और उसके संसाधनों के लिए लड़ रहे हैं।'[60] 15 जनवरी, 2006 को नवाब अकबर बुगती ने कराची प्रेस क्लब के 'प्रेस से मिलें' कार्यक्रम में एक दर्शक को टेलीफोन पर बताया कि पाकिस्तानी सरकार बलूचिस्तान में 'नरसंहार' कर रही है, यह कहते हुए कि 'बलूच लोगों से युद्ध छिड़ गया है, उनके पास सरकारी बलों द्वारा किए गए हमले के विरुद्ध खुद को बचाने का हर अधिकार है।'[61]

सेना ने आखिरकार बुगती को कोहलू जिले में उसके पहाड़ी ठिकाने में फँसा दिया और 26 अगस्त, 2006 को उन्हें मार डाला। उनकी हत्या और उसके तरीके ने उग्रवाद को तेज किया और बलूच के विक्षोभ को सामने लाया। उनकी हत्या ने, उग्रवाद को कुचलने की बजाय उन्हें शहीद और विद्रोहियों के लिए एक आदर्श बना दिया। 'न्यूजलाइन' ने संपादकीय में टिप्पणी की थी कि यह आकर्षक अनुपात का एक आवरण था। इसने आगाह किया कि सेना को अपने आप को बदलने की जरूरत है, ताकि वे उन परिणामों को समझ सकें, जिनसे उनका सामना होने की संभावना है।[62]

बुगती को स्पष्ट रूप से अंदाजा था कि क्या होनेवाला है। जिस गुफा में वे छिपे थे, वहाँ से उन्होंने सैटेलाइट फोन के जरिए आबिदा हुसैन को बताया, 'मैं लगभग अस्सी वर्ष जी चुका हूँ और मेरे जाने का समय हो गया है। आपकी पंजाबी सेना मुझे मारने जा रही है, जो मुझे मुक्त बलूचिस्तान की आत्मा में परिवर्तित कर देगी। यह मेरे लिए बिना किसी पछतावे के एक अंत होगा।'[63] पाकिस्तानी पत्रकार हामिद मीर ने अपने एक लेख में लिखा है कि आखिरी बार जब उन्होंने नवाब अकबर बुगती से उनके सैटेलाइट फोन पर बात की थी, तो बुगती ने उनसे कहा था, 'हमारे कमांडो जनरल मेरे शहीद होने के बाद ही आराम करेंगे, लेकिन मेरी शहादत के बाद उन्हें जिम्मेदार ठहराया जाएगा। तो, अब यह आप पर निर्भर है कि लोग या तो मुशर्रफ को चुनें या पाकिस्तान को। चुनाव आपको करना है।'[64]

बुगती की हत्या के कारण बलूचिस्तान में, विशेषकर क्वेटा में व्यापक हिंसा हुई। वाहन और पेट्रोल पंप जला दिए गए और सड़कों को अवरुद्ध कर दिया गया। कलात में एक टेलीफोन एक्सचेंज में आग लगा दी गई। 28 अगस्त, 2006 को बलूचिस्तान में 'चक्का-जाम' हड़ताल हुई।

बुगती की हत्या बलूच इतिहास में एक महत्त्वपूर्ण क्षण और मुशर्रफ द्वारा एक बड़ी गलती साबित हुई। 2011 में एच.आर.सी.पी. मिशन ने उल्लेख किया कि जिन लोगों से मिले थे, उनमें लगभग सभी ने कहा कि नवाब अकबर बुगती की हत्या बलूचिस्तान में एक महत्त्वपूर्ण मोड़ था और इसने बहुत से बलूचों को स्वतंत्रता का समर्थन करने के लिए प्रेरित किया।[65]

बुगती की हत्या को पाकिस्तान के लिए बलूचिस्तान के लिए एक बड़ी आपदा करार देते हुए, नेशनल पार्टी (एन.पी.) के नेता अब्दुल हई बलूच ने कहा कि '...बलूच सरकार द्वारा किए गए अपराध की भयावहता से सन्न रह गए हैं। अगर वे उनके साथ ऐसा कर सकते हैं, तो कल्पना करें कि वे हर दिन सामान्य बलूच पुरुषों, महिलाओं और बच्चों के साथ क्या कर रहे हैं।' उनके अनुसार, सैकड़ों लोग मारे गए, हजारों गिरफ्तार किए गए और बहुतों को गायब कर दिया गया। 'सरकार की ऐसी बर्बरता आतंकवाद नहीं है, तो आतंकवाद क्या होता है?' उन्हें इस बात का दुःख था कि '80 वर्ष के एक दुर्बल व्यक्ति' को मारने के लिए हैलीकॉप्टर की बंदूकों का उपयोग किया गया था, जिसका 'दोष केवल यह था कि वह अपने लोगों के अधिकारों के लिए संघर्ष कर रहा था।'[66] बुगती के बेटे जमील के अनुसार : 'तानाशाह ने सोचा कि मेरे पिता की हत्या करके वह पूरे आंदोलन को समाप्त कर देगा। वह गलत साबित हुआ है; उग्रवाद की तीव्रता बढ़ गई है।'[67]

बुगती की हत्या के बाद, कलात के खान, मीर सुलेमान दाउद, ने 21 सितंबर, 2006 को कलात में सभी आदिवासी सरदारों का विशाल जिरगा आयोजित किया। इसमें पचासी आदिवासी सरदारों और लगभग 300 'बुजुर्गों' ने भाग लिया। एक घोषणा-पत्र में सेना के क्रूर सैन्य अभियान को समाप्त करने का आह्वान किया गया था और 1948 में कलात राज्य और पाकिस्तान सरकार द्वारा हस्ताक्षरित समझौते के उल्लंघन में पंजाब द्वारा बलूच भूमि पर औपनिवेशिक कब्जे के बारे में बात की गई थी।' जिरगा ने प्रांत में संघीय सरकार द्वारा प्रचारित की जा रही मेगा विकास परियोजनाओं को भी अस्वीकार कर दिया। बुगती की हत्या की निंदा करते हुए जिरगा ने हेग स्थित अंतरराष्ट्रीय न्यायालय (आई.सी.जे.) में 'क्षेत्रीय अखंडता...के उल्लंघन, बलूचिस्तान के प्राकृतिक संसाधनों के दोहन, बलूचों को उनके संसाधनों के स्वामित्व के अधिकार से वंचित करने और प्रांत में सेना के अभियानों के विरुद्ध अपील की।'[68] आई.सी.जे. को याचिका स्वीकारने का कोई अधिकार नहीं है, जबकि बलूच राष्ट्रवादियों का कहना है कि जिरगा अपने दोहरे उद्देश्यों : बलूच को अंतरराष्ट्रीय स्तर पर उठाने और बलूच जनजातियों और गुटों को एकजुट करने में सफल रहा।[69] इसमें भाग लेनेवाले एक सरदार ने कहा कि बलूचिस्तान की आजादी के आह्वान पर सशस्त्र बी.एल.ए. सैन्य कारवाई पर हावी हो गए थे। 'अब विद्रोह का नेतृत्व सरदार नहीं, बल्कि युवा कर रहे हैं।' जिरगा में पाकिस्तान के लिए घृणा व्यक्त की गई, उन्होंने कहा, 'खुफिया एजेंसियों को आश्चर्य हो रहा होगा।'[70]

जिरगा की घोषणा को संचालित करने के लिए, कलात के खान ने 2 अक्तूबर, 2006 को एक और जिरगा आयोजित किया। इसमें एक 'सार्वभौम सर्वोच्च परिषद्' का गठन किया गया, जिसमें स्वयं खान और पाँच अन्य सदस्य शामिल थे। परिषद् को आई.सी.जे. से संपर्क करने का आदेश

दिया गया था। इसके अलावा, जिरगा ने एक राष्ट्रीय परिषद् की भी स्थापना की जिसमें बलूच प्रमुख, राजनीतिक नेता, बुद्धिजीवी, वकील और छात्र शामिल थे। इस राष्ट्रीय परिषद् को हर छह महीने में बलूचों के सामने आनेवाली समस्याओं का विश्लेषण करना था।

बुगती को मारकर जनरल मुशर्रफ ने केवल बलूच विद्रोहियों की ही नहीं, बल्कि उस विस्तृत बलूच आबादी की भी दुश्मनी अर्जित की, जो हथियार उठाने में यकीन नहीं करते थे, लेकिन प्रांत का विकास करने में विफल होने के कारण इसलामाबाद से निराश थे। स्पष्ट रूप से, उन्होंने पाकिस्तानी सेना से पहले ही चार युद्ध कर चुकी बलूच राष्ट्रवाद की शक्ति को कम आँका था।[71] बढ़ी हुई हिंसा ने बलूचों को उनकी स्वायत्तता और अपने अधिकारों की मान्यता की अपनी मूल माँगों से परे सशस्त्र स्वतंत्रता आंदोलन की ओर धकेल दिया। अलगाव का आह्वान करनेवाले अधिकतर लोग, वे युवा और शिक्षित बलूच, जो अब पाकिस्तान में अपने लिए कोई भविष्य नहीं देखते थे।

विद्रोह को एक बड़ी उपलब्धि मिली, जबकि बुगती की पार्टी, जम्हूरी वतन पार्टी में राजनीतिक रूप से गिरावट आई और कई विभाजन हुए। मीर गुलाम हैदर खान बुगती और हाजी जुमा खान बुगती जैसे बुगती के रिश्तेदारों ने अपना रास्ता बदल लिया, निश्चित रूप से सरकार की ओर से मिलनेवाले प्रस्तावों से मोहित हो गए। इन समस्याओं ने जम्हूरी वतन पार्टी को अकबर बुगती के अधीन एक राजनीतिक ताकत की छाया में बदल दिया।

## वर्तमान विद्रोह

बलूचिस्तान में, 1990 के दशक के अंत से हिंसा की छिटपुट घटनाएँ हो रही थीं। उदाहरण के लिए, विद्रोहियों ने 28 मई, 1998 को पाकिस्तान के परमाणु उपकरण के परीक्षण स्थल चगई में कई बम विस्फोट किए थे। परिणामस्वरूप, क्वेटा और शेष पाकिस्तान के बीच मुख्य रेलवे लाइनें दो बिंदुओं पर बाधित हो गईं। इसके अलावा, 28-29 मई को क्वेटा में सात विस्फोटों के साथ-साथ मस्तंग, खुजदार, सुई और कोहलू में भी विस्फोट हुए। 1970 के दशक के बाद, बलूचिस्तान लिबरेशन आर्मी (बी.एल.ए.) ने हमलों की जिम्मेदारी ली और एक बयान में कहा था : 'ये हमले पंजाबी पाकिस्तानियों को यह याद दिलाने के लिए थे कि हम मिट्टी के बेटे महान् अन्याय को नहीं भूलेंगे? विशेष रूप से हम अपनी जन्मभूमि बलूचिस्तान के दिल में परमाणु परीक्षण...का बदला लेंगे और अपने देश को पाकिस्तानी गुलामी से मुक्त करेंगे।'[72]

जुलाई 2000 में क्वेटा में एक ही दिन में तीन बम विस्फोट हुए, जिसमें से एक छावनी क्षेत्र में था, जिसमें आधे से अधिक सैनिक मारे गए थे।[73] क्वेटा छावनी पर आसपास की पहाड़ियों से रॉकेट से हमले किए गए थे और एक विशेष अवसर पर, कमांड और स्टाफ कॉलेज की एक खाली कक्षा की छत एक रॉकेट के सीधे टकराने के बाद ढह गई।[74]

हिंसा की छिटपुट और रुक-रुककर होनेवाली घटनाओं ने एक बात से एक निश्चित दिशा ले ली, जिसे बलूचों ने एक गंभीर उकसावा माना। 2001 में एक उच्च न्यायालय के न्यायाधीश की हत्या के आरोप में खैर बख्श मारी गिरफ्तार थे। बलूच राष्ट्रवादियों ने इसे सरकार की सम्मानित बलूच नेताओं को अपमानित करने और उनके सम्मान और प्रतिष्ठा पर हमला करने की एक सोची-समझी नीति माना। कई बलूचों ने इस घटना को दो दशकों के विराम के बाद बलूच प्रतिरोध का निर्णायक

बिंदु माना है।'[75] आश्चर्य नहीं कि 2001 से 2002 के बीच गैस के बुनियादी ढाँचे पर रॉकेट से लगभग दो दर्जन हमले हुए थे। परिणामस्वरूप, पंजाब में गैस की आपूर्ति में बड़ी बाधाएँ उत्पन्न हुईं, जिससे घरेलू उपभोक्ताओं को कठिनाई होने के साथ ही उद्योगों और गैस कंपनियों को भारी लागत का सामना करना पड़ा। एक रिपोर्ट में अनुमान लगाया गया है कि सुई से गैस के निलंबन (जो उस समय पाकिस्तान में उपयोग की जानेवाली कुल गैस के 45 प्रतिशत की आपूर्ति कर रहा था) से सुई की उत्तरी गैस पाइपलाइन लिमिटेड को दैनिक 60 मिलियन रुपए का नुकसान हुआ था।[76]

2002 और 2004 के बीच रुक-रुककर हमले होते रहे। 2004 में 626 रॉकेट हमले हुए, जिनमें से 379 हमलों ने सुई गैस क्षेत्रों को निशाना बनाया, जबकि अन्य ने बिजली के संयंत्रों और रेलवे पटरियों को निशाना बनाया। इसके अलावा, गैस पाइपलाइन पर 122 बम विस्फोट हुए।[77] बी.एल.ए. ने 2004 में पाकिस्तान पेट्रोलियम लिमिटेड (पी.पी.एल.) की संपत्ति और पाकिस्तान में सुई क्षेत्र को नुकसान पहुँचानेवाला एक बड़ा हमला किया। पाकिस्तान मुसलिम लीग (कुयेद) (पी.एम.एल.-क्यू.) के नेता शुजात हुसैन की मदद से एक शांति समझौता किया गया था। अगस्त 2004 में बी.एल.ए. ने खुजदार में एक सेना की वैन पर हमला किया, जिसमें छह सैनिक मारे गए। एक दिन बाद, उग्रवादियों ने खुजदार में मुख्यमंत्री के काफिले पर हमला किया जिसमें दो सैनिक मारे गए। 2004 में पाकिस्तान के स्वतंत्रता दिवस के दिन, बी.एल.ए. ने क्वेटा में दस समन्वित बम विस्फोट किए। हालाँकि ये कम तीव्रतावाले बम थे और इससे कोई हताहत नहीं हुआ, लेकिन उग्रवादियों का संदेश स्पष्ट था।[78]

दिसंबर 2004 में, पाकिस्तान सरकार के स्वामित्ववाली कंपनी ऑयल एंड गैस डेवलपमेंट कॉरपोरेशन लिमिटेड (ओ.जी.डी.सी.एल.) को बलूचिस्तान में गैस की खोज का लाइसेंस दिया गया था। वे जिस क्षेत्र में खोज करना चाहते थे, वह बुगती जनजाति का कोहलू जिला था, जिन्हें खोज से उत्पन्न होनेवाले पर्याप्त राजस्व का कोई हिस्सा देने का प्रस्ताव नहीं किया गया था। यह अनुमान लगाया गया था कि उस क्षेत्र में 22 ट्रिलियन क्यूबिक फीट गैस थी, जिससे कई वर्षों में कंपनी को अरबों डॉलर का लाभ होगा। नवाब अकबर बुगती ने पर्याप्त मुआवजा देने का वादा न करने पर इस अन्वेषण का विरोध किया। सरदार अत्ताउल्लाह मेंगल, नवाब खैर बख्श मारी और नवाब खान बुगती सहित कई बलूच नेताओं ने बढ़ते तनाव को कम करने के प्रयास में सैन्य शासन के साथ बातचीत आरंभ की, लेकिन मुशर्रफ की योजनाएँ अलग थीं।

बलूचिस्तान में कोई भी चीज, उन्हें और सेना को सैन्य शक्ति से अपने उद्देश्य को पूरा करने से नहीं रोक सकती थी।

बलूच जनजातियों के विरोध का मुकाबला करने के लिए जनरल मुशर्रफ ने बलूचिस्तान में और अधिक छावनियाँ और सैन्य चौकियाँ स्थापित करने की घोषणा की। 2005 की शुरुआत तक पाकिस्तानी सेना बलूच, विशेष रूप से बुगती आदिवासियों के विरुद्ध कारवाई के लिए बेचैन हो रही थी। बलूच विरोध बढ़ने पर जनरल मुशर्रफ ने अपनी प्रसिद्ध चेतावनी जारी की : 'हमें बाध्य मत करो। यह 1970 के दशक का नहीं है, जब आप हमला करने के बाद पहाड़ों में भाग सकते हैं और छिप सकते हैं। इस बार आप यह भी नहीं जान पाएँगे कि आपको किसने मारा।'[79] यह बहुत हद तक वैसी ही धमकी थी जैसी 1960 के दशक में अयूब खाने दी थी।

ऐसी पृष्ठभूमि में और 2003-04 में हुई हिंसा की घटनाओं के साथ, 2 जनवरी, 2005 को सुई में पाकिस्तान पेट्रोलियम लिमिटेड (पी.पी.एल.) में काम करनेवाली महिला डॉक्टर डॉ. शाजिया खालिद से बलात्कार के कारण स्थिति बिगड़ी। नवाब अकबर बुगती ने एक सेना अधिकारी, कप्तान इमाद पर इस अपराध का आरोप लगाया। पी.पी.एल. और सरकार ने इस घटना को छिपाने की कोशिश की। कप्तान को पाकिस्तान टेलीविजन पर एक लंबा बयान देने की अनुमति दी गई थी, जिसमें उसने कहानी का अपना पक्ष प्रस्तुत किया था और राष्ट्रपति मुशर्रफ ने सार्वजनिक रूप से कप्तान के बेगुनाह होने की कसम खाई।

हमले के लिए दोषी को सजा देने में सरकार को लाने में विफलता, बलूच आदिवासियों द्वारा सुई गैस क्षेत्र पर हमले का कारण बनी, जिनके लिए बलात्कार जैसे अपराध की सजा केवल मौत थी। सैकड़ों रॉकेट और मोर्टार के गोले दागे गए और भारी गोलाबारी हुई। पाकिस्तान सरकार के सूत्रों के अनुसार, विद्रोहियों ने चार दिनों की लड़ाई में 14,000 राउंड छोटे हथियार, 436 मोर्टार और साठ रॉकेट दागे। पी.पी.एल. की संपत्ति को बड़े पैमाने पर क्षति पहुँचाई गई थी; 18 जनवरी, 2005 को एक बड़े हमले ने सुई के निकास को बाधित कर दिया।

हमले के बाद, सरकार ने क्षेत्र में सैकड़ों सैनिकों को भेज दिया। हिंसा में कम-से-कम आठ लोगों की मौत हो गई, जिससे 43,000 टन से अधिक यूरिया उत्पादन का नुकसान हुआ और दैनिक लगभग 470 मेगावाट बिजली की कमी हुई।[80] बाद में, सुई नॉर्दर्न गैस पाइपलाइन लिमिटेड ने लाहौर-शेखूपुरा, भाई फेरो और गुजराँवाला क्षेत्रों में 118 बिजली संयंत्रों को प्राकृतिक गैस की आपूर्ति रोक दी, जिससे कपड़ा मिलों को अनिश्चित काल के लिए अपना परिचालन रोकने के लिए बाध्य होना पड़ा, हालाँकि सुई नॉर्दर्न गैस पाइपलाइन के एक अधिकारी ने दावा किया कि यह बंदी प्रतिकूल मौसम के कारण हुई थी।

वर्ष 2005 में हिंसा जारी रही। संघीय सरकार के अनुसार 2005 में सरकारी प्रतिष्ठानों पर 275 से अधिक रॉकेट हमले हुए, सत्रह बम विस्फोट और गैस पाइपलाइनों पर आठ हमले हुए।[81] 'डॉन' अखबार के अनुसार, 2005 में कम-से-कम 261 बम धमाके और 167 रॉकेट हमले हुए थे, जबकि बलूच आतंकवादी, प्रमुख रूप से बलूचिस्तान लिबरेशन आर्मी ने दावा किया है कि उनकी संख्या पाँच गुना अधिक थी।[82]

दिसंबर 2005 में एक बड़ी बात हुई, बलूच आतंकवादियों ने कोहलू में आयोजित एक बैठक में रॉकेट से हमला किया। इस बैठक में राष्ट्रपति मुशर्रफ भी उपस्थित थे। कुछ दिनों बाद, बलूचिस्तान के फ्रंटियर कॉर्प्स के कमांडर को ले जा रहे एक हैलीकॉप्टर पर रॉकेट दागे गए। मध्य दिसंबर तक की प्रेस रिपोर्टों से संकेत मिलता है कि पाकिस्तानी सैन्य और अर्धसैनिक बल आतंकवादी बलूच आदिवासियों के विरुद्ध 'पूर्ण सैन्य अभियान' में लगे हुए थे। सरकार ने यह कहते हुए कि वह फ्रंटियर कोर का उपयोग करके केवल पुलिस अभियान चला रही थी ताकि हिंसा को रोका जा सके, लड़ाई की बात दबाई और इस बात से इनकार किया कि बलूचिस्तान में पाकिस्तानी सेना तैनात की गई थी, हालाँकि कार्लोटा गैल के अनुसार, 'एक यात्रा यह स्पष्ट करती है कि आधिकारिक इनकार के बावजूद, सरकार यहाँ पूर्ण पैमाने पर सैन्य अभियान कर रही है। मार्च की शुरुआत में ¨ऊबड़, पथरीली नाल के पार ऊँट, घोड़े और पैर पर 24 घंटे चलने के बाद,

लड़ाई स्पष्ट दिख रही थी। सैन्य जेट और निगरानी विमानों ने क्षेत्र में उड़ान भरी और लंबी दूरी के तोपखाने ने रात के आकाश को प्रकाशित कर दिया।'[83]

यदि, सरकार के दावे के अनुसार, 2005 से पहले का संघर्ष बलूचिस्तान (कोहलू और डेरा बुगती जिलों के कुछ हिस्सों) के केवल 7 प्रतिशत क्षेत्र तक ही सीमित था, तो अब 2006 के बाद से यह प्रांत के आधे से अधिक क्षेत्र में फैल गया था।[84] जनवरी 2006 में, बी.एल.ए. ने पंजाब के डेरा गाजी खान में रेलवे लिंक को निशाना बनाया। 5 जनवरी को एक बिजली संयंत्र पर हमले के प्रयास के बाद डेरा गाजी खान हवाई अड्डे पर सेना को तैनात किया जाना था। सिंध के जैकबाबाद में, जहाँ एक महत्त्वपूर्ण बलूच आबादी है, गैस पाइपलाइनों पर हमलों की एक शृंखला चलाई जा रही थी।[85]

वर्ष 2009 में, 792 हमलों के परिणामस्वरूप 386 मौतें दर्ज की गईं; लगभग 92 प्रतिशत हमले बलूच राष्ट्रवादी उग्रवादियों से जुड़े थे। 2010 में हिंसा में वृद्धि हुई, जिसमें 730 हमले हुए और 600 लोगों की मौत हुई। विद्रोही पंजाब के केंद्र में पटोकी के पास मुख्य गैस पाइपलाइन पर हमला करने में सक्षम रहे थे, जिससे बलूचिस्तान में प्रज्वलित आग फैल रही थी। 2006–10 में कुल 1,850 घटनाओं में 1,600 से अधिक लोग हताहत हुए थे, इनमें लगभग 50 प्रतिशत नागरिक, 23 प्रतिशत आतंकवादी और 22 प्रतिशत सुरक्षा बल के लोग शामिल थे।

कुछ घटनाओं में ग्वादर बंदरगाह परियोजना पर काम कर रहे तीन चीनी इंजीनियरों की हत्या; मुख्यमंत्री के काफिले पर हमला; सुई हवाई अड्डे की इमारत पर हमला; विद्युत पारेषण लाइनों और रेलवे लाइनों का नियमित व्यवधान और सैन्य और सरकारी प्रतिष्ठानों पर हमले शामिल थे। 9 अप्रैल, 2014 को इसलामाबाद के बाजार में एक बम विस्फोट हुआ, जिसमें पच्चीस लोग मारे गए और दर्जनों घायल हो गए। अल्पज्ञात संयुक्त बलूच सेना (यू.बी.ए.) ने हमले की जिम्मेदारी ली। यह विस्फोट बलूचिस्तान के खुजदार और कलात जिलों में एक सैन्य अभियान के बाद हुआ था, जिसमें अलगाववादियों सहित लगभग चालीस लोग मारे गए। बलूच समूहों का आरोप है कि छह वर्ष की उम्र तक के बच्चों को भी मार दिया गया, क्योंकि हैलीकॉप्टर बंदूकबाजों ने घरों पर हमला किया था। यू.बी.ए. ने सेना की हिंसा को, विशेष रूप से इस हमले से जोड़ा।[86] यू.बी.ए. के प्रवक्ता मुरेद बलूच ने कहा, 'हमने अपने विरुद्ध सैन्य अभियान के जवाब में इसलामाबाद में हमले को अंजाम दिया और चेतावनी दी कि कुछ और होगा।'[87]

इसलामाबाद विस्फोट महत्त्वपूर्ण था, क्योंकि बलूची समूह ने बलूचिस्तान के बाहर गैर-सैन्य लक्ष्यों पर पहली बार हमला किया था। सरकार ने यू.बी.ए. के दावे को खारिज कर दिया। आंतरिक मंत्रालय के प्रवक्ता ने एक पाठ संदेश में, पत्रकारों से कहा कि हमले के पीछे स्वदेशी उग्रवाद के बजाय विदेशी हस्तक्षेप था—सरकार द्वारा लंबे समय से दावा किया जा रहा था, जिसमें मुख्य रूप से भारत को दोषी ठहराया गया था, बल्कि अफगानिस्तान और अमरीका को भी बलूच विद्रोह उकसाने का जिम्मेदार बताया गया था।[88]

गैस के बुनियादी ढाँचे पर हमला उग्रवादी रणनीति का एक महत्त्वपूर्ण पहलू है। चूँकि गैस का बड़ा हिस्सा बलूचिस्तान से भेजा जाता है, इसलिए उग्रवादियों ने इस संसाधन को रोकने के लिए गैस निष्कर्षण और बुनियादी ढाँचे को लक्षित किया है। बलूच पाइपलाइनों और प्रतिष्ठानों पर समय-समय पर हमलों के साथ गैस की आपूर्ति को बाधित कर, इसलामाबाद के लिए संघर्ष की

लागत बढ़ाने के लिए दृढ़ संकल्प है। सरदार अत्ताउल्लाह मेंगल ने आई.सी.जी. को बताया, 'शायद हम पाकिस्तानी सेना को नहीं हरा सकते, लेकिन हम पाकिस्तानी अर्थव्यवस्था को खत्म कर देंगे।'[89]

पिछले एक दशक में बार-बार उग्रवाद को कुचल देने के सरकार के दावे झूठे साबित हुए हैं। सरकारी लक्ष्य-प्रतिष्ठानों और कर्मियों पर तथा पाइपलाइन जैसे आर्थिक प्रतीकों पर हमले पहले की तरह ही जारी हैं।

## बलूचिस्तान में हिंसा के स्तर

दक्षिण एशिया आतंकवाद पोर्टल (एस.ए.टी.पी.) द्वारा दिए गए आंशिक आँकड़ों के अनुसार, 2005 से मार्च 2019 तक पूरे पाकिस्तान में आतंकवादी हिंसा में 62,485 लोग मारे गए हैं। इनमें से केवल एफ.ए.टी.ए. और के.पी.के. में हताहतों की संख्या 43,697 है, इसके बाद सिंध (मुख्यत: कराची) में 8,284, बलूचिस्तान में 7,102 और पंजाब में 2,396 लोग हताहत हुए हैं। आनुपातिक शब्दों में, 2005 और मार्च 2019 के बीच पाकिस्तान में हुए हताहतों में बलूचिस्तान, एफ.ए.टी.ए. और के.पी.के. में 81.29 प्रतिशत हताहत हुए थे। मानव जीवन के नुकसान के अलावा, इन क्षेत्रों की सामाजिक, आर्थिक और राजनीतिक बनावट को गंभीर नुकसान पहुँचा है।[90]

एस.ए.टी.पी. के अनुसार, 24 मार्च, 2019 तक सुरक्षा बल के कम-से-कम अट्ठाईस जवान मारे गए। 2018 की इसी अवधि के दौरान, ऐसे लोगों की संख्या सत्ताईस थी। 2017 के सतहत्तर की तुलना में 2018 में सुरक्षा बल के उन्नासी जवानों की मौत हुई है। जबकि 2018 की पहली छमाही (जनवरी से जून) में ऐसी सैंतालीस मौतें दर्ज की गईं, दूसरी छमाही (जुलाई से दिसंबर) में और बत्तीस मारे गए थे।

### बलूचिस्तान : उत्तर-दक्षिण सुरक्षा बल के जवानों की मौतें

| वर्ष | बलूचिस्तान | उत्तर | दक्षिण |
|---|---|---|---|
| 2011 | 122 | 79 | 43 |
| 2012 | 178 | 116 | 62 |
| 2013 | 137 | 79 | 58 |
| 2014 | 83 | 60 | 23 |
| 2015 | 90 | 61 | 29 |
| 2016 | 153 | 130 | 23 |
| 2017 | 77 | 60 | 17 |
| 2018 | 80 | 56 | 23 |
| 2019 | 28 | 24 | 4 |
| **कुल** | **947** | **665** | **282** |

प्रांत में 2019 में मारे गए सुरक्षा बल के अट्ठाईस जवानों में से कम-से-कम चौबीस उत्तरी बलूचिस्तान में मारे गए, जबकि शेष चार दक्षिण में मारे गए। 2011 के बाद से, बलूचिस्तान में मारे गए 947 सुरक्षाकर्मियों में से, उत्तर में मृत्यु दर 665 (70.22 प्रतिशत) थी, जबकि दक्षिण में मृत्यु दर 282 (29.77 प्रतिशत) दर्ज की गई थी। इन नौ वर्षों में से लगातार हर वर्ष उत्तर में सुरक्षा बल के जवानों की अधिक मौतें हुई हैं।

उत्तरी बलूचिस्तान टी.टी.पी., एल.ई.जे. और आई.एस.आई.एस. जैसे इसलामी आतंकवादी समूहों से पीड़ित है। बलूच राष्ट्रवादी विद्रोही समूह बड़े पैमाने पर दक्षिण में काम करते हैं। उत्तर में हताहतों की संख्या अधिक होने के बावजूद, सेना दक्षिण में बलूच विद्रोही समूहों को अधिक क्रूरता और विद्रूपता के साथ निशाना बना रही है।

## अस्त्र (हथियार)

यह निर्विवाद है कि बलूचिस्तान में सभी प्रकार के हथियार हैं। सभी आदिवासी सरदार निजी सशस्त्र गार्ड रखते हैं और कुछ निजी सैन्य बल भी रखते हैं।[91] 2012 में एच.आर.सी.पी. के एक अभियान को बलूचिस्तान में परिष्कृत आग्नेयास्त्रों की चमक और लोगों की उन तक आसान पहुँच से झटका लगा। उदाहरण के लिए, बलूचिस्तान में 1,000 रुपए से कम में एक रॉकेट खरीदा जा सकता है।[92] मिशन ने प्रश्न किया कि जब आम नागरिकों को चाकू ले जाने से भी रोका गया था तो इतनी भारी मात्रा में हथियार चेक पोस्टों की एक श्रृंखला से कैसे गुजर सकते हैं। इसका निष्कर्ष यह था कि अगर ईमानदारी से हथियारों के मुक्त प्रवाह पर अंकुश लगाने के लिए प्रयास किए जाते, तो निश्चित रूप से एक अंतर आ सकता था।[93]

मारे जाने से पहले एक साक्षात्कार में, अकबर बुगती ने स्वीकार किया था कि बलूचिस्तान में हथियारों और गोला-बारूद की कोई कमी नहीं थी। उनके अनुसार, अमेरिकियों ने अफगानिस्तान में जिहाद को वित्तपोषित करने के लिए काफी हथियार और नकदी उतारी थी। यह अनिवार्य रूप से हथियार बाजारों में पहुँचा था। उन्होंने ओझरी कैंप के उदाहरण को उद्धृत किया, जिसे विशेष रूप से हथियारों के अवैध हस्तांतरण को छिपाने के लिए नष्ट कर दिया गया था।[94]

## कमजोरियाँ

प्रांत भर में उग्रवाद और पाकिस्तान विरोधी भावना के हाल के प्रसार के बावजूद, बलूच विद्रोह में कई कमजोरियाँ हैं। सबसे पहले, बलूचों की जनसंख्या का कम होना एक प्रमुख बाधा है। भले ही बलूच एकजुट रहें, उनकी छोटी संख्या पाकिस्तानी सरकार का सामना करने में एक प्रमुख बाधा होगी। उनके पास अपने अधिकारों का दावा करने में सक्षम होने के लिए महत्त्वपूर्ण जनसमूह नहीं है। युद्ध की दृष्टि से भी, उनके पास पारंपरिक युद्ध में पेशेवर पाकिस्तानी सेना का सामना करने के लिए जनशक्ति या हार्डवेयर नहीं है।

दूसरा, बलूच राष्ट्रीय आंदोलन का नेतृत्व अत्यधिक खंडित है। जनजातियों में एकता की कमी विशेष रूप से एक बड़ा नुकसान है, क्योंकि प्रांत के कुछ हिस्सों में जनजातीय व्यवस्था का प्रचलन जारी है। जनजातियों की आपसी प्रतिद्वंद्विता बलूचों में एकजुट प्रतिरोध के विकास में एक प्रमुख

बाधा साबित हुई है। यह अपनी माँगों को सामने रखने के लिए एक मंच पर आने में उनकी विफलता को बताता है। सशस्त्र समूहों की बहुलता ने भी उनके लिए एक-दूसरे के साथ ठीक से समन्वय स्थापित करना मुश्किल बना दिया है। परिणामस्वरूप, रणनीति में एकता की कमी है। इसलामाबाद स्थित एक चिंतक समूह, जिन्ना इंस्टीट्यूट के अनुसार—प्रतिस्पर्धी प्रेरणाओंवाले बलूच नेताओं की बहुलता ने हिंसा को बढ़ा दिया है, जिससे संघर्ष के परिदृश्य में तेजी आ रही है। इसके अनुसार, 'इस टकराव की भावना को अर्थयुक्त बनाने के लिए प्रतिस्पर्धी प्रेरकोंवाले अभिनेताओं की बहुतायत से हिंसा के बढ़ते स्तरों को पदभंजित करने की आवश्यकता है।'[95]

तीसरे, असभ्यता के कारण, बलूच शासन की संरचना का खाका नहीं बना पाए हैं। निकटतम कलात और हिरबीयर मारा के खान का प्रयास था कि वे एकजुट बलूचिस्तान का चार्टर बनाएँ। अन्य बलूच नेताओं में अधिक उत्साह नहीं होने के कारण यह कोशिश असफल हो गई थी। इसके परिणामस्वरूप, बलूच मामले को पाकिस्तान के राज्य की बहुत आलोचना के साथ एक व्यवहार्य विकल्प प्रस्तुत न करने के रूप में चिह्नित किया गया है। संभवत: जनजातीय प्रणाली का पुराना हौवा और आधुनिक तथा लोकतांत्रिक प्रणाली की तलाश करते गैर-आदिवासी, मध्यम-वर्ग बलूचों के ताजा प्रोत्साहन के बीच विरोधाभास इस तरह के प्रयास में प्रमुख बाधा होगा। कारण जो भी हो, वे जो कुछ हासिल और स्थापित करने की कोशिश करते हैं, उसकी सकारात्मकता के बिना, राष्ट्रवादी संघर्ष विकलांग बने रहेंगे।

चौथे, विभिन्न समूह आपसी संघर्ष में लगे हुए हैं। अगस्त 2006 में नवाब अकबर बुगती की हत्या ने उग्रवाद को बहुत बढ़ावा दिया, पर इस बात पर बड़ी असहमति थी कि उनका उत्तराधिकारी कौन होगा। हालाँकि उनके पोते बरहमदाग उनके चुने हुए राजनीतिक उत्तराधिकारी थे, लेकिन कई अन्य रिश्तेदारों ने भी अपने दावे प्रस्तुत किए। इनमें उनके चचेरे भाई शाहजैन बुगती,[96] अन्य चचेरे भाई मीर अली बुगती और पूर्व प्रांतीय गृहमंत्री सरफराज बुगती, बरहमदाग के सबसे बुरे आदिवासी और राजनीतिक दुश्मनों में शामिल हैं।[97] इसी तरह, जून 2014 में नवाब खैर बख्श मारी के निधन के बाद, इस प्रश्न पर मारी बंधुओं में मतभेद हो गया कि उनका उत्तराधिकारी कौन होगा।

पाँचवें, बलूच विद्रोहियों ने बलूचिस्तान के अंदर और बाहर दोनों जगहों पर बलूच राजनेताओं को निशाना बनाना आरंभ कर दिया है। उन्होंने हिंसा के विरोध में उदारवादी बलूच राजनीतिक दलों की देशभक्ति और 'राष्ट्रीय उद्देश्य' के प्रति प्रतिबद्धता पर प्रश्न उठाते हुए अलग कर दिया है।

छठे, बलूच राष्ट्रवादियों ने गैर-बलोच 'बाशिंदों', मुख्य रूप से पंजाबी शिक्षकों को लक्ष्य बनाने के कारण काफी सहानुभूति खो दी है। भले ही नवाब अकबर बुगती की हत्या और सेना के अत्याचारों ने इस तरह के हमलों को उकसाया, फिर भी, मानवाधिकार समूह इस तरह की हत्याओं के आलोचक रहे हैं। वास्तव में, सदियों पुरानी अवधारणा बलूच संस्कृति का एक आंतरिक तत्त्व है, जिसमें बलूच क्षेत्र में 'बसनेवाले' या 'बाहरी' व्यक्ति के जीवन की सुरक्षा शामिल है। ये हमले स्पष्ट रूप से बलूच आचार संहिता का विरोधाभास करते हैं, जिसे 'बलूचमयार' के नाम से जाना जाता है और वे प्रांत और देश के बाहर रहनेवाले बलूचिस्तान के समर्थकों को भी पराया कर देते हैं।[98]

अंत में, बलूचिस्तान में कोई भी अलगाववादी आंदोलन इस तथ्य से बिगड़ा है कि इसकी सीमा पर स्थित ईरान और अफगानिस्तान दोनों देश में विशाल बलूच आबादी है। दोनों ही पाकिस्तान

में बलूच राष्ट्रवाद के प्रचार के लिए आशंकित हैं, जो उनके बलूचों में अशांति उत्पन्न कर सकता है। वे किसी भी आंदोलन को 'ग्रेटर बलूचिस्तान' अर्थात् पाकिस्तान, ईरान और अफगानिस्तान में बलूच क्षेत्रों के समेकन की दिशा में बढ़ता हुआ—अर्थात् अपनी क्षेत्रीय संप्रभुता के लिए सीधे खतरे के रूप में देखते हैं। इस प्रकार, ईरान और अफगानिस्तान दोनों में एक स्वतंत्र बलूचिस्तान का समर्थन करने की इच्छा नहीं है। अफगानिस्तान का बलूचिस्तान के कुछ हिस्सों पर अपना ऐतिहासिक दावा है, जिन्हें औपनिवेशिक काल में यह ब्रिटिशों से हार गया था। डूरंड रेखा को एक अंतरराष्ट्रीय सीमा मानने को लेकर अफगानों में विवाद है, जो पाकिस्तान के साथ इसकी सीमा का संबंध मानते हैं, क्योंकि अफगानों ने केवल अंग्रेजों के दबाव में आकर इस पर सहमति व्यक्त की थी।[99]

## समर्पण

बलूच आतंकवादियों के आत्मसमर्पण के बारे में रुक-रुककर आनेवाली रिपोर्टें चल रहे उग्रवाद का एक दिलचस्प विकास हैं। 2006 के सैन्य अभियान के तुरंत बाद ऐसे आत्मसमर्पण आरंभ किए गए थे, जिसके कारण अकबर बुगती की हत्या हो गई थी। उदाहरण के लिए, ऐसी एक विशिष्ट रिपोर्ट है कि '...पाकिस्तान के सशस्त्र बलों के मीडिया विंग, इंटर-सर्विसेज पब्लिक रिलेशंस (आई.एस.पी.आर.), ने हाल ही में पुष्टि की है कि एक परारी कमांडर सहित कम-से-कम बीस बलूच विद्रोहियों ने पंजाब में पाकिस्तान रेंजर्स के सामने आत्मसमर्पण कर दिया है।' एक अन्य रिपोर्ट के अनुसार, '...बलूचिस्तान में आरंभ की गई राजनीतिक सुलह योजना के अंतर्गत, विभिन्न अभियोजित संगठनों से संबंधित 1,025 उग्रवादियों ने पिछले वर्ष प्रांतीय सरकार के समक्ष आत्मसमर्पण किया है। आत्मसमर्पण करनेवाले उग्रवादियों में एक दर्जन प्रमुख उग्रवादी कमांडर हैं, जिन्होंने प्रांतीय अधिकारियों, गृह और आदिवासी मामलों के सचिव अकबर हुसैन दुर्रानी के समक्ष अपने हथियार डाल दिए हैं। हाल ही में, 18 सितंबर, 2018 को विभिन्न अभियोजित संगठनों से संबंधित 265 उग्रवादियों ने, 20 नवंबर, 2018[101] को सत्तर उग्रवादियों ने और 2 जनवरी, 2019 को 560 आतंकवादियों ने आत्मसमर्पण किया था।[102]

नेशनल एक्शन प्लान रिव्यू 2017 द्वारा जारी आँकड़ों के अनुसार, पिछले दो वर्षों में करीब 2,000 बलूच अलगाववादियों ने सुरक्षा बलों के सामने आत्मसमर्पण किया था। माफी योजना के अंतर्गत, आत्मसमर्पित अलगाववादियों को पैसा और सरकारी नौकरी दी जानी थी। जनवरी 2018 में आत्मसमर्पण करनेवाले 200-300 को कथित तौर पर ऐसा करने के लिए 0.1 मिलियन रुपए दिए गए थे, हालाँकि आत्मसमर्पण के मामलों में से किसी में भी कमांडर या आतंकवादी के बारे में विवरण नहीं दिया गया था और न ही उनमें से किसी की पहचान की गई थी।[103]

एक साक्षात्कार में, बलूच अधिकारों के नेता मीर मोहम्मद अली तालपुर ने आत्मसमर्पण के बारे में सरकार के दावों को बकवास कहा था। उनके अनुसार, सरकार ने दावा किया था कि केवल कुछ गुमराह बलूच थे, जिन्होंने विदेशियों के इशारे पर प्रगति का विरोध किया था, हालाँकि बड़ी संख्या में आत्मसमर्पण करने के बावजूद, अभी भी हमले क्यों हो रहे हैं? उनके लिए ये 'किराए पर ली गई भीड़ का आत्मसमर्पण,' था और व्यर्थ था।[104]

सेना के लिए 'आत्मसमर्पण' इसलिए उपयोगी थे कि वह कथित, 'कबूलनामों' की व्यवस्था कर सकते थे, जो विदेशी फंडिंग की ओर इशारा करते थे। बदले में, इसने सेना को अपनी विफलताओं के लिए एक साक्ष्य प्रदान किया, जो अनिवार्य रूप से घर में बने उग्रवादियों द्वारा जारी हिंसा को रोकने के लिए थी।[105] हालाँकि, 'नेशन' का कहना है, 'जब तब, कुछ आतंकवादी स्वेच्छा से अपने हथियार डालते हैं या गिरफ्तार किए जाते हैं, फिर भी ऐसे आत्मसमर्पणों या गिरफ्तारियों के कारण जमीनी स्थिति कभी नहीं बदली है।

अलगाववाद की समस्या के लिए इसकी जड़ों से निपटना होगा; हमारे अपने लोगों के विरुद्ध क्षेत्र के लिए दाँतों और नाखूनों से लड़ने की बजाय इसके अस्तित्व के कारणों को संबोधित किया जाना चाहिए।'[106]

**डेली टाइम्स ने टिप्पणी की :** '...हमें कैसे पता चलेगा कि वास्तव में कौन आत्मसमर्पण कर रहा है ?' '...बलूच समाज के कुछ वर्गों के इस समावेशन' से देश के बड़े प्रांतों द्वारा नियमित रूप से शोषित किए जानेवाले लोगों की नाराजगी को शांत करने के लिए कुछ भी नहीं किया जा सकेगा, '...टुकड़े करने की क्रिया बहुत कम काम करती है। प्रांत को पाकिस्तानी सरकार द्वारा यह सुनिश्चित करने की जरूरत है कि उसके राजनीतिक और आर्थिक पार्श्वीकरण का अंत हो। इस समय की प्राथमिकता सुधारों की एक श्रृंखला के द्वारा, जो शब्द और आत्मा में प्रांतीय स्वायत्तता सुनिश्चित करे, सामान्य बलूचों का विश्वास जीतने की होनी चाहिए।'[107]

□

# 17
# सरकार की प्रतिक्रिया

बलूचिस्तान में उग्रवाद के लिए राज्य की समग्र प्रतिक्रिया में तीन बातें देखी जा सकती हैं। एक क्वेटा की प्रांतीय सरकार की प्रतिक्रिया है, दूसरी इसलामाबाद में संघीय सरकार की प्रतिक्रिया है और तीसरी सेना की प्रतिक्रिया है। जहाँ तक राष्ट्रवादी नेताओं का प्रश्न है, केंद्र और प्रांत दोनों में नागरिक सरकारें, प्रभारी नहीं हैं, उन्होंने सेना के नेतृत्ववाली सुरक्षा एजेंसियों को अपनी संवैधानिक जिम्मेदारियाँ सौंप दी हैं।[1]

## प्रांतीय सरकार

बलूचिस्तान का एक दुर्भाग्य यह रहा है कि उसके राजनीतिक नेतृत्व को या तो प्रांत पर शासन करने में पूरी तरह से सक्षम नहीं किया गया है या फिर उसने नीतियों को प्रांत के लोगों के लाभ के लिए लागू करने की बजाय इसलामाबाद के आदेशों का पालन करना आसान पाया है। विशेष रूप से बलूचिस्तान की प्रांतीय सरकार के, मुशर्रफ के अधीन केंद्र की सहायक शाखा होने के समय ऐसा हुआ, जो उनके इशारे पर काम कर रही थी और उसके निर्देशों का पालन कर रही थी। एक बलूच राष्ट्रवादी राजनीतिज्ञ, अब्दुल हई बलूच के अनुसार 'प्रांतीय सरकार' 'संघीय प्रतिष्ठान का उपकरण है।' '…राजनीतिक और आर्थिक फैसलों पर कोई…प्रांतीय दायरा नहीं है। हमारे सभी निर्णय इसलामाबाद द्वारा लिये गए हैं।'[2] उदाहरण के लिए, विपक्ष के दिशा और प्रभाव पर चर्चा करने से रोकने के केंद्रीय दबाव में, प्रांतीय विधायिका के सत्रों को बार-बार रद्द किया गया था। यहाँ तक कि प्रशासनिक नियुक्तियाँ और स्थानांतरण भी इसलामाबाद में किए गए।[3] बलूचिस्तान के मुख्यमंत्री ने सार्वजनिक रूप से कहा है कि सैन्य अधिकारियों ने उनकी बात नहीं सुनी। परवेज मुशर्रफ के अपदस्थ होने और लोकतंत्र की बहाली के बावजूद, प्रांतीय सरकार के लिए सेना प्रमुख राजनीतिक ताकत बनी रही।

मई 2013 के चुनावों के बाद, पहली बार एक आदिवासी प्रमुख ने प्रांतीय सरकार का नेतृत्व नहीं किया। 2013 में एच.आर.सी.पी. मिशन को बताया गया था कि सरकार के गठन को एक सकारात्मक कदम माना जा सकता है, जिससे प्रांत में मानवाधिकारों के गंभीर उल्लंघन को समाप्त करने का अवसर मिल सकता है। 2013 के चुनावों के बाद पाकिस्तान नेशनल लीग (एन.पी.) ने पाकिस्तान मुसलिम लीग-नवाज (पी.एम.एल.-एन.) के साथ बलूचिस्तान में एक गठबंधन

बनाया था, जिसके गायब व्यक्तियों; मारो और फेंक दो[4] की नीति को उलटने और बलूचिस्तान में सामाजिक-आर्थिक विकास के कुछ मुद्दों से निपटने के अलावा बलूच आतंकवादियों के नेतृत्व तक पहुँचने के तीन मुद्दों पर ध्यान केंद्रित करने की आशा की गई थी। दिसंबर 2015 में समाप्त हुए अब्दुल मलिक बलूच के मुख्यमंत्रित्व काल के ढाई वर्ष में दुर्भाग्यपूर्ण रूप से तीनों मुद्दों में से किसी पर काम नहीं हुआ। उसके बाद की पी.एम.एल.-एन. की सरकार से भी बहुत अंतर नहीं पड़ा।

निष्पक्ष रूप से, प्रांतीय सरकार के पास सेना के अधिकार क्षेत्र में आनेवाले इन मुद्दों से निपटने के लिए अधिकार नहीं थे। 2013 के एच.आर.सी.पी. मिशन ने आगाह किया था कि उन्हें सुरक्षा और खुफिया एजेंसियों के भीतर नीति में बदलाव के कोई संकेत नहीं दिख रहे थे, क्योंकि 'मारो और फेंक दो' नीति जारी थी।[5] इसके बावजूद, अब्दुल मलिक बलूच ने सभी मुद्दों का राजनीतिक समाधान खोजने के लिए निर्वासित बलूच नेतृत्व के साथ सक्रिय रूप से जुड़ने की कोशिश की, हालाँकि निर्णय लेने में उनके अधिकार पर संदेह होने से उन्होंने उनके साथ बहुत कम विश्वसनीयता बरती। गायब लोगों के मुद्दे पर भी प्रांतीय सरकार बहुत कुछ नहीं कर सकती थी। सेना की 'मारो और फेंक दो' नीति तेजी से जारी रही और लोग तेजी से 'गायब' होते रहे।

वास्तव में, यह सर्वविदित है कि बलूचिस्तान के सभी मुख्यमंत्री ऐसे मुद्दों पर शक्तिहीन रहे हैं। स्वर्गीय अकबर बुगती के बेटे, जमील बुगती के रूप में, बलूचिस्तान के मुख्यमंत्री का दर्जा मुंशी या क्लर्क से अधिक कुछ नहीं था, क्योंकि सबकुछ दूर से इसलामाबाद से नियंत्रित होता था। 'उसे सचिवालय में अपने कर्मचारियों का वेतन पाने के लिए हर महीने इसलामाबाद भागना पड़ता था। इसलिए, उसे महीने की तनख्वाह के लिए एक चेक देकर अगले महीने फिर से आकर हाथ फैलाने के लिए घर भेज दिया जाता है।'[6] एक पत्रकार ने लिखा है : 'बलूचिस्तान एकमात्र प्रांत है, जिसका कुल बजट ऋण पर [आधारित] है। प्रांतीय बजट पूरी तरह से कल्पना और अनुमान के आधार पर तैयार किए जाते हैं; उनमें वास्तविकता का कोई अंश भी नहीं होता है।'[7]

बलूचिस्तान की जमीनी हकीकत ऐसी है कि अठारहवें संवैधानिक संशोधन के अंतर्गत प्रांतीय सरकार को शक्तियों के विचलन के बावजूद आर्थिक संसाधन और राजनीतिक शक्ति संघीय सरकार के हाथों में केंद्रित हैं, हालाँकि बलूचिस्तान की स्थिति अन्य प्रांतों की तुलना में बदतर है, यहाँ तक कि कानून-व्यवस्था के रखरखाव के लिए संघ द्वारा नियंत्रित अर्धसैनिक बल तैनात हैं, इनका नियंत्रण स्थानीय पुलिस द्वारा नहीं किया जाता है। 'न्यूजलाइन' के स्तंभकार जाहिद हुसैन के अनुसार, यहाँ मालिक-सेवक का संबंध किसी भी अन्य प्रांत की तुलना में अधिक है। सैन्य शासन की वापसी ने स्थिति को और अधिक बिगाड़ दिया। यहाँ तक कि वर्तमान सैन्य समर्थक प्रांतीय सरकार के पास कोई वास्तविक शक्ति नहीं है।'[8]

अब्दुल कुद्दुस बिजेंजो के मामले को लें, जो पी.एम.एल.-एन. के मुख्यमंत्री सनाउल्ला जहरी के विरुद्ध 'तख्तापलट' के बाद 2018 में बलूचिस्तान के मुख्यमंत्री बने। बिजेंजो ने निर्वाचन क्षेत्र में कुल 57,656 पंजीकृत मतों में से सिर्फ 544 मत या लगभग एक प्रतिशत मत हासिल करके अवारन जिले से अपनी प्रांतीय सीट जीती थी। उनके जनादेश की क्या विश्वसनीयता होगी और क्या उन्हें वास्तव में निर्वाचन क्षेत्र के लोगों की आकांक्षाओं का प्रतिनिधित्व करनेवाला कहा जा सकता है ?[9]

इस स्थिति, विशेषकर सेना के वर्चस्व ने बलूच राष्ट्रवादियों के बीच यह आम धारणा उत्पन्न कर दी है कि इसलामाबाद की सरकारों ने, या तो प्रांत में राजनीतिक ताकतों का सामना किया है या उन्हें हाशिए पर लाने की कोशिश की है।[10] वर्ष 2011 में एच.आर.सी.पी. मिशन ने इस मामले की पुष्टि की। इसने निर्णय लेने के महत्त्वपूर्ण क्षेत्रों से राजनीतिक सरकार और नागरिक अधिकारियों की अनुपस्थिति का उल्लेख किया। इसने निम्नलिखित बिंदुओं का उल्लेख किया : (i) राजनीतिक सरकार ने लोगों के प्रति अपनी जिम्मेदारी का निर्वाह नहीं किया और प्रांत की निर्णय प्रक्रिया में वे सैन्य और खुफिया एजेंसियों के वर्चस्व के सामने बेबस हो गईं। (ii) राजनीतिक सरकार लोगों के अधिकारों और बुनियादी स्वतंत्रता की रक्षा करने में विफल रही थी, क्योंकि अतिरिक्त-न्यायिक हत्याएँ और सुरक्षा बलों की अन्य अराजक कारवाइयाँ बेरोक-टोक जारी रहीं। (iii) प्रांत के सभी प्राधिकरणों को सुरक्षा बलों में निहित किया गया था, जिन्होंने पूर्ण प्रतिरक्षा का आनंद लिया था और राजनीतिक सरकार और नागरिक अधिकारियों के प्रति पूर्ण उपेक्षा की थी। (iv) उच्च स्तर के सरकारी अधिकारियों ने लोगों की ओर से बातचीत करने का प्रयास भी नहीं किया। (v) सैन्य अधिकारियों ने नागरिक सरकार को बोर्ड में शामिल नहीं किया; न ही उनसे जानकारी साझा की, जिसने नागरिक अधिकारियों द्वारा कानून और व्यवस्था को असंभव बना दिया। (vi) सुरक्षा बल लोगों और यहाँ तक कि सिविल अधिकारियों के लिए पूरी तरह से पहुँच के बाहर थे। उदाहरण के लिए, मकरान में स्थानीय फ्रंटियर कॉर्प्स कमांडर डिवीजनल कमिश्नर द्वारा बुलाई गई किसी भी बैठक के लिए अनुपलब्ध रहे और इसमें तभी भाग लिया, जब मामलों की परवाह किए बिना एजेंडा उनके अनुकूल हो। (vi) इसके बावजूद लोग निवारण के लिए नागरिक अधिकारियों और राजनीतिक तत्त्वों से संपर्क करते रहे। (vii) अंत में, राजनीतिक व्यस्तता या संवाद की बजाय बल का प्रयोग पसंदीदा दृष्टिकोण रहा। बलूचिस्तान पैकेज में बलूच नेताओं की हत्या की जाँच और गायब व्यक्तियों को रिहा करना, जैसे ठोस सुधार के बारे में किए गए वादे बहुत कम निभाए गए।[11]

पेशावर में 16 दिसंबर, 2014 को स्कूली बच्चों की हत्या के बाद तैयार की गई राष्ट्रीय कार्ययोजना के प्रमुख बिंदुओं में से एक था, 'सभी हितधारकों द्वारा पूर्ण स्वामित्व के साथ राजनीतिक सुलह के लिए बलूचिस्तान सरकार को सशक्त बनाना।' जैसा कि बलूचिस्तान पुलिस के एक पूर्व आई.जी. ने उल्लेख किया है, इस तथ्य की अवहेलना की गई कि बलूचिस्तान में केवल एक ही सत्ता थी, जिसका फैसला अंतिम होता था—खुफिया एजेंसियों सहित सैन्य नेतृत्ववाले सुरक्षा प्रतिष्ठान। वे कभी भी नागरिक प्रांतीय सरकार को, बलूच उप-राष्ट्रवादियों को रणनीतिक रूप से महत्त्वपूर्ण प्रांत की मुख्यधारा में लाने की नीति नहीं बनाने देंगे।[12] इस प्रकार, बड़े बोलोंवाला कारवाई का बिंदु निष्क्रिय था, क्योंकि प्रांतीय सरकार को गायब व्यक्तियों के मुद्दे को हल करने के लिए सशक्त नहीं किया गया था, जो सुरक्षा बलों की 'मारो और फेंक दो' की रणनीति को छोड़ने के लिए प्रबल नहीं हो सकता था और न ही उसके पास बलूच राष्ट्रवादियों को वार्त्ता की मेज पर लाने की क्षमता है।

प्रांतीय सरकार की असहायता का मूल्यांकन इस तथ्य से किया जा सकता है कि ग्वादर डीप-सी पोर्ट, सी.पी.ई.सी., खनिज लाइसेंस प्रदान करने और नवीनीकरण करने, जैसे प्रमुख विकास के मुद्दों पर संघीय सरकार द्वारा उससे परामर्श भी नहीं किया गया। साधारण तथ्य यह

है कि बलूचिस्तान को एक संसाधन-संपन्न उपनिवेश के रूप में देखा जाता है और हर नागरिक, राजनेता या प्रांतीय सरकार, पाकिस्तान सरकार की प्रांत का शोषण करने की किसी भी रणनीति का विरोध करने में अक्षम है।

## प्रशासन का अभाव

यहाँ तक कि जिन क्षेत्रों में प्रांतीय सरकार को स्वतंत्र रूप से कार्य करने का अधिकार है, उनमें भी वह बुरी तरह से विफल हो गई है। उदाहरण के लिए राजधानी क्वेटा को लें। एक पत्रकार ने इस स्थिति का वर्णन इस तरह से किया है : 'प्रांतीय राजधानी में रहना दु:स्वप्न बन गया है। सीवेज का पानी नियमित रूप से सड़कों पर बहता रहता है; खस्ताहाल मेनहोलों के साथ सिकुड़कर सड़कें धूल भरे रास्ते बन गई हैं। स्ट्रीट लाइटें काम नहीं करती हैं और जब करती भी हैं, तो आसपास जमे पानी के कारण कई लोग बिजली के झटके से मारे जाते हैं। प्रमुख सड़कें वास्तव में गड्ढों से भरी हुई हैं। और क्वेटा, एक ऐसा शहर है, जिसके नौ सांसदों को विकास निधि (प्रत्येक 250 करोड़ रुपए) के नाम पर 2.25 बिलियन रुपए दिए गए हैं, इसके अलावा क्वेटा के 'सौंदर्यीकरण' के लिए संघीय सरकार द्वारा 1 अरब रुपए दिए गए हैं। मंत्रियों को विकास निधि से कटौती करने की सूचना है और ठेकेदारों से दस से बीस प्रतिशत लेकर उन्हें काम पूरा करने का प्रमाण-पत्र जारी किया जाता है।[13]

## शिक्षा

शिक्षा एक अन्य क्षेत्र है, जिसकी दयनीय स्थिति पहले के अध्याय में वर्णित है। पिछले छह वर्षों में बलूचिस्तान सरकार ने प्रांतीय बजट में शिक्षा का प्रतिशत हिस्सा लगातार बढ़ाया था। 2010-11 में 13 प्रतिशत से 2015-2016 में 20 प्रतिशत तक, इससे प्रांत में शिक्षा की स्थिति में सुधार के लिए सरकारों की प्रतिबद्धता दिखाई देती है, हालाँकि 2016-17 में, पी.एम.एल.-एन. के प्रांतीय सरकार का नेतृत्व करने के बाद, शिक्षा का प्रतिशत काफी कम होकर प्रांतीय बजट के 17 प्रतिशत तक हो गया था। इस सूचना पर बलूचिस्तान के मुख्यमंत्री के सलाहकार सरदार रजा मुहम्मद ब्यूरेक ने कहा कि शिक्षा के लिए प्रांतीय बजट परिव्यय का 17 प्रतिशत अगले पचास वर्षों में भी शिक्षा संकट से छुटकारा पाने के लिए अपर्याप्त था।[14] इसी तरह, 2015-16 में, शिक्षा के बजट में से, 7.5 बिलियन रुपए की राशि शिक्षा विकास उद्देश्यों के लिए प्रदान की गई थी। 2016-17 में विकास बजट 42 प्रतिशत घटकर 4.4 अरब रुपए रह गया।[15]

उच्च माध्यमिक, कॉलेज और विश्वविद्यालय शिक्षा पर ध्यान केंद्रित करने के साथ, प्राथमिक और माध्यमिक स्कूलों से संबंधित शिक्षा बजट में बड़ी कटौती की गई। बजट का सिर्फ 22 प्रतिशत हिस्सा प्राथमिक और माध्यमिक शिक्षा परियोजनाओं के लिए होता है। गलत प्राथमिकताओं का अंदाजा इस बात से लगाया जा सकता है कि बलूचिस्तान में स्कूली बच्चों का प्रतिशत सबसे अधिक 70 प्रतिशत था; दस वर्ष से कम के बच्चों में केवल 28 प्रतिशत साक्षर थे; लड़कियों का केवल 16 प्रतिशत का अनुपात इससे भी बुरा था। ग्रामीण क्षेत्रों में केवल 10 प्रतिशत लड़कियाँ शिक्षित थीं। प्राथमिक शिक्षा, विशेषकर लड़कियों की शिक्षा को प्राथमिकता दिए बिना, बलूचिस्तान साक्षरता में अन्य प्रांतों से बहुत पीछे रहेगा। इसके अलावा, चल रही परियोजनाओं को पूरा करने

के बजाय, 66 प्रतिशत धन नई परियोजनाओं को आबंटित किया गया था। परिणामस्वरूप, पिछले दो वर्षों में आरंभ की गई शिक्षा विकास परियोजनाओं को पूरा करने में अधिक समय लगेगा और लागत भी अधिक होगी।[16]

## पुलिस

प्रांतीय पुलिस प्रांतीय सरकार की ही तरह दयनीय स्थिति में थी। एक प्रांतीय पुलिस प्रमुख ने पाकिस्तान के मानवाधिकार आयोग को बताया कि ऐसे मामले सामने आए हैं, जिसमें रँगी हुई खिड़कियों के साथ कारों की जाँच करने की कोशिश करनेवाले पुलिस अधिकारी जेल में बंद कर दिए गए। स्पष्ट रूप से, इन कारों के मालिकों/यात्रियों को खुफिया एजेंसियों का संरक्षण प्राप्त था।[17] एक अन्य अधिकारी ने कहा कि पुलिस के लिए सबसे बड़ा खतरा भीतर से था कि संप्रदायवादी लश्कर-ए-झांगवी ने बल के वर्गों को शिक्षा दी थी। उन्होंने कारवाई में मारे गए शिया पुलिसकर्मियों की तसवीरों पर काला पेंट फेंकने के मामले का हवाला दिया था। ऐसी तसवीरें वरिष्ठ पुलिस अधिकारियों के कार्यालयों में प्रदर्शित की गईं, जहाँ केवल पुलिस कर्मियों की पहुँच थी। उन्होंने अफसोस जताया, 'क्वेटा में हमें हर समय ताबूत और झंडे तैयार रखने होते हैं। पुलिस अधिकारी इसी तरह मारे जाते हैं।'[18]

वर्ष 2017 में क्वेटा में बलूचिस्तान पुलिस के बीस से ऊपर कर्मियों की मौत हो गई थी और 2017 में अकेले क्वेटा में सत्तर आतंकवादी हमले हुए थे। इससे क्षेत्र में कानून और व्यवस्था की स्थिति में सुधार के बारे में संदेह उत्पन्न होता है।[19]

## संघीय सरकार

बलूचिस्तान द्वारा प्रस्तुत चुनौती के जवाब में संघीय सरकार का प्रदर्शन भी प्रांतीय सरकार जैसा ही खराब रहा है। संघीय सरकार का मूल तर्क सेना से लिया गया एक संकेत है कि बलूच नेता विकास परियोजनाओं के विरोध में थे और पारंपरिक सरदारी प्रणाली को बनाए रखने के अपने निहित स्वार्थों के लिए प्रांत को 'पिछड़ा' रखना चाहते थे। बलूचिस्तान में हिंसा को सक्रिय बदमाशों के एक छोटे से समूह का काम करार दिया गया था, जो बड़ी बलूच आबादी तथा कानून और व्यवस्था के मुद्दे का प्रतिनिधित्व नहीं करते। उदाहरण के लिए, मुशर्रफ ने जनवरी 2006 में एक भाषण में कहा : 'आदिवासी सरदारों ने अपने हितों के लिए इस देश को पिछले तीस से चालीस वर्षों से बंधक बना रखा है।' इन आदिवासी सरदारों की आम आदमी की भलाई और प्रगति में कोई रुचि नहीं है और वे अपने-अपने उप-आदिवासियों को उनकी विकास-समर्थक सोच के कारण यातना देते हैं।'[20]

जैसा कि पहले बताया गया है, ऐसे तर्कों में विश्वसनीयता की कमी है, क्योंकि यह बड़ी संख्या में बलूचों के हथियार उठाने का वास्तविक कारक नहीं है। सरकार इसका कारण नहीं बता पा रही है कि अगर आदिवासी सरदार ऐसा कर रहे हैं तो उनके संदेश को आबादी की स्वीकृति क्यों नहीं मिल रही है। विद्रोह में मध्यवर्गीय बलूचों के शामिल होने से आदिवासी सरदारों के बारे में यह तर्क और भी कमजोर हो गया है।

## विकास का मुद्दा

'विकास' का मुद्दा राष्ट्रवादियों और सरकार के बीच विवाद का एक प्रमुख कारण बन गया है। एक बलूच नेता के अनुसार, 'यह पूरी तरह से एक गलत अवधारणा है कि हम विकास का विरोध करते हैं। मूल प्रश्न विकास की प्रकृति और तौर-तरीकों के बारे में है। यही कारण है कि बलूचिस्तान के राजनीतिक दलों की मूल माँग यह है कि प्रांतों को अधिकतम स्वायत्तता दी जानी चाहिए। उन पर भरोसा किया जाए और उन्हें विकास परियोजनाएँ आरंभ करने का अधिकार दिया जाए।'[21]

मुशर्रफ और उनके उत्तराधिकारियों ने जोर देकर कहा कि ग्वादर परियोजना ने बलूचिस्तान के विकास के लिए सरकार की प्रतिबद्धता को प्रदर्शित किया है।[22] हालाँकि, जैसा कि पहले के एक अध्याय में उल्लेख किया गया है, बलूच इसके हितधारक या लाभार्थी नहीं हैं, इसलिए वे इस परियोजना को बलूचिस्तान के संसाधनों के दोहन के लिए केंद्र सरकार की एक और योजना मानते हुए, इसका कड़ा विरोध करते हैं, जो प्रांत की जनसांख्यिकीय संरचना को उनके विरुद्ध बदल सकती है।[23] इसके अलावा, बलूचिस्तान के दूर-दराज के इलाकों में शायद ही कोई 'विकास' हुआ है। जमात-ए-इसलामी नेता अब्दुल मतीन के शब्दों में, '…तटीय राजमार्ग मकरान जिले की किसी भी केंद्रीय परिषद् से नहीं गुजरता है; यह नागरिक और सैन्य नौकरशाही के लाभ के लिए बनाया गया है।'[24] आश्चर्य की बात नहीं है कि कई बलूचों के लिए मेगा परियोजनाओं पर निरंतर जोर देना पिछली विकास घोषणाओं के लिए प्रतिकूल है। इसलिए बलूचों को भरोसा नहीं है कि उनकी परिस्थितियाँ सुधरेंगी।

इस तर्क को खारिज करते हुए कि सरकार की विकास योजनाओं ने उग्रवाद को जन्म दिया था और यह संघर्ष कुछ सरदारों के जनजातीय क्षेत्रों तक ही सीमित था, एक विपक्षी सांसद ने कहा : 'अगर संघीय सरकार का दावा है कि बलूचिस्तान में अशांत क्षेत्र केवल 7 प्रतिशत हैं। फिर प्रांत के बाकी 93 प्रतिशत क्षेत्र में कोई विकास क्यों नहीं हुआ?'[25] नवाब बुगती की पार्टी के महासचिव ने जोर देकर कहा : 'यदि (असहमतिपूर्ण) सरदार अपने स्वार्थ की रक्षा कर रहे होते, तो वे सरकार के साथ कंधे-से-कंधा मिलाकर चलते, उसका विरोध नहीं करते', 'आप सरकार का सामना केवल तब कर सकते हैं जब आपके पास जनता का समर्थन हो और आप लोगों के लिए लड़ रहे हों।'[26]

## संकुल (पैकेज)

मुशर्रफ की सरकार ने सितंबर 2004 में बलूचों को कुछ राजनीतिक पद प्रदान करने के लिए पाकिस्तान मुसलिम लीग-क्यू (पी.एम.एल.-क्यू.) के अध्यक्ष चौधरी शुजात हुसैन की अध्यक्षता में एक संसदीय समिति बनाई, जिसमें सोलह सीनेटर और नेशनल असेंबली के बारह सदस्य शामिल थे। इसका काम 'बलूचिस्तान में मौजूदा स्थिति की जाँच करना और उसके बाद की सिफारिशें करना था।' समिति को दो उपसमितियों में विभाजित किया गया था। वसीम सज्जाद (सीनेट में सदन के नेता) प्रांतीय सद्भाव को बढ़ावा देने के लिए सिफारिशें करने और महासंघों को मजबूत करने की दृष्टि से प्रांतों के अधिकारों की रक्षा करनेवाली समिति के अध्यक्ष थे। सीनेटर मुशाहिद हुसैन बलूचिस्तान में मौजूदा स्थिति की जाँच करने और सिफारिशें करनेवाली दूसरी समिति के अध्यक्ष

थे। वसीम सज्जाद की उपसमिति की सिफारिशों के बारे में कुछ भी नहीं सुना गया था, जबकि हुसैन उपसमिति ने कई सिफारिशें कीं, जिनमें निम्नलिखित प्रमुख थीं—

- आंतरिक बलूचिस्तान में फ्रंटियर कॉर्प्स और तटरक्षकों द्वारा संचालित चेक पोस्ट की समीक्षा की जाए;
- सभी प्रमुख मुद्दों के हल होने तक सैन्य छावनियों का निर्माण रोका जाए;
- संघीय सरकार द्वारा बकाए का भुगतान करने के साथ बलूचिस्तान के गैस उत्पादक जिलों की रॉयल्टी में वृद्धि;
- ग्वादर, क्वेटा और सुई में विकस की कमी का पता लगाया जाए;
- सभी संघीय मंत्रालयों, प्रभागों, निगमों और विभागों में बलूच श्रमिकों के लिए 5.4 प्रतिशत रोजगार कोटे को सख्ती से लागू किया जाए; तथा
- बलूचिस्तान में जीवन के सभी क्षेत्रों में बलूचों और पश्तूनों के बीच समानता बनाएँ।

हालाँकि, अधिकांश सिफारिशें केवल सुझाव थे, जिनके निष्पादन के लिए कोई विशिष्ट तंत्र नहीं था। कार्यान्वयन सुनिश्चित करने के लिए एक विशेष कार्य बल बनाने के बारे में इसकी सिफारिश कभी लागू नहीं हुई।[27]

वास्तव में, बलूच राष्ट्रवादी नेताओं को इस बात से निराशा हुई कि समिति ने सैन्य बलों की वापसी या पाकिस्तानी जेलों में बंद राजनीतिक कैदियों की रिहाई का उल्लेख नहीं किया था। इसकी बजाय, सिफारिशों को बलूचिस्तान के राजनीतिक प्रतिनिधियों को जुटाने और खत्म करने के लिए सैन्य और अर्धसैनिक बलों को एक आवरण प्रदान करने के रूप में देखा गया था। वे प्रांत में बलूच और पश्तूनों के बीच 'समानता' की उनकी सिफारिशों के बारे में भी चिंतित थे और इसे इसलामाबाद की 'फूट डालो और राज करो' की लंबे समय से चली आ रही नीति का हिस्सा मानते थे।[28]

तत्कालीन प्रधानमंत्री शौकत अजीज ने उन सिफारिशों को खारिज कर दिया और उन्होंने सेना के विचारों को प्रतिध्वनित करते हुए कहा कि बलूच उपद्रवियों के विरुद्ध 'कड़े कदम' उठाए जाएँगे और 'सरकार के आदेश को हर कीमत पर पूरा किया जाएगा।' निराश मुशाहिद हुसैन ने कहा : 'इसमें जुड़ाव, भागीदारी और समावेश की भावना गायब है। हम इसे एक दूर-दराज क्षेत्र के रूप में देखते हैं, जिसे नियंत्रित करना है। मुझे लगता है कि जब नागरिक और सैन्य नौकरशाही दोनों ने इसे लागू किया तो आपराधिक लापरवाही हुई। हमने 1973 के विद्रोह में की गई गलतियों से कोई सबक नहीं सीखा।...लेकिन कुछ भी नहीं बदला।'[29]

नवंबर 2009 में बलूच शिकायतों को दूर करने के लिए पी.पी.पी. सरकार द्वारा बहुत धूमधाम से एक और सुधार पैकेज घोषित किया गया था, जिसे आगाज-ए-हकीक-ए-बलूचिस्तान (बलूचिस्तान के अधिकारों के पैकेज का आरंभ) कहा जाता है। इसकी मंशा वर्षों से लगातार सरकारों द्वारा बलूचिस्तान पर किए गए गलत कामों को सुधारने की थी। सेना ने सैन्य छावनी बनाने का विचार छोड़ दिया और बलूचों के लिए आरक्षित सीटों के साथ एक सैन्य महाविद्यालय स्थापित करने का निर्णय लिया। यह पैकेज कम-से-कम, कागज पर, बलूचों की कई माँगों को पूरा करता दिख रहा था, जिसमें राजनीतिक निर्वासितों की वापसी, जेल में बंद बलूच राजनीतिक कार्यकर्ताओं की रिहाई, नौकरियों का निर्माण आदि शामिल था, हालाँकि गायब व्यक्तियों को वापस लाने, 'मारो

और फेंक दो' की नीति को रोकने, संसाधनों के शोषण और संसाधनों पर नियंत्रण से इनकार करने की प्रमुख शिकायतों को संबोधित नहीं किया गया था।

राष्ट्रवादियों की अपेक्षाओं को पूरा करने में विफल रहा। 2011 में एच.आर.सी.पी. मिशन के अनुसार, वे जिन लोगों से मिले थे, उनमें लगभग सभी ने कहा कि पैकेज प्रांत में स्थिति के संदर्भ में अर्थहीन था और यहाँ तक कि पैकेज के अंतर्गत किए गए वादों को पूरा नहीं किया गया था। उदाहरण के लिए, पैकेज के अंतर्गत दी गई 5,000 नौकरियों का मूल्य अधिक नहीं था, क्योंकि ये एक वर्ष के अनुबंध थे और बलूच युवाओं की तीव्र बेरोजगारी का कोई स्थायी समाधान नहीं था।[30] इसी तरह, पैकेज के अंतर्गत बलूच अधिवास धारकों के लिए संघीय सरकार में आरक्षित 3,000 से अधिक पद घोषणा के बाद से खाली थे। इसने फिर से उस राजनीतिक इच्छाशक्ति की कमी को प्रतिबिंबित किया, जिससे निर्णयों के कार्यान्वयन को सुनिश्चित किया जा सकता था।[31]

अन्यथा, अपने स्वयं के कहे अनुसार, सरकार पैकेज में निहित साठ-पैंसठ प्रस्तावों में से केवल पंद्रह को ही लागू कर सकी। फरवरी 2013 में एक दस सदस्यीय विशेष कैबिनेट समिति ने कहा कि धन के अभूतपूर्व आवंटन के बावजूद वांछित परिणाम प्राप्त नहीं हुए।[32]

संविधान के अठारहवें संशोधन और सातवें राष्ट्रीय वित्त आयोग (एन.एफ.सी.) अनुदान ने बलूचों की दो मुख्य शिकायतों को सुधारने के लिए एक अवसर दिया। प्रांतों को अधिक-से-अधिक शक्ति देने, विशेष रूप से उन्हें तेल और गैस संसाधनों में भागीदार बनाने के लिए किया गया संशोधन, कागज पर ही रह गया, हालाँकि अगर सिंध और के.पी.के. के मुख्यमंत्रियों की शिकायतों पर विश्वास किया जाए, तो स्पष्ट रूप से अठारहवें संशोधन से व्यवहार में कोई अंतर नहीं आया है। संशय का कारण यह है कि प्रांतों को शक्ति के विचलन का कार्यान्वयन पूरी तरह से प्रभावी नहीं हुआ है। मानवाधिकार कार्यकर्ता पीटर जैकब के अनुसार : 'विश्वास की कमी और नागरिक समाज के परामर्श की कमी के माहौल में काम करने से, संवैधानिक समीक्षा की प्रक्रिया में अड़चनें आ रही हैं और सरकार संघीय से प्रांतीय स्तर तक के मंत्रालय को अधिकारों को सौंपने की विफलता की निगरानी के लिए निकाय नियुक्त करने में विफल रही है।'[33]

जैसा पहले उल्लेख किया गया था, एन.एफ.सी. अनुदान ने पहले की तरह केवल जनसंख्या को मानदंड मानने की बजाय पिछड़ेपन, गरीबी, आदि कई मानदंडों को ध्यान में रखा। इससे निश्चित रूप से बलूचिस्तान को फायदा हुआ है। परिणामस्वरूप, प्रांत का राजस्व 5.11 प्रतिशत से बढ़कर 9.09 प्रतिशत हो गया, जिससे विकास के लिए अधिक धनराशि उपलब्ध हो गई, हालाँकि 1947 से बलूचिस्तान के संचित अभाव को देखते हुए, निधियों का उपयोग पूरी तरह से किया जाने पर भी इसे ठीक करने में कई दशक लगेंगे। इसके अलावा, 30 जून, 2015 को इसकी अवधि की समाप्ति के बाद भी सातवें एन.एफ.सी. अनुदान की निरंतरता केवल असंवैधानिक ही नहीं है, बल्कि इसने बलूचिस्तान को प्रतिकूल स्थिति में डाल दिया है। इसका कारण यह है कि सातवें एन.एफ. सी. अनुदान ने बलूचिस्तान में गरीबी को कम करने के लिए गरीबी के अप्रचलित और हेरफेरवाले आँकड़ों का उपयोग किया था। परिणामस्वरूप, बलूचिस्तान को सालाना 28 अरब रुपए तक का नुकसान हो रहा है।[34]

6 अगस्त, 2015 को प्रधानमंत्री नवाज शरीफ ने एक और पैकेज को मंजूरी दी जिसे पुर-

अमन (शांतिपूर्ण) बलूचिस्तान कार्यक्रम कहा जाता है, हालाँकि पिछले रिकॉर्ड को देखते हुए, इस कार्यक्रम की संभावित सफलता के विरुद्ध एक प्रश्नचिह्न भी था। मोहम्मद अली तालपुर के अनुसार, दो शरीफों का पुर-अमन बलूचिस्तान कार्यक्रम एक विकास कार्यक्रम नहीं है, यह केवल एक 'शांति योजना' है, जो केवल सी.पी.ई.सी. पर काम करनेवाले चीनियों की सुरक्षा सुनिश्चित करने पर आधारित है। इस शांति योजना में यह शामिल है कि 50,000 से अधिक फ्रंटियर कॉर्प्स कर्मियों की उपस्थिति के बावजूद एक विशेष सुरक्षा प्रभाग का गठन आवश्यक हो गया है।[35] अगर ये कार्यक्रम क्षेत्र में कुछ विकास लाते भी हैं, तो वह बहुत कम होगा। दरअसल, 26 अगस्त, 2015 को बरहमदाग बुगती के कहे अनुसार, 'बलूचिस्तान में विकास अप्रासंगिक है, क्योंकि प्रांत में एक लोकतांत्रिक सरकार मौजूद नहीं है और बलूच निर्णय में शामिल नहीं थे।'[36] जुलाई 2017 के अंत में नवाज शरीफ को अयोग्य ठहराए जाने के बाद प्रधानमंत्री का पदभार सँभालनेवाले शाहिद खान अब्बासी ने बलूचिस्तान के लिए एक 'बराबरी पैकेज' की घोषणा की, जिसकी अनुमानित कीमत दस वर्ष की अवधि में 20 अरब बताई गई थी। यह गैस, बिजली, शिक्षा और स्वच्छ पेयजल की व्यवस्था के लिए था।[37] हालाँकि, यह संभावना नहीं थी कि ऐसा कोई नकद पैकेज बलूचों को शांत करेगा, जो दान की नहीं बल्कि अपने अधिकारों को पाने की आशा कर रहे थे।[38] इसके अलावा, यह उल्लेखनीय था कि केंद्र केवल आधे पैसे का योगदान करेगा, शेष राशि प्रांतीय सरकार द्वारा जुटाई जाएगी। पी.एम.एल.-एन. सरकार के लिए भी इसमें कुछ देर हो गई थी, जिसके पास उस समय यह महसूस करने के लिए कुछ ही महीने बचे थे कि बलूचिस्तान में बुनियादी सेवाओं की आवश्यकता थी।

सभी 'पैकेजों' के साथ मूल समस्या यह रही है कि वे इस बात को नजरअंदाज करते हैं कि बलूच इतने अलग-थलग क्यों थे। उन्हें बलूचों की इस मजबूत धारणा की बहुत कम समझ है कि उन्हें एक उपनिवेश माना जाता है, जो अपने लाभ के लिए अपने संसाधनों का उपयोग करने में असमर्थ हैं। 'न्यूज' कहता है, 'सँभालने के लिए केवल आर्थिक विकास की नहीं, बल्कि राजनीतिक सुधारों के पैकेज की आवश्यकता होती है। इसके लिए राज्य को सिर्फ एक पैकेज की घोषणा करने और विश्वास करने की बजाय बलूचिस्तान के नेताओं की बात सुनने की आवश्यकता होगी, जो दशकों से चली आ रही समस्याओं का समाधान करेंगे।'[39]

सरकार के लिए कार्य काफी स्पष्ट है। विश्व बैंक द्वारा प्रायोजित बलूचिस्तान आर्थिक रिपोर्ट के अनुसार, जिसका एक पिछले अध्याय में उल्लेख किया गया है, गरीबी से ग्रस्त आबादी के एक उल्लेखनीय प्रतिशत को गरीबी रेखा से ऊपर उठाने के लिए प्रांत को सालाना 1,58,000 नौकरियों और 6.5 प्रतिशत की वृद्धि दर की आवश्यकता है। दुर्भाग्य से, बलूचिस्तान में विकास दर केवल 2.9 प्रतिशत है। बलूचिस्तान को अन्य प्रांतों के स्तर तक लाने के लिए कई क्षेत्रों में बड़े पैमाने पर निवेश की आवश्यकता होगी, हालाँकि बलूचिस्तान के भूगोल और जनसांख्यिकी को देखते हुए, इसलामाबाद की कोई भी राजनीतिक सरकार इस तरह के निवेश करने के लिए तैयार नहीं है। एक राजनेता के लिए, बलूचिस्तान में अधिक निवेश चुनावी लाभ में तब्दील नहीं होता है, क्योंकि बलूचिस्तान केवल बीस एम.एन.ए. (सोलह सामान्य सीटें और महिलाओं के लिए आरक्षित चार सीटें) को संसद् भेजता है। पंजाब और सिंध जैसे आबादी के उच्च घनत्ववाले प्रांतों में निवेश पर

बहुत अधिक लाभ है। इसलिए, यह आश्चर्य की बात नहीं है, बलूचिस्तान उपेक्षित, अविकसित और हाशिए पर रह गया है। इसका किसी भी सरकार के अंतर्गत समान भाग्य का सामना करना जारी है।[40]

यह इस तथ्य से भी पता चलता है कि पाकिस्तान के मुख्यधारा के राजनीतिक दल वास्तव में इसे पाकिस्तान की सत्ता संरचना में हिस्सेदार नहीं मानते हैं। वास्तव में, पाकिस्तान पीपल्स पार्टी (पी.पी.पी.), मुसलिम लीग और पाकिस्तान तहरीक-ए-इंसाफ (पी.टी.आई.) के विभिन्न रंगों जैसी मुख्यधारा की पार्टियों के लिए प्रांत में बहुत कम आधार हैं। इन दलों के सांसद भी पार्टियों के केंद्रीय नेतृत्व के अधिकार को गंभीरता से नहीं लेते हैं, बलूचिस्तान इन सरकारों को सत्ता के स्थापित करनेवाला मोहरा माना जाता है।[41] परिणामस्वरूप, सभी प्रमुख राजनीतिक दलों ने अपने को केवल प्रांत में एक साधारण उपस्थिति बनाए रखने तक सीमित कर लिया है। बलूचिस्तान की राजनीति में संघीय दलों की भागीदारी की अनुपस्थिति सामान्य तत्त्वों को प्रांत में लौटने से रोकनेवाले तत्त्वों में से एक है।

पूर्व प्रधानमंत्री नवाज शरीफ ने 2013 में पद सँभालने और जुलाई 2017 में पद छोड़ने तक, शायद ही प्रांत में कोई राजनीतिक सभा आयोजित की थी। बलूचिस्तान की उनकी यात्रा कुछ परियोजनाओं के उद्घाटन के लिए आने-जाने की यात्रा भर थी। पी.एम.एल.-एन. के अन्य केंद्रीय नेताओं ने भी प्रांत का दौरा करने और इसकी राजनीति में खुद को शामिल करने की परेशानी नहीं उठाई। कुछ पी.एम.एल.-एन. नेताओं ने मार्च 2015 में सीनेट चुनाव से पहले क्वेटा का दौरा किया ताकि यह सुनिश्चित किया जा सके कि नामांकित उम्मीदवारों को वोट मिले। इसने बलूचिस्तान की राजनीति और समस्याओं के प्रति पी.एम.एल.-एन. की उदासीनता को चिह्नित किया। प्रधानमंत्री अबासी ने जनवरी 2018 में प्रांत में पी.एम.एल.-एन. सरकार के पतन को रोकने का प्रयास किया था और असफल रहे।

पी.पी.पी. ने बलूचिस्तान के साथ कोई अलग व्यवहार नहीं किया है। 2008 से 2013 तक प्रांतीय सरकार के रूप में पी.पी.पी. का कार्यकाल भ्रष्टाचार, खराब शासन और भाई-भतीजावाद से चिह्नित था। एक बार सत्ता से बाहर होने के बाद प्रांत में केंद्रीय नेतृत्व का हित घट गया। फरवरी 2017 में आसिफ जरदारी ने राष्ट्रपति के रूप में कार्यकाल समाप्त होने के बाद मुख्य रूप से बलूचिस्तान से संभावित 'जीतनेवाले घोड़ों' को चुनने के लिए पहली बार बलूचिस्तान का दौरा किया।

पी.टी.आई. का रवैया इससे अलग नहीं है। इसने अप्रैल 2012 में क्वेटा में एक राजनीतिक सभा आयोजित की, लेकिन तब से बलूचिस्तान इनके रडार से ओझल हो चुका है। पी.टी.आई. की धरना राजनीति में भी, बलूचिस्तान से पार्टी का नेतृत्व शामिल नहीं था। केंद्रीय नेतृत्व ने बलूचिस्तान में पार्टी की राजनीतिक संरचना को मजबूत करने के लिए बहुत कम प्रतिबद्धता दिखाई। प्रधानमंत्री बनने के बाद, इमरान खान ने कुछ परियोजनाओं के उद्घाटन के लिए कुछ समय के लिए प्रांत का दौरा किया, लेकिन इसके अलावा कुछ और नहीं किया था।

बलूचिस्तान में स्थित राष्ट्रवादी और धार्मिक दलों ने भी एक ऐसा ही रवैया बना रखा है। पख्तूनख्वा मिल्ली अवामी पार्टी (पी.के.एम.ए.पी.) और नेशनल पार्टी दो पार्टियाँ हैं, जो क्रमशः पश्तून और बलूच जातीय पत्ते खेलती हैं। ये पार्टियाँ सरकार के लाभों का आनंद लेने में व्यस्त रहीं और अपने कार्यकाल के अंत तक अधिकतम लाभ प्राप्त करने के लिए उनकी राजनीतिक गतिविधियाँ सीमित थीं।

जमीयत उलेमा-ए-इसलाम-फजलुर (जे.यू.आई.-एफ.) प्रांत की प्रमुख विपक्षी पार्टी थी। मुख्यत: धार्मिक सेमिनारों के माध्यम से प्रांत में इसका एक विशाल नेटवर्क है, हालाँकि पार्टी संघीय स्तर पर सरकार में थी, इसलिए वह ऐसी किसी भी गंभीर राजनीतिक गतिविधियों में शामिल नहीं थी जिसका उद्देश्य प्रांतीय सरकार को चुनौती देना था। इसने केवल बलूचिस्तान नेशनल पार्टी-मेंगल (बी.एन.पी.-एम.) को छोड़ा, जो एक राष्ट्रवादी पार्टी भी है, लेकिन बलूचिस्तान में सीमित प्रतिनिधित्व के साथ यह अप्रभावी साबित हुई।

बलूचिस्तान की राष्ट्रवादी पार्टियों का प्रभाव केवल प्रांतीय स्तर पर है। वे संसद् में बलूचिस्तान के छोटे हिस्से के कारण संघीय स्तर पर कोई प्रभाव नहीं डाल पाती हैं। दूसरी ओर, बलूचिस्तान की प्रमुख समस्याओं की प्रकृति संघ-केंद्रित है और वे प्रांतीय स्तर पर हल नहीं की जा सकतीं। अगर पाकिस्तान के मुख्यधारा के राजनीतिक दल बलूचिस्तान की अनदेखी करते रहे तो प्रांत में समस्याओं का समाधान होने की संभावना नहीं है।[42]

इस तथ्य को देखते हुए बलूचों में रोष होना आश्चर्य की बात नहीं है कि उन्होंने इसलामाबाद आधारित नेताओं को जमीनी काररवाई किए बिना केवल बातें बनाते देखा है। उदाहरण के लिए, सत्ता सँभालने के तुरंत बाद, जनरल मुशर्रफ ने छोटे प्रांतों में अभाव की बढ़ती भावना को कम करने का वादा किया और उन्होंने बलूचिस्तान के लोगों से 'पिछली गलतियों' के लिए माफी भी माँगी।' इसी तरह, राष्ट्रपति आसिफ अली जरदारी ने बलूचिस्तान के लिए सार्वजनिक माफी के साथ अपनी शुरुआत की और यह कहते हुए कि उनकी बलूच जड़ें उस लक्ष्य के प्रति उनकी प्रतिबद्धता को मजबूत करेंगी, अतीत की गलतियों को सुधारने का वादा किया, हालाँकि वास्तव में कुछ नहीं बदला। अगर 'बलूचिस्तान में स्थिति पहले से भी बदतर है तो इसका कारण जुल्फिकार अली भुट्टो के कार्यकाल में, 1970 के दशक के बलूच विद्रोह में है।'[43] लिखने के समय तक इमरान खान के शासन में भी कुछ नहीं बदला है।

मुशाहिद हुसैन के अनुसार, 'विभिन्न सरकारों के दौरान ये आवर्ती समस्याएँ, गहराई में बैठी एक मानसिकता की ओर इशारा करती हैं, जो 1973 के संविधान के अंतर्गत बलूचों को उनके कानूनी अधिकारों को देने और महासंघ के समान भागीदार मानने में एक प्रमुख बाधा है।' उनके अनुसार, इस मानसिकता ने बलूचिस्तान में भुट्टो और मुशर्रफ जैसे शासकों को ऐसे अपराधों का दोषी ठहराया, जिनमें 1975 में सरदार अत्ताउल्लाह मेंगल के बेटों की दु:खद हत्या और 2006 में नवाब अकबर बुगती की हत्या शामिल थे। वे इस मानसिकता को 'केवल औपनिवेशिक, कठोर और नौकरशाही कहते हैं, बल्कि यह उन लोगों के साथ तर्क करने से इनकार कर रहा है, जो यथास्थिति को चुनौती देने का साहस करते हैं।' वे मानते हैं कि बलूचिस्तान से निपटने में संघीय सरकार का ट्रैक रिकॉर्ड वास्तव में घृणित था, चाहे वह शासक खाकी में हो या मुफ्ती में।[44]

□

# 18

# सेना की प्रतिक्रिया

बलूचिस्तान की स्थिति के लिए सेना की प्रतिक्रिया मौलिक है। पाकिस्तान में लोकतंत्र की बहाली के बावजूद, बलूच मुद्दे को राजनीतिक रूप से नहीं, बल्कि सैन्य रूप से नियंत्रित किया जाता है।

बलूचिस्तान की स्थिति के बारे में सेना का दृष्टिकोण तीन कारकों से तय होता है—एक, इस ज्ञान से उपजी असुरक्षा कि बलूचिस्तान के लोगों ने 1948 में अपने जबरन विलय के बाद से पाकिस्तान को पूरी तरह नहीं अपनाया। दो, बांग्लादेश के बनने का निरंतर सदमा। पूर्वी पाकिस्तान के अलगाव का आघात ऐसा है कि सेना को डर है कि इसे बलूचिस्तान में दोहराया जा सकता है। इस प्रकार, सत्तारूढ़ अभिजात वर्ग, विशेष रूप से सेना, असंतोष को देश की अखंडता के लिए खतरा मानते हुए, वैध जातीय-राष्ट्रीय माँगों को समायोजित करने में भी तेजी से सावधान हो गई है। तीन, सेना यह मानने से इनकार करती है कि बलूच उग्रवाद का कारण बलूचों की वैध शिकायतें हैं। इसकी बजाय, रक्षा विभाग ने इसे पाकिस्तान को अस्थिर करने या चीन-पाकिस्तान आर्थिक गलियारे (सी.पी.ई.सी.) को बाधित करने के लिए बाहरी रूप से प्रायोजित कहकर उसे ढकने की कोशिश की है।

सेना ने यह मानते हुए किसी भी राष्ट्रीय आंदोलन को कुचलने की कोशिश की है कि वहाँ के घटनाक्रम पर मीडिया ब्लैकआउट के साथ मिलकर 'एक सैन्य समाधान' अर्थात्, एक भौतिक दमन, असंतोष से निपटने का एकमात्र तरीका है। कहा गया है, पाकिस्तान की सेना, '...ने एक सेना होने में संदिग्ध अंतर अर्जित किया है, जो इसके निर्देशों का पालन करने से इनकार करने पर अपने लोगों को जीतने की कोशिश करती रहती है।[1] यह बलूचिस्तान में सुरक्षा के लिए सरलीकृत सैन्य दृष्टिकोण है, जो उनकी मानसिकता में घुल-मिल गया है और वास्तव में समस्या का एक बुनियादी हिस्सा है, उसका समाधान नहीं है।[2] सत्ता में न होने पर भी सेना का वर्चस्व निरंतर बना रहा है, जिससे यह सुनिश्चित हो गया है कि बलूचिस्तान को सँभालने की नीति में बदलाव की संभावना नहीं है।

मुशर्रफ ने सेना की मानसिकता का अनुकरण किया। बलूचिस्तान में शांति और विकास में तोड़-फोड़ करने की कोशिश कर रहे 'बदमाशों' के साथ किसी भी समझौते को खारिज करते हुए, उन्होंने राष्ट्र के नाम एक संबोधन में दोहराया कि '...इन सरदारों के बोलबाले को खत्म करने और

सरकार के लिए राष्ट्रीय संपत्ति और प्रतिष्ठान की रक्षा करने का समय आ गया है···इन क्रूर बलूच सरदारों के साथ कोई राजनीतिक समझौता नहीं किया जाएगा जो सरकार विरोधी, लोकतंत्र विरोधी और यहाँ तक कि अतीत में राज्य विरोधी गतिविधियों में शामिल रहे हैं।'[3]

वर्तमान में, ग्वादर में गहरे समुद्री बंदरगाह का निर्माण, सी.पी.ई.सी. और चीनियों की सुरक्षा की आवश्यकता ने सेना को बलूचों के विरुद्ध सैन्य अभियान को तेज करने के लिए एक और बहाना दिया है।

## सेना की रणनीति

उग्रवाद से निपटने के लिए सेना ने कई हथकंडे अपनाए हैं।

## अत्यधिक बल का उपयोग

सेना द्वारा, आवश्यकता से बहुत अधिक, अंधाधुंध रूप से बल का उपयोग किया गया है। कई टीकाकारों और संगठनों ने इसकी गवाही दी है। सेलिग हैरिसन ने कहा है, 'पाकिस्तानी और ईरानी बल मारक क्षमता का प्रचंड उपयोग करते हैं, [1973–1977 विद्रोह के दौरान] बलूच गाँवों पर विशेष रूप से अंधाधुंध हवाई हमलों, कड़वाहट और स्थायी घृणा की एक विरासत छोड़ दी है। चूँकि लगभग सभी बलूचों को पाकिस्तानी दमन का प्रभाव महसूस हुआ, इसलिए अब बलूच आबादी का अभूतपूर्व रूप से राजनीतिकरण हो गया है। 1980 के मध्य में, मुझे बलूच के बीच व्यापक प्रत्याशा मिली, जिनमें बलूच वीरता के सम्मान को पूरा करने की व्यापक इच्छा और परिस्थितियों के अनुकूल होने पर संघर्ष को नवीनीकृत करने की तत्परता थी।'[4] पाकिस्तान के मानवाधिकार आयोग ने बताया कि एफ-16 और कोबरा गनशिप द्वारा 'अंधाधुंध बमबारी और स्ट्राफिंग' का उपयोग छापामारों को फिर से खुले में लाने के लिए किया जा रहा है। पाकिस्तानी सेना के छह ब्रिगेड, साथ ही लगभग 25,000 अर्धसैनिक बल को कोहलू पहाड़ों और आसपास के उन क्षेत्रों में तैनात किया जाता है, जहाँ लड़ाई सबसे तीव्र होती है, वे लोगों को मारते हैं।'[5]

## मारो और फेंक दो—और बलपूर्वक गायब करना[6]

निष्ठुर बल के अलावा, सेना ने लोगों के अपहरण या बलपूर्वक गायब करने का भी सहारा लिया है, असहाय व्यक्तियों की हत्या की है और उनके शवों को विकृत किया है, जिन्हें व्यापक रूप से 'मारो और फेंक दो' अभियान के रूप में जाना जाता है। लाशों पर यातना देने के गहरे निशान हैं। ऐसे पीड़ितों में छात्र, डॉक्टर, वकील और पत्रकार—उभरता मध्यम वर्ग शामिल हैं—जिन्हें खुफिया एजेंसियों ने कानून के किसी भी न्यायालय के समक्ष पेश किए बिना हिरासत में लिया है। ऐसे बलपूर्वक गायब किए गए लोगों की सही संख्या विवादित है, लेकिन हजारों में होगी। बेशक, सेना ने इन 'मारो और फेंक दो' अभियानों में अपनी किसी भी तरह की भागीदारी से इनकार किया है।

## उग्रवाद को कम आँकना

कई बार सेना ने उग्रवाद को कम आँकने की कोशिश करते हुए कहा कि वास्तव में कोई उग्रवाद नहीं था। यह कहकर कि वह केवल फ्रंटियर कॉर्प्स का उपयोग करके हिंसा को रोकने के लिए पुलिस अभियान चला रही थी, बलूचिस्तान में सेना को तैनात किए जाने से भी इनकार किया गया है। उदाहरण के लिए, इंटर-सर्विसेज पब्लिक रिलेशंस (आई.एस.पी.आर.) के पूर्व महानिदेशक, मेजर जनरल, शौकत सुल्तान ने 15 सितंबर, 2004 को 'डेली टाइम्स' को दिए एक साक्षात्कार में कहा कि बलूचिस्तान में कोई सैन्य अभियान नहीं हो रहा था और वहाँ का जीवन सामान्य था। जब भी कोई आतंकवादी हमला हुआ, प्रांतीय सरकार ने नागरिक अधिकारों की सहायता के लिए सैनिकों को बुलाया है।[7] हाल ही में, तत्कालीन कमांडर, दक्षिणी कमान, लेफ्टिनेंट जनरल आमेर रियाज ने एक सभा को बताया, 'बलूचिस्तान में कोई उग्रवाद नहीं है, लेकिन कुछ गुमराह उग्रवादी हैं।'[8]

पाकिस्तानी सेना के दृष्टिकोण से 'सैन्य अभियान' तब होता है, जब एक लक्ष्य को पूरा करने के लिए टैंक और हैलीकॉप्टर के साथ-साथ हथियार भी रखे जाते हैं। दूसरी ओर, बलूच अतिरिक्त न्यायिक हत्याओं, गायब लोगों और यहाँ तक कि चेक पोस्टों पर जाँच को भी 'अभियान' मानते हैं।[9]

## इसलामीकरण

सेना की रणनीति का एक अन्य तत्त्व इसलामीकरण के माध्यम से बलूचों की जातीय पहचान को एक आम मुसलिम पहचान बनाने की कोशिश करना है। देश के बाकी हिस्सों की तरह, बलूचिस्तान भी जिया-उल-हक के इसलामीकरण के उत्साह से बच नहीं सका, हालाँकि जैसा कि पहले के एक अध्याय में चर्चा की गई है, पिछले एक दशक में देवबंदी समूहों के साथ-साथ अहले हदीस जमात-उद-दावा (जे.यू.डी.)/लश्कर-ए-तैयबा (एल.ई.टी.) का उपयोग करके प्रांत को कट्टरपंथी बनाने का एक स्पष्ट प्रयास किया गया है। उदाहरण के लिए, अक्तूबर 2015 के भूकंप में केवल जे.यू.डी. को राहत प्रयासों की अग्रिम पंक्ति में रहने की अनुमति थी।[10] सत्ता ने देवबंदी और सलाफी आतंकवादी संगठनों को बलूचिस्तान के उन्नीस बलूच जिलों, विशेष रूप से मस्तंग और लासबेला जिलों में काम करने के लिए प्रोत्साहित किया है। जैसा कि पहले अध्याय में उल्लेख किया गया है, कुछ ब्राहवी युवा कथित तौर पर सांप्रदायिक समूहों में शामिल हो गए हैं और उनका उपयोग हजारा शिया और बलूच राष्ट्रवादियों को निशाना बनाने के लिए किया जा रहा है।

राज्य ने राष्ट्रवादी/अलगाववादी भावना का मुकाबला करने के साधन के रूप में बलूचिस्तान में जे.यू.डी. संपत्ति' 'सम्मिलित' की है। इसने बलूचिस्तान की स्थिति को नियंत्रित करने के लिए जमात-उद-दावा के प्रमुख हाफिज सईद को अपनी पसंदीदा 'रणनीतिक संपत्ति' के साथ तैनात कर दिया। उसने दिसंबर 2016 में क्वेटा का दौरा किया और उन्हें पूर्ण प्रोटोकॉल प्रदान किया गया, हालाँकि उनकी उपस्थिति ने बलूचिस्तान में कोई लहर उत्पन्न नहीं की।[11]

## राष्ट्रवादियों का विरोध

सेना द्वारा अपनाई गई एक और रणनीति है—राष्ट्रवादियों को रोजगार देना। राष्ट्रीय आंदोलन को कुचलने के लिए खुफिया एजेंसियों द्वारा एक संगठन, तहरीक-ए-नेफज-ए-अमन बलूचिस्तान

(टी.एन.ए.बी.; बलूचिस्तान में शांति की बहाली के लिए आंदोलन) का गठन किया गया है। टी.एन.ए.बी. को पूर्व प्रांतीय मुख्यमंत्री असलम रायसानी के भाई सिराज रायसानी के नेतृत्ववाले एक राजनीतिक दल मुताहिदा महाज बलूचिस्तान (संयुक्त मोर्चा बलूचिस्तान) की सशस्त्र शाखा कहा जाता है। सशस्त्र विंग बलूचिस्तान में शांति बहाल करने के लिए सत्ता का समर्थन करने का दावा करता है।[12] दिलचस्प बात यह है कि जुलाई 2018 के चुनावों के लिए बलूचिस्तान अवामी पार्टी (बी.ए.पी.) के उम्मीदवार रहे असलम रायसानी 13 जुलाई, 2018 को मस्तंग में एक राजनीतिक रैली में एक आत्मघाती विस्फोट में मारे गए थे। माना जाता है कि दायेश द्वारा की गई आतंकवादी घटना में 130 से अधिक लोग मारे गए थे।[13]

एच.आर.सी.पी. ने एक और सशस्त्र सतर्कता संगठन का उल्लेख किया है, जो खुद को बलूच मुसल्लाह तफताजे तन्जीम कहता है, यह गुमशुदा व्यक्तियों के शवों की गुमशुदगी या बरामदगी के बारे में पुलिस में मामला दर्ज करने की कोशिश करने पर लोगों को खुले तौर पर गंभीर परिणाम होने की धमकी देता था। फोन पर धमकी देनेवालों ने बलूच होने का दावा किया था, हालाँकि जब स्थानीय बालोची या ब्राहवी भाषाओं में संबोधित किया गया, तो वे जवाब देने में विफल रहे। इससे लोगों को विश्वास हो गया कि वे बलूच नहीं थे। जहाँ गायब व्यक्तियों के परिवारों ने खुलासा किया था कि सुरक्षा एजेंसियों के कर्मी उनके रिश्तेदारों के अपहरण के लिए जिम्मेदार थे, वहाँ पुलिस ने मामलों की जाँच करने या यहाँ तक कि उन मामलों में अभियुक्तों से पूछताछ करने के लिए आधे-अधूरे प्रयास भी नहीं किए हैं।[14]

स्वाभाविक तौर पर सेना ने ऐसे आरोपों से इनकार किया है। इसके बावजूद, पाकिस्तानी मीडिया का खबरों में 1971 में बांग्लादेश मुक्ति युद्ध में पाकिस्तानी सेना द्वारा कुख्यात अल शम्स और अल बद्र मिलिशिया जैसे 'डेथ स्क्वाड' के उपयोग को उजागर करना जारी है।[15]

एक राजनीतिक दल के एक प्रतिनिधि ने एच.आर.सी.पी. को बताया कि ऐसे चरमपंथी तत्त्वों के पास रंगीन खिड़कियोंवाली कारें थीं, जो प्रांत के विभिन्न चेक पोस्टों से अबाधित रूप से गुजरती थीं। यह दावा किया गया था कि उनमें से कुछ ने गुप्तचर एजेंसियों द्वारा अवैध रूप से हथियार और अपंजीकृत कारों के लिए परमिट के रूप में काम करनेवाले कार्डों पर मुहर लगाई थी।[16] मस्तंग में एक मामले में, निवासियों ने एक हमलावर को चाकू मार दिया, जिसके पास आई.एस.आई. का पहचान पत्र था। कुछ वरिष्ठ सार्वजनिक हस्तियों ने तथ्य-खोज मिशन के साथ अपने साक्षात्कार में इस घटना की पुष्टि की।[17] एक कानूनविद् ने कहा कि भले ही ऐसे चरमपंथी पुलिस द्वारा पकड़े गए हों और अदालत में पेश किए गए हों, लेकिन सबूतों के अभाव में उन्हें छोड़ दिया गया था और वे कुछ दिनों में सड़कों पर घूम रहे थे। सैकड़ों हिंसक घटनाओं के बावजूद इनमें से एक भी राज्य-प्रायोजित तत्त्व को अदालत में रखने की कोशिश नहीं की गई थी और प्रांत में फ्रंटियर कॉर्प्स और हजारों पुलिसकर्मियों की मौजूदगी के बावजूद हमले जारी रहे।[18]

यदि सभी नहीं, तो इनमें से कुछ संगठनों के संप्रदायवादी आतंकवादी तत्त्वों के साथ संबंध हैं। उनमें से कई ए.ई.एस.आई.एस. और लश्कर-ए-झांगवी (एल.ई.जे.) में शामिल हो गए हैं और राज्य के लिए बलूच विद्रोहियों से बड़ा खतरा बन गए हैं। इसलामिक स्टेट (आई.एस.आई.एस.) द्वारा 2017 में किए गए पाँच हालिया हमलों में 220 से अधिक लोग मारे गए और कई अन्य घायल हुए।

इनमें से एक, शैफिक मेंगल का बलूच आतंकियों को निशाना बनाने के लिए उपयोग किया गया था। उसने बलूचिस्तान में कई आतंकवादी घटनाओं के लिए जिम्मेदार लश्कर-ए-झांगवी अल-अलमी में एक प्रमुख स्थान ग्रहण किया था।

## विदेशी हाथ

जब विद्रोह आरंभ हुआ, तो मुशर्रफ और सेना ने इसे कुछ 'उपद्रवियों' का काम बताया, उनका मतलब कुछ आदिवासी सरदारों से था, हालाँकि जब विद्रोह गैर-जनजातीय क्षेत्रों में फैल गया, तो कथा 'विदेशी हाथ' में बदलने लगी। जनता को सूचित किया गया कि विदेशी शक्तियों, विशेष रूप से भारत ने ग्वादर बंदरगाह और सी.पी.ई.सी. के विकास को बाधित करने के लिए उन्हें नियुक्त किया था। राज्य के सूचना तंत्र ने बलूचिस्तान के मामलों में भारतीय 'हस्तक्षेप' पर जोर देनेवाली कहानियों को जारी रखा।[19] हालाँकि, 'डेली टाइम्स' ने उपयुक्त टिप्पणी की, 'जिम्मेदारी को केवल सी.पी.ई.सी. पर डालना पर्याप्त नहीं है—जैसे कि यह हर अवसर के लिए उपयुक्त रामबाण है। किसी पाकिस्तानी राज्य में शांति व्यवस्था नहीं मिलती है। और इसका मतलब केवल अधिकतर आगंतुकों द्वारा देखे जानेवाले सामने के लॉन पर ध्यान केंद्रित न करके पीछे के बगीचे पर भी ध्यान देना चाहिए। दोनों राष्ट्रीय सीमाओं की पिकेटिंग बाड़ के भीतर आते हैं।'[20]

वास्तव में, '...जब सेना को लगता है कि वे स्थिति को नियंत्रित करने में असमर्थ हैं तो अंतरराष्ट्रीय षड्यंत्रों का हवाला देना उनके लिए स्थिति को मापने का एक यंत्र बन गया है।'[21] 'विदेशी हाथ' के इस दलदल में फँसकर सरकार को बलूच संघर्ष के प्रति सहानुभूति पाने की आशा है। यह उन्हें अंतरराष्ट्रीय दर्शकों को गायब व्यक्तियों और 'मारो और फेंक दो' की भयानक नीति के क्रूर निष्पादन के औचित्य को सँभालने में भी सहायता करती है।[22]

1960 और 70 के दशक में अफगानिस्तान और सोवियत संघ पर आरोप लगाए जाते थे। आज भारत पर लगाए जा रहे हैं। भारतीय समर्थन के बारे में अकसर आरोप लगते रहे हैं। बलूचिस्तान के तत्कालीन मुख्यमंत्री, जाम मोहम्मद यूसुफ ने 13 अगस्त, 2004 को भारत पर आतंकवादियों का समर्थन करने और बलूचिस्तान में चालीस प्रशिक्षण शिविर बनाए रखने का आरोप लगाया।[23] आई.एस.पी.आर. के तत्कालीन महानिदेशक मेजर जनरल शौकत सुल्तान ने 15 सितंबर, 2004 को 'डेली टाइम्स' को दिए एक साक्षात्कार में इन आरोपों को दोहराया था।[24] दो वर्ष बाद, बलूचिस्तान के गवर्नर ओवैस गनी ने भारत पर उग्रवाद और अफगान सरदारों और नशीली चीजों के तस्करों और आतंकियों को हथियार देने का आरोप लगाया।[25] फरवरी 2006 में मुशर्रफ ने अफगानिस्तान के राष्ट्रपति हामिद करजई को 'सबूत' पेश किया कि भारत अफगानिस्तान के भीतरी ठिकानों का उपयोग बलूचिस्तान और 'एफ.ए.टी.ए.' में 'भयंकर परेशानी' उत्पन्न करने के लिए कर रहा था।[26] पाकिस्तान के सीनेटर मुशाहिद हुसैन ने एक अप्रैल 2006 में न्यूज के साथ साक्षात्कार में भारतीय एजेंसियों पर विस्फोटकों और परिष्कृत हथियारों के उपयोग में बलूच असंतुष्टों को प्रशिक्षित करने के लिए पाकिस्तान-अफगानिस्तान सीमा के पास प्रशिक्षण शिविर स्थापित करने का आरोप लगाकर उन आरोपों को एक कदम और आगे बढ़ाया। हुसैन ने आगे दावा किया कि भारत अफगानिस्तान के भीतर अपने पाँच राजनयिक मिशनों का एन.डब्ल्यू.एफ.पी. (अब के.पी.

के.) और बलूचिस्तान दोनों में गुप्त संचालन के लिए लॉन्च पैड के रूप में उपयोग कर रहा था।[27]

अप्रैल 2009 में प्रधानमंत्री के आंतरिक मामलों के तत्कालीन सलाहकार रहमान ए. मलिक ने पाकिस्तान की सीनेट में आरोप लगाया कि भारत बलूचिस्तान लिबरेशन आर्मी (बी.एल.ए.) को प्रांत में विद्रोह को बढ़ावा देने और अशांति उत्पन्न करने के लिए समर्थन दे रहा है।[28] 3 जून, 2012 को फ्रंटियर कॉर्प्स के तत्कालीन इंस्पेक्टर जनरल मेजर जनरल उबैदुल्ला खान खट्टक ने प्रेस को बताया कि बलूचिस्तान में बलूच असंतुष्टों द्वारा चलाए जानेवाले 121 प्रशिक्षण शिविर सक्रिय थे और उनमें से बीस सीधे 'विदेशी एजेंसियों' द्वारा समर्थित थे। भारत पर लगातार संदेह किया जाता रहा है, पर अफगानिस्तान और संयुक्त राज्य अमेरिका की तरफ भी संकेत करते हैं।[29] वर्तमान में, क्वेटा में एक संगोष्ठी में बोलते हुए पूर्व सेना प्रमुख जनरल राहील शरीफ ने कहा कि विदेशी विरोधी पाकिस्तान को अस्थिर करने के किसी भी अवसर का फायदा उठाने के लिए उत्सुक थे।' उग्रवाद बाहरी रूप से समर्थित और आंतरिक रूप से सुविधा प्राप्त है।'[30]

हालाँकि, विदेशी फंडिंग या सीमा पार के अभयारण्यों और ठिकानों के बारे में बहुत कम साक्ष्य प्रस्तुत किए गए हैं। खुद बलूचों ने इस बात पर जोर दिया है कि उग्रवाद एक 'स्वदेशी, राष्ट्रवादी आंदोलन' था।[31] सेलिग हैरिसन कहते हैं, 'मुद्दे के राजनीतिक आयामों को पहचानने और उन्हें हल करने के लिए काम करने की बजाय, पाकिस्तान ने भारत पर अफगानिस्तान में अपने वाणिज्य दूतावासों का बलूच विद्रोहियों की सहायता के लिए उपयोग करने का आरोप लगाकर आसान रास्ता अपनाया है, हालाँकि सार्वजनिक डोमेन में, इसका प्रमाण नहीं है।'[32] ग्रे कहते हैं, पाकिस्तानी अधिकारियों के व्यापक आरोपों के बावजूद, कट्टरपंथियों को कोई महत्त्वपूर्ण विदेशी समर्थन नहीं है, जिससे उनके पक्ष में बलों के प्रांतीय संतुलन में बदलाव की संभावना हो।[33]

मीडिया रिपोर्टों के अनुसार, वर्तमान पसंदीदा कहानी पूर्व भारतीय नौसेना अधिकारी कुलभूषण जाधव के बारे में है। कथा के अनुसार, जाधव एक भारतीय खुफिया एजेंसी के लिए काम करनेवाला एक भारतीय नौसेना अधिकारी था और 2016 में पाकिस्तान में पाकिस्तानी सुरक्षा बलों द्वारा पकड़ा गया था। अपने रिकॉर्ड किए गए कबूलनामे में जाधव ने स्वीकार किया कि भारतीय खुफिया एजेंसी द्वारा उन्हें बलूचिस्तान और कराची में अशांति को बढ़ावा देने का काम सौंपा गया था और वे बलूच छात्र संगठनों और विद्रोहियों तथा आतंकवादी समूहों के साथ काम कर रहे थे।[34] इसे बलूचिस्तान में भारतीय हस्तक्षेप और राज्य प्रायोजित आतंकवाद का 'सबूत' माना जाता है। तथ्य यह है कि जाधव को इसलामाबाद में भारतीय उच्चायोग के बार-बार अनुरोध के बावजूद राजनयिक पहुँच नहीं दी गई थी और तथाकथित 'कबूलनामे' को स्पष्ट रूप से दबाव के अंतर्गत रिकॉर्ड किया गया था, जो टी.वी. कार्यक्रम देखनेवाले सभी लोगों के लिए स्पष्ट था। हालाँकि जाधव को एक सैन्य अदालत ने मौत की सजा सुनाई है, लेकिन लिखने के समय तक यह मामला अंतरराष्ट्रीय न्यायालय (आई.सी.जे.) में लंबित है।

उल्लेखनीय है कि बलूच मानवाधिकार कार्यकर्ता मामा कदीर बलूच ने एक साक्षात्कार में पुष्टि की कि कुलभूषण जाधव का ईरान में अपहरण कर लिया गया था, वे जासूस नहीं थे, वे कभी भी बलूचिस्तान में नहीं घुसे और उन्हें बिना सबूत के दोषी ठहराया गया। उन्होंने जानकारी देते हुए कहा कि जैश-उल-अदल समूह के एक ईरानी धर्मगुरु मुल्ला उमेर बालोची ईरानी (पाकिस्तान

सेना के पेरोल पर रहनेवाले एक संगठन) ने ईरान के सरबाज में जाधव का अपहरण कर लिया था और उन्हें 40-50 करोड़ रुपए में बेच दिया था।[35] इन खुलासों ने स्पष्ट रूप से भारतीय जासूस के बारे में सेना के विस्तृत कथन को खंडित किया।

यह संभव है कि बलूच संचालन अफगानिस्तान और ईरान के साथ सीमाओं के पार अवैध व्यापार के माध्यम से वित्तपोषित हो, हालाँकि यह अधिक प्रशंसनीय बात है कि विशेष रूप से खाड़ी राज्यों के समृद्ध बलूच प्रवासी वित्तपोषण का प्रमुख स्रोत हैं।[36]

## परिवारों को निशाना बनाना

सेना ने दबाव बनाने के लिए बलूच नेताओं के परिवारों को निशाना बनाने में कोई संकोच नहीं किया। इसमें, वे वही दोहरा रहे हैं जो 1970 के दशक के विद्रोह में किया गया था। 1973 में बलूच कवि गुल खान नसीर के घर पर हमला कर उनके भाई की हत्या कर दी गई।[37] सुरक्षा एजेंसियों ने 1970 के दशक के मध्य में बलूचिस्तान के पूर्व मुख्यमंत्री अत्ताउल्लाह मेंगल के बेटे असद मेंगल का अपहरण कर लिया था और उनका शव कभी नहीं मिला।

वर्तमान में, अकबर बुगती के बेटे, जमील बुगती को अक्तूबर 2006 में एक संवाददाता सम्मेलन में 'सेना और सरकार के विरुद्ध बोलने' के लिए देशद्रोह के आरोप में गिरफ्तार किया गया था, जिसमें उन्होंने कहा था कि 'पहाड़ों पर लड़नेवाले' बलूच लोगों के लिए एक और युद्ध लड़ रहे थे।'...यह हर बलूच की जिम्मेदारी है कि वह अपनी क्षमता के अनुसार उनका समर्थन करे।'[38] जुलाई 2006 में कथित 'बी.एल.ए. सदस्यों' के पैंतालीस बैंक खाते निष्क्रिय कर दिए गए थे, जिनमें अकबर बुगती के परिवार के पच्चीस खाते थे। इसमें खैर बख्श मारी के बेटे, पोते और बहू भी शामिल थे।[39] नवंबर 2006 में अकबर बुगती की दो पोतियों पर बी.एल.ए. के साथ संपर्क होने का आरोप लगाया गया था और उनके बैंक खातों को निष्क्रिय कर दिया गया।[40] बरहमदाग बुगती 2011 में अफगानिस्तान के रास्ते स्विट्जरलैंड भागने में सफल रहे, लेकिन इसकी कीमत उनकी बहन को चुकानी पड़ी। उनकी शादी नवाबजादा बख्तियार खान डोमकी से हुई, जो एक प्रांतीय विधायक थे और उनकी एक बेटी भी थी। 30 जनवरी, 2012 को अज्ञात हमलावरों ने कराची में गोलीबारी कर उनकी बेटी और ड्राइवर के साथ उन्हें मार डाला।[41] 2015 में फ्रंटियर कॉर्प्स द्वारा डॉ. अल्लाह नजर के भाई और भतीजे को मार दिया गया था।[42]

## सीमांत बल (फ्रंटियर कॉर्प्स)

अर्धसैनिक फ्रंटियर कोर (फ्रंटियर कॉर्प्स) को, तकनीकी रूप से संघीय आंतरिक मंत्रालय के अंतर्गत, फ्रंटियर कॉर्प्स अध्यादेश 1959 के अनुसार, बाहरी आक्रमणकारी या दुश्मन के विरुद्ध, शत्रुतापूर्ण जनजातियों, हमलावरों या अन्य शत्रुतापूर्ण व्यक्तियों, या व्यक्तियों के विरुद्ध 'सक्रिय सेवा' में सह-संचालन या सेना की सहायता करनेवाला माना जाता है। सैद्धांतिक रूप में, प्रांतीय गृह विभाग संघीय आंतरिक मंत्रालय से प्रांतीय सरकार की सहायता करने का अनुरोध करता है, हालाँकि पाकिस्तान में शासन की उच्च केंद्रीकृत प्रणाली को देखते हुए, केंद्र निर्णय लेता है और प्रांत इसका समर्थन मात्र करते हैं।[43]

पूरे प्रांत में लगभग 500 चेक पोस्टों का होना फ्रंटियर कॉर्प्स के बारे में विवाद और कड़वाहट का एक कारण है। एच.आर.सी.पी. ने कहा कि कई लोगों ने इन पोस्टों को चलानेवालों द्वारा दुर्व्यवहार की शिकायत की है। बिना किसी उकसावे के जबरन वसूली, अपमान, धमकियों और गलत उपयोग से जुड़ी शिकायतें थीं।[44] ऐसी घटनाओं की सूचना मिली, जहाँ फ्रंटियर कॉर्प्स के जवानों ने इन चौकियों पर काम कर रहे लोगों की मूँछें मुँड़वाकर उन्हें अपमानित किया, पारंपरिक बलूच शलवार को फाड़ दिया और उनकी संस्कृति और पहनावे के अन्य संकेतों को अपमानजनक बना दिया।[45] एच.आर.सी.पी. ने एक राजनीतिक कार्यकर्ता के हवाले से कहा कि 'फ्रंटियर कॉर्प्स हमें मारने के लिए है, हमारी रक्षा करने के लिए नहीं।'[46] एक और शिकायत यह थी कि बहुत कम आबादीवाले प्रांत में सुरक्षा बलों की मौजूदगी बहुत अधिक थी और अधिकतर सुरक्षाकर्मी स्थानीय नहीं थे।

यहाँ तक कि बलूचिस्तान के मुख्यमंत्री असलम रायसानी ने फ्रंटियर कॉर्प्स को प्रांत के भीतर 'समानांतर सरकार' चलाने के लिए दोषी ठहराया। उनके मंत्रिमंडल के मंत्रियों ने फ्रंटियर कॉर्प्स पर बलूच नेताओं के साथ राजनीतिक रूप से सामंजस्य स्थापित करने के हर प्रयास को नष्ट करने का आरोप लगाया।[47]

बलूच राष्ट्रवादी कुछ औचित्य के साथ इंगित करते हैं कि बड़े पैमाने पर बलूचिस्तान के अंदरूनी अंचलों में स्थित छावनियों का उद्देश्य, 'बाहरी आक्रमण या युद्ध की धमकी' से पाकिस्तान की रक्षा करना नहीं है, जो सेना की प्राथमिक संवैधानिक भूमिका है, उनका मुख्य उद्देश्य बलूच को वश में करना और प्रांत के प्राकृतिक संसाधनों के दोहन के लिए केंद्र को असंतुष्ट और सक्षम बनाना है।[48] अत्ताउल्लाह मेंगल ने 19 दिसंबर, 2011 को पी.एम.एल.-एन. के प्रमुख नवाज शरीफ से कहा था, 'यह पाकिस्तानी सेना नहीं है। यह पंजाबी सेना है, जो बलूचों के विरुद्ध इस तरह के अमानवीय कृत्य में लिप्त है।'[49]

बलूच को आत्मसात् करने के पाकिस्तान के पिछले प्रयास आत्मविश्वास को प्रेरित नहीं करते। सेना के जनरलों के इरादे विद्रोह दबाने के लगते हैं। इस प्रक्रिया में वे इसे तेज करने में सफल रहे हैं। चूँकि सेना 'सॉफ्ट पावर' का उपयोग करने में विश्वास नहीं करती और जबरदस्ती पर निर्भर है, इसलिए इसकी नीतियाँ केवल अधिक हिंसा उत्पन्न कर सकती हैं। बलूचिस्तान का इतिहास बताता है कि बलूच राष्ट्रवाद के विचार को दफनाने की कोशिश सफल होने की संभावना नहीं है।

## निष्कर्ष

निश्चित रूप से, बलूचिस्तान पाकिस्तान के लिए पहेली है, उसका कहना है कि राज्य एक गंभीर राजनीतिक मुद्दे को सैन्य रूप से हल करने की कोशिश कर रहा है; सर्जन के नाजुक और कुशल स्पर्श की बजाय, पाकिस्तान एक कसाई के कौशल का उपयोग कर रहा है। बलूच अलगाव की भावना और असंतोष की जड़ें गहरी हैं। सेना के नेतृत्व में, बलूच राष्ट्र राष्ट्रवाद के कारण और गहराई को समझना नहीं चाहता या समझ नहीं पा रहा है। अतीत से बहुत कम सीख लेकर, पाकिस्तान, सेना के नेतृत्व में उग्रवाद को कानून और व्यवस्था की एक समस्या के रूप में देखता है, जिससे सैन्य रूप से निपटना आवश्यक है।

सेना यह नहीं देखती कि उग्रवाद वास्तविक समस्या नहीं, बल्कि समस्या का परिणाम है, वास्तविक समस्या राजनीतिक है। इसके केंद्र में यह है कि पाकिस्तान किस तरह का राज्य है और क्या बलूच जैसे अल्पसंख्यक लोगों को समान रूप से समायोजित किया जा सकता है या उन्हें पंजाबियों के वर्चस्व के अधीन रहना होगा। सेना में पंजाबियों का अधिक होना भी समस्या का हिस्सा है। पंजाब में सेना को एक दोस्त के रूप में देखा जाता है, लेकिन बलूचिस्तान, या सिंध के लिए, सेना मित्र नहीं है, बल्कि उत्पीड़न का एक बल है।

राजनीतिक समस्या से निपटने के परिणाम देखने बाकी हैं। अंतरराष्ट्रीय संकट समूह (आई. सी.जी.) ने यह उल्लेख करते हुए संभवत: इसे सबसे अच्छी तरह से बताया है कि 'सैन्य बल के माध्यम से बलूचिस्तान के क्षेत्र पर नियंत्रण बनाए रखा जा सकता है, लेकिन यह ऐसे उग्रवाद को पराजित नहीं कर सकता जिसे स्थानीय समर्थन प्राप्त है...इसके नीति निर्देश संभवत: इस अशांत प्रांत में राष्ट्र की वैधता के बाकी अवशेषों को कम कर देंगे।...विद्रोह के कम होने की संभावना नहीं है और न ही इसलामाबाद बलूच को नरम करने का प्रबंधन करेगा।'[1]

इसमें कोई संदेह नहीं है कि बलूचिस्तान एक जटिल समस्या है और इसकी जटिलता ऐसे सैन्य दिमाग को एक चुनौती देती है, जिसका उपयोग चीजों को काली और सफेद के रूप में देखने के लिए किया जाता है। फिर भी, तथ्य यह है कि कुछ वर्षों के अंतराल के बाद प्रांत में फिर से समस्या आरंभ हो जाती है, सेना सहित नेतृत्व को यह अवश्य सोचना चाहिए कि ऐसा क्यों होता है। इसका सरल उत्तर यह है कि राजनीतिक उपायों की हमेशा उपेक्षा की गई है।

यदि कोई एक बात इस समस्या में निरंतर चल रही है, तो वह 1948 में बलूचिस्तान के बलपूर्वक विलय और पंजाब के लाभ के लिए प्रांत के आर्थिक शोषण की स्मृति है, जो गंभीर रूप से वंचित करने के लिए प्रेरित है, इसने बदले में राजनीतिक अलगाव की भावना को हवा दी है। बलूचों का मानना है कि उनकी जमीन समृद्ध है, लेकिन राज्य द्वारा उन्हें गरीब रखा गया है। कैसर बंगाली कहते हैं : 'सत्तर वर्ष तक इस प्रांत ने ऐसी स्थिति का सामना किया, जिसमें देश ने इससे बहुत कुछ लिया है और बहुत कम दिया है। यह प्रांत अपने प्राकृतिक संसाधनों से समृद्ध हो सकता है, फिर भी उपेक्षित गरीब, लंबे समय तक उपेक्षा और शोषण का प्रमाण हैं। यह संसाधनों के बड़े पैमाने पर हस्तांतरण की एक गाथा है, औपनिवेशिक शैली के राजनीतिक और आर्थिक प्रबंधन की गाथा है।'[2] सत्ता से वंचित होना, भेदभाव और असंतोष स्पष्ट हैं और केवल आरोप लगाने से इसे कुछ सरदारों या विदेशी ताकतों की करतूत नहीं माना जा सकता है।

बलूचों का मानना है कि उनकी धर्मनिरपेक्ष लोकतांत्रिक मानसिकता, राजनीतिक और सामाजिक रूप से, धार्मिक कट्टरवाद और राष्ट्र के सत्तारूढ़ अभिजात वर्ग के तानाशाही व्यवहार के अनुकूल नहीं है।[3] नसीर दशती के अनुसार, '...बलूचिस्तान की अपनी अलग सांस्कृतिक, सामाजिक और ऐतिहासिक पहचान, बलूच राष्ट्रीय संघर्ष का सार है, जो कि पाकिस्तान की धार्मिक राज्य की कट्टरपंथी विचारधारा से अलग है। बलूच राष्ट्रवादी राजनीति हमेशा धर्मनिरपेक्ष सिद्धांतों पर आधारित रही है, उन्होंने धर्म का राजनीतिकरण नहीं किया है, धर्म व्यक्तिगत क्षेत्र और परंपरा में रहा है।'[4]

प्रारंभिक दशकों में, उपरोक्त कारकों द्वारा उकसाए गए अलगाव कुछ जनजातियों तक सीमित

थे, जो रुक-रुककर विद्रोह के रूप में भड़के थे। अब, चूँकि मूल मुद्दों को हल करने की बजाय बढ़ा दिया गया है, इसलिए उग्रवाद प्रांत के सभी हिस्सों में फैल गया है। तथ्य यह है कि बलूचिस्तान के बड़े हिस्से में, पाकिस्तानी राज्य को एक अवैध सत्ता माना जाता है।[5]

सेना यह मानने के लिए तैयार नहीं है कि 1970 के दशक के विपरीत, बलूचिस्तान का विद्रोह आज मुट्ठी भर सरदारों तक सीमित नहीं है। विद्रोह सही मायने में बलूचिस्तान के व्यापक परिदृश्य की भागीदारीवाला राष्ट्रवादी आंदोलन बन गया है। वे व्यक्तिगत सरदारी अधिकारों को संरक्षित करने के लिए नहीं बल्कि अपने भाग्य के नियंता बनने के लिए लड़ रहे हैं, अपने राजनीतिक, आर्थिक और सामाजिक सशक्तीकरण के लिए जिम्मेदार हैं। एक बलूच राष्ट्रवादी के अनुसार, सेना विद्रोह को कुचल नहीं सकती, क्योंकि 'इसका कोई अकेला नेता नहीं है, जिसे हटाने से यह खत्म हो जाएगा। यह आंदोलन एक विचारधारा पर आधारित है, जिसे मिटाया नहीं जा सकता और यह विचारधारा बलूच राष्ट्रवाद की है।'[6] यहाँ तक कि जो बलूच राजनीतिक प्रक्रिया में भाग ले रहे हैं, वे भी पाकिस्तान में बलूचिस्तान के कम स्थान के बारे में उतने ही चिंतित हैं, जितने राज्य के विरुद्ध हथियार उठानेवाले चिंतित हैं। अंतर केवल इतना है कि उनके तरीके अलग-अलग हैं।

बलूचों की सामूहिक स्मृति में, पाकिस्तानी (पंजाबी पढ़ें) राष्ट्र के अन्याय का आरंभ पाकिस्तान के निर्माण के साथ हुआ, जब उन्होंने अपनी स्वतंत्रता खो दी, जब उनकी अलग राष्ट्रीय पहचान छीन ली गई। दशकों से, टूटे हुए वादों और विश्वासघात, 1948 और 1958 के विद्रोह के बाद, कुरान लेकर अमन और सुरक्षित मार्ग की पूरी गारंटी की शपथ लेने के बावजूद बलूच नेताओं की गिरफ्तारी, कारावास और फाँसी जैसे अन्याय ने इसे और भड़काया है। इसके बाद तीन लोकतांत्रिक रूप से चुनी गई प्रांतीय सरकारों को मनमाने तौर पर बरखास्त कर दिया गया, विशेष रूप से 1973 में बरखास्त की गई सरकार के कारण चार वर्ष तक विद्रोह जारी रहा। अगस्त 2006 में नवाब अकबर खान बुगती की हत्या के कारण मौजूदा विद्रोह एक निर्णायक क्षण बन गया। अन्य अन्यायों में पाकिस्तान के सरकारी और प्रशासनिक ढाँचे में बलूचों का कम या अपर्याप्त प्रतिनिधित्व; अन्य प्रांतों, विशेष रूप से पंजाब के लाभ के लिए प्रांत की प्राकृतिक गैस और अन्य संसाधनों का निरंतर दोहन; प्रांत के सामाजिक-आर्थिक सूचकांकों की उपेक्षा; ग्वादर के गहरे समुद्री बंदरगाह और सी.पी.ई.सी. जैसी मेगा परियोजनाओं का निर्माण, जो बलूच आकांक्षाओं और स्वामित्व में कारक नहीं हैं और उन्हें अपने ही प्रांत में अल्पसंख्यक में बदल सकती हैं, आदि शामिल हैं। गायब करने की क्रूर रणनीति और विशेष रूप से सेना द्वारा अपनाई गई 'मारो और फेंक दो' नीति इन सबसे ऊपर है। दूर के विकास लक्ष्यों को दिखाकर, अतीत और वर्तमान के ऐसे अन्यायों को छिपाया या दबाया नहीं जा सकता है।

पूर्व मुख्य न्यायाधीश इफ्तिखार मुहम्मद चौधरी द्वारा कानून और व्यवस्था की स्थिति पर सुनवाई करते हुए की गई टिप्पणी संभवत: इसका सबसे अच्छा निष्कर्ष है : 'हम सभी बलूचिस्तान के विनाश के लिए स्वयं जिम्मेदार हैं।'[7]

अधिग्रहण और अधीनता का सामना करते हुए, बलूचों के पास हथियारों का सहारा लेने के अलावा और कोई चारा नहीं रह गया था। उन्होंने विनम्र और विलुप्त होने की बजाय जीवित रहने के लिए लड़ने का विकल्प चुना है। जैसा कि डेकन वॉल्श ने कहा, 'बलूचिस्तान का गंदा छोटा

युद्ध'''एक बहुत ही मौलिक खतरे को उजागर करता है—पाकिस्तानियों की एक ऐसे देश में साथ रहने की क्षमता, जो अपने इसलामी लबादे के अंतर्गत, अलग-अलग जातीयताओं और संस्कृतियों के पैवंदों वाला चिथड़ा है।' उन्होंने कराची स्थित एक शोधकर्ता हारिस गजदार के हवाले से कहा, 'बलूचिस्तान पाकिस्तान के लिए वास्तविक लड़ाई की चेतावनी है, जो शक्ति और संसाधनों के बारे में है और अगर हम इसे सही नहीं कर पाते हैं, तो हम एक बड़े संघर्ष की ओर अग्रसर हैं।'[8]

इन समस्याओं की जड़ें, पाकिस्तान की जातीय विविधता, आर्थिक विषमताओं और प्रांतीय स्वायत्तता को स्वीकार और समायोजित करने में विफलता में गड़ी हैं। पाकिस्तान के शासक वर्ग ने विशुद्ध यांत्रिक एकता और धार्मिक समरूपता के सरल विचार के आधार पर एक राष्ट्रीय विचारधारा के निर्माण की प्रक्रिया में, अपने लोगों की विविधता की उपेक्षा की तथा जातीय और क्षेत्रीय अल्पसंख्यकों के हितों की अनदेखी की। इसने 1947 में निर्मित पाकिस्तान को एक घातक चोट दी। इसके अधिकांश लोग 1971 में एक अलग देश—बांग्लादेश बनाने के लिए अलग हो गए। शेष पाकिस्तान जातीय और सांप्रदायिक संघर्ष, धार्मिक आतंकवाद और आर्थिक असमानता से दूषित है।[9]

पाकिस्तान की दुविधा है कि बलूचिस्तान के आर्थिक और सामरिक महत्त्व को देखते हुए वह यहाँ विफल नहीं हो सकता। बलूचिस्तान से जुड़ाव को ढीला करना अन्य राष्ट्रीयताओं, विशेष रूप से सिंधियों की तरह, अपनी निजी स्वतंत्रता के दावों के साथ आगे बढ़ने के लिए एक संकेत होगा, हालाँकि संघर्ष के बढ़ने की बात छोड़ भी दें तो मात्र इसका जारी रहना, स्थिरता की छवि को गंभीर रूप से प्रभावित कर सकता है और संभवत: इसकी क्षेत्रीय अखंडता के बारे में संदेह उत्पन्न कर सकता है। इस प्रकार पाकिस्तान के लिए, बलूचिस्तान, केवल पाकिस्तान को अटूट रखने का ही नहीं, बल्कि विभिन्न राष्ट्रीयताओं का बड़े पैमाने पर स्वागत करने के इसके संकल्प के एक परीक्षण का मामला है, हालाँकि यह जो कर रहा है, वह सिर्फ विपरीत परिणाम को सुनिश्चित कर रहा है।

आज जैसे समीकरण हैं, उनमें राज्य की स्थापना और बलूचों की जरूरतें और राज्य के हित एक-दूसरे के विपरीत हैं। बलूच अपनी पहचान और अपने सांस्कृतिक, ऐतिहासिक, भौगोलिक और आर्थिक अधिकारों के लिए लड़ रहे हैं। सेना सहित राज्य, एक कृत्रिम इसलामिक राष्ट्र बनाना चाहता है, जो बलूचों को राजनीतिक रूप से हाशिए पर रखता है और बलूच संसाधनों का निर्दयता से शोषण कर रहा है। सेना की मानसिकता के कारण, बलूचिस्तान में घटनाक्रम को बदलना आसान नहीं होगा।

प्रश्न यह है कि क्या बलूचिस्तान की स्थिति पाकिस्तान के लिए असाध्य है? क्या आर्थिक विकास और सामाजिक संकेतकों में सुधार के साथ विद्रोह समाप्त हो जाएगा? क्या राज्य 'मारो और फेंक दो' की नीति को समाप्त कर देगा और जो लोग अवैध कैद में हैं, उन्हें छोड़ेगा? क्या बलूचिस्तान में सुरक्षा बलों की मौजूदगी कम होगी? क्या राज्य प्रांतीय अधिकारों और स्वायत्तता को सुनिश्चित करेगा, जिससे बलूच अपने लाभ के लिए अपने संसाधनों का उपयोग कर सकें?

स्पष्ट है कि ऐसे उपाय किए जाने की संभावना नहीं है और निश्चित रूप से इन्हें साथ-साथ नहीं किया जाएगा। एक बात के लिए, सेना प्रांतीय अधिकारों और स्वायत्तता के लिए प्रतिकूल है। दूसरी के लिए, पाकिस्तान ग्वादर और सी.पी.ई.सी. पर चीन से की गई प्रतिबद्धताओं के मामले

में बहुत आगे चला गया है और बलूचों को हिस्सेदारी देने के लिए सी.पी.ई.सी. को परियोजनाओं में बदलाव करना होगा। अधिकांश बलूच के लिए, यह संघर्ष अर्थशास्त्र से आगे निकल गया है।

जो भी हो, बलूच, विकास परियोजनाओं को पंजाबी राज्य के लिए बलूचिस्तान के संसाधनों के शोषण के उदाहरण के रूप में देखते हैं। उनमें से अधिकांश के लिए, यह अब उनके सम्मान से, उनकी अपनी भूमि पर गरिमा के साथ जीवित रहने, अपनी राष्ट्रीय पहचान, संस्कृति और भाषा को संरक्षित करने—एक शब्द में, स्वतंत्रता से जुड़ा है। दीवार तक धकेल दिए गए, उपेक्षा और अधीनता का सामना कर रहे बलूचों की बढ़ती संख्या अब अपने अधिकारों की सुरक्षा के लिए बंदूक उठाने को तैयार है।

विश्वास की भी कमी है। विशेष रूप से विश्वासघात, सैन्य अभियानों और व्यवस्थित रूप से लागू की गई गायब करने की नीति के कारण सामान्य रूप से लोगों और विशेष रूप से उग्रवादी समूहों को सरकार पर भरोसा नहीं रहा है। नवाब अकबर बुगती की हत्या, बालच मारा की रहस्यमयी हत्या, 2009 में तीन बलूच नेताओं की नृशंस हत्या आदि का रक्त बिखरा हुआ है। एक बलूच के लिए उनकी सम्मान संहिता, बलूचमयार में मुख्य तत्त्व बदला है। स्पष्ट रूप से, गायब करने और मारने की लागू की गई घृणित नीति स्थिति को सुधारने की सबसे बड़ी बाधाओं में से एक है।[10] विश्वास में बहुत कमी आई है; इसके अलावा, सत्ता पूरी तरह से आक्रामक है, क्योंकि उसे विश्वास है कि वे बलूचिस्तान में लोगों की आकांक्षाओं को कुचलने के लिए पर्याप्त शक्तिशाली है, जैसा विश्वास पूर्वी पाकिस्तान के समय था।[11] आश्चर्य की बात नहीं है, एच.आर.सी.पी. ने चेतावनी दी है कि दशकों से चली आ रही उपेक्षा और विश्वासघात के इतिहास को मानवाधिकारों के व्यवस्थित दुरुपयोग से जोड़कर बड़ी संख्या में बलूचों को हताश किया गया है। ऐसी स्थिति में '…बलूच युवाओं के एक बड़े वर्ग को राष्ट्र के प्रति उनकी निष्ठा को नकारने के लिए प्रेरित किया गया है। जब लोगों की इच्छा को कुचला जा रहा है, उनकी आवाज को बेरहमी से दबाया जा रहा है और उनके शरीर को यातना कक्षों में जलाया जा रहा है; जहाँ माताएँ अपने गायब बच्चों की कोई भी खबर सुनने के लिए मर रही हैं, राष्ट्र विद्रोह के अलावा किसी अन्य प्रतिक्रिया की आशा नहीं कर सकता।'[12]

अतीत में शांति स्थापित करने के अवसर थे, लेकिन अहंकार और अज्ञानता के कारण वे चले गए; उनमें से सबसे अच्छा अवसर 1972-73 अत्ताउल्लाह मेंगल की सरकार थी। सितंबर 2008 में बलूच आतंकवादी समूहों ने एकतरफा संघर्ष विराम का पालन किया, लेकिन कोई प्रतिक्रिया नहीं हुई और जनवरी 2009 में उन्होंने संघर्ष विराम को समाप्त कर दिया।

वर्तमान विद्रोह बलूचिस्तान का पाँचवाँ विद्रोह है। दूसरे शब्दों में, पाकिस्तान के निर्माण के बाद से सत्तर वर्षों में, बलूचों की लगभग हर पीढ़ी ने विद्रोह को बढ़ाया है, उन्होने यह विश्वास खो दिया है कि उनकी शिकायतों को राजनीतिक प्रणाली के भीतर संबोधित किया जा सकता है। हर बार बलूचों के भड़कने पर, उनकी बुनियादी समस्याओं और मुद्दों को हल करने के प्रयास किए बिना और उन्हें पाकिस्तान में हितधारकों के समान अवसर दिए बिना सैन्य शक्ति से दबाया गया। परिणामस्वरूप, जब-जब बलूचों ने सोचा कि वे मजबूत थे और अपने अधिकारों का दावा करने में सक्षम थे, तब-तब ये मुद्दे भड़के और विद्रोह हुआ।

स्वतंत्र बलूचिस्तान की स्थापना की क्या संभावना है? बलूचों के दृढ़ संकल्प और अपनी विशिष्ट और अद्वितीय पहचान को संरक्षित करने और बड़ी पाकिस्तानी पहचान में शामिल न होने के बावजूद, राजनीतिक वास्तविकताएँ वास्तव में बहुत चुनौतीपूर्ण हैं और उनकी आशाओं को पूरा करने में बड़ी बाधाएँ हैं। कई विश्लेषकों का तर्क है कि बलूचिस्तान एक सफल अलगाववादी आंदोलन के लिए एक अनुपयुक्त दावेदार है। उदाहरण के लिए, स्टीफन कोहेन ने लिखा है कि इसमें एक मध्यम वर्ग, एक आधुनिक नेतृत्व का अभाव है और बलूच पाकिस्तान की आबादी का एक छोटा सा हिस्सा हैं—और यहाँ तक कि वे अपने ही प्रांत में बढ़ती पश्तून आबादी का सामना कर रहे हैं। इसके अलावा, ईरान या अफगानिस्तान कोई भी बलूच अलगाववाद को प्रोत्साहित करने का कोई संकेत नहीं देते, क्योंकि ऐसा करने से उनकी अपनी बलूच आबादी भी ऐसे आंदोलन में शामिल हो सकती है।[13]

सेलिग हैरिसन ने टिप्पणी की कि उग्रवाद अपने आप में बिखरा हुआ और कमजोर है, लेकिन यह पाकिस्तानी सेना के एक हिस्से को बाँधे रखने के लिए पर्याप्त है। पहले, उग्रवाद आदिवासी आधारित था, लेकिन पिछले एक दशक में, आम लोगों में अपने शोषण के बारे में अधिक राजनीतिक जागरूकता आई है और इसलिए अधिक-से-अधिक राजनीतिक लामबंदी भी हुई है। यहाँ तक कि अब उदारवादी बलूच राजनेताओं को भी प्रांतीय अधिकारों, गायब व्यक्तियों आदि के मुद्दों को स्पष्ट करना होगा।[14]

इसलिए, वर्तमान स्तरों पर, संघर्ष से राज्य की अखंडता को कोई खतरा होने की संभावना नहीं है। पाकिस्तान की सेना अच्छी तरह से प्रशिक्षित सैनिकों और परिष्कृत हथियारों के साथ है, जिससे यह देश को एक रखने में सक्षम है। पाकिस्तानी सेना बलूच सेनानियों को असफल करने का प्रबंध करेगी। क्या यह उन लोगों को असफल करने में सफल होगी, जो अपनी पहचान और अपनी मातृभूमि की रक्षा के लिए लड़ रहे हैं, यह पूरी तरह से एक अलग मामला है। इस बात की संभावना है कि बलूचिस्तान में हिंसा फैलती रहेगी। बलूच विद्रोही सेना को नहीं हरा सकते, लेकिन जैसा कि उन्होंने प्रदर्शित किया है, वे निश्चित रूप से राज्य को धता बता सकते हैं, सेना के लिए प्रांत पर अपनी पकड़ बनाए रखना और अपने संसाधनों के आगे शोषण को रोकने के लिए उसकी लागत में वृद्धि कर सकते हैं।[15] प्रतिरोधी समूह पाकिस्तान के साथ संघर्ष को लंबे समय के संघर्ष के रूप में देखते आए हैं और इसके उपयुक्त कार्यप्रणाली तैयार कर रहे हैं, जिसमें राजनीतिक गोलबंदी और सशस्त्र प्रतिरोध दोनों शामिल हैं।[16]

पाकिस्तान के सामने यह प्रश्न है कि वर्तमान और भविष्य में बलूचिस्तान पर कब्जा बनाए रखने के लिए उसे क्या कीमत चुकानी पड़ेगी। अब तक, पिछली सैन्य 'जीतों' ने बलूच समस्या को हल नहीं किया है और यह सुझाव नहीं दिया जा सकता है कि एक और सैन्य 'जीत' ऐसा कर सकेगी। जो भी हो, सरकार और सेना जिस तरह से मेगा प्रोजेक्ट्स को सँभाल रही है, बलूचों को अपने ही प्रांत में अल्पसंख्यक बना रही है, वह तेजी से यह सुनिश्चित करेगी कि भविष्य में अधिक-से-अधिक साधारण बलूच अलग-थलग पड़ जाएँ और सशस्त्र विद्रोह की ओर बढ़ें।

इस प्रकार, सेना और पाकिस्तान राज्य को इस स्थिति से छुटकारा नहीं मिल सकता है। उग्रवाद, अपने वर्तमान स्तर पर भी विभिन्न पाइपलाइनों और अन्य बुनियादी ढाँचे को लक्षित करने

के लिए पर्याप्त शक्ति रखता है, जो बाहरी दुनिया को अस्थिरता का आभास देता है। चीनी विशेष रूप से चिंतित होंगे, क्योंकि वे बड़ी रकम का निवेश कर रहे हैं।

तत्कालीन पूर्वी पाकिस्तान से इस स्थिति की तुलना शिक्षाप्रद है। 1971 में आर्थिक और राजनीतिक शिकायतों ने अपनी स्वतंत्रता का नेतृत्व करनेवाले बंगाली असंतोष को प्रेरित किया था। बलूच अलगाव भी ऐतिहासिक गलतियों के अलावा ऐसी बहुत ही शिकायतों से प्रेरित है। कराची में फरवरी 2018 में एक समारोह में बोलते हुए, पूर्व राजनयिक जहाँगीर अशरफ काजी ने कहा कि खराब शासन नहीं बल्कि आपराधिक शासन और पूर्वी पाकिस्तान से पश्चिमी पाकिस्तान में आय का निरंतर हस्तांतरण था, जो लाभ के अनुपात के बिना उसे स्थानांतरित करता था, जिससे एक प्रकार का अलगाव उत्पन्न हो गया था, जो व्यापक और वैध था। उन्होंने चेतावनी दी : 'आज बलूचिस्तान में भी यही प्रक्रिया चल रही है,' पूर्वी पाकिस्तान के विपरीत, 'बलूचिस्तान में जनसंख्या कम थी और यह कहने की प्रवृत्ति थी कि उन्हें कुचला जा सकता है, क्योंकि विद्रोह और प्रतिरोध सीमित अंचलों में है।'[17]

दोनों स्थितियों के बीच यह अंतर है कि बंगाली अपेक्षाकृत समरूप थे, उनके पास एक महत्त्वपूर्ण मध्यम वर्ग, एक अच्छी तरह से स्थापित सांस्कृतिक और साहित्यिक जीवन, एक मानकीकृत भाषा, राष्ट्रवादी कार्यकर्ताओं का एक व्यापक आधार और बड़े पैमाने पर राजनीतिकरण का एक इतिहास था, जिसने ब्रिटिश राज के खिलाफ संघर्ष किया था।[18] दूसरी ओर, बलूच राष्ट्रवादी आंदोलन, 'एक खंडित आदिवासी समाज की अनिश्चित सामाजिक और सांस्कृतिक नींव' पर बनाया गया था, जिसमें एक बहुत छोटा मध्यम वर्ग, व्यापक अशिक्षा, अविकसित साहित्य, केवल राष्ट्रवादी कार्यकर्ताओं का एक संकीर्ण आधार था और जिसका राजनीतिक प्रक्रिया में व्यापक भागीदारी का कोई वास्तविक इतिहास नहीं था।[19] इसके अलावा, बंगालियों को भारत का समर्थन प्राप्त था, जबकि बलूचों का कोई विदेशी समर्थक नहीं है। इसके परिणामस्वरूप, वे केंद्र सरकार की सत्ता पर कोई गंभीर खतरा नहीं उत्पन्न कर पाए हैं।

हालाँकि, बलूचों ने 1970 के दशक से एक लंबा सफर तय किया है। बलूच समाज का स्वरूप विकसित हो रहा है। सदियों पुराने 'सरदारी निजाम' (आदिवासी संरचनाएँ) की क्रमिक समाप्ति के साथ, नेताओं की एक नई पीढ़ी जड़ें बना रही है और ये युवा और गतिशील नेता अब बलूच संघर्ष में सबसे आगे हैं। विदेश नीति का केंद्र उल्लेख करता है : 'बलूचों ने भी अपने राष्ट्रवाद को सचेत रूप से परिभाषित करना शुरू कर दिया है और अब पहले से कहीं अधिक अंतरराष्ट्रीय दृश्यता प्राप्त कर ली है। आंदोलन के भीतर कई कमजोरियाँ हैं, लेकिन आंशिक रूप से पाकिस्तानी राज्य द्वारा अलोकतांत्रिक और अत्यधिक दमन के उपायों से प्रेरित, स्वतंत्रता की भावना और लड़ने की इच्छाशक्ति, ज्वार को बलूच के पक्ष में मोड़ सकती है, लेकिन ऐसा केवल तभी हो सकता है, जब एक दीर्घकालिक रणनीति और संसाधनों को आंदोलन को जीवित रखने के लिए, वर्गों में एकता और अनुकरणीय नेतृत्व हो।'[20]

आज से दस साल बाद बलूचिस्तान कहाँ होगा ? जब बलूच अपने ही प्रांत में हाशिए पर होगा और कमजोर अल्पसंख्यक बन जाएगा तथा जनसांख्यिकी निर्णायक रूप से अन्य समूहों के पक्ष में परिवर्तित हो जाएगी, तो इसकी राजनीतिक गतिशीलता कैसे बनी रहेगी ? बलूच युवाओं का क्या

होगा? इन प्रश्नों के उत्तर आवश्यक हैं, हालाँकि आज उनका उत्तर केवल काल्पनिक रूप से ही दिया जा सकता है, क्योंकि विकासशील स्थिति में कई कारक हो सकते हैं।

एक बात स्पष्ट है कि जब तक बलूचिस्तान में विद्रोह का समाधान नहीं किया जाता, तब तक यह अपने मौजूदा स्तरों पर भी पाकिस्तान को अंदर से खोखला करेगा। दुर्भाग्य से, पाकिस्तानी नेताओं के पास चयनात्मक यादें हैं और वे इतिहास से चुनिंदा सबक सीखते हैं। इस तथ्य को देखते हुए कि वे एक तरफ अमेरिका/पश्चिम (और अब चीन द्वारा) द्वारा चालित हो रहे हैं और दूसरी तरफ, उग्रवाद इतना तीव्र नहीं है कि उससे पाकिस्तान के अस्तित्व को खतरा हो, उनके लिए, ऐसे मुद्दों को हल करने का शायद ही कोई लाभ हो, हालाँकि वे जैसी अनदेखी करते दिखते हैं, वह यह है कि तत्कालीन पूर्वी पाकिस्तान में 1952 में भड़के भाषाई दंगों को मिटाने में उन्नीस साल लग गए थे और यह 1971 में बांग्लादेश के निर्माण के रूप मे परिपक्व हो गया था। इस अवधि में, बंगालियों में आक्रोश अबाध रूप से बढ़ता रहा, ठीक वैसे ही जैसे बलूचिस्तान में बढ़ रहा है।

कुल मिलाकर, बलूचों की वर्तमान सैन्य क्षमता को देखते हुए कहा जा सकता है कि और बड़े पैमाने पर अंतरराष्ट्रीय समर्थन जैसे उत्प्रेरक के बिना, बलूचिस्तान के टूटकर अलग होने की संभावना नहीं है, हालाँकि एक दशक से अधिक समय तक कायम रहने के बाद, उग्रवाद ने अपनी गति विकसित कर ली है। इसलिए, अकेले सैन्य बल बलूच प्रतिरोध को नहीं तोड़ पाएगा। जब तक सेना बलूचों से निपटने का फैसला नहीं करती, तब तक पाकिस्तान को एक लंबी दौड़ के लिए तैयार रहना होगा। वर्तमान में यह संभव नहीं लगता है।

लंबी अवधि में पाकिस्तानी राज्य को बलूचों के साथ समझौता करना होगा। एक राजनीतिक समस्या के लिए एक सैन्य समाधान की तलाश जारी रखने से विपक्ष को नरम करने की रणनीति बन सकती है, लेकिन यह कभी भी दीर्घकालिक समाधान नहीं हो सकता। बलूचिस्तान के लिए एक उचित समाधान, एक ऐसा समाधान, जो बलूचिस्तान के संसाधनों की बजाय बलूचों को केंद्र में रखता हो, पाकिस्तान के भविष्य के विकास के महत्त्वपूर्ण कारकों में से एक होगा, ऐसा करने में विफलता धीरे-धीरे लेकिन बलूचिस्तान में संकट को तब तक बढ़ाएगी, जब तक वह पाकिस्तान के लिए गंभीर परिणाम न उत्पन्न कर दे।